相生

下

山本杜紫樹
Toshiki Yamamoto

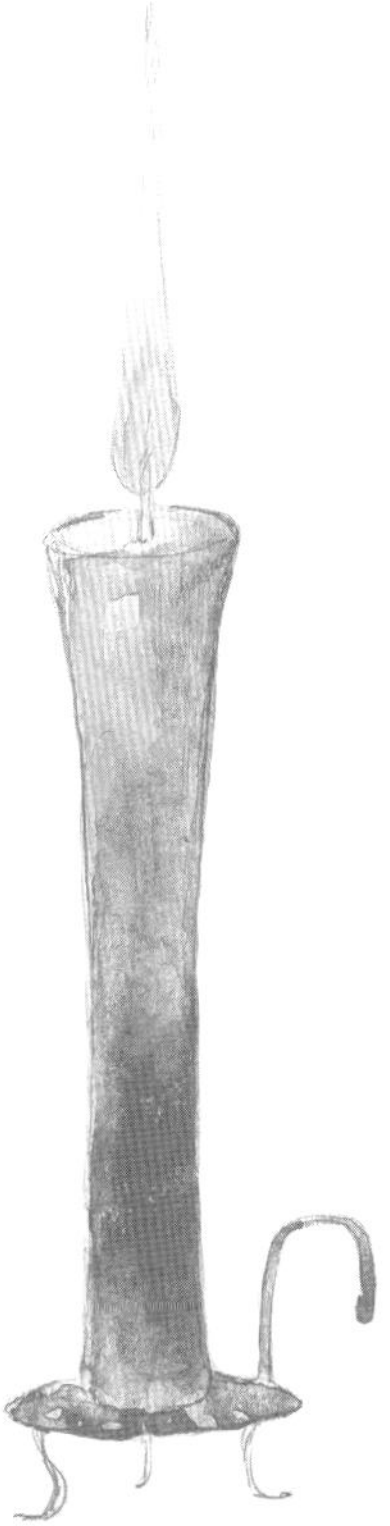

幻冬舎MC

相生　下

相生　下　目次

登場人物

檍原橘子《あわきはらきっこ》　20歳。清躬の幼馴染《おさななじみ》。贋《にせ》の清躬に騙《だま》された。

檍原清躬《きよみ》　20歳。特殊な絵の才能の持ち主だが、失明した。

清躬の父

清躬の母

棟方紀理子《むなかたきりこ》　20歳。清躬の戀人《こいびと》。精神疾患で家に籠もっている。

津島さん　棟方家のメイド。

小稲羽鳴海《おとわなるみ》（ナルちゃん）　9歳。清躬となかよしの利発な子。

小稲羽梓紗《あづさ》　鳴海の母。同居はしていないが、神麗守の母でもある。

神麗守《かりす》（小稲羽神陽農《かやの》）　15歳。和邇家で養育されている。

紅麗緒《くりお》　15歳。神麗守と一緒にくらしている。

杵島紗依里《きしまさより》　去年まで清躬の親がわりで、今は熊本に帰っている。

杵島恵水流《えみる》　紗依里の子。二十年前に行方不明になった。

小鳥井和華子　橘子、清躬の小学校時代の憬《あこが》れのおねえさん。

和歌木利美子《わかきとみこ》　清躬の小学校四年生の時の担任の先生。

神上彪《かがみひょう》　コインの表裏の平面世界からの遊離を図ろうとしている。

桁木紡羽《けたきつむは》　彪のグループメンバー。伝説の武道家の娘。

烏栖埜美箏《うすのみこと》　彪のグループメンバー。扮装の名人。

和邇持比佐《わにもちひさ》　資産家。東京に大きな屋敷を構えている。事故で入院中。

根雨日南江《ねうひなえ》　詩真音の母。和邇家で家政を担当。今は和邇の看病に専念。

根雨詩真音《しまね》（ネマ）　20歳。彪のグループメンバー。橘子と不思議な仲に。

隠綺椰藝佐《おきなぎさ》（ギナちゃん）　23歳。神麗守、紅麗緒の養育を担当。

隠綺瓊樹《たまき》　椰藝佐の姉。医大を出て病院勤務。和邇家の主治医。

和多のおじさん、おばさん　和邇の元部下。建設会社などを経営。

楠石のおじさん、おばさん　和邇家の車まわりや庭の手入れを担当。

稲倉のおじさん、おばさん　和邇家の賄《まかない》を担当。

香納美《かのみ》（ノカ）　20歳。稲倉夫妻の子。彪のグループメンバー。

柘植《つげ》くん　香納美の戀人。彪のグループメンバー。

檜杉将来《ひすぎまさき》（Hくん）　20歳。清躬の高校時代の親友。

神柑梛《みわかんな》（Mさん）　20歳。檜杉の戀人。

Aさん　20歳。柑梛の友達。

鳥上《とりかみ》さん、緋之川《ひのかわ》さん　橘子の職場の先輩。

松柏《まつかえ》さん　緋之川の戀人。

30 朝の身支度

かちっと扉《とびら》が鳴って、橘子《きっこ》ははっと身を起こした。同時に、部屋の電気も点《つ》いた。

「ああ、詩真音《しまね》さん」

入ってきた女性を見て、橘子は声を出した。

「おはよ」

詩真音から挨拶《あいさつ》の言葉をかけられて、橘子は口許《くちもと》を綻《ほころ》ばせた。また挨拶をしてもらえたことがかの女にはうれしかった。

「朝？」

橘子は確かめるようにきいた。

この部屋は電気を消すと本当に真っ暗になる。部屋に窓がない所為《せい》か、その真っ暗の程度が尋常ではないように感じられて、橘子にはおそろしかった。それが夜のためで、朝になれば少しは光が射し込んでくるのかわからないが、そういう希望は持てないようにおもわれた。無理矢理ねむらされてしまい、自分の持ち物は総《すべ》て奪われて、時計も窓もなく、外界と接触がない部屋に閉じ籠《こ》められた。服だって自分のものではない。下着だけ。それまで剥《は》がされてしまったら本当に無茶苦茶なこと――いや、服を剥ぎ取ること自体で充分無茶苦茶だ。ともかく自分はなにもかも奪われている。だから、夜も昼も。そうおもったから、明かりはつけていたかったのだ。全《まった》き暗闇のなかで眼に見えるものを奪われてしまうのは嫌《いや》だった。暗闇でなにも見えない世界では、自分はこの世のどこに存在するのか、怪しくなってしまう。

きのう詩真音が出て行ったあと暫《しばら》く経《た》って、仮面をつけた別の女性が来て、親切にもサニタリー・ルームがあることを教えてくれた。それはよかったのだけれども、かの女が出て行く際に電気を消してしまった時、また完全な闇に襲われて、橘子は自分が闇の怪物に一《ひと》呑《の》みにされてしまったような感覚になった。闇は生きていた。闇に食われた自分は、食べられても丸呑みだから、そこではまだ生きている。だが、その闇の胃のなかでながい時間をかけて消化されてゆくのだ。そして、完全に姿を消す。運命がきまってしまうと、からだはもう抗《あらが》えなかった。べたっと仰向《あおむ》けになったからだはもう動かない。からだを動かそうという気力も出てこない。そのまま気を失ってしまいそうな感覚になったが、この世のなごりと清躬のことをおもう。

……

と、清躬が自分と一緒に——シャツの姿をとって自分を抱き包んでくれて——いるのがわかる。清躬がまた来てくれた。ここがどこだろうと構わない。清躬が一緒なら。凄《すご》く温《あった》かい。清躬の温《ぬく》もりだ。橘子もシャツを抱き竦《すく》めるよう手を前にまわした。そうやって清躬を抱く。自分のからだは清躬に抱かれ、その清躬を自分が外側から抱く。

橘子は清躬を自分のからだの内側に包み込むようにからだを丸め、太腿《ふともも》もおなかに近づけた。

からだが動くね。なら、明かりもつけられるよ。闇のおなかから抜け出られる。

橘子はからだを起こした。まったくの暗闇でなにも見えないのはかわらなかったが、清躬と一緒なら大丈夫。橘子はベッドからおり、立ち上がった。そして、そのまま正面に向かってゆっくり進む。壁に当たると、壁を伝って右に手を伸ばし、洗面室の扉を探り当てる。ノブをまわし、扉を開ける。洗面室の電気スイッチを手探りし、それを押す。

電気が点いた。その瞬間、自分を丸呑みした闇が音も衝撃もなく破裂して、このからだが再び下界に戻ったのを感じた。

橘子は自分が着ているシャツに眼を遣《や》った。そして、もう一度胸の前に腕を交叉《こうさ》させて、つぶやいた。

「キユくん、ありがとう」

光が戻った分、清躬の存在が少し薄れたように感じた。薄れてはいても、清躬はまだ一緒にいる。

——暗いほうがいいのかしら。

——駄目だよ。あれは暗すぎる。

——そうね。まるで世界がなくなってしまうような暗さだったわ。

——だから、この明かりはつけておこう。

橘子はベッドのほうをふりかえった。洗面室の明かりは、部屋のほうにも広がっていたが、隅のほうは暗がりがあった。ベッドのほうは明かりと暗がりの溶け合う度合いが程よい感じだった。ベッドに戻ればいいんだと橘子はおもった。

そうして横になり、瞼《まぶた》を閉じると、眼の前の光はほとんどきえた。だが、これはさっきのような総てを消し去る全き暗闇ではなく、光に浸《ひた》されていることを感じながら自分でつくった暗がりだった。また、光を制限したほうが清躬の存在がより感じられてくるようだった。

——このままねむればいいよ。梦《ゆめ》の世界でも一緒だ。

橘子は清躬の言葉にしたがって、すっとねむりにおちた。

清躬の梦を見たのは確かだった。清躬と一緒にいて、気分のよい梦だった。目覚めた時、梦の内容は記憶に残っておらず、ちょっと残念だったが、良い気分に浸されているのは素晴らしい梦だったことの証《あかし》のようにおもわれた。

橘子は仰向けに天井《てんじょう》を見ながら、胸をおさえた。手の下にシャツの感触をおぼえながら、清躬の存在が稀《き》薄《はく》になっているのがわかった。それでも橘子の気分はおちついていた。いつまでも清躬に傍《そば》にいてもらうことは無理な話だと橘子も感じていた。清躬自身自覚があるかどうかわからないが、自分に寄り添うのにもなんらかのエネルギーが割《さ》かれているにちがいなく、度《たび》重なれば負担がかかってくるはずだ。甘えすぎてはいけない。或《あ》る程度は自分一人で大丈夫だ。唯、自分がかれのことをおもえば、清躬はいつでも応えてくれる。それがわかっているだけでいい。

橘子は部屋を見まわし、洗面室の扉が開いて、そこから光が広がっているのに眼を留めた。あの電気を消すと、また真っ暗闇になるんだ。一日二十四時間、どの時間でもそれはかわらないんだろう。ここは時間を消してしまう部屋だ。この部屋の外に出られないかぎり、ここはどこという情報も手に入れられない。whenとwhere。それならば、どうしてというwhy、なにがどうなってるというwhatも、わからない。鍵は、人——who。詩真音さん。親切な仮面の女性。背後に贋《にせ》の清躬くんがいるだろうが、カレの正体を掴《つか》むにも、この部屋で出会った女性を知ることが大切だ。二人とも、自分を監禁しているがわの人間だが、それでも心が通じ合いそうな人間味を感じる。きっとまた自分のもとに姿を現わしてくれるだろう。また話ができれば、ちょっとはなんとかなりそうな気もする。

そうおもっていたところに、部屋のドアがかちっと鳴って、入ってきた人を見ると、詩真音さんだった。そして、「おはよ」と挨拶してくれた。

知った人がまたやってきてくれたことが橘子にはうれしかった。詩真音は話の途中で自分を投げ飛ばし、不意に出て行ってしまったきりだった。その後でやってきた仮面をつけた女性に、「明日の朝、もう一度訪ねてください」とおねがいをし、「いいわよ」と快い返事をもらった(この時、「明日の朝」と言ったのは、今が何時なのか、まだ夜か、朝か昼か、まったく見当がつかなくて、出まかせに言って相手の反応を見たわけだが、ごく自然に「いいわよ」と返事されたので、今はまだ夜のうちなのだろうと推定できた）ものの、かの女とは会話らしい会話ができたわけではないから、詩真音のほうがずっと親近感がある。

「おはよ」という挨拶自体も、今が朝だと教えてくれるものなので、心がおちついた。橘子はなお確信を求めて、「朝？」ときいた。

「五時五十分よ。早くから起きてるのね」

ぶっきらぼうな口調《くちょう》だったが、詩真音はちゃんと時間まで答えてくれた。

「五時五十分て、二十九日の朝の五時五十分？」

二十九日という日付も確かめたかった。それが一番重要な情報かもしれない。もし二十九日という日が済んでしまっていたら、大變《たいへん》な事態だ。

「そのとおり。だから、おはよ」

「あ、おはようございます」

まだ二十九日の朝なのだとわかって、橘子は安堵《あんど》と喜びに返事の挨拶の声も明るく、丁寧《ていねい》にお辞儀をした。

「私、朝はいろんな用事があるから、手短に言うわ。これ、着替えね。歯磨きセットも一緒にわたしておくわ。バスタオルやフェイスタオルとかは浴室の棚にあるわ」

詩真音は素っ気《そっけ》なくそう言ってベッドの縁《へり》に腰かけ、手に持っていたものをおいた。

「下着もこのなかにある」

「あ、ありがとう」

「あ、着替えに関して言っとくけど、キユクンのシャツの着替えはもうないから、残念だけど」

詩真音がつけくわえた一言に、橘子はおもわず「よかった」と呟《つぶや》いた。

「なんで、よかったなのよ？」

いきなりそう突っ込まれて、橘子ははっとしたが、

「だって、何枚もシャツをとられてたら、キユくんかわいそうだもの」

と、おもったことを口にした。

「こっちだって、そんな趣味はないわ」

詩真音はそう言った後、間をおかず言葉を続けた。

「さあ、ちゃんとシャワー浴びて、さっぱりしてね。まあ、浴槽にお湯を張りたければ張ってもいいけど、そんなにゆっくり入る時間はないから」

「シャワーで充分」

「それと、着替えた服と使ったタオルはこのランドリー・バッグに入れておいてね」

橘子は詩真音から布袋を受け取った。

「一時間後朝食を持ってくる時に回収するから、それまでに済ませといてよ。じゃあ」

「行かないで」

詩真音があっさり出て行こうとするのにおどろいて、橘子は咄嗟《とっさ》に声をかけた。もっと話をしたい。実を言うと、なにを話したいというのははっきりしていないが、詩真音にはもう少し一緒にいてほしい。かの女には好意を感じているのだ。それに、かの女を手がかりに一つづつでも情報を得ていくしかしようがないのだ。

「また来るから。朝は忙しいんだから、今度来た時に」

口早にそう言うと、橘子のねがいも虚《むな》しく、詩真音は振り向きもしないでさっと出て行った。

朝早くから忙しそうだなと橘子はおもった。あなたに構っている暇《ひま》はないのよというような感じだ。ほかに忙しいことがあるとは、なんだろう。朝は誰にかぎらず忙しいものだ。でも、よく考えればきょうは休日で、休日の朝はゆっくりする人もおおい。いや、抑々《そもそも》詩真音は自分とおなじくらいの年齢で、紀理子同様学生だとしたら、普段の日だって時間に余裕があるのではないだろうか。

そのように考えて、じゃあ、どんな用事がかの女にあるのだろうとおもうと、ほかならぬ自分のことでかの女はいろいろしなくてはならない、そのためにゆっくりする時間がないのだと、自分の情況から考えて当たり前のことに帰着した。それは、贋のカレが仕組んでいることで、詩真音はその共犯者なのだ。この最中にも、自分と清躬をめぐってかれらは策略をめぐらしている。なにがしたいのかまるでわからないけれども、きょう自分が清躬と会うのを妨害しようとしているのは明らかだ。まだ六時過ぎなら約束の時間に間に合うのだが、このようにどこかわからないところに閉じ籠められてしまってはどうしようもない。けれども、期待を失ってはいけない。詩真音がまた顔を出してくれて、時間も教えてくれたことに、橘子は希望を感じるのだった。詩真音は、希望は馬鹿が縋《すが》る蜘蛛《くも》の糸にすぎないとか言ったけど、かの女の本性はもっと温かみがあって上品だと感じるのだ。着替えも揃えてわたしてくれた。シャワーを浴びたらよいと言っている。朝食もあとで持ってきてくれると言う。一時間後にまた来ると言っているから、その時に詩真音と話ができればとおもう。

朝のシャワー。着替え。朝食。どこか知らない部屋だけれど、ともかく朝の日課が用意され、きょうの生活も始まる。

まず橘子はベッドに腰をかけて、詩真音が持ってきてくれた着替えについて確かめてみた。

橘子は初めに下着を手にとった。淡いピンクの上下お揃いの下着だ。シルクで膚触《はだざわ》りがなめらかだ。プリントもレースもなく、無地の至ってシンプルな下着で、橘子はちょっと安心した。着なれない下着だったら、おちつかない。

つぎに着替えの服はと広げて見ると、それは緋之川《ひのかわ》さんが買ってくれたあのミニのフレアワンピースだったので、びっくりした。私になりすまして、寮の部屋から持ってきたんだ。橘子は、自分の部屋に侵入されたことより、この服に着替えないといけないということにとまどいを強く感じた。

緋之川さんとのつきあいは断《た》つのだ。だから、このワンピースも二度と着まいときめた。これしか用意されていないなら、着るよりしようがないのかとおもいつつも、この服には抵抗感が強かった。清躬のシャツを脱いで、その後にこれに着替えると考えると、余計に嫌だった。勿論、清躬のシャツと違って、このワンピースは緋之川さん自身の服ではなく、単に買ってもらったものにすぎない。しかし、緋之川さんのおもいが入っている。そのおもいともう無縁でありたい。だから、自分のけじめとしてこのワンピースを着てはならないとおもうのだ。ほかの服にかえてもらわないといけない。つぎに詩真音が来た時におねがいしてみよう。

橘子は早くシャワーを浴びておこうとおもった。やるべきことを後まわしにしていると、途中で時間切れを宣言されてしまうおそれがある。少しでも貰っている自由を有効に活用するには、必要のあることを先に済ませておくことだ。

着替えを持ってシャワー・ルームに入る時、橘子は洗面所で鏡を見、暫く佇《たたず》んだ。

眼の前の鏡に自分の顔が映っている。

その顔は詩真音と一緒——だとおもったけれども、今見ると違っている。とても似ているとおもうが、鏡に映る自分の顔は詩真音の顔とは違う。詩真音がこの部屋に入ってきて初めて見た時はそのまま自分の顔に見えた。まったくおなじ顔が同時に二つ存在することはあり得ない——そのため自分のほうが失神して違う世界に飛んだ。そこから再び目を覚まされた時、つぎに会った詩真音は化粧《けしょう》をかえてきたから、二つ存在はしなくなったが、相かわらず自分にそっくりだった。

今さっき姿を見せた詩真音も、当然のことだけれども、きのうとおなじ顔をしている。そういう認識でいたが、今見る自分の顔はそこまで詩真音とそっくりにはおもえない。あれ、とおもう。自分が自分の顔とおもっていた顔は詩真音の顔で、今鏡で見る自分の顔のほうが違っている。

鏡に騙《だま》されている？　どういうこと？

橘子は首を振った。

御伽噺《おとぎばなし》の世界じゃないんだから。冷静にならなきゃ。

自分の心境によっておなじ自分の顔でも見え方が違ってくることがある。自分の顔というのは自分の眼で直接見ることはできない。鏡に映してなら見えるが、それは自分の外に出た像だ。清躬もそんなことを言っていた。でも、二人で一緒に鏡に映ると、例えば清躬とならんで鏡に姿を映した時、鏡のなかの清躬の姿が本物の清躬とおなじだというのが確認できて、鏡に映る自分の姿も自分とかわりがないのだとわかる。唯、それはその時しか確認できない。一人で鏡に映る時、鏡のなかの像は過去の自分のそういう像が現われているにすぎなくて、今の本当の自分の姿のほうが実はかわっているかもしれない。

橘子は清躬のシャツをぎゅっとにぎった。

清躬を呼び出してはいけない。かれに負担をかけては。しかし、いま鏡を見る時に、自分に寄り添ってくれる清躬の姿が見えたとしたら——。ああ、どんなにか自分は勇気づけられるだろう。ああ、どんなにかこの世界が信じられるだろう。清躬なら本当に現われてくれるのではないか。

橘子はじっと鏡を見つめた。

「キユくん——キユくん——」

橘子は腕を胸の前にくっつけてぎゅっとシャツにおしつけるようにして、清躬の名を呼んだ。胸に抱きかかえるようにするから、からだが前に仆《たお》れてくる。顔だけ鏡を見ようとして無理に起こすが、それが馬鹿なことだとわかった。なぜなら、眼になみだが溢《あふ》れて、鏡が見えなくなっていたから。それに、シャツに清躬を感じようとしているのに、鏡にも映ってもらいたいと考えるのは過大な要求だと気づいたから。

もう充分だった。このシャツをとおして清躬のことをおもえば、清躬の存在感を身近に感じられる。それでもう充分だった。

橘子はなみだにまみれた顔を洗い、フェイスタオルで拭った。もう鏡を見る気はなかった。感傷に浸っていられない。早くシャワーを浴びなきゃ。

橘子はシャツのボタンに手をかけ、順にはずしていった。全部はずしてシャツの前をはだけた時、鏡の自分の裸身《はだかみ》が眼に入った。まだ今は下着をつけているが、シャワーを浴びる時には素裸になっている。これ以上無防備な情況はない。こういう時をねらって贋のカレが部屋に入って来たら——橘子はふとそういう想像をして身震いした。贋のカレは清躬と瓜二つの容姿だというが、悪徳の極みのような場面での贋のカレを清躬とおなじ顔では想像できなかった。想像のなかでもカレの顔を直視できないのだ。カレが清躬になりすましていること自体がとんでもない悪事だが、しかしそれがわかってから、カレは姿を見せていない。一度携帯電話にコールしてきたが、それも自分が出なかったので、接触もないままだ。私の身を捕らえておいて、自分は一体どこに身を潜《ひそ》めているのだろう。もし自分が登場するタイミングを見計らっているとすれば、最も無防備で抵抗できないところをねらってきてもおかしくない。

そのように贋のカレに対する疑心は募《つの》るが、一方で橘子は詩真音を信じる気持ちにかわりはなかった。かの女が自分にシャワーを浴びるよう勧めたことは私に対する気づかいであり、贋のカレと結託してのものだとはおもわない。突っ張ってはいても、詩真音は本質的には優しいひとだ。唯、きょう一日の予定として私になにをさせるか、何時何十分に起こしに行き、そこで着替えもわたしてシャワーを浴びさせ、つぎに朝食を持って行き、という計画は、詩真音の頭に入れてあることだろうが、それはカレにも計画として共有されているにちがいないのだ。詩真音はその計画を忠実に実行するだけだが、カレは自分の勝手に動くだろう。カレがどう行動するかなんて詩真音にはわからない。

素裸で襲われるのは絶対に嫌だった。もうシャワーを浴びることはできない。着替えだけはしないといけないから、今さっさと着替えてしまおう。時間をおけばおく程、カレがやってくるリスクが高まる。そうおもい、橘子はシャツを着たままで、パンティーを手早く穿《は》きかえた。ほんの短い時間でも、清躬のシャツが裸のおしりに直接触れる状態になってしまうことは、橘子をとても緊張させた。同時に、清躬に申しわけない気持ちが起こる。ブラをかえる時だけシャツを脱がないわけにはゆかないが、手にはしっかり持っておく。

着なおしてから鏡で確認してみて、清躬のシャツが自分の裸を隠してくれていることに深い感謝をおぼえずにいられない。おまけに、シャツだけで上半身の装いもきちんと整っている感じがする。いつまでも清躬のシャツを着ていたいとおもう。こんな不安感一杯の特殊な情況ではずっと清躬のシャツに守ってもらいたかった。だが、自分がながく着ることで清躬のシャツは汚れ、擦り切れて、襤褸襤褸《ぼろぼろ》になってゆく。清躬自身は自分を襤褸襤褸にしてでも誰かを守る気持ちでいるだろう。だとしても、たかが自分のために清躬を襤褸襤褸にさせてしまってよいわけはなかった。それに、もしここに贋のカレが現われて、自分に襲いかかってきたりしたら、身につけたこのシャツは乱暴に破かれてしまうのではないだろうか。そんなことをされないためにも、清躬のシャツは脱ぐほかないのだった。橘子は最後のなごりと腕を交叉させ、もう一度ぎゅっと胸を抱き締めた。清躬のシャツを抱き締め、シャツとなっている清躬を抱き締め、シャツの清躬に抱き締めかえされた。そうして橘子は覚悟をきめて清躬のシャツを身から離した。

　鏡には下着を身につけただけのやせっぽちのからだが映った。物凄《ものすご》く頼りなげな自分の姿だった。橘子はすぐ着替えに用意されたワンピースを頭から被《かぶ》って身に纏《まと》った。清躬のシャツが、緋之川さんが買ってくれたミニのワンピースにかわった。洗面所の棚をちゃんと確認すると、予備のタオルやバスタオルもセットされており、口を濯《ゆす》ぐコップとか、ドライヤーや櫛《くし》、洗顔クリームやローション、オイルなども一揃いあった。橘子は歯を磨き、顔だけ洗った。そして、脱いだ清躬のシャツや古い下着などを持って洗面所を出て、部屋にかえった。

　ベッドに腰をかけて、ほかのことにおもいを向けようと努力したのだが、頭をきりかえるのは難しく、今着ているワンピースに意識が移った。もう二度と着まいときめたのに、また着る羽目になってしまった。この服に緋之川さんは宿ってはいない。しかし、清躬のシャツをこの服に取り替えたことをおもうと、緋之川さん縁《ゆかり》のものというのが、どうしたって気にかかってくる。

　この服を着てからまだ四、五日程しか経っていない。ふと、この服で緋之川さんに抱かれた感触が蘇《よみがえ》ってきて、橘子ははっとした。あの時は、自分から抱いてくださいと求めたのだ。しかも都合よく清躬を呼び出して、清躬に自分を応援させた。あの時の清躬は――。ああ、あれは自分勝手につくりあげた幻影だったのか。贋の清躬につながっているものだから、清躬のシャツをとおして自分を包み込んでくれた清躬とは違う。なんということだろう。そうおもうと、余計に自分の浅ましい感情の記憶とそれへの嫌悪、後悔が、この服には染《し》みついているようにおもわれてくる。

　だからといって、このワンピースを脱ぐことはできないのだ。それは自分の過去を消せないのとおなじようにおもわれる。過去は消せないし、今ここにある情況はどの過去ともつながっている。今自分がここにあるのは、贋のカレに騙された結果だけではない。緋之川さんとの関係で自分がとった行動もこれにつながっている。そうおもうと、この二月に紀理子と出会ったことからして今につながっている。抑々《そもそも》、東京の会社に就職をきめたことも。清躬との出会いとわかれ、和華子さんとの出会いとわかれも、今につながる過去なのだ。ナルちゃんとの出会いもそうではないか。鳥上《とりかみ》さんとの出会いも。そうおもうと、希望の萌芽《ほうが》だってないことはない。じゃあ、詩真音さんはどうだろう。あの仮面の女性はどうだろう。ともかくそれらとの出会い、それに対する自分の行動で、今の自分はここに導かれている。そして、これからある未来もその延長線だ。

　その未来は、この部屋とおなじように、鎖《とざ》されているようにみえる。外に出られない。どんどん自分の時間が奪われていく。自分の持ち物もとられてしまっている。

　そのなかで、唯一風穴をあけてくれるのは、清躬のシャツだ。このシャツをとおして清躬と交流できる。詩真音も、この異常な情況から心理的に自分を解放してくれるし、人間らしい交流ができる。かの女は「希望」という言葉を嫌っているようだけれども、かの女がいれば希望は見出せる気がする。

　橘子はわきにおいていた清躬のシャツを手にとり、膝の上において両手を添えた。そして、眼を瞑《つむ》った。

　キユくん、いつもありがとう。

　あなたとずっとつながっている。

　あなたを呼び出しているわけじゃないのよ。それはあなたの負担になるだろうから、来てくれなくていいの。

　あなたがわざわざ来なくても、あなたはこの世界のどこにもいるのを感じる。

　私がどこにいようと、あなたのことを感じとれる。いつも一緒にいられる。

　でも、その感じとり方が弱いと、それは私の問題なのだけれど、私は勝手にあなたを見失ってしまうおそれがある。

だから、このあなたのシャツはとても大事。このあなたのシャツがあれば、全然大丈夫。私は見失わない。私はあなたのことをおもい続ける。

おもい続ける、ずっと。

いつかあなたと直接会いたい。もうすぐ会えるとおもっていたけど、私、おとし穴にはまっちゃったから、あなたのもとへは今は行けないかも。でも、いつかきっと会える。私はあなたのことをおもい続けるし、あなただって私のことをずっと気にかけてくれるにちがいないから。

キユくん、いつも一緒よ。

キユくん、ありがとう。

31 橘子の一念

「お待たせしたわ。朝御飯、持ってきたわよ」

私は、香納美《かのみ》が準備してくれたナコのための朝食を台車に載せて、『蛍《ほたる》』の部屋に運び込んだ。自分の分は先に『蜻蛉《かげろう》』の部屋に入れてある。（私は表向きは外泊していることになっているが、実は私も隠し部屋に泊まっている。深夜に活動するから、自分の部屋にはかえれないのだ。）

扉《とびら》を開けると、ナコがベッドに腰かけているのが見えた。

「なに、ライナスの毛布なの？」

ワンピースに着替えてはいるものの、ナコは相かわらずワケのシャツを手に持っており、食卓に着くのにも一緒に持ってくるので、私は呆《あき》れて言った。

「それも洗うのよ」

「いいの」

「なにがいいの？　まあ、いいわ、もう一日くらいなら持ってなさい」

ワケの話になると、ナコは理解しがたい話をするので、私はあっさり済ませることにした。

「わあ、なんて御馳走なの」

台車から朝食のトレーをテーブルにおいて、ナコに席に着くよう促すと、感動したようにナコが声をあげた。

稲倉のおじさん、おばさんが毎日献立《こんだて》を考え、ちゃんとした食材を仕入れて、調理に腕を揮《ふる》っているのだから、朝でもしっかりしたものが出てくるし、自慢したいくらいおいしい。おじさまがおられなくても、かわらない。というのも、ここのお屋敷では、おじさまとおなじ食卓でみんなが一緒に食事をとるのを基本としているからだ。こんなきちんとした料理をすぐ始末できるよう紙製の食器に移しかえているのが申しわけない程だ。まかないに入っている香納美が内緒にナコと私の分をとりわけて、持ってきてくれた。それはともかく、ナコが元気そうに声を張り上げたので、私はちょっとうれしかった。

「うちは朝からしっかり摂《と》るの。さあ、ゆっくり召し上がれ」

その時ナコを見て、かの女の髪の毛がかわいているのが気になった。そこで引っかかったことは、サニタリー・ルームに入って一気に疑問が解けた。

「一体なにしてるの、あいつ」

ナコはシャワーを浴びていないのだ。浴室はちっとも濡れていないいし、バスマットも出されていない。タオルも、フェイスタオルだけタオル掛けにかかっていて、バスタオルは未使用で棚においてある。ランドリー・バッグもどこにも見えなかった。まさか下着を着替えていないわけはないだろうとおもうのだけれど。寮の部屋はきれいにしていたし、衣類もちゃんと整理して収納されていたから、根が不潔なおんなではないとおもう。監禁されていることに対して無言の抗議なのか。或《ある》いは自暴自棄になっているのだろうか。

部屋に戻ってすぐにも問い質《ただ》したい気持ちだったが、泣かれると厄介《やっかい》なので、まずはベッドに腰をおちつけてナコの様子を見守った。

「あの、詩真音さんにお話ししたいことがあるの」

ナコが此方《こちら》をふりかえって言った。

「話は後。それよりさっさと食べて」

「あら、さっきは、ゆっくり召し上がれって」

「ゆっくり味わうのはいいけれど、お喋《しゃべ》りしないでさっさと食べなさいっていうこと。優しくすると、あなた、つけあがるから」

ナコは一瞬なにか言いたそうにしたが、結局言わずに食卓に向かった。

食事をしているナコに向かって、私はきいた。

「あなた、シャワーはしてないの？」

「ええ」

「ええ、って、どうしてよ？」

「だって――」

ナコは少し言い淀んだ。

「だってって、なに？」

「だって、もしその時、あなたのおにいさんが来たら――」

「えっ、にいさん？　馬鹿ね、にいさんがそんなことするもんですか」

ナコがそんなことを心配していたなんて、頭をかすめることもなかった。女性が裸になっているところをねらうような、あまりに馬鹿げた下劣なことをにいさんがするはずがない。もしにいさんがそんなことをしたら、私は金輪際《こんりんざい》にいさんと一緒に行動できない。ありえない話だ。尤《もっと》も、ナコからすればにいさんに対しては不信の塊にちがいないから、心配はきりがないのだろう。だとすれば、そのためにからだを洗えないのは気の毒だ。

「にいさんは絶対に来ないわ」

私はもう一度言いきった。しかし、ナコは首を振った。

「そんなこと言ったって、私にはわけのわからないことばかり起こっているんですもの。安心できないわ」

「わかったわ。私、また二十分くらいしたら来るから、その時にシャワーを浴びなさい。私が見張ってあげるから、安心して浴びるといいわ」

「また出て行くの？」

「朝は忙しいと言ったでしょ。また来るから」

「詩真音さんて、やっぱり親切ね。あ、こんなこと言うと、またあなたに叱られる」

「叱る時間もないの。あなたはゆっくり食事を味わってればいいわ。また来るから。じゃあ」

私も『蜻蛉』の部屋で自分の朝食を摂らないといけない。ナコには二十分と言ったが、それより早く食事を済ませて、私はナコの部屋に戻った。

ナコはまだ食卓に座っていたが、私の入ってくるのを見て、「御馳走様でした。本当においしかった」と言った。

「完食したのね。なによりだわ」

紙の皿やコップは重ねてかたづけやすいようにおいてあり、きれいに食べてあるのがすぐに見てとれた。

私はこの様子を幾つかの意味で喜んだ。完食されていたことで食べ物のごみがほとんどなく、かたづけやすかった。私がつくったものではないけれども、出した料理を残らず食べてもらえるのは気持ちよかった。好き嫌いやダイエットの理由で食べ物を残すような身勝手さがなく、おいしいものを余さず食べてくれる素直さ、そして食べた後に礼儀正しく食器をかたづける気づかい、そうした美質がこのように拉致《らち》監禁されている情況でも損なわれていなかった。それらのことはナコをあらためて見なおしたということになるが、私が喜んだ点で言えば、なにより、食べ物がちゃんと喉《のど》を通る健康な心身の状態がナコに確認できたことだった。

「だって、おいしくて。ちょっとおなか膨《ふく》れちゃった」

ナコはおなかに手をやって、おどけたようにパンとたたいた。まだワケのシャツがおなかの上におかれているから、どれだけ膨らんだのかはわからない。もうちょっと肉がついたほうがいいのよ。やせぎすなナコのからだを見て、私は内心でつぶやいた。尤もそれは、ナコとおなじ体型の私にもはねかえってくる話だけれども。

「まさか私、お客様扱いされてないわよね？」

ナコが意外なことを言うのに私はおどろいた。

「そんなわけないでしょ。ここの家ではこれが普通なの。私たちが食べてるのとおなじものを持ってきただけよ」

「ここの家？」

ナコが私の言葉に反応した。しまった。

「こちら、どこかのお屋敷？」

「さあね。それよりさっさとシャワーを浴びちゃって」

私は急《せ》き立てるように言い、ナコを立ち上がらせた。

「あの、ちょっとおねがいが……」

ナコは立ち上がりはしたが、すぐには動かず、なにか言いかけた。

「お話はシャワーを浴びてから」

私はナコの肩に手をかけ、促した。

「実は着替えの服なんだけど——」

ナコは勝手に話を続けた。

「着替え？　えっ、着替えって、なにか不具合があったの？」

「不具合と言うか、ともかくこの服着たくないの」

「着たくないって、え、どういうこと？」

私は意味がわからなかった。着替えと言うから、初め、下着のことかとおもったら、ナコは今着ているワンピースを指でつまんで、着たくないのはこれ、と言った。

「あ、キユクンのシャツまだ着ていたいってこと？　そんなに気に入ってるなら、したいようにすれば」

ここまでワケべったりなのも呆れ果ててしまうが、ナコの説得に余計な時間を使いたくなかったので、勝手にさせることにした。しかし、私が想像した理由は違っていた。

「キユくんのシャツの話じゃないの。このワンピース自体、着たくないの」

「言っている意味がわからない。まあ、着たくないなら脱いだらいいじゃない。別にいいわよ、部屋のなかでは裸族《らぞく》でいたいなら」

「嫌《いや》ね。私、裸族じゃないわよ」

「夕べ、キユクンのシャツさえ脱いでたじゃない。下着だけでいたいなら、そうしたらいいわ」

「そんなわけないでしょ。勝手に私の服を脱がせて、下着だけの格好にして放置したのは詩真音さんのくせに。本当、意地悪だわ」

ナコはムッとして言った。

「下着だけで放置したなんて人聞きがわるい。ちゃんとキユクンのシャツを羽織らせてあげた。どうせねむっている間の格好だから、おしゃれさせたってはじまらないわ」

下着の話になって、私はふと気になっていたことをおもいだした。

「あ、それはそうと、あなた、下着はちゃんと着替えてるんでしょうね？」

「え、ええ、勿論《もちろん》」

ナコは恥ずかしそうに顔を伏せた。

「着替えた下着はどこ？　ランドリー・バッグが見当たらないけど」

「あ、あの、下着は自分で洗濯します」

「洗って、ちゃんとかえしてあげるわよ」

信用されていないように感じて、私は言った。

「いいです。下着くらい自分で」

「言っとくけど、あなたのために洗濯機をここにおかないわよ」

「勿論、手洗いするわ」

そうしたいナコの気持ちもわかったので、「だったら、洗濯石鹸《せっけん》持ってきてあげる」と私は言った。

「ありがとう。それからピンチハンガーもね」

「洗濯物干すものね？　いいわよ」

「勝手言ってばかりで申しわけないけど」

「別に要望を言うのは構わないわ。おなかに溜め込まれるよりおもてに出してくれたほうがいい。それをきくかきかないかは私の勝手にさせてもらうけどね」

続けて、私はきいた。

「で、まだちゃんときいてないけど、どうしてこのワンピースじゃいけないの？　ひょっとして、どこか破けているの？」

「ううん」

「じゃあ、なに？　ミニなのが嫌なの？」

「別にそれはいいんだけど。唯、ちょっと……」

「ちょっと、なに？　はっきり言いなさい」

「唯ちょっと、差し障《さわ》りがあるの」

「なによ、差し障りって？　ちっともわかんないじゃない」

私は少しいらっとしてきつく言った。

「言いにくい事情なの。勘弁して」

「なによ、隠し事？」

かの女の立場なら、強制されないかぎりは別に言いたくないことは言わないでいいのだが、私のことを親切だとか優しいとか言っておきながら、自分の腹はわらないというのが気に入らなかった。

「あの、これ、会社の先輩から戴《いただ》いたの。一度は着てしまったんだけれども、本当は戴くいわれがないもので、もう着ちゃいけないときめたの。ほかに着るものがなければしようがないけれども、ほかに服があるんだったら」

その先輩とかいう男はつきあっているかの女——にいさんが「魔女」になぞらえてナコをびびらせたおんなだ——がいながら、ナコともいい仲になろうとしたのだ。それがかの女に知れて、ナコはおそろしい目に遭った。このワンピースがその記憶と結びついているなら、かえてあげたほうがいいだろう。

「わかったわ。じゃあ、別の服を持ってきてあげる。だけど、あなたの部屋から持ってきたのはそのワンピースだけだから、私の服を着てもらうことになるわ」

「ありがとう、詩真音さん。わがまま言って申しわけないけど、詩真音さんの服を貸してください」

「私のはどれもスカート丈が結構短いわよ」

別にミニにかぎらず、勿論膝丈サイズもミディも持っているけれども、ナコに対してはこう言っておく。するとナコは、「ええ、贅沢《ぜいたく》は言いません」と、ミニを覚悟しているように答えた。

「じゃあ、さっさとシャワーを済ませちゃって」

私はナコをサニタリー・ルームにおいたてた。

朝食の紙食器を処分した後で部屋の様子を調べてみると、書き物机の隅のほうにランドリー・バッグと、私がわたしたミニスカートの畳《たた》んであるのがあった。ランドリー・バッグには、ナコの脱いだ下着が入っていた。ナコは下着は自分で洗うと言っていたが、どうせ私は纏めて洗濯をするので、シーツやミニスカートと一緒に回収することにした。性能のいい乾燥機もあるから、すぐかえしてあげることもできる。だったら、キユクンのシャツだって一緒に洗ってしまおう。

私はすぐとってかえして、シェルターに付属しているランドリー・ルームに行った。ナコの洗い物を自分の分と一緒に洗濯機に放り込んで、スイッチを入れた。それから、自分の部屋にかえった。みんな揃って朝食を摂っているので、誰にも見られない。ナコの着替えの服として新たに選んだのもワンピースで、ネイビー地に粗いチェックが入ったもの。私のお気に入りだった。ナコにもよく似合うだろう。

部屋に戻ると、ナコがベッドに腰かけていたので、私はびっくりしてしまった。しかも、さっきのワンピースをまた着ている。

「もうあがったの？」

見ると、髪の毛は洗っていない。からだだけさっと洗い流して、すぐに出たようだ。それだけでもさっぱりしたはずなのに、顔はナコには珍しく膨れっ面をしている。

「なに、髪は――」

「ひどいひとね」

私の言葉の途中からナコが口を挟んだ。いきなりそんなことを言われるとは意外だった。ランドリー・バッグを勝手に回収したことをおこっているのだろうか。

「ひどいって、どういうことよ」

「詩真音さん、ちゃんと見張ってあげると言ったじゃない。でも、どこか行っちゃってたのね」

そっちのことか。まさかこんなに早くナコがシャワーを終えて出てくるとはおもっていなかったから、計算違いをした。

「だって、あなたの洗濯物を――」

「そんなの、後でいいじゃない」

「でも、あなた、服の着替えも持ってきてと言ったわ。それは後じゃまずいでしょ」

「それも、シャワーを浴びた後でいい。私が裸になっている間にカレが入ってくることがないよう、詩真音さんが見張ってくれるという約束だった」

約束したっけ？とおもったが、ナコはそうおもいこんでいるのだから、そこにこだわってもどうしようもない。

「それは私がわるかったわ。でも、何度も言うけど、にいさんはそんなことするひとじゃない。それは私がよく知っている。絶対ないとわかっているから、見張る必要もなかった。それに、最短時間で戻ってきた。あなたが髪も洗うとおもっていたから、あなたがシャワーを終えるまでにちゃんと戻っている算段だった」

「私はあなたが見張ってくれているとおもうから、あまり時間がかかってはいけないとおもって、早くあがったのよ。でも、あなたは部屋にいてくれていなかった」

「だから、謝るわ。御免なさい」

私にも言い分があるが、拗《こじ》らせると無駄に時間を食うだけなので、自分から折れた。

あっさり私が謝罪したことにかえってとまどったようで、ぎこちなくナコは「あ、どうも」とかえした。

「あ、それ、着替えの服ですか？」

機嫌《きげん》がなおったように、ナコは明るい声で言った。

「ええ、そうよ」

「ワンピース？」

「そう。色は真反対だけど、かわいいわよ」

その声と眼の色からナコが私の持ってきたワンピースに興味を懐《いだ》いているのを感じとった。完全に機嫌をなおしたようだ。

「着替えさせてもらっていいですか？」

「そのために持ってきてあげたんでしょ」

「ありがとうございます」

「じゃあ、早くそれ脱いで、着替えなさい」

ナコは少し逡巡していたが、「何度も言うけど、朝はそんなにゆっくりしていられないの」と急《せ》かすと、

「そうね。ゆっくりなんかしていられないわね」と自分でも言って、今着ている淡いピンクのフレアワンピースを手早く脱いで、下着姿になった。私の前で恥ずかしがる素振りはなく、きのうの晩に下着姿で縮こまっていたかの女ではなかった。ナコの下着の色を見て、私はワンピースの色をまちがえたとおもったが、もうしようがない。

ナコの伸びやかで美しい肢体は自分を鏡で見るようだった。それから、ワンピースを脱いだナコの下着姿が、録音テープできいた、ワケのアパートで紀理子の着替えている様子の想像に重なった。唯、ナコは私の眼の前で堂々と着替えているが、紀理子は洗面所に籠もって、自分でしかけておきながら、後ろ暗いおもいで着替えている。行為と気持ちがちぐはぐで、意図した結果は得られず、かえってからだと心を襤褸襤褸にした。一方、ナコは監禁されている情況にありながら、最早《もはや》明るさを取り戻し、着替えの服も私のお気に入りのワンピースをゲットしている。そして今、私が持ってきたネイビー地でチェック柄のワンピースに着替えて、早速姿見に向かい合って、喜々として自分の姿を映している。

「わあ、素敵」

ナコは私のほうに顔を向けて、笑顔を振り撒《ま》いた。

「あなたにもよく似合うわ」

このワンピースを着ると、私でも年齢よりわかく、ティーンズに見える。日頃から幼く見える女子も程よくハイティーンに見える。ナコは私とおなじタイプだから、高校生か、大学の新入生くらいの感じだ。少なくとも、ＯＬの年齢には見えない。尤も、かの女はまだ二十歳《はたち》なのだから、学生に見えるのはちっともおかしいわけではない。

「詩真音さん、お話しする時間はある？」

程なくベッドに戻って腰をかけると、ナコがきいた。

「あんまりないわ。だから、言うなら、手短におねがい」

「私、きょうの午前中――きょうが四月二十九日なら――、清躬くんと会う約束をしているの」

「知ってるわ」

「私、清躬くんと会いたい。絶対会いたい」

ナコはストレートに自分の感情を訴えた。

「ナコの気持ちはわかる。でも、それができるかどうかは別問題だわ」

「私を拉致したのは、清躬くんに会わせないようにするためなの？」

「私は本当のところ知らないの。唯、言われたことをやってるだけ」

「あなたのおにいさんに？」

「私からは言えないの。知っていることもないし」

私がそう言うと、ナコは小さく、ああ、と溜息《ためいき》をついた。正直な反応だ。

「ああ、でも、あなたはおにいさんと話ができるんでしょ？」

「あ、それは期待しないほうがいいよ。慥《たし》かに、私はにいさんと話ができるけど、にいさんはいつも一方的で、私はそれをきくだけ。どうしても嫌な時は嫌と言うけど、私からおねがいすることなんてきいてくれない。きいてくれる時があったって、それは気紛《きまぐ》れ。当てにできない」

「おにいさんなのに？」

ナコのそのききかたは嫌だった。屈託もなく、私たちのことを実のきょうだいのようにおもって言っている感じだったからだ。きのう、兄貴分としてそう呼んでいるだけと話したというのに。私だって実は、にいさんが否定しても本当の兄と信じている。だが、表向きは血の繋がりのない関係で言い繕わなければならないのだ。それをもう一度くりかえすのはおもしろくない。

「ナコは、きのう私が言ったことをちっともおぼえていないのね」

「えっ？　なにを？」

「やっぱり。ちゃんときいてないひとにもう一度話すつもりはないわ」

「なによ。あなたのおにいさんの話、なにも言ってくれてないじゃないの」

珍しくナコが口答えをした。

「御免なさい。あなただって言えないのよね？」

強気に出ても、すぐに引っ込んでしまうから、喧嘩《けんか》にならない。

「でも、あなたたち、御兄妹《ごきょうだい》のように仲がいいんでしょ？」

「なんだ、おぼえてるんじゃない」

「あのひと、なにを考えているかわからないけれども、あなたにはきっと優しい」

「なにを根據《こんきょ》にそう言うのよ」

「ああいうひとをおにいさんと呼べる関係なんだもの」

「それだけ？　あなた、一人っ子でしょ？　おにいさんに幻想を持ってるんじゃない？」

「じゃあ、どうして赤の他人をおにいさんと呼ぶの？　小さい時からかわいがってもらったか、本当のおにいさんか」

「もういい。勝手な憶測はしないで。で、なに？　結局、なにが言いたいの？　キユクンに会いたい、というのはわかったわ。約束の時間が迫ってるから、ぎりぎりまでおねがいしたい気持ちはわかるけど、あなたはここから出られない立場なんだから、残念だけど、それはどうにもならない」

　私はきっぱりと言った。にいさんがナコにかれを会わせると言ったけど、かれを午前中にお屋敷に連れてくるのが確かなだけで本当にどうするかわからないし、少なくとも今の時点でナコにそういう話をするわけにはゆかない。

「ああ、じゃあ、せめて、きょうの約束の時間に行けないことだけ、清躬くんに伝えたい。約束しているのに待ち合わせに現われなかったりしたら、心配かけてしまうわ。おねがい。それだけはなんとかしたいの」

　こんなことを言うのは、ワケと会う約束を果たせないと覚悟しているのだろう。

「あなた、私がきのう言ったこと、きいてた？　あなたになりすまして私がキユクンに会うのよ。約束はちゃんと守ったことになる」

　私は答えた。

「いけないわ。清躬くんを騙すなんて」

「それしかないでしょ。約束は守りたいんでしょ？」

「でも、騙すのはもっといけないわ」

「あなた、きのう、自分の言ったこと、おぼえてる？　キユクンなら騙されないって、自分で言ったでしょうが。なによ、あなたの自信、もう揺らいできたの？」

「いいえ。清躬くんはちゃんと見分けるわ」

「でも、実際に何年も会ってないんでしょ？　あなたはそう信じたいんだろうけど、当てにならない。キユクンは騙されないとおもったら、なにも心配することないはずだわ」

「あなたには引っかからなくても、私が来られないことを心配するじゃない。私から清躬くんに伝える。だから、私の携帯電話、今だけ使わせて。約束をキャンセルすることを言ったら、すぐに切って、あなたにかえす」

　ナコが提案した。

「だけど、あなた、キユクンの声をきいたらきっと泣くわ。それじゃ元も子もなくなる」

「泣かないわ。大事な電話だから、泣かないよう、がんばる」

「がんばると言ってる時点で駄目だわ。１００％泣くにきまってる。ほら、今だって、キユクンと話すことを想像して、なみだぐんでる」

「意地悪」

　本当にナコはなみだ眼になっているのだ。

「泣いたら、余計心配するじゃない。そんな失敗は許されないんだから、私がかわりにいいようにやってあげる。私は失敗しないから」

「じゃあ、私のいるところで電話してくれない？」

「要求出してくるわね。さあ、どうしようかなあ。考えとくわ」

　私ははぐらかした。

　すると、急にナコがぶつかってきた。そして、私をベッドにおしたおし、かぶさるように自分が上になった。

「なにするのよ」

「どうして清躬くんに会っちゃいけないのよ。どうして妨害《ぼうがい》するのよ」

　ナコの顔はなみだでぐちゃぐちゃになっていた。

　ちょっと、そんな顔見せないでよ。あなたの顔は、私の顔。まだ、そういう連想が。しかも今、かの女は私の服を着ている。私になりすますのはナコのほうじゃない。ああ、その顔を見ないようにとおもって天井《てんじょう》に眼を向けると——今度は幽体離脱の連想が蘇って、ああ、堪《たま》らない。ワケのシャツへの乗り移りといい、ナコとワケってなんでこんなにオカルトチックなの？

　私は眼を瞑《つむ》った。ナコの顔も、天井も、見たくない、見てはいけない。

　ああ、この体勢だってなんなのだ。何回ベッドの上に寝っ転がってるんだ。それに、ナコと上、下に。前は私がナコをおしたおし、馬乗りになった。あの時はナコはまったく無抵抗だった。ああ、私も力が出ない。

眼を瞑っているから、内に籠《こ》もってしまう。

「なんで、なんにも答えてくれないのよ」

その叫びと共に、冷たい液体の粒が私の頬《ほお》におちた。

はっと私は眼を開けた。

ナコの眼がなみだの池のようになっていた。かの女の睛《ひとみ》に私の姿が映り、その私はなみだの池で――

そんなマジックにかかるものか。

私はナコに飛びつくと、ぐるっとからだを反転させ、体勢を入れ替えた。私はかの女の上になって、からだを起こそうとしたが、その瞬間、ナコがぎゅっと抱きつき、お互いにバランスがくずれて、二人してベッドからおちた。痛い。体を打った。ナコもかなり強く体を打ったはずだ。それでもナコは私に抱きついたまま離さない。

「離しなさい」

「嫌。清躬くんのことはっきりするまで離さない」

「こんなことして只で済むとおもってるの？　どんどん自分が不利になるわよ」

「こんなこと、じゃないわ。私だって必死なの。あなたからちゃんとした話をきくまで、どうしたってあなたを離さない」

どうにかかの女のからだを捥《も》ぎ離そうと懸命になったが、からだが密着しすぎておもうようにいかない。それではと、上体を波打つように揺らして擦《す》り抜けようとするが、どこまでもナコがからだをくっつけてくる。ナコは本気で、蛇のように私のからだに絡《から》みついて離れない気だ。

ナコは私に挑んでいる。そうなれば、私は負けるわけにゆかない。にいさんの手前もある。

こんなに密着した状態では腕の力が入らないので、かの女とくっついたからだを回転させて、ぐるぐるまわるうちに隙《すき》をつくろうとしたが、ナコはぴったりからだを合わせてきて、どんなに劇《はげ》しく回転させても決して緩みはしなかった。力づくでは埒《らち》があかないとわかって、私はかの女のわき腹をくすぐる手段に訴えた。

床の上で動きまわっているうちに、ナコのスカートがずり上がってピンクのパンティーが見えていた。私のほうはスカートがめくれあがる前に自分で裾を下げて正すけれども、ナコは一向に構っていない。私に抱きつくことに懸命で手を離すことをまったくしない。スカートがずり上がっているから、わき腹を直接くすぐることができた。流石にくすぐったいのだろう、ナコの腰がくねった。効果ありとそれを続けたが、いくら腰はくねっても私をつかんで離さない力にかわりはなかった。くすぐったいのも耐えきって、なんとしてでも私を離しはしない決意の強固さに呆れてしまう。今度は、わき腹や太腿を抓《つね》ってみるが、それも耐えて、私に抱きつく力はかわらない。私は苛々《いらいら》して、ナコのワンピースを背中のほうまでずり上げた。

「自分の格好、考えなさいよ。ほら、服をちゃんとしないと。ちょっと休戦」

私はナコのおしりを叩いて忠告した。

「私、逃げないから、とにかく休戦。こんな格好ひどすぎるでしょ。私にも服をなおさせてよ」

しかし、ナコから返事はなかった。なにがあっても相手を離さないという一念が、まるでどこまでも絡みつく蛇の特性を帯び、腕も双頭の蛇と化して締めつける異常な生き物にナコをかえてしまったようだ。ねばつくようにからだ全体で私に吸着して離れない。このような怪物になにを言ったところで、なにも響くはずがない。

私は苛立《いらだ》ちが昂《こう》じて、ナコのおしりをぎゅっと掴《つか》んで、痛いくらいに抓った。蛇ではない、わかいおんなの子がおしりにそんなことをされたら、普通悲鳴をあげるだろう。そして、そんなことを止めさせようと、少なくとも片方の手をおしりのほうに動かすものだろう。だが、ナコはなにもかかわらず、からだを密着させたまま少しも隙《すき》をつくらない。かの女はもう別の生き物になっている。

「こら、こら、こらー。眼を覚ましなさい。からだを離さないと、もっとひどいことするよ。いいの？」

そんなことを言ってもなんの効果もないのはわかっていた。私は自棄《やけ》になってひどい仕打ちをエスカレートすることも考えた。普通なら急所を攻撃して一発で仕留めるところだが、こんな密着した状態では無理だ。こっちも自棄で、ほかにもなんなりと考えられるが、ノックアウト以外いまのナコにはきかないだろう。それに、自分に似たからだを傷つけたり辱《はずかし》めたりするのも嫌だった。私まで怪物になり下がって誇りを失うことはない。

私はナコの消耗を待つことに方針をかえた。ナコごときに自分の時間を奪われてしまうのは癪《しゃく》だが、ナコの異常性に対抗してもしようがない。私が抵抗すればするほど、ナコも異常な力を発揮してくる。だが、現実的に考えれば、ナコだって生身の人間だ。いくら必死のおもいで私を捕まえていたって、力の入れっ放しは長続きしないはず。そのうち力が緩む時が来る。その隙をねらうしかない。

ナコがここまで必死になり、もう言葉が通じない怪物みたいになっているのは、唯、ワケとどうにか会わせてほしいという一念だけだろうか？　どうしてナコは、ワケのことだとここまでかわってしまうんだろうか？　安珍への執着から蛇体に姿がかわってしまった清姫みたいになっているが、ワケはナコの戀人《こいびと》とは違う。幼馴染《おさななじみ》という間柄にすぎない。しかも何年も音信を途絶えさせていて、直接話したのはおとついの電話だけだ。それがこんなにナコをかえてしまうとは、オカルトだ。ナコとワケはもともと一人の人間で、それが二つのからだにわかれてしまったために、お互いに相手を取り戻さないではいられない関係になっているのだ。私におもいつく説明はそれくらいだ。

　そうしたことを考えている時、急に私の太腿のつけ根が振動を感じた。スカートのポケットに入れたスマホだ。私はスマホを取り出した。にいさんからだとディスプレイで確認した。だが、この状態のままではとても話ができない。

「スマホが鳴ってる。出ないといけないから、放して」

　私は続けて言った。

「今度こそ休戦、本当に。――休戦！　きこえてるの？」

　そう言うと同時に、私はもがいたが、ナコは一向に力を緩めず、絡みついて離れなかった。やはり言葉が通じない。けれども、私だって必死だ。

「にいさんからだよ。出ないとひどいことになる。ちょっと、もう、からだを放して。放せ。放せったら」

　にいさんからの電話はすぐに出ないと叱られる。機嫌を損じると、その修復が大變だ。

「こら、冗談じゃないんだから。電話に――あ、切れた。馬鹿。にいさんがおこったら、とんでもないことになるよ。本当、どうするのよ」

　私はナコに対して本気で腹が立って、おもわずスマホでかの女の頭を小突いた。にいさんは気が短いから、そんなに長くコールしてくれない。案の定《じょう》、電話が切れてしまった。きっと後で大目玉を食い、説明を求められる。本当にまずい。こんなに言っているのに、言うことをきかないなんて、本当に人間が壊れてしまったんじゃないかしら。

　きっと、もうなにも考えていないんだ。ちっとも受け答えもしないし、本当に蛇に同化しているんじゃないかしら。處置《しょち》なしだわ。私は暗澹《あんたん》とした気分になった。

と、またスマホが振動した。諦めかけていたが、この機会を逃してはいけない。

「本当、今度こそにいさんの電話に出ないと、ひどいことになるんだよ、こら」

私も夢中で言ったが、今度はあっさりナコがからだを放した。さっと私から離れると、今になって自分のはしたない格好に気づいたのか、胸までまくり上がっていたワンピースを慌《あわ》てておろすと、恥ずかしそうに戸口まで駆けて、そこで蹲《うずくま》った。その様子を横目にしながら、私は電話をとった。

――御免なさい、にいさん。

――手を焼いているな。

――あ。

にいさんは部屋の監視カメラを見ているんだ。なんてみっともない様子を見せているんだろう。ナコは自業自得とはいえ度を超えていたし、巻き添えを食らった私も見られたくない姿を曝してしまった。

――おまえ、大丈夫か。調子を狂わされっ放しじゃないか。

――そんなことないわ。手加減したら――

――ナコの相手をしてくれてありがとうよ。なかなか見物《みもの》だ。

見物と言われ、ナコと一緒にされている感じがして、私は悔しくおもった。なんでこんな無茶苦茶なおんなに私が巻き添えを食わないといけないのだろう。

――スマホのスピーカーをオンにしろ。

――えっ？

――言ったとおりにしろ。

――あ、はい。

私は言われたとおりにした。私はにいさんの意図がわからなかった。にいさんは自分の声をナコにきかせて、動揺するのを楽しもうというのだろうか。

だが、そうではなかった。つぎの一言に、私は耳を疑った。

――ナコにかわってくれ。

――えっ？

――早くかわれ。

命じられて、私は扉の前に座って身構えているナコのところへ行った。

――きこえたでしょ。にいさんからよ。

ナコは震える手で私のスマホを受け取った。

――おはよう。橘子ちゃん。

にいさんの声が響いた。スピーカーをオンにしたのは、やりとりを私にきかせるためだったんだ。

――お、は、よう。

ナコは張り詰めた表情で途切れ途切れで挨拶《あいさつ》をかえした。にいさんの声に取り乱して、もっと感情的に反応するのかとおもったが、警戒心のほうが強いようだった。それでも律儀《りちぎ》に挨拶の返事をするとは、どこまでこのおんなは人が好いのか。

――どうしたの、いつもの橘子ちゃんの調子じゃないね。いつもかわいい笑顔で接してくれていたのに。まあ、いいさ。ぼくも、もうきみの清躬くんじゃないのが露呈しているから、こっちだってちょっと調子はかえるさ。まあ、これまでのことはさておいて、これからは新しい関係でよろしく、というところだね。

ナコが一言も発しなかったので、にいさんが続けた。

――きょうは、これまでのように長話はできない。だけど、中身は濃いから、注意深くきいてくれ。橘子ちゃんのねがいに応えてあげるんだから。

一体どういう話をにいさんはするんだろうか。私も興味津津だった。だが、ナコは相かわらずかたまっていて、昏も纔《わず》かな動きすらなかった。

――おいおい、橘子ちゃん、なにも言ってくれないなんて、随分つれないじゃないか。ナコちゃんと呼べば、返事してくれるのか？

――やめて！

ナコが金切り声をあげた。贋の清躬から、ナコと呼ばれるのが最早生理的に受け付けないようだ。気持ちはわからないでもない。

――おお。声をあげてくれたね。

――こ、これまでどおり、橘子、と、呼んで、ください。

橘子がからだを震わせながら、声を絞り出すように途切れ途切れに言った。

――ナコちゃんは本物のキユくんだけにしか許さない、と言うんだな。尊重しよう。

――おねがい、です、橘子、と。

にぎったスマホに縋《すが》るように、橘子は声を出した。

――何度も言わなくても、わかる。もう、ナコとは言わんさ。

――わかって、いただいて、ありがとう。

――おそれいったよ、橘子ちゃん。そんなことにも、ありがとうと言うんだから。偖《さ》て、おれは橘子ちゃんのねがいに応えてあげるって言ってるんだ。もう少し具体的に言ってやろうか。きみのねがいは、本物の清躬くんに会いたいか、贋の清躬くんの正体を知りたいか、どっちだい？　どっちもあるが正解か知らんが、どっちもおねがいなんて、橘子ちゃんは欲張りなことは言わないひとだ。だよね？

　にいさんは意地悪なことを言う。

――じゃあ、どっちのねがいのほうがおおきい？　おおきいほうのねがいに応えてあげるよ。但し、今度はしっかり声に出して言ってよ。そこにいるおねえさんも協力してくれるんだから、かの女にもはっきりきこえる声で言ってくれなくちゃ、無効となってしまうかもしれないよ。わかるね？

――清躬くんに会わせてください。

　にいさんの言葉が終わるや、ナコは張り裂けるような声で叫んだ。

――きょう、約束どおりに、清躬くんに会わせてください。会わせてください。

――よし。ちゃんと言えるじゃないか。橘子ちゃん、そっちのほうのねがいをとったんだね。まあ、おもったとおりだ。諒解したよ。唯、余計なことはつけくわえないでほしいな。約束どおりとか言ったけど、きみと清躬の約束なんかぼくが知るものか。きみの約束は、きょう十一時四十分にぼくと会うことだ。

――あなたとの約束も守るつもりです。ここから出してもらえるならば。

　少しおびえたような小さな声だが、ナコははっきり言った。

――守るつもりだって？　そうだな。その約束では、きみが一人で来るとは言明してないからな。だけど、その約束は變更《へんこう》しよう。きみはもうぼくの近くに来ているのに、わざわざ駅で待ち合わせする意味もないからね。だから、場所は變更だ。序《ついで》に時間もかえたほうがいいようだ。まあ、その約束は一旦保留にしようか。きみもそれでいいだろ？

――あの、清躬くんと会わせてもらうことは――

――心配しないでいいよ。きみのねがいに応えるって言ったんだから。しかも、ありがたいことに、きょう会わせてあげるよ。それがお望みだろ？

――ええ、おねがいします、是非。

　ナコは祈るように胸の前で手を合わせた。

――きみのねがいはかなえられる。唯、一点注意がある。なにかわかるかい？

　ナコは無言で首を横に振った。

――きみのねがいは本物の清躬くんに会うことだ。だけど、贋の清躬くんの存在もきえてはいない。だから、きみはきょう、どっちの清躬くんにも会う可能性がある。

せてくれなくちゃ困るんです。会わせてくれなくちゃ困るんです。

ナコはまた声を張り上げた。

——本物に会うことと贋物に会うこととは矛盾《むじゅん》しないよ。唯、どっちに先に会い、それを本物か贋物か、見極められるかだ。きみのねがいは本物の清躬くんに会うことだと言いながら、きみ自身が本物と贋物を取り違えていたらお話にならないからね。それで、ねがいをかなえてくれなかったと言われても、責任は持てないよ。もし、初めに会ったのが贋物だった時は、いいえ、このひとじゃありません、と言いさえすれば、つぎは本物の清躬くんが登場することを保証するよ。但し、本物の清躬くんに会っているのに、いいえ、このひとじゃありません、なんて言った場合は、本物くんは退場するよ。それでも、本物の清躬くんに会ったことはまちがいないんだけどね。さあ、どうかな？　橘子ちゃんはまちがえずに言い当てられるかな？　自信の程はどうだい？

——私はまた騙《だま》されるかもしれない。

ナコは自信がないように言った。なんだ、キユクンに会いたい一心で普段にないパワーを発揮するんじゃないのか。普段はともかく、今この時ばかりは。今からそんな弱気では餌食《えじき》にされるだけじゃないか。

——本当の清躬くんのことはまちがえません。でも、贋の清躬くんを本当の清躬くんとおもうことはあるかもしれない。その自信はありません。だけど、何度私を騙してもいいですけど、それでもどこかで本当の清躬くんに会わせてください。そのことだけどうか、おねがいします。

——出会えれば総てが贖《あがな》われるか？　なんだ、かれは救世主か？　ぼくが会ってる時には、きみにそんな熱狂を感じなかったけれど。

にいさんが揶揄《やゆ》するように言った。

——一つきかせてください。私と会うために、清躬くんがひどい目に遭ったりすることはありませんか？

今度はナコから尋ねた。

——ひどい目ってどういうことだろう？

にいさんが反問した。

——私とおなじように監禁されていたりとか。

——かれはきみとは違うよ。

——清躬くんは監禁されてはいないんですか？

——監禁しているとしたら、ナルちゃん家《ち》から拉致しないといけないだろ。子供のいる家でそんなことしないよ。

——ああ、そうであれば。

それから橘子は安堵《あんど》の溜息をついた。

——とにかく清躬くんが辛い目に遭うことだけは止めてください。おねがいですから、清躬くんのことはそっとして——

——かれが辛いと感じるかどうか、ぼくの意図と無関係に生じた感情はどうしようもない。抑々《そもそも》が、きみと会うということで、どうして本当の清躬くんが辛い目に遭うというんだい？　或いは、ぼくがそうしなきゃいけないんだい？　その心配の根據《こんきょ》は意味不明だね。まあ、橘子ちゃんは根が心配性《しんぱいしょう》で、心配の種は尽きないにしてもだね。ぼくは、かれをひどい目に遭わせたりするつもりはない。ぼくはそういうことを意図しない。それだけ言っておくよ。あとはきみがぼくを信用するかどうかだ。ぼくを信用しないなら、なにを言っても無駄なんだから、この話もなしにするしかない。

にいさんはいつものように突き放すように言った。余計な質問をするから、こう言われてしまうんだ。

——信用します。私のねがいに応えてくれるっていうお話ですもの、ああ、どうか是非おねがいします。

あっさりそう返事したので、私はナコに感心した。少し膽《きも》が据わってきたのか。

——そういう話をしてるんだから、素直な心で信用しなくちゃ話にならない。当たり前のことだ。そういう当たり前を選択できる橘子ちゃんはりっぱだよ。世の中には、疑念ばかり懐《いだ》いて先に進まない連中がおおいからね。じゃあ、話はきまったということで、ぼくの話も終わりだ。橘子ちゃんとまたお話しできてうれしかったよ。ありがとう。ところで、あまりそのおねえさんを困らせないようにね。本物の清躬くんに会うには、そのおねえさんの協力も必要なんだから。おこらせたら、後は知らないよ。

最後は勝手に私をだしにして、にいさんは電話を切った。

ナコは放心したように眼を開いたまま、おなじ姿勢でじっとしていた。ナコ、と呼びかけても反応がない。私はかの女の手から自分のスマホを取った。手のかたちはそのままかわらなかった。そのまま暫くナコを一人にしておこうかとおもったが、扉の前にナコが座っており、ナコをおしたおして出て行くことは憚《はばか》られたので、私はテーブルの席に腰をかけた。

ナコにワケを会わせるというのは本当だったんだ。勿論、ワケを連れて来いと命じられもしたのだから、それはわかっていたが、しかし、にいさんが本人に対してストレートにそう言うとはおもいもしなかった。これまで、人になりすますなどにいさんに命じられて動く時は、この結果どうなるのか、人物の反応や行動の結果などがおおよそ予想がついたし、にいさん自身が想定しない突飛な行動をしてもそれほど違和感なく適応できたのだけれども、今回はナコ本人に調子を狂わされている所為《せい》もあるのか、にいさんの言うことも呑み込めなかったり、とまどったりすることばかりだ。ワケやナコという人物が常識外なので、料理のしかたもかわるのかもしれない。

ともかくナコにワケを会わせて、一体どういうことが起こるのだろうか。にいさんの本当のねらいはナコよりもワケのほうだろう。ワケ本人をどうにかしたいのか、ワケを利用して神麗守や紅麗緒になにか作用させたいのか、にいさんがどっちのほうを考えているのか、にいさんはなにも教えてくれないから想像を働かせるしかないけれども、見当がつかない。

ワケをここに連れてくる時間はもうすぐだ。愈々《いよいよ》事が動く。

「詩真音さん」

私を呼ぶ声がきこえたので、ナコのほうを振りかえった。かの女はもう立ち上がっており、私のほうにやってきているのだった。表情は普通に戻っていた。

「詩真音さん、御免なさい」

ナコがいきなりお辞儀をして、謝った。なんのことなのか見当がつかず、唯おどろくだけだった。

「なに、どうしたの?」

「さっきは、詩真音さんにひどいことをしたわ。私は清躬くんと会う約束があるのに、あなたがそれを妨害しているとおもって。あなたが部屋を出て行ったら、もう清躬くんと会うことはかなわないとおもったの」

「だとしても、本当にひどかったわ。しつこすぎる」

ナコの気持ちもわかるけれども、私はやられっ放しの鬱憤《うっぷん》が溜まっていたので、それをぶつけるように言った。

「本当に、御免なさい」

「あなたって、キユクンのことになると人がかわるから、もうびっくりすることの連続よ。初めはあなたなんかかんたんに振り切れるとおもったけれども、あなたのその細腕のどこにあんな力があったのよ。唯、ちょっと度が過ぎてるわ」

相手になにをされようと構うことなく捕まえて離さないことだけに全力を集中させたのは或る意味遖《あっぱれ》であ

るけれども、しかしこれがもしにいさんのように圧倒的に腕力の強い男性相手にあんなことをしたら、どんな目に遭わされるかわかったものではない。ナコのあまりの一途《いちず》さは非常に危なっかしいものをおぼえさせられる。

「おこった？」

「おこらないはずないじゃない。何度言ったって、全然ききゃしないんだから。私の言葉、あなた、きこえてたの？」

「ええ。でも、夢中で、なにを言われてるか」

「少なくとも、ワンピースが背中までめくれて、おしり丸出しなのは気がついてたでしょ？」

「えっ？」

ナコはびっくりしたように後ろをふりかえり、手でおしりを点検した。

「もう元に戻ってるわよ。というか、さっき自分でなおしたじゃない」

「はあ」

気の抜けたような返事にイラっとくる。

「やっぱり、ミニスカートは怖いですね」

「ミニスカートの所為《せい》にするな。縦令《たとい》パンツスタイルでも、あんな格好で地べたで抱きつくなんてあり得ないわよ。私だってスカートで巻き添えを食いそうになった。ともかくスカートだったら、なおさら慎《つつし》みというのを意識しないといけないんじゃなくって？」

監視カメラで一部始終にいさんに見られていることを伝えたら、ナコはどういう反応をするだろうか。これ以上ナコをおいこんでもしかたがないから、それは言わないことにした。

「御免なさい」

「何度も言わなくていいわ。ともかくあなた、自分を飛ばし過ぎよ。私に絡みついて全然離してくれないから、もう人間でなくなって、蛇にかわってしまったんじゃないかとおもったわ。言ってもなんにも通じないし。今度こんなことがあったら、あなたを縛り上げるからね」

ぶつけたい文句は山ほどあるけれども、きりがない。唯、一言だけナコに言っておきたいことがまだ残っていた。

「あと、もう一つ。これ、私のワンピース貸してあげてるんだからね、それで床で暴《あば》れられたら傷《いた》むでしょ。ちょっと考えてほしいわ」

「ああ」

ナコは両頬《りょうほほ》に手を当てて、心配な顔をした。そして、スカートの裾を持ち上げて、生地《きじ》の状態を点検した。

「本当にいけなかったです。どうしたらいいかしら」

「いいわよ、別に。だから、その格好でもう暴れないで。もしつぎもその格好で暴れようとしたら、もうそのワンピース、取り上げるわ」

そこまで言うと、私はさっと立ち上がった。

「私、もう行くわ」

ナコのために余計な時間を食ってしまったので、私はさっさと部屋を出て行こうとした。すると、すかさずナコが声をかけた。

「あ、ちょっと」

「なに？」

「清躬くんのシャツ、持って行ったの？」

やっぱり気がついていたか。あれだけ執心していたのだから、気がつかないはずはないか。

「今、洗濯中。一度着てるんだから、早く洗っておいたほうがいいの。うち、ちゃんとした乾燥機があるから、すぐかえしてあげるわ。それから、あなたの下着もね。あなた、自分で洗うと言ったけど、そういうの、こっちには面倒なの」

「わかった」

ナコはおとなしく小声で答えた。

「さ、もういいわね？」

しかし、ナコが「いいえ、まだちょっと」と言って、私を制止した。

「駄目よ。私、洗濯物の取り入れとかほかに用事がいろいろあるんだから」

「お時間はとらせないから」

そう言ったって、ずるずる時間をとってしまうのがナコだ。

「なに言ってるの。もうタイムオーバーもいいところよ」

「御免なさい。まだちょっとききたいことがあるの」

ナコは引き下がらず、真剣な顔で言った。

「じゃあ、早く言いなさい。但し、一言だけよ」

「ありがとう。あの、清躬くんに会わせてもらえるようだけど、詩真音さんがおねがいしてくれたの？」

「えっ？」

どうしてそのように人が好いように解釈できるのだろう、さっきまで私を責めていたのに。

「私はなにも言ってないよ。私がなにか言ったからって、にいさんにはなんの効《き》き目もないから」

「じゃあ、あなたのおにいさんが自分からそうしてくれたの？」

「ちょっと待って。一言で済ませてないじゃない」

私は文句を言った。

「あなたのおにいさんが、清躬くんに会うにはあなたの協力が必要と言っていたけど、あなたが間に入ってくださるということでしょ？　それはつまり、あなたが清躬くんを連れてくるということ？」

「なによ。一言だけと言ってるのに、お構いなしに勝手にいろいろ質問して。もう駄目よ、本当に」

「清躬くんに会って話をする時、私、ここがどこかまるでわからないのに、どうしてここにいるのかというのは、どう説明したらいいんだろう」

「もう、こら。まだ言うか」

「御免なさい」

「なにが御免なさいよ。もう鬱陶《うっとう》しいのよ、その言葉。一度謝ったら、二度三度謝らないでいいように改めなさいよ」

私は更に怒りが亢進《こうしん》してきた。ナコも流石《さすが》に「御免なさい」の言葉をもう言えないと感じてか、所在なさそうに黙っていた。

またナコが臆病《おくびょう》な小動物に見えた。こんな弱小の者にさっき自分の自由を拘束されたことをおもうと、赦せないおもいが高まった。私が情けをかけているのをいいことに自分の立場もわきまえず対等に口をきいているのも癪《しゃく》に障《さわ》った。

私はナコに寄って行き、足払いをかけた。ナコは鮮やかに尻餅を搗《つ》いた。

「痛い」

どうしてこんなかんたんに技にかかるのか。しかも二度目だ。

私のお気に入りのワンピースに着替えさせてあげたのに、それでみっともなく尻餅を搗いているナコの格好にも不満が昂《こう》じた。私はナコの足首を持ってかの女をひっくりかえし、俯せにした。そして、ナコのワンピースの背中のファスナーを下げ、肩から一気に下におろした。ナコは悲鳴をあげたが、構わずワンピースを足から抜き去った。

「さっきは赦すつもりだったけど、気がかわった。あなたにこのワンピースを着る値打ちはない。あなたはとんでもなくつけあがってる。あなたは囚人で、私は看守なの。それなのに勝手に友達みたいに考えてる。私の名前も気安く呼んで。さっきなんかはそれを通り越して、反抗した。それでも大目に見てやろうかとおもったけど、とうとう私をおこらせた。罰を食らうべきだわ」

私は興奮して一息に捲《まく》し立てた。

「詩真音さん」

ナコが私の名前を呼んだ。下着だけの姿で三角座りして、私を見上げながら。

「なにもきいてないのね。囚人の分際で気安く私の名前を呼ぶなって言ってるの」

「どうして？」

ナコはまた問いかけで私の時間を奪おうとする。囚《とら》われ人《びと》なのに私を拘束しようとして、なんという奴なんだ。もう投げられたり仆《たお》されたりしたくないのだろう、床に座ったまま立ち上がろうとせず、下から私を見上げている。その眼はまっすぐ私を見て――なぜ卑屈な眼をしていないのだ。どうしてそんなきれいな眼でまっすぐ私を正視するのだ。かんたんにひっくりかえされ、服を剥《は》ぎ取られてブラとパンティーだけの惨《みじ》めな格好になりながら、まだ私と対等であるかのように、その美しい眼から私にまなざしを投げている。

私は自分がおもわず後ずさりしているのに気がついた。まさか、ナコに気合負けしている？　どうしてナコなんかに私が。

私は自分の不自由さを感じた。私こそがナコに囚われている。無言になりながらも清《す》んだ眼でまっすぐな視線をなげてくるナコに囚われ、足が止まってしまっている。物理的な力を行使してナコをおしのけるのはかんたんだが、それでは精神的な敗北を認めて暴力でやりかえしたことになる。

「あなた、私をおこらせたのよ。謝りなさい」

私は強い語気でナコに迫った。ナコは本当は弱いおんななのだ。すぐ自分から「御免なさい」と謝ってしまう、卑屈なおんななのだ。それを言わせてしまえば、彼我《ひが》の優劣は自明となる。

「ああ、おこらないで、詩真音さん」

いつも「御免なさい」を連発するナコが、今度はこっちが「謝りなさい」と言っているのに、その常套《じょうとう》句《く》を言おうとしなかった。勿論、私の怒りはかきたてられる。

「あなたがおこらせていると言ってるでしょ。素直に、御免なさい、と言えないの？　なによ、今まで必要ない時まで『御免なさい』を安売りしてたくせに、今こそ謝らないといけない時に言わないなんて、どういうことよ」

ナコは無言のままゆっくり立ち上がった。私はまた少し後ずさりした。

私に正対するナコは下着姿だったが、羞《は》じらいも見せず、姿勢よく立っていた。私はナコから視線を逸《そ》らした。ナコの姿を見る自分のほうが恥ずかしいのだ。ナコの背丈は私とおなじで、ナコの顔は私とおなじ高さにあった。かの女に向き合って、その顔を見ると、また自分の似姿、いや、鏡を見ている気がするように一瞬感じた。それは耐えられなかった。

私はナコに負けていた。私が謝るよう要求したのに、ナコはもう私に謝らなくなっていた。私はかの女から服を剥ぎ取ったのに、ナコは下着姿で堂々と立って、少しも臆していなかった。そのかの女から視線を逸らす私は、かの女よりもっと頼りなく、衣装を着ていながら寒々しかった。自分の服が総て透明になって、裸がナコに透けて見えているかのようだった。服を剥ぎ取られた相手より、自分のほうが裸を曝していて、ずっと羞恥心を感じている。

だが、自分で負けを認めてはならない。勝負あったとしてはいけない。まだ勝負は続いているのだ。

私は裸じゃない。ちゃんと服を着ている。いくら相手が裸に近い格好で堂々としていたって、服を着ているほうが恥ずかしくなる理由はない。ナコが強くなっているように見えたって、私がおびえるなんて、ありえない。

まさかナコは本当にワケに会えるとわかって、その希望の力で強くなったのか。ワンピースを脱がされて裸に近い状態になっても、これまでなら身を縮こまらせていたにもかかわらず、今はおびえもせず、背筋が伸びて毅然《きぜん》としている。その姿が美しい。衣装に頼ることなく自分のナチュラルな美しさを放っているのを見て――ああ、それだと負けているかもしれない。ああ、頭がぼうーっとしてきた。

ふと気がついた時、私は背中から誰かに抱き締められていた。優しい抱擁《ほうよう》だった。

裸の腕が私のからだの前にまわされていた。下を見ると、裸の太腿、ほっそりした脛《すね》も眼に入ってくる。スリッパも履《は》いていない裸の足。

締めつけない手。白い細い腕でなんて優しく私を取り包むのだろう。ああ、さっきはこのおなじおんなの手に抱きつかれ、怪物のような力で捕まえられていたのだ。これがおなじおんななのだ。私を鏡でうつしかえしたおんな――見た目は私とおなじでも、なかみは全然違う。そして、力関係がかわった。なににおいても強いはずの私がすっかり骨抜きにされたようになえている。相手は服も失って裸同然なのに、今までにない強さを発揮している。かの女は今私の後ろにまわって、私を柔らかくとらえている。囚われ人のおんなに私が囚われている。かの女はなにも力を入れていないが、私はかの女の手を振り払えない。

ナコに囚われて、時間が無駄に過ぎてゆく。後の予定が詰まっているのに、おのれの務めも果たせないまま。

ああ、そして、この様子はカメラに撮られて、にいさんに見られているのだ。恥ずかしい格好になっているのはナコのほうだが、そのかの女に抱きかかえられるかのような私はもっと縮こまって、もっと惨めだ。これほどに弱みを見せた私をにいさんは赦してくれるだろうか。そうおもうと一層意気消沈し、私は力が抜けた。

膝ががくっと折れそうになって、ナコがおなかをぎゅっとかかえてくれたので、私はかろうじて仆れることを免《まぬか》れた。

「大丈夫？」

ナコが私の身を支えながら、斜め前にまわって私に問いかけた。「うん」と、私は弱々しい返事をした。

ナコは私をベッドに誘導して、腰かけさせた。ナコも私の横に座った。

やっぱりナコはきれいだった。下着姿なのに、プロのモデルが一流カメラマンによる撮影に臨む時のように凛《りん》として美しい。服を着ている自分のほうが場違いで、カメラマンの相手にされないから着衣しているように感じられた。

「御免なさい」

さっき私が要求した言葉があっさりナコの口から洩《も》れた。いつものナコの言い草が洩れても、ナコはもう弱々しくなかった。

「朝お忙しいというあなたに、こんなに時間をとらせてしまって」

私はなにも言わず、首を振った。まだ言葉を発せられる程、回復していなかった。

「もう行ってください。私、またあなたが案内してくれるのを待ちます」

そして、ナコは立った。私はまだ座ったままナコの動きを眼で追うと、ナコが床からさっきのワンピースを拾った。

「ねえ、もう一度これ着ていい？　違うのを着なさいと言うならそれを着るので、それまではこれを着させて」

胸の前にワンピースをかかえながら、ナコがきいた。

そうだ、服を着て頂戴。そうしたら、私は回復する。

下着姿がやっぱり恥ずかしいというなら、私の勝ちじゃないか。

ところが、私はどうしてもそのワンピースはナコにやれないとおもった。

ああ、どうして？　意地？

ナコにはなにもわたしたくない。ナコにとってそれは戦利品になるじゃないか。

なにも言えずにいる私に、ナコは自分から近寄って隣に座ると、いま拾ったワンピースを私にかえした。

「やっぱり駄目なのね。でも、かわりの服は持ってきてくださいね」

ナコの人の好さに呆れながら私はなにも答えず、かの女に背を向けた。

そこで私は、ナコが自分で着たくないと言ったピンクのフレアワンピースがおちているのを見つけた。私がそれを拾っても、ナコはなんにも言わなかった。もう今は、下着だけでも、それを着るよりはいいのだろう。

私はなんとか立ち上がってドアのほうに向かった。部屋を出て、ナコのいないところで気分を一新したかった。ナコもついてくる。ふと足許《あしもと》を見ると、相手の裸の足があった。その足首に私は無意識に自分の足を引っかけ、ちょん掛けしていた。すると、ナコは残った足で後ろに蹈鞴《たたら》を踏むように二、三度小さく跳《は》ねて、終《つい》に尻餅を搗いた。

ああ、それはおかしかった。ナコのみっともない格好がまたまた。ナコのずっこけで、世界は喜劇の舞台になった。私はおかしくて、おなかの底からわらった。なんで何度も引っかかるのだろう。

「ひどいわ、詩真音さん」

「おかえしよ」

私は漸く言いかえしができた。

ちゃんとかえせたので、プラマイゼロになった。私は自分にそう言い聞かせた。

私はいつもの調子を取り戻す。部屋を出て、私は気持ちをきりかえる。ナコの傍にいるとおかしくなるが、離れれば大丈夫だ。

部屋を出てロックがかかったのを確認すると、私は時間をみようと左手に視線を移した。時間は大切なのだ。と、その瞬間、人影に気づいたが、もうその時には自分のからだが宙を舞っていた。

私を投げたのは桁木さんだった。

からだが宙を舞っても、着地の時にはちゃんと体勢を整えることはできるのだが、そこでまた足を掬《すく》われてしまっては、おしりからおちるしかない。さっきナコにしたことを今度は私がされてしまった。尻餅を搗く時に脚が開いて、さっき私がわらったナコの格好とまるでおなじになった。スカートから下着を曝《さら》しているので、ナコよりも恥ずかしい格好に見える。桁木さんは私と違ってわらったりしなかったけれども、ナコに憂《う》さ晴らししたとおもったのが別のところでしかえされたみたいで、自分で自分をわらいたくなった。

「きょうは調子出てないようね」

小さい時から卓抜した武術家の父親に鍛えられている桁木さんに高々《たかだか》一年程トレーニングしただけの私がかなうはずはないのだが、こういう挨拶《あいさつ》程度のものも凌《しの》げないというのはあり得ない。単に調子が出ていない程度の問題じゃない。なにかに狂わされている。

「情けない」

自分の無様《ぶざま》さにおもわず言葉が洩れた。まだ引き摺《ず》っている。ナコから離れることで普段の自分を取り戻すつもりだったのに、更にまた深い穴におちたようだ。桁木さんの前でこんな惨めな様を見せたくなかった。でも、建てなおしをしなくちゃ。こんなことに負けてちゃいけない。

「ネマちゃん、どうしてワンピースが二枚もあるの？　こっちのほうは、あなたがなかの娘《こ》にわたして、着替えさせたものじゃないの？」

桁木さんは手に二着のワンピースを拾い上げていた。投げられた時に、手から離してしまったものだ。

私は立ち上がりながら、「え、ええ」と返事をした。

「脱がしたのね？」

「下着だけつけてる」

「どうしてまた裸にしたの？」

私は答えに窮《きゅう》した。ナコに対する私の感情は複雑で、いくら私のことを理解してくれる桁木さんでも、私の行為を肯定してくれるかどうかわからなかった。

「ネマちゃんなりの考えがあるんでしょうけど、服を取ってしまうのはいけないわ。まあ、後でなにか服を持って行ってあげなさい」

私は小さく「はい」と答えた。今となっては、ナコの格好などどっちでもよかった。

「ちょっとそこの部屋に入りましょう。彪くんから、きょうはあなたにつきあうよう言われたの」

「にいさんが？」

「ええ。そのことであなたに話がある。どこか部屋に入って話しましょう」

桁木さんはそう言って、自分で認証して、『蛍』の隣の『胡蝶』の部屋に入り、私もその後に続いた。

　私は桁木さんの登場そのものにおどろいていた。神麗守が事故で入院してから、バレエのレッスンもなくなって、桁木さんもお屋敷に来る理由がなくなっていた。烏栖埜《うすの》さんなら誰にでも變装《へんそう》できるから、いつどこで登場したっておかしくはないけれども。勿論、桁木さんの虹彩認証の登録は私がしているから、出入り自在な桁木さんがここに現われることは可能で、それをおどろいている私の感覚がおかしいのかもしれない。けれども、桁木さんと私の関係なら、来る時は事前に連絡をくれてもよかった。

「あなたたち二人の様子を見てたけど、あの娘《こ》はワケさんのことをおもう時、子供の頃にかえってるんだわ。だから、あなたが振りまわされているように見える」

　部屋に入ると、椅子《いす》に腰かけて桁木さんが言った。慥《たし》かに、ナコは子供みたいだった。私はきっと子供が苦手なタイプなんだ。

「それにあなたたちそっくりだから、こんなことを言うとあなたおこるかもしれないけど、カメラで見てると、ネマちゃんが二人いるみたいな感じだったわ」

　桁木さんに対して私はおこる気はないけれども、その言葉はとても心外だった。

「そっくりという程、似てないわ」

「本人からすればそうおもうでしょうけど、カメラの画像精度だと区別つかない。あなたがあの娘《こ》にしてることは、一方であなたがされてるようにも見える」

　私は反論したかったが、カメラをとおしてと言われると、自分で見たとしても、ナコと私はおなじに見えるかもしれないとおもった。

「だから、あの娘《こ》の格好はちゃんとしてあげなさい。あの娘に裸に近い格好をさせておくのは、あなた自身がそう扱われる可能性もあるってことになるわ」

「桁木さん。私とナコが似てるってことは否定しないわ。でも、外見だけで、なかみはまるで違うわ。あの娘《こ》は弱いから、ああされる。私はされない」

「強い弱いって、本当かしら？」

「え、なに言うの、桁木さん。私、桁木さんの強さにかなわない。でも、ナコには絶対負けない」

　疑う余地のないことだわ。

「そういうあなたが、あの娘《こ》に抱きつかれて、その縛りを解くことができなかった」

　私には至極不名誉な、おもいだしたくないことに触れられて、ちょっと言い淀んで、

「ああ、あれはナコがあまりに異常な状態になって

――」

と言ったが、後をうまく続けて言えなかった。桁木さんは「いいのよ」と言った。そう言われると、「よくないわ」とすぐ反論しないわけにゆかなかった。

「あれで、私がナコに負けたなんて言われると――。いざとなれば急所を攻撃できた」

「勝負というなら、急所攻撃は反則よ。まあ、いいでしょう。でも、それだけ優劣が明らかなら、眼中におかなくていいのに、あなたはあの娘《こ》にとらわれている。あなたがそこまで意識しているひとは、ほかに私知らない」

「とらわれている」という言葉が出て、私は言いかえしができなかった。自分自身そう感じたのは事実なのだ。

「あの娘《こ》はあなたの鏡なの。鏡なのにしっかりあなたを映してくれないから、なんなのという気持ちになる」

「鏡？」

「鏡だから、あなたに反映をかえしてくる。尤《もっと》も、本当の鏡じゃないから、そっくりそのままのものが今すぐかえってくるわけじゃない。でも、あの娘《こ》にしたことはいつか時間をおいてなにかであなたにはねかえってくる」

「因果応報ってこと？」

「そういう話だとあの娘《こ》にかぎった話じゃなくなる。私が言いたいのは、あの娘は視覚的にあなたの鏡になっていて、あなたがあの娘になにかしたら、そのあの娘の姿があなた自身の姿のようにあなたの心のうちに宿る。そのうち、それをなぞるように、きっと時間をかけて、あなたが變化《へんか》するということ。別に外形的に似た人でなくても、自分が相手に投げ入れた光が反射して自分にかえってくるような、内面的にシンクロするような人もあるかもしれない。もともとそっちなのが、更に見た目も似ているから増幅することになるのか、そこはよくわからないけれども、どうであれ、あの娘はあなたには鏡になって、自分のしたことが自分にかえってくる。そして、自分をかえさせられる」

「私が、かえられる？」

桁木さんの言葉は嫌な予言のようにきこえた。鏡という比喩で言っているけれども、ナコに関連づけると、オカルトっぽく響く。オカルトなんか意に介する気持ちはないが、しかし桁木さんまでそういう調子の物言いをされると、気になってくる。

「嫌だわ、もう。ナコにはうんざりなの。ああ、そう言うと、なおさらナコにつきまとわれる結果になると言われるかもしれないけれども、それじゃあまるでナコの呪いがずっと続くような話になる。そんなことは勘弁して」

ナコの話を振り払いたい気持ちで、私は小刻みに首を振った。

「そこまで意識しなくていいわよ。唯、あなたがあの娘《こ》に負けまいとか、優劣の感情を懐《いだ》いて振る舞うようなことはやめたほうがいいとおもうだけ。例えば、普通に服を——」

「わかったわ。あの娘《こ》にはちゃんと服を持って行くから」

「じゃあ、もうこの話は止《よ》しましょう。私が言ったことでネマちゃんの気分をわるくさせてしまったことがあったとおもう。それは私に非があるわ。御免なさいね」

「いいわ、そんなこと。桁木さんが私のためをおもって言ってくれるのを疑っていないから」

桁木さんは、隠綺《おき》のおねえちゃんと同様に、私が心から信頼しているひとだ。ナコのことにかかわる話だったから、引っかかりはあったが、だからといって桁木さんのことを少しもわるくおもう気持ちはない。

それより、桁木さんの用件はなんなのだろう。どうしてなんの予告もなくここに来られたのだろう。それはナコとは関係ないはずだ。

「桁木さん、さっきにいさんから私につきあうよう言われたってことだけど、どういうことかしら？」

私は気持ちをきりかえて、桁木さんに尋ねた。

「まず、きょうのこれからのことを整理しましょう。直前でかわったことがおおいから、あなたの認識もあっているか確認しないとね」

桁木さんの言葉に私は「ええ」とうなづいた。話を急いでもしかたがない。

「きょう午前中は、あの娘《こ》——あなた、ナコさんと呼んでるのね——、あの娘とワケさんを対面させる。ワケさんをこちらに連れてきてね。それから、午後には、きのうの続きで、棟方《むなかた》さんがやってきてワケさんと会う。香納美さんからもきいてるわよね？」

「ええ。でも、きのうの二人のことは、私、事前に教えてもらえなかった」

私はつい、愚痴を言った。序《ついで》に言うなら、ナコをワケと会わせるなんて、私からすると途方もないことをきかされたのも、きょうの日付にかわってからだ。私のなかでそれがおおきく引っかかっている。

「あら、彪くんへの文句？」

「文句ってわけじゃないけど、ノカちゃんはタイムリーに知っていて、あのひとたちの相手もしたわ。なのに私はずっと後になって、しかもノカちゃんから報《しら》されたというのが、なんでだろうとおもう」

　そんなことを言ってもしかたがないのはわかっているが、桁木さんだから正直に言える。少なくとも、吐き出したい。

「あなたも隠綺さんがどういう動きをしているか事前につかむのが難しいのは知ってるでしょ？　あなたがかの女のスパイにならないのは神上さんもわかってるし、それを認めてもいる。棟方さんはもう過去の人になっていたから、まさか隠綺さんがかの女を連れてきて、ワケさんに会わせるとはぎりぎりまで想定していなかったの。私もその話をきいたのは後だったわ」

「いいの。桁木さんにぶつけることじゃない」

　私は気持ちを吐き出したのだから、それだけでよかった。桁木さんになにか要求したいわけじゃない。

「それより次のことだけど」

　そうだ。ナコで予定外に時間を使ってしまったから、まきなおしが必要だ。

「ネマちゃんは自分でワケさんを連れてくる予定にしているとおもうけど、それ、烏栖埜《うすの》さんが行くことになったわ」

「えっ？」

　私は耳を疑った。

「今、なんて？」

「ワケさんは烏栖埜さんが迎えに行くことになったの」

「烏栖埜さんが？　嘘でしょ。だって、にいさん、おまえの勝手に動けと言ったわ」

「勝手に動け、と言ったとしても、その後で、私はこう動く、とあなたはっきり言ったの？　その上で、彪くんにそうしろと言われた？」

「勝手に動けと言って、電話を切られた。私がこうするというのはなにもきかれなかった」

「やっぱり。彪くんはあなたの勝手を認めたけど、あなたの勝手に沿ったシナリオにはしてないわ。だから、烏栖埜さんに命じてる。烏栖埜さんはなりすましの名人だから」

「じゃあ、私はどうなるの？」

　私はそう言うと、膝に肘《ひじ》をついて、手で顔をおおった。

「にいさんは私をちっとも信用してないんだわ。私を見放したんだわ」

「しっかりして、ネマちゃん」

桁木さんの手が私の膝におかれた。

「あなたにはもっと大事な役割があるわ。ワケさんを迎えに行くなんて、そんなに大した役割じゃない」

「大事な役割って、なに？」

そんなこと、にいさんからなにもきかされていないのだ。

「彪くんはあなたになにか期待しているわ。そうでなきゃ、今回のことにあなたを巻き込みはしない」

「でも、なにもきかされてない。知らない間に進んでいることが一杯ある。おまけに私はといったら、ナコにふりまわされている。きっとにいさんは失望している。最初は期待していたにしても、もう私をいれないシナリオに書きかえてるわ」

「きょうは随分弱気ね。あなたは彪くんがなにを望んでいるかにおもいを馳《は》せて、自分がどういう役割を果たせるかしっかり考えないと、これから先の行動ができないわ」

桁木さんの言うことはわかるけど、にいさんはなにも伝えてくれないし、自分勝手におもったってにいさんには通じない。

「まだ手で顔をおおっているようじゃ駄目ね。自分でバリアを張ってるのとおなじよ。ナコという娘《こ》のほうが攻めてるわ。あなたに組みついてくるし、彪くんからも逃げない。あの娘のほうがずっと弱いはずなのに」

「ナコの話はしないで」

私はおもわず桁木さんに対して乱暴な口をきいている自分におどろいた。

「御免なさい。ぞんざいな言い方をして」

私はすぐ謝った。

「それで強気が戻るなら、別に構わないわ。つっかかったっていいけど、それは勇気でもなんでもない。今のままじゃ、あなた、なにもできない。もう、おりますか？」

桁木さんの声は優しいが、きつい宣告をなげつけてきた。それに対して、私はなにも反応できなかった。

「ナコさんの所為《せい》でこうなったとおもっているなら、もう一度ナコさんのところに行ってきなさい。そして、かの女にあなた本来の力を取り戻させてもらいなさい。それしか方法はないわ」

「ナコのところへ？」

「そうよ。さっきも言ったけど、あなたにとってかの女は鏡だわ。あの娘《こ》にすることはあなたに反射するの。あなたにかえってきているのは、あの娘がしたことじゃない。みんな、あなたのしたことがあなたにかえってるの」

「違うわ。あの娘《こ》とは調子が合わないの。行ったって、また調子をおかしくされるだけだわ」

　私は反論した。

「それは、普段のあなたには似合わないことをあの娘《こ》にしているからよ。あなたは決してひとに対して偉《えら》ぶったりひどいことをしない優しい娘なのに、ナコさんには権力者みたいに振る舞っている。あの娘は囚《とら》われの身で、あなたは処刑人《しょけいにん》みたいな」

「処刑人？」

　私は、そういう非情な性質の言葉で自分が表現されるとはおもってもみなかった。まして桁木さんが私のことを。私が処刑人の柄ではないのは、桁木さんも知っているはずなのに。処刑するのはにいさんだ。尤も、ナコのがわから見れば、私もにいさんの一味で、同種に表現されるのだろう。

「相手の運命はきまっている。自由もない。一方、囚われている相手をどうするか、あなたのほうには一切の自由がある。どういう力でも揮《ふる》える。そういう立場に立った以上、否応《いやおう》なしにあなたから力が放たれる。ところが、あの娘《こ》は実はあなたに対しては鏡になっていて、表面がつるつるしている。あなたが放った力は相手に作用をおよぼすことなくそのままあなたにはねかえってくる。あの娘自身はなにも反撃してないんだけど。相手は無力なのに、なぜか自分の自由にゆかなくなっている。そんなわけのわからないことになって、あなた自身が無力感におちいらされているのよ」

　桁木さんは私がどうして調子を狂わせたか分析してくれたが、それがわかったからといって、なんにもならない。桁木さんの言うことは妥当《だとう》で、信用をおいているけれども、きょうについてはそれをまともに受け取ろうという気にもなれなかった。

「ナコのことなんかどうでもいい。私は自分の力で――」

「そんなこと言ってる時間はないわよ。いいこと。あなた、ナコさんのところに行ったってなにしていいかわからないと顔に書いてあるけど、あの娘《こ》に服を持って行ってあげるんでしょ？　裸に引ん剝《む》かれた無力な姿があなたに映っているんだから、あの娘がちゃんと服を身につければ、またその反映で幾分かはあなたの力も回復するでしょう。勿論、それだけじゃまだ不足だわ。あとどうしたらいいか。それはね、あの娘は鏡だから、一緒にいれば、自然と見えてくるわ」

桁木さんは事もなげに言った。そんな単純なことでかたづくようにはおもえない。それより、私だって自由に振る舞えるわけではない。

「でも、にいさんは――。にいさんは予定外に私がナコと接触するのを快くおもわないかもしれない」

私はにいさんがそんなことを望んでいるとはおもえなかった。それに、私はにいさんに見限られる寸前なのだ。どうしたらもう一度にいさんの信頼を回復できるか、それを考える時間も必要だった。

「彪くんはきっと楽しんでるわ。ナコさんがおもしろい反応をしてくれるから。あなたといいコンビだって」

「やだ、にいさんがそんな」

にいさんは私のことをわらってる。ひとにわらわれるのが私は一番嫌だ。

「あなたじゃなかったら、ナコさんもこんなに素《す》の自分を出せてはいなかったでしょう。そういう意味では、あなたもかの女の鏡になってた」

「一体にいさんはなにがしたいの？　まさか私も餌食にしようなんて――」

私はにいさんに見放されたようにおもって、わめいた。

「馬鹿をおっしゃい。あなたはどうあっても彪くんを一番信じなくちゃいけないひとでしょ」

桁木さんが叱るように言った。

「そんなことなら、なおさらナコさんのところに行って、自分を取り戻してきなさい。とにかくかの女と向き合えば、自分のことが見えてくる。私の言うことを信じて。もう行きなさい。さあ、早く」

桁木さんが立ち上がり、私の手をとった。私を立たせると、ワンピースを二着とも持たせた。そして、私は背中をおされるように部屋を出た。

桁木さんがなぜそこまでナコを贔屓《ひいき》にするのかが腑《ふ》におちず、私はまだ不服だった。ナコのところにもう一度行きさえすれば、私が自分の力を取り戻すというのは、ナコが私に力を与えてくれる女神みたいな存在で、その恩恵に私は縋《すが》るしかないと言われているようだった。桁木さんがナコを評価するように言えば言う程、私の値打ちが下げられているように感じる。ナコは私の鏡だというけど、だとしたら、まったく同調しない像をとる鏡であるため、私の神経が變調《へんちょう》をきたすのだ。だから、つきあえない相手なのだ。どこまでもその違和感がつきまとう。

私は、それが最初から予定されていたかのように、足が自然とランドリー・ルームに向かった。ナコの洗濯物を取り込まないといけないのだった。それから、ナコが上に着る服を用意し、わたしてやらなければならない。どっちにしたって、もう一度ナコの部屋に行かないといけない。

32 double

「待ってたわ」

再び『蛍《ほたる》』の部屋に戻って扉《とびら》を開けた瞬間、下着姿のナコがそう言って出迎えにきた。ワンピースを着せてと言ってきたのが再び下着姿で放置されたから、恥ずかしがって隅っこに縮こまっているかとおもっていたが、至って普通な様子だった。寧《むし》ろ、かの女の下着姿に、鏡で自分の下着姿が透けて映されている感じがして、私のほうが恥ずかしい気持ちをおぼえた。そのため、私のほうは挨拶《あいさつ》もかえせず、顔を見合わすことも避けた。

「おこってたから、ながいこと戻ってきてくれないかとはらはらしてたけど、ちゃんときてくれて、よかった」

私が戻ってきたことに随分と安心感をおぼえたようにナコが言った。

「そんな下着姿で平気で歩きまわるなんて、だんだん横着になってくるわね」

誰もいないとおもっても、カメラがまわっているんだから。私は場所を移動しながら、ナコに忠告した。そう言われても、ナコはにこっと笑顔をかえすだけだった。

「やっぱりあなたにはこれ着てもらうわ」

私はそう言って、手に提《さ》げてきた紙袋からワンピースを取り出した。

「あ、あり――」

ナコは顔を綻《ほころ》ばせてそう言いかけたが、出されたワンピースがなにかわかって、ちょっと表情が曇《くも》った。それはさっきのミニのフレアワンピースだったからだ。ナコ自身、もう着てはいけないときめて、別の服に着替えさせてほしいと頼み込んできたから、一旦それに応じたのだが、外泊しているはずの私が何度も自分の部屋には行けない。もうこれしかない。それに、ナコは今ピンクの下着だから、このワンピースが一番合うのだ。

「もう私のはわたさない。それから、あなたの事情も考慮しない。あなたはあなたの服を着るべきよ。ここにあるあなたの服はそれしかないんだから、ほかに選択肢はないの」

突き放すように私は言った。

「きのう着ていた私の服があるはずよ」

ナコはおちついて、別の選択肢があることを指摘した。それは、ナコになりすましてかの女の寮の部屋に侵入するために、一度私が着用した。その後、用済みとなったその服は袋に入れて自分の部屋においてある。

あれはクリーニングに出すようひとにわたしてしまった――私はそう言おうとしたが、ナコに対してしたことは自分にはねかえってくるという桁木《けたき》さんの忠告をおもいだした。それに、嘘《うそ》を言ってその場を取り繕《つくろ》っても意味がないとおもいとどまった。しかし、私としても引っ込みがつかないので、「それを取って来いと私に言うの？」とナコを睨《にら》んで強い口調《くちょう》で言いかえした。

「ううん。御免なさい。注文するような言い方をしてしまったみたいで」

すぐ謝ったナコだったが、手を伸ばしてワンピースをかえす仕種《しぐさ》をした。

「でも、これを着られないことにかわりはないわ」

「着られないって、どうするの」

「あなたが私のために持ってきてくださったのに申しわけないわ」

「答えになってない。着るもの、ほかにないのよ」

「じゃあ、このままでいる」

ナコが出した答えに私は唖然《あぜん》とした。

「馬鹿」

私はおもわず叫んだ。その言葉は自分にかえってきた。ナコに馬鹿なことをさせているのは私だ。

「着なさい。裸のままでいられるはずないじゃないの」

私はナコにワンピースをおしつけた。だが、ナコは後ろに下がって逃げ、私が寄ると身をかわして逃げた。

「駄目。それは着ない。もう着ちゃいけない」

「さっき一度は着たじゃない」

「でも、脱いだ。また着ることなんてできない」

ナコの決然とした調子に潔《いさぎよ》いものを感じ、下着姿なのにナコのからだが誇り高く美しく見える。それが私を所在なくさせる。私は着衣しているが、見せかけだけで、それが剥《は》ぎ取られてもっと頼りない状態のように自分自身が感じられた。

「このままでいてどうするの。キユクンの前でもその格好でとおすつもり？」

ナコの覚悟はきまっているようにおもったが、攻め続けなければ、つぎは私自身が態度を明らかにせねばならなくなる。尤《もっと》も、ワケは失明しているから、それを知っているなら、裸も関係ないかもしれないけれど。

「あなたたちがどうしても私にかわりの服をくれないなら、しかたがない。でも、それになんの意味があるの？」

ナコの姿勢は揺るぎもせず、逆にこちらに問いかえしてきた。

意味なんてなにもない。私の意地にすぎない。かの女に言われたことに従って、わざわざかの女の服を取りにかえることを承知したくないだけだ。私のクローゼットから自分の服を持ってくるのもおもしろくないのだ。充分警戒すれば、見つからない自信はあるが、ナコのためにそういう神経を使いたくない。なんとしてもこの場でかたをつけなければならない。しかし、ナコとの押し問答のなかで、私のほうに正当性はなかった。

「いいわ。わかった。じゃあ、服を交換しましょう」

「交換？」

私の言葉にナコはきょとんとした表情をした。かの女の表情に隙が生まれたことで、私は情況をかえられるという確信が強くなった。

「このワンピースは私が着させてもらうわ。かわりに、今着ている私の服をあなたが着るの。服を取りに行ったりきたりする時間はないんだし、あなたをずっと裸に近い姿のままいさせるわけにもゆかない。あなたがこのワンピースを着ないというなら、私のいま着ている服を着てもらうしかない。まさか私の服も嫌だと言うんじゃないでしょうね？」

自分の態度をきめた私は強気でナコに迫った。

「ううん。そういうことなら喜んで」

ナコはかわいい笑顔をうかべて返答した。

「私はありがたいけど、詩真音さんはそれでいいの？」

「いいもわるいも、それしか方法がないじゃないの」

さっさと情況をかえたかったので、私はすぐさまブラウスのボタンをはずし、それを脱いだ。続いて、躊躇《ちゅうちょ》なくスカートもおろした。私もナコとおなじブラとパンティーだけの格好になった。

私はその格好になって自信が戻ってくるのが不思議だった。私の裸はナコの美しいからだとなんの遜色《そんしょく》もない。ナコは鏡だ。私自身が裸になることでナコの美しいからだが私そのままの反映になる。かの女が私の美しさを証明してくれる。

私は鏡に映すようにナコのからだをあらためて見ようとした。

瞬間、私はどきりとした。

鏡に映ったのは私の裸の背中で、パンティーにつつまれたおしりも映っていた。どうして背中が映るのか。ふとマグリットの『複製禁止』の絵が想起された。後ろ姿の紳士が鏡に向かっているのを描いているが、その鏡にも紳士の後ろ姿が映っている。複製禁止――私がナコを完璧《かんぺき》にコピーすることから始まった関係だが、今は背面に反転してコピーした私が惑わされている。

後ろ姿が突然私の顔の大写しになった。その時、私の肩に手がおかれているのに気がついた。私の前の顔が口を開いた。

「詩真音さん、どうしたの？」

私は漸《ようや》くそれがナコだと気がついた。

「いいえ、どうもしないわ」

「びっくりした。急にかたまっちゃうから。やっぱり服は交換できないというんなら、しかたないわ」

「そういうことじゃないから、安心して」

私はそう言って、脱いだ服を拾おうとかがんだ。すると、かがんだ私の姿がナコの脚の向こうに映っていた。私はなにが起こったのか漸く諒解した。ナコの背中がわに姿見があったのだ。私が見たのは、ナコが鏡として映しかえした私の背中とおしりではなく、ナコ自身の背中とおしりが姿見に映っていたものだった。ナコは鏡に向かって後ろ向きになっているのだから、当然それが映るのだ。だが、私の眼は、正面にあるナコのからだより先に姿見に映ったナコの背面をとらえ、それが私の視界を支配したのだ。

私はかがんだ状態のまま、両手で自分の顔をおおい、眼のまわりを軽くマッサージした。それからナコのほうを見て、パンティーの色が私と違うとわかった。その違いにさえ気がつかなくなっているのだ。

「さあ、あなたの着替えよ」

私は気をとりなおして脱いだ服を掴《つか》んで、立ち上がった。そして、それを差し出して、ナコに受け取らせた。ナコはまた安心したように微笑《ほほえ》み、「ありがとう」と言った。

とりあえずブラウスをベッドの上において、ナコがスカートに足を通そうとした時だった。「あ」とナコが叫んで、「詩真音さんの携帯」と続け、スカートごと私にわたした。

私は引っ手繰《たく》るようにスカートを奪い、ポケットからスマホを取り出した。

にいさんだ。にいさんだから、すぐに出ないといけない。

カメラで部屋の私たちを見ていて、電話してきたん

うか。服を交換しようとしているのを難じられるのだろ

だ。

だが、スマホのディスプレイを見ると、それは違った。隠綺《おき》のおねえちゃんからの電話だった。

なんだろう？

隠綺のおねえちゃんは、きのうは神麗守《かりす》の病室に泊まり込んでいたはずだ。おそらく紅麗緒《くりお》も一緒に。このごろは私と会って言葉をかわす機会も少なくなっている。

――もしもし。おねえちゃん？

――ネマちゃん、おはよう。今、ちょっと時間いい？

――うーん、ちょっと用事の最中で。でも、少しの時間ならいいわ。ながいお話？

――五分程度はいい？

ちょっとした話の感じだ。でも、五分程度と言われているから、きいておくだけきいとかないと。

――少しくらいなら、延びてもいい。

――ありがとう。早速《さっそく》だけど、ノカちゃんにきいたわ、あなた、檍原清躬《あわきはらきよみ》さんの幼馴染《おさななじみ》のひとと――

――えっ？

おねえちゃんとは話しなれていて、いつもすんなり入ってくるが、この時はいきなりの「清躬さんの幼馴染」という言葉に、「えっ？」という声が洩《も》れてそのまま頭がショートしてしまった。

――ネマちゃん、どうかしたの？

私はわれにかえって、場所を扉のほうに移動しながら、話を再開した。

――御免なさい、ちょっとほかに気をとられたことがあって。もう一度おねがい。

――やっぱり後にしようか？　用事の最中――

――いいわ、もう一度さっきの言葉をおねがい。

気になることを放ってはおけないので、私はおねえちゃんの言葉にかぶせて言った。

――あなたがね、檍原さんの幼馴染のお嬢さんと、きのう偶然知り合って、そのひとと一緒に夜を過ごしたって、ノカちゃんからきいたわ。

やっぱり、ナコのことだ。ナコのことがおねえちゃんに知れている。その内容はつくり話だが、私がナコと知り合っていることは重大な事実としておねえちゃんに伝わっているのだ。

――あ、それで？

――あら、それでって、そのお嬢さんをお屋敷に連れてきて檍原さんと会わせたいって、ノカちゃんに相

談したんでしょ？

香納美がおねえちゃんに伝えたその内容についてどう解釈してよいのかわからず、私はすぐには応答できなかった。

――まあ、いいわ。その幼馴染の方も檍原さんというんですってね？

――ええ。

ここまでなんでもおねえちゃんが知っているなら、私はいつまでも口籠《くちご》もってはいられなかった。

――そのお嬢さんも清躬さんと会うことを希望していて、きのうもかれ、お屋敷にきているから、そのお嬢さんと会う場を設定してもいいんじゃないか、という相談があったときいてる。私の話はそのことについてなの。

私は急いで頭のなかを整理した。香納美が私になにも報《しら》せないで勝手な行動をとっていることにかちんときたが、そういうこともにいさんに断わりなしにするとはおもえない。だから、今それで感情を乱されてもしかたがない。おねえちゃんの話の要点は、ワケとナコをお屋敷で会わせようと私がおもっているということだ。それを香納美に伝え、香納美からおねえちゃんに話しているということは、おねえちゃんに間接的に私がおねがいしていることになるのだろう。今はそれを踏まえて話をしないといけないように感じた。

――ああ、本当は私からおねえちゃんに直接ちゃんと――

私はともかくそう言葉を挟《はさ》んだが、おねえちゃんも急いでいるようで――私が今は時間がないと言った所為《せ》だけれども――、私が言い終わらないうちに話を続けた。実は、私には言う内容のことはなかったので、そのほうが助かった。

――あなたも学校で忙しくて帰れていないし、私も病院にいる時間がながくて、直接会えていないものね。ノカちゃんがちょうどいい橋渡しをしてくれてるとおもうわ。それで、今はちょっと時間がないというんだったら、もう少し後であらためてそのことについてちゃんとお話をする時間をとれないかとおもうの。なるべく早い時間がいいとおもうんだけど。

――ええ、いいわ。もうすぐ用事は済ませるから、そうね、あと三十分くらい後なら大丈夫だとおもう。

――三十分後ね？　わかった。じゃあ、また電話するから。

――じゃあ、また。

おねえちゃんの話をもっと具体的に早くききたいと

おもって三十分後と言ったが、電話を切った後、香納美に確かめておかないといけないことが結構ある、三十分程度でそれはかたづかないと感じて、早まったことを言ってしまった、とおもった。その時はまた言い繕って時間を改めるしかないが、おねえちゃんにわるいことをしたとおもう。それにしても早く香納美を呼び出さなくちゃ。

私は背後に人気《ひとけ》を感じて、はっとした。

ふりかえると、ナコだった。まだ下着姿でいる。

「どうしてまだそんな格好でいるの？」

「だって、詩真音さんも下着姿なのに、私だけ着替えられないわ」

「變《へん》な子ね。そんなことに気をつかうなんて」

そう言った時に、かちりと扉が開いた。

はっとした私は、一歩後ずさり、身構えようとした。そこにナコがさっときて、「詩真音さん、これ」と、私の手になにかわたした。私は、それがナコのフレアワンピースだと感づいていたが、それより自分が下着姿のところに誰か入ってきたことに気をとられて、手に受け損なって、それをおとしてしまった。ナコは「あ」と言いつつ、自分も下着姿だという不安があってだろう、私の腕をとって密着してからだを寄せた。

馬鹿。こういう時は、身をかわすなり跳《と》び蹴りの攻撃をしかけるなり、ともかくお互いに自由に動ける体勢でいないといけないのに。そうおもいながら、私にしてもナコの手を咄嗟《とっさ》に払うことができていないのだった。

私は硬直していた。きっと、ナコが私の腕をとっていなくても、脚自体が棒になって身動きできなかったのはおなじだったろう。最悪の事態をおもって、私はかたまってしまったのだ。想像だけで私を怯《おび》えさせるに充分だった。けれども、扉が完全に開いて、誰が入ってきたかわかって、つまり、それがにいさんではないのがわかって、私の緊張が解けた。

「なに、お二人さん。お揃いで服を脱ぎ合ってなにしてるの？」

ドミノマスクを被《かぶ》った香納美が茶化すように言った。が、すぐ声の調子がかわって、

「ちょっと、どっちがどっちなの？　孿《ふたご》がおんなじ格好をして、からかっているみたいだわ。ピンクは誰で、白は誰よ」

まるで見分けがつかないようにとまどいの色をあらわしながら言った。

いつも顔を合わせている香納美なのに、私とナコの

区別がついていないのは信じがたかったが、どうも冗談ではないようだった。だからなおさら心外に感じた私は、なにも応答せず、床におちたワンピースを拾って素早く着た。いつまでも下着姿のままでいるわけにはゆかない。

「ネマったら冗談は止《よ》して。あなたも服着てよ」

香納美がそう言ったのは、下着姿のままぼうっと立っているナコに向かってだった。

「ちょっと、そっちはナコよ。なに、まちがえてるの」

私は背中のファスナーを上げながら抗議した。

「いや、待って、ネマ。そのワンピース、ナコのでしょ？」

香納美はナコが緋之川という男とデートした日に柘《つ》植《げ》くんと一緒に尾《つ》けていたから、そのワンピースも知っているのだ。

「それに、ピンクの下着の子のほうがそれ着なきゃおかしいでしょ」

「事情があるのよ」

それ以上説明する気はなかったが、ずっと下着姿のままぼうっと突っ立っているナコが目障《めざわ》りになって、「あなたも服を着なさい」と子供をしつけるように言った。

「御免なさい」

またいつものようにナコは謝って、そそくさと床から服を拾うと、スカートを穿《は》き、ブラウスに袖《そで》をとおした。

「それ、ネマの――」

「言っとくけど、これはナコの希望に従って服を取り換えただけだから。變《へん》な誤解はしないでよ」

疑いを持たれてはいけないのでそう言ったが、香納美に通じているかわからない。

「わからないわ、やっぱり。お互いに似過ぎているのに服を取り換えているから、余計に混乱する」

香納美はなおもそう言った。

かの女がどうおもおうと、もう構わなかった。それより私こそ香納美に用があった。タイミングはわるかったが、ともかくかの女のほうからやってきてくれたのは好都合《こうつごう》とも言えた。

「あなたに用があるわ。きたばかりで申しわけないけど、ちょっと外に出て」

私は強引に香納美の腰に手をまわしてとらえ、扉を開けて部屋の外に連れ出した。ナコもついてこようとしたが、「またすぐ戻ってくるから」と言うと、おとなしく引き下がった。

廊下《ろうか》に出ると、香納美はドミノマスクを自分からはずした。

「冗談もいいかげんにして」

私は腹を立てて言った。

「ネマこそ、あの娘《こ》にあわせてなに裸になってるの？　きのうからちょっと變《へん》よ」

香納美は私の苛立《いらだ》ちに取り合わないように至って平静に言葉をかえした。

「あ、やっぱり監視してたのね？」

「馬鹿。あなた、ナコに同化してしまってるの？」

「馬鹿って、なによ」

「監禁されてるほうが身ぐるみ剥がされるのはわかるけど、監禁しているあなたまでがどうして裸になっちゃうの？　それに、まるで自分が監視されてるみたいな言い方をして。木乃伊採《みいらと》りが木乃伊になってどうするのよ。馬鹿みたい」

香納美は呆れたように言った。反論しようとしたが、その前に香納美が言葉を続けた。

「今朝、神上《かがみ》さんから指示があったの。筋書きはこうするって。きのうワケがお屋敷に来て、紀理子と会う場が設けられたことを、私からあなたに報告した。すると、あなたからも、ワケの幼馴染の檍原橘子《きっこ》に偶然会って一緒にいるという話。どうやってかの女と出会ったかというと、あなたが大学の友達と或《あ》るカフェレストランで食事をしていたら、隣の席で『檍原さん』と呼ばれているひとがいて、食事が終わった後本人に確かめてみたら、ワケの幼馴染だった、というわけ。そこで、深夜営業のカラオケに誘って、いろいろ話をきいた。本人はＯＬでつぎの日は休みだから、おそくまでつきあってくれた。お互い終電の時刻を過ぎてしまっていたので、あなたが空《あ》きのあるホテルを探して、二人で泊まった。シングル二部屋で泊まったか、ツインで二人いちゃいちゃしたかは、ネマが好きなように答えればいいわ、そこまで言ってないから」

「余計なことは言わなくていい」

私はにいさんが書いた新しい筋書きを真剣にきいていたので、徒口《むだぐち》は本当に耳障りだった。

「二人裸になってるんだもん。まあ、それはともかく、そういうことをきょうの朝、あなたと私でやりとりした。それから私が、きょうもワケと紀理子が会うことになっていて、昼からお屋敷に来る予定だということを教える。だったら、かれには来る時間を前倒しして、幼馴染と再会してもらったらどうかしらとあなたが提案。それを受けて、私がオキンチョに報告かたがた、諒解を求めたわけ」

「それは、桁木さんは知ってるの？」

「そりゃ神上さんから話は行っているでしょうけど、いつ話されているかは知らないわ」

「桁木さんは、烏栖埜さんが私のかわりにワケのところに行く段取りになっていると言ってたわ」

「じゃあ、まだ桁木さんにも言われてないのかな」

「にいさんからはいつそれをきいたの？」

「ついさっきよ。といっても、三十分は経《た》ってるかしら」

筋書きがどんどんかわる。にいさんの流儀だ。それについてゆかなくちゃいけない。

「三十分あったら、その間に桁木さんにもにいさんから話がいってるでしょうね。ちょっと連絡してみる」

そう言うが早いか、私はスマホで桁木さんに電話をかけていた。

――あ、桁木さん。ネマです。

すぐつながって桁木さんからも応答があったので、私は続けた。

――にいさんからまた新しい指示が――

――今、彪くんからきいたわ。

――私も今きいたばかり、ノカちゃんから直接。かの女も横にいる。

――そう。私、今も『胡蝶《こちょう》』の部屋にいるわ。あなたたちも近くなんでしょ？　ちょっと話をしましょう。部屋にきて。

――わかったわ。

私は一旦スマホを切り、香納美とともに『胡蝶』の部屋に入った。

「先に話しておくわ。実は烏栖埜さんには私たちの誰より早く神上さんから指示が行っていて、ナコさんになりすまして、ワケさんに既に連絡してる。ナコさんの携帯電話を使ってね。会社のひとと食事をした帰りにネマちゃん――あなたと出会って、当然あなたはワケさんのことを知っていて、それならここのお屋敷で会ったらいい、と言われた。それについてはお屋敷のひとと相談していて、ＯＫもらえたらまた連絡すると。ワケさんもそれに異存はないということだったらしいわ」

「もう進行してるのね」

早速桁木さんから報告があり、もう烏栖埜さんはナコになりすまして既に活動済みであり、最早《もはや》私の出番がないのが確認された。この件に関して、私だけにいさんからなんの連絡もなく、放置されている。香納美に指示してるんだったら、私にも指示や連絡がないのはおかしい。

「私については、にいさんからなにか指示はないのかしら」

「ネマちゃんには隠綺さんから電話がかかってくるんでしょ？　それとかぶってもいけないから、その後なんじゃない？」

「まあ、いつかでしょうね」

私は吐息《といき》まじりにつぶやくように言った。

「ところで、ネマちゃんも着替えて、そっちを着たのね。そのワンピースって、ナコさんのものなんじゃないの？」

「あ、ええ」

「それ着て、またかの女になりすまそうというの？」

「ネマったら、私が部屋に入ったら裸だったんです」

香納美が密告するような言い方をした。しかも、おおげさな言い方をする。

「下着はつけてるわよ」

「当たり前でしょ。二人とも真っ裸だったら、引くどころじゃないわよ」

「下着にしたって、どうしてあなたが自分の服を脱ぐの？」

桁木さんが少し呆《あき》れ顔をして言った。

「え、ええ。でも、それは――」

ナコを下着のままにしておけないから。桁木さんに言われて、服を持って行ったのに、ナコがそれを着てくれないから。

「なんなの、あの娘《こ》がいくらあなたの鏡だと言ったからって、なにもあなたからあの娘とおなじ下着姿にならなくてもいいでしょうに」

「え、鏡ってなんですか？」

香納美がくいついた。

「ネマちゃんとナコさんはよく似ているし、二人ともおなじ行動をしたようだから、鏡みたいねとちょっとからかったの。おもいつきだから、なにも意味はないわ」

桁木さんはわざと「おもいつき」と言って、香納美がそれ以上詮索しないようにしてくれた。

「鏡って、慥《たし》かに、そんな感じだった。そっくりの顔の二人がお揃いの下着姿でならんでいたから、どっちがどっちだか区別がつかなくて――ネマったら、ナコと服を取り換えっこしようとしてたんです」

「だって、ナコは私が持ってきた服を着てくれなかったんだもの。いつまでも下着だけにしておけないでしょ」

「本人がそうしたいなら、そうさせておけばいい、というか、それよりほかないじゃない。抵抗しているつもりかわからないけれども、そんなの続かないわ。ネマが自分の着ている服を脱いでまであの娘《こ》に服を着させる意味はないわ」

「ノカちゃん、ナコさんにちゃんとした服を着せてあげなさいと、私がネマちゃんに言ったのよ。ナコさんが抵抗の気持ちで服を着ることを拒否したって、ネマちゃん自身が自分の服を脱いでこれを着なさいと言ったら、それ以上抵抗はできなくなるわ。私も初めはわからなかったけれども、あなたがそこまでするなんて、見なおした」

　私は桁木さんの過大評価に与《あずか》って、ちょっととまどった。自己犠牲の精神を自ら示してナコを感化したわけではなく、ほかに服は自分が着ているものしかないということから、困り果ててやったにすぎないのだから。ナコとかかわって調子が狂いっ放しなのを話題にされても、私自身説明のしようがない。こんなことに時間を浪費している暇はないはずだから、もうこれきりにしてほしい。

とおもっていると、私のスマホが振動した。おねえちゃんだ。

――もしもし、ネマです。

――もう用事は大丈夫なの？

――ええ。

――幼馴染のお嬢さんは一緒？

　私とナコがおなじホテルに泊まっているという想定だから、朝食を摂《と》るなど、今も共同行動をとっていると、おねえちゃんはおもってるんだ。

――いえ、今は一人。あの娘《こ》とはまたおちあうけど。

――そのお嬢さんて、ネマちゃんにきょうだいみたいに似ているひとなんでしょう？

――え、なんでおねえちゃんが、それ――

　おねえちゃんの言ったことに私はおどろいた。おねえちゃんはナコに会ったことはないし、大体きょうまで知らなかったはずだからだ。清躬の幼馴染のことは話題に上ったことさえない。おねえちゃんが清躬に話をして、確認したのだろうか。

　その時、私は肩をつつかれた。香納美が自分のスマホで、スピーカーをオンにするよう、示してきた。桁木さんもうなづいていた。私は急ぎ、設定した。

――檍原さんがお屋敷にかよってくることになって、

あなたに紹介した時、あとでかれ、言ってたの、昔すごく仲が良かったおんなの子にあなたがとても似てるって。

——えっ、そんなことを？

清躬は初対面で私を見て、ナコのことをおもいだしていたのか。そういう話をおねえちゃんはしてくれてなかったし、清躬と話す機会もおおくはなかったから、まるっきり知らないままだった。けれども、清躬のなかで私がナコと結びつけられていたと、今になって知るのも、歯がゆいおもいがする。

——私、それをおもいだして、さっきかれに電話した時、そのこともきいてみたの。

おねえちゃんが続きを言う。

——電話したの？

——ええ。ネマちゃんが会った幼馴染のお嬢さんについて、檍原さんがどうおもってるかもきいておかなくちゃいけないもの。

いろんなところでやりとりが進んでいる。私は後追いでそれをつかむばかりだ。

——檍原さんとおなじ苗字《みょうじ》の幼馴染のおんなの子——檍原橘子さんという名前ってきいてるけど——、そのお嬢さんというのは、かれがあなたを見てとても似ていると感じたおんなの子のことだって。そう言えば、あなたたちきょうだい、樹生《きいお》くんは檍原さんそっくりだし、あなたもその幼馴染のお嬢さんに似ているというのって、不思議な縁ね。

——慥《たし》かに、檍原くんの妹といってもおかしくない感じだわ、その娘《こ》。

私は答えた。顔の話はうんざりだったが、調子を合わせておかないといけない。

——ところで、一つ気になるんだけど、そのお嬢さん、檍原さんが眼が見えなくなってるのを知ってるのかしら。

——知ってるわ。鳴海ちゃんからきいたんだって。

——あ、そうか。檍原さんと電話で話しているんだから、鳴海ちゃんとも知り合ってるのね。

その話から、おねえちゃんは鳴海との間でナコについて話をしていないというのがわかった。しかし、話をしたら、贋《にせ》の清躬のことも明るみに出る。これはまずいことだ。にいさんはおねえちゃんを巻き込んでしまっているけれども、本当に大丈夫なんだろうか。

——で、かの女のことなんだけど、折角なかよくなったし、お互いに檍原くんを知ってるから、だったら、お屋敷で会えるほうが楽しいとおもって。勿論、二人のプライバシーは邪魔しない。そう話を向けたら、かの女もそのほうがうれしいって。

私は適当にナコとの関係をつくって、用件に話をもっていった。

——どうせ檍原くん、昼からお屋敷に来ることになっているんでしょ？ ノカちゃんからそうきいて、だったら、朝からかれに来てもらってもいいんじゃないかなとおもってるわ。

——その橘子さんからも檍原さんに電話があったときいたわ。あなたと親しくなったことや、それで会う場所を變更《へんこう》したいって。

——あ、そうそう。かの女からきいてるわ、檍原くんにそう伝えて、OKしてくれたって。

——二人ともそうしたいって言ってるなら、そうしてあげたらいいでしょうけど、あなた、きょうも予定があったんじゃないの？ それ、どうするの？

——私、きょうは橘子ちゃんにつきあってあげたいわ。サークルのほうは、おくれて参加するともう友達に伝えてある。

私は大学の考古学サークルに所属し、この連休は群馬県で発掘調査のため、泊まり込みをするという名目で、お屋敷の諸事の役目を免除してもらっているのだ。

お屋敷にいると、日課や諸事の用がいろいろあり、それに時間を潰《つぶ》されてしまうことがおおくなるから、ナコの拉致《らち》監禁のために隠し部屋に浸っているのが難しくなる。勿論、にいさんからの指示で、身軽に活動できるよう拵《こしら》えた計画だ。

——そう。じゃあ、きょうはお屋敷にかえってくるのね？

——ええ。おねえちゃんがOKしてくれたら、すぐかえるわ。

——橘子さんも一緒？

——かの女も一緒よ。幸い、私、合宿の用意で着替えを持ってたから、下着も含めて私のをわたして、かの女も着替えができてるし、支度《したく》は大丈夫だわ。

——私、神麗守ちゃんのお昼が済むまでは紅麗緒ちゃんと病院にいる必要があるの。檍原くんを迎えに行くのは、あなたがやってくれる？

——ええ、喜んで。

私は自分の役目ができたことを純粋に喜んだ。

——じゃあ、私から迎えに行く時間を檍原くんに連絡しておくわ。

——おねがいするわ。

——はい。

——檍原さんと橘子さんには、お昼もお屋敷でとってもらうのよね？

——きっと話は尽きないから、お昼も一緒にしたい。でも、予定外の話だし、みんなの手をわずらわせたくないから、適当にお弁当を買ってこようとおもう。

——じゃあ、そうしましょうか。できれば、私も橘子さんに御挨拶させてもらえればとおもうので、一時半くらいまでかの女にいてもらえるといいなとおもうんだけど。

——きっと大丈夫だとおもうわ。きょうはなんの予定もないと言ってたし。

——じゃあ、そのこともよろしくね。

——ええ。かの女にとってとってもうれしい一日になるとおもうわ。

そう言ってみるが、にいさんがどういう意図を持っているかによって、物凄《ものすご》くひどい一日になるかもしれないのだが。

——あと、
用件のことはもうほぼかたづいたのだが、まだおねえちゃんにきいておきたいことが私にはあった。

——おねえちゃん、ノカちゃんから、きのうも檍原くんお屋敷にきて、棟方《むなかた》さんというひとと面会したということをきいたんだけど。

——ええ、そうだったの。棟方さんのことは、去年の暮れにかれから教えてもらっていたけど、二か月程前に病気になられて、檍原さんも会えなくなってしまい、ずっと気に病んでいたらしい。それを鳴海ちゃんがなんとかしてあげたいとおもって、私に相談があってね、棟方さんのおうちのひとと連絡をとりあうようにしたの。そうするうち、檍原さんが失明するという情況になって、また行ったら、今度は棟方さんのほうが病気をおしてでも会いたいという御希望があって、日を延ばすと棟方さんのおからだのぐあいがまたわからなくなるから、急だったけど、きのう、二人にお屋敷にきてもらったというわけ。

——なんか檍原くん、とっても大變《たいへん》ね。でも、きょう、ナ——橘子ちゃんと会えるのは、かれにとってもいい日になるとおもう。

私は危うく、「ナコ」と言ってしまいそうになった。

——あなたも協力してあげて。

——ええ、勿論。

——ノカちゃんにもよろしく言っておいて。

——はい。

——じゃあ、これで電話を切るわね。なにかあったら、ネマちゃんのほうから電話を頂戴。じゃあ。

「オキンチョのほうはかたづいたわね」

私が電話を切るのを待って、香納美が言った。

「で、あなたのこれからの行動予定はどうなるの？」

桁木さんがきいた。

「え、そうね。私とナコは今ホテルにいることになってるから、すぐチェックアウトしたとして、三十分後くらいにここにかえってくる想定ね。でも、その前におかあさんに予定の變更を伝えないといけないわ」

私は返答した。

「待って。ネマちゃんのおかあさんはずっと病院にいて、和邇《わに》さんを看《み》ているんでしょう？」

「ええ」

桁木さんが言ったとおり、私の母は和邇のおじさんの病室で朝から晩までつきっきりで看病している。おじさんは意識不明だから、傍《そば》にいてもできることはかぎられているが、それでも傍にいればなにか力になれると母は信じているのだ。夜はかえってきて、朝食もお屋敷で摂《と》るが、もうこの時間は病院に向かっているはずだ。

「後でおちついてから連絡してもいいでしょう。順番を考えてやらないといけないし、それを今することでまた時間がかかって、ホテルを出るのもおくれる。あとのスケジュールも余裕がなくなる。ほかにお屋敷にいる人たちで言うと、誰に最初に話をしておくのがいいのかしら」

「楠石《くすいし》のおじさん、おばさん。おかあさんから留守《るす》を頼まれてる」

私が答えた。

「東やオキンチョとの連絡はそうだけど、私のところだって、両親と和多《わだ》のおばさんに言っておかないと。和多のおじさんはきょうは出かけている」

「その三人ね？」

「私から言っとくわ。ネマから連絡と依頼があったということで」

香納美が申し出た。

「じゃあ、香納美ちゃんから予《あらかじ》め話しといてもらって、ネマちゃんは、自分がお屋敷に戻ってきたというタイミングで、楠石さんに挨拶する。あなたのおかあさんには、総て終わってからおちついて事後報告すればいいとおもうわ。そういう段取りでいいでしょう」

「私は諒解」

香納美に続いて、「私も」と答える。

「一方で、ネマちゃんはナコさんにいろいろ言い含めておかないといけないわね。お屋敷の人に顔を合わせた時、變なことにならないようにね」

「ネマ、大丈夫？　またナコに梃子摺《てこず》るんじゃない？」

「なんとかやるわ」

　さっきのように最低の状態ではなくなって、少しは自信を回復している。ナコの反応は読めないが、なんとかしなくてはいけない。

「まあ大丈夫でしょうけど、最悪、烏栖埜さんがかの女に扮《ふん》しておうちの人たちの相手をしてくれるから、安心しなさい」

「烏栖埜さんの手は借りたくない。ナコには私が話をつける」

　私は強く言った。

「お屋敷に戻ってくる時間の想定は三十分後と言ったけど、余裕を見て一時間後の九時十分から二十分くらいにしましょう。一往、烏栖埜さんにもスタンバイしておいてもらう必要があるから、ネマちゃん、ナコさんにうまく話をつけられたかどうか、九時までに私に報告するようにして。おうちの人たちにナコさん自身を会わせていいか、烏栖埜さんに扮してもらうか、そこできめましょう」

「うん、わかった」

「それから、ワケさんを迎えに行く時間については、神上さんに相談するわ。もともとの予定だった九時よりおくれることは烏栖埜さんが連絡しているから、九時半か十時のどちらかでしょうけどね。香納美ちゃん、八時半までにそれぞれに話をして、その情況を私たちに共有してね。いいわね？」

「諒解」

「何時にワケさんをここに呼ぶかきまったら、あなたたちにも連絡するわ」

　そうして、私たちは解散した。にいさんに直接話をしていないが、桁木さんがちゃんと伝えてくれるはずだ。もし問題があれば、すぐにいさんから連絡があるだろう。

　私はまた『蛍』の部屋に戻る。

　なかに入ると、ナコがテーブルの席について、頬杖《ほおづえ》をついていた。服をちゃんと着ているナコを見て、少し心がおちつく。

「心細かったわ」

　私の顔を見るなり、ナコが眉《まゆ》を寄せながら言った。

　食事もシャワーも終わって、なにもする用がない。テレビも本も情報機器もなにもなく、時計も確認できないのだから、孤独の時間はながく感じただろう。

「詩真音さんにそのワンピース着てもらって、安心した」

ナコがにこっと表情を緩《ゆる》めて言った。

「安心？」

「だって、それを着られないといっても、プレゼントで戴いたものを捨てるわけにもゆかないし。いい服なのに、しまったきりにするのも申しわけない気がしてたけど、あなたが着てくださる、それにとっても似合っていて――」

迷惑なプレゼントだというのに、まだ相手に気をつかっているナコの人の好《よ》さには感心する。

「お互いが身につけているものを交換するというのは、戀人《こいびと》どうしできく話だけど、あなたの服を貰《もら》うとはおもってなかったわ。あなたもキユクンにそれだけおもいを向けているなら、あのシャツを貰って、あなたからもなにかあげたらいいわ」

「私たち、戀人じゃないから。ともかく会ってからの話だわ」

ナコがあっさりした調子だったのはちょっと意外だった。

「これから大事な話がある」

私はおもむろにナコの向かいに座って、本題をきりだした。

「キユクンと会えるようにするための、大事な話」

「キユくんと」

ナコの顔に緊張が走った。

「そう。キユクンと会う段取りがほぼかたまった。朝のうちに、二人が会う場を用意してあげるわ」

ナコに希望の光が射し込んだように、眼がぱっとかがやいた。

「まず、どこで会うかだけど」

私はちょっと間をおいたが、ナコは口を挟まなかった。私の言葉を一言もきき洩らすまいと、注意をかたむけている。

「キユクンが或《あ》るお金持ちの屋敷に美しい少女の絵を描《か》きに行っていたという話はきいてるわよね？」

「ええ、知ってるわ」

「実は私、その屋敷に住んでいるのよ」

「えっ、あなたが？　詩真音さんはお金持ちのお嬢様？」

「早まらないで。私はその屋敷の御当主のお世話をする係として母と一緒に住み込んでいるだけ。ともかくそのお屋敷で会う部屋を用意する。ここはキユクンもかよいなれているから――」

「ここ?」

ナコが私の発言から一つの言葉を拾い上げた。しまった。相手は神経を集中させてきいているので、一言でも捕まえてしまう。ナコを監禁しているこの場所との関係づけはしないよう、発言に注意していたのだけれども。

「ナコ、そこはスルーするわ」

ナコはもう感づいただろうが、そこでやりとりするとまた自分のペースがくずれてしまうので、私は強引に自分の話を先に進めた。

「で、あと暫くしたら、あなたもお屋敷に連れてゆく。お屋敷にいる人たちに会ったら、あなたは挨拶だけでいいけど、私はあなたのことを紹介しないといけない。どんなふうに紹介するか、ここが大事なところ。これから話すから、ナコもそれに従ってほしい」

ナコは軽くうなづいただけで、言葉は発しなかった。

「ナコは自分からはなにも言ってはいけない。当たり前だけれど、自分が拉致監禁されていると言ったり、助けを求めたりなんてことは厳禁。ここでそんなことを言っても通用しないし。シナリオができてるから、あなたもそのシナリオでやってもらう」

愈々《いよいよ》詳細の説明に入る。

「あなたはきのう、会社の人たちと食事をした。これは事実ね。で、ここから、台本が別に用意してある。それをしっかり心得てほしい。そのレストランで、あなたの近くの席に私も友達と一緒にきていた。あなたが一緒に食事をしている人たちから、『檍原さん』と呼ばれているのが私の耳に入った。キユクンとおなじ珍しい苗字のひとがいるとおもって、あなたたちが食事を終えてレストランの外に出た時に、私からあなたに声をかけた。檍原清躬さんのお知り合いですか、って。ここまでは別にいいでしょ?」

「口裏を合わせて、ということ?」

「そう。キユクンに対しても、この設定で行くのよ。また、あなた、キユクンには嘘をつきたくないとか言うんでしょうけど、そんなことしたら場が打《ぶ》ち壊しになる。シナリオにないことを自分勝手に言ったりしては駄目。キユクンともう会わせないわ」

「ちゃんとするわ、詩真音さんの言うとおり」

「よし、それでおねがいね。で、話の続きだけど、私に声をかけられて、あなたは勿論キユクンの幼馴染だし、私もキユクン知ってる仲だから、お互いに関心を持ち合って、もっとお話ししましょうということになって、カラオケの個室で夜おそくまで話し込んだ。終電もなくなってしまったので、近くのホテルに二人で泊まった。まあ、私が自分のうちにあなたを泊める手もないではないけれども、お屋敷に初めてのひとを連れてくるのは、特にひとを泊めるなんて、そうかんたんにできないのよ。もともと私自身、きのうは外泊の予定だったの。ところで、あなたと話をしているなかで、あなたはきょう、キユクンと会う約束をしているというので、どうせ会うなら、私のうちでしたらどう?と言う。私のうちは、キユクンが絵を描きにかよっていたお屋敷だし、かれが来ることに問題はない。あなたはお屋敷が初めてだけど、二人が会うのに一つの部屋を使うだけだから、ちゃんと断わっておけば許可は得られる。あなた自身も、私のうちに来たい、と私の話に乗ってくる。で、あなたはキユクンに電話をかけ、会う場所と時間の變更《へんこう》をおねがいする」

「清躬くんに電話かけていいの?」

ナコが喜びに顔をかがやかせてきく。

「あなたが電話するのじゃないわ。それに、その電話はもう終わってる」

「終わってる?」

ナコは意味がわからないという顔をした。

「ナコになりすまして、私が電話をかけた」

本来隠れている烏栖埜さんのことは明かしてはいけないと考えて、私は自分がなりすましたように言った。

「キユクンは場所の變更をＯＫしてくれたわ。あなたになりすました私のことをキユクンは見破れなかったわ。あなたには残念でしょうけど」

「別にいいわ。清躬くんは疑いを持ってひとを見ないわよ」

「まあ、どのように解釈したって構わない。ともかく、今話した設定、ちゃんと頭に入ってる? どのようにあなたは私と知り合い、私のうちに来たか」

「大丈夫よ。レストランの帰り、詩真音さんの声かけ、カラオケでのお喋《しゃべ》り、ホテルに宿泊。それで朝を迎えて、清躬くんに電話して――」

「いいわ。大丈夫ね」

「だけど、きのう、詩真音さんから声をかけられた時、あなたがどういうひとだと説明してもらったか。まったく初対面だから、自己紹介してもらっているはず。その知識がないとぐあいわるいとおもう」

「ナコの言うとおりだわ」

「それから、清躬くんの前では、まちがっても私のことナコと呼んだり、清躬くんをキユくんと言ったりすることはやめてね。二人でいる時しかそう呼ばないんだから」

ナコは真剣な表情でそう言った。

「私と会話しているなかで、ぽろっと口に出てしまった、というのは？」

「駄目。私、絶対そんなことしない。絶対やめて」

これだけは絶対妥協《だきょう》しないというように、強く言う。

「わかった。だったら、これからはあなたのこと、橘子さん、そう呼ぶようにするわ」

「是非そうしてください。おねがいします」

ナコ――橘子は懇願するようにゆっくり頭を下げた。

「で、自己紹介ね？　私の名前は、根雨《ねう》詩真音」

「ねう、さん？　どういう漢字かしら」

「漢字はいいでしょ。私を呼ぶのに苗字でいう必要はないんだから。それから、大学は△▽大学文学部で、この四月から三回生。年齢は二十歳《はたち》。あなたと一緒」

「はい」

「私はおかあさんとお屋敷の御主人のお世話になっていて、御主人の名前は和邇《わに》さんという」

ワケも知っている名前だから、橘子に伝えても問題はない。

「お屋敷の御当主が和邇さんで、あなたが根雨さん。あなたのおにいさんもお屋敷に？」

「にいさんの話はしない。いいこと？　あなたがちゃんとキユクン――あ、言っちゃいけなかった。清躬くん――と会えるようにしてあげてるんだから、にいさんのことを持ち出したら絶対駄目よ」

「わかったわ。気をつけます」

「あと、和邇のおじさん――普段はそういう呼び方をしてる――おじさんは秘密主義の方だから、和邇のおじさんについても詮索しては駄目。清躬くんだって教えられていない。おかあさんは知ってるかもしれないけど、私もなにも教えられていないし、知ろうとしてもいけないと言われている。だから、あなたにも言えることはないんだけど、あなた自身が和邇のおじさんの名前だけでもほかのひとに報せるのも駄目。いろいろそういうことがあるけど、一つ一つ心得てほしい」

「ええ。言うとおりに。でも、清躬くんがそのお屋敷に呼ばれて行っていたのは、そこのお嬢さんの絵を描きに行ってるという話で――」

「話の順番があるから、ちょっと待ちなさい」

「御免なさい。じゃあ、今は一つだけ。詩真音さんは、そのお屋敷に住んでいて、清躬くんもそこにかよっているということだったら、清躬くんとは何度も顔を合わせてお話もしてるのね？」

「そうよ。直接そんなに話はしてないけど、清躬くんとは顔なじみ」

「ああ、なのに、どうして、私に意地悪なんか――」

橘子が首をかしげながら言った。

「意地悪って、もうしてないでしょ」

「でも、私を拉致して、寮の部屋にも――」

そこまで言いかけて、橘子は途中で言い止めた。自分が言おうとしていることが私の心証をわるくすることに気づいたのだろう。

「あ、御免なさい。もういいの、そんなこと。あなたは私に清躬くんを会わせてくれるし、そのために今、お話しくださってるんだから」

「そうよ。余計なことを言って、自分で台なしにしないでよ」

「ええ。御免なさい。もう變《へん》なこと、言いません」

橘子が混乱する理由はわかるが、しかたがないのだ。

「とりあえず私の自己紹介はこれくらいにするわ。だって、会ったその日の話だからね。あと話すこととといったら、お屋敷のことやそのなかの人たちのことがあるけど、それは順を追ってまた言うわ。で、私もあなたの自己紹介をきいた。でも、あなたの情報はもう持ってるし、なにもきくことはないので、省略しましょう。そして、あなたは清躬くんに連絡して、きょう会う時間と場所の變更を伝え、かれから諒解をもらったということで、二人でホテルをチェックアウトして、お屋敷に向かう」

「えっと、この部屋を出るんですか？」

「出なくちゃどうしようもないでしょ」

「ああ、よかった。じゃあ、私のかばんとかも――」

「早まらないで。なにもあなたを解放するとは言ってないわよ。とにかく今は私の話をおとなしくきいていなさい」

そう言われて、一旦綻んだ橘子の顔がまた引き締まった。

「お屋敷に着いた時、誰かに挨拶するかもしれないけど、私がとりなすから、あなたは心配しなくていい」

「詩真音さんのおかあさんはいらっしゃるんでしょう？」

「きょうは不在よ」

「御主人のほうは？」

「あなたが会うことはない。清躬くんとの間で名前が出るかもしれないからそれは教えたけど、それ以外知る必要はない」

「でも、清躬くんまわりのことは教えていただけるんでしょう？　私たち夜どおしお話をしたことになってるんですもの」

橘子は冷静に頭がまわっているようだ。

「わかってるわ。あなたと話をする時はお友達のように話をしてないといけないからね。でも、お屋敷の御主人のことはなにも言えないと、さっき言ったばかりでしょ」

「じゃあ、お嬢さんのことは？　清躬くんが美しすぎるお嬢さんの絵を描きに行ってたと、私、もうその話をきいてる」

「鳴海っておんなの子でしょ？」

「詩真音さんもナルちゃんのこと知ってるのね？」

橘子がうれしそうな顔をしてきいた。橘子とあの小さい鳴海はすっかり友達なのだ。

「当然知ってる」

「で、お屋敷のナルちゃんのおねえさんたちのこと――」

「ちょっと待ちなさい」

私は橘子を制した。鳴海絡《がら》みで神麗守や紅麗緒の話につながってゆこうとするが、話せるはずがない。

「いいわ、あなたが鳴海から話をきいてると私に話した。あなたが興味を持っていることだから、それはそれでいいでしょう」

「だから、それについてくわしく詩真音さんに教えてもらった」

「馬鹿ね。いくらあなたとなかよくなったからって、話せることと話せないことがあるのは当然じゃない。御主人について話せないというのは、そのお嬢さんについても話せないということになるでしょ。どうしてもききたければ、清躬くんに直接きけばいい。かれもどれだけ知ってるかわからないけれども」

「だとしても――」

橘子は食い下がろうとしたが、それきり言葉は出なかった。

「でも、お屋敷にいるひとで、一人紹介しておかないといけない。後で会うことになるかもしれないし」

隠綺のおねえちゃんからはかならず橘子のことをきかれる。直接会うかどうかはわからないが、もし顔を会わせることになったら、ということを考えると、お屋敷の重要人物としておねえちゃんのことをなにも話していないのはおかしいことになる。

「さっきの仮面のひと？」

「馬鹿ね。仮面してるひとのことを言えるわけないじゃない」

「あ、やっぱり」

「かの女じゃなくて、お屋敷でお嬢さん方の世話をしている隠綺さんというひとがいる。私より三つ年長で、私のおねえちゃんみたいなひと」

「そのひとは、あなたのおにいさんとは——」

「にいさんの話はしないって釘《くぎ》を刺したのに、何度言ってもわからないひとね」

私は呆れたように言った。

「御免なさい。でも、いろんなひとが登場するのはいいけど、お話をしちゃいけないひとばかりなのよね」

「しかたがないでしょ。もう一度言うわ。ここのお屋敷の御主人は秘密主義なの。秘密主義というのも秘密なくらい。ここに出入りするひとはかぎられてるし、そのひとたちだって、秘密を守るよう誓わせられてい る。清躬くんだってそうよ。秘密が漏れないようにするには、最初から話さないこと。話しても、最小限にしておくこと。そういうことだから」

「私に教えられないことが一杯あるのはわかるわ。でも、あなたのシナリオでは、あなたが私に声をかけて、カラオケのお店に入って、いろいろ話をしたんでしょ？　お互いに清躬くんのことを知っているというので興味を持ちあうわけだけど、実は私、清躬くんの小学校時代のことしか知らないのよ」

「だから、なに？　清躬くんのこと知らないから、それ以外に私と話すこともないし、夜を一緒に過ごす程にはならないってこと？」

「ううん。だからこそ、私、今の清躬くんのこと知りたいのよ。で、あなたから声をかけられて、あなたが清躬くんの今をよく知ってるひとだとわかる。すると、私はあなたに清躬くんのことなんでも教えてほしいとおもうわ。いろんな質問を一杯あなたにするとおもうの。なのに、あなたはあんまり答えてくれない。あなたから私に近づいてきたのに、そんなの不自然だわ。清躬くんのことであまり話が続かないんだったら、私も寮にかえらなくちゃいけないんだし、夜おそくまで話し込むなんてしないとおもうわ。まして二人でホテルに泊まることまでしない。もともと私、つぎの日に清躬くんに会う予定をしていて、あなたとかかわらなくても清躬くんには会えるんだから、別に話を早く切り上げてかえったっていいんだし」

「清躬くんを知り合っている者どうしということだけで、出会ってなかよく話をするきっかけには充分なるでしょ。清躬くんの話できたいことは、つぎの朝本人に会うんだから、そこできけばいい。それよりおない歳のおんなの子どうし、話題はそれ以外にも広がって、いつのまにか夜おそくなっちゃった、というのではいけないの？」

「ううん、駄目。清躬くんの話で時間が長引くならしかたないけど、そうでないなら、寮に門限があるから、私かえる」

「かえさない、もっとつきあってよ、としつこくあなたを引き留める。あなたは優しいから、振り切れない」

「でも、あなた、初対面なんだもの」

「そんなの関係ないわ。私があなたをかえさないよう腕を掴んで離さなくたって、清躬くんと親しい私と喧《けん》嘩《か》わかれしてまで無理にもかえろうとするあなたじゃない。自分がいくら困り果てたって、私を突き飛ばしてかえったりすることは、あなたにはできない」

「それはそうかもしれないけど」

「まあいいわ。少なくとも、お互いに正直な話をするのでないと、初対面からいきなりなかよくなれないということには同意するわ。正直に言うから、私の住むお屋敷のことは秘密がおおくて、あなたには話せない、そのことを伝えてるわけ。それはあなたも受け取ってくれるでしょ？」

「ええ」

「清躬くんがこのお屋敷に絵を描きにきてることは私も認める。誰の絵を描いているかは、あなたも鳴海という子からきいているし、それを私は否定しない。でも、それ以上は言えない。親友にさえ話はしないわ」

「あなたのおうちの話はいいわ。秘密だとおっしゃってるのに、突っ込んできくべきともおもわないし。とっても綺麗なお嬢さんのこともね。それよりあなたのおにいさんのことが気になるけれど、それは絶対に駄目というんだから、どうしようもない。でも、清躬くんのことはきくわ。答えられることと答えられないことがあるだろうけど、それでいい。きいて、答えてもらえることがあれば、それがきいたことの一部だけであったとしても、私にとって少しでも清躬くんの話がきけるんだから、いいことなのよ」

「で、なにがききたいの？　でも、だらだらとながい話は駄目よ」

　橘子の言うことも尤もであるので、私から催促した。

「詩真音さんは清躬くんとどんなお話をしたことがあるの？」

「私単独ではないわ。かれだって、絵を描く目的でしかうちの屋敷に用はないし。唯、私は隠綺さんの妹みたいにしてもらっているから、隠綺さんが清躬くんとお茶する機会に呼ばれてお話をすることは何度かあった。二人で話はしてないし、かれもあんまり自分から話をしないから、内容のある話はしてないわ。普通かれに興味を持てば、かれの仕事の話とか、くらしぶりとか、きいたりするだろうけど、おねえちゃんもひとのプライベートなことをきくのは控えられてるから、そういう話もきいてない。そうおもうと、かれについてなにか新しい情報をあなたに与えられるわけではないわね。逆に、あなたは小学校時代しかかれを知らないというけど、そっちのエピソードのほうがおもしろそう。だけど、今はいいわ。時間があまりないから、余計な話はしていられない」

「ありがとう。清躬くん、あなたと初めて顔を合わせた時、あなたのお顔を見て、なにか言ってなかった？」

「なにも言わないわよ」

私はあっさり答えた。

「それ、どういう意味で言ってるの？」

逆に、私からききかえした。

「清躬くん、絵を描くひとだから、ひとの顔はちゃんとおぼえてるはずじゃないかとおもうの。一度、高校時代にも会ってるんだけど、小学校時代から四年程経って、身長もおおきくなってるし、髪形や服装などもかわっていたけど、すぐ私のことわかってくれた。小学校時代と高校時代の變化《へんか》より、高校時代と今のほうが、顔とか全体の印象ではあまりかわっていないと言えるわ。つまり、高校時代の私の顔と、今の詩真音さんの顔はよく似てるわけで——」

「でも、清躬くんは私を見て、なんにも言わないどころか、おどろいた感じも全然なかったわよ」

それは事実で、嘘はない。但《ただ》し、私の前ではそうだったということで、後でおねえちゃんからきいたところでは、かれは私と橘子が似ていると感じたというのだから、今はそれを知っていての発言になるから、不誠実に当たるだろう。

「そっくりというのはあなたがそう感じてるだけだからね。私はそうおもっていないし、清躬くんだって実際にそう感じていないから、なにも反応がなかったのにちがいないわ。清躬くんは絵を描く仕事をしていて、観察眼があるだろうから、私の顔がかれの記憶にあるあなたの顔にそっくりだったら、そういう反応をするはずだけど、そういうことはなかった。あったら、かれから、私に似ているという幼馴染のおんなの子——あなたのことをその時点できいてるわ」

私は誤魔化しを入れて喋っているので、この話題は早くおさめたいとおもった。

「もうこの話はやめたほうがいいわ。だって、かれはもう眼が見えなくなってるんだから。あなたと会ったところで、あなたの顔を実際に見ることができないのよ。あ、かれが眼が見えなくなったという話は知ってるわよね？」

「ええ」

「だから、ちょっと考えて御覧なさいよ。もしかりに、私と初めて会った時にかれが私をあなたにそっくりだと感じたとした場合さ、これから本当にあなたに会う場面で、私の顔であなたのことをおもいうかべられることになるのよ。それはとても嫌なことじゃない？だって、かれはあなたの実物の今の顔を知らないのに、あなたのおもかげを彷彿《ほうふつ》とさせたという理由だけで、かれが自分勝手に、私の顔をあなたの顔におきかえちゃうのよ。私だったら、そんなの嫌だわ」

「あ、でもね、それは大丈夫だわ」

妙に余裕を示して、橘子が言った。

「どうして大丈夫なの？」

「こないだ電話で話した時、清躬くんは私の顔が見えていると言ったわ」

「でも、そこでおもいうかべている顔がひょっとして私の顔だったとしたら――」

「実際に清躬くんと会った、十二歳の時の私の顔、それから十六歳の時の私の顔が一緒に見えていて、それに二十歳の今の私の顔もあわせて見えてるって」

「なに、それ。そんなこと言ったって、かれが見えてると言うその顔が、実際に眼の前のあなたの顔かわからないじゃない。その顔はかれの頭のなかでつくりあげてる顔で、実際にあなたの顔を眼にしていない以上、きっとおなじではないのよ。おなじと信じてるだけ。あなたもかれもお互いにスピリチュアルに響き合ってると信じてるんだから、それは好きにすればいいわ。私にはどうだっていい」

「そういう突き放すような言い方はしないで。だって、私たち、初めて出会って、夜おそくまで話をして、つぎの日はあなたの住んでるところによんでくれる親しい仲になったんでしょ？」

「かれの前ではちゃんとするわよ。でも、あなたって結構面倒くさいひとよ。なかよくなったって、その面倒くささから突き放すような言い方をすることはあるわよ。で、まだなにかききたいことあるの？」

私がせっつくような言い方をしたためか、橘子は

「ううん。とりあえず大丈夫」と首を振った。本当にききたいことはにいさんに絡むことであり、それは答えが期待できないから、きけることはあまりないのだ。

「じゃあ、清躬くんを迎える準備とかまだ残っているから、ちょっと失礼するわ。つぎ戻ってきたら――」

「あ、ちょっと待って」

私が失礼すると言っている途中で橘子がわりこんできた。

「なんなの？　ききたいことはもうなかったんじゃないの？」

「時間を教えてほしいの。今の時刻。何時何分なのか」

知りたい気持ちは当然だが、答えはきまっている。

「あなたは時間なしでやっていくの。時計をおいてないのはそういう意味だからね」

「でも、私にも予定が。きょう約束してる」

「そんなことわかってる。あなたになりかわって、全部相手に連絡してる」

本来それをするのが私だとおもっていたのが、ほかの人に役を持って行かれたから、なにも確かめた話ではないけれども、にいさんが指示しているのだから、誰がやろうと抜かりはないはずだ。橘子の会社の先輩たちにもおそらく烏栖埜さんが橘子になりすましてうまく話をしていることだろう。

「よく考えなさい。あなたに携帯電話をわたすはずないでしょ。少なくとも今はまだ」

「詩真音さんが連絡してくれるの？」

「私以外誰があなたになりかわれるのよ」

「じゃあ、私の前で連絡してくれる？」

「さっきもそんなこと言ったよね。何度言ったって、あなたの前ではしない」

「じゃあ、連絡したら、どういう連絡をしたのか、受け答えがどうだったかを教えて」

「私はあなたに指図《さしず》を受けないの。だから、駄目。好意で言ってあげる可能性はないではないけれども、当てにしたって駄目」

私は素っ気なく言った。実は連絡するのは私ではないから、私からなにも言えるわけはないのだ。

「わかった。詩真音さんの御好意を信じてる」

「あなたも馬鹿ね。勝手に期待を持たれると、裏切りたくなるのわからないの？」

「ううん」

橘子は下を向きかげんに小刻みに首を振った。

「何度も言うけれども、私、一杯用事をしなければならないんだから、もう行くわ。つぎ戻ってきたら、あとどれくらいしたら清躬くんと会えるか、大体のところ話しできるとおもうわ。それくらいは期待していいわよ。じゃあね」

そう言って私が立ち上がると、橘子も合わせるように立ち上がった。

「こら。寄ってきたら、また投げ飛ばすか、ひっくりかえすか、するわよ。あなたは何回でも私の技にかかっちゃうんだから」

「わかってる」

橘子は流石に警戒して、その位置から動かなかった。安全な位置に身をおいている。それが私に物足りなさをおぼえさせた。

「あ、わすれ物」

私は行きかけたところでそう言って、振りかえって橘子のほうに近寄って行った。床に眼をおとしていたので、橘子も床のほうを見るように上体を少し折り曲げた。さっとなかに入り込めば、一本背負いできると考えた途端、橘子が急に腰をおとした。今度は気配を察したかとおもったら、一人勝手に橘子がひっくりかえって尻餅《しりもち》を搗《つ》いていた。技をかけられまいと過剰に反応してバランスをくずしたようだが、自分からひっくりかえるなんて鈍くさい。結果的には、さっきの回でちょん掛けにひっかかって尻餅を搗いたのとおなじ格好になっていた。私の技にかかるかどうかは別にして、何度もおなじくりかえしをしている。お約束のようなパターンだ。

でも、だんだん私はわらえなくなる。橘子は私がさっきまで身につけていた服を着ていたので、私自身にさえ、私の分身がみっともなくも尻餅を搗いている姿に見え、寧《むし》ろ情けないおもいがしてくる。分身が着ているのはさっきまで私が身に着けていた服で、丸見えになっているパンティーも私のだ。その姿がビデオでも画像としてとらえられている。ビデオで見ている人間には、私がそんなみっともない格好で尻餅を搗いていると単純に見えてしまう。

「勝手に転ばないでよ」

私は自分の腹立ちをぶつけるように橘子に言った。

「ずっこけてばかりね」

橘子はわるびれずに言った。自分でそう言う前にちゃんとしろと言いたい。

「わすれ物は？」

立ち去ろうとする私にそうきく橘子こそ、自分の心のわすれ物におもわれた。だが私は、「勘違いだったわ」と言い、かの女を放って部屋を出た。

　何度も転倒をくりかえす橘子も橘子だけど、部屋を出る時に毎回なにか技をかけてやろうとちょっかいを出している私こそ、パターンのわなから抜けられていない。強迫観念になりかけている。つぎは自重しないといけない。

『胡蝶』の部屋に戻ると、桁木さんが待っていた。香納美はいなかった。

「あの娘《こ》が転んでいる間はあなたもイタイわね」

　橘子に対してしたことは私自身にはねかえってくる。桁木さんはまたそういうことを言っているのだ。『蛍』の部屋の様子を観察していた桁木さんに、私から報告する必要はなかった。

「彪くんから指示があって、清躬さんは香納美ちゃんが迎えに行くことになったわ」

　ワケが来る時間は九時半で、烏栖埜さんからかれのほうには既に連絡がされているらしい。私は橘子に付き添い、面会場所となる東の応接室で待機するようにとのことだ。

　ワケを迎えに行く役は結局、香納美が指名された。もともと私がするつもりだったが、隠綺のおねえちゃんになりすますのを私が拒否して、烏栖埜さんが差し向けられることになった。またシナリオがかわったから、もう一度私は自分でその役目をやる気でいたのに。香納美が行くということは、誰のなりすましでもないということだが、ともかく私は橘子の相手をするだけの役しかなくなった。

　にいさんは、勝手妹だから勝手に振る舞うよう言ったけれども、総《すべ》てきめるのはにいさんで、そのにいさんは私からどんどん役をはずしてゆくのだ。そして、その理由はなにも話してくれない。橘子は突然拉致されて運命がかわるかにおもわれるような目に遭《あ》ったが、もともとの予定どおりワケと会って話をすることになった。その先がどうなるかわからないが、二人がお屋敷で会うのは隠綺のおねえちゃんも諒解事項になっているから、橘子の監禁を続けるのは難しい気がする。とすれば、かの女はもとどおりになる可能性が高いが、かの女の拉致に直接自分の手を下した私の行動の意味はなんだったのか。抑々《そもそも》の目的や意図もなにも伝えてもらっていない。要求したが、知る必要がないと答えてくれなかった。私はずっと宙ぶらりんだ。

「にいさん、私のこと、もう放ったらかしだわ。役を振るのも私以外の人ばかり」

　私は独り言のように恨み言を洩らした。

「あの難物のナコさんの面倒を引き請けてるんだから、一番重い役じゃない」

「あの娘《こ》に振りまわされているのを情けなくおもってるんだわ。だから、おまえには期待できないみたいな」

「私はあなたのことなにも心配していないわ。あなたはあなたの考えでナコさんにかかわり抜くことよ。そうしてあなたが自分の鏡を克服すれば、あなたの力が一段と高まることになる。それは、彪くんも望んでいることにちがいないわ」

桁木さんは優しいことを言ってくれる。けれども、にいさんが私のことを見放そうとしているのではないかという疑念は晴れない。そこからくる自分の弱気こそ、今一番戒めるべきかもしれない。

「私、じゃあ、あの娘《こ》のところに戻ります。桁木さんはこの後どうされるんですか？」

「東の応接室にはきのうの晩のうちにカメラがセットされたから、『絵合《えあわせ》』の部屋でずっと観察してる。当然わかってるでしょうけど、ワケさんとナコさんはお客様になるから、あなたは隠綺さんにかわってホストとして持て成さないといけないわ。お手伝いは香納美ちゃんがしてくれる」

「にいさんはなにか考えてるのかしら」

「さあ、わからない。どうするんでしょうね。でも、なにかあったら、現場にいるのはあなただから、あなたに直接指示があるわ」

私は『胡蝶』の部屋を出て、二階まで上がり、自分の部屋に行った。おかあさんは和邇のおじさんの病院に行っている。楠石さんは夫婦で庭仕事をされている時間だ。ほかに東には誰もいない。

自分のベッドで大の字になりながら、にいさんが私に期待しているのはなんなのかを考えようとした。でも、なにもおもいうかばなかった。考えようとしているのに、ぼーっとしている自分に気がつくだけだった。自分が緩んでいる。まるで橘子だ。橘子も一人『蛍』の部屋でなにをするでもなくぼーっとしているのだろう。本来私はここでぼーっとしている暇はないはずなのに、橘子とおなじことをしてどうするというのか。

私は橘子のワンピースを脱いで着替えようかとおもった。私がいつもの自分の服を身につけたら、橘子に左右されることはない——いや、きのうから自分の服でも、化粧《けしょう》をおとしても、自分のペースは乱されてる。それに、このワンピースを脱ぐこと自体、橘子とおなじ行為をなぞることになる。

本当はにいさんについて考えたいのに、考えようとしても、まっ白になる。そこに橘子の影がちらつく。橘子は鏡を伴って、私を映しかえす。私と橘子は切り離せない。ああ、独りでいる時間にどうして橘子のことが頭に入ってくるのだろう。橘子のほうは大して私のことを考えていないだろうに。あいつは今一人でワケのことばかりおもっているにちがいない。どうしてあいつのほうが気楽なのだろう。

私はふと、「分身」という概念について考えてみた。もともとおなじなのが二つのからだにわかれている。自分の独立性、統一性を損なわせられるような不愉快な概念。「幽体」という言葉も浮かんだ。二人ともちゃんとした実体なのだから、どちらかがどちらかからわかれた幽体ということはあり得ない。分身も、一卵性双生児かクローンで、精神的に感応しあい、行動が知らず知らず似たものになるということも考えられないわけではないけれども、そういう想像で仮定してもしようがない。ミステリー小説のようなプロットが自分のまわりにあるとは考えられない。私のまわりのみんなが橘子と似ているとか、鏡だとか言うのでなかったら、こんなことはおもわない。

あ、分身は英語でdoubleと言うんだっけ。慥《たし》かに、ダブってるということでは、私と橘子の行動がダブりだした。桁木さんが鏡と言っている意味も、私が橘子にしたことが自分に反射してくるということで、ダブっている。人から見ても、二人がよく似ているというのはそれこそ顔がダブルなのだろう。私がそうではないと言っても、見ている人間がそう見えるというのに反論はできない。一つで済むものがダブっているというのは、片方は余計ということだ。余計なものはなくしても構わない。どちらが余計なものなのか。自明とおもっていたけれども、私の行動が橘子のダブりになっているとすれば、私のほうが余計なのではないか。私が橘子にしたことが自分に跳《は》ねかえるというのも一人芝居みたいなものだが、一人芝居なんて無駄の極致だから、私自身が要らないということだろうか。もう要らない存在だから、にいさんも私になにも役を振らないのか。

私は本来常に動きまわっていないといけないのに、今、勝手に自分の部屋に入って、ねころんで、無為に過ごしている。あり得ない状態だ。無駄そのものだ。いっそ無駄だったら、誰もかえりみないのだから、好きにしていい。そう、好きにする。

おそらく橘子も無駄なのだ。烏栖埜さんになりすまされて、みんなかたがついてゆく。本人がいなくてもいい。私たち二人して無用の長物なのだ。橘子はワケとの組み合わせにおいては強固であるが、ワケ自身盲目となり、絵が描けなくなってしまっては、なせることのなにもないかれも無用ではないか。そうすると、ワケと橘子は二人して無駄に類する組み合わせになる。

私とにいさんはどうなのだろう。にいさんはまだ私のことを勝手妹と呼んでくれるけれども、だんだんおまえのことはしらない、となってゆきそうだ。にいさんは一方的で、誰とも対話しないが、桁木さんと私は相手として認めてくれた。けれども、桁木さんはにいさんが私たちに対してさえ非人称の存在になってゆこうとしているという。にいさんが非人称になれば、妹という関係が消去され、私は居場所を失う。私はファミリーの一員であるより、にいさんにつく選択をしたのだから、にいさんとの関係が終わったら、デラシネになる。からだはファミリーのもとにかえったって、にいさんとの関係を切り離された魂は漂流するしかないのだ。

そういう私は橘子と格好のコンビなのかもしれない。橘子に対して偉そうに振る舞ったって、かの女とダブルごっこをしているにすぎない。自分のしていることが自分にされていることになる。もともと別に生きてきたけれども、お互いに出会って自分の似姿を相手に見、ドッペルゲンガーになってくる。ドッペルゲンガーは最後にはペアで消失するのだ。はは、なんだろう、私は橘子そっくりに顔をつくり、かの女になりすまし、かの女を拉致監禁し、支配するつもりでいた（といって、にいさんからはっきりした目的はなにも告げられていないので、どうするために、ということもわからないでやっていた）が、橘子を縛る縄で自分自身も一緒にくくりつけていたのだ。縄で一緒くたで、ダブルで一くくりだ。その縄はそのうち首にまわって、お互いの首を絞めあうのではないか。ああ、わるい想像ばかりだ。橘子にはワケと会う希望があるのに。でも、希望は蜘蛛《くも》の糸さ。橘子は希望は光と言ったけれども、その光をワケは失ってしまったんだ。自分が失った光を人に与える力をワケは持ち得ない。私とのコンビであなただけ光を得られるはずがない。けれども、もし、橘子がワケと出会い、一時的な恍惚《こうこつ》感《かん》でなく、新しい世界が開かれてゆくのに私が立ち会うとしたら、橘子がかわるだけでなく、私もかわるのではないだろうか。二人ともかわって、その時に二人はダブルの存在ではなくなる。お互いが別々に生きてゆくのだ。そんなことはあり得るのか。

どうして私は、二人の出会いに自分のことを賭けているのだろうか。

33 無盡燈

橘子《きっこ》は眼が覚めた時、自分のいる部屋がすっかりかわっていることに気がついた。

ちょっと部屋を見まわしただけで応接室とわかった。特別に華美なものはないけれども、椅子《いす》や調度類、自分が座っているソファーなどは趣味がいいものに感じられた。柱や壁もシックで、天井《てんじょう》が高い。気持ちのいい部屋だ。詩真音《しまね》は、清躬が美しい少女の絵を描《か》くためにかよっていたお金持ちのお屋敷に自分を連れて行くと言っていたから、ここはそのお屋敷の一室であるのだろう。そうおもうと、あらためてりっぱなお部屋だと感じる。

きっとここでキユくんと会うのだわとおもった。

唯、橘子は、どのようにして自分がこの部屋にきたのかわかっていない。また薬をかがされて失神させられたからだ。やっぱり、監禁されていた部屋のことはわかってはいけないのだ。お屋敷のひととも挨拶《あいさつ》があると言っていたようにおもうけれども、後で詩真音さんが連れてこられるのだろうか。このおうちにとっては自分は訪問者だから、お客として遇されるのかもしれないけれども、さっきまで監禁されていたこの身としては、とまどってしまう。

ともかくキユくんにもうすぐ会える。愈々《いよいよ》だ。そうおもうと、時間が気になって、橘子は時計を探そうと、上のほうをぐるりと見まわした。あった！　年代物と見られるりっぱな時計が壁にかかっている。「やったあ！」と橘子はおもわず叫び、両手で拳《こぶし》をつくった。世の中に戻ってこられた、とちょっと感激した。

今、時計が指し示している時刻、それを一分単位まできっちり時間を読みとろうと橘子は考え、立ち上がった。そして、時計の近くまで歩きかけようとした。が、足が上がらず、前に歩を進められなくて、上体が前のめりになった。危うく転ぶところだった。靴がおかしい。

自分の靴ではない。服も靴も持ち物も、なにもかも没収されている。だが、この靴は見た目はノーマルなローファーで、サイズも合っている。しかし、なにか中にしかけがされているようだ。異様に重い。重すぎる。底に金属かなにかが入っているのだろうか。これでは歩けない。

橘子は靴を脱ごうとしたが、足の甲のところがロックされていて、無理だ。

　橘子は溜息《ためいき》をついた。社会復帰できたようにおもったのは糠喜《ぬかよろこ》びだった。まだなんの自由も与えられていない。鎖《くさり》で繋《つな》がれているのとおなじだ。この応接室に案内してもらったお客様のように感じたのはとんだ勘違いだ。きのうのきょうで、そんなに扱いが一變《いっぺん》することはあり得ないのだ。ああ、考えてみれば、詩真音はこのお屋敷の一員というから、お屋敷のひとたちも贋《にせ》のカレのグループなのかもしれない。おそらくさっきまで監禁されていた部屋もお屋敷のなかにあるのにちがいない。そうおもうと、こんなところに清躬《きよみ》がやってきて大丈夫だろうかと気がかりになる。詩真音の話でも秘密がおおいお屋敷のようだ。ということはとても警戒されることになるし、場合によってはおそろしい目に遭《あ》わされる可能性もある。ナルちゃんのおねえさんたちがいるお屋敷で、清躬もかよいなれているところというから、ちゃんとしたところだとおもうのだけれども、贋のカレも関係しているこのお屋敷の秘密が気になってしまう。

　橘子は不安が昂《こう》じたが、だからこそ、閉じ籠《こ》められている自分にとって唯一の世の中との通路とおもわれる時計の指し示す時刻をもう一度しっかり読みとろうとした。

九時二十分ちょっと前。九時十九分。

あ、九時は済んじゃってる。

済んでいる、約束の時間。

キユくんと会わせると言っていたけど、大嘘《おおうそ》だったのではないか。一体どういうこと。

九時の約束をすっぽかして、キユくんにもナルちゃんにも迷惑をかけてしまった。

あ、でもまだ二十分。今ならまだ――

橘子は動悸《どうき》が劇《はげ》しくなった。胸をおさえると、心臓の高鳴りがからだ全体を揺り動かしそうで、手を離した。

九時じゃなく、十時？

会う場所を變更《へんこう》し、詩真音が間に入って仕切りなおししているのだから、時間も十時からということになっているのではないだろうか。十時まで、まだ随分間がある。こんなに早く応接室に連れてこられる意味はなにかしら。それこそお屋敷のひとたちをここで紹介されるのかしら。

それとも、キユくんを装った贋のカレが――

でも、こんな中途半端な時間に来たら、それこそ贋のカレと――。いえ、それこそ罠《わな》かもしれない。そうおもって、本当の清躬くんを疑ったりしたら、もうかれとはそれっきり会えない。そう、かれは言った、さっきの電話で。

〝きょう会わせてあげるよ〟

この言葉。この言葉こそ。

〝きみはきょう、どっちの清躬くんにも会う可能性がある〟

そうも言ったけれども、本当の清躬くんに会わせるとかれは言ったのだ。だから、まちがえられない。

信じるのか。

私は、信用すると答えた。

今も、信じる。

橘子は両手を組み合わせた。そして、眼を瞑《つむ》り、祈った。

信じます。私、神様を信じます。ずっと心でおねがいをしています。キユくんに——檍原《あわきはら》清躬くんに、かならず会わせてください。信じます、そうしてくださることを。

肩になにか感じた。

神様の合図？

いえ、人の手。

橘子は眼を開けて、ななめ上を振り向いた。その時、後ろの髪の毛も動いた。触ってみる。髪がポニーテールになっている。

「夢中でなにか祈ってたようね」

「あ、詩真音さん」

そう言うと、橘子の眼からぽろぽろなみだが溢《あふ》れおちた。

「なに、泣いてんのよ」

「一人にしないで。新しい場所で、一人で、なんて、もう嫌《いや》よ」

「弱虫ね。もうキユクンは守ってくれないの？」

橘子はなみだを払って立ち上がると、詩真音に抱きつこうと上体をねじりながら寄せてきた。詩真音はぴょんと横に飛び退《の》いた。橘子は足が動かないので、上体が泳ぐ格好になったが、自分で体勢を立てなおした。

「あなたに抱きつかれると本当面倒なんだから」

「もう、九時、済んでるわ」

「なに、その怖い眼」

「九時って、キユくんに約束してた時間よ」

橘子はなおきびしい口調《くちょう》で言った。

「その約束、變更してるじゃない。場所もかわるし、時間もかえてる。言ったでしょ、キユクンにもそう連絡してあるって」

「キユくんって、使っちゃ駄目。そうおねがいしたじゃない」

「わるかったわ。でも、あなたも、本人の前以外でその呼び名言っちゃいけないでしょ」

「もう言わない」

橘子は唇をきっとかんで、言った。そのまま橘子はソファーに腰をおろし、詩真音をにらんで、「この靴履《は》かせたの、あなた?」ときいた。

詩真音も橘子の横に座った。

「当然でしょ。あなたに勝手な行動をされては堪《たま》らないから。それと、もう一つ、あなたにとって意味があるわ」

「私にとっての意味?」

「その靴だったら、もう私に投げられない。足を引っかけられて、仆《たお》されることもない」

「いえ、普通の靴でも、もう投げられたりしないわ。だから、普通の靴にして」

「挑戦的ね。でも、あなた、もとからバランスがわるいのよ。私がなにもしなくたって転ぶ。その靴だと転ばないからいいわ。かれの前でみっともない転び方できないでしょ?」

「もう転ばないと言ってる」

橘子はなお言い張ったので、詩真音の苦笑を誘った。

「さっきまで泣いてたのに、今度は強気に言うのね」

「で、何時なの? 何時に清躬くんは来てくれるの? 約束の時間をかえたと言うけど、何時にかえたの? これから、詩真音さんがお迎えに行くの?」

橘子は立て続けにきいた。その権幕に詩真音は立ち上がり、ちょっと距離をおいた。橘子も立ち上がった。

「まあ、楽しみに待ってなさい。今か、今かと、待ってる時間はとても興奮して楽しいものじゃない?」

「もう私は必死なの」

「なに怖い顔してるの、折角これから大切なかれと会おうというのに。それに、さっきのなみだの筋、顔にまだついてるわ。なにしてるのよ、その顔でかれに会うの?」

「顔、洗わせて」

「歩けないから駄目よ。どうせかれ眼が見えないんだから。ティッシュだけおいとくわ」

「どうして――どうしてあなたは――」

橘子が声を張り上げた時、かちっと音がした。ふと戸口のほうを見ると、扉が開いて、おおきなマスクをつけたおんなが入ってきた。その後ろに人影があった。

「キユく――き、清躬くん」

橘子は全身が緊張し、ぎゅっと手をにぎり締めた。一《い》っ時《とき》もその人影から眼を離すまいと顔も強張《こわば》った。

「橘子ちゃんだね？」

橘子はその人影からかえってきた声――声そのものというより、声と一緒に伝わってきたもの――に、本物の清躬だと確信した。ナコちゃんとは呼ばなかったけど……

本物の清躬なら、心和《なご》んで喜色満面となるところだが、しかし、まだ橘子は緊張から解き放たれはしなかった。万が一にも、これが贋の清躬だったりしたら。先に贋者を本物と取り違えてしまったら、もう本物の清躬と会うことはできないと言われている。絶対にまちがえられない。贋のカレの罠。そのおそろしさをおもって、脳はまだ判断を保留しようとする。しかし、それにもかかわらず、からだの感覚は本物の清躬だと感じとっていた。本物の清躬を贋物とみてしまうことこそ絶対にいけない。それはキユくんを傷つけることだ。ほんの纔《わず》かでも疑いを差し挟んだりしては、友達として最低だ。清躬を信じきる心が一番大事だ。そのおもいが、忽《たちま》ち橘子の脳から一切の疑念を消し去ったのだった。


「キユくん！」

橘子は声をかぎりに叫んでいた。動けないからだは声だけでも清躬のところまで走ってゆきたいおもいで、叫びを発したのだ。同時にからだが震え、堰《せき》を切ったようになみだが溢れ、零《こぼ》れおちた。視界は次から次に溢れ出しながれるなみだで厚くおおわれ、清躬の姿は見えなくなった。

清躬を失ってはいけないとおもいながら、眼がきかないのが悔しかったが、すぐ不安がきえた。ああ、大丈夫、キユくんが私を包んでくれているわ、とからだに感じることができたからだ。

気がつくと、眼のあたりになにかが宛《あて》がわれた。そして、左手が誰かの手に掴《つか》まれていた。

人が傍にいた。自分より大きい。

橘子は左手をかえして、相手の手をにぎりかえした。そして、右手で眼許《めもと》に宛てられているハンカチをおさえ、それで両眼を順に拭《ぬぐ》うと、橘子は隣に座っている男性をしっかりと見た。

「ああ、キユくん！」

橘子は夢中で抱きつこうとした。けれども、跳《は》ね上がろうとしても足が重くてほとんど動かないので、上体だけが折れて、相手の胸に捕まるかたちになった。

「あ、御免」

するると、清躬のほうから傍に寄ってくれ、上体も起こしてくれたので、橘子は清躬の顔を間近にきちんと見ることができた。

あ。

キユくんの顔が――

清躬は素顔を曝《さら》していた。顔にガーゼは当たっていなかった。だから、痣《あざ》がまともに見えた。痣は、向かって右がわの顔一杯に大きく広がり、變色《へんしょく》もしていた。痣は想像した以上にずっと大きく、眼の縁《ふち》にまでおよんでいる。顔が變形しているのではと気にかかるくらい、痣は清躬の顔をかえていた。

「ぼくの顔、おどろかせているようだね」

清躬が穏やかにきいた。

「あ、ううん。い、一瞬はね、正直言うと」

橘子はとまどいながらも、嘘を言っては駄目だとおもった。

「あ、でもね、大丈夫よ。もうおどろいてはいない。大丈夫よ」

紀理子がとても気にしていた顔の痣。あれから時間が経《た》ってもこの状態だと、一生残るのではないだろうか。きれいな清躬の顔をこんなにかえてしまって。

「外に出る時は、ガーゼを当てて、マスクと眼鏡《めがね》をしてるんだ」

清躬が言った。痣のないほうの顔は、本当の清躬の顔だ。

「だけど、橘子ちゃんには顔を隠したくないとおもって」

こんなに広範囲に痣があるとはおもっていなかった。贋の清躬がしていた程度のガーゼではカバーしきれない。すると、顔半分をおおうくらいのマスクも必要だろう。眼のところまできているから、眼鏡も要《い》る。ああ、でも、そこまで顔を隠されていたら、もっと残念だったろう。

「素顔できてくれた――うれしいわ」

正直そうおもって、橘子は言った。

「初めは、あ、とおもって、ちょっと衝撃を受けたのは事実だけど、もう大丈夫だわ。それより、痣以外はキユくん、かわっていないわ。小学校の時も、高校生で会った時も、今のキユくんも」

「橘子ちゃんもね」

清躬もうなづくしぐさをした。

橘子は清躬の眼を見つめた。かわらない眼。左眼は痣が気になってしまうので、特に右眼を見た。かわらない、きれいな眼だ。

　そうおもったが、清躬の眼は見られる眼で、見ている眼、見えている眼ではないのだった。私は清躬を見てかわらないと感じていても、それは私からそう見えているだけの話で、実際の清躬の眼は私のことが見えていないのだ。見た目がかわらないから、それだけに、清躬の身に起こっている變化をしっかりと感受しなくてはいけないとおもった。一方で、眼の寿命が尽きてしまったと言っていたのに、どうしてその眼は清躬の眼そのままにかわりなく美しく見えるのだろう。ものを見ることができないとしても、清躬らしさを一番感じさせる魅力の源にはかわりない。逆に、顔の左がわについては、大きすぎる痣が清躬の顔をかえてしまっている。そこは見た目からかわってしまっている。わけがわからなくなる。どうしてこんなことが清躬の身に起こってしまったのか。しかし、それを清躬に言ったところで、どうしようもない。顔やからだについてきいておきたいことは一杯あるが、突然の失明や顔をおおう痣という、あり得ない變化に一番とまどっているのは本人自身なのだし、こちらが見た目だけで尋ねるのは憚《はばか》りがあることなのだ。

　橘子は顔とは違う話にかえようと考えた。

「なに、キユくん、どうしてナコちゃんと呼んでくれないの？」

　橘子はさっきから気になっていたことを率直に言った。私はあなたのことを本物の清躬――キユくん――と疑っていない。だから、あなたも、対面している今こそ、私をそう呼んでくれるべきではないの？

「ここ、二人だけじゃないよ」

　清躬は静かにそう言った。そう言われて、はっとして橘子はまわりを見た。

「キユクン、遠慮は要らないわ。私、知ってるから、ナコちゃんのこと」

　詩真音は橘子と眼が合うより先に、清躬に対して呼びかけていた。

「あ、詩真音さん」

　詩真音がまだ残っていたことに気づきもしなかった。眼が見えていない清躬にはそれがわかっていて、自分はなにも見えていないのだった。ものが見える眼であっても、節穴の眼なのだった。橘子は、もう一度部屋のなかをぐるりと見まわした。いるのは詩真音だけだ。清躬を連れてきたマスクの女性はいない。詩真音は戸口の近くに椅子をおいて座っている。

　清躬に実際に会えて、かれのことだけで頭が一杯になってしまった。おまけに眼は溢れるなみだで視界を失ってしまったし。でも、今のこの時間、二人だけで会わせてもらいたいところだった。とはいえ、それを詩真音に求めてもきいれられるわけがないともおもった。

「眼が見えないキユクンには私がいることがわかっているのに、眼が見えるあなたはなにも見えてないのね」

詩真音が皮肉を言った。それは痛い程わかっている。

「それにあなたったら、私にもうナコという呼び名は使わないでと言いながら、自分からキユクンと言っている。もういいじゃない。あなたもそう言ってもらいたいように、キユクンからナコちゃんと呼んでもらったらいいわ。私の前ではもうその秘密は通じないんだし」

そう言われて、橘子は自分の不注意を恥じるほかなかった。

「清躬さん、お邪魔な立会人が出張《でば》ってしまって御免なさい。橘子さんたら、あなたに会えるのがとても楽しみで、きのういろんな話をしてくれたの。あなたたちの仲の良さがわかったのはいいけれども、そこでこのひとったら、うっかりあなたとの間で特別に呼び合っている呼び名をぽろっと口に出してしまって」

「あ、本当に。私ったら、もう、どうしようもない馬鹿だわ。清躬くんとの二人だけの秘密にしてたことを――」

橘子も黙っているわけにゆかなくて、頭を下げながら言った。唯、詩真音の言っていることは嘘だ。清躬に対して自分も嘘に加担していることが、自分の失態にも増して心苦しい。

「橘子ちゃん、大丈夫だよ。橘子ちゃんが詩真音さんとそんなになかよくなってるんだったら、いいじゃない」

清躬の優しい言葉はいつもながらのことではあるけれども、こんな自分に文句一つも言わない。

そんなありがたさ一杯でありながら、気にかかることは言わずにおれない。

「ねえ、詩真音さんもああ言ってくれたのに、私のこと、まだナコちゃんと言ってくれないのね」

「ぼく、まだなれていないんだ。二人以外にひとがいるところで、橘子ちゃんのこと、そう呼ぶのは」

「和華子さんだけは違う」

その言葉は反射的に橘子の口から洩《も》れた。

「そう。和華子さんだけは、ぼくたち二人の世界に入っていただいてもよかった」

清躬も同意した。

「そうだわ。いつも一緒にいたいとおもうのだもの」

橘子は、和華子さんのことをおもいうかべた。和華子さんがここにいらっしゃったら、あの一番幸せだった時代にかえれる。キユくんの顔がこんなにかわってしまっても、ここに和華子さんがいらっしゃったら、昔となにもかわりない三人になる。

ひょっとすると、キユくんの頭のなかには、和華子さんの姿がここでも蘇っているのかもしれない。でも、私には和華子さんの姿は見えない。見えるものしか見えない眼だから、ここにいない和華子さんは見えないのだ。

そう考えていると、キユくんが眼を閉じている。

和華子さんと一緒にいるの？

ああ、私だって、キユくんのシャツを持っている時はキユくんと一緒にいたのだもの。キユくんは私なんかよりずっと感受性が強いから、場所も時も越えて、和華子さんを呼び寄せることだってできるかも。

間近にいながら時が止まったように静かな清躬の様子を見て、橘子はそうおもうのだった。

私をおいてかないで。

橘子は無言で念じて、清躬に伝えようとした。

私を仲間に入れて。

清躬が瞼《まぶた》を開いた。

「ああ、」

漸く橘子は言葉を発した。

「キユくん、和華子さんが――」

「ナコちゃん」

清躬に名前を呼ばれて、橘子は全身に電気が走った。その呼び名は橘子自身が要求したものなのだから、歓喜か安堵《あんど》を感じるはずのところだが、実際に眼の前の清躬から発された声でそれをきいた瞬間、橘子は眼が眩《くら》み、からだが麻痺するような感覚をおぼえた。ゆっくりながれている現在の時が、一瞬止まって、その間に隠れていた過去の時が自分のまわりに漾《ただよ》ってきたのを感じた。橘子の前に小学校時代の清躬の顔が立ち現われた。橘子は微笑み、「キユくん」と心のなかで叫び、清躬の肩に両手でタッチしようとした。「ああ」と橘子は声を洩らした。感動のあまりの声か、現実に気づく予感の溜息か――ともかくその声で、自分の感覚が戻ったのをかの女は感じた。橘子の視覚がとらえたのは、痣におおわれた清躬の顔面だった。

少年の顔が大きな痣にかわって、橘子は一瞬おののいた。そのおののきは、清躬の變化がきっかけだったが、一瞬でもそういう反応が起こった後ろめたい自分がおそろしく、おののきが増幅し、からだがぎゅっと収縮し、震えた。

だが、橘子の震えは、清躬の手に触れられることで忽ちおさまった。

（キユくん、私――）

橘子は唇を動かしたが、声は出ていなかった。

「ナコちゃんのおかげで、ナコちゃんと呼ぶことができたよ。真ん前にいるナコちゃんに向かって」

清躬が静かに言った。

「私のおかげ？」

後ろめたいおもいを残しながら、おそるおそる橘子が尋ねた。

「ナコちゃんが和華子さんを呼んでくれたから」

「私は唯、――」

橘子はそう言いながら、やっぱりキユくんのところに和華子さんが来たんだわとおもった。私には見えなかった。

「それでぼくは安心して、ナコちゃんと呼べるようになった」

ああ、それなのに私は、今のキユくんの顔におののいた。キユくんはきっと小学校時代の私の顔をおもいうかべているのにちがいないのに。

「ナコちゃん、なにか震えている」

橘子ははっとして、「えっ？」と声を洩らした。

「キユくんに会って、まだ興奮がさめてないのよ」

それは嘘ではないと、橘子は自分に言いきかせた。しかし、心が騒いでいるもっとおおきな理由は別にある。

「あ、御免」

橘子はすぐつけくわえた。

キユくんの前で誤魔化してはいけない。嘘で取り繕《つくろ》ってはいけない。

自分で気が咎めていることに気づいている。それでいながら、なにごともないように装うのは、自分に正直ではない。正直でない自分がキユくんの相手をしてはいけない。キユくんには総てがそのまま伝わる。正直でないこともそのまま伝わる。それはキユくんをとても困らせることになる。どうしてキユくんを困らせていいわけがあるだろう。

「キユくん、私、あなたがナコちゃんと呼んでくれた瞬間、小学校時代に戻ったの。そして、キユくんもあの頃のキユくんに。でも、それがすぐ終わってしまって。小学校の時のキユくんの顔も、今のキユくんの顔に。ああ、その時私、震えてしまったの。今のキユくんの顔を見て震えてしまったことに、私、ショックを受けた。だって、誰より会いたかったキユくんで、あなたは昔とかわっていないことに感動していたのに――。ああ、私にはわからない、私がおののいたのは、キユくんの今の顔の大きな痣を見てのことなのか、小学校時代のキユくんがあまりに早くきえてしまったことなのか」

「きえてはいないよ。ナコちゃんのなかにいつもちゃんといるよ」

優しいキユくんの声が耳に届いた。

橘子はまじまじと清躬の顔を見た。顔は橘子に対して正面を向いており、向かって右がわは痣とともに歪《ゆが》んで、左がわと非対称だったが、それは以前から見慣れている清躬の顔に見えた。小学校時代の清躬につながる顔だ。痣は眼につくが、美醜と関係なかった。

清躬は眼を閉じていた。その瞼の奥で、清躬は見えない眼で橘子の映像をおもいうかべているのだろうか。

この前、電話で清躬くんと話をした時、おとなの私の顔が見えていると言っていた。清躬くんの頭のなかには小学生の私の顔もあるが、時の差は関係なくなって一人の私の顔として同時に存在するように言っていたのだ。そういう意味で今、小学生の清躬くんの顔が立ち現われたというのは、私も清躬くんとおなじ体験をしたということかしら。唯、清躬くんはもう視力を失って実際にものを見ることはできない一方で、私のほうは清躬くんの今の顔を眼の前に実際に見てしまうから、小学生の清躬くんの顔がきえたように感じたけれども、そうではないのだった。今の清躬くんの顔だって小学生の清躬くんの顔に重なり、時の差は関係ないというのも、よくわかる。そうおもうと、橘子はほっとした。

「キユくんの前に今、和華子さんはいたの？」

「ナコちゃんが呼んでくれたからね。和華子さんの前ではナコちゃんと呼ぶのが自然だもの」

和華子さんの前では、私はナコちゃんなのだ、慥《たし》かに。

「キユくんは私が呼んでくれたみたいに言ったけど、本当はいつでも和華子さんがきてくださるのじゃないの？」

橘子にとって清躬は、会ってもいないのに自分からきてくれる存在だった。自分がキユくんのシャツにくるまれていて、キユくんをより感じやすくなっていたということもあるだろうし、いつでもきてくれると確信を持てる程ではないけれども、私以上にキユくんだったら、和華子さんはもっといつも一緒にいたいひとだろうし、感受性の強さだって私とは比較にならないだろうから、きっとそうなのだ。

「いつも心のなかにいらっしゃるけれども、遠いところだから、近くにきてくださって、お話がかなうわけではないよ」

清躬が真摯《しんし》に答えた。

自分の場合も、清躬と一緒にいる感覚を持ったが、話はできるわけではなかった。

「キユくんでも流石《さすが》にそれはないかあ。あ、でも、夢《ゆめ》は？」

「梦？」

此間《こないだ》私はキユくんと和華子さんの梦を見た。綺麗な、綺麗な、和華子さん。清躬もそこに。キユくんも和華子さんの梦を見るのかしら。

「梦は見るよ。でも、お話はしないなあ」

「和華子さん、物静かだものね」

「ナコちゃんはどうなの？」

清躬が質問を振ってきた。

「私は、この前久しぶりに和華子さんの梦を見た。キユくんも一緒だったわ」

そう言うだけでわくわくしてきた。

「どういう梦？」

「そうね。あ、でも……」

和華子さんが登場した梦。そこに清躬も出てくる。あ、だけど、それは、贋の清躬――。梦に出てきた清躬も贋のカレなのか。和華子さんもいたのに……

そうおもうと、橘子は次の言葉が出てこなくなった。

「不安を感じてる？」

清躬がきいた。不安なんて、どうして。和華子さんの梦なのに。梦に贋のカレなんか関係ないのに。でも、贋のカレのことがよぎる。

「キユくん、今も和華子さん、いらっしゃる？」

橘子は確信を求めたかった。いらっしゃれば、贋のカレなんてお呼びではない。

「それをきくというのは、ナコちゃん、いらっしゃらないかもと感じてるの？」

「えっ？」

「もっと近くにきてください、ってことかな？」

「近くに」

橘子は清躬の言葉を反復した。

「ナコちゃんといる時は、いつも仲間入りされてる。でも、遠くで見守っていらっしゃるんじゃない？

だって、ぼくたち二人のお喋りには入っていらっしゃらないから。そうじゃない？」

清躬の言うとおりだとおもった。お喋りには和華子さんは入ってこられない。梦のなかでも、そうだ。和華子さんは姿は見せられても、お話はされない。

「きっと、ナコちゃんの梦に来られても、そうじゃない？　その梦にぼくがいるとしたら。それとも、ぼくはいなくて、和華子さんがナコちゃんとお話しくださるの？」

「ううん。いつもキユくんがいるわ。キユくんとはお話しするけど、和華子さんはお話しされない」

そうだ。あの梦でも。だって、和華子さんはお昼寝されてたし。あ、あの梦にいた清躬はキユくんだ。そりゃ、そうだわ。子供時代のキユくんだもの。梦から覚めたら、贋のカレがいたのだけど、梦にはキユくんがきてくれた。

「やっぱり、和華子さんはナコちゃんともお話しされないんだね、梦のなかでも？　お話しするのはぼくたちだものね？」

「そうよ。そうだわ」

そう。あの梦に和華子さんは登場くださったけど、話をしたのは清躬だ――キユくんで、贋のカレじゃない。

「で、今、ナコちゃんが言った和華子さんの梦で、ぼくはナコちゃんになにかした？」

「なにかって――」

なにかしようとしたのは私。キユくんにもさせようとしたけど、キユくんはなにもしてない。

「ううん、なにも。キユくん、梦に登場してくれたけど、喋ってるのは私ばかり。和華子さんを前にしても」

キユくんがしたというのは、ただ逃げただけ。あ、逃げたって、わるい言い方。いなくなっただけなのに、逃げたっておもうのはいけない。

「あ、キユくん」

眼の前の清躬が――きえていた。

今の今まで清躬が座っていたソファーはまさにからっぽで空席となっていた。

「まさか、こんな眼の前で、姿がきえるなんて」

耳のすぐ傍で、詩真音の声がした。

本当にいないの？とおもった。眼の前にいないのは確かだとおもったが、そうおもった時、清躬の姿が戻ってきた。

「あ、戻った」

詩真音が言った。

戻ってきたんだ。安心した。

「こら、あんた、大事なナコちゃんとの再会の途中できえるなんて、どういうことよ」

詩真音が清躬を責めるように言った。

「ナコちゃん」

戻ってきた清躬が早速自分に呼びかけてくれたのを橘子はうれしく感じた。

「ぼくの姿、見えなくなったんだね？」

「う、うん」

橘子はうなづいた。

清躬が言った。

「たまにこういうことが起きるようなんだ」

「ぼく自身にもなにが起こっているかわからない。なにか透明な雲が瞬く間にぼくをつつんで、ぼくを見えなくしてしまうようだという」

「雲？」

「そう教えてくれたひとがいるんだ。ぼくのからだ自体が透明になるのではなくて、雲がかかったところが透明になるから、服も見えなくなるらしい」

「たまにって言ったけど、それっていつから？　眼が見えなくなったことと関係あるのかしら」

「眼が見えなくなるもっと前からだよ。ぼく自身自覚がなかったから、いつからなのか知らないけど、去年、一緒に住んでいたひとから指摘された」

「杵島《きしま》さんという方？」

「紀理子さんからきいたんだね？」

「ええ」

こんな些細《ささい》なことでも清躬から質問されて答えるのが、橘子にはうれしかった。

「ぼくが指摘されたのは、杵島さんからだけだよ。初めて起きたのは、二年前くらいらしい。一度、杵島さんがぼくの写真を撮《と》ろうとした時にそのことが起こって、もうぼくにカメラを向けられることはなくなった。だから、それからはぼくが写っている写真はほとんどないんだ」

「そういうことだったのね」

「なにがそういうこと？」

清躬がききかえした。橘子は安心した表情をうかべて話した。

「紀理子さんにキユくんの今の写真を見せてもらおうとおねがいしたら、キユくんの写真がないと言われたの。キユくんのことを愛してる紀理子さんがスマホにキユくんの写真を入れてないなんて、信じられない。おかしいなとおもっていたんだけど、今の話をきいて疑問が解けた。実際に写真がなかったのね。でも、一枚だけ見せてもらったわ。キユくんが杵島さんと紀理子さんの三人で写っている写真。それ、とても貴重だったのね」

「紀理子さんとはよく話したんだね？」

「ええ。私も、今のキユくんのこと知りたかったから。キユくんが時々そんなことになるの、紀理子さんも知ってたのね？」

「ぼくにはなにも言わなかったけれども、杵島さんからきいてたんだろうね」

「紀理子さんの前できえたことはなかったの？」

「どうだろう。ぼく自身にもよくわからないで起きることだし」

「でも、困っちゃうね。わからないで起きちゃうと」

「ぼくはわかってないから、なんとも言えないけど。クリストファー・プリーストというイギリスの作家が書いた『魔法』という小説を読んだらね、人から自分の姿を見えなくする能力を持った人——その能力が小説の題名の魔法、英語でグラマーと言うんだけど——、かれらは雲がかかるようにして透明になるようなことが書いてあった。これは小説で、まったくフィクションだし、登場人物がそれを能力として駆使できるというのは、いつそんなことが自分の身に起きるか全然わからないぼくとは大違いなんだけど、雲がかかって透明になるというのは似た現象じゃないかとおもう。広い世の中にはぼくとおなじような例が稀《まれ》にでもあるかもしれないけれども、でもすぐにぼくは姿が戻ってきて、きえている時間はたいしてながくないようだから、杵島さんも気にしなくていいと言われた。ひとが見咎《みとが》めても、しらばっくれていたらいいと言われたけど、ナコちゃんにはちゃんと言っておかないといけない」

「どうしてそういうことがキユくんに起きるようになったのか気にかかるけれども、でもすぐ戻ってきてくれたから、私は大丈夫よ」

そう言って、橘子は清躬の手をとった。

トントン、とノックの音がした。

詩真音が扉を開けると、「ドリンクを交換しに来たわ」という声がきこえた。

「ありがとう。二人とも自分たちの世界に入ってしまって全然手をつけていないの。ちょっと待ってて」

詩真音は新しいドリンクを載せたお盆を運んできた。そして、テーブルにあった前のグラスを下げ、戸口に持って行った。

「新しいオレンジジュース用意したから、ちょっと人《ひと》心地《ごこち》つけなさい。と言うか、ナコ、あなたがちゃんと勧めてあげなきゃ。キユくんは眼が見えないんだから。まったく気がきかないのね」

詩真音の忠告に橘子は「ジュース御馳走《ごちそう》になります」と言い、清躬に確認してからかれの手にグラスを持たせた。清躬はストローを指でつまんで、慎重にグラスを口の近くに持って行き、一口啜《すす》って、ゆっくりテーブルの上においた。

「位置をおぼえてるから、もう一人で飲めるよ」

橘子も一口飲んでグラスをおくと、ふと、和華子さん、キユくんと過ごした夏の記憶が蘇った。和華子さんのおうちでも、冷たい飲み物を用意してくださっていた。冷たい飲み物はグラスに水滴がついて、時々手に持ったグラスから水滴が垂れおちる。橘子は小学生で短いスカートだったから、露出した膝の上にかかって、「冷た」と叫んでしまう。キユくんも半ズボンで、かれの膝にも水滴がおちることがあるはずだが、かれは叫ばない。勿論、和華子さんが叫ばれることはない。和華子さんもスカートが短い時はあった。だけど、和華子さんには水滴も失礼なことはしないのだろう。

あらためて今のキユくんを見る。キユくんの顔をそのまま見ればおとなの顔で、からだもおおきい。けれども、自分自身が記憶のなかの子供時代にいる感じで、それを反映してか、キユくんにもあの頃の顔が重なってくる。子供の頃は当然普通に見詰め合うことがおおかった。尤も、今の清躬は眼が見えなくなっている。だから、眼を閉じていることがおおいけれども、時々眼を開けて自分のほうを見られると、おとなの視線を感じて——視覚がないとわかっていても——、ちょっと意識してしまう。意識するのはそれだけ。痣のほうはもう意識する程のことはない。やっぱり私、昔に戻ってる。昔が戻ってきていると言ったほうがいいかもしれない。

「キユくんはこの前電話で話した時、たしか、電話だったら声だけで、私は前にいないけれども、私の姿は見えている、それも、キユくんとおない歳の二十歳の今の私が、と言ったわね。私、それをきいてうれしくおもった。本当にうれしいの。でも、その私だって、十一歳、十二歳の私も重なってるんでしょ？」

「ナコちゃんは、無盡燈《むじんとう》というのを知ってる？」

清躬がきいた単語は、特別な意味がある言葉のようにきこえた。

「むじんとう？」

「うん」

「人が住んでない島？　でも、それだったら、無人島と言うわよね？」

　発音のしかたが違うので、無人島とは違うのはわかっているけど、それしかおもいつかないから、言ってみる。

「その無人島じゃないよ」

「やっぱり」

「無盡というのは、盡《つ》きないという意味で、とう、というのは、燈火、ともしびということ」

「そういう、むじんとう、は知らない」

　やっぱり知らない言葉だったなあ。

「燃え盡きないともしび？」

　橘子は意味をそのままなぞってみる。なんかわかる気がした。永遠に燃え盡きることなくかがやき続けるともしび。なにがそれだと言うのだろう？

「言葉自体はそうだけれども、実は仏の教えそのもののことを言うんだ」

「仏教の言葉？」

「そう。仏教の教えで『維摩経《ゆいまきょう》』に出てくることなんだけれども」

「なんか難しそう」

　普通ならもうそれ以上はいいわ、ということになるが、清躬が教えてくれるなら、是非ききたい。もっとくわしい説明をきかないと、なぜわざわざ清躬がその言葉をつかったか、わからない。

「でも、ききたい。わかりやすく教えてくれる？」

「できるだけ工夫《くふう》するよ」

「よろしく」

「仏の教えというのをともしびにたとえて言ってるんだ。蝋燭《ろうそく》のともしびをイメージしてもらったら、わかりやすいかな。ともしびは、一つのともしびを別のものに移してゆくことができる。普通、物を別のところに移したら、元にあったところのものはなくなる。或いは、部分をわけたら、わけた分だけ物は小さくなる。でもともしびは、別のものに移しても、もとのともしびはおなじかがやきのままかわらない。そして、もう一つ別のともしびが増える。灯《ひ》が点《つ》いている蠟燭の灯を別の灯が点いていない蠟燭に移したら、灯が二つに増えるよね。ここまではいい？」

「うん、それはわかる」

　橘子はうなづいた。初めはわかる。でも、そのうち難しくなる。それをわかりやすくと求めているほうがわがままだ。清躬は一所懸命説明してくれるだろうけど、申しわけないな。

「それとおなじように、仏の尊い教えは、それを実践できている人が別の人にきちんと伝えられたら、その教えを実践できる人がもう一人できる、ということになるよね。尊い教えをそうかんたんに伝えられるかという疑問はあるだろうけれども、ともかく尊い教えを是非自分のものとして実践できるようになりたいと強く望む人は沢山いるだろう。そういう人は尊い教えを伝えてくれる人から一所懸命に学んで、自分のものにするところまで修練するだろう。つまりそれは、尊い教えである一つのともしびが別のものに点火されて、もう一つ尊い教えを実践できるともしびがあわせて二つできるのに等しい。もとのともしびは火を移した後もそのままで、二つとも尊い教えを実践するともしびとしてかがやく」

清躬の物静かな語りは、まさに尊い仏の教えのようにきこえる。とりわけ眼が見えない清躬がともしびのことを語っているのは、神聖でおごそかな感じがするように、橘子は感じた。

「つまり、ともしびが伝わった分、ともしびが増えて、明るさの量も増したということになるね。それは、更に三つ、四つ、五つ、といくら伝えていっても、伝えたほうのともしびのかがやきは全然かわることなく、伝えられて増えてゆくともしびの分、全体の明るさがおおきくなる。それは百に増えても、千に増えても、万に増えても、どれだけおおく伝わっても、おなじだよ。もとのともしびのかがやきは少しもかわらない一方で、全体では、一つのかがやきがもとの百倍、千倍、万倍になっている。どんどん伝わる程にともしびは盡きることなくかがやき、更に明るさも無限に増してゆく。仏の教えも連綿と伝えられ、盡きることなくかがやく。それが、無盡燈というもの」

橘子は、ふぅーんとおもうほかなかった。キユくんはまじめにいいお話をしてくれた。そのことに感心している。ではあるけれども、その無盡燈というのが自分とどうかかわるのか、まだ見当がつかない。

「美しいものはそのともしびとおなじだとおもう」

間をおいて、清躬がおなじトーンで話を続ける。橘子がなにも反応をかえさないことを気にしてはいないかとおもったが、清躬はおちついていてかわらない。

「美しいものに出会ったり、おもいうかべたりすると、その美しいものから別の美しいものが連想される。すると、またつぎの美しいものがうかびあがる。更にまた、つぎの美しいものがつながってくる。美しい花園にいるみたいに、これはきれいなお花だとおもったら、あ、ここには違う美しいお花がある、そうおもううち、まわりに一杯きれいなお花があり、様々な種類の美しい花々にかこまれているのがわかる。見る方向、見る方向に、美しいものが連なっている。美しいものが存在する世界は世界そのものが美しく、美しいものがあちらにもこちらにも見えてくる。その美しいものは盡きることがない。無盡燈のように」

「和華子さん」

橘子はわれしらず呟《つぶや》いた。清躬が「美しい」と口に出すと、橘子には和華子さんのことが頭にうかぶ。

「ナコちゃんの言ったとおり、ぼくの無盡燈の最初のともしびは和華子さんなのかもしれない。和華子さんの美しさに感動して、ぼくのなかにずっとともしびが燃え続けるようになった。そのともしびがぼくの心を美しいものに向けさせ、美しいともしびの連なりができるようになった。ああ、それらのともしびは、なんて様々に美しいものを一杯映し出し、見せてくれることだろう。今、眼が見えなくなっても、ともしびはかわらないから、それらの美しいものをぼくは見てゆくことができる。ナコちゃんも、美しいともしびの連なりのなかにいる」

「私が？」

美しい話、美しい言葉の連なりのなかに突然自分のことが登場して、橘子はどきっとした。

「ともしびが幾つも連なって盡きないといっても、前のほうのともしびはより明るく、遠いともしびは小さくかすかになる。そちらのほうに歩いてゆければ、それらもより明るく見えてくるけど。いつもナコちゃんはずっと前のほうのともしびをかかげている」

「本当に、私がそこにいるの？」

橘子はまだ信じがたく、ききなおす。

「ぼくのなかでナコちゃんの顔ははっきりしている、ぼくとおない歳の今のナコちゃんが、と言ったでしょ？　ナコちゃんの顔は、ともしびでいつも照らし出されているんだ。ぼくがおとなになるに連れ、無盡燈の連なりのなかにいるナコちゃんもおとなになってゆく。それは凄く自然なことなんだ。でも、そのナコちゃんも、ナコちゃん自身、無盡燈だよ。小学校五年生のナコちゃんが最初のともしびを持っていて、五年生の冬のナコちゃんや、六年生の春のナコちゃん、その夏の、和華子さんと一緒に過ごした時代のナコちゃんがずっと連なっている。わらっているナコちゃんやまじめな顔のナコちゃん、ちょっとおこっているナコちゃん、ぼくが泣かせてしまったナコちゃん、様々な表情のナコちゃんがともしびのなかで照らし出される。それから高校一年生の時に出会ったナコちゃんもいる。実際に出会ったのはその時が最後で、それも一回きりだったけど、ナコちゃんの無盡燈では前のほうにいる。あとは実際には出会っていないけれども、無盡燈を辿《たど》ってゆくと、何歳のナコちゃんにも出会える。でも、今のナコちゃんはいつも一番前のともしびにいるよ」

清躬が自分の名前を何度も言って、自分のことをしっかり話してくれることに、橘子は感動した。ずっと離れていて、出会いもしていないのに、キユくんはずっと私のことを心のなかに宿してくれている。それにひきかえ自分は、紀理子さんが訪問してくれるまで、キユくんはなつかしい想い出のなかにいるだけのひとで、もう会うこともないとおもっていた。そして、今、実際に本人に会って、その顔に衝撃を受けさえした。キユくんのほうは、眼が見えていないのに、私の今の顔がはっきり見えている。

橘子は、清躬の心のなかの無盡燈を想像した。おおきなお寺のお堂で仏様の像が無数にならんでいるところがおもいうかぶ。清躬のなかでそれは美しいおんなのひとの列になっている。まんなかに和華子さんが手にともしびを持ち、ひときわ美しくかがやいている。

いや、私との比較で言えば、ひときわ程度で済むものではない。私はキユくんの言うように前にいて、和華子さんの近くにいるのだろうけど、光のレベルが違う。同列にいるのがおかしい。和華子さんの圧倒的なかがやきに私のともしびなんかかき消されても当然だ。キユくんだから、私のことを認めてくれるけれども、それでもかすかなともしびであることは否めないだろう。でも、私がそこにくわわらせてもらえていること自体身に余る光栄なので、それだけでありがたくてならないことだ。ああ、それでもう充分なのに、そんなかすかなともしびの私にさえ、キユくんは無盡燈を見てくれている。そのありがたさにはきりがない。

私のほかにはどういうひとたちがいるのだろう。更に橘子は想像をめぐらせた。紀理子さんはまちがいなくいるだろう。どんな問題事があろうと、キユくんは紀理子さんのことをかわりなくおもっているようだし、なにかあったからといって、美しいひとのリストアップに一度くわえたひとをそこからはずすようなことをキユくんは決してしない。無盡燈の世界に入ったひとはいつまでもともしびをかかげており、途中で抜けるようなことはないのだ。ほかに、紀理子さんから話をきいた杵島さんもそこにいるだろうし、キユくんが絵を描くきっかけをつくってくれた和歌木先生もいるだろう。それから勿論、ナルちゃんのおねえさんたち。かの女たちの美しさは、ひょっとすると、和華子さんにならぶくらいかもしれないから、そのともしびの明るさもほかを圧倒するものだろう。なんだろう、キユくんは無盡燈の世界を果てしがない花園のように言ったけれども、和華子さんやナルちゃんのおねえさんたちは世の中でもほとんど存在しない稀少な宝石で、そのほかの私たちは——私ごときと一緒にしては申しわけないけれども——、まあまあきれいだけれども、探せばそこらじゅうにある石にすぎなくて、宝石が放つまぶしい光にくらべれば、たいしたかがやきはない。いくらキユくんがみんなに公平であるにしても、美しさに敏感なキユくんが私たちのともしびをおなじに見ているはずがない。

「キユくん、お話をきいていると、無盡燈は一つのともしびからつぎのともしびに一つ一つつないでいって、もとのともしびから伝えられる火の明るさにかわりはない、唯、近くにあるか遠くにあるかは違うけれども、というお話ね？　本当に素敵なお話、ありがたいお話だとおもうけれども、でもちょっと疑問があるの。というのは、どう考えたってね、和華子さんのともしびと私のともしびではあまりにレベルが違うようにおもうわ。夜の暗い空だから、小さな星も光って見えるけれども、太陽がかがやく昼間の世界に見える星なんてありはしない。それは絶対そうなのよ」

　橘子は疑問をなげかけた。

「無盡燈の世界は——ぼくが見ているその世界では、ともしびの一つ一つは、どのひとがかかげていても、その光のレベルに違いはないんだとおもう。無盡燈のもとのお話でも、ともしびがつぎつぎ移されて行くのだから、最初のともしびと、つぎからつぎに移されてゆくともしびとはおなじ光、おなじ明るさだとおもう。唯、ともしびがつぎつぎに移され、その数が増える程、全体の明るさが増すということも言われている。でも、よく考えてみると、仏様の尊い教えが存在する世界は抑々《そもそも》から光明に満ちているはずで、人が気づこうが気づくまいが、あまねく光に照らされている世界のはずだとおもう。無盡燈は無限に一燈があるわけで、それ全体があまねく光り照らす仏様の教え、真理そのものだということかなとおもう。そのように、美しい世界にもその世界を満たす美しさの光があって、総ての光の源はそこからきていて、その光を受け継いでいるものはみんな等しく美しい。その意味で、和華子さんもナコちゃんもかわりはないんだ。唯、和華子さんが特別なのは、時の隔たりとともにぼくからもう遠く離れてしまって、近寄れることはなさそうだけれども、どれだけ遠くになっても、光は近くにいらっしゃるのとおなじように明るさにかわりないこと。ナルちゃんのおねえさんたちも、ぼくには絵を描かせてもらうことが精々で、一緒の部屋にいても非常に遠い存在で、やっぱり近寄れない。無盡燈の世界では和華子さんとおなじように非常に遠くでかがやいている。でも、明るさはかわらない。そこは非常に特別で、距離に関係なく明るさは不變《ふへん》なんだ。ナコちゃんも、時の隔たりについては和華子さんとおなじだけれども、でも、ナコちゃんはいつもぼくの一番近くにいる。ずっと会っていなくても、そうなんだ。ぼくに一番近いともしびのままかわりないんだ。だから、此間《こないだ》ナコちゃんと電話で話した時も、きょう、今このように対面しても、ぼくにはとても自然な感じだよ」

橘子の想像では、清躬の心のなかの無盡燈の世界で、橘子自身は和華子さんの傍にいるとおもったが、今の清躬の話では、和華子さんはずっと遠くに離れているのだという。それでも、明るさはかわらないから、近くにいらっしゃるのとかわりないのだろうが、実際には凄く遠い。一方、橘子は、和華子さんとおなじように時の隔たりがある——尤も、高校一年生の時に一度出会っているから、その分近い——のだけれども、遠く離れないで近くにいるので、和華子さんのように特別な光ではなくても清躬には明るいともしびに見えている。なにか清躬に一番近い席をひとに譲ることなく占めているのは凄く厚かましい気もするが、そういう特等席を清躬が自分のために用意してくれるのは非常にうれしく、ありがたいとおもった。橘子は、ながい間会わずにいた分、実際に会えた感動になみだまみれになった（それが実は贋の清躬だったのは悔しいが、本当の清躬がナコちゃんと呼んでくれた時の感動はそれを上まわった）のだが、清躬とすれば、かれの心の世界でいつも身近にいたから、橘子との再会もおちついていたわけなのだ。

「キユくんのお話をきいて、よくわかったわ。ずっと会っていなくても、私はかわらずキユくんの傍にいさせてもらえたのね。それで、キユくんがおとなになるのと一緒に、私もおとなになっている。いつも見ているから、今の私の顔もキユくんには見えている。本当にうれしいお話だわ」

橘子は、清躬の語ったことを自分のなかで整理するように言った。

「ナコちゃんはいつもぼくの傍だ。ずっと会えていなかったけど、ナコちゃんはかわることがないんだ。和華子さんと一緒に過ごした日々、その美しく素晴らしい時間に、いつもナコちゃんが傍にいてくれた。和華子さんはぼくには遠くにいらっしゃる方だったけど、ナコちゃんが和華子さんをぼくたち二人のほうに引き寄せてくれた。ナコちゃんがいなかったら、ぼくは和華子さんの影を見るだけで震えていて、そのまぶしいお顔を見ることさえかなわなかったよ」

　清躬の言うことは橘子にはよくわかった。それは橘子自身にも言えることだったのだから。

「私だって、キユくんがいたから――きっと私は、キユくんがいなくても和華子さんとお話をして、かわいがってもいただいていたとおもう。和華子さんは優しいひとで、子供もお好きだったから。でも、子供というには私たちちょっとおとなに近づいていて、和華子さんのあまりのきれいさに圧倒されていた。だから、私でも、和華子さんの前では緊張し、親しくさせていただくにも限度があったにちがいないわ。キユくんがいて、私たち二人一緒だったから、二人で手を取り合えたからこそ、和華子さんとあんなに素晴らしい時間をおくれたのだとおもう」

「ぼくには和華子さんはずっと近くにおられることはなくて、すぐ遠くに行かれることはわかっていた」

　清躬が話を続けた。

「だから、ぼくは和華子さんを絵に描《か》きたいとおもった。まだ小学生の拙《つたな》い画力しかないけれども、どうかしてでも和華子さんを絵にしたかった」

　清躬のおもいの深さ、差し迫った気持ちは、今の橘子にはよくわかる。小学校時代の自分は全然わかっていなかった。だから、からかってしまった。清躬がすぐその場から逃げ出したのは無理もないことだった。唯、その逃げ出し方が尋常ではなかったことだけはわかった。かれの家の戸も閉め切ってなかに入れてもらえなかった。後でベランダから屋根伝いにかれの部屋に行って、そこで大泣きしたのも、自分が浅はかなからかいをして、清躬を深く傷つけたことに感づいたからだろう。といって、そのことさえ、此間《こないだ》清躬に言われるまですっかりわすれ果てていたというのは、なんということだろう。

「ぼくは中学校から寮生活に入って、二人で一部屋を使うことになったから、もう和華子さんの絵を描くことはできなくなった。それでも、絵を描くことは続けた。図書館で借りた美しい写真や絵を模写したり、たまに風景や植物のスケッチをしに出かけたりして、絵を通じて美しいものを自分の手で写しとっていくことをした。じっくり時間をかけてね。共同生活をしている部屋にあまり絵を溜め込めないからね。ぼくは美しい絵を描きながら、和華子さんと触れ合おうとしていた。でも、その時も、ナコちゃんが間に入ってくれてたんだ。ナコちゃんがいないと、想像でも和華子さんと接することができなかったんだ」

「えっ、でも私、ずっと会っていないのに？」

橘子はとまどいをおぼえて、ききなおした。

「ぼくの心のなかには、ナコちゃんはずっと宿っているんだ。こういう言い方が適切かわからないけれども。和華子さんの美しさにぼく一人で触れ合うことはできないんだ。ナコちゃんがいてくれるからこそ、和華子さんと接することが可能になる。ナコちゃんはいつもぼくの心のなかにいて、力を貸してくれる。ぼくのことをよくわかっていて、ぼくの傍にいて、和華子さんとの間をとりもってくれる。いつもそうなんだ。おなじ時を生きている」

「和華子さんをめぐって本当に特別な関係が出来上がってるのね？」

清躬はゆっくり深くうなづいた。

「ああ、なんてひとなの、キユくんは」

橘子は歎息するように言った。

「私のことをそんなに感じてくれて、今に至るまでかわることなく。キユくんはそれだけかわりなくおもってくれているのに、私のほうはなんかまるでいいかげん。和華子さんへのおもいをキユくん程に厚く持つなんて誰にもできないにしても、三人一緒に時を過ごしたあの日々をおもえば、それがどれだけかけがえがなく大切な時間だったたか、それは私もおなじことだったのが、今よくわかる。それなのに、私、キユくんという呼び名さえわすれてた。キユくんの心はいつも新鮮な感動に潤っていて、時間が経過してもちっとも瑞々しさを失わない。でも、私ったら、時の隔たりに大切なことも干からびさせてしまってるわ」

「ナコちゃんもかわらず保存してくれてるよ。だから、今もこうやって、昔とちっともかわらない関係になってる。唯、ナコちゃんはぼくを頼りにする必要がないだけ。ぼくにはナコちゃんがいつも必要なんだ。ナコちゃんとからだは離れていても、心ではいつもいてくれないと。無盡燈でもナコちゃんはいつも一番前でともしびをかかげてくれて、ほかのひとにつないでくれるんだ」

「私だってキユくんが必要だわ。今までわかっていなかったのが馬鹿だったの」

　自分なんかの存在が清躬に対して持つ意味よりも、自分にとって清躬がいてくれる意味のほうがずっとおおきい。感受性の鋭い清躬に対して自分のあまりの鈍さがそれに気づかせなかっただけなのだ。

「ぼくもね、ナコちゃんがかかげてくれるともしびの意味に気づくのはおそかった。和華子さんをおもう時はいつもナコちゃんをおもいうかべたけれども、本当にナコちゃんが自分の心のなかにいて、いつもともしびをかかげ、そのともしびから美しいものが連なり、そして和華子さんに行き着くという、無盡燈について理解するようになったのは、そんなに前じゃない。ぼくは今は普通にナコちゃんと話せるけれども、高校一年生の夏休みにナコちゃんと会った時、ぼくは自分からナコちゃんと話ができなかった。ぼくはナコちゃんに会うためにやってきたというのに」

「え、なに？　私に会うためって」

　おもいもしなかったことを言われて、橘子は仰天した。

「和華子さんが住んでいた家を見にきたところで、たまたま私と会っただけなんじゃないの？　だって、キユくんは私の家の裏のほうに立っていたし、それに、それだったらもっと――」

　会って話をしたいことがあったはずだ。あの時、清躬は自分から話をしなかった。橘子自身も照れがあったし、おとなに近づいてりっぱになった異性への意識もあったから、自分から話しかけるのは躊躇《ためら》われたが、清躬がなにも言わないから、橘子のほうから挨拶したのだ。でも、それからも話が弾《はず》まなかった。自分に会う目的で来たのだったら、それは理解できない。

「キユくんったら、なんにも喋んないんだから」

「ぼくもまさかとおもった。でも、実際、そうだった。その時は自分をどうしようもできなかった。ぼくは後で、自分の不純さに気づいた。ナコちゃんに会いに来たのはまちがいないんだけれども、ぼくはナコちゃんと和華子さんの話がしたかったんだと」

「やっぱり。でも、そこがキユくんなのよ」

　和華子さんのことを知っている橘子にはよくわかる。なにがどうあっても、清躬には和華子さんが一番で、自分はそこにくっついているだけでいい。それだけでも、自分は清躬にはかけがえのない存在と言えるだろう。

「ナコちゃんと会うために来たというのに嘘《うそ》はないんだ。道端で出会ってなければ、ぼくはナコちゃんのうちを訪ねてた」

「あ、私が先に見つけちゃったから、段取りがおかしくなった？」

「わからない。ぼくは中学校時代はそれなりに楽しいスクールライフを過ごせた。友達もできたし、学ぶことも一杯できた。だけど、和華子さんの絵を描きたいとおもいながら、それがかなわなかったのは満たされなさが募《つの》った。夏休みに実家に帰るけれども、実家だとなおさら絵が描けない。ぼくにできたのは、誰の目にもわずらわされないところへ行って、そこで美しいものに触れ合いながらナコちゃんをおもって、和華子さんとも想像で接すること。そうすると、和華子さんの絵姿もおもいうかべられる。ナコちゃんの力はおおきい。ナコちゃんはぼくにそれだけの力を与えてくれる。ぼくにとっておおきな存在だ。もう高校生にもなったんだから、ナコちゃんに会いたいんだったら会いに行けばいい。それくらい自分の力でできるはずだ。そう考えた。そして、行動に移した。行動するところまではよかった」

物静かな口調は相かわらずだが、今までなかった感情の揺らぎが清躬の言葉から感じられた。

「ナコちゃんの家の近くまで来たら、ストレートにナコちゃんのうちに行けばよかった。でも、ぼくはナコちゃんと出会うその時を少し先延ばしにしようとした。心のなかではいつもいてくれるけれども、そこでおもう姿と現実のナコちゃんが違っていたら、というおそれもあった。もう少しなつかしいものに触れ合って、心をならしていったほうがいいようにおもったのかもしれない。近くまで来ていながらそうやって時間を引き延ばしているところを誰かが見ていることに気がついた。そして、それがナコちゃん本人であることにも。ナコちゃんを前にして、その現実の出会いを先延ばしにしようとしていたきまりわるさが一気にぼくを襲った。きまりわるさという後ろ暗さで、ぼくは自分がかげっているのがわかった。一方、ナコちゃんは、ぼくが想像のなかで出会っていたナコちゃんとぴったりおなじだった。現実に会ったのは、小学校六年生の時以来で四年が経過していたけれど、想像でいつも会っていたおない歳のナコちゃんとどこも違うところがなかった。もし少しでも違っていたら、想像とは違う本当のナコちゃんに会えたことの意味をもっと感じとったにちがいないだろうが、その時のぼくの感情は違ったんだ。いつも心のなかにいるナコちゃんが現実世界でそっくりそのまま現われて、唯違うのは、ぼくの心のなかの狭い世界にいるのじゃなくて、現実の広い世界でナコちゃんの姿がくっきりしていて、まさに明るさに満ちていたこと。後ろ暗さにかげっていたぼくとは対照的だった。かげのぼくから光の世界にいるナコちゃんに対してできることはなにもなかった。喋れもしなかったんだ。現実にナコちゃんと会ったら、一緒に和華子さんの話もできると前もって楽しみにしていたけれども、それはぼくの心のなかでなら勝手にできることで、実際のナコちゃんにそれを期待することはおもいあがったことだと感じた。あの時ナコちゃんの前にいたぼくは、かげっていて小さな存在で、ナコちゃんとちゃんと向き合って話をする資格にかなっていなかった。こんな状態のぼくが明るさに満ちた現実のナコちゃんを困らせているとおもうと、ぼくはもっと苦しくなって、ナコちゃんがなんとか話をしてくれようとしているのに、それになんにも応えられなかった。あの時は本当にナコちゃんに申しわけなかった。ぼくがもう少し自然にナコちゃんと話ができていたら、お互いにメールアドレスや連絡先をききあって、あの後も交流ができていただろうに、それができない程、当時のぼくはナコちゃんにつりあっていなかった」

「もう、キユくんたら、なにを言うのよ」

橘子は叫ぶように言った。つりあわないなんて、どうしてキユくんから言うのだろう。繊細で痛みを感じやすい清躬のことを自分こそよくわかってあげるべきだった。

「キユくんのそういう事情を知らなかったにしても、私こそもう高校生になっていたんだから、もっと勇気を持ってキユくんに自分から近づいてあげるべきだったわ」

「でも、ぼくはあの時ナコちゃんに会って、よかったよ」

清躬が言った。

「ナコちゃんが実際にぼくの想像で現われてくれるのとおなじとわかったことだけでも素晴らしい。あの時はまともに話ができなかったけれども、でも直接ナコちゃんと接して、顔かたちだけじゃなく、心もぼくの想像で現われてくれるナコちゃんと少しもかわらないことがわかった。もし本当のナコちゃんが想像のイメージと違っていたらという小心な自分に気づいたことが、ナコちゃんに対して話をできなくしたのだけれども、もうつぎからはなんの心配もなく、想像のナコちゃんがきみ自身であることを完全に信じられるようになった。だから、あの時のナコちゃんにはわるいことをしたけど、会えたことはその後のぼくにとっても非常にいいことだったんだ」

「それをきいて、私も安心した」

清躬が自分のしくじりに後悔が残って、今も引き摺《ず》っているとしたら嫌だなとおもっていた。橘子自身には清躬との距離感を感じさせる短い出会いだったが、清躬のほうはながく会わなくても自分との間に距離感はなく、会ったことで更に自分がかれのなかに定着したようで、非常にうれしくおもうのだった。

「それで、それから和華子さんの絵は？」

清躬の更なる転回点のことをききたい。

「そうだね。高校生になったら、おとなにより近づくので、ぼく自身もっとしっかりして、主体性を持って、和華子さんの絵にも取り組めると自分自身期待した。ナコちゃんにも自分から会いに行くことができた。行動の成果は手にできなかったけれども、行動できたということだけでも、以前のぼくからしたら、おおきな進歩だった」

物凄い進歩よ——橘子は声に出して言ってあげたいくらいだった。にもかかわらず、いざという時に自分から踏み出せない行動力のなさを清躬にイメージづけていた自分の身勝手を橘子は恥じ入らないわけにゆかない。ながく会わなくても、かわらずに自分のことをこんなにおもってくれる清躬に対して、なんて失礼な考えを持っていたんだろう。

「でも、やっぱりなかなか和華子さんの絵を描くことはできなかった。ぼくにとってナコちゃんは更におおきな存在になったし、和華子さんとの間をいつもうまくとりもってくれた。ぼくはよりおとなになって、和華子さんとの距離が近づいたつもりでいたけれど、自分に力がついてきていることがわかる一方で、そんな力では和華子さんにはかなわない、もっとしっかりしないと絵を描けはしないこともわかってきた。唯、そうやって力をつけていきさえすれば、時期が来ればいつか描けるようになるともおもえるようになった」

「それで？」

橘子は話の先を促した。

「ああ、でも、まだまだ時間がかかった。全寮制の学校だったから、高校生になって幾分自由度は広がったけれども、制約はまだ一杯あった。そのなかでもなんとか和華子さんを描けるようになりたいとおもいながら、なかなかチャレンジできなかった。そうするうちに、高校二年になり、三年になった。ぼくがかよっていた高校は進学校だったから、二年生の後半から三年生にかけて、クラスの誰もが受験準備に励むようになった。高校のカリキュラムも二年生の秋までに終わって、授業時間も問題集主体になり、先生もテストを採点したり、チューターのように、解答に難儀している生徒にアドバイスするような役割になり、普通の授業のスタイルはなくなった。もうその頃は先生がきびしく指導しなくても、生徒のほうから真剣に大学入試レベルの問題に取り組んでいた。みんながねらうところは難関の大学がおおかったから、全力を受験準備にかたむけないといという、なみなみならぬ気迫と真剣みが伝わってきた」

「やっぱり進学校って凄いのね」

男子校の進学校は、橘子にはなじみがないから、なんでも新鮮にきこえる。

「みんなの目の色がそんなにかわるなんて、ぼく自身もおどろいたけれどもね。みんなにとってなにが大事なことなのか、大学入試に成功し、志望の大学に入ることが人生に持つ意味の大きさをみんな考えてる。唯、ぼくにとっての大事なことは、それとは違ってた。いい大学に行くとか、世間で高く評価されている職業に就くとか、自分を世の中の上位のクラスに位置づけて、そこで高い収入を得ることは、勿論、そうなればありがたいことだろうけど、そのために競争に勝ち抜くことが必要で、競争に勝つ努力も価値があるということは、ぼく自身のことで言えば、感覚が違うんだ。なにかを勝ち取るようなことをしないでも、この世界が美しいことに満ちていて、それに触れ合うことができれば、幸せを感じられる。唯、そのためには、静かでとらわれのない自由な心の状態でいないといけない。それはなかなか自分の勝手にはならないけれども、さっき言ったように、クラスのみんなが受験のために自分のことに集中して、ひとのことに構うことがなくなったことで、ぼくは自由を得た気分にもなった。ぼくがなにをしていようと気にされなくなった。ぼくはスケッチに出かけたり、美しい絵を模写したり、今までよりもおおくの時間を絵の関係に費やし、そのうち和華子さんの絵が描けるようになればとおもった。ぼくだって受験しないわけにゆかないから、或る程度の時間は勉強に振り向けるけれども、自分の自由な時間も大切にしたかった。みんな受験のことに集中して、教室でも寮でも誰もぼくに構いはしなかったんだけど、一人だけ、みんなと違うぼくの様子に注意を向け、話しかけてきた生徒がいたんだ」

　橘子は言葉を差し挟まず、清躬の高校時代の話に興味深く耳をかたむけた。登場人物が新たに出てきたから、なおさら楽しみになる。

「かれのイニシャルから、H君と呼ぶことにするね。クラスが一緒だったのは、中学一年の時と高校三年の時だけで、名前はよく知っていたけど、特に親しい関係じゃなかった。H君は体格がよい上にスポーツが得意で、話もうまくて、ぼくと違って外向的で目立つ存在だった。一方で、茶化すような言葉や辛辣《しんらつ》な一言を言ったりして、わざと目上の相手を困らせたり怒らせたりするようなこともあり、学校の先生や寮長から注意されることもあった。別に素行がわるかったようなはきかないから、問題児ではないとおもうけれども、ぼくらの学校ではそういう生徒は珍しかった。H君は、ぼくが休みの日に、まだ図書館も開いていない時間から外出するので、こいつなにしに出かけるんだろうと興味を持ったと言うんだ。それであとをつけて、ぼくが河川敷の土手の木蔭《こかげ》に腰をおろして、学校の図書室から借りた写真集の模写をしている様子を見た後、また二時間程経って来ると、おなじところで今度は風景を描いている、というので、直接ぼくに、なにしてるんだ、と話しかけてきた。ぼくが正直に答えると、高校三年生の貴重な時間を受験勉強に費やさず、絵を描くことに精を出しているなんておもしろい奴だと言って、つぎの週にこれまでぼくが描いた絵を見せることになった。ほとんどが鉛筆画だったけれど、まるで写真じゃないかと感心してくれた。それから、一度ぼくがスケッチに出かけるのにもつきあってくれた。かれは、学校の授業での写生以来だと言いながら、自分でもわざわざスケッチブックを持参して、二人で川縁《かわべり》から対岸の情景をスケッチしつつ、いろんな話をしあった。H君は、進学校にいるおれたちは受験戦争に徴兵されている、というようなことを言った」

「徴兵？」

　縁遠い言葉が話に出てきたので、橘子はききなおした。

「H君はちょっとおもしろい表現のしかたをするんだ。受験戦争に否応《いやおう》なしに参加しないといけないから、徴兵されているのとおんなじだということだろうね。まあ、ぼくたちの高校は、さっきも言ったように、クラス全体が受験一色で、みんな問題集の征服に精を出しているからね」

「やっぱりそういう学校は違うのね」

橘子は感心したように言った。

「H君が言ったことを続けてもいいかな?」

「ええ、勿論」

橘子はH君に興味をおぼえ、もっと知りたいとおもった。

「H君は、こういう話をした」

H君の話として、清躬が続けた。

――これが戦争だとした時、戦う敵は誰か。それは、おなじ国の同世代の若者たちにほかならない。誰かが勝者になれば、誰かが敗者になる。受験に参加する者たちのなかで、勝者と敗者をきめあうんだから、そういうことになる。だが、それは誰のための戦争だろう。徴兵を命じた親や先生は、これはおまえの未来がかかった戦争だと言う。すると、それは侵略なのか、自衛なのか。少なくとも、おれの今においてなにかが侵害されていて、それを防衛するための戦争ではないようだ。この戦争は勿論、おれがしかけた戦争じゃない。じゃあ、敵である、おれと同世代の若者たちがしかけているのか。いや、それも違う。大体、前線で戦う者と戦争を始める者は違うのが普通だ。じゃあ、戦争を始めたのは誰だ。そういうことを考えると、これはそもそも戦争なんかじゃないんじゃないか。それなのに、徴兵されていることは確かなんだ。受験戦争の勝利までなにもかも犠牲にしろ、と親や先生は言うんだからな。このことについて真剣に考えるおれたちにとって、この戦争自体はおおいに疑問符がつく。疑問があるのに自分をそこに仕向けてゆくのは、自分自身に対して誠実ではない。だから、おれは良心的兵役拒否のように、この受験戦争に対しても兵役を拒否する。良心的兵役拒否者は、国賊、非国民、臆病者と侮蔑《ぶべつ》され、迫害されるが、受験戦争でもおなじ扱いを受けるだろう。尤も、進学校だからこの兵役は義務なのであって、この生徒でなくなれば、つまりこの学校を退学すれば、その兵役は課せられることがないと言える。しかし、それは親を裏切ることになる。自分に誠実であろうとすることが本当に親を裏切ることになるのか。少なくとも世の中の人はそうおもうだろうから、今はちょっと退学という選択はできない。といって、受験戦争自体はやっぱり忌避したい。こんなことに人をなやませるような戦争は馬鹿馬鹿しいものだが、巻き込まれている以上、なやむのはしようがない。檍原、おまえは自覚を持っているかどうかわからないが、おれはおまえを同志だと考える。だから、こんな話もするのだ。おまえもこの先、もしなやむようなことがあるんだったら、おれに打ち明けてくれ。おれになにをする力もないが、寄り添うことだけでも力添えはできるだろう。

清躬はそこで一区切りつけた。橘子はなにも言葉を挟めなかった。

橘子はちょっと内心が騒いでいた。前に紀理子からきいた話で、清躬のクラスメイトで校則違反かなにかで卒業を間近にしながら退学処分《しょぶん》を受けたひとがいるということだったが、まさにこのH君というひとがその人物にちがいないとおもわれたのだ。かれとのかかわりで清躬も心の病気になってしまう。今の清躬の話しぶりでは、H君の話をすることで辛い記憶が呼び覚まされてくる感じはなさそうだが、それでも少し心配になる。その心の状態を敏感な清躬に察知されて、清躬を話しづらくさせてしまうのも困るのだけれども。

「ナコちゃん、ぼくの昔話、ながくなってしまって」

やはり橘子のことを気づかうようなことを清躬が言った。

「ううん。全然いいのよ。なに話してくれても、私は楽しいわ。気にしないで」

自分の心の騒ぎを取り繕うように橘子は言った。

「そんなことを話していたら、途中でおんなのひとがやってきて、ぼくに初めましてと挨拶した。H君のガールフレンドで、Mさんというひとだった」

「まあ、ガールフレンドのお出まし？」

ちょっと大層な感じで橘子が言った。

「Mさんはぼくたちとおなじ高校三年生で、伝統のある共学校にかよっているということだった。H君からぼくとここにいるときいて、三人分のサンドイッチを持ってきてくれた。かの女はレジャーシートも持参していて、それを広げてお昼を一緒にし、その後、江津《えづ》湖《こ》という湖のほとりに行って、三人でピクニックみたいになった」

「そのHさんというひとのデートにつきあわされたの？」

橘子はわざとからかうように口を挟んだ。

「でも、朝はH君のほうがつきあってくれたんだ」

「キユくんは本当に人が好いなあ。また別の日にもHさんとMさんにつきあったんじゃないの？」

橘子はふと、村上春樹の小説によくある三人の登場人物のシチュエーションを連想した。語り手の男の子とその親友、その親友の戀人《こいびと》。男性二人、女性一人の三人でいつもつきあっている。

「H君はぼくにMさんの肖像を描いてもらえないかと言ってきたんだ。かの女も希望しているって」

「まあ。Hさんは余《よ》っ程《ぽど》キユくんのこと気に入ったのね」

　H君はどんどん攻めてくるなあと橘子はおもった。清躬と対照的なひとだ。

「それで、描いてあげたの？」

「うん。Mさんのおうちに招かれて、かの女の部屋でね」

　橘子はちょっとおどろいて、「かの女の部屋？」とききなおした。

「だって、ぼくもM君も寮で、そこに女性は入れないから」

「それはそうなんだろうけど、でもまだ高校生なのにHさんとMさんはとても親密な仲なのね。あ、御免なさい。話を続けて」

　橘子は自分の余計な一言で清躬に気をつかわせてては申しわけないと感じ、先を促した。

「ぼくが描くのは基本は鉛筆画だと、最初からH君も承知していたし、それでMさんの顔を描いた。ぼくが描いてる途中途中でH君がスマホで写真を撮って、モデルしているMさんに見せるんだ。そのたんびにMさんの表情がかわるし、中断したりするから、意外に時間がかかった。でも、二人がとてもなかよく晴れやかにしている時間にぼくも仲間に入れてもらえて、本当に楽しかった」

「素敵ね」

　H君やMさんの顔は知らないけれども、二人のなごやかな様子を見ながら清躬も心楽しんでスケッチをしている情景を想像して、橘子も微笑ましくおもった。

「その日はもうそれで？」

「モデルされるほうもながい時間は疲れるしね。で、それから暫くして、H君がぼくのところに来て、Mさんがぼくにお礼をしたいと言っている、またつきあってくれるかと、きいてきた」

「やっぱり特別なことをしてあげたからね」

「熊本県立美術館でちょうど特別展を開催していて、その招待券をMさんが都合してくれたというんだ。三人で一緒に行こうって。午前中に鑑賞して、その後、お昼を一緒にして、またピクニックに行こう、ということだった。ところが、お昼のレストランに行くと、ぼくらが案内された席に女性が一人座っていたんだ」

「女性？　知らない人？」

「そのひとはMさんの友達で、おなじ高校にかよっているんだって、その場でMさんから紹介された」

「まあ、おんなの子を紹介されたのね。キユくんにかの女いないの、HさんやMさんは知っていたわけ？」

　橘子はちょっと好奇心が起こった。きめつけたような言い方をしたが、いや、つきあってるかの女はいたよ、と清躬が言ってくれるといいな、とおもった。

「それは、H君と河川敷でスケッチをしながら話をした時、そのあたりのこともいろいろきかれたから」

「そうよね。受験戦争の話ばかりのはずないよね。じゃあ、キユくんにかの女がいないのを心配してくれたんだ。あのさ、キユくんの好きな女性のタイプのこともきかれたんでしょ？」

「きかれてはいないけど、ぼくの描いた絵を見せてるから」

「だったら、きかないでもわかるわね。あの、和華子さんの絵も見せたの？」

　見せたとしたら、相手もびっくりしたはずだ。

「ううん。その時はまだ和華子さんの絵にチャレンジできていなかったから」

「でも、小学生の時に描いた絵は？　いつも身近において、時々はながめたりしてたんでしょ？」

「ううん、熊本には持って行ってないんだ」

「持って行ってないって？」

　意外だったので、橘子はちょっと首をかしげてきき なおした。ほかのなによりずっと自分の傍においておきたい絵だろうに。

「実は、東京に戻ってすぐ、和歌木先生のところに行って、和華子さんの絵を預かってもらったんだ」

「えっ？」

　予想もしない清躬の話に橘子はおどろいた。

「和歌木先生って、キユくんの初戀《はつこい》の？」

「初戀って、ぼく、そんなこと言ってないよ」

「え、言ってなかったかしら？」

　言われてみると、清躬の口から「戀」という言葉が軽く出てくるとはおもわれない。でも、橘子はそう解釈している。わかくてきれいで優しくて、憬《あこが》れの先生だったのだから、初戀といっていいものだろう。いやいや、私は和華子さんがキユくんの初戀だとおもいこんでいたけど、実はその前、東京の小学校にいる時に憬れた先生がいて、その先生が初戀のひとだったと、キユくんのほうから話してくれた。そのやりとりをはっきり橘子はおもいだした。「初戀」という言葉も、キユくんは自分でまちがいなく使っている。興味深い話だから、ちゃんとおぼえている。

「ううん。キユくんからきいたよ。和華子さんの前に憬れの先生がいて、初戀はその先生だって」

橘子は勝ち誇ったように言った。

「初戀と言ってるのはナコちゃんだよ。ぼくは――」

「ううん。キユくんは自分から言ったんだよ。和華子さんが初戀のひとだねって言ったら、実は違うって。あ」

橘子はおもわず叫んで、口をおさえた。違う。あれは、贋の清躬だ。初戀の話で、私が和華子さんのことを言ったら、和華子さんより私のほうが前に出会ってると冗談を言った。冗談が過ぎたから、かれ、手を合わせて謝った。それから、東京の小学校の先生の話を打ち明けた。その話は、キユくん本人もくわしくしてくれたから、事実としては合っているのだけれど、キユくん自身は「初戀」という言葉を使ったかどうか、はっきりしない。キユくんは嘘を言わないから、十中八九、使っていないのだろう。とすれば、なんてひどい勘違い。贋の清躬の話を本人のことと取り違えるなんて。

「ナコちゃんのなかでぼくの初戀のストーリーが出来上がってるみたい」

「御免、勝手に。でも、どうしてなの、和華子さんの絵を先生のところに預けたって？　和華子さんの絵は一番持っておきたいものじゃないの？」

「怖《こわ》かったんだ」

「怖かった？」

「おとうさんはぼくが絵を描くのをあまり歓迎してなかった。和歌木先生の絵を描いてた頃のぼくは、なんでも絵で描いてみようとしてたから、きっとやり過ぎてたこともあったんだろうけど、注意されて。スケッチブックも處分されたし」

「あーあ」

橘子は、清躬の父親に対する悪感情が蘇ってきた。

「和華子さんが絵の楽しみをおもいださせてくれたけど、見つかるとおこられる。おこられるのはいいけど、絵を捨てられたりしたら、とりかえしがつかない。それで、東京に戻った時にすぐ和歌木先生を訪ねて、おねがいした」

「そっか。キユくんも大變《たいへん》だったのね。でも、和歌木先生とまた会えて、本当によかったわね」

「うん」

「だけど、考えてみたら、東京の住所はかわってないから、おなじ小学校にかよえば、先生もいらっしゃるわね？」

「先生は別の小学校に異動されてた。だけど、御自宅はかわっておられなかった」

「あ、そうか。公立の学校の先生って結構異動があるのよね。でも、以前おうちにまねいてくださったのがよかったわけね」

「わりあいぼくの家に近くて行きやすかったんだ」

「で、和華子さんの絵は、今はキユくんのところにあるんでしょ？」

橘子が確認すると、清躬がうなづいた。

「ということは、おとなになってからも、先生のところに行ったのよね？」

「そうだよ。さっき言ったように、おととし、東京に戻ってきた時にね」

「えーと、七年ぶり？　どうだった、先生？」

「先生は御結婚されていて、かわいいお嬢さんもいらっしゃった」

「まあ。そりゃそうよね、わかい先生が七年も経ったら。でも、結婚されてるんだったら、おうちは――」

「毎年、年賀状を戴いてたからね。でも、埼玉県の熊谷のほうに行かれてたから、ちょっと遠かった」

「でも、いいわね、また先生と会えて。先生もおとなになったキユくんに会って、とても喜ばれたとおもうわ」

そう言いながら、和華子さんに再会できたら、どんなにいいだろうなあと橘子はおもった。それは自分がそうだし、清躬もそうなのだ。だけど、和華子さんの住所はわからない。和華子さんも結婚されたのだろうか。物凄く幸せな檀那さんだ。

「あ、そうそう」

自分のほうの感懐に耽《ふけ》って本題をわすれそうになった。

「それでさっきの話だけど、HさんとMさん、Mさんが紹介したおんなの子と、四人で食事した後の話。それからどうしたの？　またピクニックとか言ってなかったっけ？」

「熊本には市街地のなかに、さっきも言ったけど、江津湖という、川の途中がおおきく膨らんだような湖があって、水と緑が一杯でオアシスみたいなところがあるんだ。近くに動植物園もあって、初めに動植物園に行って、その後、江津湖でボート漕《こ》ぎをした」

「まあ、ボートまで？　それじゃあ、りっぱなデートじゃない。動植物園には観覧車もあるんじゃないの？」

橘子は声を弾ませた。

「観覧車はあるけど、乗ってない。動植物園で家族連れがおおいから、H君がパスしたんだ」

「キユくんは乗ってみたかったの？」

「ぼくはどっちでもよかった」

「キユくん、駄目よ、どっちでもいいなんて言い方」

橘子は諌《いさ》めるように言った。

「御免。でも、その時希望をきかれてそう答えたわけじゃないよ」

「わかってるわ。そんな答えしたら最悪だわ。その日は全部HさんとMさんでお膳立てしてくれたんでしょ？」

「そう」

「それで、その時のかの女とは？」

「その日解散してから、H君とラーメンを一緒に食べて、Aさんというんだけど、かの女の印象をきかれた」

「どう答えたの？」

前のめりかげんに橘子がきいた。

「おもったそのままを話した」

「なによ。そんなの当たり前でしょ、キユくん正直だから、おもったことをそのまま言うのはわかってるわ。つきあうつもりがあるかどうかをきかれたんでしょ？それに対してどう答えたの？」

焦《じ》れったい気持ちで橘子は言った。

「そういうことはきかれてないよ」

「え、でも、かの女の印象をきいて終わりということはないでしょ。ひょっとして、かの女、あんまりだったの？」

「ううん。きれいなひとで、感じも柔らかかった」

「でも、合わない感じがしたの？」

「合う、合わないはわからないよ、まだ」

「じゃあ、なんなの。というか、かの女とはその後も何度かつきあったんでしょ、そのAさんてひとと」

かの女の名前を出しておきながら、その日だけということはないと橘子はおもった。お喋りでない清躬としても、Mさんがお礼をしてくれたことだけ言えばいいので、Aさんというおんなの子の話までする必要はない。

「キユくん、御免。私、馬鹿ね、勝手に興奮して」

眼の前の清躬は基本的にずっと眼を閉じて静かに語っているのに、きくほうの自分が一人感情を高ぶらせ、嘴《くちばし》を入れるのはよくないと、橘子は反省した。

「大丈夫だよ、ナコちゃん。話を整理しないと、ナコちゃんにもわかりにくいよね」

「話を整理するって？」

「H君がちゃんと話してくれたんだ。どういう考えでAさんをよんだのか」

「ちゃんと説明してくれたのね？」

「うん。Mさんはぼくのことを気に入ってくれた。それで、かの女がいないのを気にしてる。誰かいいひとを紹介したい。Mさんからそう相談されて、H君はこう言ったというんだ。檍原はおんなの子とのつきあいをおぼえたほうがいい。唯、人間関係に気をつかう奴だし、かの女ができるときっと負担になる。檍原は一人で大切にしたい時間を持っているし、受験勉強だっておろそかにさせられない。だから、あっさりした性格で、戀愛《れんあい》を期待せず、友達づきあいしてくれるおんなの子がいいとおもう、って」

「Hさん、本当にいいひとね。キユくんのことそこまで考えてくれて」

「うん。だからH君は、ぼくにAさんの印象をきいて、その答えがあっさりしているので、ちょっと安心したと言っていた。H君にすると、Aさんが非常に美人だったので、ぼくがかの女を本気で好きになってしまったら、かえって困ったことになったなとおもっていたそうだ」

「でも、普通、いい関係になるのを期待して、そういう返事がくればいいとおもうものだけれども。Hさん、キユくんの性格をよくわかってくれてるのね」

「Mさん、Aさんの学校もトップレベルの進学校で、有名大学や医学系への合格者もおおく、かの女たちも受験勉強が忙しい。だから、その後は二週間に一度四人で図書館に集合して、お昼だけ一緒にしてお喋りするというのが基本パターンになった」

「ずっと四人で？」

「うん」

「メールとかは？」

「ぼく、高校までは携帯電話も持ってなかったんだ」

「あら、私と一緒だわ」

キユくんもおなじだったんだと、橘子はうれしくなった。

「ナコちゃんも同類だったんだね」

「そうよ。同類よ。全然違うところにくらしてたけど、なにか通じ合ってるようね。で、その後はなにか」

更に進展があるのかないのか、気になった。いずれにしても、H君の事件が起こり、みんなそこに巻き込まれてしまう。そうおもうと、橘子はどきどきした。

「山路《やまみち》を登りながら、こう考えた」

「なによ、突然」

「智に働けば角が立つ」

「あ、それ、夏目漱石の」

「『草枕』」

清躬が後を続けた。

「それがなに？」

「『草枕』に出てくる峠の茶屋は今も熊本にあるんだ。その峠の茶屋とそれに続く石畳《いしだたみ》の道のハイキングに一度出かけたことがある」

「そこでもスケッチしたの？」

「一人じゃないもの、しないよ。それに、H君からも、絵を描くことはAさんには当面話をしないようにと言われてた。『おまえの才能を知れば、そういうボーイフレンドがいるのを得意に感じるかもしれないが、おまえ自身を本当に見てくれないんだったら、そんな熱は冷めるからな。まず、おまえのことが好きになって、その後に才能があるのを知るという順序のほうが無理がない』」

「ふうん。いろいろアドバイスしてもらえるのね」

H君にしても、男女交際になれない清躬のことを放っておけないのだろう。

「それから、あと、夏休みに入る直前、四人でプールに行った」

「わあ、楽しそう」

「ぼく、夏休みは東京にかえって、予備校の夏期講習にかようことになってて、その前にみんなで遊ぼう、ということだったんだ」

「じゃあ、夏休みの間はみんなと遊べなかったのね？」

「高三になって、ぼく、成績が下降していったから、おとうさんが心配したんだ。夏休みこそしっかり勉強して、実力を上げておかないと」

「やっぱりおとうさんね」

橘子はまた清躬を縛《しば》る父親に文句を言いたくなった。でも、清躬に対して言っても、かれが困るだけだ。

「でも、親の気持ちからしたら、できることはなんでもしてあげたいという気持ちもわかるし」

「まあ、成績が下がってたんだから、しかたがない」

「成績ね。きびしい学校だから、大變だったのね。でも、みんな、本当にいい友達よね。素晴らしいわ。歓送会みたいに、あなたのために楽しい時間をつくってくれたんだもの」

「そうなんだ」

「プールではないけど、私たちも海水浴に出かけたわよね、六年生の夏休み、うちの両親に連れてってもらって。あの時、一緒に遊んでおいてよかったわ。あれからすぐキユくん、引っ越しちゃったし」

「よくおぼえてるよ」

「あの時は、キユくん、学校の海水パンツしか持ってなかったわね。その時は？」

「慥《たし》かに。みんなと行ったプールの時は、H君と一緒に買いに行った」

「もう高校生の男の子だったら、サーフパンツとかそんなの？」

「そうだね」

「で、おんなの子たちも水着で。なにかまじめで勉強ができる優等生のおんなの子たちのような感じがするけど、水着になると全然かわったんじゃない？　いつも図書館とかハイキングみたいなものばかりだから」

　プールで楽しく遊んでいる四人の情景を橘子は想像してみた。Mさんはきっと H君の好みに合わせたかわいいビキニで、仲のよさが一層発揮されたのだろうけど、Aさんはどんなタイプのひとか、ちょっとわからない。おそらく日頃はまじめでおとなしいのだろうけど、水着で開放的になって、まるで違った面が現われたのか、それともあまりかわらなかったのか。そこでかの女の積極的な面が現われたのだったら、その後の清躬とのつきあい方もかわっただろう。

「四人だといろんなことで遊べて楽しかったよ。唯、かえりがけに、Mさんが足を滑らせて、腕を骨折しちゃったんだ」

「えっ？」

　事故の話で、橘子は少し嫌な予感がした。Aさんのことを気にかけている場合じゃなくなった。

「受験を目指しての大事な時期の事故ということもあり、Mさんの御両親が立腹されて、H君に対し、交際を禁じられたんだ。Mさんの腕のギプスは一か月あまりでとれたらしいけど、H君はMさんに会いに行けなくなった」

　まさかそれでかれは自棄《やけ》を起こしてしまったのだろうか。

「ぼくはすぐ東京に行かなければならなくなって、H君のことが心配だったけど、なにもフォローできなかった。唯、ぼくが東京に行く前にH君が、おれのことはなにも心配するな、逆境の時こそ真価が試される、だから、おれたちの愛の真価がどんなものか、見せつけるまでだ、と言った。おまえは夏期講習でしっかり実力を上げてこい、かえったら、またおれとなかよくしてくれ、とも言ってくれた」

　H君は頼もしいことを言うが、結論がハッピーエンドにはならないとわかっている。これから話される出来事には、そのたびサスペンスドラマのようにはらはらさせられるだろう。

「夏休みの終わりに戻ってきたら、Ａさんがメッセンジャーのように間をとりもってくれている、とＨ君からきかされた。そして、程なく九月初めに、一度Ａさんに会うよう、Ｈ君から言われた。ＡさんはＭさんから頼み事をされていた。ぼくをＭさんの家に連れてきてほしいと。しかも、来る時はＭさんの高校の制服を着て、そこの生徒になりすますようにと」

「なりすます？」

「ちょうどＡさんはＭさんのクラスの学級委員をしていて、男子の学級委員の役でＡさんと一緒に訪問してほしい、ということだった」

「作戦開始」

なにが始まるのだろう。

「都合のいいことに、Ａさんのおにいさんがおなじ高校の卒業生で、制服がまだとってあるということで、その服を借りた。Ｍさんももう学校にかよっていたから、下校途中で制服を着替えたぼくも合流して、Ｍさんのお宅を訪問した。高校で実施された夏期講習にＭさんが参加できなかったので、学級委員の二人でお手伝いするために訪問した、という名目だった。そして、そのかえりがけに、Ｍさんがぼくに手紙をくれた。寮にかえってから読んで。内容はＨ君も承知してるけど、あらためてＨ君に見せても全然構わない、と」

「その手紙が目的だったのね？」

「そのようだった」

「で、なんと書いてあったの？」

「寮にかえったら、Ｈ君の部屋を訪ねて、かれの前でＭさんからの手紙を読んだ。内容はびっくりすることだった」

「え、なに、びっくりすることって？」

冷静な清躬がびっくりすることって？　それこそが作戦の核となるようなことにおもわれ、橘子はどきどきした。

「またぼくにかの女を描いてほしいって」

「それ、また、Ｍさんからの注文？」

「Ｍさんの言葉として書いてあった」

「Ｈさんにプレゼントしたいのかしら？　二人、会えないから」

「ナコちゃんの言ったとおりだよ」

「当てちゃったのね」

橘子はちょっとうれしくなった。

「でも、それがびっくりすること？」

「それがね、今度はかの女のヌードを描いてほしいって」

「ヌ、ード？」

それは慥かにびっくりする。

「それって、Hさんも承知ということよね？」

「H君によると、Aさんが橋渡し役でMさんと手紙のやりとりをしていて、そこで、Mさんから、自分のヌードをぼくに描いてもらって、それをH君にわたしたい、会えなくても、その絵を持ってもらっていれば、いつも一緒にいることを感じてもらえるだろうと」

でも、どうしてヌードでないといけないのか、橘子には唐突感があり、よくわからなかった。けれども、自分にはその感覚はつかめないことでも、H君との関係のなかでMさんはどうしてもヌードの絵をH君にわたしたいとおもったのだろう。

「おれも会えない辛さを耐えているが、かの女も会えなくてもなにかできることをとおもったんだ。その気持ちをおもうと、止められなかった、とH君は言った」

「まあ」

そういう言葉をきいてしまうと、二人の愛の崇高さを感じる。同時に、おもいつめたような感じが『ロミオとジュリエット』の悲劇を連想させて、非常に心配になる。

「それ、また、かの女の部屋で？」

橘子は一旦唾《つば》を呑み込んで、一息ついて、きいた。

「うん。土曜日の昼間はMさんの御両親はいつも不在らしい」

「それはいいけど、今度はH君は立ち会えないんでしょ？　Aさんが立ち会うの？」

「ううん。土曜日に訪問するのはぼくだけだよ」

「え、そんな二人っきりで、しかもかの女はヌードで、Hさんは大丈夫なの？」

「Mさんがそう言ってるのだから、そうしてほしい。きみがどうしても嫌だというならしかたがないが、できればかの女の希望どおりに協力してほしいと」

「Hさんがそう言うのだとしたら、キユくんは余っ程信頼されてるのね。正真正銘の親友ね」

「約束の日、Mさんの家はかの女一人だった。早速部屋に入れてもらったけど、緊張している様子がありありと伝わった。Mさんは紅茶を用意してくれたけど、自分は口をつけなかった。そして、急に立ち上がって、私、服を脱ぐから、檍原さんも用意をおねがいねと言った。かの女はぼくに背中を向けて、上着を脱いだ。ぼくは絵の支度《したく》をしていたので、そちらのほうは見ていなかったが、かの女が、うー、うーと声を漏らすので、気になって見ると、Mさんがガチガチになっているのが後ろ姿からもわかった。脱いだ上着は胸に当てたまま、スカートのホックをはずした。スカートがおちて完全に下着姿になった途端、Mさんはしゃがみこんだ。そして、ベッドに顔をつけて泣き出した。ぼくは部屋を出ようとしたけれども、すぐ泣き止《や》むから、一人にしないでほしいと言われた」

「わあ、私も泣きそう」

橘子は声に出すことでなんとか込み上げてきた感情に蓋《ふた》をしようとした。手には、さっき清躬が宛がってくれたハンカチがある。それをにぎると、もう堪《た》えられなくなった。なみだと洟《はな》がわあっと出てきた。

一度清躬の話が中断した。

詩真音が橘子の傍にきて、かの女も洟を啜《すす》りながら、トイレ休憩にすると宣言した。その際、橘子の靴を履《は》き替えさせた。詩真音は重いはずの靴を普通の靴のように片手で扱った。一方、橘子は普段の靴になったのに、さっきの靴で足の感覚がおかしくなったようで、歩くのに苦労した。詩真音に連れられて橘子は部屋の外に出、清躬一人居残った。戻ってくると、仮面の女性が清躬の相手をしていた。

ソファーには今度は詩真音も一緒に腰をかけた。

清躬の話に橘子はもう口を挟めなかった。清躬は平静にあとの話を続けた。橘子は静かにきくだけだったが、清躬は丁寧にくわしく話をした。時間はあっという間に過ぎた。

34 封印された事件

Mさんが泣いている間、清躬《きよみ》も不安をおぼえた。

清躬は絵にする対象をよく見て、まず線を写し、絵に仕上げるだけだ。対象とするものから美の刺戟《しげき》がおくられてくるのを受けとめ、手を動かす。それが風景でも、花でも、人の顔でも、上半身でも、全身でも、描く対象が定まれば絵にするだけだ。きょうはMさんのヌードを描くことになっているから、かの女がヌードになってこう描いてほしいというのに従うだけだった。

けれども、Mさんのほうは、そうするためには、着ている服を脱がなければならない。誰かがいるところでそうすることは、普通ないことで、羞恥心《しゅうちしん》を伴うものだ。特に女性の場合、その程度は甚《はなは》だ大きいだろう。ヌードになる行動ができるかどうか、そこでMさんは苦しんでいるのだ。自分のほうは、かの女がヌードになれば、ヌードを描く。けれども、着衣のかの女を描いてほしいということならそれを描くし、また顔だけでいいというなら、顔を描く。かの女から提示されたものを描くだけの自分と、描いてほしいものになる努力をしなければならないかの女とは、全然違う。

どうしてもヌードでなければいけないのか、それはMさん次第《しだい》だ。それがきついなら、お気に入りの服で描いても構わない。前に描いた肖像画に似てしまうかもしれないけれど。ヌードを、と指定したのはかの女だが、それに縛《しば》られることはない。清躬はそうおもうのだが、Mさんにはもっと強いこだわりがあるのだろうか。けれども、ヌードになる抵抗が途轍《とてつ》もなく強いなら、やはりどうにもできないのではないか。そのかの女の苦しみに、自分はなんの力にもなってあげられない。唯、見守って、Mさんが最終的にどうするかをきめて、行動してくれるのを待つよりほかない。それにどれくらい時間を要するか、まったく見当がつかない。それでも、自分のほうはただ待つことしかできない。

どれくらい時間が経ったかわからないが、軈《やが》てMさんが立ち上がって、小物入れからハンカチを出して顔にあてがいながら、椅子《いす》に腰かけて、清躬に向き合った。

「檍原《あわきはら》さんにはとっくにビキニの水着を披露しているのに、下着姿でこんなに取り乱して、どうしちゃったんだろう。見た目、ほとんどかわりないのにね。本当に御免なさい。呆《あき》れちゃったでしょ？」

自嘲気味にMさんが言った。

「ぼくのことは気にしなくていいよ」

清躬はぽつりとそう答えた。

「優しいひと。暫《しばら》くこの格好でも構わないかしら。まだ下着姿も恥ずかしいけれども、まずこれになれないと。少しづつだけれど、緊張もほぐれつつあるみたいだから、もうちょっと時間が経ったら、大丈夫だとおもう」

「いくら時間がかかっても大丈夫だよ。でも、ヌードというのにこだわらなくてもいい。今の格好で描いてもいいし、服を着て描いてもいい。こう描いてほしいと言ってくれれば、ちゃんと描くよ」

「ううん。ヌードときめたんだから。H君にもそう伝えてるし。言ってたことができないなんて、そんないいかげんなおんなになりたくない。もう少しだけ待って。ちゃんと、やるから」

そう言うと、またMさんは泣いて、ハンカチを眼に当てた。

「ポーズは私がきめていいの？」

暫くして、Mさんがきいた。

「うん。Mさんが描いてもらいたいようにしてくれれば」

すると、Mさんは立ち上がり、

「正面はまだ嫌《いや》なの。あからさますぎるのはまだ無理。だから、ベッドに寝転がってもいい？」

そう言うと、Mさんはベッドに俯《うつぶ》せに寝そべった。

「こういうふうに顔を上げるから、そこを描いて。おしりが恥ずかしいけれども、ヌードだから、しかたがない」

それからMさんはまた立ち上がって、化粧《けしょう》なおしに一度部屋を出た。戻ってきたMさんは清躬に自分のスマホをわたし、「いろいろポーズをするから、ここの位置から撮《と》って。後で二人で確認して、どれがいいかをきめましょう」と言った。Mさんはまたベッドに俯せになり、顔を振り向ける角度や手の位置、脚の曲げ方などをかえて、少しづつ異なるいろんなポーズをし、それを清躬がスマホで撮影した。一通り撮影した後、二人で確認し、どれが一番きまるかを話し合って、一つを選んだ。

「じゃあ、始めましょう」とMさんが合図《あいず》し、後ろ向きの格好で下着を脱いで裸になり、さっとベッドに跳び込んだ。そして、すぐさっき選んだポーズをつくった。

裸になった女性がこうも美しいとはおもっていなかった。清躬にとって女性の裸に接すること自体初めての体験だったけれども、美しいものを描ける幸福に浸ることができた。

構図ということでは横たわっているだけのポーズだから、そこになんの美のニュアンスもない。しかし、なにも身につけていない裸体で、それがかの女の今ある総てとして過不足がなかった。かの女は自分を見てもらいたい存在として横たわっていて、自分のありったけを伝えたいおもいが全身から溢れ出ていた。それは内がわに秘めた美しさまで余すところなく存分にあらわしているように見えた。美しいのは当たり前だった。その時、清躬の頭に和華子さんの像がよぎった。この美しさを絵にしたいという衝動が少年の時と共通するのを感じたのだ。清躬は夢中で線を引いていった。そうして絵にしてゆく過程で、ますますMさんの裸身がかがやいてくるようにおもわれた。美しく描かれる絵に負けないよう、自分のほうがまだまだ美しいと、対象となったからだが競っているようだった。

途中でMさんが時間を確認すると、あまり時間が残っていなかった。始めるまでにかなり時間がかかったのだから、やむを得なかった。完全な作品には仕上がっていないが、それでも充分美しいとMさんも気に入った。しかし、H君にわたすものとしてはもっと完成度の高いものにしたいということで二人の意見が一致し、つぎの土曜日にもう一度訪問し、そこであらためてきちんと描くことになった。かえりぎわ、「あなたは絵を描くときはすっかり別人になるのね。私は裸で寝そべっているだけなのに、それでも自分のベストを尽くさないとという気持ちになった。こんなに真剣になれたことはなかった」とMさんが言った。それから、「私が泣いたことはH君には内緒にしてね。裸になる覚悟が足りていなかったことをかれに知られたくないから」と言うので、「秘密を共有するのも、絵を描く者の特権かも」と清躬は軽口で応じた。

寮にかえると、普段になくH君が気を揉《も》んでいた。きょうはデッサンしかできなかった、来週はちゃんと完成させる、と言うと、H君は複雑な表情をした。しかし、すぐMさんの様子について根掘り葉掘りききだした。H君になりかわって、もっとMさんのことをきいておくべきだったとおもった。清躬に話せることはあまりなかったので、どんなポーズをさせたのかとか、かの女のからだのどこが特に美しいと感じたかとか、清躬としては答えづらいことをきかれて困った。絵を描くだけが能じゃない、かの女を独占して観察したのだから、報告する義務があるだろうと、清躬を責めた。そう言いながらも、そのうちMさんの自慢話になり、夜中まで清躬をかえさなかった。

おそく部屋に戻って、自分が和華子さんの絵を無《む》性《しょう》に描きたくなっているのに気がついた。これまで描きたいとおもっても、いざ描くというところまで進められなかった。ナコちゃんをおもいうかべることができても、そい、和華子さんをおもいうかべることができても、それから先へは行けなかった。けれども、その日は本当に美しいものに出会い、美への衝動を呼び覚まされるなかで、和華子さんを身近に感じた。模写したり写生したりすることでは感じられないことだった。

清躬はスケッチブックを用意した。画用紙に和華子さんの全身像がうかびあがった。まぶしい程に美が発散されていた。それを力のかなうかぎり線でかたちをとり、美を描きあらわした。清躬はその日女性の裸身の美しさに心奪われたけれども、和華子さんは裸身にはならなかった。からだの線を見せる下着姿にもならない。美しい女性のからだに触れたからといって、それが和華子さんのからだにおきかわるはずはなかった。だから、和華子さんは薄い無地のワンピースを身に纏《まと》っていた。けれども、その丈は短く、和華子さんの美しい脚はほとんど総て見えるようだった。その姿で和華子さんは画用紙の上にあらわれていた。和華子さんの脚は実際に眼にしたものであり、それは真実の脚で、想像でつくったものではないのだった。清躬はわれをわすれて和華子さんの絵を描いていった。絵が仕上がる時には夜が明けていた。

清躬の部屋には一枚の額入りの絵があった。厳密に言うと、絵ではなく、絵を印刷した写真だった。熊本県立美術館に三人で行った時、MさんとH君が買って、清躬にプレゼントしてくれたものだ。清躬は和華子さんの大切な絵をその額の絵の写真の裏に納めた。その後、一気に疲れが出て、昼までねむってしまった。

つぎの土曜日、約束の時間にMさんの家を訪問すると、かの女は上機嫌《じょうきげん》で迎えてくれた。部屋に入ると、「この前描いてもらった絵は本当に素敵だった」とMさんは言った。

「時間があまりなかったのにあそこまで描けるなんて凄い、きょうは時間をたっぷり使ってもっといいものに仕上げてもらえるとおもうと楽しみ」

初めから先週の時とはかの女の様子が違っていた。

この前は初めて清躬と二人きりで、Mさんはとても緊張していて、最後は少し打ち解けたけれども、あまり会話はできなかった。しかし、この日のMさんは最初からお喋りだった。まず、先週の土曜日にH君がどのような反応をしたかをききたがった。H君が清躬に言った言葉を伝えると、Mさんはとても喜んだ。あの時H君にはMさんの話ができなくて申しわけないと感じたので、H君の話をここでしてあげることでMさんが喜んでくれるのは清躬としてもうれしかったし、この様子をH君に話ができるのも素敵なことだとおもった。しかし、それからなにを言った、どんな表情だった、とかの女の質問は止むことがなかったので、清躬はとうとう、「絵を描くか、お喋りをするか、どちらかにきめよう」と真顔《まがお》で言わないではいられなかった。

Mさんは素直に、「御免なさい。時間大切にしなくちゃ」と謝ると、「すぐ服を脱ぎます」と立ち上がった。この日のかの女は、ほとんど躊躇なくにこやかな表情で服を脱いだ。下着姿になっても自分のスタイルはどうかとか話しかけ、また最後の下着をとる時も明るかった。清躬とのお喋りで、少しでも恥ずかしさを紛らわせようとしているのかもしれない。鈍感な清躬でも、それくらい察した。

裸身になってベッドに横たわったMさんは、スマホの写真でポーズを確認してからだの姿勢をきめていったが、「頰杖《ほおづえ》ついて、こう見るのはどう？　こっちのほうがかわいくない？」とポーズをかえて、清躬にきいた。

「かわいくしたいとか考えないようにしてほしい。この前のポーズで最高にきれいだったんだから、なにもつけくわえなくていいんだ」

そう言うと、

「檍原さんたら、頭がかたいのね。おんなの子はもっときれいにかわいくなりたいのよ。だから、ちょっとでもいい感じにしようと考える。あ、髪の毛のここの感じはどう？　自然にながれてる？　ちょっとこの辺、見て」

Mさんの手招きに応じて清躬がベッドの傍でかがむと、かの女は巫山戯《ふざけ》て、からだを乗り出すように清躬の顔に自分の顔を寄せた。清躬が逃げるようにすっと顔を引くと、急にMさんがわらいころげだした。本当にベッドの上で一回転した。

「きょうは描けない」

清躬は立ち上がって、言った。

「おこらせちゃった？」

「服を着て」

「きょうは描いてくれないの？　どうして？」

「遊びで描くなら、きょうはきていない」

「描いてくれないと困るわ」

「描けないいんだ。美しい絵は美しいひとが描かせるんだ。ぼくはその美しさを受けとめて筆を動かすだけ。きょうのきみは、残念だけど、最高に綺麗だったこの前とは違う」

「綺麗じゃないってこと？　まさかそんな」

そう言うと、Mさんは顔を伏せて泣き出した。

かの女が泣き止むのを待って、清躬は帰り支度《じたく》をした。

「私がわるかったわ。一度経験したから、もう平気とおもったの。それにあなたと楽しい時間を持ちたかった。でも、真剣みが足りなかったわ。あなたは一所懸命なのに」

Mさんは反省の意を表わした。

「御免。きょうはもう無理だ」

Mさんの心が改まっても、かの女の美しさは戻ってこないと清躬は感じた。和華子さんの像がきょう現われて、かの女に重なるとは到底考えられない。

「嫌よ。どうしてもきょう描いてもらわないと。私のためじゃなく、H君のために描いてよ。ねえ、おねがいだから」

「約束を果たせないのは無念だけど、どうしようもできない」

「そんな馬鹿なことないでしょ。なんのために私、裸になってるのよ」

Mさんが怒鳴った。かの女のそんな声をきいたのは初めてで、清躬はかなしくなった。けれども、もうここにいてもしかたがなかった。荷物を持って部屋から出て行こうとすると、後ろからMさんが抱きついて、行かせまいとした。流石に振り払って出て行くことはできない。清躬は荷物をおいて、その場にしゃがんだ。

「おねがい。どうすれば描いてもらえるの？」

後ろから抱きついたまま、なみだ声でMさんが言った。

清躬は答えようがなかった。おなじことをくりかえすしかないからだ。

「ああ、私、どんどんひどい顔になってるわ。こんな顔、もう描いてもらえない」

暫くかの女は清躬の背中に顔をおしつけて泣いた。

清躬は途方にくれた。描けるなら描いてあげたい。H君への約束も果たしたい。だが、美しいと感じられないものを描くことはできない。一方、Mさんだって、時間が経つ程に描かれることが難しくなっているのを感じていることだとおもう。そうであるのに、Mさんはどうして裸のままでいるのだろう。おんなの子がずっと裸でいることは尋常ではないが、そこに自分が立ち会っていることは一層奇妙だった。どうしてこんなことになってしまうのか。どうしたらこの情況をかえられるのか、それを考えるためにも、この異常な情況がどうして生じたのかを考えなければならないと清躬はおもった。

かの女が出迎えた最初から、前回とまったく違う情況で、Mさんは機嫌がよかった。きょうこそ自分の美しい絵が仕上がり、H君にわたすことができると期待に胸が高鳴っていたのだ。そのために裸になることへのおそれはもうかの女からなくなっていた。また、ずっと会えないH君の情報を教えてくれる橋渡しとして清躬は期待されていた。清躬はそのいずれにも応えてくれるかけがえのない友達だったから、かの女はかれが待ち遠しくてならなかったのだ。前回と振る舞い方が違って当然で、かの女にわるいところがあるわけではなかった。

けれども、きょうのかの女は前回と違って、美しく見えなかった。お喋りや冗談のような振る舞いで、そのような底浅く騒がしい刺激で、静かに美と触れ合う感覚をかき乱されたのは確かだ。それは微妙な感覚だから、一度壊れると、かんたんに修復できない。

だから、きょうはもう中止して、時を改めてもう一度やりなおすしかないのだった。努力すればなんとかできる問題ではないのだ。

一方で、Mさんがずっと裸のままかわらずにいて、そうしてもなにも報われないかもしれないのに、しかし一途《いちず》のおもいは、どうしたっていま絵を描いてもらいたいというねがいの強さにほかならないようにもおもわれた。その強度も尋常ではないとするなら、自分もかんたんに諦めないで、かの女と一緒に力を尽くしてはどうなのか。どんな困難があり、道のりが遠くあっても、力のかぎり冀望《きぼう》し、飽《あ》くことなく希求するのが、美に対する真摯《しんし》な姿勢ではないのか。

そう考えた時、先週、かの女の裸身を見て、心から美しいと感じ、絵に描きたいと感じたこと、そこで生じた美への衝動が、寮にかえってからもきえることなく、和華子さんの絵を描くエネルギーをかれに与えたことがおもいだされた。それらはいずれも、Mさんが羞恥心に打ち勝ち、自分の総てをありのまま戀人に見てもらいたいというおもいの強さによるものなのだった。かの女がここで今なお裸であり続けるのも、そのおもいの強さがかわらないからだとすると、きょうは無理だとかんたんに諦めた自分のほうにこそ、おもいあがりがあったのではないだろうか。

「Mさん」と、清躬は後ろに呼びかけた。けれども、返事がなかった。からだをななめにしてそっとふりかえってみると、Mさんはねむっていた。寝顔はかれの見たことがない顔だった。きちんと見てみたかったので、清躬はMさんを抱きかかえ、ベッドに横たえた。そうしてもかの女は起きなかった。つむった眼に少し腫《は》れぼったさが見えたが、それでもMさんの顔は穢《けが》れがなく、美しさに映《は》えていた。

清躬はキャンバスを手に持ち、Mさんの顔を写しとっていた。続いて、からだの線も引かれた。色の細かな違いも総て描きわけられた。Mさんの裸身は正面から総てを露《あら》わにしていたが、片方の脚だけがベッドにおろした時から少し折り曲がって立てられた状態で、それによって浮揚感を少し漾《ただよ》わせる効果を持った。絵を描いている途中から、Mさんが目覚め、時々、眼を開いて清躬を見つめているのに気がついたが、手を止めることも、話しかけることもしなかった。

「ぼくがまちがっていた。きみは美しく、ぼくに描かせてくれた」

その声とともにMさんが起き上がった。顔を赤らめ、腕で胸を隠した。

「恥ずかしかったわ。まともに全部見せてしまってるんだもの。でも、耐えられた。逃げ出したら、終わりだったから」

それから、「絵を見せて」と言って、Mさんが立ち上がり、清躬のところへきた。そして、清躬から絵をわたされ、じっくり見た。絵はかの女の寝姿だった。顔は最初に描かれたので、ねむっている顔だった。

「これが私なのね。私がこれ。素敵。私、こんなに美しいのね」

Mさんは感動に声を震わせた。

「ああ、でも、ちょっと恥ずかしい。あなたには恥ずかしくないけれども、H君に見せるのは、今は恥ずかしい。お互い大学生になった時にはよくなっているかもしれないけど。その時にかれにあげるわ。それまでは秘密にしまっておく。今回はこないだの絵をかれにわたす。まだかれには、おしりのほうだけ。檍原さん、本当にありがとう」

Mさんはそう言って、優しい微笑みをうかべた。

「此間《こないだ》のは駄目だよ。ちゃんとした絵になってない」

「え、でも、これはちょっと——」

Mさんは困った顔をした。

「もう一枚描く」

「もう一枚？」

「此間《こないだ》とおなじポーズで一枚ちゃんと仕上げる。きみがもうちょっとモデルでつきあってくれるなら」

「ええ、モデルはいくらでもするわ。でも、時間が。七時頃には両親がかえってくるわ」

「この前よりずっと早く仕上げられるとおもうけど、微妙な時間になりそうだね。よければ、ぼくは窓から出て行くよ」

「わかった。絶対親は部屋に入れないし、あなたが安全に出られるようにする。今のうちにあなたの靴を持ってくるわ」

Mさんは素裸に直接ワンピースを頭からかぶって部屋を出ると、玄関から清躬の靴を持って戻ってきた。かの女はすぐまた裸になって、ベッドに俯せで横たわった。二人で姿勢を確認し、直ちに清躬は絵の制作にとりかかった。

Mさんの両親は予定どおり七時過ぎにかえってきた。絵はほぼ完成に近づいていたが、清躬はまだ制作にかかっていた。Mさんは「御免」と言って、ベッドから起き上がり、今度はパンティーだけ穿《は》いてワンピースを上からかぶった。ソックスをつけて、玄関に出迎えに行った。かの女が戻ってくるまで十分程かかった。

「入試の数学の問題にとりかかっているので、あと一時間は部屋で集中して勉強すると言ってきた」

「あと三十分もかからないよ」

Mさんはソックスをとり、ワンピースとパンティーを脱いで裸になり、ベッドでもとのポーズをとった。

約三十分後、清躬によって絵の完成が宣言されると、Mさんがサイレントでガッツポーズをした。

「私、きょうだけはすっかり裸族になった。生まれての特別な日みたい。きょうはずっとそうしていようかしら」

Mさんは服を着る時、冗談めかして言った。そして、今仕上がったばかりの絵を確認すると、「やっぱり先週のと全然違うわね。これなら、かれも喜んでくれる」と言い、うれし泣きした。

「本当にありがとう。あなたになんて御礼を言ったらいいのかしら。自分勝手であなたにひどい迷惑をかけてしまって、そのこともおわびしないと」

「絵が描けたのは、Mさんが本当に美しかったからさ。

新しい美しさを発見させてくれたきみに感謝しなければ」

「檍原さんたら」

清躬は無事窓から脱出することができ、寮にかえった。予備校や塾にかよう生徒もいるので、寮の門限には余裕があった、しかし、H君は清躬のかえりがおそいことに気を揉んでいた。二度目だから、前回より終了が早いと予想していたのに、逆に二時間程超過したからだ。清躬は、Mさんの絵が完成したこと、その絵はH君へのメッセージも添えて日曜日にMさんからAさんに託し、月曜日にAさんからH君にわたされることを伝えた。それ以上の会話はしなかった。清躬が精力を出し切り、疲労困憊《こんぱい》になっているのをH君も見て取ったからだ。

偖《さ》て、Aさんは打ち合わせどおり、日曜日にMさん宅を訪問して、紙で包装し風呂敷でくるんだ絵を預かり、自宅に持ちかえった。Aさんはそのなかみがなんなのかを教えられていなかった。そこで、自分の部屋で包装を開いてしまった。その時、Aさんがどのようなことを感じたかはわからない。一度なかを開いたにしても、もう一度丁寧《ていねい》に包装をしなおしていれば、後の問題に発展しなかっただろうに、中途半端になかが見えてしまう状態で放置したのは、Aさんにも動揺が起こっていたのかもしれない。

月曜日にAさんが学校からかえると、家は大騒ぎになっていた。Aさんの母親がかの女の部屋からその絵を見つけ、それが娘のヌード写真とおもって仰天してしまった。Aさんは母親から問い糺《ただ》されて、それは自分のものではないと言うのが精々で、後は泣き伏すばかりだった。よく見ると顔が違っており、娘の友達のMさんのものとわかったが、娘でないにしろ、女子高生のヌード写真が撮られていることは大問題だということにかわりはない。一方、Aさんがいつまで経っても待ち合わせの場所に現われず、電話にも出ないので、H君はAさんの自宅を訪ねた。そこで顔を見せたH君はまさにこの問題の張本人にまちがいないとなった。すぐにMさんのところにも連絡が入り、問題は一層重大化した。勿論、H君の学校にも伝わった。

H君はかねてからたびたび学校の警告を受けており、既に要注意人物であった。更に今回は他校の女子生徒に対するスキャンダラスな問題行為であり、学校の追及はきびしかった。受験勉強に専念すべき大切な時期にかかる事件が起きたこと自体、関係するおとなたちにとって由々《ゆゆ》しいことであった。厳罰処分に値するが、それでも学校としては反省と謝罪の機会を与え、素直に改悛《かいしゅん》の情を表わせば救いの手を差し伸べる、という話だった。

しかし、H君はそれに従わなかった。かれ自身、自分のなにがわるいのか、なにに対して責められるのか、まったく理解できなかった。迷惑をかけたことは認めるから、AさんやMさんのところには謝罪したい。しかし、騒ぎが大きくなったのは自分の所為《せい》ではない。学校も含めておとなたちが大問題と騒ぐから、大きくなっているのではないか。その責任を全部こちらにかぶせて、反省せよと言うのは勝手だ。自分に非があると認めるべきこともあるから、それについての反省は厭わないが、一方的なのは釈然としない。

そういうことを言うと、自分の非を一部に限定して、罪の軽減を図ろうとするのは潔《いさぎよ》くないことだと責められた。無条件におのれの非を認め、謝罪するしか道はない。それ以外は総て反抗的態度と扱われる。心のうちになにをおもっていようと、おまえは黙っていることだ。そのかわり反省文を書きなさい。口で言ったことは後になにも残らないから、紙に書いたものを残すのだ。あとは総て学校に任せていればよい。おまえはまだ子供だから、大目に見てもらえるよう、取り計らってやる。反抗か従属かの二者択一できめつけられ、問答無用に従属を強《し》いるような扱いは、納得できないし、従えないと、H君の態度はなお一層かたくなになり、最後まで反省文を書くことをしなかった。

H君は停学の処分となったが、寮から退去し、自宅待機を命じられた。それだと卒業は一年延期になると見込まれたので、H君は自主退学を選び、故郷にかえった。

この事件で清躬は当事者にはならなかった。問題の絵の制作者にほかならないのだが、誰もそれを絵と考えもせず、写真だと認識した。H君もMさんも、お互い示し合わせたわけではないが、清躬に累がおよばないよう、H君が写真を撮ったのだと説明した。Mさんの両親によって会うことも連絡をとりあうことも禁じられているにもかかわらず、一度だけその写真を撮るためにMさんの部屋に入ったと認めざるを得なかったので、それが一層の心証の悪化を招いた。それでも、H君もMさんも清躬の話はしなかった。

H君は、自分が学校からきびしく追及を受けていることに関して、清躬に対して微塵《みじん》も話をしなかった。そして清躬は、MさんやAさんからも、なにもきかされていなかった。H君と仲の良い友達として清躬に先生が話をしてくれて、初めてH君にかかわる問題を知った。尤も、問題の具体的なことは話をされなかったので、Mさんの絵にかかわることが大問題になってH君が責められているとはその時点では想像がおよばなかった。先生は、H君は素行に問題がある生徒で、危険思想の傾向がみられる、きみのようなまじめな生徒はつきあわないほうがいい、と言った。清躬はそれに対して、H君が人間としてどんなに素晴らしいかをかたり、かれのことをそのように見ないでほしいと言った。そうは言うが、きみは高三になってから成績が下がっている、これは明らかにH君の悪影響を受けてしまっているんだよ、受験の大事な時期につきあう相手じゃないと先生は言いきった。清躬はなお反論しようとしたが、先生のほうから打ちきった。H君はずっと、問題がかたづくまでおれとはかかわりを持つなと、会うことを拒否していた。Mさんに話をきこうとしたが、Mさんは病気で学校を休んでいる状態で、会うことはできないと家族から言われた。清躬は最後の手がかりをAさんに求めた。込み入ったことだからと、土曜日に公園で待ち合わせ、漸《ようや》く話がきけた。

会うなり、Aさんはいきなり泣き出した。それから、途切れ途切れ話を始めた。

そこで清躬はまさに自分が当事者であることを知った。それなのに、H君やMさんは自分を巻き込まないよう、絵を写真と偽《いつわ》っている。Aさんも、みんなそう言うから、敢えてそれが絵だということは言わずにいる。

「もうそういうことになっているから、あなたも自分から言わないで。ほかにもいろいろ嘘をついていると見られたら、もっとおおごとになってしまう」

Aさんが言った。

「でも、ぼくが絵を描かなければ、絵を描くためにMさんの家に行かなければ、こういうことは起こらなかった。あの絵が責められるんなら、ぼくを追及すべきだ。なにもしていないH君が責められることはない」

おおごとになっても、責める方向がまちがっているのは正さなくてはいけない。H君は冤罪をかぶる必要はない。

「なんて馬鹿なの、清躬さんは。あなたがいようがいまいが、関係ないのよ。Mさんが自分のヌードの絵をわたしたいHさんがいなかったら、なにも問題が起きなかった。Mさんのところからすると、Hさんがいさえしなかったら、娘のスキャンダルも起こるはずなかったの。おとなたちはもうHさんの断罪をきめてるから、のこのこあなたが名乗り出たって、無罪どころか減刑にすらならないでしょう。かえって火に油を注いで、Hさんを更に苦しめるでしょうし、Mさんも私も、火の粉がかかってもっとひどい傷を負ってしまう。あなた一人が火炙《ひあぶ》りされるだけで済まないのよ。本当に馬鹿なこと考えないで」

Aさんはきびしい口調で清躬を責めるように言った。

「でも、ぼくは先生と話をしてみるよ。絵はぼくが描いたと言わないほうがいいようなら、それは言わない。でも、H君は不当に――」

「あなたに何度馬鹿って言わなくちゃいけないの。人生でこんなに馬鹿って言葉を使ったことないわ。それくらいあなたは馬鹿よ。私たちは子供なの。いくら成績が良くて、運動ができたって、子供は子供。ルールはおとながつくって、評価や罰をきめるのもおとな。おとなに結託されたら、子供はお手上げよ。Hさんも馬鹿。おこられたら、すぐおとなしくして御免なさいって謝っておけば、お咎めはなかったわ。でも、もうおそい。しかたがないわ。だけど、あなたはまだなんにも言われてないのよ。それなのにどうして自分から標的になりに行こうとするの？　楯《たて》を突けばペナルティを与えられるにきまってるじゃない。そんなことしないで」

普段はおとなしいAさんがこんなにも矢継ぎ早に言葉をならべたてたことはこれまでなかった。清躬はどう答えてよいかわからなかった。

「しません――どうしてそう答えてくれないの？　私が、しないで、っておねがいしてるのだから、答えはきまってるでしょうに。そう言ってくれさえしたら、私はどんなにうれしかっただろう。私が水を向けたら、あなたはそれを飲んでくれたらいい。かんたんなことでしょ？　それで私はハッピーな気持ちになるのよ。ああ、でも、あなたはなにもしてくれない。ちっとも。どうしていつも四人なの？　お茶に誘うなどして、二人きりの時間をつくってくれなかったの？　あっちもカップルなら、こっちもカップルじゃない。毎回衣装に気をつかってるし、髪型だって何回かかえたわ。でも、あなたはノーコメント。あなたって絵を描く人なのに、観察眼て持ってないの？　此間《こないだ》プールで、私、勇気を出してビキニを着てきたのに、Hさんはいいねって言ってくれたけど、あなたはスルーした。もっと私をよく見て、言葉がほしいのに。私って背景にすぎないんだわ」

清躬はなにか言おうとした。けれども、唇は動かそうとするが、声になるまで時間がかかるようだった。

「いいのよ、無理になにか言おうとしなくても。あなた、口下手なの知ってるし。でも、手をにぎるとか、肩に手を添えるとか、そういうのって――さっき私が泣いたら、あなた優しくハンカチをわたしてくれた。そういう優しさ、温かさはあるひとなのにね。なんのために、隣でくっついて座っているのか。これだけ距離が近ければ、二人の間に間隔があっても、びりびり電気が走って、その隙間《すきま》をなくしてしまうものでしょうけど、あなたは絶縁体のようだわ。もういいわ」

そう言うと、Aさんは立ち上がり、清躬から離れた。

「最後に一つだけ言っておきたいわ。あなたって本当に平気なひとなのよね、Mさんと部屋で二人きりで、しかもかの女が裸になっても。でも、それって無茶苦茶おかしなことよ。常識で考えたら、プロの画家でもない普通の高校生が、おんなの子の部屋で裸のかの女と一緒にいたんですからね。だから、あれは絵で、あなたが描いたなんて言ったら、とんでもないことになる。それくらいの常識は持っててよ。それから、もう私には連絡しないで。絶対。お互い、受験勉強に精力を集中しましょうよ。志望校に合格したら、その時は連絡ください。じゃあ。さよなら。本当に、さよ――」

清躬はAさんが駆け出して去って行くのをただ眼で追うしかなかった。それ以来、清躬はAさんと会っていない。

Aさんには止められたが、清躬は先生にかけあった。H君がなにをしたのかについて、やはり今回も教えてくれなかった。唯、本人は全然反省しておらず、きびしい処分を下さざるを得ないだろうと言った。清躬は、反省していないというのは、本人が自分に責めのあることとおもっていないからではないか、H君は善悪の判断ができる人間だし、潔く自分に非のあることは認める人だ、と言った。先生は、友達だから、きみはかばうのだ、と言った。しかし、事実は歴然としている、総て調査は終わっており、被害者もいるのだ、それにもかかわらず、Hは反省を拒んでいる。反省しない人間を学校としても赦《ゆる》すわけにゆかない。

清躬はとうとう、「ぼくも当事者なんです。その問題は、H君はなにもしていません。やったのはぼくだけです」と訴え出た。Aさんを裏切るかもしれないが、事実に基づいて話をしなければ、きいてもらえないと考えた。

「止せ、檍原。この問題は調査終了だ。新たな事実は必要ない。だから、その事実が本当かも吟味しない。

意味がないからだ。言っておくが、Ｈの話にも、被害者の話にも、おまえの名前は登場しない。Ｈは自分でやったことはやった、とそれだけは認めている」

「でも、事実は違うんです。まちがった事実でＨ君が罰を受けるのはおかしいです」

「何度も言わせるな。もう調査は終了し、事実は確定済みだ。記録もされている。かりにもしおまえが新しい証拠《しょうこ》を持ち出して、事実は違うんです、と言ったとしても、今度はＨが嘘をついていたことになる。奴の罪が増えるだけだ。新たな犠牲者だって出るかもしれない。そんなことは意味がないどころか、害悪だ。おまえの言っていることは雑音として消去する。もう變《へん》なことを言って、おとなに迷惑をかけないでくれ。いいか、罪を償《つぐな》う人間はＨ一人で沢山だ。これ以上言うと、おまえを問題にしなくてはならなくなるぞ。だが、それはＨとは無関係の別個の問題だから、Ｈを少しだって救うことにはならない。おまえが損をするだけだ。おれはそんなことをしたくない。おまえはできる生徒だ。Ｈのことはわすれて、受験勉強に専念しろ。あと残り纔《わず》かだぞ。脇目を振らず、一番大事なことに全力をかたむけろ」

　清躬はその後も先生に直談判《じかだんぱん》をしようとしたが、門前払いを食うだけだった。

　週末に父親がやってきた。先生と三者面談が行なわれた。Ｈ君の事件に絡《から》んで清躬が不服申し立てをしているが、いくら友達おもいでも学校に異議を唱《とな》えることは問題だ、調査し確定した事実では、本人はこの事件にかかわりあっていない。友達を心配するのはいいが、部外者が事件を蒸《む》しかえし、混乱させることはいけないことだ。これ以上やると、ほかの生徒にも知れることになる。受験を間近に控えているのに、ほかの生徒の心理を乱すことは大迷惑だ。本人は正義感を振るっているつもりかもしれないが、学校とクラス全体に仇《あだ》をなす行為だ。Ｈにわるい感化を受けて、高三から成績が下がっている。もともとまじめな生徒だから、今から真剣に勉強に集中すれば、挽回できるだろう。しかし、今回のことをまだ引き摺《ず》るようであれば、一流校合格は可能性として非常にきびしくなると言わざるを得ない。

　面談後、清躬は父からきびしい追及を受けた。Ｈ君の事件について、真実を話した。学校が事実に基づかないでＨ君を糾弾《きゅうだん》していることに異議を唱えているので、そのために真実を言う必要があったのだ。しかし、清躬が女子生徒のヌードを絵にしたということをきいて、父親は絶句した。（先生は事件の内容に言及されなかった。）とんでもないことをしてくれたものだ。高校生なのになにを考えてるんだ。その女子生徒のほうはおまえになにか言ってきているのか？　先生はその事実を掴んでいるのか？　それに答えて清躬が、その絵は写真と混同されて、H君が撮影したものとして取り扱われているということを言うと、父親は、とにかくこの件は先生とよく相談する、おまえはおとなしくしてこれ以上自分からなにも言うな、絶対にいい大学に合格するよう、勉強だけに集中しなさい、と言った。

　つぎの週末も父親がやってきた。おまえが馬鹿なことをして心配をかけるので、おかあさんは寝込んでしまったぞ、もう学校に迷惑をかけるな、そして、今度こそ性根《しょうね》を入れかえて本気で受験勉強に取り組みなさい、と父親は言った。母親のことを言われたのが清躬には堪《こた》えた。一度病院で診《み》てもらわないといけないな、顔色がわるすぎる。父親がそう言ったとおりに、月曜日に清躬は病院に連れて行かれ、そこから入院となった。学校にも話はつけてあるということだった。父親はかえったが、父の知り合いという人が毎日見舞って、清躬の様子をみることになった。尤も、その人も事務的で、ちゃんとしたコミュニケーションはとれなかった。

　病院では適度に運動をしたほうがいいということで、散歩するなど短時間の外出が許された。屋上にはちょっとした花壇があり、また四方の見晴らしもよかったので、清躬はしばしば屋上に行き、売店で買ったノートに鉛筆で花やまわりの山々のスケッチをするようになった。

　入院して一週間程経った或《あ》る時、屋上で花を描いていると、一人のわかい女性がかれのスケッチを覗《のぞ》き込んで、「物凄《ものすご》く絵が上手《じょうず》なのね」と優しい声で言った。それが、杵島紗依里《きしまさより》さんとの出会いだった。

　最初から気安く話しかけられ、杵島さんとすぐ打ち解けた。清躬が全寮制の高校にかよっていて、両親は東京にいること、絵は好きで小学校の時から描いていることなど、清躬はきかれたことに素直に答えた。杵島さんもスケッチが好きで、たまに描いているのだという。清躬はまもなく退院したので、杵島さんと話したのは二回だが、身内のような親密さをおぼえた。

　父親に付き添われ、病院から寮に戻った清躬は、H君の部屋番号のところにかれの名前がなく、空白になっていることに気がついた。父親がかえった後で寮長に確認すると、H君は退学となり、一週間前に寮を引き払ったという。退学という事態に清躬は驚愕した。なにも言いおかず、静かに去ったという話だった。反抗的で規則違反をくりかえし、厄介《やっかい》な生徒だったが、卒業まであと半年もなかったのだから、本当に惜しいことだ、と寮長は言った。H君と連絡をとりたいと清躬が言うと、退寮者の連絡先は関知していないという答えだった。自分が入院していなければH君に最後の挨拶《あいさつ》くらいはできただろうとおもうと、清躬は悔しさが込み上げた。ショックがおおきくてその日は部屋で寝込んだ。つぎの日、学校に出て、先生から、学校の規則では停学だったのだが、本人のほうから自主退学したのだということをきかされた。もういなくなってしまったHのことをおもってもしようがない、今は本当に大事な時期なのだから、自分のことだけに集中してがんばりなさい、と先生は諭《さと》した。

清躬は、悶々《もんもん》とするおもいに胸が塞《ふさ》がれて、学校にかようのも二日が精々で、とうとう自分の部屋から出られなくなった。やってきた父親に対してもまともに喋れない状態になり、また入院することになった。

清躬は自分の無力さを惨《みじ》めにおもった。

自分は世界の美しさに喜びを見出しているが、陰惨で残酷なことも一杯世界にはあるのだ。そうしたものに立ち向かう力は一人の人間にはない。それらが支配していると、美しいものを希求しても、そのねがいは届かない。心が塞がれて、おしつぶされそうになっている状態では、闇の世界に取り巻かれて、美しい世界への通路がないようだ。

再入院して半月程経ち、看護師さんに誘われて屋上に行った時、清躬は杵島さんと再会した。その時、杵島さんがとても美しく見え、闇の世界に閉じ籠められたおもいだった清躬は、光が射し込んできた感じがして、少しおどろいた。杵島さんが座っている清躬の視線に合わせるように腰をかがめ、かれの手をとった。柔らかく温かい手だった。それまでずっと静かだった心臓の活動が活潑《かっぱつ》になり、塞いで縮まっていた心が広くなってゆく気がした。その温かく柔らかい手は、小学校時代の大事な友達の橘子《きっこ》のことをおもいださせた。優しい慈愛の微笑みをうかべた美しい顔は、和歌木《わかき》先生を想像させた。和華子さんまでは連想されなかったが、心の内でその名を呼ぶことはできた。清躬はなみだをながした。いつのまにか清躬は杵島さんに抱き締められていた。

つぎの日から清躬は、毎日きまった時間に屋上に上がり、杵島さんと一緒に過ごして話をするようになった。

清躬の状態は徐々に恢復《かいふく》し、二か月程で退院できるまでになった。

入院中、一度Mさんが見舞いに来た。H君が退学となって、清躬が入院したという話を伝えきいて心配におもったが、辛いところに顔を出す勇気が出なかった、しかし、H君から清躬への手紙を預かっており、いつまでも手許《てもと》においておくわけにゆかないし、あなたを見舞って、少しでも元気を取り戻してほしいという気持ちも強いから、きょう来させてもらった、と言った。おそくなって御免、とMさんはなみだぐんだ。

Aさんのことはきいた、あなたとはもう会わないって。私の所為《せい》で、とMさんが言うので、Mさんの所為でもなんでもない、ぼくもこんな状態だし、と清躬は言った。私に対しても、Aさんはもうかかわりたくないと言って、話をしてくれなくなった、とMさんは言った。Aさんにはわるいことをした。Aさんだけでなく、あなたも、H君も。私があなたにヌードを描いてもらうようおねがいしなければ、誰にも被害はなく、傷つくこともなかった。そう言うと、Mさんは静かに泣いた。

Mさんのスマホや PCメール、郵便物等は親に管理されているため、H君とはもう直接に連絡をとりあえないが、Aさんとは別のMさんの友人に協力してもらって、間に入ってもらっているという。H君は今、故郷に戻っているが、高校の卒業資格だけはとって、来年は福岡に来ると伝えてきた。私も、親からは地元の熊本の大学に行くよう言われているが、福岡の大学に絶対合格して、H君となかよくしたいと考えている。

それをきいて安心した、ぼくもきみたちに会いたいけれども、これからどうしていくのがいいかまったくわからない、多分東京にかえらないといけない——清躬が言った。

最後にMさんが、あなたが描いてくれた私のヌードの絵は、結局H君に見せることができないまま、親に燃やされてしまった、と言った。あなたの作品なのに御免なさい。そう言われて清躬はかえってとまどって、唯、首を振るだけだった。でも、あなたに描いてもらったのは三枚あって、あとの二枚は大事に隠してある。それだけは絶対H君にわたすわ。Mさんは力強く言って、お終《しま》いにわかれの挨拶をした。

Mさんがかえった後、清躬はH君からの手紙を広げた。

檍原よ。

おまえは本当にいい友達だよ。感謝することで一杯だが、おれにつきあってくれたことで半端でない迷惑をかけたことはわびなくてはならない。

おまえが健康を害したときいて、心配している。もし、今も元気が出ないなら、この手紙は後で読んでくれたらいい。おまえはきっと元気になるさ。だって、おまえはこの世界が途方もなく美しいことを知ってるんだろ？　美しい世界がおまえにまた元気を取り戻せてくれるさ。

おれたち、五月の終わりに、岳林寺から山道に入って、石畳の道をハイキングしただろ。それが漱石『草枕』のハイキングコースだというから、後で『草枕』を読んでみたよ。

主人公は画家で、絵の具箱を持って歩いていると書いてあって、檍原に重なるじゃないか。といっても、ほかに似たところがあるかと探して読んだが、三十過ぎの明治のおっさんとおまえが似るわけはないな。登場するヒロインも、男のいる浴槽に裸で入ってきたり、出征する男に「死んできて」と言うようなエキセントリックな女性だから、おれたちガキにゃ相手できない。小説の初めのほうに、「喜びの深きとき憂いよいよ深く楽みの大いなるほど苦しみも大きい。」と書いてあるんだが、高々十八年の人生でも、本当にそういうもんだなとおれはおもいしったよ。

美しい世界を知れば知る程、その世界に入り込もうとするおれたちを引きずり出して、世の中甘くないぞ、とおとなたちが言ってくる。かれらは人生の先輩で、高校生のおれたちよりも経験を積んでるとは言うが、過去の人間たち——おれたちの大先輩の人間たち——は何度も何度も戦争をくりかえし、おおくの子供やおんなたちを犠牲にしてきたんだ。その大先輩たちの失敗を糧に、人がお互いに信じあえる世界をつくってゆこう、そのために自分のこれを差し出す、とか言ってくれるならば、自分もおとなになったら、おのれの力をひとのためにこう使ってゆくんだなと、気を引き締めようとおもいもするが、世の中はきびしいもんだ、勝ち抜かなきゃ惨めな人生しかないように言われちゃ、どうして先輩方はそういう世の中をつくるのに加担するんですか、と言いたくなる。

勝ち負けとはなんですか。それは数字できまるんです。かれらはそう言うんだ。世の中総て数字だと。人の行ないも数字で評価される。とどのつまり、人自体が数字に還元される。個性は数字で見えないから、意味がない。人間を個性のないものにして、つまり個人というものを認めず、集合させて数で扱うのは、戦争の世界だ。

一人を殺せば殺人者だが、百万人を殺せば英雄だ。殺人は数によって神聖化させられる。──チャップリンの『殺人狂時代』という映画にこういうせりふがあるようだ。喜劇の王様なのに、こんなことを映画で言えるチャップリンという人はなかなかすごいな。

短い映像は見たことはあるが、ちゃんとした映画は見てない。おとなになったら、チャップリンの映画をちゃんと見るようにしないととおもうよ。ヒトラーが調子に乗っている時に、強烈にヒトラーを批判する映画もつくったそうだから、本当にすごい人のようだ。

人を数字におきかえる世の中なんておかしいとおもうが、おれたちはその世界の兵士予備軍になっているんだろうな。

一体どうして、大学にいい大学とわるい大学があるんだ。偏差値という数字で「いい、わるい」をえりわける。おれたちもテストを受けさせられ、結果は総て数字。おれはどうして受験が戦争なんだと疑問を感じていたが、数字だけしか見ない競争世界は戦争の道理とおなじなんだろうな。

おれたちの学校の生徒はみんな受験戦争に徴兵されている。親も喜んでわが子を差し出す。勝者になることを信じてるんだ。敗者のことなんて考えない。戦争の道理は勝者と敗者をつくりだす。勝者は世界の建設者で、敗者から富を奪っても正当とされる。敗者は賠償して当然で、自由や権利を制限されても、おのれが弱かったのだから文句を言うな、だ。そういう世界はおれの良心をうめかせる。おれはそういう世界の兵士になりたくない。良心が痛くて堪らないのだ。

だが、おとなは誰も、おれの良心的兵役拒否を認めてはくれない。好きにしたらいいとは言ってくれない。受験戦争の兵役に服しているとみなされているおれも柑梛《かんな》（註：Mの名前）も、勝手なまねは許されない。

愛は戦争で引き裂かれるのが常だ。勝利のほうが愛より上位にくる。愛は個人の勝手で、勝利はおおやけの利益だから。人の愛を軽んじるおおやけの利益が、なにをわれわれにもたらしてくれるんだ。敗北したら元も子もないというが、勝利しても、大事なものを奪われた人にそれはかえってこない。勝つか負けるか、二択の世界に入ることが、人間の幸福を奪うことになりはしないか。

おまえ相手に言いたいこと言わせてもらったよ。柑梛は、戦争か非戦争かとわけて考えているおれも、二択の世界のわなにおちているんじゃないかと言ったよ。

言われてみればそうだな。まいったよ。おれもレジスタンスと言いつつ、戦争の枠組のなかにいるんだろう。でも、おれはそう考えて行動し、そして放逐された。もとからおれは反逆児で、エネルギーを持て余していた。そのエネルギーは柑梛への愛に振り向け、露骨に反逆する行動はおとなしくしていたつもりだったが、あの騒ぎのことで一方的におれを悪者ときめつける奴らにおれは従属するわけにゆかなかった。それにはおれはレジスタンスするしかなかったんだ。懲罰されても、奴らのいいなりに転向するなんてできるもんか。

柑梛もこのことでショックが大きいとおもうが、かの女はかしこいから、こんなことはかんたんに乗り越えて行くだろう。受験勉強だって、おれのように反逆的でないから、まじめに勉強を続けて、一流大学にきっと合格する。その時は、親が阻止したって、おれとまた会ってくれるさ。

ああ、そうだ、またかの女と会う時は、おまえがかの女を描いてくれた絵とも出会うんだ。伝言できいたが、柑梛の絵をおまえは三枚も描いてくれたんだってな。メインの一枚は無念にも葬られてしまった。それ一枚きりだったら、悔やんでも悔やみきれないが、まだ二枚あるというから、ちょっとほっとしたよ。すごいぞ、檍原。一枚でも大したものなのに、こんなに描き残してくれたってことは。

実は、おれはおまえを一番尊敬してるんだ。柑梛のヌードの絵を描ける高校生はおまえしかいないからな。檍原くらいに絵を描く腕前がある人間は、広い世の中、ほかにいるかもしれんが、柑梛が自分のヌードを描ける者はおまえしかいないと考えたんだ。柑梛のヌードを前にして、誰が冷静に絵筆を運べるだろう。そもそも、柑梛自身、ヌードになるというのは、絵を描く人間を絶対的に信頼していないとできないんだ。それから、おれもだ。おれとおまえの仲というだけでは足りない。柑梛がおまえをそこまで信頼しているというのをおれも信じきれていなくては、いくら友達だって、柑梛のヌードを描かせるものか。

白状すると、おまえが柑梛の絵を描く当日、おれはおまえを引き留めようかとおもったんだ。柑梛がおまえのモデルとしてヌードになる不安がおれを臆病にさせた。ぎりぎりおまえに対する信頼のほうが上まわったわけだが、その日はずっとおちつかなかった。おまえのかえりを待ちわび、かえってきたおまえにきくと、デッサンだけで終わってまだ描けてないという。おれは失望した。やっぱりおまえでも描けなかったんだ、と。結局、絵なんか描けなかったのに、それでもかの女がヌードになったってことは、許せなく感じた。おまえにも、柑梛にも、おれはあの時、腹を立ててたんだ。しかし、じっくりとおまえの話をきくと、柑梛がどんなに美しかったか、ヌードだからこそそのかの女の本当のかがやきをおまえが伝えてくれて、おまえは本物だとおもった。それに、柑梛もおまえも真剣に美の創造という難題に挑戦していたというのがわかって、感動した。腹を立てたおれ自身の狭量さを感じて、恥ずかしいくらいだ。だから、つぎは完全にものにしてくれると、もう不安感はなくなった。

そのとおり、おまえと柑梛の渾身の力、全身全霊のありったけが絵に結実した。ああ、おまえと柑梛、二人しての渾身の傑作を、カメラで一瞬に撮影したものと勘違いして、かんたんにこの世から消し去ってしまうおとなたちが口にする教育とは一体なんなんだろう。いくらおまえの絵が精妙だって、絵と写真の区別もつかないおとなたちだ。あるいは、気づいても、そのまちがいを改められないおとなたちだ。そういうおとなたちの言う、教育。指導。しつけ。そんなもん、どうだっていい。

おまえの絵、絵に籠もった柑梛の魂、それが総てさ。おまえたちの渾身ありったけを出しつくす姿勢にくらべたら、おれなんかまだ渾身の力を出しきっていない。おまえほどに渾身で挑む姿をおれが見せられなければ、柑梛に再会しても、おまえが描いた柑梛のヌードの絵を見るにおれは値しない。これからこそ、おれは燃える。渾身で燃えて、おれは古い皮を取り去って、新しいおれにかわるのだ。つぎに会う時、柑梛は大学生として一段と成長しているだろう。おれもおれなりに、かの女に会って恥じない人間になる。

だから、おれたちのことは心配しなくていい。

それより、早くからだをなおしてくれ。からだがなおれば、おまえはまた美しい世界を自分で引き寄せられるだろう。

一旦おわかれだ。直接挨拶できなかったのは残念だが、おれはおまえをわすれない。

またいつか会おう。

今はグッドバイ。いつか会う日まで。

清躬はその手紙を何度も何度も読んだ。そしてその後、杵島さんにその手紙を預かってもらった。

35　隠れているものの存在

清躬《きよみ》がおもいのほか早く退院できたのは、杵島《きしま》さんとの温かい交流のおかげだった。かの女のおかげで、閉塞したかれの心に美しいものへの通路が開かれた。杵島さんは最初の二週間毎日きまった時間に屋上に来て、清躬は日課のようにそこでかの女と話をした。勧められて、スケッチも再開した。その後は、杵島さんも毎日というわけにはゆかなかったが、来られない時は看護師さんに言伝《ことづて》し、きまった時刻での屋上の日課は続けられた。そのようにして、退院までの二か月はあっという間に過ぎ去った。

　退院の時、父親は来なかった。あなたのおとうさんから、私を保護者代理にすることの承諾を得ている、学校にもその連絡は行っている、と杵島さんから前もって知らされていた。退院したら、もう寮ではなく私の家に住んで、そこから学校や病院にかよう、寮を出ることは学校の諒承済みだとも言われた。どういう事情で父親や学校がそれを諒承したのか、清躬にはわからなかったが、杵島さんと一緒にくらせることは清躬にとってうれしいことだったし、安心もした。あと纔《わず》かな期間とはいえ、H君にきびしかった寮長と顔を合わせるのは、清躬として辛い心持ちがしていたのだった。

　杵島さんから、今後は自分が大切にしたいとおもうことに従って好きなように時間を使ったらよい、受験のこともう考えなくてよい、唯、学校にはかよって、卒業すること、それだけは努めてほしい、と言われた。もし学校に行くこと自体が辛ければ無理はしなくていい、けれども、H君のことをおもって、自分だけが卒業することに後ろめたい気持ちを感じるとしたら、それはおおきなまちがいだ、自分をおろそかにすることこそ、H君を裏切ることになるのだからと、諭《さと》された。尤も、清躬にはそのつもりはなかった。Mさんから、H君が高校卒業の資格をとるつもりだときいていたし、H君のことを抜きにしても、杵島さんが望んでいることには応えたかったからだ。

　清躬は学校以外はおおくの時間をスケッチに費やした。休日はお天気ならスケッチの場所を予《あらかじ》めきめて、杵島さんと一緒に出かけ、二人でスケッチをした。映画や展覧会に行くこともあったが、熊本を離れることはなかった。

清躬が新たに描いたスケッチも、過去に描き貯めたものも、総て杵島さんが目を通して選定し、複数の部屋の壁に飾った。おおくは、写生において非常に巧みな技能を有すると杵島さんも認めるものだった。なによりかれが描いた和華子《わかこ》さんの肖像はこの世のひととおもわれない美しさで、こんなにも美しい女性をこんなにも美しく絵にできること自体、清躬の技能は抜群であるだけでなく、極めて特殊なもので、世に稀《まれ》な才能だと確信しないわけにゆかなかった。

本人にきくと、このモデルの女性は、かれが小学校六年生の時の想い出の女性で、ひと夏の期間だけ交流があったという。その絵を仕上げたのは、かれが病院に入る少し前のことで、つまり、モデルを前にしてではなく、記憶と想像だけでこれだけの美しさを絵に描いたというのだから、信じがたいことだった。いや、本人をモデルとして前にしたとしても、ここまでの美しさを絵に描けるものではないだろう。それはとても人にかなうわざとはおもわれない。それは、この女性の美しさが、本当にこの世のひとであるのか、という疑いにも共通する。その美はまさに奇蹟であり、神が介在しているにちがいない。そのように、神が清躬をして筆を執《と》らせ、女性の美しさそのままの絵を仕立てさせたのだ。

その絵が勿論《もちろん》頂点だが、清躬のスケッチで目立つのは、女性の肖像がおおいことだ。植物や風景などの写生もおおいが、それらは大体スケッチ程度で終わっている。きちんと仕上げた絵になっているのは有名な絵画の模写か、人物画だ。有名な絵画の模写のなかにも人物画があるし、また妖精の絵もある。人物画は総てわかい女性の肖像だ。美しい女優の写真の模写（本当の写真と見間違う程の出来栄《できば》えだ）もあるが、同一人物でくりかえし描いているものがあり、特にその出来は和華子さんに次いで素晴らしくおもわれる。

それは一人は和歌木《わかき》先生といい、子供の頃の清躬にインスピレーションを与え、絵を描かせる契機となったひとである。もう一人は、檍原橘子《あわきはらきっこ》という幼馴染《おさななじみ》のおんなの子であった。その子は、母方の親戚《しんせき》で、小学校高学年の時に隣どうしで住んでいて、和華子さんとの交流の時はほとんどいつも一緒にいたそうだ。和歌木先生と橘子の二人も、和華子さんと同様に、清躬が熊本の中学校に進学して以来、会わずとも、かれの心のなかにいて描くことができるのだという。

橘子に至っては、まるでその子と毎年リアルに会って描いたかのように、小学生の時の顔（小学生にしては少しおとなびている感じだが）からおそらく現在とおもわれるハイティーンの顔まで、この七年間の絵があるのだった。きくと、毎年自分とおなじ年齢のその子の顔を描いているという。その子とは高校一年生の時に一度会ったきりで、それ以外は写真さえも見ていないのだが、その子の絵を描こうとおもった時は自分とおなじ年齢になっているその子の顔が眼前に現われるという。したがって、その子の絵を順にならべてみると、年々少しづつ少女からおとなに近づいてゆく顔の自然な變化《へんか》が見てとれた。その子とはまったく連絡をとりあっていないようだが、清躬の心のなかでずっと生き続けていて、時々かの女の絵を描くことが対話におきかわっているようだった。また、かの女と二人で和華子さんとのかけがえのない体験を共有している間柄であり、和華子さんは近づきがたい至高の存在でも、かの女が間をつないでくれる役割も持っているのだろう。

清躬が橘子という少女を毎年のように描き、一歳ごとにかわる姿も写しているのは、杵島紗依里《さより》にしても、幼くして行方不明《ゆくえふめい》になったわが子を日々おもい、一年一年成長しておとなにかわってゆく姿を心に留めている自分に重なった。かの女自身はわが子の姿を絵に描くことはなかったが、頭のなかで毎日息子の顔を見ているのだから、絵に描く必要はなかったのだ。かの女は息子の顔を見て、「恵水流《えみる》」と呼びかけた。恵水流とは息子の名前だ。唯、呼びかけるだけだった。かの女の呼びかけに、恵水流は唯にこやかに笑顔を見せた。息子の声がかえってくることはない。それでも、かの女には充分だった。恵水流の笑顔だけで。一日一日と日を過ごし、毎日恵水流の顔と会う。呼びかけて、恵水流が微笑んでくれる。そういう毎日だ。

そうして一週間、一か月、三か月と月日をおくり、数か月経って春が来ると、幼稚園の年少組だった恵水流は年中組になる。恵水流の誕生日は四月なので、年齢もかわる。四歳だった恵水流が五歳になる。喋りはしないし、動作もしないのだが、顔立ちの成長はわかる。毎日会って、一日一日の變化はわからないけれども、もう年中さんだとわかる顔になっている。年長組になる年を迎えたら、恵水流は六歳で、更にその成長は明らかだし、また一年経ち、小学校に上がる恵水流はもう幼稚園児の顔をしていない。毎日会っていても、そういう節目に恵水流の成長を感じるのだ。そうして、七歳、八歳、九歳、それから十《とお》の歳をかぞえて、十一歳、十二歳となれば、また四月が来ると、中学生の恵水流、十三歳、十四歳、十五歳と年をおくり、高校生として十六歳、十七歳、十八歳とどんどんおとなに近づいてゆく恵水流――紗依里はどの年齢の恵水流とも会っていた。

高校を卒業する春になるまで、紗依里にとって恵水流は子供だった。四歳の時から十何年成長しても、まだ子供だった。かの女は恵水流をその成長とともに見守ってきたが、それはかの女が頭のなかで呼び寄せていただけで、息子のがわから考えた場合、現実的な話として、母親とは会っているわけではない。今もどこかに生きているであろう恵水流は、母親のことを四歳の時の記憶でしかおもい描けないはず。だから、かの女はその時とおなじように二十二歳の自分とかわりない姿でいなければならなかった。恵水流は時のながれとともに、一年一年成長し、顔立ちもかわってくる。一方、かの女のほうは、恵水流の記憶に残っている二十二歳の顔のままだ。そういうことに紗依里は矛盾《むじゅん》を感じることはなかった。母親と息子というのは不變《ふへん》で、世の中の子とかわりないように息子の成長を見守る母親も、記憶にある母の顔を慕う息子も、何年経とうが、かわるはずがなかった。

しかし、高校を卒業すれば恵水流も子供の時代は過ぎ去り、もう二十歳《はたち》もすぐそこに近づいている。りっぱなおとなだから、恵水流自身がいつ素敵な伴侶《はんりょ》をみつけ、子の親となるかわからない。その時、自分はおばあさんだ。四歳の子のわかいおかあさんではない。恵水流が年々成長し、顔だちをかえているのを諒解しているつもりでも、いつまでも四歳の幼児に重ね、その母親の姿を維持しようとしているのは、奇妙に感じられ、もう限界だとおもわないわけにはゆかなかった。子が何歳になろうと、親子であることにかわりはないが、子を一人前のおとなと認めれば、母親の姿もかわらざるを得ない。

その年の三月の終わり、紗依里は恵水流の卒業を祝った。こういう恵水流の節目の祝いはささやかながら祝いの膳を設ける。その時は、恵水流と会話をする。実際を言うと、やはり恵水流はここにはいない。恵水流の顔が眼前に現われるだけだ。唯、毎日一度朝の挨拶をする時とは別に、この時だけのために恵水流はあらためて現われてくれるのだ。言わば、かの女の招待に応じてくれるのだった。だから、一方的にかの女が話をするだけとはいえ、朝の挨拶のようにきまった言葉ではなく、その時の祝いに相応《ふさわ》しい言葉を贈り、これまでの成長を言祝《ことほ》ぐのだ。その言葉は儀礼的に前もって練ったものではなく、その場で自然にかの女の口から洩《も》れる言葉で、恵水流に話したい言葉が自然に出てくるのだ。だから、かの女としては会話している気持ちになるのである。卒業、おめでとう。その言葉を言った時、「卒業」というのは、子供からの卒業であり、これを機に、あなたにおとなの人格を認め、それを祝うのだ、という意味が籠もっていた。紗依里はその言葉を言った後、感極まって泣いた。親が泣くのが子供にとって一番困ると知っていながら、怺《こら》えきれずに泣いてしまった。気持ちが少しおちついてきた時、眼の前にまだ息子がいるのを見て、かの女は恵水流が本当におとなになったのだとおもった。おとなだから、親の泣く姿を優しく見守ってくれたのだ。子もおとなになれば、守り守られる立場がいつ逆転してもおかしくない。そのつぎの日から、もう恵水流と朝の挨拶をかわすことはなくなった。

恵水流はりっぱなおとなとなって巣立った。そうして普段は別々にくらし、でも、お盆とお正月にはかえってくる。夏やお正月にかえってくると、その時は恵水流は息子としてきてくれるのであり、十八歳の子供だった。とはいえ、恵水流が巣立って普段は一緒にいられないというのは、紗依里の心にぽっかり空白ができてしまった。ああ、もう子供時代の恵水流はかえってこないのだ。そして、巣立った後に恵水流はどんなおとなになってゆくのだろうか。その行く末が心配になるけれども、一方、自分のあり方としても、おとなになった恵水流の母親としてどうあるのがよいのか、紗依里には見当がつかなかった。もう想像では限界だった。本当に、どこかで生きている恵水流にかえってきてほしかった。四歳だったのだから、自分の名前も、私のことも、熊本のことも、おぼえているはずなのだ。それとも、事故で記憶を喪失したというのか。ああ、それでも、生きてくれさえすれば。本当に、生きて――。かの女はにわかに不安が昂《こう》じた。その後、かの女は病院に入退院をくりかえすことになった。

そうした紗依里が病院の屋上で清躬の姿を眼に留めた時、十八歳の恵水流の姿と生き写しだとからだに電気が走った。奇蹟の邂逅《かいこう》だった。

かれが花壇の花を熱心にスケッチしているところだったのは、幸いだった。話しかけるきっかけができたからだ。

話しかけてスケッチの邪魔をしてしまうことになるおそれがあったが、清躬は穏やかで率直に応じてくれたので、かの女は安心して話すことができた。絵のことやかれ自身のことをいろいろ尋ね、どういうことにも素直に答えてくれた。名前も楽にきくことができた。ききなれない苗字《みょうじ》で、漢字でも書いてくれた。生年月日や生まれた場所、血液型も教えてくれたのだった。

清躬の生年月日が、恵水流がかえってこなくなったあの日から十一か月半後だとわかった時、紗依里は運命のめぐりあわせを感じた。中陰と妊娠期間の十か月を合わせた期間に相当する。血液型もきいてみると、それも恵水流と一緒だった。もうその一致だけで充分だった。清躬を恵水流の生まれかわりとみることは、恵水流はかならずどこかで生きていると、今まで懐《いだ》き続けた確信を否定することになってしまうのだが、しかしそのようにおもってもしかたないと考えてしまう程、清躬との縁を信じたかった。それ程に、清躬に恵水流のおもかげを感じたし、清躬を通じてでも、恵水流を取り戻したかった。

とはいえ、現実には清躬は他人様《ひとさま》の子であり、自分のわがままを通じさせるわけにゆかない。それでも、素直で人を疑うことのない清躬は、自分との交流を持ってくれるにちがいない。それだけでも自分の念願にかなうことであり、おおきな生き甲斐《がい》になることなのだ。

出会った時にもう清躬の退院予定はきまっていたから、退院後も会えるよう、一週間後の日曜日の午前十一時に動植物園前で待ち合わせする約束をした。

しかし、清躬はその一週間後の日曜日に待ち合わせに現われなかった。

清躬は約束を破る子ではないから、なにか事情があったのにちがいない。よくお話はしたけれども、まだ二回会っただけで、しかもかれは受験生だし、連絡先の交換まではしていなかった。高校の寮はきいていたので、そこを訪ね、適当な理由をつくってかれを呼び出してもらえるようおねがいすると、かれは病気療養することになり、ここにはいないと告げられた。一週間で再発したのだろうか。かの女が接していた時の清躬の状態は安定していてとてもいい感じだったが、繊細で傷つきやすい心を持っているようにもうかがわれた。一週間とは随分早いが、それくらい繊細な少年なのだろうと感じた。

病院には行きなれていたので、清躬がまた入院していることは月曜日に行って、すぐわかった。

こんなに早く再発し、再入院するまでに至ったというのは非常に状態がわるいこととして、紗依里もおおいに気がかりだったが、心の病気が重い時は立ち入れないので、唯かれの恢復《かいふく》を祈るほかなかった。

それでも、希望を持って、以前のように屋上にきまった時間に行くことは続けた。二週間程経って、屋上のベンチに座っている清躬を見つけた時、紗依里は心底安堵《あんど》し、言い知れぬ喜びにおもわずなみだが溢《あふ》れた。清躬に見つかってはいけないとその場を離れて一《ひと》頻《しき》りなみだをながし、化粧室《けしょうしつ》で顔を整えた後に急ぎ屋上に舞い戻った時、まだ清躬がいた。かの女は躊躇《ためら》いなく清躬の前に行くと、自然と腰をかがめ、清躬の手をとった。それだけで清躬の表情が穏やかにかわってゆくのが見えた。紗依里も胸一杯だった。そのかの女の胸にもっと入ってきてとばかりに、自然と清躬を抱き寄せ、抱擁《ほうよう》していた。清躬のなみだを感じ、かの女も溢れるなみだをおさえられなかった。

清躬はどこかで自分に縁がつながっている、四歳で行方不明になった時に恵水流の命はもう終わっていたことも受け容れられる程に、清躬に恵水流の魂が受け継がれていると信じたから、ずっとかれと交流を持っていたいと望んだかの女だったが、清躬はもう別の家庭の子供で、これから独立した人生を歩んでゆこうとするのを見守るだけとおもっていた。しかし、清躬が再入院したのを知って、それ程に重い心の病を持っていることは気がかりでならなかったし、なんとしてでもかれを救いたいとおもった。同時に、退院後はそれきりになってしまうかもしれなかった清躬がまた病院に舞い戻ったというのは、切っても切れない縁がかの女との間にあり、かれを救ってあげられるのは自分しかいないのだと紗依里におもわせた。二人の間がそれくらい深いものでなければ、お互いになみだをながす程に感動的な抱擁をかわすことは考えられない。

清躬はかの女の息子同様だった。恵水流が生きているとすれば、もう二十二歳。親子の縁はあっても、子供扱いにはできない。そうおもうと、まだ十八歳に届いていない清躬はわが子のように考えることができる年格好だった。そう考えられることは、かの女の母親としての生き甲斐を再び強めることになった。

清躬を救うといっても、時間をかけて自分が少しづつ癒《いや》してゆくしかないと考えていたが、感動の抱擁をした二日後、かれの病室を見舞いに訪れたところ、その部屋から制服を着た女子学生が出てくるのに遭遇した。清躬は男子校ときいているので、違う高校の生徒だ。単なるクラスメイトの見舞いではないとおもわれた。紗依里はその女子学生に話しかけ、正直に自分のことをかたって、（といっても、恵水流の話まではできないが〕その子からも清躬の様子をききたいと言って、病院のラウンジにつきあってもらった。

女子学生は、清躬が自分の戀人の親友であることや、かれの絵の才能や誠実でまじめな人柄をかたった。そして、自分のためにかれを巻き込んで苦しいおもいをさせた事情について正直に話した。また、かの女の話で、清躬の父親がかれの絵に対するおもいの強さを理解しておらず、受験戦争に勝ち抜くことに意識を集中するよう求めていること、それでも絵を描くことをおさえきれない葛藤が清躬を苦しめているのもわかった。なにより一回目の入院が父親によって強いられ、自分の處分《しょぶん》を免れるための算段であり、親友に対して誠実でありたかった清躬の本意に反しており、しかもその間に親友が退学してしまったことで、深い自責の念に襲われ、心が決定的に傷を負ったことをその学生からきかされた時、清躬の心の救済のためには、とにかく清躬の保護者たる親に会ってみないといけないと考えた。

権威主義的な清躬の父親に信用されるための準備をするべく、親の代から世話になっており、小さい時からかわいがってもらっている地元選出の大物政治家に働きかけ、身元保証書を書いてもらうとともに、清躬の高校の保護者会の有力者の支援もとりつけた。また、父親の会社や取引先、父親の評判など、事前に調べれることは手を尽くして情報を得た上で、どのように父親を説得するか、入念な対策を立てた。最初の電話でアポイントをとれるかどうかが一番の鍵だと考えたので、政治家の権威とコネの力を最大限利用し、職場から父親に取り次いでもらった。清躬の父親はその電話を受けざるを得なかったし、アポイントも承諾しないわけにゆかなかった。電話での話で、かの女にはかれがどういうひとかが把握できた。アポイントの日、東京で政治家から紹介してもらった弁護士を同伴し、父親との話し合いに臨んだ。そのままでは女子大生にすらまちがえられかねない容姿は、老《ふ》けメイクを施《ほどこ》し、眼鏡も着用して、実際の年齢相応の顔に近づけるようにした。

清躬の父親がアポイントを承諾した時点で、いくらかれが難物でも、話し合いはほぼかの女の筋書きに従うことになった。有能なベテラン弁護士もついていたので、拗《こじ》れそうな話もうまくかたをつけられた。紗依里がシングルであるという問題も、かの女以外に適任者はいない、という政治家の身元保証と保護者会有力者の推薦状、かの女自身の念書にくわえて、弁護士の力添えにより、清躬の父親も抵抗をおしとおすことはできなかった。最終的に、清躬の早期の退院と留年を回避しての予定どおりの卒業を果たすためにはもう幾日も決定に日を要することはできず、弁護士も斡旋《あっせん》してその席で、かの女が熊本での保護者がわりになること、学校の承諾を得て、清躬を寮から出して、かの女の家に寄宿させることに同意させた。

　父親の同意を得、保護者会の有力者の保証もあったので、学校がわとの交渉もスムーズに進行し、清躬の退院後は寮ではなく、かの女の家に寄宿することも承諾を得られた。

　そうした交渉の合間《あいま》を縫って、できるだけ入院中の清躬を見舞い、可能なかぎり、かれと一緒に過ごす時間を持つようにした。よく会話し、かれの好きな絵を描くことを奨め、自分もつきあった。その時には、もう身内のように、清躬の下着やパジャマの着替え、洗濯など、身のまわりのことの面倒をみていた。清躬の状態はみるみるよくなり、想定以上に早く退院の許可が得られることとなった。

　愈々《いよいよ》清躬を我が家に迎え、一緒にくらすことになる。それをおもった時、紗依里の心に去来したのは輪廻転《りんねてん》生《せい》のことだった。

　生まれた命はいつか終わりの時が来る。しかし、命の始まりは親という命であり、親もその親から命を受け、先祖代々命を受け継いでいる。そうして脈々と受け継がれている命が、四歳というあまりに短い期間で終わって、永遠に断ち切られるということは、どうにもおかしいと感じた。先祖の命が恵水流にも伝わっているなら、恵水流の命だって、誰かに伝わらないはずはない。それは人生の長短にかかわることではなく、一度生を受けた者は誰もがつぎの命に伝わるものであるはずだとおもう。自分に伝わっている先祖の命は、親だけみても二人おり、祖父母をみれば四人、その先の先祖をおもうと、どれくらいのひとになるだろう。自分に受け継がれている命が一つでないように、命というのは生殖行為から形成されるだけでなく、一つの命が生命体としては終わっても、つぎの生命体に受け継がれるながれもあるのではないか。ひょっとすると、生命体として生殖行為により遺伝子を継承してゆく命のながれと、不滅の命として、遺伝子とは別に、生まれかわりにより伝えられる命のながれもあるべきではないか。

　本当かどうかはわからない。証明のしようもない。けれども、紗依里は人の命の転生を信じた。恵水流の命はかならず誰かに受け継がれている。清躬をこれだけ特別に感じるのも、かれのなかに恵水流を感じるからではないか。恵水流の命が後世の新しい命に受け継がれる時、前世の恵水流の魂の遍歴は潜在的に後世の命に伝わっている。後世の命は前世の記憶を自覚的には持っていないのがほとんどであろうけれども、潜勢力として作用し、いわゆる縁をつなぐというのはあり得る。東京で生まれ、生活していた清躬が熊本の学校にやって来、自分の通院している病院で出会ったというのも、遍歴から形成された潜勢力が作用するところもあったのではないだろうか。

清躬と病院で初めて出会った時、からだに電気が走る程に恵水流に生き写しと感じたのだが、容姿にまで前世の恵水流の魂の潜勢力が働くというのは、行き過ぎな考えにおもわれた。もしそうであれば、紛《まが》うことなき生まれかわりであり、生前の恵水流が持っていた記憶も潜在的には保存され、いつかそれが蘇ることもあり得る。すると、自分のことも母親と認識してくれる可能性があることになる。それはまさしく奇蹟である。起こってほしい願望の成就《じょうじゅ》である。しかし、起こってほしい願望の段階ではまだ奇蹟と言えず、現実として起こって、そこで奇蹟となるのである。逆に、起こってからしか、それが奇蹟かどうかはわからない。いくら願望が強くても、個人的な願望と奇蹟はまったく別であり、奇蹟を私的な範疇《はんちゅう》で考えてしまってはいけないという分別はかの女にもあった。だから、清躬は檍原家の子供である事実を認識し、恵水流の生まれかわりとしておもい入れを持ってはいけないと自制をするのだった。人の命が死後も後世の新しい命に受け継がれていくというのは紗依里の信念で、それは恵水流にかぎりはしないこととおもうから、そこで清躬との繋がりをおもっても自分勝手なわけではないが、生まれかわりというのは極めて特別で、誰しもそうだとはおもえないことであり、願望は懐《いだ》いても、そういう奇蹟が自分の身に起こるかを考えてもしようがないのだ。奇蹟と言うのであれば、かの女にとって、恵水流に生き写しの清躬との出会い自体が現実のなかで起こった奇蹟であり、その幸運を喜ぶだけでも充分だった。

清躬を恵水流の生まれかわりとして特権的に囲い込まなくても、保護者の意識を持つことは問題なかった。血の繋がりは関係ない。今、心を病んだ清躬に必要な保護者に自分がなるべきだった。東京にいる実の親は清躬の心を理解しておらず、かれを更に破滅に追い込むと危ぶまれたので、自分こそが保護者となってかれを救済しなければならない。そこは他人事《ひとごと》ではいられないのだった。

清躬と接することの回数を重ねるうち、かの女はなんという無垢《むく》な男の子なのだろうと感歎しないではいられなかった。無欲で心のなかになにも溜め込んでいないというだけではなく、美しいものへの感受性が高く、美しいものに触れると、かれ自身もその反映を受けるかのようにかがやくのだ。自分の色がついていない透明な心のように感じられた。かれはまっ白いキャンバスで、美しいものがそこに映り込んでいる。清躬が絵を描く時、さっさっと手が動き、その精緻さにもかかわらずさほどの時間をかけずに絵が仕上がるのも、かれの心のなかに絵が出来上がっていて、心のままに手が動くからだろう。それを考えると、清躬のなかに恵水流を感じるのも、恵水流の魂が清躬に受け継がれているためなのか、それとも、清躬の心が透明なので、こちらが恵水流を投影すると、そのまま恵水流が映り込んでそこにいるかのように感じるのか、わからない。もし後者であったとしても、清躬のなかに恵水流が宿っていることにかわりはない。それは、母親のなかにいるわが子の像であるにしても。

ひとに対して自分のことを話すのは、いろいろ気をつかってしまうものであるけれども、清躬に対してはそういう懸念は無用だった。自分の話を相手がどう受けとるか、その時にどんな色がついてしまうか、そういうことを気にする必要は清躬に対してはまるでなかった。清躬は透明といえば透明、まっ白といえばまっ白で、自分の色がそのまま現われるだけだからだ。したがって、紗依里は率直に自分のことについて話ができた。かの女の年齢が四十路《よそじ》に入っていることを話した時、普通のひとには見た目とのギャップを感じて、どういう事情があるのだろうとか、なにをしてそのわかさが保たれているのかとか、気をまわされてしまうが、清躬は静かにうなづいて、わかりましたという顔をするだけだ。恵水流のことも、深いつきあいをしているひと以外には話せないのだが、清躬には特別に意識する必要もなく、自然に話ができた。その時、自分のなかに生きている恵水流が清躬のなかに映って見えるので、恵水流ちゃん、あなたはこうだったわよね、おかあさんはこのようにあなたを感じていたのよ、というように、わが子に語りかけるような話し方になる。わが子に向かって話ができるというのはずっと経験できなかった幸せだ。

清躬と一緒にくらすようになると、紗依里にとって清躬はますますかけがえのない家族になった。清躬のことを大事におもうようになると、かれの人格を尊重し、恵水流の人格と同一視してはいけないと自ら戒《いまし》めた。また、恵水流の転生を信じつつも、かならずしもそれが清躬である必要はなく、もっと言えば、清躬に命のバトンタッチをしたのでなく、恵水流本人がどこかで生きていることも信じていいんだとも考えるようになった。

清躬に対して自分の話をしたように、清躬からも話をききたい。話の緒《いとぐち》は、絵のモデルの女性だ。

友達からプレゼントされた絵の額の裏に入っていた秘蔵の絵――和華子さんの肖像――はあまりに特別だから、初めにきくのは、同一人物を何枚も描いているもので、とりわけ少女の頃からその成長をおうように描いている娘《こ》のことが気になる。この娘は誰？ときくと、清躬は喜んでその少女の話をしてくれた。

その少女の話は小鳥井和華子さんという女性の話に繋がり、それがあの神がかりの美しい絵のモデルということで、橘子というその少女も特別な存在で、毎年のようにかの女のことを描いている理由というのもわかる気がした。実際に清躬が持っていた小学校時代の写真を見せてもらうと、和華子さんの美貌は清躬の絵がつくりものでなく、眼を瞑《つむ》っているのもこれ以上の美しさを写真にとどめておけないと御本人も承知していたのではないかとおもう程だ。一方、少女のほうも、小学校六年生にしてはおとなびて、清躬よりも背丈があって、和華子さんに近いくらいで、顔だちはまさに清躬が描いたスケッチのとおりだ。近い縁戚《えんせき》だという清躬に似て、小学生にして美少女だが、和華子さんと一緒なので、かわいさが引き立っている。

唯、清躬自身はその少女と小学校六年生の夏にわかれたきりで、その後お互いに連絡をとりあってはいないのだ。高校一年生の時に一度会ったにしてもほとんど言葉をかわしてもいない。だから、清躬とおない歳のかの女が、今は地元の高校にかよっているのだろうが、卒業後にどういう進路を考えているのかわからないし、その娘にしたって、清躬の情報はなにも知らないはずなのだ。それでいながら、清躬はその少女へのおもいを絶やしたことはないし、その少女の今の顔をおもいうかべ、いつでも絵に描くことができる。それはまちがいなくかの女が和華子さんと不可分だからであり、和華子さんをおもいうかべれば、神々《こうごう》しくあまねく照らす不變《ふへん》の光により、遠く離れた少女の現在も清躬の前に映し出されるかのようだ。他方、そのようにしてその少女に間に入ってもらわないと、直接的に和華子さんの女神のごとき尊顔を拝することがかなわないかのようにも感じられる。

もう一人、何枚かの絵にあった和歌木先生という女性は、更に過去に遡り、いずれにしても、これら三人の女性は清躬が小学校時代に長くても一、二年と短い期間だけの交流で、それ以降実質的に連絡もとりあっていないのだから、清躬から得られる情報は本人の体験的なものを除くとほとんどかぎられている。

紗依里は和華子さんに非常に強い関心を懐いたが、女性の身でもおかしがたさ、近づきがたさを感じるし、そこを踏み込んで実際に接触してしまうと、清躬が和華子さんのがわに行ってしまいそうな気がした。苗字の珍しさから探し出せないことはないだろうが、アプローチを試みないほうがよいと考えた。

その一方で、少女のほうは是非会ってみたいとおもう。高校を卒業する前ならまだ地元にいて会いやすいし、清躬にとって大事な想い出があるその土地を目にしたいというおもいもあり、春までに一度訪ねてみることにした。

泊りがけで一日家を空《あ》けても、もう清躬は心配ないとおもわれたので、二月の初旬に少女の住む地まで出かけた。

前もって興信所に依頼し、少女の下校時刻や下校後の行動などを調べてもらい、確実に少女と会う準備をしていた。

紗依里は少女の家の近くで腹痛を装って蹲《うずくま》った。自転車に乗った少女はかの女に眼を留めると、自転車を停《と》めて、すぐ駆け寄ってきた。清躬にとって想い出の世界のなかでもとりわけて大切な少女がとても親切なので、紗依里はうれしかった。もし道端で難儀している人間を遣り過ごして少女が通り過ぎてしまおうとするなら、紗依里は声をかけて引き留めるつもりだったが、そういうことをしなくて済んでよかった。

駆け寄った少女の顔は、清躬が描いた絵にそっくりだった。清躬は想像で描いたのではなく、実際に少女の今の姿が見えているのだと、紗依里は確信した。

少女の声をきいて、清躬が六年前にきいていた少女の声とおなじだろうかとおもいつつ、小学生と高校生では喋り方も声の調子もかわるだろう、この今の声も清躬はとらえているのだろうか、と紗依里は疑問がわいた。そのことは清躬からきいていないし、自分も尋ねたことがなかった。

少女がかの女に駆け寄ってしゃがみ込んだ時、素の脚の膝小僧《ひざこぞう》と太腿《ふともも》が見えた。お人形のように細い太腿で、清躬の絵からほっそりしたスタイルは想像していたが、おもっていた以上に細かった。上にはコートを着て首元はマフラーをしているものの、このような二月の寒い日に、制服とはいえ短いスカートから細い脚を剥き出しに曝《さら》しているのがいじらしく感じられた。

　少女は、自分の家がもうすぐそこなので、とりあえず家で休んでください、と言い、自宅まで連れていってくれた。家でも横にならせてくれ、薬を飲む水も持ってきてくれた。清躬がこの少女と親しくしたのは小学校の一年あまりにすぎないが、その時間だけの交遊でかれの一生の大事な女性となっているのは、少女がいかにかれの友達として素晴らしい経験となったのか、少しの触れ合いでもわかるような気がした。ひとに親切にする時は、天然のわき水のようにまじり気のない心から振る舞い、それが純粋な心を持つ清躬にぴったり合っているのだ。おそらく二人は境目を意識しない心の交流ができ、その後ずっと連絡をとりあわなくても、お互いがいつも新鮮に宿っているようにもおもえるのだった。

　紗依里は持病の薬を飲んで気分が随分よくなったとお礼を言い、橘子の学校生活と今後の進路について質問した。初対面の相手なのに、少女はどういう質問にも率直に答えた。つきあっている男の子は？という質問にも、「自分からおしいってくるような男の子は好きじゃないので、誰もいません。女子校なので、普段気軽に話をするような男の子がクラスにいるわけでもないですし」と答えた。「昔から？」と更にきくと、「お隣にとっても仲の良かった男の子がいたんですけど、引っ越しちゃって」と言った。

　少女はもう系列の短大への進学がきまっているということだった。それ以上先のことは考えていないという。この土地で両親の近くでこの先もずっとくらすつもりかときくと、特にそれにこだわっていないようだった。特に自分からという願望はないが、縁ができるのなら、どこでくらしても構わないと言った。

　紗依里は、清躬はこの少女と再び縁を繋《つな》ぐべきだと直感した。この少女も少し線が細く、しっかり者とは言えないようだが、清躬と支え合う大事な一生の友となることはまちがいなかった。想像や想い出の世界だけでなく、お互いに生身の人間としての交流を持ち合えば、どれだけ素晴らしいだろうとおもう。まだ二人とも未成年で、未熟すぎるが、社会人となれば、もう一度出会って、懇意な間柄になってくれればと期待する。

紗依里は、橘子の地元の近くに大企業の工場があり、かの女の短大卒業後の就職先として有力な進路と考えられたので、政治家のコネを使って、短大のほうには橘子がその企業への求人に応募するように、その大企業のほうには橘子が東京本社採用になるように、手をまわしたのであった。それでも、橘子自身がそういうキャリア指向性を持っていなければしかたなかったが、先生のアドバイスに従って応募してくれたので、計らったとおり、東京への就職がきまった。本人は地元の工場の事務採用とおもっていただろうから、勤務が東京と知った時は嘸《さぞ》おどろきであったものとおもわれるけれども。

ところで、清躬には橘子に会いに行ったことは秘密にしている。清躬と橘子の二人の純粋な関係に立ち入ることは最小限にすべきで、ましてや本人たちに悟られてもいけないとおもったのだ。二人が再会する時、誰かの意図がそこに介在しているというのはあるべきではない。尤も、橘子の就職先を東京にするようにしたのは明らかに紗依里の誘導であるが、これも本人たちはなにも知らないというところでぎりぎり許されているると、勝手ながら解釈しているのでもあった。

和歌木先生のほうには、清躬が高校を卒業して二人で東京でくらすようになった時、清躬を連れだって挨《あい》拶《さつ》に行った。紗依里は清躬との関係をその発端《ほったん》から丁《てい》寧《ねい》に話をし、これからも和歌木先生には清躬の恩師として相談相手になってほしいとおねがいした。清躬は帰省のたびに自分の描いた絵を和歌木先生に預かってもらっていたので、大量のそれらの絵も見せてもらって、更に話が弾んだ。橘子を描いた絵はそれらのなかにもあり、和歌木先生も橘子という少女の存在を清躬の話できいているのであった。

熊本で二人で過ごした最後の二月、清躬が一枚のキャンバスに、橘子の顔を、一部重なるように何人も描いているのを眼に留めた。ちょうど紗依里が清躬に内緒で橘子に会う旅からかえってきた頃だったので、自分の旅の目的に清躬が気づいたのかとおもったが、それはまったくの偶然だった。どうしたの？と紗依里がきくと、清躬の答えはこうだった。

紗依里さんがいない間、紗依里さんをおもいうかべようとし、おもいうかべた紗依里さんを描こうとした。いざ描こうとして筆を動かすと、頭におもい描く紗依里さんがキャンバスのほうにうまく移ってこない。そこで、紗依里さんの写真をデッサンする。そちらはスムーズに描ける。そして、もう一度、紗依里さんを頭のなかでおもいうかべて、それを絵に描こうとする。やはりうまくいかない。

　おもえば、和華子さんの姿も、――呼び起こそうと努めても、かんたんには現われてくださらないが――、呼び起こせた時でも、絵にするのは非常に難しい。

　大体、和華子さんを呼び起こしたいとおもったら、橘子ちゃんに出てきてもらうことから始める。そのように、橘子ちゃんならいつでも呼び出せる。呼び出した橘子ちゃんは、絵に写してゆくことも自然にできる。そうしてかの女の絵はその時時で何枚も描いてきた。そういうことをおもっていると、橘子ちゃんが今の瞬間におもいうかべた姿、暫く経《た》っておもいうかべた橘子ちゃんの姿と、少しづつ變化しているのに気づいた。あ、あ、とおもう間に、一枚のキャンバスに橘子ちゃんの顔が二つ連なって描かれ、つぎに現われた橘子ちゃんの顔もそこに連ねて描く。

　それならと、橘子ちゃんの小学校時代の姿をおもいうかべてみると、自然に現われてくれ、それを絵にするのも苦労がない。何か月か前の橘子ちゃんの顔も、二、三年程前の橘子ちゃんの顔も、呼べば普通に現われてくれ、絵のほうにも移ってくれる。今までそういうことはしたことがなかったが、一枚のキャンバスに幾つもの橘子ちゃんの顔がならんで絵になっている。

　そのうちに、橘子ちゃんは自分のいろいろな時期だけでなく、ぼくのおかあさんの顔も呼んでくれる。あ、とおもうと、紗依里さんも橘子ちゃんの傍にきている。和歌木先生も。ＭさんやＡさんとか、今まで出会って印象に残っている人たちも。また、とてもきれいだと感じる女優さんたちも傍に見えてくる。まるでぼくは美しい花園にいて、彩《いろ》とりどりのかたちも美しいいろいろな花を観察し、スケッチしてゆくのにも似た気分になって、頭のなかで現われたおんなの人たちを丁寧に観察し、デッサンしようとする。はっきり見えているので、キャンバスにちゃんと描き写すことができる。そこには勿論、紗依里さんもいる。そうして紗依里さんが描けると、それは何人かの美しい人たちのなかの紗依里さんだけど、それをもとに、今度は独立して紗依里さんの絵を一枚のキャンバスに仕上げることができるとおもって、実際に描いてみた。

　清躬はそのように言って、紗依里を描いた絵を本人に見せた。紗依里自身、どんなにうれしくおもったかしれない。絵の才能の持ち主が傍にいながら、かの女自身の絵はまだ描かれていなかったのだ。清躬のほうから描かせてくださいモデルになってくださいとは言わない（それは誰に対しても——おそらく和華子さんと和歌木先生以外）から、しかたないことだったけれども。

その話をきいて、紗依里は、仏教の教えにある、『無盡燈《むじんとう》』のようだと清躬に言った。その教えの正確な意味を知るため、二人でネットで『無盡燈』を検索し、そこに書かれている解説を読んだ。

清躬は自分で自然に無盡燈に似たインスピレーションを持ったのだが、その言葉と意味を知って、より自覚的に、美しいものの連なりを常々おもいうかべるようになった。そのことで、美しいものの連なりの果てに和華子さんまで行き着く。そうして、これまで何度試みても描くことが難しかった和華子さんの絵が描けるようになってきたようだった。

無盡燈としての美しいものの連なりの始まりはいつも橘子で、橘子の隣につぎは誰が来るかは時々によって違う。次々現われるから、誰が最初に絵に捕まえられるかはきまってはいないのだ。そのなかには、おなじひとが複数現われることがある。橘子は絵に捕まえやすいこともあるのだろうか、特に橘子は表情や年齢などのバリエーションをかえて複数登場したりする。それぞれの女性が丁寧に描かれるので、何日もかかるのだが、そうして、何人目か、十何人目かで和華子さんの絵が描かれる。そういう過程を経て、紗依里の時と同様に、独立して和華子さんだけを一枚に描くことができるようになっている。

和華子さんの美しさは、紗依里から見ても、この世の人の美しさを超越していて、本当にこのようなひとがいらっしゃるのだろうかとおもうが、清躬の絵はまちがいなくその超絶の美貌を描き表わしている。それは清躬の絵の技術の尋常ならざる卓越性の証《あか》しと信じられるのだが、一方で、この世ならぬ美に魅了され、そちらのほうに取り込まれてしまう危うさを心配しないではいられなかった。

清躬があちらの世界に行ってしまうおそれを現実的に感じるようなことが起こった。

清躬が絵を描くのに部屋に籠《こ》もっている時、一息入れてもらおうと頃合いを見計らって温かい飲み物とおやつを差し入れる。或《あ》る時、いつものように紗依里が清躬の部屋に差し入れをし、少しかれが絵を描いている様子をながめてから部屋を出て行く際、扉を閉じかけて、なにか變《へん》と感じた。ちょっと振りかえってみると、清躬の姿が見えなかった。えっ、なに？とおもって、ちゃんと向きなおってみると、熱心に絵を描いている清躬の様子にかわりなかった。一瞬の眩暈《めまい》が起きたという自覚はまるでなかったから、錯覚をおおげさに感じたのだろうとおもっていた。熊本から東京に転居しようとしている頃だったので、恵水流と過ごした家を去りがたい気持ちが自分の感覚を狂わせているのかもしれない。

熊本の家ではその一度きりだったが、東京のアパートに移って二か月程して、同様のことが起こった。二度目の時もおなじような情況だった。ふと妙な気配を察してちらっとふりかえると、いるはずの清躬が見えなかった。だが、それも錯覚だとおもったのは、あらためてちゃんと見ると清躬はそこにいたし、部屋も少し暗かったからだ。

しかし、三度目に遭遇した時は、もう錯覚だということでは済まなくなった。

部屋に入った時、紗依里はおもいもしないものを見て、ひゃーっと叫んでしまった。清躬の前にあったキャンバスが真っ黒だったからだ。紗依里の叫び声に清躬が振り向いた。

「ど、どうしたの、それ？」

紗依里が不安をおさえながら、きいた。

「黒いキャンバスですか」

清躬は普通の調子で確認した。

「ええ。それは――」

「黒の絵の具で全面を塗ったんです」

清躬は至って当たり前のように答えた。

「あなたが？　えっ、どうしてそんなことを？」

不吉な感じはおぼえるが、新しい絵の構想に繋がる話であればと期待したかった。

清躬の話はこうだった。

清躬が和華子さんを描くためには、一度美しいおんなのひとたちの連なりを描くという工程を経る必要があった。紗依里さんから教えてもらった無盡燈がともしびを移してゆくように、おんなのひとたちも美というともしびをつぎつぎに繋いでいっている。美しいおんなのひとが何人もかがやくこの世界は、なんて美しいんだろうと、恍惚《こうこつ》となる。それほど感動し、惹きつけられる美しさのなかに和華子さんが鮮明に見えてくる。その時は、いつまでも和華子さんを見ていられるので、絵に描くこともかなう感じだ。

おんなのひとの美しいともしびの連なりをおもう時、大抵の場合、橘子ちゃんが初めにうかびあがってくれるけれども、無盡燈の教えのように、そのともしびの火は、なくなることも、減ることもない。美は永遠のものだ。移してゆく一人一人の火は小さくても、移して、どんどん火を連ねて、かぎりがない。そうして、世界の本当の美しさを感じとることができるのだ。

　そうして、美しいものを見つめ、描き、新たに連なる美しいものを見つめ、描き、そうするなかで、火は明るいだけでなく、そのまわりに暗がりを伴うように、美しいものも、かがやきだけでなく、同時に、暗い影を見せるものだともわかってきた。和華子さんは唯々美しい感動に心満たされるが、動かされる心にかなしみがにじむのに気づく。どうして、あんなにきれいな和華子さんをおもって、かなしみもわき起こるのだろうとおもうけれども、心の奥深くまで揺り動かされると、いつのまにかかなしみに取り巻かれるのだ。

　この世界は美しい。こんなに美しい世界に生きて、幸せだとおもう。これまで自分はそれを信じ、生きていることに感謝してきたが、今、自分は見たいことの上っ面しか見ていなかったのだと知った。美しいものを見て、それに心揺り動かされた時、幸福感に満たされるなかにかなしみもわき起こる。いや、かなしみを感じることなく、美しいものに触れられない。それは、どういうことだろうか。自分はこの世界にいて、美しいものが存在するのを感じている。けれども、美しいものを見つめ、感じる程に、美しいものはこの世のものを超えている、この世のものならぬと感じるゆえに美しい、ということがわかる。美しいものは、実はこの世界にはないのか。

　清躬はそこで沈黙した。清躬はどういう答えに達したのか、紗依里は是非ききたいとおもったが、その沈黙は答えがまだ見つけられていないからなのかと感じ、そうすると話がどうなるのかと、少し不安に感じた。

　その時だった。

　紗依里の眼の前にいる清躬の姿がきえていたのだ。そして、画架に固定された黒いキャンバス全面が眼に飛び込んだ。

　きえる瞬間は見ていない。自分が考え事をしている間にいつのまにか。おおきな不安が紗依里を襲い、気が遠くなりかけた。

　なりかけた、というのは、また戻ってきたからだ。戻ってきたのは、清躬の姿でもあった。それを感じ、紗依里も気絶寸前で戻ったのだ。

「御免なさい」

　清躬の声がした。その声は、眼の前の清躬からした。

当たり前のことだが、そのことが認識できて、紗依里はほっとした。

「不意に気が遠くなってしまって」

清躬が言ったことは、紗依里の科白《せりふ》だった。なぜ、私のことを言うの？

「話が途切れてすみません。どれくらい、ぼく――」

「えっ、時間のこと？　ほんの少しの間よ」

紗依里自身も気が遠くなりかけた――本当は気が遠くなっていた可能性がないとは言えない――のだから、実はもっと時間が経っていたのかもしれないけれども、紗依里の感覚では一瞬のようなことだ。

「ちょっと待って。清躬、本当に気が遠くなったの？」

紗依里は、今起こった出来事をはっきりさせたいおもいで尋ねた。

「ごくたまにですけど、或る瞬間、視界が切れて。視界が復活した時、意識も切れていたとわかるんです」

「ごくたまにって、何度かこういうことが起きてるの？」

紗依里はとても心配になった。

「何度という程ではないとおもいます」

その答えは、頻繁にではないというだけだ。何度か起きていることにちがいない。

「いつから、清躬？」

「三月くらい」

「熊本の家で」

「ええ」

あ、あの時だ、と紗依里はおもった。えっ、そうすると、その時一瞬清躬の姿が見えなくなる？

「待って。それって、私がおやつを差し入れた後のことじゃない？」

「ええ、そうでした」

「まあ」

あの時が最初だったのか。

「清躬、今、気分はどうなの？」

「なにもかわりありません。これまでもそうです。まったくなんともないんです」

紗依里が過去に経験したのは二回だが、その日の体調は別にいつもとかわりなかったようにおもう。だけど、脳の検査は受けさせたほうがよいと、紗依里は考えた。

一方で、清躬の姿がきえるように感じたのもこれで三度目だが、清躬に起きた、視界が切れるという現象が、自分にも起きたというのはどういうことだろう。

きっと偶然ではない。けれども、場を共にする自分にまで同様の作用が起こるというのはよくわからない。唯、このことを清躬に話しても、意味がないだろう。清躬はまじめだから、混乱するだろうし、私にまで迷惑をかけていることに気が咎《とが》めてしまうかもしれない。

「さっきのところから話を続けて構わないですか？」

ほんの一瞬とはいえ、異變《いへん》が起きたのだから、話は一旦打ち切って、別の機会にまわしたほうがいいのではないか。そうおもいもしたが、黒いキャンバスの謎《なぞ》を早く知らなければならないという気持ちのほうが勝《まさ》り、紗依里は「え、ええ」と返事した。

清躬は続きを話した。

美しいものは、実はこの世界にはないのか。

見えるものだから、この世界のものとおもうけれども、その美しさはこの世のものでないとおもわれるのはどうしてだろうか。美しいものは神秘だ。この世に神秘なものがあるという言い方はできるけれども、この世一般のものと同質なら、それは神秘ではないのだから、神秘はこの世に見えても、とらえられないのだ。

見えていても、美しいものとの間に距離があり、それを縮められない。想像によって引き寄せはできても、想像の世界はこの世の世界ではない。ああ、だから、絵を描く。絵は美しいものを表わせる。本当のことを言えば、美しいものそのものと絵は違う。でも、美しいものに近づいて、そのかがやきに類するものを表現できる。

もっと美しいもの、神秘なものに、近づいて行きたいとおもう。でも、どうやって行けば？

無盡燈の教えはぼくの眼を開かせてくれた。

橘子ちゃんがぼくに最初のともしびをかかげてくれた。

なぜかずっと以前から、橘子ちゃんはぼくの頭のなかでいつも身近にいてくれて、絵のモデルになってくれていた。

橘子ちゃんをおもうと、和華子さんも一緒の世界にいらっしゃる。唯、橘子ちゃんに近づけても、和華子さんには近づいて行けない。

だけど、無盡燈の教えを知り、橘子ちゃんのともしびに気づくと、ともしびは様々なひとに連なり、かぎりない連なりのなかで、和華子さんの光明に繋がっているのがわかる。

美しいともしびの連なり。和華子さんの光明。そうしたものと縁を持っていることの喜び。幸福感。ぎりぎりなところまで行っている感じ。そして、かなしみのおもい。

　ああ、すると、ともしびを浮き立たせる暗がりのなかに、隠れているものが……見えてくる。暗がりのなかだから、その諧調に応じてぼんやりとしか見えないのだけれども。それでも、ともしびの光はじわじわ暗がりにも入り込んで、隠れているものの存在を示す。はっきりとは見えないので、その存在がどんな感じのものかしかわからない。その感じから想像するしかない。なんとなくわかるのは、それはかなしみの記憶のようなもの。記憶といっても、ぼく個人の体験ではなく、ぼくのまわりの人々、遡《さかのぼ》った人たち、そうした時間の地層に堆積した記憶――土地の記憶。

　熊本にいたリアルな時間では気づかなかったし、昔の話はきいたとしてもそのままながれてしまっていたけれども、それらは暗がりのなかに潜《ひそ》みつつ、その存在を今、感じさせる。熊本を幾度か襲った地震、大水害。江戸時代には島原大變肥後迷惑があった。そして、昭和の戦争、大空襲。大きな火事。大洋デパート火災。亡くなった人々。身内を亡くしてしまったなげきの人々。家を失い、寄る辺を失くした人々。破壊されたくらし。もの言えぬ動物たちの命も。ぼくはほとんど知らない。地震以外は直接体験したものはない。でも、耳に届いたものがある。ハンセン病の施設、集落の話もきいた記憶がかすかにある。その集落の人たちが強制収容され、ばらばらにされた本妙寺事件。

　本妙寺には、H君に誘われ、夜中に寮を秘密に抜け出して、自転車を飛ばして行ったことがある。長い参道、沢山の石燈籠《いしどうろう》がならぶ急勾配《きゅうこうばい》の石段、そこからまた裏山へ沢山の石段を二人で駆け上がった。その先に本妙寺公園が開け、熊本市内の夜景を一望した。H君によると、夜景スポットとしては穴場らしく、夜が更《ふ》けていたので人の数は少なかったものの、いずれもカップルだった。公園には見上げるばかりに大きな加藤清正の銅像があって、長烏帽子兜《ながえぼしかぶと》を被《かぶ》って特殊なかたちの槍を携えているのが威風堂々という感じだった。本妙寺事件というのはどこできいたかしれないが、H君と一緒に出かけた本妙寺の体験から、その事件の名前も耳に残っていた。ハンセン病の関係で気になって調べたのは、東京に来てからだ。そして、熊本には、回春病院や待労院という、キリスト教の宣教師が救済活動に乗り出してつくった病院や施療所があったというのも知った。菊池恵楓園《きくちけいふうえん》という国立療養所のことも、熊本時代には知らなかった。紗依里さんは勿論御存じなのだろうけど。

「回春病院を建てたシスターの記念館があって、昔お友達と行ったことがあるわ」

「記念館もあるんですね？　熊本にいても、学校では習いはしなかったし、もともと土地の者じゃないから、全然知らずに過ごしてしまいました」

「私もそんなに知ってるわけじゃない。でも、本妙寺というのは加藤清正の菩提寺《ぼだいじ》で、熊本にとって加藤清正の存在は絶大だけれども、昔は清正公《せいしょうこう》信仰があって、神様のように崇《あが》められていたみたい。それで、本妙寺の賑《にぎ》わいも凄《すご》いものだったらしいわ」

「ハンセン病の神様としても信仰があったというのも読んだことがあります。それで、ハンセン病にかかった人たちもおおく集まって、本妙寺の近くにそういう人たちの集落もあったとか。そういうことで、ハンセン病の人たちの救済に動いた人たちもおおくいて、市内の人たちにも身近だったのでしょうね」

明治時代の熊本は、五高ができたり、九州を管轄する国家機関などもあって、九州の中心都市として発展していたので、キリスト教の宣教師たちもおおくやってきていた。当時の日本は、コレラなどの急性感染症の対応が優先で、ハンセン病患者は放置されていたようだが、海外から来た宣教師たちがハンセン病の人たちの救済に乗り出していた。熊本では、本妙寺あたりに患者がおおくいて、参拝客の喜捨を求めて参道や石段に列をなしていた。そうしたかれらの様子に心を痛め、リデル女史やコール神父らが本国などから寄付を集め、回春病院や待労院をつくった。一方で、日本も、世界の文明国としての自信をつけてくるようになると、日本にやってくる欧米の人たちに放浪するハンセン病患者がおおいありさまが眼にとまるのは忌避すべきこととなった。日本ははたして文明国たりうるのかと諸国から疑問視されるからだ。そこで、明治の終わり頃から、全国に公立の療養所を設置し、患者を収容、隔離する政策が国家の面目をかけて進められた。こうして、菊池恵楓園の前身となる九州七県連合立九州癩療養所が熊本県に建てられたのだった。もともとは救護者のない放浪患者を収容する施設であった。それが、昭和の時代に入って癩予防法が施行され、収容対象はハンセン病の全患者に広がって、社会からかれらを排除する施設になっていった。それと合わせて、全国で無癩県運動が広がる。ハンセン病患者のいない県にしようというスローガンによって、おおくの県で官民一体となった患者摘発や強制収容が展開されていった。熊本県でも、終《つい》に本妙寺事件が起こる。本妙寺周辺のハンセン病患者の集落を計画的に襲撃し、百五十七人もの患者を強制的に連れ去り、全国各地の療養所に分散収容したのだ。また、回春病院も、リデル女史の後を受けて病院を運営するライト女史がイギリス人で、当時の日本にとって敵方であるということなどから、閉鎖を余儀なくされた。

「本妙寺の急勾配の石段を駆け上がったのは夜だったので、昼間の光景を見たわけではないですが、そのあたりにおおくのハンセン病の人たちが列をなしていたようで、ぼんやりとではあるけれども、でも明らかにその情景がぼくの眼にうかんできます。今のぼくにはまだ絵にできないですけれど。ハンセン病は業病《ごうびょう》とか天刑病と呼ばれ、歴史的に差別されてきました。また、昔は遺伝性のものだとおもわれていて、家族のなかでも外に知られないよう閉じ籠められたり、また家族に迷惑をかけてはいけないと自分から家を出て、遍路の旅に出たり、放浪する人がおおかったようです。それが近代の医学で感染性の病気だとわかって、今度は社会から隔離され、人々のくらしからも目隠しされるようになったんですね」

「見たくないものは見えないところにおいやって、なかったことにする。でも、おなじ人間をそういうふうにしてしまうのは、力づくでそうしてしまう人たちもそうだけど、知っていて知らんふりをする、私たち一般の人間にも問題があるわね」

「貧困で栄養不足になったり、衛生環境がわるかったりして、からだの免疫系が弱ってしまった人たちが見舞われやすい病気です。もともと差別されている人たちにはそういう人たちがおおく、更にハンセン病のように外見からおそろしく見える病気だと差別がエスカレートするようです。ハンセン病自体は病原菌の培養に成功していない程に感染力が弱いというのに、それでも貧困や飢餓でからだの抵抗力のない人たちは感染してしまうのです。おなじ熊本県で発生した水俣病でも、『水俣病はびんぼ漁師がなる』と、差別的に言われて、患者や家族の人たちは肩身の狭いおもいをさせられたようです。水俣でも、経済的に貧しく、自分で獲《と》った魚を副食で摂《と》ることがおおかった漁民とその家族の人たちがよりおおきな被害を被《こうむ》ったんです。この病気も、最初は猫に異常が現われました。猫は人間よりも弱い生き物です。ほとんどの場合、弱いものから犠牲が出て、広がってゆく。つぎに、生活水準の低い人たち、子供たち、おかあさんのおなかのなかの胎児。もともと、そういう人たちにとって、海は恵みを齎《もたら》し命を育《はぐく》んでくれるありがたいものであるのに、そこから獲れたものが原因でおそろしい病気になる。勿論、海に毒をながしたのは人間の社会なんですけど」

「あなたも、石牟礼道子さんの『苦海浄土』を読んだのね？」

「ええ。石牟礼さんはこの作品を、自分自身に語り聞かせる浄瑠璃《じょうるり》のようなものと書かれていて、本当にそうだとおもいました。水俣病に苦しむいろいろな人たちに会ってその話をきかれ、その声を受けとめた石牟礼さんの魂の奥底で鳴り響く声、土地の歴史に積み重なった音や情景が、あらためて語りとなって蘇《よみがえ》ってくるのでしょう。ぼくなんか、石牟礼さんの本を読んで、自分の想像世界にその一部を映し出すだけですが、はっきりは見えないけれども、なにものか感じられます。ハンセン病の人たちともぼくはお会いしたことがない。でも、たしかに見えてきます。無盡燈のともしびが光明とともに見せる暗がりに、無盡の影のように連なって見えてきます。ああ、でも、見えてくるのをどうやって描けばいいのか、どうにもわかりませんでした。白いキャンバスに向かうと、ぼくは美しいものが描きたくなります。頭のなかに美しい像が現われ、キャンバスに映して、絵がなってゆきます。唯、そこには、暗がりの世界にあるものを映してはゆけません。そうしたものは、暗がりに身をおいて、よく耳をすまし、手で探り、総ての感覚で触れ合うなかで姿がとらえられるようにおもいます。ぼくの表現の場はキャンバスなので、そうすると、黒いキャンバスでないと、響き合わないのです。そういう世界も、初めは、無盡燈のともしびです。そこに美しいものの連なりを見るとともに、暗がりを見、そこに隠れたものの存在を感じます。何度も何度もそういう試みをくりかえすうちに、いろいろなものが浮かび上がってきて、黒いキャンバスの上に頭のなかで映してみます。黒いキャンバスにたしかに見えるのですが、黒地からどのようにあらわしてゆくことができるのか、まだぼくにはわからないんですけれど」

漸く黒いキャンバスの話に行き着いた。

世の中には、光の世界のものと影の世界のものの両方がある。光の世界が美しいものを映し出す時、そのまわりの暗がりに潜むものにも眼を向ける。清躬の誠実さには感心する。清躬は、美しい女性像とともに、そうした影の世界のものも絵に描いてゆこうとするつもりだろうか。もう今は熊本に住んでいないというのに、過去に熊本の人々を見舞ったかなしみやくるしみの記憶におもいを寄せ、それが描けないからといって、――まだ年わかく人生経験が未熟な清躬に描けるはずがない――、なにもキャンバスを黒塗りしてまで絵をイメージする試みをすることはないのではないか。唯でさえ神経が繊細な子なのに、そのようなことをするから、気が遠くなってしまう。私にまで伝染して、清躬の姿を一瞬見失うなんてことが起こってしまうのは尋常ではない。

もう止めなさい。黒いキャンバスを見るなんてことは止すのよ。紗依里は禁止を命じたかった。

しかし、きっとそれはできないだろう。清躬は絵をとおしてもうこの世ならぬ世界を見ているのだ。そして、この世にあるものも、ずっと会ってもいない幼馴染のおんなの子の今の姿を、眼の前にいるかのように描写できるのだ。おなじように、自分が体験もしていない人々のかなしみの記憶も引き寄せる。止めようとしたって、誰にも止められるものではない。

紗依里は自分こそ、生まれて四十年あまりも熊本にくらし、おおくの災害や事件も見聞きしてきたが、清躬のような感じ方をしたことはなかった。わが子恵水流をなくすかなしみは、ほかの人のどんなかなしみよりも強いものだと感じていた。幼い子供が犠牲となってしまった災害や事件、また外国の戦禍のニュースに接すると、親の身の上をおもいやり、深く共感するのではあるが、どのひともそのかなしみは誰のとも違う特別なものだとおもい、自分のかなしみもやっぱり独自で、誰も経験しえないものだと感じるのだ。だが、清躬の話をきくと、美しいものの連なりが無盡燈のように際限なく続くのと同時に、土地に堆積した人々のかなしみの記憶の連なりもまた果てしなく続く。そのなかに、私の底知れないかなしみも繋がっていることにまちがいない。清躬は私のことを気づかって口にしないが、きっとそれを感じとっている。そして、いつかそれを絵にする。私のために全霊をかたむけて。

清躬の話をきいて、自分はどうしたのか――つぎの日の朝を迎えて、紗依里はそれがまったく記憶にないことに気づいた。普通に夕食の支度《したく》をし、就寝するまで日頃とかわったことはなかったという。梦《ゆめ》も見なかった。清躬にきくと、清躬の話の内容はとても鮮明におぼえているのに、自分の行動の記憶がないのはまったく不思議であり不可解だった。紗依里は前日に立ち戻って自分の記憶を探ることはやめようとおもった。ぼんやりしているなら、ぼんやりしたままにしておくのが賢明だと考えた。

その日の後も、清躬が絵を描く様子や、絵の出来栄え、絵を仕上げるスピードに變化は見られなかった。黒いキャンバスには時々向かい合っているようだが、そちらの世界の絵はなにも手をつけられていないという話だった。

とはいえ、清躬の姿が見えなくなってしまう現象がまたいつ起きるか、紗依里にはやはり気がかりだった。和華子さんを絵に描こうとすることも、黒いキャンバスに影の世界のかなしみの記憶も描きたいとおもうことも、今ある現実の時と場所を跳《と》び越えるものだ。精神的にはそれはあり得ても、実際に現実の肉体が異次元の世界にリープするなんてことは考えられない。それとも、非常に短い時間なら、外界の事物に影響をおよぼすことなく瞬間的にきえ、また現われるということが可能なのだろうか。

そのように考えて、清躬が絵を描くことに強いおもいを向けている時に稀に起きる現象のようにおもっていたが、そうとはかぎらないことに軈《やが》て遭遇した。

或る時、花の美しい公園に出かけ、そこで清躬を写真におさめようと紗依里がスマホを構えた時、ファインダーからかれの姿が一瞬かき消えるように見えなくなった。あっ、とおもって直接清躬のほうを見ると、清躬の姿はちゃんと見えたが、その眼がぼうっとしていて、なにかが起きたのだとおもわせた。「御免なさい。ちょっとくらくらして」と清躬が言った。清躬はすぐに普通の調子に回復し、その後なんにもなかった。それでも紗依里は、外でもそういうことが起きて、これから頻繁になるのではないかと心配した。

そのうち、清躬の写真を撮ろうとするときまってその現象が起きるのがわかった。自分が撮るのではなく、通りがかりの人に頼んで、二人ならんで撮ってもらおうとした時にも、清躬は突然ぼうっとして、眼の前に手をやった。紗依里はよくない予感がして、カメラをおねがいした人に中止を申し入れた。人のからだが突然見えなくなる現象が他人の眼に留まることは避けねばならなかった。その場の騒ぎだけでおさまらないだろうことが怖かった。また、たびたびそういうことがくりかえされることが清躬のからだや神経にどんな影響をおよぼすかも心配だった。その時から、紗依里は清躬にカメラを向けることを断念した。それは非常に残念なことだったが、手後《ておく》れになってからでは後で後悔してもおそかった。

心配が昂《こう》じると、街のなかでは至るところに監視カメラがあって、人を撮影していて、それが清躬にどう作用するか気にかかる。今のところ、路上で清躬が突然眩暈に襲われることはなく、本人自身がカメラを向けられていることに気づいていなければ大丈夫なようだけれども、それも時間の問題なのかどうかはわからない。そこまで心配するときりがなくなってしまう。とりあえずカメラを向けないことだけ注意することにしたのだった。

36 天上の愛と地上の愛

紗依里《さより》は、清躬《きよみ》に絵画の通信教育を受けさせることにした。絵で身を立てるのであれば、基礎技術を習得し、絵の道具もしっかりしたものを揃えることが重要だと判断したのだ。通信教育ではおおくの課題提出があるが、ほとんどに非常に高い評価がかえってきた。特に、デッサン力が申し分のないほど極めて高いレベルだと認められた。課題もあったが、かれの才能を更に発展させる上での有益なアドバイスも得て、清躬は本格的な絵画作品も仕上げられるようになっていった。

そして、そうした課題や作品のやりとりをするうちに、先方からアートコンクールの応募などを奨《すす》められた。そこからまた出版社のスタッフとの繋がりもできた。これはおおきなチャンスだと考えた紗依里は自分が仲介となり、そうした縁を発展させ、緊密な関係をきずいた。清躬の描く絵のなみはずれた美しさはなにより相手の興味を惹《ひ》き、仕事もまわしてもらえるようになったのだった。

清躬の社会との接点は紗依里が介在したが、或る時、清躬が棟方紀理子《むなかたきりこ》というわかい女性の話をし、早速紹介したいと言ったのは寝耳に水だった。自分の知らないところで清躬が誰かと知り合い、その仲を発展させているとは、まったく予想していなかった。

会ってみると、紀理子が意外に物静かなことに紗依里はおどろいた。学生ながらライターの仕事をしていることや、清躬に自分から声をかけ、絵をもっと見せてほしいと要望したことなどから、積極性があり、人に対して物怖じしない活潑《かっぱつ》な女子大生なのだろうと、会う前にはおもっていたからだ。親の年齢のような自分と会うのに緊張しているにはちがいないが、まっすぐ相手を見て話をするし、応答の間や声のトーンもおちついて安定しており、物腰も非常に洗練されている。話も端的で、余計なことは口にせず、聡明でものの考え方がしっかりとしているとわかった。顔だちや服装から、第一印象で清楚な女子学生に見えたが、話をしてみて、それは装いだけでなく、佇《たたず》まいも整っており、なかみもまた充実した女性であるのがみてとれた。初対面でもあるから、かの女の家庭のことはきかなかったが、身なりや持ち物からして良家の子女にちがいないとおもわれた。

出版社で見た清躬の絵の美しさに心惹かれたのが

きっかけだが、清躬といろいろ話をして、清躬自身が本当に好きになってしまった、と紀理子は話した。清躬も紀理子と話しているのはとても楽しそうだった。こんなに素敵な子が清躬のかの女になってくれるとすれば、なんて素晴らしいことだろうと、紗依里はうれしくおもった。

　清躬はずっと男子校で、おんなの子との縁もなかったようだ。高校三年生の時に親友のかの女からの紹介で知りあったおんなの子がいたという話は本人からきいていた。親友のかの女という、清躬が二回目の入院の時に見舞いにきた女子学生は、紗依里も会って非常に好印象を受けたが、その友達だから、その子も似たような感じの、頭がよく、性質も穏やかな子にちがいないと感じられた。その子とのつきあいはいつも親友のカップルと一緒のダブルデートで、二人きりのデートはしていないという。相手も受験生であるし、清躬の性格からもスローペースのつきあい方はしかたないと感じられるが、親友の事件でその子から関係を断たれたともきいて、おんなの子と交際する体験はほとんどしていないに等しいと言えた。檍原橘子《あわきはらきっこ》という子は、孿《ふたご》の異性のきょうだいみたいで、戀愛関係の対象とは感じられない。

　このような清躬がちゃんと女性とつきあって、いずれ家庭を持てるのか、気がかりになっていた紗依里にとって、紀理子のような素晴らしい女性が清躬の交際相手になってくれるとすれば申し分なかった。紗依里は清躬と紀理子の仲を見守り、紀理子とも時々話をして、かの女が清躬をもっと理解するよう支援した。清躬があまりお喋《しゃべ》りしないので、紀理子としても紗依里から情報を得ることは大切だったのだ。

　偖《さ》て、清躬が仕事を持つようになってからは、以前のように、外に出てスケッチをしたり、家のなかで美しい女性の肖像を描いたりするということは、ほとんどなくなっていた。清躬がデッサンを仕上げるスピードを知っている紗依里は、これくらいならと仕事を入れていったが、清躬がそれらにベストを尽くして責任を果たさなければという意識はかの女の想像を超えたものであった。

　例えばノベルの挿絵《さしえ》で、物語のヒロインとなる女性の顔のイメージはすぐつくれるようだったが、どの表情がそのシチュエーションに合っているのか、何枚も描いて、紗依里に意見を求めた。物語で焦点が当たっている女性は、それでも紗依里のアドバイスを受けてきめることができるが、相手方となる男子の顔を描く時には一層難渋した。いろんな作品例も研究して、イメージをきめて作画するのだが、どう描いても借り物みたいな感じが抜けない。それでもがんばって、納得したものが仕上げられるまで何時間も費やすのであったが、女性の肖像にしか清躬のインスピレーションは入ってこず、どれだけ練習してもそれをカバーすることはできないと紗依里にはおもわれたので、不得意な男子は無理に描かない、描く場合も遠目か群像にして、クローズアップはしない、とかれに言いきかせたのだ。そのように初めのうちは紗依里がコントロールしなければ、からだをわるくしそうなくらい打ち込んでしまっていて、ほかの絵を描く余裕を失っていた。

清躬が紀理子を連れてきた時はまだそんな状態であったので、紀理子が見たいと望んだ清躬の絵は、仕事で仕上げた作品だけ見せれば充分だと紗依里は考えた。清躬が小学生の時から描きためてきた絵は膨大にあって、そんなに大量に見せてもしかたがないということもあるが、小鳥井和華子や、何枚もある檍原橘子の絵を見せてしまったら、いくら紀理子でも圧倒されて、清躬とどうつきあってゆけばよいかわからなくなるおそれを感じたからでもある。

紗依里と清躬の関係については、二回目の顔合わせの時に紀理子に話をした。初めに紗依里自身の辛い体験もきかせることになり、重苦しい私事《わたくしごと》の話につきあわせて申しわけないおもいもあったのだが、そういう話にまで真摯《しんし》に耳をかたむけ、なみだする紀理子に、紗依里は信用できる女性だと感じた。実際の年齢よりも二十歳もわかく容姿を見せていることには、それを気味わるく感じたり、好奇の目で見たりするひともおおいが、かの女は自分のわが子への深いおもいと共感してくれるのだった。清躬の病気のことをきいた時も、紀理子は、親友を見捨てておくことができない清躬の誠実さと純粋さのゆえだと、肯定的に理解し、その心の美しさに感歎した。このような女性が清躬に魅力を感じてくれることを紗依里はありがたくおもった。

紀理子は、初めは清躬の美しい絵に心を惹《ひ》かれ、そして、その描《か》き手に愛をおぼえるようになったが、清躬のことを深く知りたいとおもえば、清躬がどうしてこのように、今までに見たこともない美しい女性の絵が描けるのかを知りたくおもうのは当然であった。もしそれについてきかれるなら、清躬は率直に和華子さんの話をするだろう。だが、一体、どのような話し方をするのか。話のしかたによっては、清躬は別世界の住人とおもわれ、自分の愛は通じ合わないと紀理子を落膽《らくたん》させるかもしれない。子供の間に憬れの女性に出会い、それがおとなになってもかわることがない永遠の理想の女性像となることは、それほど特殊なことではないかもしれないが、実際に和華子さんの絵を見ると、単に憬れの女性という話ではなく、神の世界に触れるような体験であり、そういうことをどのように話したら伝わるだろうか？　自分に対しては、和華子さんの絵を前にしての話で、此方《こちら》のほうがあまりに美しい絵に興奮してしまったから、清躬はおちついて話をした。だから、まず実際に和華子さんの絵を眼にしてから、かの女について話をさせるほうが、話すほうも話をきくほうも、うまく通じるだろう。

そう考えて、紗依里は清躬が描いた和華子さんの絵を早く紀理子に見せることにした。紗依里は紀理子をわざわざよんで、和華子さんの絵を見せた。清躬が小学校時代に描いたものと、東京にきて描いた新しい絵の二枚を。どちらも鉛筆画だが、モノクロでも充分に和華子さんのこの上ない美しさを表わしていた。小学生の技術であっても和華子さんの絵は誰よりも美しいひとを描いた絵であるとわかった。新しい絵はあまりにきれいすぎて、直視も難しい程だから、寧《むし》ろ小学校時代の絵から眼を離せなくなる。それでもその和華子さんの美しさに息を呑《の》み、陶然とする。紀理子も圧倒されて、言葉が出なかった。

その方は、清躬さんの前に一瞬だけ舞いおりてこられ、絵のインスピレーションを授けられた天使のようですね――紀理子がそう言うのをきいて、紗依里は本当にそのとおりだとおもった。まさに清躬が小学生の一時期にだけ和華子さんは現われ、去って行かれ、それきり一切の交渉がない。美しいものへの尋常でない憧憬と、それを引き寄せる霊感、みごとに描き表わす才能。それらを授けることができるのは天使だけだ。まことに和華子さんは、この世の人とおもわれない美しさをそなえていらっしゃる。

天使に戀《こい》をしてもしかたがないし、その時から十年近く経っている。そのことは紀理子もわかっているだろう。だから紗依里は、紀理子が清躬を愛するのであれば、清躬は誠実にその愛に応え、紀理子を大事にするだろうと考えていた。清躬が仕事に対してベストを尽くそうとして、プライベートの絵を描く時間を削《けず》っているように、紀理子の愛にもベストを尽くそうとするだろう。尤も、そのままでは時間的制約で仕事と紀理子とがトレードオフになってしまうから、紗依里は清躬の仕事の量をコントロールし、注文や依頼に基づく仕事は抑制し、ネットへの出品もさせてゆくようにした。出品するものは清躬が自由に描いたものをネットにあげればよい。それについては、紗依里がこんな感じのものを絵に描いて、と言えば、清躬は比較的楽に絵に仕上げるので、時間もかなり余裕をつくれるようになる。紀理子のほうも仕事があり、大学生活のほうもあって、清躬と交際できる時間はかぎられていたから、その時間をきっちり都合できればいいわけだった。

紗依里から紀理子に話しておくべきことがまだあった。それは、ほんの短い間だが、清躬の姿がきえるように感じる場合があること。そして、カメラを清躬に向けないよう注意してほしいこと。いずれも特別な秘密で、他言無用にしてほしい。紀理子はその話をきいて清躬のからだのことを心配したが、本人にかわりはなく、あまり心配しないように言った。二人のデートでも、紀理子は写真を撮ることも撮ってもらうことも控えているようだった。戀人として一緒に写真を撮れないのは残念だろうが、やむを得ない。

二人の交際は順調に進んでいった。三人でハイキングをした時、二人は仲睦まじく楽しく話をしていたが、初めは手をつなぎあわなかったので、紗依里は途中で清躬を呼んで、手をつないであげたら、と言わねばならなかった。けれども、その後は自然に手をつないでなかよくしていたので、なにも心配はいらなかった。

紀理子とつきあうようになっても、清躬がかの女に気を移して仕事をおろそかにすることはなかったし、生活のリズムもかわりなかった。そうしたことは紗依里に安心感を与えたが、一方で、清躬が仕事とかの女で充実してゆくことは、紗依里からの自立も意味するように感じられた。紀理子はまだ学生であるし、二人とも満年齢でいえば二十歳《はたち》にもなっていないことや、世間で生き抜くには純粋すぎる清躬の性質などから、もう暫くは自分が傍《そば》にいて見守る必要を感じたが、紗依里にはもう一つ気にかかることが生じた。

清躬の自立を意識したことで、恵水流《えみる》のことが頭に去来するようになったのだ。もし、わが子恵水流が二十年前の事故で命を失ったとすれば、その子の魂はきっと転生し、清躬に受け継がれていることだろう。清躬のなかに恵水流の存在をおもうことができる。けれども、清躬と出会う前の自分は、恵水流がこの世のどこかに生きていることをかたく信じていたのだ。清躬と接して電撃的に恵水流に似かようものを感じ、清躬のなかに恵水流を見つけたい気持ちと、清躬を救ってあげないと壊れてしまうというおもいもあって、清躬と恵水流を重ね、自分の愛情の総てをかれに注いだのだが、もう清躬も自立が見えてきた今、紗依里はまたわが子の巣立ちということを意識した。清躬に対し、わが子というおもいはあったが、清躬を恵水流と同一視することはかの女自身戒めていたことであり、今こそ、清躬と恵水流をそれぞれ独立して考えるべきだとおもうのだった。

そのように恵水流のことにおもいを馳《は》せる時間も増えてくると、紗依里は今自分がここ東京の地にいることへの気持ちのずれも感じるようになった。今どこにいようとも恵水流は、故郷《ふるさと》の熊本の家のことをわすれてはいないはずだし、そこに母親の自分がいることを疑ってはいないはずだ。そうおもうと、早くかえってあげないといけないのではないか。

故郷の家は、今は妹夫婦に住んでもらっている。妹とは昔から率直に意思疎通ができ、清躬とのことも正直に話している。勿論、清躬と顔合わせもしている。清躬の高校卒業とともに東京に行くことも理解してくれた。熊本を離れるにあたり、紗依里としては気持ちの整理はつけていたのだが、今の家を明け渡すのはよくない、あとは自分たちで守るからと、妹夫婦は賃貸マンションを解約して、家を住みかえてくれた。妹は戸籍上の苗字は夫の姓にかわっているが、通称は「杵島」で通しており、夫も理解があったので、従来から表札には両方の苗字を出していた。したがって、今の家でも「杵島」の表札があがっているわけだ。恵水流が生きていて、いつか訪ねてくるとして、「杵島」の表札が出ているかどうかは非常に重要だ。別の苗字の表札だったら、二十年あまりという年月の重さを感じて、引きかえすしかないのだ。それに、妹は自分によく似ている。といっても、妹も四十歳を超えており、多少わかく見えるほうだけど紗依里のように流石《さすが》に二十代に見えはしない。しかし考えてみれば、今の恵水流はもう二十四歳になっており、親の年齢もわかっている。妹のほうが二十年後の紗依里の顔に見えるだろう。恵水流が訪ねて、家から妹が出てきても、違和感を感じることはないのだ。妹がその家にいてくれるかぎり、恵水流のかえってくる場所はちゃんとあるのだったが、わが子がかえってきた時に、自分が熊本から離れているというのは好ましいこととはおもえない。自分が熊本にかえっても、その家はそのまま妹夫婦に住んでもらう気だが、家の近くのマンションであれば、いつでも迎えられる。とにかく熊本にいさえすれば。

熊本にかえることに腹をきめた紗依里は、一人で二泊の旅行に出かけ、清躬に留守をまかせることを二度した。東京に出てきてからも、清躬と一緒に熊本に行ったことはあったが、一人でかえることはしていなかった。とにかく一度熊本にかえり、知人たちとも会う必要があった。もう一度は関西への気ままな一人旅だった。一人旅に行くという紗依里を清躬は快くおくりだしたし、旅の土産話《みやげばなし》も機嫌《きげん》よくきいていた。短い期間家を空けても、清躬に變化《へんか》は見られなかった。仕事もちゃんと進んでいるし、紀理子とも大切な時間を共にしていた。家の様子も、もとのままでかわりなかった。一週間、熊本を含む九州をめぐる旅に出ることもしたが、清躬は日常をかわりない様子でおくっているようだった。

それから程なく、紗依里は熊本にかえるという自分の決心を清躬に告げた。清躬は少しおどろきはしたが、恵水流とのおもいの残る熊本にかの女がかえるのが自然だと理解しているようだった。熊本はあなたの第二の故郷だから、自分の家のようにいつでも訪ねてきたらいい、と紗依里は言った。

出版社の人は清躬のことをとても認めていて、かれに合う仕事を選んでわたしてきてくれたので、紗依里としても非常に信用をおいていた。もう紗依里が介在しなくても、かれらに任せておけば大丈夫だった。最後に、紀理子に話した。紀理子は既に清躬から話をきいていると言った。

紀理子は、紗依里が熊本にかえることをきめた切実な気持ちに対してなにも言うことはできないが、唯々残念だと言った。しかし、清躬も納得していることだというので、自分も気持ちが整理できていると言った。紀理子は普段にもましておちついており、清躬のことを託しても大丈夫だと感じた。

かの女もそういう自覚があったのか、紗依里さんがいなくなっても、清躬さんは私がしっかり支えてゆきます、と言った。

唯、二つのことだけ教えてほしいと言った。

一つは、清躬の両親との関係についての相談だった。紗依里と清躬の父親とのやりとりについては総て紀理子に話してあった。清躬が大学進学はせず、別の道に歩むとの話で、父親から勘当同然に言われたことも話していた。

紀理子が知りたかったのは、清躬の母親についてだった。紗依里は清躬の母親と接触していなかった。父親がいないところでかの女と個別に会って話をしたいと強くおもっていたのだが、自分と会う事実がかの女を苦しめるだけだとおもいなおし、手紙を出すことにした。それを受け取るほうが、出入りを禁じられている相手と秘密裡《り》に会うよりずっと気が楽だろうし、真意も伝わるだろう。手紙は簡潔に清躬の近況を伝え、元気にしているから安心してほしいと結んだ。返事を待ったが、届かなかった。父親に見つけられたのだろうか。それとも、母親のほうも、父親に同調して自分とのコンタクトを拒絶しているのだろうか。もし後者だとすると、母親とも会うことができない情況にしてしまった自分の罪深さを感じずにはいられない。いずれにしても、それ以来再び接触を試みることも憚《はばか》られたのだった。唯、こういう情況にしておいて、それを放っておいたまま熊本に去ってしまうのは気が咎《とが》めてしまい、それで例の興信所を使って、清躬の母親の様子を調べてもらうことにした。すると、かの女はからだをわるくして、独り実家に戻っているとわかった。もう一年を超えるという。時期から考えて、清躬が父親から勘当扱いされたのが、元から虚弱だったかの女のからだに作用したのにちがいない。紗依里は、手紙を出す前にそのことを調べなかった落ち度を後悔するとともに、自分の行為で被害者をつくってしまい、それがほかならぬ清躬の母親であったことに居《い》た堪《たま》れない気持ちになった。このことは自分の責任できれいに始末をつけなければならない。しかし、今すぐ動いてどうにかなるわけではない。少なくとも、清躬が母親と円満な関係になって再び交流ができるよう、できることを考えて、手立てを講じなければならない。

これらのことは清躬には話をしていない。紀理子にも、かの女がきいてこなければ敢《あ》えて話をするつもりはなかったが、ちゃんと知っておきたいというかの女の姿勢に、辛い内容であったが、率直に話をした。紀理子は、清躬さんが今のように元気を取り戻し、自分の仕事を持って独り立ちできるようになったのは紗依里さんのおかげです、紗依里さんがなさったことは素晴らしいことで、なにもわるいところはないし、負い目を感じることもありません、と言った。そして、今、紗依里さんが去ろうとしているのにくわえて、おかあさんのことまで清躬さんに話すことはできないですが、いずれその話をしたら、きっと清躬さんのほうからおかあさんに会いに行かれるでしょう、そうなればおかあさんの元気も回復されてくるにちがいありません、と気弱になった紗依里を勇気づけるように言った。そうした言葉をかけてくれるだけでも、紗依里の紀理子に対する信頼感は強まった。

もう一つ、紀理子から求められたのは、和華子さんという女性について知っているかぎりのことを教えてほしいというものだった。

あなたはどこまで清躬から話をきいてるの？と、紗依里は逆に質問した。

すると、紀理子は自分から尋ねたことはないと答えた。いつか清躬が話してくれるのではないかと待っていたが、なにも言ってくれない。

「絵はいつから描くようになったの？と、或る時きいたんです」

「で、なんて？」

「その時、小学校三年生から四年生の時の担任の先生の話をしてくれました。その話しぶりから清躬さんの憬《あこが》れの女性なのがわかりました。授業の最中に先生をスケッチしてしまうくらいですもの」

紗依里が清躬からきいたのは、授業中ではなくて、放課後の話だった。

「そのうち本格的に先生の絵を描きたくなって、先生もおうちにもよんでくださったとか。そういうお話は紗依里さんもきいておられますよね？」

「ええ、ちゃんときいてるわ」

「小学校四年生の時のその先生でそうですもの。あんなにきれいな和華子さんだと、清躬さんの話もどんなになるか、想像もできません。それに、小学校六年生であれくらいきれいに和華子さんを描いておられる。ああ、その熱いおもいに触れると、自分の心臓がやけどしそうで怖いんです」

いつも頼もしいくらいにおちついている紀理子が、唇が震え、眼になみだを溜めて、おびえの表情を示すので、紗依里もどきりとした。

「私からはきけません。清躬さんが話さないのも、和華子さんのことを話す時、熱いおもいで一杯になってしまうからかもしれません」

「それで、私の口から？」

「ええ。きっと紗依里さんには……」

「私には、なに？」

「きっと、清躬さんも紗依里さんにはなにもかも正直にお話をしていらっしゃるんでしょう？　紗依里さんも冷静におききになられて」

紀理子は和華子さんについて本当になにもきけていないのだ。だから、私から情報を得たい。

尤も、それは紗依里が清躬に対して、和華子さんのことを紀理子の前で話すことはできるだけ控えるよう、釘《くぎ》を刺しておいたことなのだ。

どんなに時間が経ってもあなたにとってとても大事な女性にかわりないのはわかるけれども、だからといってそのおもいを素直に出してしまうことは、紀理ちゃんにとって独り違う世界においてきぼりを食ったように感じさせるだろう。あなたといつも一緒でいたいとおもうのに、そんなふうにおきざりにされてしまうって、どれだけ辛いことか、わかるでしょう?

そう言うと、清躬は「はい、注意します」と素直に応答した。そして、そのことを忠実に守っているのだ。少しくらい話をするほうが自然なのに、馬鹿正直で不器用にも忠実に。

「そうね、清躬から和華子さんのことをきいたのは——」

少し間をおいて、紗依里は続けた。

「清躬の絵を整理している時に、和華子さんの絵を見た時、どうしても尋ねないではいられなかったの。そういう意味では、私のほうが興奮していて、逆に清躬はおちついて話をしてくれた」

とりあえずそう言うと、それだけの情報でも紀理子はとても安心した表情にかわった。

「でも、その時、清躬が話してくれたことというのは、あなたに和華子さんの絵を見せた時に私が話したことそのままよ。清躬が小学校六年生の時の一夏《ひとなつ》だけのことで、それきりだから、清躬だって絵を描いた話しか話せることはないの」

紗依里は敢えて檍原橘子という少女のことを黙っておいた。清躬はその少女の絵をそれこそ何枚も描いている。ずっと会っていないのに、毎年同期をとっているようにその子を今の年齢で描いている。普通には理解できない。どうして清躬はその子の絵を描くのか。そのことにも和華子さんは深く関係している。清躬と橘子と和華子さんの関係は、何年経ってもかわりない程に強固なのだ。その強い関係のなかに、紀理子は立ち入ることはできない。橘子の話はそこに繋がってくる。橘子だけのことにしても、橘子は紀理子とおない歳のチャーミングな女性なのだ。そして、紀理子よりも清躬とのつきあいはずっと古く、かの女が知らない清躬の子供時代からの幼馴染だ。現実には会っていなくても、清躬はいつでも絵でその子を呼び寄せることができる。少なくとも、その子を描いた絵は、その枚数とリアルさに圧倒されてしまうから、紀理子には見せられないと紗依里は考えた。したがって、その子の話もできない。橘子のことについても、自分から話に出さないよう、紗依里は清躬に言い含めておいた。

勿論、本当に愛する相手に対して隠し事を持つことは不誠実だ。清躬にも、いつまでもという意味では言っていない。紗依里は、自分が熊本にかえる前に、紀理子にはどちらの女性のこともしっかりと話をしておきたいと考えていた。紀理子が自分から求めてきたこのタイミングはいいチャンスだとおもったが、清躬の和華子さんに懐《いだ》いているおもいの熱さを非常に気にしている様子に紗依里は警戒心を持たずにいられなかった。だから、和華子さんのことでの新しい情報は自分も持っていないと答えたのだ。檍原橘子についても、和華子さんに絡めての話では言い出せない。

「そうですよね。天女のような方ですから、あれこれお話しできるようなことってほとんどないんでしょうね」

紀理子のその口ぶりに、最初から諦めていたような感じも受けたが、自分の逃げも察知されているようにもおもわないでもなかった。

「でも、そのような方ですから、永遠に色褪《あ》せることなく清躬さんの心にその美しさがいつまでも――」

「紀理ちゃん、いくら和華子さんが永遠の美しさを持って清躬の心に宿るとしたって、だからといってそれで人を愛することができなくなっていると、おもうの？」

知ることを拒まれているからなおのことおもいが離れない。そうした紀理子の心情をおもいはかり、紗依里は言った。

「きっと清躬はこれからもずっと和華子さんの絵を描いてゆくにちがいないわ。清躬は美に魅せられた。一度、本物の美を知った者の心は、永遠に美を希求するでしょう。でも、その心が、人を愛することの妨《さまた》げになるかしら。美を希求する心自体、とても尊く美しいもので、一層愛を育むのではないかしら」

紀理子から応答がないので、紗依里は続けた。

「なぜなら、愛する心そのものが美しいから。清躬は、あなたの心が美しいことを知っている。あの子にはまごころの愛がある。そのまごころの愛であなたを愛してる。だから、あなたは清躬にとってかけがえのないひととして、あの子の心のなかに存在しているの。清躬のなかにいつも和華子さんがいても、あなただっていつもいる。だけど、次元が違う。天上の世界にあるものと、地上の世界のもの。清躬にとってどちらも必要なもので、大切なもの。かけがえのないもの。そこに優劣や上下関係はない。でも、あなたのほうが決定的に身近よ。あなたとはいつでも言葉のやりとりができる。あなたとはいつでもからだを触れ合える。抱き合うことができる」

「私は単に近くにいるだけです。かれの眼の焦点に合っていません」

「どういうこと？」

紗依里は紀理子がなにを言いたいのか、わからなかった。

「理想の美がどんなに遠く、手が届かないものであっても、かれはもうその理想の美を眼に焼きつけているのです。だから、かれの眼は遥《はる》か遠くを見ているのです。近くにいる私は、声をきいてくれるでしょう、存在は感じてくれるでしょう、優しく接してくれるでしょう、でも、かれの眼には私はぼんやりとしか映っていないにちがいありません。ぼんやりとした影だから、抱いてもくれないのです」

いつにない紀理子の悲観的な物言いだった。

二人が抱き合っていない、とは。

紗依里は何度も清躬と抱擁しているのだ。最初の抱擁は、清躬が心の病で入院している時であり、自分から清躬の手をとり、からだを抱き寄せるようにしたのだが、清躬もすーっと自分の胸のなかに入ってくる気がした。非常に特殊な情況ではあったが、その後も自然にスキンシップをとっている。それは擬似的な親子関係にあるからだろうか。しかし、愛する者どうしが抱き合うのは、親子にかぎりはしない。清躬は抱き合うことを拒んでいるわけではない。初めての抱擁のきっかけがつくれていないだけだろう。紀理子も自分からそれを求めたり、身を任せたりするタイプではないから、初めての抱擁をするまでに時間がかかってしまうのだ。

二人の沈黙は暫く続いた。

「清躬さんの精神は遥かかなたに飛翔して理想の美を抱擁しているので、肉体はここにあっても、私なんかを抱くことはないのです」

沈黙を破ったのは、紀理子のほうだった。

「紀理ちゃん、それは違うわ」

紗依里は反射的に言った。

「なにが違うんです？」

紀理子が即座にききかえした。

「清躬のまごころに理想と現実とか、精神と肉体とかの違いなんてあるはずないじゃないの。慥《たし》かに、清躬のまごころは、和華子さんにも向けられている。そこは普通の人とは違う。それは遥かかなたに向けるまごころ。でも、清躬のまごころは紀理ちゃんのこともおもっている。私のことだって、清躬のまごころは――」

「清躬さんのまごころは信じています。それは清躬さんというひとそのものですもの。でも、人間は有限の存在です。いくら清躬さんでも神様じゃありません。有限の時間で、できることもかぎられています。まごころと言えば、計量できるものではありませんから、時間にも空間にも縛られないような話はできます。御免なさい。なにも紗依里さんのおっしゃったことを否定したいわけじゃないんですけど」

「いえ、いいわ。あなたのおもいをもっとぶつけてくれたらいいわ。私はどうしても清躬をとおして紀理ちゃんのことを見てしまっているから、本当のところが違っていたら、ちぐはぐな話になってしまう。生《なま》の紀理ちゃんのおもいを知らないといけない」

「私のこだわり方が歪《いびつ》なのかもしれませんけど、でも、紗依里さんにはきいていただきたいんです。いくら清躬さんでも有限の存在の人間です。遥か遠くに向けている眼で同時に近くは見えないし、同時に違うこともできません。一方に時間を使っていれば、そのほかの時間はますますかぎられます。清躬さんの順序ははっきりしています。理想の美――和華子さんが一番です。清躬さんは筋目を通す方なので、一番のものしか抱擁しないし、愛しているとも言ってないの？」

「え、愛しているとも言いません」

紗依里はまさかとおもって問いなおしたが、清躬と紀理子の関係ならありそうだという気がした。紀理子がきけば、清躬は「愛している」と答えるだろうが、自分から積極的に言うタイプではない。紀理子も、その言葉をせがんで答えを求めることはしそうにないからだ。

「まあ、あの子は口下手《くちべた》だし、自分から言うのは恥ずかしい気があるのかもしれないけれど、でも、結構あなたと一緒にいる時間をつくっているとおもうわ。それ以外に仕事に専念している時間だっておおいし。仕事も本当に真剣にしているわ。紀理ちゃんとだって、お義理でつきあっているわけじゃないでしょ？　その時間を大切に、ちゃんとあなたに心をかよわせてくれるんじゃないの？　清躬があなたのことをおざなりにするなんて、考えられないわ」

「清躬さんは私のことを大切にしてくれています。一緒にいて楽しいです。清躬さんが私のためにどれだけ努力してくれているかわかります。私の前で和華子さんの話もされません。だけど、こんなに何回もデートして、一緒の時間を過ごしているのに、かれは、愛の言葉も、口づけも、抱き締めてくれることも、未だしてくれていないのです。その気配も感じられません。きっと、私とはそういうこと考えていないんです。それは私だけではないでしょう。和華子さんにかなうようなひと、現われるはずがありませんから。尤も、もし和華子さん御本人が現われたとしたって、清躬さんには貴《とうと》い方なので、やっぱり抱き締めるとかはされないでしょうけど」

「でも、そういう話だと、あの子はこの世界に適応できないことになってしまう」

そういう清躬をおいてゆこうとする私を無責任だと言おうとしているのだろうか。永遠にあなたが清躬の面倒をみるべきだと。私におしつけないでくださいと。それがこの子の本心？ けれども、ついさっき、「紗依里さんがいなくなっても、清躬さんは私がしっかり支えてゆきます」と言ったではないか。

「ああ、御免なさい。私はなにを言ってるのかしら。きっと變なこと言ってるのでしょうね。紗依里さんに、清躬さんのことをそんなふうに言わせてしまうなんて」

紗依里の不安を感じとったのか、紀理子は少しトーンをおとした。

「私、考えたんです。清躬さんに和華子さんのような方がいらっしゃっても、紗依里さんを愛する心にかわりない。清躬さんがいくら和華子さんをおもって遥か遠くに眼を向けても、近くにいらっしゃる紗依里さんもちゃんと見えているはず。それは家族を愛する心だからですね。かけがえのない大切な家族。血が繋がっていなくても、清躬さんには紗依里さんは家族。私は清躬さんには他人です。和華子さんも他人ですが、理想そのものとして揺るぎがありません。だったら、私は清躬さんの家族になることでしか、あのひとの愛を獲得できないのでしょうか？」

少し間をおいてから、紀理子は一気に喋った。

「家族になるって、結婚のこと言ってるの？」

随分飛躍して考えると、紗依里は感じた。

「愛があるから結婚する、というのが普通でしょうけど。でも、そういう順番の問題は関係なしに、私のことを妻とおなじにおもうくらい愛されないと、和華子さんに対抗できない。そうおもうんです」

紀理子は言葉をくっきり言いきった。紀理子の真剣な眼に紗依里は圧倒された。

「おかしなことを言うとおもわれるかもしれません。でも、私、……」

「紀理ちゃん、おかしいなんておもわないわ」

紗依里は紀理子の熱いおもいを受けとめ、自分も胸を熱くしながら言った。

「清躬さんがおとなしいのにつけこんで、無理矢理婚約しようというんじゃないです。そういう手続きとか社会的証明を強引にでもやってしまおうという話じゃありません。それは誠実なことと言えませんもんし」

「わかってるわ」

「戀人《こいびと》のような妻、というのは愛妻家の檀那さんでよくききますが、妻のような戀人というのはききません。でも、このひと以外はいないかたわれとお互いに信じあえる戀人どうしは、生涯の約束ができます。私がそういう存在になったら、和華子さんがいようがいまいが、私は清躬さんにとって唯一無二の存在で、抱き締めないということはあるはずありません」

「あなたがそれだけの覚悟をしているなら、清躬だって応えますよ」

「紗依里さんにそう言ってもらえてありがたいです。でも、私が言ってることとって、男性には重いですよね？　自分の運命に巻き込もうとしてるみたいで」

「清躬はそんなこと感じないわ。あの子は透明な心の持ち主なの。無垢《むく》で、穢《けが》れがない。私のほうが余っ程重いわよ。自分の、ひょっとすると亡くなっているかもしれない子供のことをあの子に投影してしまっているのですもの。でも、あの子は、私が映し込む恵水流を鏡のようにそのまま見せてくれる。それは私の感じ方なんだけれども、自然に映しかえしてくれるの。紀理ちゃんのその気持ち、清躬もちゃんとかえしてくれるわ」

満年齢で言えばまだ二十歳《はたち》にもなっていないのに、自分の人生を賭ける程の覚悟を持つ紀理子の強さに、紗依里も身が引き締まった。十代でシングルマザーになった自分は、若者の時代などほとんど持たずに一足飛びに親としての覚悟を背負《しょ》って生きてきた自負がある。紀理子がいくら学業と仕事を両立させ、しっかりしていると感じても、二十歳の年齢での意識は、乳呑《ちの》み児《ご》をかかえながら人生の荒海に漕《こ》ぎ出た舟を一人で操舵《そうだ》する自分にくらべれば、まだ子供だと感じていた。しかし、今かの女の話をきいてみれば、自分のこれから先の長い人生を清躬一人にかけて、運命を共にしようというのだ。自分の場合、親子という切っても切れない関係で背負う運命だが、紀理子の場合は、選択肢はもっといろいろあって、しかも今きめる必然性もない。それなのに、自分の一生を引きかえてもいいという覚悟。わかいひとを軽く考えてはいけない。

「紗依里さん、今は私、清躬さんの鏡になにも映せていないのですね？　ええ、きっと、傍にいれば、清躬さんは当たり前に私を見てくれるはずだとおもう自惚《うぬぼ》れの心に、自分がくもらされているんです。かえって自分におおいをかけているんですから、自分では美しく装っているつもりでも、清躬さんの心には本当に美しいものとして映らないでしょう。こんなこと言ってるとまたさっきの調子に戻りそうですが、きっと私、紗依里さんに優しくしてもらえてるから、公認の戀人気分でつけあがってたんです。戀人というからには、一番美しいひとと見てくれる。戀愛《れんあい》は相手のなにもかもが光りかがやく結晶作用を起こすものだと、なにかの本で読んだことがあります。だから、清躬さんにはそう見えている――そう期待してたら、そんなことを当てにしている私の心自体が卑しいですから、どうして私が美しく映るはずがあるでしょう。それなのに、私が映らないのは、もっともっときれいな理想の美のかがやきに清躬さんの心が独占されているからと、つい今しがたまで勘違いしていました。でも、普通の人は曇りに散らされて、遠い光は届かないものなのに、清躬さんの心は透明だから、遥か遠い和華子さんの理想の美の光が映り込む、ということで、身近な紗依里さんの愛もやっぱり映している。天上の愛は時を超えてこの上ない美しさで恍惚とさせますが、地上の愛は温もりが感じられる柔らかい愛のような気がします。地上の愛は、抱き締め合って、温もりでつつみあうものみたいに。なにも天上の愛に対抗しなくったって、温もりを伝えればいいのです。清躬さんにとって紗依里さんはそういう愛を持った方だとわかります。お二人の心の距離がとても近く触れ合っているので、愛の温もりが伝わりあうのでしょう。おかあさんの愛は最初からわが子と触れ合っています。紗依里さんは清躬さんのおかあさんではないけれども、新しい家族の愛を形成されたのです。私も、そういう愛を清躬さんとの間できずかないといけない。そう感じました」

紀理子は、ぱっと光が差し込んで、なにもかもがクリアに見えてきたかのように、ながれるように言葉を綴《つづ》った。清躬の心の透明さをなにより感じているのは紗依里だが、紀理子の話でもっとよく理解できたようにおもわれた。

「紗依里さんが熊本に去られても、私が新しい家族になって温もりのある愛で清躬さんをつつむようにします」

紀理子はまっすぐに紗依里の眼を見て、きっぱりした口調でそう言った。紗依里は胸が熱くなった。

「あなたはもう私たちの家族よ」

紗依里は紀理子のもとに行き、ぎゅっとかの女を抱き寄せた。

37　わかいからだ

紗依里《さより》は紀理子《きりこ》の話をきいて、あとはかの女に清躬《きよみ》を託しても大丈夫と確信を持った。紗依里にとって清躬にしっかりしたパートナーができるのはなにより安心できることだったし、紀理子はもう自分の娘に等しかった。ながく独りぼっちだった自分にまた家族が増えるのは望外の喜びに感じた。それが心の支えにもなり、もう一度恵水流《えみる》のかえりを待ってみようという気持ちを強くした。

　紀理子のなかでは和華子さんのことは解決済みだと、紗依里はおもった。当初紀理子は、清躬が自分を抱いてくれないのは、和華子さんばかりにおもいを向けているからだと考えていたが、紗依里自身そういうおもいにとらわれることがなかったように、家族という緒《いとぐち》を見いだして、もう今は偏狭な嫉妬心から解放されているからだ。

　一方、檍原橘子《あわきはらきっこ》のことについては、どのタイミングでオープンにするのか、迷いがあった。

紗依里は橘子に実際に会って、かの女は清躬の生涯の友となる子だと確信を持った。橘子は清躬にとって魂の分身のように切っても切れない関係の女性だ。いや、二人は、孿《ふたご》の異性のきょうだいみたいだ。少なくとも、魂の孿なのだ。そうでなければ、どうして長い年月実際に会っていないのに、今現在のその子の顔を絵に描ける（想像して描くことでさえ凄《すご》いのに、実際に見て描いているとしかおもえないレベルで）というのか。清躬は心のなかでいつも現在形の橘子と繋がっていて、いつでも呼び出せるようだ。尤《もっと》も、それは映像で現われてくるだけで、会話をかわしたりすることはないということだが。ともかく、だからこそ、清躬がかの女の顔を描く時、まるで白いキャンバスにその子の顔が自然に映り出て、ただ見えるそのままに筆を動かせば、結果的にそれがかの女の絵になるだけのことのようだ。

　このような不思議は、普通の人の理解できることではない。清躬の不思議さに理解のある紀理子であっても、相手はかの女とおない歳のおんなの子であると、非常に微妙なおもいを感じずにいられないだろう。和華子さんのように自分たちとかけはなれた特別なひとであれば、そういう不思議と繋がるのはわかるだろうが、橘子は自分とおなじ等身大のおんなの子で、幼なじみといいながら、実は小学校の一年程の時期だけの交流で、その後八年程の間、会うことはおろか、電話もメールもかわしあったことがないという。それでもこれだけ結びつきが強いのは、橘子も和華子さんの世界にいるからにちがいない。

檍原橘子という見知らぬ女性がまた現われて、清躬のなかにある和華子さんの世界がクローズアップされることは、一旦は心の整理をつけた紀理子を再び混乱におとしいれるのではないだろうか。

結局、紗依里は、自分の口からは橘子のことはなにも話をしないことにきめた。そのためには、清躬が描いた橘子の絵の総《すべ》ても、これまで同様紀理子の眼に留まらないようにしなくてはならない。それらは熊本の家に持って行って、当面紗依里が預かることにする。

紗依里は清躬に、橘子の絵は総て熊本に持って行って自分が管理したいが、構わないかときいた。紗依里さんのお考えでいい、と清躬は答えた。これからも橘子ちゃんの絵を描いてゆくとおもうが、それはいいか、と今度は清躬がきいた。勿論。紗依里は安心感を与えるように微笑んで、即答した。仕事以外の絵はまったくあなたの自由。私がいなくなったって、これまでとかわらない。これから描く橘子さんの絵はあなたが自分で管理する。もし紀理ちゃんの眼に留まって、誰？ときかれたら、普通に答えたらいい。でも、これまでに描いた絵のことまでは言わなくていいから。あの子をびっくりさせてはいけないわよ。清躬は黙ってうなづいた。

紗依里は愈々《いよいよ》東京を出て熊本に移る時、この機会に三人で九州を旅行する計画を立て、清躬や紀理子に伝えていた。これは最初の家族旅行だ、と紗依里は二人に話した。紀理子はこのような行事を共にすることで新しい家族に認められることをとても喜んだ。

紗依里はこの旅行に、別のこともねらっていた。それは福岡に寄って、そこで働いているというHや、福岡の大学にかよっているMと、清躬を再会させることだった。

Mは、清躬にHからの手紙を託した時、自分の連絡先も一緒に添えてくれていた。その頃、清躬はパソコンやスマホを持っていなかったので、かれにかわって紗依里がMと連絡のやりとりをした。

清躬の退院後も熊本で一度、紗依里はMと会って、話をしたことがあった。清躬が寮に戻るのではなく、紗依里の家に住まい、かの女が親がわりとしてみることについて、きちんと話しておく必要があると感じたのだ。病院のラウンジでMが話してくれたおかげで、清躬がどういう子で、なにになやみくるしんでいるのかがわかって、清躬の救済に動くことができたのだから、その報告をするのは返礼としても当然だった。

Mは紗依里の話を神妙にきいていた。そして、清躬が回復し、紗依里のもとで安定してくらしていること、また絵を描きだしていることを教えられて、心から喜んだ。それからMは、この前病院で話したことについてもっとくわしく話をしたいと申し出た。是非話をききたいと、紗依里も応じた。前回Mが話したことでは、清躬がくるしんだのは親友のHの退学であり、もともとは自分がHや清躬たちとプールに遊びに行って怪我《けが》をしたこと、それによってMの親にHとの交際を禁じられることになったが、会えなくてもなんとかHと心を通じ合わせたいというMのおもいに清躬が協力してくれた、しかしそこで事件が起きて、以前からたびたび学校の注意を受けていたHが處分《しょぶん》を受けることになった、自分とHの問題に清躬を巻き込んでしまって、大變申しわけなくおもっている、という内容だった。事件の詳細をMは説明する気でいたが、初対面でもあったし、Mにも清躬にも辛い話をMにさせようとは、紗依里もおもっていなかった。だが、この日は、もう清躬も回復しており、Mも自分から申し出てくれたことでもあるので、おちついて話をきかせてもらうことにした。事件の核心で、まだ高校生のMが、会うことが許されなくなった戀人のHのために、自分のヌードを描いてほしいと清躬に頼んだという話をきかされて、紗依里は非常におどろいた。いくら絵の才能がある友達がいたとしても、高校生のおんなの子がかれを自分の部屋に入れて、その前で裸体を曝《さら》すことをしてしまう、というのは信じがたいことだった。紗依里も高校生で熱い戀愛《れんあい》をし、好きな男性とおなじ部屋を共にしたことがあるが、その紗依里でも、戀人《こいびと》でもない男性を部屋に入れて裸になるというのは、考えにくいことだ。しかしそれは、Mが清躬という人間に絶対的な信頼感をおぼえていたからであり、同時に、清躬を、絵という藝術《げいじゅつ》の特殊な力で魂を清め、癒《いや》すことができる人間だと信じていたからこそなのだ。Hにしても、清躬を特別な親友と考え、かれの絵の才能を認めていなければ、かりにMがそう考えていたって、承知するはずがない。そのように、清躬は、MとHにとって、二人の間の微妙な秘密にも立ち入ることが許される唯一無二の仲間だったのだ。そこまで厚い信頼感を得ている清躬のことを紗依里はあらためて見なおした。

かれらのわかさゆえの大膽《だいたん》さが、おとなたちの常識では不道徳の極みに映ったのだろうけれども、三人がどれだけ純粋な気持ちで行動したのか、それは理解してあげないといけない。唯、もしこの事件がなければ、Ｈが中途で高校を辞めるようなことはなかったにちがいないし、清躬はなにごともなく高校を卒業して、どこかの大学に進学したことだろう。同時に、病院の世話になることはなく、自分と出会うことにならなかった。だが、そうなっていたら、自分は今頃どうしていたことだろう。恵水流《えみる》がおとなの年齢になり、自分から巣立って行ったように感じてから、精神が不安定になり、病院の厄介《やっかい》になっていた。清躬ともし出会わなければ、どこかで限界に達していたにちがいない。清躬との縁は運命のようなものだったのだ。その運命によって、私たちが出会い、清躬が私を救い、私もまた清躬を縛《しば》り付けていたものから解放して、二人の人生が新たに切り拓《ひら》かれた。その運命の力が、ＨやＭも巻き込んで、ここに導いてきたのではないか。紗依里にはそのようにしか感じられなかった。

東京に来てからも、アパートの住所と、清躬に絵の通信教育を受けさせていることをＭに伝えた。Ｍのほうからも、福岡で大学生活をおくっていること、Ｈも福岡で仕事を見つけ、二人頻繁に会っていることが報告された。その後も、清躬の仕事や作品についてや、棟方紀理子という戀人《こいびと》のこともメールに書いた。それらにＭから祝福の返事が来たのは勿論だが、特に戀人のことはＨに話したら快哉《かいさい》を叫んでいたと書き添えてあった。なお、Ｈは去年の秋からカナダに留学しており、その報《しら》せが今になってしまったことをわびつつ、非常に元気に充実した毎日をおくっているようだと付記されていた。

今回の九州旅行のことについても予《あらかじ》めＭに伝え、かの女の都合に合うように日程をきめた。旅行初日は福岡で過ごし、その夜、Ｍとおちあって、紀理子も含めた四人で食事することにした。

偖《さ》て、誰もがその旅行を楽しみにしていたのだが、直前になって、清躬を担当している編集者が交通事故に遭って入院したとの報せがあり、そちらが心配なため、清躬は参加を取り止めることになった。非常に残念ではあったが、家族旅行はまたいつでも企画できるからということで、紗依里と紀理子の女性二人だけの旅行となった。

旅行の前々日、Ｍにも清躬が来られなくなったことを伝えた。それでも、Ｍは紗依里に会って清躬のことをききたい、紀理子にも挨拶《あいさつ》したい、ということだったので、食事も三人で予定どおりとることにした。その後Mからメールで、二日目は熊本ときいているが、予定はきまっているかときいてきた。差し支えなければ、自分もくわわって、清躬がよくスケッチに出かけたところなどを紹介したいということだった。紗依里としては一も二もなく大歓迎だったが、念のため、紀理子の諒解を確認し、その上で、ねがってもないうれしいことだと返信した。あわせて、二日目の夜は山鹿温泉に泊まるが、一緒に温泉に入らないかと誘った。Mから即電話がかかってきて、是非よろしくおねがいいたしますと返事があった。その電話を清躬にわたすと、清躬は言葉少なながら、楽しそうに話していた。清躬もMと直接話をするのは、病院での見舞いを受けて以来だという。Hの様子もきけて、清躬は喜んでいた。

出かける日の朝、紀理子が車で家までやってきた。かの女に似合う洗練されたデザインの車だった。

「紀理子さん、カメラは持ってきてるでしょ？」

突然、清躬が言った。紀理子が「ええ」とうなづくと、「前の公園で、三人の写真を撮《と》りましょう」と、提案した。

清躬が自分から提案するのも珍しいことであるが、写真を撮ること自体おもいもしないことで、紗依里も紀理子もとてもおどろいた。

「大丈夫なの？」

紗依里がそうきくと、

「やってみましょう」

いつになく頼もしい清躬の返事に、紀理子の表情が明るくかがやいた。

紗依里も、本人が言うのだから大丈夫かもしれない、一回やって無理な時はそこで中止すればいいと考えた。

アパートの前に公園がありながら、いつも素通りだった。清躬は早速ベンチに二人を案内し、腰かけさせた。そして、紀理子からカメラを受け取ると、近くで休んでいたお年寄りに写真をおねがいした。

清躬は本当に大丈夫だろうか。お年寄りがカメラの操作に手間取り、何回も撮りなおすことになったら、清躬はもたないのではないか。一番心配し、緊張したのは、紗依里だった。

清躬が戻ってくると、二人は間に座らせた。紗依里はからだを清躬に寄せつつ、手を伸ばして、清躬のズボンのベルトを掴《つか》もうとした。直接清躬のからだに触っていれば、からだがきえないかもしれないという期待も籠めて。だが、触ったのは、紀理子の手だった。紗依里はおなじことをかの女も考えていたようだ。はっとして手を離し、清躬の背中にやって、上着を掴んだ。

お年寄りは意外にもカメラの取り扱いになれているようだった。それに、写真撮影を頼まれたのがとてもうれしい様子で、「美人に囲まれてにいちゃん果報者だね」とにこにこしながら話し、「じゃあ、撮るよ。わらって、わらって」と言う時の手ぶりがおかしかったので、みんな噴き出してしまった。

「あ、まちがえて押しちゃった」

「まあ、今の押しちゃったの？」

紀理子がわらいを怺《こら》えながらおじいさんのもとに駆け寄り、デジタルカメラの画像をチェックした。

「おじいちゃん、いいセンスしてる。ちゃんといい位置に三人撮れてるもの。でも、もう一回おねがいね」

今度はおじいさんのおかしなしぐさにもみんな心得て、「はい、チーズ」の合図でおじいさんもタイミングよくシャッターを押した。紀理子がおじいさんからカメラを受け取って確認すると、小さくガッツポーズをし、ベンチの二人に向かってVサインをおくった。おじいさんには丁重にお礼を言って握手した。

紀理子は二人にカメラのディスプレイを見せた。清躬がちゃんと写っているのを見て、紗依里は安堵《あんど》した。三人ともいい笑顔で撮れていた。清躬がよく自分から言ってくれたと感謝するおもいだった。清躬の写真がなかった紀理子にとっても、うれしいことだったにちがいない。

清躬も一緒に車に乗り込み、紀理子の運転で東京駅に行った。東京駅の新幹線のホームで、紗依里は清躬とわかれた。本来なら抱擁《ほうよう》するところだが、紀理子のことを考え、握手だけにとどめた。

博多駅に着くと、駅ビルでショッピングを楽しみ、ゆっくりと街中を散策した。紗依里はおなじ九州だから、何度も福岡には行っている。紀理子は二度目だという。紗依里は福岡で気に入った場所に紀理子を連れて行った。紀理子にとってもそれが一番うれしいことだった。

夕方、待ち合わせ場所でＭ＝神柑棚《みわかんな》と合流した。かの女の案内に従って、水炊きの店に入った。鍋を囲んで、会話と食事を楽しんだ。その後、紗依里は宿泊するホテルの最上階のラウンジに柑棚を誘った。柑棚も快く応じ、三人で話の続きを楽しんだ。

紗依里は柑棚に、紀理子には総て話してあると伝えていた。紗依里のいない後を託す程信頼されているのだから、それが当然のことと柑梛はおもったし、そういう女性が清躬についていていることを喜んだ。だが、流石《さすが》に、初対面の一日目では話ができる時間がかぎられていたし、話したいことが一杯あって、次の日に持ち越すことになった。

二日目、朝早く博多駅に集合し、新幹線で熊本に直行する。新幹線だと各駅停車のつばめ号でも五十分程で着いてしまうが、その時間に柑梛は紀理子に、スマホに入っている高校三年の時の清躬らの写真画像を見せてくれた。それらは、実際に写真に焼いたものを清躬が持っていて、紗依里は既に眼にしているものなので、柑梛からわたされたスマホは紀理子に持たせた。この頃は普通に清躬は写真に撮られていたのだ。それが難しくなって、清躬と映っている写真がない紀理子が少しかわいそうだったが、紀理子にはそれだけ貴重なものなので、とても大切なもののように時間をかけてながめていた。

おおくの写真に柑梛やHのほかにAというガールフレンドも写っていたが、二人だけのデートもしたことがない不器用な関係だったのは紀理子も知っているから、気にしているふうはなかった。最後はプールで遊んだ時のみんなが水着姿の写真で終わっていたが、その写真は特に興味深そうにながめていた。上半身裸の清躬は紀理子も初めて見たのにちがいない。Hが撮ったのだろう、清躬と柑梛、Aの三人で写った写真を紗依里が見た時、二人のビキニのおんなの子に挟まれている清躬が場になじんでいない感じで、おかしかった。だが、紀理子にはどの写真も新鮮で、興味を惹きつけられるものだった。

もうすっかり柑梛と紀理子は打ち解けて、仲の良い友達になっていた。会話でも、話題のおおくが清躬に絡むようになった。熊本にいる期間について言えば、紗依里よりも柑梛のほうが長い期間清躬と交流していた。出かけたところもおおい。しかも、同学年の友達どうしで楽しい時間を過ごしていた。したがって、この日の日中の計画について柑梛が案内したいようにしてくれればいいと紗依里から伝えると、柑梛は快く引き請けた。

熊本に着くと、柑梛は初めに上熊本駅に移動し、そこから夏目漱石ゆかりのわが輩通りを案内するところから始めた。駅前には、熊本の第五高等学校に英語教師として赴任《ふにん》したわかい頃の夏目漱石の像が建っていた。わが輩通りは清躬のスケッチポイントというのではなかったが、前の日の会話で、紀理子が猫を飼い、非常にかわいがっているときいていたので、ユニークでかわいい猫のオブジェが幾つもあるこの通りを先に案内したいとおもったようだ。柑梛の期待どおり、わが輩通りを散策して猫のオブジェを見つけるたび、紀理子は歓声をあげて写真を撮り、とても楽しんでいた。一人熊本に縁のない紀理子にも、この土地柄に早くなじめるようにと心配りした柑梛の優しさに、紗依里は感心した。その後も柑梛が案内して、江津湖《えづこ》に移動し、清躬がスケッチをしていたのはこの辺《あた》りと教えた。公園内をひととおりめぐって、またさっきの場所に戻ると、柑梛の提案でそこでレジャーシートを広げ、三人でサンドイッチを食べた。それから、隣接する動植物園に入って、ゆっくり楽しんだ。清躬やHがかよっていた高校に立ち寄った後、清躬がよくスケッチしていた白川の河川敷に行った。

　どの場所も紀理子は盛んに写真を撮っていた。二年近く前に清躬が眼にした情景を写真にとどめたいとおもった。清躬がこの場所でどうしたか、どういう話をしたかを柑梛がとてもくわしくかたってくれるので、その時の清躬の姿が眼の前に浮かぶようだ。本来なら、清躬もここにいて、かれの口からそういう話をききたいところだが、柑梛ほどにちゃんと話ができないだろう。清躬がいる前だと柑梛もあまりしゃしゃり出ないだろうから、清躬がいないことはかえって清躬のことをよく知る助けになったかもしれない。そういう意味でも貴重な時間だった。

　熊本や福岡に残る紗依里や柑梛と違って、自分だけ東京にかえって、清躬との時間を持つことに、紀理子は特権意識を持った。過去の清躬についてはこの二人から充分に教えてもらい、今から未来に向かう清躬との時間は自分が最も共有できるのだ。

　紗依里が動植物園に行ったのは、恵水流がまだ三歳の時以来だから、もう二十年が経過していた。大地震でライオンやユキヒョウ、熊などの獣舎が幾つか閉鎖され、立ち入り禁止になっていたりして、随分様子がかわった。象やキリン、カバ、犀《サイ》、北極熊、カンガルー、縞馬《シマウマ》などは前にもいた記憶は残っているが、二十年も経てば随分歳をとったか、代がかわってしまったものもおおいだろう。自分はあまりかわらない気でいたが、こういうものに触れると、それだけ年月が移ろったのだと感じる。第一、自分が恵水流とここを訪れた時、清躬も、また今一緒にいる紀理子や柑梛の誰も、まだ生まれていなかったのだ。

恵水流とわかれわかれわかれになって以来の約二十年、家族連れがよく訪れるようなところに出向くことがなかったので、熊本を出たのは去年からの一年あまりにすぎないのに、初めて訪れるような感覚をおぼえる場所も幾つかあった。幸い、清躬と一緒にスケッチに出かけることもしたので、柑梛が終わりのほうに連れて行ってくれたところは、紗依里にとっても記憶に新しいスポットだった。

ともかく時間は一巡《ひとめぐ》りしたことを紗依里は強く感じた。恵水流との別離の二十年の最後に清躬と出会い、一年半程一緒に過ごしたことで、變化のなかった自分はリニューアルでき、二十年の歳月の意味を取り戻したようにおもう。また、新しい一巡り、もう一度熊本で恵水流を待ってみようとおもう。だが、もう時間を凍結するのではなく、自分も清躬らと一緒に成長しよう。わかくても、紀理子や柑梛は魅力に溢れているとおもうし、清躬の才能もとても楽しみだ。二十年で人はこれだけりっぱに育つのだ。恵水流も生きているなら、とおもった。自分だって、まだこれからできることがいろいろあるのにちがいない。

そのようなおもいを持って、紗依里は自分で妹の車を運転して、わかい二人を山鹿温泉の宿に連れて行った。

宿はゆったりして、客室に露天風呂がついていた。仲居さんら、旅館のひとのもてなしも気持ちがよかった。

夕食の膳を賞味した後、紗依里は清躬に電話をした。いつもながら清躬は言葉少なだが、こちらで三人なかよく楽しい旅をしていると伝えると、素直に喜んでいた。紗依里は柑梛にかわった。最後はゆっくり紀理子と話をさせようと、柑梛が間を繋ぐと買って出たのだ。柑梛は少し話をして、紀理子に譲った。

紗依里と柑梛は気兼ねなく紀理子が話できるよう、揃ってベランダに出た。けれども、十分経たないくらいで紀理子がベランダにやってきた。

「まさか、もう終わったの？」

紀理子が「ええ」と答え、スマホを紗依里にかえした。

「なにしてるの、一体。お話しすること、一杯あるでしょ」

紗依里が不満そうに言った。勿論、紀理子ばかりを責められないとわかっているけれど。

「私たち、東京にかえってからもお話しできますし」

「電話で話すのも楽しいじゃない。旅先の今の気分を伝えるのは、かえってからじゃできないし」

「ええ、だから、きょう一日、熊本で楽しく過ごしたこと、お話ししました」

それから柑梛とどれだけなかよくなったかなども話したが、唯、二人が話した後なので、喋れることがかぎられて、そんなにながく話せなかったのだと言う。

「私たちが話したことでも、あなたが話をすれば、そのほうが清躬にとってはずっと楽しいし、ききたいことなのよ。それに、きょうのことにかぎらなくたって、二人の仲なんだから、ゆっくり話をすればよかったとおもうわ」

「一人旅行に行けなかった檍原くんに気をつかわれたんでしょ？」

柑梛が紀理子を気づかって言った。紗依里もこれ以上言うのは止めることにした。

「あなたばかりに言ってもいけないわね。清躬もききだし方が下手《へた》なんだから」

「檍原くんらしいですね」

にこやかに柑梛が言った。清躬はいい友達に恵まれていると、紗依里はおもった。

「つぎは露天風呂を楽しみましょう」

そう言って、紗依里は客室についた露天風呂の浴槽にお湯を入れ出した。

お湯が張れたところで、わかい二人から先に入浴するよう奨めた。柑梛は、入湯の順番はじゃんけんできめましょうと言い、紀理子も柑梛に賛成した。紗依里はそれでも、わかい二人から入りなさい、と半ば命令口調で言ったが、あくまでじゃんけんと言い張る二人に紗依里も折れた。じゃんけんの結果、最初に入るのは紗依里となった。

外はもうすっかり夜だったが、天気に恵まれて星の美しい夜空がながめられた。リラックスして湯舟に浸《つ》かっていると、「お邪魔します」と裸の柑梛が入ってきて、「御一緒させていただいて構いませんか？」ときいてきた。

「よくきてくれました。浴槽に一緒につかりましょう。そのほうが楽しいわ」と、紗依里は答えた。

丹念にかけ湯して、柑梛が湯舟に入ってくる。二人とも細身なので、無理なく一緒に入れる。向かい合わせに柑梛を見ると、間近で膚の色つやが美しく映えるのが見えた。風呂場に入ってくる時に見た裸身も、スタイルよく、本当にわかく美しいからだをしていると感心する。このからだを描いてもらいたいとねがうのも尤もだとおもえる美しさだ。高校生で戀人の男の子にヌードのポートレートを持ってもらいたいとおもった心情は、紗依里でもはかりがたいが、清躬の画力で作品になれば、唯称賛するほかない美術品が出来上がっただろう。それでも、世の中からは女子学生の裸ということだけで眼を背けられ、處分《しょぶん》されてしまうのだ。

それにしても一体この子は、清躬の前でどういうポーズをとって描いてもらったのだろうか。そうしたことを考えながら、わかいおんなの子のからだに鑑賞し甲斐《がい》のあるものとして眼を奪われていることに、紗依里は自分でもおどろいた。自分はずっと二十二歳のわかさを保ってきたつもりだが、やはり総てを剥ぎ取って生まれたままの姿にたちかえると、わかいひとたちの美しさは、まるで違う。

じゃんけんの順番で言うと、柑梛は三番目だったから、きっと先に紀理子に入浴を促しただろう。でも、紀理子が譲って、柑梛が入ってきたのだ。まだあの子は私の前で裸になれないのだ。清躬はきていなくても家族旅行のつもりでよんでいるのだから、紀理子こそ入ってくれればいいのに、と紗依里は少し残念な気もした。

紀理子にまだ自分に対する遠慮があるのだとすれば、もう最後になろうとしているのに心残りにおもう。きっと、身内にも裸を見せることをしないような良家の家庭で育っていて、その枠はまだ越えられないのかもしれない。きっと大浴場に誘っても、柑梛はついてきても、紀理子は一人だけ行かないと言うだろう。唯、もしもう既に清躬に抱擁されることがかなって、二人の関係がもっと密接になっていたら、今この時も自分に馴染《なじ》んで、入浴も一緒にできたような気がする。柑梛もまたお嬢さんで、紀理子と似たようなタイプに見えるが、かの女はなにをしたらよいかを考え、行動できる力を持っている。きっと今も、初対面の自分たちに対して裸への抵抗感がなかったわけではないだろうが、客室に付属するこの露天風呂も余裕がある広さだから、一緒に入って楽しみたいという気持ちに従って柑梛は正直に行動したのにちがいない。

とおもっていたら、扉が開いて、裸の紀理子が入ってきた。

「ようこそ」

紗依里は歓迎の意を表した。はにかみながら紀理子がお辞儀をした。

一人部屋においてきぼりになるより、裸でも三人一緒にいたほうが楽しいにきまっている。それくらいの勇気は紀理子も発揮できたようで、紗依里も安心した。

紀理子はすぐおしりを向け、洗い場に向かってバスチェアに座ろうとしたので、紗依里が声をかけ、自分は湯舟からあがって、紀理子を湯舟のほうに促した。紀理子は「大丈夫です」と初め固辞したが、紗依里が洗い場まできたことがわかって、「すみません」と言い、漸く立ち上がって、湯舟に向かった。

紀理子のからだを見ると、その美しさは、柑梛となんら遜色《そんしょく》がない。すれ違いざまに見た膚のみずみずしさや、後ろ姿ながら優美な長い脚、かわいらしい小さめのおしり、細く締まった腰など、柑梛とどちらがきれいなのか、ならべてみたくなる程だ。

清躬は柑梛のヌードの美しさに触発され、渾身《こんしん》の作品を仕上げられたという。それなら、紀理子のなにも纏わないからだの美しさも、清躬をおおいに刺激し、もっとよい作品をつくらせることができるだろう。勿論、ヌードでなくてもよい。普通に着衣でモデルになって描いてもらっても、紀理子の外見だけでなく内在する美しさを清躬はまちがいなく発見するだろう。そのように一枚でも清躬に描いてもらえれば、紀理子もその作品がどれだけ素晴らしいか、それを引き出す自分の本当の美しさもわかるだろう。檍原橘子の絵が何枚あろうが、気にする必要はなくなる。

紗依里が髪とからだを洗っている最中、わかい二人は時々きゃっきゃっと黄色い声をあげていた。紗依里は洗い場を柑梛と交代すると、一度湯舟に戻った。しかし、わかく元気な二人が存分に温泉を楽しんでもらったらいいと、早めにあがることにした。

紗依里が、「私、先にあがるけど、お二人はゆっくりしてらっしゃい」と言って、湯舟から立ち上がろうとすると、紀理子に手をつかまれて、「みんな一緒にあがりましょう」と引き留められた。意外だったが、裸のつきあいで紀理子も開放的になっているのだ。洗い場でからだをあらっている最中の柑梛も振り向いて、「そうしましょうよ」と声を飛ばした。

その理由は、風呂からあがってみんなで室内に戻ってからわかった。二人は、紗依里が使っている化粧品や、膚のお手入れの方法などを知りたかったのだ。

紗依里の化粧品は長年使い続けているものだが、別に高価なものではなく、種類も一般的なものだった。反対に紗依里がわかい二人に対してきくと、柑梛はあまり化粧品を使っていず、紀理子が使っているものが最も高価だった。紗依里のお手入れのやり方についても、きいて参考にはなるが、特別な方法を施《ほどこ》しているわけではないのだった。それでも、紗依里の膚艶や体型の美しさは、わかい二人の讃嘆の的だった。風呂あがりで化粧のない顔になっても、かわらずきれいだ。自分たちの母親に近い年齢なのに、おおきな違いがある。そう言われた内容よりも、二人が共感しあってなかよく話しているのを見て、紗依里はうれしかった。

　それぞれ頭にタオルを巻き、ガウンを羽織って、お喋りをしながら、洗面所で入浴後の顔のお手入れをし終わった時、紀理子が紗依里に向かって、「あの、背中にボディクリームを塗らせてください」と言った。お風呂に入るところから紀理子が妙に積極的になっている。みんなで裸になることで、自分の殻も脱げたのなら、とてもいいことだと紗依里はおもった。背中くらいはみんなで塗り合いっこしたらいいかもとおもいながら、即答はしないでいたところ、紀理子は、

「塗って差し上げたいんです。それに私、マッサージも練習していてちょっと自信があるので、きっといい気持ちにして差し上げられるとおもいます」とアピールした。

「棟方さん、マッサージできるの？」

　柑梛が関心を示した。

「プロの方のようにはゆきませんが、そこそこはできるとおもいます」

「紀理ちゃんがそこまで自信たっぷりに言うんだったら。期待しましょ」

　紗依里は歓迎するように言った。遠慮がちにしていた紀理子が頼もしいことを言ってくれると、紗依里はうれしくおもうのだった。

「ありがとうございます」

「ありがとうと言うのはこちらよ」

　紀理子自身がありがとうと言うくらい、そんなにやってみたかったのだろうか。そこまで言うからには、きっと自信がそれなりにあるんだろう。どこかでお役に立てる場面を望んでいたのかもしれない。柑梛は、地元だから当然ということもあるけれども、福岡のおいしいお店を紹介してくれたり、熊本では清躬らとの想い出の場所を案内してくれたりした。紀理子も自分の出番をつくらないといけない。それが今だから、アピールもするのだろうけど、だからこそ紀理子の自信のきっかけになってくれたらとおもう。

　紀理子は自分の荷物から、タオル地のシーツのようなものを出して、敷布団《しきぶとん》の上に敷いた。そんなものを紀理子が用意してきたとは誰もおもわなかった。

「なあに？　ここでねて、するの？」

「ええ、マッサージもですから」

自分では塗れない背中だけボディクリームを塗りあいっこし、あとは敷布団にねて、軽く揉んでもらうだけとおもっていた紗依里は、紀理子の周到さにおどろきつつ、伸びやかな紀理子が見られることに期待を懐《いだ》いた。

「それじゃあ、わかい神《みわ》さんからやってもらったら？」

「えっ？　私がですか？」

柑梛は自分が指名されて、そのことにおどろいた。

「お風呂は私が先だったんだから、つぎは神《みわ》さんが順番。いいでしょ、紀理ちゃん？」

「ええ、勿論。神《みわ》さんからしましょうか」

紀理子はそう言うと、柑梛にガウンを脱いで、タオル地のシーツに仰向《あおむ》けにねるように言った。

「背中に塗るんじゃなくって？」

「初めはリンパを中心にマッサージをするので、正面からです」

紀理子に従って纏っていたガウンをとって仰向けにねた柑梛だが、ブラとパンティーだけの格好で顔を曝しているのがとても恥ずかしいというように、手で顔をおおった。いつもおちつきを保っている柑梛には珍しい様子で、それから顔を向こうがわに曲げ、手を下着のほうにやり、腰をよじるように脚も重ねた。見ている紗依里にも恥ずかしさが伝わってきたので、「最初はタオルをかけてあげれば」と言った。

「いいえ、すぐ済みますし、背中もやるんですから」

その必要はないというように紀理子が言った。

清躬の前で二度もヌードになった柑梛がどうして恥ずかしがるのかわからない。そのように紀理子はおもっているんじゃないかしら、と紗依里は感じた。本当にそうおもっているかどうかはしらないが、紀理子が柑梛に対抗心を燃やしているのは確かだろうと感じるのだった。

「じゃあ、始めます。怖がることはちっともありませんよ」

慥《たし》かに怖がることはないのだが、柑梛を縮こまらせたいという意図は紀理子にあるのではないかしら。

紀理子は初めに、自分が持ってきたマッサージ専用のジェルを塗ってよいかと柑梛に尋ねた。柑梛がそれは高価なものではないのかと気をつかってきくと、紀理子は、美容のコスメティックスとそれほど差はないと言い、専用のジェルを使うことのメリットと美容効果を成分から説明した。そして、是非使うことをお奨めすると言った。柑梛は「おまかせします」と答えた。

紀理子は、まず柑梛にからだをまっすぐにさせ、手は体側につけさせた。初めに鎖骨リンパ節からと言って、指で右の鎖骨のくぼんでいるところをおしほぐし、さすりながらジェルを塗り広げ、その後、右腕のわきの下から二の腕、肘《ひじ》の裏、前腕、手と続けて揉みほぐし、ジェルを塗っていった。紀理子は今度は柑梛の左がわに位置をかえて、鎖骨、左腕とおなじようにした。その次に、胸、おなかとおりてマッサージしていった。おへそまわりと鼠径部《そけいぶ》には重要なリンパ節があるということで、紀理子は念入りにマッサージした。柑梛はまた恥ずかしがって、顔を両手でおおうようにした。

つぎに紀理子は、柑梛の両脚を開きかげんにさせて、片脚ごとに、上腿、膝、下腿、足の甲、かかと、足裏、足の指と、順にジェルを塗り広げ、マッサージをした。最後は、柑梛の脚を折り曲げて、片脚ごと、胸につけさせたり、両脚一遍に胸につけさせるなど、幾つかストレッチをさせたが、柑梛のからだはとても柔軟で、どれも易々とできた。

「ここまで本格的とはおもわなかった。凄いわ」

紀理子にハンドタオルをわたしながら、紗依里が言った。細身で、普段あまり汗をかかなさそうな紀理子も、流石に顔に汗が噴《ふ》き出ていた。

「神《みわ》さんのからだはかたいところが全然なくて、これでも時間が早く済みました。普通のひとだったら、もっと揉みほぐしに時間がかかるとおもいます」

「からだだけは昔からとても柔らかいんです。高校一年生までバレエをならっていましたから」

上体を起こした柑梛がそう言うと、「ああ、だから、こんなにきれいで、綽《しな》やかなからだなんですね。膚もきめ細やかで。ジェルを塗りながら、なんてなめらかできれいなんだろうと、感心してたんです」と紀理子が言った。紗依里は傍で見ているだけだったが、まったく同感だった。柑梛のからだが細いながらも均整がとれて、とても美しいのは、その秘密がバレエだったのかと、得心がいった。

「気持ちいいおもいをさせてもらったのに、誉めてまでもらえるなんて」

紀理子の言葉に柑梛がかえした。

「からだも内から温まってきましたし、本当に効果がありますね。マッサージって初めてだったんですけれど、棟方さんがお上手だから、とても素晴らしかったです。でも、びっくりしました。こんな特技をお持ちなんて」

「特技って――」

今度は柑梛が誉めかえして、紀理子が照れた。

「とってもソフトで優しいのに、力を入れるべきところはしっかり圧をかけられて。手なれていらっしゃるわ。初めてというのできょうは緊張してしまったけど、なれてきたら、気持ちよさにねむってしまいそうな気がします」

「本当にねむってしまう程、気持ちよくさせられたら一流なんでしょうけど」

「今でも充分ですよ。本当に気持ちよかった」

「傍で見ていて、感心したわ。とってもなれた手つきだから、普段でも誰かにしてあげてるの？」

紀理子は紗依里の質問に対して直接答えず、

「ちょっと教えてくれるひとがあって」とだけ言った。

紀理子はこれを津島さんから教えてもらったのだ。
三、四年前、どこでならってきたのか、津島さんがマッサージやツボの指圧をしてくれるようになった。高校生になって美容にも気をつかい、一方で進学のための勉強にも精を出さなければならない紀理子のために、美容と疲労回復に効果があるマッサージをおぼえてきてくれたのだ。津島さんは器用で、最初から上手だった。からだがほぐれてとても気持ちがよく、きっと美容にも効果があると思った。だから、自分からも津島さんにしてあげたいとおもい、手ほどきを受けた。それからいつもお互いにしあっているから、腕も上がる。尤も、この腕前を津島さん以外に披露したのは今回が初めてだった。
「神《みわ》さん、つぎは背中をしますから、俯せになってもらうんだけど」

紀理子が柑梛に呼びかけた。

「おしりにもジェルを塗って、マッサージしますから、ちょっとパンティーを脱いでくださいね」

紀理子の言うことに、柑梛は「えっ？」とおどろいた声を出した。

「下着をつけてたら、ジェル塗りにくいですし。裸でもおしりのほうだったら、大丈夫でしょ？」

紗依里も紀理子の言葉に非常におどろいた。

きっと、柑梛が清躬の前でヌードになったことを紀理子はとても意識しているのだ。ヌードのまま何時間も一緒にいて、清躬に絵にしてもらったんだから、どうしても意識してしまうのかもしれない。だから、自分が清躬とつきあう前のことだったとしても、清躬に見せたヌードは、戀人として自分にも確かめさせてもらう権利くらい主張させてもらいたいというところだろうか。さっきも、ブラとパンティーだけの姿で一人仰向けにねるのを恥ずかしそうにしていた柑梛に、紗依里がタオルをかけてあげようとしたら、紀理子は取り合わなかった。これも、おなじ意図だったのではないだろうか。或《ある》いは、ここで自分の前でも恥ずかしいと感じるのだったら、もう二度と清躬の前で脱がないで、と釘を刺す意味も籠めているのだろうか。このまじめで聡明な柑梛だったら、そんなことは決してしないとわかるのに。

おそらく柑梛は紀理子の深層意識に気づいている。少なくとも感覚では。柑梛にはなにも恥じるところはないのだが、それだけ紀理子が清躬のことを特別におもっていることは尊重してあげるべきとも感じている。だから、紀理子が言うことに抵抗はしない。

柑梛は素直にブラとパンティーを脱いで、俯せに横たわった。

紀理子は、柑梛のうなじから始めて、肩、背中、両方のわき腹と、順にマッサージした。正面からの時にくらべてわりあいスローペースだったのは、紀理子にも少し疲れも出てきたのだろうか。太腿《ふともも》から足首にかけては、正面の時に裏がわも含めてジェルを塗り、マッサージしているから、おしりが最後だ。正面の時とおなじように両脚を少し開きかげんにさせているので、柑梛のデリケートなところにも紀理子がマッサージする手を近づけているのを見て、紗依里はちょっとはらはらした。

紀理子がこんなにも柑梛を意識しているとはおもわなかった。清躬にまだ抱いてもらっていないという負い目が、柑梛に対するなんらかの衝動を起こさせてきわどいことも無意識でしてしまっているのだとすると、紀理子のことが少し心配になった。紀理子は時にムキになることがあると、紗依里は感じていた。それはかの女のネのまじめさ、一所懸命さのあらわれとおもっている。だが、この三人のなかで、この旅行の後、清躬を独占できるのは紀理子だけだ。その特権を生かして、是非早く抱いてもらいなさい。紗依里は無言で紀理子に伝えた。

一方で、部屋の明るさのなかで柑梛の裸身が美しく照り映えていることに、紗依里は感動に近いものをおぼえた。仰向けの時は時々恥ずかしい気持ちをのぞかせていたが、俯せになってかの女の裸身は、露天風呂での淡い空気のなかとはまた違って、容赦ない光のなかで見られることを受け容れ、よりかがやこうとしていた。柑梛ほど利発であれば、紀理子の動きに意図的なものがあるようなことを察しているだろうが、にもかかわらず、まったく姿勢をくずさない凛《りん》とした美しさは、紗依里でも惚れ惚れするおもいだった。尤も、この美しさが紀理子の衝動を助長しているのにちがいないだろうけど。

紀理子が「終わりました」と言って、柑梛のからだから離れた時、紗依里はガウンを柑梛にかけてやった。そして、柑梛の下着もわたしてやった。紀理子のほうを見ると、再び顔に汗を噴き立たせていた。その様子を見て、紀理子はひょっとして柑梛の裸身と格闘していたのかなと感じもする。紗依里は紀理子に対してもタオルで顔を拭いてやった。

柑梛は起き上がり、ガウンにからだを隠して下着を着けた。そうして柑梛が顔を此方《こちら》に向けてきた時、顔が紅潮しているのを紗依里は見てとった。枕におしつけていたにしても、赤くなりようが違う。柑梛の顔の紅潮は、平静を装いつつもやはり恥ずかしさを感じていたためだろうとおもわれた。それは紀理子に強《し》いられたものだが、しかし柑梛は、紀理子に笑顔で向き合い、「ながい時間、非常に丁寧に全身をマッサージしていただいて、本当にありがとう。最後までとっても気持ちよかったし、からだも楽になったわ」とマッサージのお礼を言った。柑梛の寛容さに紗依里は感心した。

「紀理ちゃん、一仕事だったわね。お疲れ様」

紗依里が声をかけた。

「今度は紀理ちゃんが横になりなさい。あなたのようにマッサージできないけれども、塗るだけでも効果はあるでしょ。あなたならセルフでマッサージもできるでしょうから、とりあえず私たちにジェルを塗らせて」

紗依里は紀理子のガウンの紐《ひも》を解いて脱がせたので、紀理子もブラとパンティー姿でシーツの上に腰をおろした。そして、紗依里たちの様子をうかがいながら、観念したようにゆっくり横になったが、仰向けにはならずに、からだを横向けにした。「なにしてるの、神《み》さんとおなじように、あなたも仰向けにならなくちゃ」と言いたくなったが、そう仕向けるのは、紀理子を羞恥心の十字架にかけるみたいで、紗依里にしても、そこまで言えない気がした。紀理子は上手なマッサージも受けられないのだから、無理にそういう姿勢をとらせてもしかたがない。

「とりあえず、前は紀理ちゃんが自分で塗りなさい」

それは柑梛と公平性を欠いている気がするのだが、柑梛自身はそれをどうこうおもわないだろう。

紀理子は「すみません」と言った。自分が柑梛にした仕打ちを免除してもらったことを感じているのだ。だが、その後、自分でリンパマッサージをしながら、手際よく鎖骨リンパ節から始めて、耳の下、首筋、わきの下から手の先、胸、おなかから足の裏、爪先まで、ジェルを塗った。

「背中は私たちが塗ってあげるから」

正面を塗り終わった紀理子に紗依里が声をかけた。

「おしりも塗るから、紀理ちゃんも裸になってね」

続けてそう言われた紀理子は、「わかりました」と返事をした。要求されたら覚悟しないととおもっていたかのようだ。

紀理子もブラとパンティーを脱ぐと、さっと俯せになって、顔を枕におしあてた。

紀理子の裸を見ながら、風呂場でも柑梛とまったく遜色がない美しさだと感じたが、今も覚悟をきめて横たわっている所為もあるのか、柑梛とおなじように、もとからの美しさに凛としたかがやきもくわわって優美に感じられた。

本当にきれいなからだ——この美しいからだといつか清躬が交わるのだわ、と紗依里はおもった。紀理子の裸をそういう意識で見てしまうのは、紀理子が柑梛のことを清躬に美しいヌードを描いてもらった女性だと意識しているのと通じるところがあるかもしれない。清躬と紀理子の愛の成就をねがっていれば、紀理子の裸の美しさを見たままに讃嘆していればいいだけなのに、少し過剰に意識が入り込んでいるのは自分自身警戒すべきだ。紀理子のことより、もっと清躬のことを考えるべきではないのか。清躬はこの子のこの美しい裸こそ抱いて、愛してあげなきゃいけないし、そうしないと本当におとなになれないだろう。いつまでも子供とおとなの中間でい続けるわけにはゆかない。

清躬にかの女ができるとは、紀理子のことを教えられるまで、まったく考えたこともないことだった。紗依里自身、清躬を男としてあまり感じていなかった。唯、初めの頃、清躬の裸に接しないよう注意して生活していたのは、清躬のおとなの男の部分を見てしまったとしたら、自分のなかにどういう感情の動きが生まれるか計算できなかったためだが、しかし、一緒にくらしながら、性的なものを清躬に感じてしまうおそれがまったくないことがわかった。慥かに、清躬は美しい女性の絵をおおく描いているが、どれも清らかで聖なる美しさを描きあらわしたいからであって、一切において性的なものを感じさせるものではなかった。性愛はお互いにおのれの不完全さを相手にうめあわせてもらおうと結合することだ。性愛的結合は地上のものだが、清躬の美的希求の対象の女性は天上のものであり、純粋な美なのだ。

だが、そうした清躬のあまりの純粋さ、美の世界への希求の強さは、非現実世界の住人になってしまうおそれもあるものだった。そういうことから紗依里は清躬に対して、通信教育であっても現実と接点を持つ絵の勉強をさせた。また、作品が仕事に繋《つな》がるよう、出版社をまわり、仕事の話をかれにもかかわらせた。仕事の注文という世間の要求に応えて作品をつくるということにより、清躬を現実世界に繋ぎとめた。それでも、絵の制作に日常のほとんどを費やす清躬は、その絵の主題や内容からも、いつあちらがわの世界に行ってもおかしくないと感じられるのは避けがたかった。

清躬には、違う世界の経験も必要だ。

紗依里は一度清躬を旅行に連れ出した。飛行機で島根県の出雲縁結び空港に飛んだ。宍道湖畔《しんじこはん》の温泉宿に泊まり、二日目は松江市内を観光した。勿論、この旅行の一番のお目当ては出雲大社だ。まだ紀理子とは出会っていない時期で、出雲大社の縁結びの神様には、自分と清躬が揺るぎない絆で結ばれることを祈願した。恵水流《えみる》のことは神様には持ち出さなかった。

ホテルは露天風呂がついた客室をとった。もうお互いにおとなであり、家での風呂は一緒に入ったりはしないが、旅先の温泉で、紗依里は臆《おく》せず一緒にお風呂に入りましょうと誘った。そういうことを言われても、清躬は無頓着だろうとおもっていたが、もし違う反応をしたら、という一抹《いちまつ》の不安があった。しかし、清躬は表情一つかえず、「入る時、教えてください」と言うだけであった。そこで伝えていた入浴の予定時間になると、清躬が時間になったことを伝えてきた。紗依里の、「あなたが先に入って」という言葉にも、清躬は素直に従うのだった。

清躬の裸を見て、ああ、男性の裸って、ながいあいだ見ていなかったんだと、今更ながらに気づく程、なんの動揺もなく冷静にしていられた。他方、自分の裸を清躬の前に曝すのも初めてであったが、抵抗感はなかったし、清躬もいつもの様子とまるでかわりなかった。湯舟には一緒に浸《つ》かり、洗い場ではお互いの背中を洗い合って、二人で楽しく風呂を楽しんだ。風呂からあがって、紗依里はバスタオルを巻いたが、清躬のからだを全身くまなく拭《ふ》いた時は流石に、わかい男性の引き締まったからだはなんと素晴らしいものかと感じた。それも素直な感想であり、二人して終始自然体であるから、感じたままを受けとめることができるのだ。清躬だって紗依里を美しいひととして感じていることを素直に伝えてくれる。それとかわりはないのだ。

清躬がもし予定どおりに今回の旅行に参加していたら、柑梛は福岡だけで、この山鹿温泉の宿には自分と紀理子、清躬が一緒の部屋で過ごすことになっていた。きょう、おんな三人で露天風呂に入ったが、清躬がきていたら、紀理子と一緒に露天風呂に入るようにさせていた。抱いてももらっていない紀理子は、清躬の前で服を脱いだこともないだろうが、家族となる決意を持って旅行に臨んでいるのだから、清躬と一緒に風呂に入るのは絶好の機会と理解し、そこでお互いに裸になりあって、魂のレベルで結びつきあったことだろう。そうして二人は自然体でかかわりあい、いずれ肉体的にも愛しあうようになるのだ。自分はもう立ち会えないが、東京にかえったら、紀理子から機会をつくって、清躬との二人の愛を成就させてほしいとおもうのだった。

紗依里は、紀理子のおしりにジェルを塗りながら、この膚を清躬より前に自分が触れていることの意味を考えた。處女のきれいな膚に最初に触れるのは清躬であるべきなのでは、というおもいも持ったが、寧ろ、清躬が抱くべきこのからだが、いかに美しいかをしっかり自分が見てあげることが、二人の愛の成就を言祝《ことほ》ぐ資格であるかのように、紗依里は感じるのだった。

紀理子のおしりがぴくんと動いて、紗依里ははっとした。意図していなかったが、紀理子が柑梛に対してそうしたらしいことを、自分も紀理子にしそうになっていたことに気づいた。紗依里は自然な感じで手を移動させた。かわいらしい紀理子のおしりの穴だけ挨拶がわりに優しくタッチした。紀理子のおしりがきゅっと反応するのがおかしくてわらいが洩れそうになった。

背中からガウンをかけてやると、紀理子も上半身を起こして下着をつけた。此方に向いた紀理子の顔も紅潮している。柑梛が感じた恥ずかしさを紀理子も体験したのだ。

紀理子がちょっと疲れた様子に見えたので、紗依里はかたづけをしようとした。

「いけませんよ、紗依里さん」

紀理子はもう家族の一員を意識して、この旅行中はずっと、紗依里を下の名前で呼ぶようになっていた。

「私、疲れていませんし、大丈夫です。そんなに時間がかからないですから、紗依里さんも今やりましょう」

紀理子がそこまで積極的に言うのに、紗依里もこれ以上固辞できなかった。

ガウンをとって、ブラとパンティーだけになって、シーツの上に仰向けになる。紗依里は眼を閉じて、紀理子に身を委ねた。

紀理子の手つきはなめらかで、要所では力を入れつつ、からだをほぐしてくれる。慥かに、気持ちがいい。ストレッチをする際に声をかけられ、紗依里は自分がねむっていたことに気がついた。ストレッチは柑棚のほうが担当した。

今度は背中がわだが、前の二人と同様にしなければならないのがわかっているから、紗依里は自分から下着をとって全裸で俯せになった。

紀理子のマッサージの腕前が大したものであるのを自分も体験してわかった。清躬に対しても、やってあげるべきものだ。直接の膚の触れ合いにもなり、紀理子にとって清躬を自分に引き寄せるおおきな武器になる。

終わりましたの合図に、紗依里は讃辞と感謝の言葉を紀理子に述べた。そして、下着をつけると、ガウンから浴衣《ゆかた》に着替えた。わかい二人にも促し、浴衣に着替えさせた。

38　絵のモデル

「杵島《きしま》さんのおからだの美しさにあらためておどろきました」

　三人が揃ってひとところに座ると、柑梛《かんな》が紗依里《さより》に向かって言った。

「私たちの二つ、三つ程度上なだけみたいな。今でもこんなにおきれいなのに、私たちの年齢の時にはもう赤ちゃんを産んで、おかあさんになられていたんですよね。十代で私たちよりずっとおとなだったし、私たちの母親よりもおかあさん歴も長いのに、年月などながれていないかのように、かわりない美しさをずっと保っていらっしゃる。美の化身《けしん》のような方だから、檍《あわき》原《はら》くんと御縁があったんですね？　私たちも御縁ができて、なによりの光栄だとおもいます」

「止《よ》して頂戴、美の化身だなんておおげさすぎる。第一、あなたたちのほうがずっときれいなのに」

　紗依里は冗談言わないでという体《てい》で、手を振った。

「いいえ。私たちはわかいから普通です。人の一生を一年に喩《たと》えると、元日に赤ちゃんとして誕生した子が、四月、人間で言えば、私たちのような二十歳《はたち》くらいに、一斉に桜が咲いて、花見の季節になります。桜の花にもいろいろありますが、どの花も美しい。それとおなじように、二十歳くらいの人間は誰も美しいんです。それが普通なんです。でも、花の季節は短い。美はすぐに移ろうんです。なのに、紗依里さんは、私たちの倍以上の年齢になっても、――御免なさい、失礼なこと言ってしまいますけれども――、季節がかわってもなお、桜の花がずっと咲き続けていらっしゃるんです。神《みわ》さんが言ったように、美の化身だからにちがいないとおもいます。或いは、紗依里さんのなかに美の精がずっと宿りついているんですわ」

　紀理子《きりこ》が珍しく長広舌をふるった。

「まあ、紀理ちゃんまで。まるで清躬《きよみ》が言うようなことをあなたも言うのね。一人年長だからって、二人とも持ち上げすぎよ。そうね、私だって、二十二歳を二十年もそのままでいようとはおもっていなかったわ。でもね、数年くらいはおなじ二十代だし、だったら、できるだけ二十二歳の自分とかわらないようにしていたかった。だって、あの子とわかれわかれになっても、いつまでもあの子がおぼえている姿のままでいることはとても大事なことだとおもったもの。できるかぎり、

できるかぎり、そうしなきゃいけないとおもったの」

紗依里は、いつのまにかわかい二人がならんで真剣に耳をかたむけている様子を見て、少し微笑《ほほえ》んだ。

「歳月は残酷に日数を重ねて、人に滲《し》みこんでゆくわね。朝が来て、夜になって、床に就《つ》かされて、また朝になる。そうするうちに、季節も移ろう。でもね、あの子がいないのに、時が過ぎ、一年経《た》ち、二年経ち、暦だけがかわってゆく、そういう時間は、私からすると、まったくおかしいの。あの子がいないでながれるだけながれてゆく時間って、どうしたっておかしい。そんなの、上《うわ》っ面《つら》の時間。恵水流《えみる》がいない時間なんて、本物の時間じゃないわ。見せかけの時間が恵水流を隠してすりかわったにちがいない。絶対そうおもう」

紗依里の言葉は強い調子になった。一呼吸おいて、また続ける。

「見せかけでも時間の顔をして、私を騙《だま》し、歳をとらせようとする。そんなふうに見せかけの時間が過ぎ去るのに合わせて、私も歳をとっていったら、おそろしいことになる。だって、どこかで本物の時間になっても、一度歳をとってしまったら、あの子がおぼえているおかあさんの姿は戻ってこなくなる。時間て、元に戻せない魔力があるから、一旦それに従ったら、もう前に戻れないのよ。だから、あの子のために、私は騙されちゃいけない。絶対に」

紀理子が、「御免なさい」となみだ声で言って、立ち上がり、カバンからハンカチを出して眼に当てながら、また元の場所に戻った。柑梛は、動きはしなかった。しかし、膝においた両手の拳《こぶし》に力が入っているのが見てとれる。紗依里はまた話を続けた。

「私は、あの子がいなくなってからも、毎日心のなかであの子と会って、お話をしたわ。見せかけの時間がまわりを取り巻いていようと、心のなかではちゃんとあの子に会えるのよ。見せかけの時間がつくる現実ではどこにいるかわからないあの子が、私の心のなかでは会える。あの子は四歳だから、私は二十二歳。歳はかわらない。でも、実際には、おおくは見せかけの時間のなかで過ごさないといけない。そうすると、見せかけの時間でこそ、私は歳をとっちゃいけない。そうやって、どの時も、あの子のおかあさんとしてかわることがない姿でいなければならない。そうだからこそ、あの子が心のなかに来てくれて、会うことができる。もし少しでもかわったら、見せかけの時間の魔力に負けて、歳をとった姿になったら、その分だけあの子と離れてしまう。一度距離ができてしまったら、それが少しづつ広がって、どこかであの子は会いに来られなくなる。それがおそろしかった、とっても。だから、私は顔やからだのことにいつも気をつかって、自分が前の日とかわっていないことを毎日確かめた。そういうことを一日も絶やさずずっと続けていた。それだけなの。その結果がきょうあるとしか言えないわ」

「いいお話」と、柑梛が溜息を洩らすように言った。

「紗依里さんの特別な物語が美しいのですから、その主人公でいらっしゃる紗依里さん御自身がいつまでも美しいのは当然だとわかりました。私たちにもなにかまねができるようにおもって安易な気持ちできいてしまって、本当に浅はかなことで申しわけありませんでした」

「私も、神《みわ》さんとおなじです。美容法とかきくと、もっと美しくなれるものかしらと身勝手に考えて耳を峙《そばだ》ててしまうのですけれども、紗依里さんの美しさの秘密を美容法に還元して考えていたなんて恥ずかしいです」

同調するように、紀理子が言った。

「そうは言ってもね、ながれる歳月を見せかけの時間といって自分では強がっていても、きょうは二千何年何月とわかっていなければ生活はできないし、それに毎日出会う恵水流も、小学校に入る年齢になっている年にはその年齢で、十歳の年なら十歳で、十五歳の年なら十五歳におおきくなっているのよ。私だけが、あの子が本当にかえってくるまではかわれないとがんばりとおそうとするけど、実際に歳月が移ろっていることは知ってるの。見せかけの時間と本物の時間の違いなんて、私の頭のなかにしかないのね。だから、あの子が二十歳《はたち》になる年に、もう限界がきてしまった。あの子とも、毎日は顔を合わせられなくなったの。このままだったら、私、駄目だったわ。そこに、清躬が現われてくれた。清躬も辛い時期だったけれど、あの子が私を救ってくれた。本当に、そうよ。でも、神《みわ》さんが清躬を見舞ってくれて、あの時にあなたが私にあの子のことをいろいろ教えてくれなかったら、あの子がどんな苦境にいて、どうかかわってあげたらいいのか、わからなかった。だから、あなたには本当に感謝するわ」

紗依里は柑梛に手を差し伸べ、かの女の手をにぎった。

「私こそ、大事な友達の檍原くんを元気にしていただいて、杵島さんにしかそれはできなかったことで、どれだけありがたくおもっているか、言葉にできないくらいです」

続いて、紗依里は紀理子のほうを向いた。

「紀理ちゃん、あなたが清躬と家族になると言ってくれて、本当にうれしかった。うれしいだけでなく、ありがたい。本当に感謝の気持ち。清躬にはちゃんとしたパートナーがいるの。対等で一緒に歩んでゆくパートナーが。それは私じゃない。和華子さんでは勿論ない。あなたなの。あなたしかいない。そのあなたが、家族と言ってくれたので、本当にありがたい。あなたが清躬のパートナーになってくれるおかげで、私ももう一度恵水流を待つ決心をすることができた。もう私は、虚しさの恐怖や不安をかかえながら待たなくてもよくなった。清躬やあなたに出会い、もう一つの家族ができたのだもの。だから、楽しい気持ちで恵水流を待てる。あなたたちがいてくれるのだから、悲観などしなくてもいいわけなのよ。ありがとう、紀理ちゃん」

紀理子が引き寄せられるように紗依里の胸に飛び込んだ。紗依里はぎゅっと抱き、なみだをながした。紀理子は甘えるように、声をあげて泣いた。柑梛も時々手を顔にやってなみだを拭いながら、静かに泣いた。

冷えたタオルを柑梛が紗依里と紀理子にわたした。

「冷蔵庫で冷やしてたの？」

「ええ。杵島さんから絶対感動的なお話をきけるとおもって、そうしたらみんななみだで眼が腫れぼったくなるのがわかっていたので、ハンドタオルを水で濡らして冷蔵庫に入れておいたんです」

紗依里の問いに柑梛が答えた。

その後、それぞれかわるがわるあらためて洗顔して、気分を一新したところで、三人でトランプゲームをした。最初は、ババ抜きに似たオールドメイドを楽しみ、神経衰弱を少しだけ挟んで、シープスヘッドをした。程よくみんな勝ち負けをして、紗依里の合図でゲーム終了し、みんな気持ちよく床に就いた。

床に就いても、誰も寝つかれなかった。

「神《みわ》さん、まだ起きてらっしゃる？」

小さな声で紀理子が呼びかけた。

「ええ」

小さな声で柑梛が答えた。

「話しかけていい？」

「どうぞ。なに？」

「あの……」

そう言ったきり、言葉が少し途絶えた。

「あ、やっぱり、いい。御免」

漸く発したものの、きえいるような声だ。

「あ、そう。檍原くんのこと、考えてた？」

紀理子が話を引っ込めたので、柑梛のほうから話題を振りかえた。

「えっ？」

暗闇で顔は見えないが、明らかに赤面しているだろうことが、紀理子の声からうかがわれる。

「あなたが檍原くんのこと考えてるだろうなあとおもって、私、檜杉《ひすぎ》くん（註：Ｈくんの苗字《みょうじ》）のことを考えてた」

「まあ。私のこと引き合いに出さないで、ストレートに檜杉さんのこと考えたらいいじゃない」

紀理子がちょっと口を尖《とが》らせるように言う。

「順番から言うと、初めは紀理子さんのこと考えてたの。そしたら、あなたは檍原くんのことにおもいを馳《は》せてるにちがいない、とおもった。だったら、私も、檜杉くんのこと、考えようって」

「私は――」

私だって最初は神《みわ》さんのことを、と言おうとしたが、その前に柑梛から、「で、檍原くんのなにを考えてたの？」と突っ込まれた。稍《やや》間をおいて、「いろいろよ。一言では言えないわ」と紀理子がかえすと、柑梛はすかさず、

「高校時代の檍原くんについてもっと知りたいとおもったんじゃないの？」

「あ、それは――」

「さっき私にききたそうにしてたのって、その関係じゃないの？」

少し沈黙があった。

「神《みわ》さんて、本当に鋭い方ね。じゃあ、教えてもらう。神《みわ》さんがかれにヌードを描いてもらった時のことをききたい。構わないかしら？」

珍しく紀理子がきっぱりとした物言いで言った。

「ええ、いいですよ」

「立ち入ったことかもしれないけれども、ヌードを描くというのは、檜杉さんの希望だったんですか？」

「まさか。かれ、私にはちょっと臆病なところがあったの。檜杉くん自身は早くおとなの世界に行きたいと、学校や寮のルールに縛られずにいろんなことをしたようだけど、私との交際はとても健全だった。プールに行っても、私のワンピースの水着でもうぼーっとしたみたい。その時は一時間もしないで、もうかえろうと言い出すし」

「おかしいですね、男のひとって」

「おかしいの、本当に。場面によって全然違うんだか

ら。でも、私の水着姿を見たいのか、水着一枚の私のからだに触れたいのか、かれ、プールにしろ、海水浴にしろ、泳ぎに何度も誘うの。かれのもっとおかしいところは、プールでのデートの二回目で、私にゴーグルのような眼鏡を差し出してきた。おもしろ半分でつけさせるのかとおもっていたら、ずっとそれをつけていてほしいと言う。勿論、駄目でしょ、それ。逆パンダみたいな顔になったら嫌だから、とつきかえした。かれの気持ちもわかるから、三回目の時は水着の上から羽織るものも持ってきて、プールから上がったらそれを羽織って、水着を隠すようにしてあげた。そんなかれが、いきなり私のヌードの絵を、って。考えられないし、実際、そうじゃないわけ」

「じゃ、じゃあ、神《みわ》さん御自身が？」

「まあ、そうなの。私のほうが描いてもらいたいとおもった。私が親の怒りを買って、二人で会うことを禁じられた時、冷静に考えれば、あと半年がんばって、受験に成功したら、晴れてまた会えるんだから、その期間だけ耐えればいいのだけれども、あの時は、無理矢理引き離された、というおもいが強かった。受験が終わるまで会いようがないのはどうしようもないのだけれど、だからって、なにもできないのは心が辛すぎる。もともと私が不用意で怪我《けが》をしたから、こんなことになって、檜杉くんを災難に巻き込んでしまったわけだし、かれにもなにかしてあげたい。こんな情況でもできることを、なにか一つでも。病院で入院してる時は考える時間が一杯あったから、いろいろ考えた。その結論が、檍原くんに——」

「でも、ヌードである必要は——」

紀理子の声がわって入った。

「檍原くんには一度私の肖像を描いてもらってるの。それは檜杉くんが望んだことで、本当に完璧《かんぺき》に描いてくれた。その前から檍原くんのスケッチは見せてもらっていて、このひとの絵は凄い、絵の才能はなみはずれているとおもったけど、自分を描いてもらって、一層その凄さに圧倒された。鉛筆によるスケッチなんだけど、檍原くんの絵は、そっくりに描くレベルを超えて、本物そのままが再現されている。再現というのじゃ、表現として軽すぎる。私がここにあるのは、創造主が私を創造したから。一方で、例えば写真はその創造されたものを写しとっただけのものとして二次的なレベルで存在する。でも、檍原くんの絵は、創造主の創造とおなじレベルにちがいないの。創造主に創造された人間が普通に絵を描けば、その絵は二次的なレベルの存在だけど、一流の藝術作品は、描いたのは人間だけど、神様がつくられたのとおなじ。檍原くんの絵もそうなの。勿論、写真だってプロのひとが撮《と》ると凄いレベルなんでしょうけど、私たちが撮り合ってるものは二次的なレベルだし、何枚も写して、気に入ったものを選んでフォトフレームに入れても、それだけでしかない。檍原くんの絵は、生きてる私がそこにいるとわかる。神様のかわりに檍原くんが描いたもの。私が生きているように、その絵も生きている。あ、御免なさい。夢中になって喋ってしまってるけど、檍原くんの絵をもっとおおく御覧になってる棟方さんには釈迦に説法よね」

「いいえ。清躬さんの絵は言い表わせないものがあって、唯その魅力に感じ入っているだけでしたけど、神《みわ》さんが説明してくださって、ああ、そういうことだから、あんなに素晴らしいのかとよくわかりました」

「逆に、棟方さんは見なれていらっしゃるものね。きっと、檍原くんが描いてくれた私の肖像だけで檜杉くんにしたら充分なんだけど、私が原因で引き離される情況をつくったのだから、もっと私たちの結びつきを強められることを檜杉くんにしてあげなくちゃとおもったの。そう考えたら、檍原くんの絵は私の分身になり得る。生きてる私がそこにいる、そういう絵だから」

「それが、ヌ——あ、嫌だ、何回も」

紀理子は言い止めて、何度もおなじ言葉をくりかえそうとしている自分が恥ずかしくなった。

「あ、それは私こそ。あんまり細かく説明するのが棟方さんが望んでいることじゃないんだったら、そう言って」

「ううん。ちゃんとお話ししてくださってうれしいの。気になさらず続けて」

「ええ。じゃあ、続きを。私の分身というのだったら、全身を描いてもらわないといけない。それから、純な私でないといけない。ありのままの私。それは、裸の私。すぐにそう結びついたけど、じゃあ、どうして服を着ていてはいけないのかしら、とまた考えた。服を着ると、装った私になる。装うからにはきれいに見せたい。自分をつくってしまう。檜杉くんは私のことが好きだから、もっと好きでいられるようにきれいに装った私を見られたらいいとおもうかもしれない。でも、そういう絵だったら、今でなくてもいい。もっと気持ちよくその絵が受け取れる時のほうがいい。今というのは、私たち二人が引き離され、わかれわかれになっている。その時にこそ、檜杉くんの傍に寄り添って、私は一緒にいるわよ、とおもってもらえるものが必要。私を見て頂戴、という絵じゃなく、私はずっとあなたと一緒にいるわ、ただ私の存在そのまま、という絵。おしゃれに頼らない、なにものも頼みとしない、ただ存在そのものの私を檜杉くんに持ってもらえたら、と。そう考えると、もうそれしかあり得ないとおもった。勿論、そういう絵を描けるのは檍原くんしかいない。もし檍原くんがいなかったら、私もこういう考えを持つことはなかった」

柑梛は少し間をおいた。紀理子はなにも口を差し挟まなかった。

「それから私はそうした自分の考えを手紙に書いて、友達をとおして檜杉くんにわたした。檜杉くんはどうおもうだろうと、手紙を出してからどきどきした。自分の裸を絵にするなんて言い出す私をどう受けとめるだろうか。こんな情況になって、気が狂ったのかと心配させてはいないか。なに馬鹿なことを考えるんだ、と腹を立てていないか。気分を害していないか。いろいろ不安が去来した。ともかく、もしかれがそれは駄目だと承知しなかったら、この話はなかったことになっていたわ。だって、かれの心が一番だから。でも、かれは、私がそこまで考えているなら、そのようにしてくれたらいいと、同意の返事をくれた。檜杉くんは檍原くんにとても厚い信頼を寄せていたから、かれの画才で望みどおりの絵に描き上げてくれる、そのことも確信している、と言ってくれた」

「それで、清躬さんには？」

「檍原くんには檜杉くんから頼み込んでくれた。土曜日のお昼は私の両親はいつも不在なので、約束の日をきめて、檍原くんにきてもらった」

「神《みわ》さんの御自宅に？」

「ええ。私の部屋。あ、このまま続けても大丈夫かしら？」

「続けてください。大丈夫です」

おんなの子の部屋で清躬が柑梛と二人きりで、これから柑梛が服を脱いで……紀理子は先走って想像を逞《たくま》しくする。動悸《どうき》が劇《はげ》しくなる。神《みわ》さんに感づかれたら、嫌だ。

「実は、どんなにこれをしなくてはいけないんだと正当化し、しっかり覚悟を持ったつもりでも、実際になってみると、まるっきり意気地《いくじ》がなかったの。いくら檍原くんでも、男のひとの前で服を脱ぐなんてあり得ないと、からだがいうことをきかなくなった。がちがちになっちゃって。からだは強張っているのに、内がわにある心臓は動悸が劇しく打っていた。ホックをはずしてスカートが足元におちた時、もう限界だった。私、下着姿のましゃがみこんで、泣き出してしまった」

「まあ」

紀理子はおもわず叫んだ。やっぱりそうなるはずだわ。いくらしっかりした神《みわ》さんであっても。

「私、男のひとの前で下着姿になったの、初めてだったの」

「初めて？　カレシの前でも？」

「ええ。だって、高校生でしょ。檜杉くんと何度か泳ぎに行った話をしたけど、全部ワンピースの水着。一回だけ、私が転んで骨折した時だけ、その時だけビキニだった。つまり、ビキニの水着もその時が初めて。その時は同性の友達も一緒で、かの女がビキニを着たいから、一緒におねがいと言われたの。友達とおなじ格好なら大丈夫かとおもったけど、やっぱり恥ずかしかった。私のビキニ姿は檜杉くんも初めてで、かれのほうが照れていた。でも、檍原くんは自然体というか、まったく普通にしていて、気にするという私たちの感覚のほうが妙な感じとわかるようになった。四人でいろ遊んでいるうちに、みんな気にならなくなった。そういう経験があったから、下着までは大丈夫っておもっていた。ヌードと決意したからには、正真正銘一糸も纏わないのが正統なんでしょうけど、でももし全裸になるのに抵抗感ができたなら、下着姿を描いてもらってもいいんじゃないかしらと、逃げ道を考えてた。完全なヌードではないけれども、ほとんど膚を見せていて、高校生にしたらヌード同然と言える。檜杉くんも、嘘《うそ》をついたとがっかりするより、できるところまでがんばったことを認めてくれるようにおもった。今からおもうと、凄い覚悟をしたようでも、一杯逃げ道や言いわけを考えてて、実は結構いいかげんだった。それはヌードを描いてとおねがいした檍原くんに対して非常に失礼なことだった」

実は神《みわ》さんは、清躬さんの前でヌードになっていたわけじゃないのかもと、紀理子はおもった。それだと少し安心する。そういうオチだと、早く明かしてほしい。

「そんないいかげんな気持ちは、檍原くんが家にきてくれて、絵を描く用意をしだした時、私のなかで抹殺された。檍原くんは真剣なのだから、私も嘘偽《いつわ》りなく向き合わないといけない。だから、着ているもの総てを脱ぎ去って、ヌードになる。だけど、それまでいいかげんな気持ちでいた私は、急にそうおもっても、からだと心がついていかなかった。それで、下着になるのさえ気が動顛《どうてん》して、泣き出してしまった」

途中の話はもういい。結局どうだったのか。紀理子は焦《じ》れったい気持ちできいている。

「一頻《ひとしき》り泣いて、ちょっとおちついた時、檍原くんが、いくら時間がかかってもいいよ、それにヌードにこだわらなくても、服を着て描いてもいい、こう描いてほしいと言ってくれれば、ちゃんと描くよ、と言ってくれた」

「清躬さんが？」

「ええ」

清躬さんらしい労《いたわ》りだ。その言葉に従って、おちついたことになってほしいと、紀理子はおもった。ヌードというのも、実はスカートを脱いで下着だけの格好になっていたことを言っていたのだったら。そう、紀理子は期待した。

「檍原くんにそういう優しい気づかいをしてもらうと、なおさらいいかげんな自分が許せなくなった。時間はちょっとかかったけれども、段々と覚悟がかたまった。結構ながい間下着姿でいて、それもなれっこになっている。きめていたポーズはベッドで俯せになる格好で、おしりを見せるだけ。ずっと後ろ向きだとおもうと恥ずかしい感じが薄れて、ブラはさっとはずせたの。そしたら、お風呂に入る時みたいな感覚でパンティーもごく自然な感じで脱ぐことができた。そのままさっとベッドに横たわった。檍原くんのほうに顔を振り向けたら、かれの眼はもう絵を描くことに集中しているのがわかった」

「ヌード、やっぱり描いてもらったんですね？」

さんざん気を持たせられながら、やっぱり清躬がヌードを描いたという事実を知って、紀理子は落膽《らくたん》した。

「あ、でも、その日は、デッサン程度で終わったの。デッサンといってもりっぱなものだったけれども、なにしろ私の気持ちがおちつくまでに相当の時間を使ってしまって、時間切れになっちゃった。檍原くんももう一度ちゃんとしたものを描こうと言ってくれて、一週間後にまた来てくれて。その時もいろいろあったけれど、檍原くん、とても素晴らしい、私たちにとって宝物になる絵を描いてくれたわ」

「いろいろ？」

紀理子は反応した。もうこれ以上ききたくないとおもっていた。おんなの子の揺れ動く感情に清躬が翻弄される様子を想像して、きくのが苦痛だった。それになにより、清躬がかの女のヌードを真剣な眼で凝視して、絵に仕上げてゆく時にどういう感情を持っていただろうかとおもうと、無暗《むやみ》に心が騒いだのだ。しかし、「いろいろあったけど」という言葉には、どうしても立ち止まらないわけにゆかなかった。

「二度目の時は、もう私も絶対にちゃんとしたヌードの絵を描いてもらうんだと、初めての時の羞恥心や緊張感を払拭できていたの。でも、逆に、テンションが上がっていた。すんなり裸になったんだけれど、檍原くんに、遊びでは描かない、きょうの私はきれいじゃないし、きょうは描けない、と言われて、かえり支度《じたく》をされてしまった」

「かえり支度？」

清躬がそんな行動に出るのは余《よ》っ程《ぽど》のことだったのだろう。清躬がかの女に振りまわされているようで、気の毒になった。

「ええ。私はどうしても描いてもらいたいから、檍原くんに後ろから抱きついて引きとめようとした。もう泣いて訴えた。檍原くんはじっとしていた。そのうち、私、泣き疲れてしまったのか、意識を失ったの。気がついて眼を開けると、視線の先に檍原くんの真剣な顔があった。かれ、私を描いているとわかった。私は裸でベッドの上に横たわっていて、それを檍原くんが描いている。私は身動きできなかった。動かせるのは、瞼《まぶた》だけ。言葉も発せられない。終わってから、絵を見せてもらったら、これが私なのかとおもうくらい、きれいだった」

「神《みわ》さんは裸だったの？」

紀理子ははっとした。それはいけない、とおもった。

「裸のまま意識をなくして、檍原くんがベッドにねかせてくれたの」

「じゃ、じゃあ、あなたが意識を失っていて、しかも裸でいるのをそのままにして、檍原くんは絵に描いたと言うの？　それって――」

紀理子の声は震え出した。なみだも込み上げてきた。

「紀理子さん、檍原くんの真剣な顔を見たら、私、裸でも全然恥ずかしくなかったわ。それよりもとても神聖な時間のなかにいる気がした。出来上がった絵も本当に素晴らしくて。私は半分ねていたけれど、こんな貴重な時間を過ごしたことはないとおもう程だった」

紀理子は柑梛の言葉に圧倒された。清躬のことを信じていても、全裸の美しい女性を前にして、ねむっている隙《すき》にかの女の承諾なく裸を描く行為がとても不道徳な感じにおもえたが、そういう想像をした自分が恥ずかしくてならなかった。清躬が絵を描く時、柑梛にそう言わせるまでの力があるとは、まだ紀理子は経験していない。先に柑梛が経験しているのはちょっと悔しい。和華子さんがどれだけ美しいといっても、その美しさをあれほどにきれいに描けるという清躬の才能に接すれば、描かれることの幸福感に浸れるだろうことは想像できる。だが、自分は高校時代よりもっと成長した清躬に描いてもらえる可能性がある。その可能性を現実のものとしなくては意味がない。

そういう体験自体羨《うらや》ましいことだが、その精華たる作品が處分されてかの女から失われたとしたら、逆に非常にかなしい体験を強《し》いられたことになる。

「あ、あの、その絵が見つかってしまったんですか？」

おそるおそる紀理子はきいた。

「あ、違うわ。その絵が見つかってしまったら、それこそとんでもないことになったわ。だって、私は正面を向いて全裸になっていたんですもの。流石に、その絵は檜杉くんにもまだ見せられない。もうちょっとおとなになったら、わたしたいとおもうけれども」

柑梛がそう言うのをきいて、あらためて入浴時に見たリアルな柑梛の美しい裸身をおもいだし、紀理子は息を呑《の》んだ。

「その前の週に描いてもらったポーズは、俯せでねて、顔だけ振り向く姿だったの。おしりは見えるけれども、胸とか恥ずかしいところが描かれるわけではないから。で、まだ時間が残っていたから、檍原くんはそのポーズの絵を続けて描いてくれたの」

「続けてって、もう一枚描いたということ？」

紀理子はおどろいたようにきいた。

「ええ、続けて二枚目も。一枚目は予定外のハプニングで、モデルとしてポーズをきめた二枚目が本来のものということもあったのかしら。それにしても、檍原くんは凄いわ、本当に短時間であれだけの出来栄《できば》えの絵を描き上げるんですもの。半日で二枚も。で、檜杉くんにわたそうとしたのは、二枚目のほう。俯せになっていておしりだけだから、まあいいかなと。その絵が見つかって没収されちゃったの」

「その絵だって――」

「ええ、その絵だってだわ。その絵だってとても素晴らしいし、それを處分《しょぶん》しちゃうなんて本当にひどい話。いくら檍原くんが精密に細部まで写しとるように描けるにしても、その作品はその時一回だけのもので、おなじものは二度とできないんですもの。でも、それを見たおとなたちは、絵なのにモノクロで撮影した写真だとおもい、檜杉くんが撮影したように勘違いしたの。しっかり見れば、写真以上に美しい絵だとわかるはずだけれども。唯、絵だとわかったら、誰が描いたかということが問題になって、檍原くんに累がおよんだのはまちがいないから、勘違いしてもらってよかったと言える。その勘違いに乗っかって、私も檜杉くんも二人だけのことにおさめるようにしたわ」

戀人でもない男性が女性が裸でいる現場に居合わせたこと。どれだけ才能があるとしても、高校生がおんなの子のヌードを描くようなことをしたこと。それが発覚したなら、柑梛の戀人とおなじくらい、学校から指弾されることになったかもしれない。

「そうはいっても、もともと私がヌードを描いてほしいと檍原くんにおねがいしなかったなら、世の中的にはスキャンダラスと見られる大事件は起きなかった。檜杉くんはともかく、檍原くんまで巻き込んで、苦しい目に遭わせてしまったことは、謝りようもないくらい。だけど、檍原くんが杵島さんに出会って、今のようにりっぱに才能を開花させて好きな絵を描き続けているとわかって、本当によかった。虫がいいかもしれないけど、心からそうおもうわ」

「私もそのおかげで清躬さんに出会えたのね。運命って、不思議」

「本当にそうね。私も紀理子さんと知り合えるようになったし」

「私もよ」

それまでなんの反応もなかった紗依里がいきなり声を出した。

「やっぱり起きておられたんですね？」

柑梛が言った。

「わかいあなたたちに存分に会話を続けてほしいとおもったから、ずっと黙ってなきゃとおもった。きいてるだけで、なにも声を出さないようにするのはなかなか大變《たいへん》ね。でも、神《みわ》さんのお話がきけてよかったわ。清躬のことも見なおした。その当時からそんなパワーを持っていたなんて」

「絵に向かう時のパワーですね。私もモデルになって初めて感じました」

考えてみれば、モデルを前にしていなくても、和華子さんや檍原橘子の絵を今そこにそのひとがいるかのように描くことを何年もしているのだから、清躬がそれだけのパワーを発揮してもなにもおどろくことではないのだと、紗依里はおもった。だが、そういう時と情況はかぎられている。それを体験した柑梛は、清躬からパワーを引き出すに値する充分な魅力を有していたのだろう。

紀理子はまだ清躬に抱いてもらっていないことをなげいたけれども、清躬に絵を描いてもらえば、かれの心を感じとれない不安など吹き飛んでしまうだろう。清躬はいずれ紀理子の絵を描く。自分も旅に出ている間に描いてくれていた。距離が開くと、引き寄せようとして清躬は描くのかもしれない。いや、そういうことを待たないで、自分から描いてもらうよう頼んで、モデルになればよい。その時に、清躬が自分に入り込み、一体となることを感じるだろう。それは抱擁《ほうよう》とおなじだ。紀理子だってもう気づいているのではないだろうか。

「清躬のモデルを務めたのは、きっと神《みわ》さんだけよ」

「えっ、そうなんですか？」

「でも、これから更にたっぷり紀理ちゃんと過ごすから、紀理ちゃんがモデルになるのは時間の問題ね」

「それは絶対確実まちがいなしでしょう」

二人はそう言ったのに、紀理子からの応答はなかった。

「紀理ちゃんたら、恥ずかしがってるの？　あ、まさかヌードモデルの話をしているんじゃないわよ」

「私の場合は特殊ケースだから。紀理子さんと檍原くんの間柄だとどちらからも言いにくいかもしれないけど、でも、檍原くんに描いてもらわないなんて勿体《もったい》なさすぎる。紀理子さんはお気に入りの服を着て、描いてもらったらいいわ」

それでもなお紀理子からなんの反応もなかったので、

「狸《たぬき》寝入りしてるんでしょう？」と紗依里が言うと、

「ふふ」と紀理子の声がした。

「やっぱり起きてる」

「私、そんなつもりじゃないですよ。お二人のお話を楽しみにきいていただけです」

「あなたのこと話題にしてたのにきいてるだけって」

紗依里がそう言うと、また紀理子は黙ってしまった。

稍《やや》あって、紀理子が蒲団を剥《は》いで、起き出した。

「すみません。ちょっとお手洗い」

紗依里は枕もとの明かりを点《つ》け、「足元、気をつけて」と声をかけた。

紀理子が洗面所に入ってから、柑梛が小さな声で、

「さっきの会話、紗依里さんもきいてたのを知って、

紀理子さん、恥ずかしくなったんじゃないでしょうか」

「どうしてあの子が恥ずかしがるのかしら。ヌードになった話をきかれてる神《みわ》さんが恥ずかしがるのはわかるけれども」

「私は、お二人には恥ずかしくありませんよ。でも、こういうのって、きいてるほうが恥ずかしくなってくることってあるんじゃないでしょうか。まして、それをまた別のひとに観察されてたとわかったら」

「まあ、わからなくはないけれども、まだ私に遠慮があるのかしら」

「きっと紗依里さんのことが好きだからでしょう」

洗面所から出てきた紀理子は、「大變失礼しました。申しわけありません」と言って、寝床にすーっと入った。紗依里は枕もとの明かりを消して、「もうねましょうね。お休みなさい」と言った。わかい二人も「お休みなさい」と返事した。

静かになって、紗依里は少し疲れをおぼえるのを感じた。きのうからわかい二人につきあっているのだ。すーっとねむりに入ろうとするところ、肩口に人の頭がきて、手もにぎられるのがわかった。隣にねている紀理子がからだを寄せてきたのだ。柑梛がまだ起きていたら、気づくだろう。からだをくっつけただけで、紀理子はおとなしくしていた。

二日目も柑梛をつきあわせたのはよくなかっただろうか――紗依里は、もう少し紀理子の身になって、慎重にすべきだったかもしれないと感じた。もし、元の予定のとおり清躬がこの旅行に一緒に来ていれば、柑梛は初日の会食だけにつきあい、二日目以降は三人水入らずで過ごすことになったはずだ。清躬が来ないことがわかったから、柑梛も熊本の旅に同行したいと言ったのにちがいない。柑梛は、自分と紀理子が家族宣言しあっていることを知らない。だから、紀理子と同世代の自分もつきあったほうが、世代の違う自分との二人の旅行よりも楽しくなるだろうと、心づかいしたのではないだろうか。勿論、柑梛はこの機会に、清躬の戀人となった紀理子と友達になりたいと考え、なが く時間を一緒に過ごすことで親密の度を増したいともおもっただろう。そのこと自体は、紀理子にしてもおなじおもいを持っていたにちがいない。

しかし、柑梛が勘違いし、紗依里も安易に考えていたことがあった。それは、柑梛にはれっきとした戀人がおり、清躬は戀人の親友として親しくしていても、男ではなく人間として好感を持っている関係にすぎないのは事実なのだが、だからといって、清躬と柑梛のかかわりに対して紀理子の胸を騒がせることはないとおもうのは早計なのだった。

柑梛は、紀理子と清躬の仲も自分たちとおなじ深い戀愛感情で結ばれていると疑っていないので、正直なことを言ってあげることが、紀理子の清躬に対する見方を更に高めることだと考えたにちがいない。だが、紀理子はまだ清躬に本当の意味で認めてもらっていないことに痛みをおぼえている。そこで、清躬と家族になるという人生の覚悟をきめて、この旅行に臨んでいるのだ。しかし、絵のモデルとしてではあっても、美しい柑梛という女性が清躬の前に裸体をあらわし、清躬が全身全霊をかたむけて美しい絵に仕上げたことをきかされ、それがどれだけ濃密な魂のふれあいの経験であったかを感じとった時、紀理子はまた、自分の知らない清躬について他人から告げられる心苦しさを感じずにいられなかったはずだ。紀理子と清躬の微妙な関係を知らない柑梛が、紀理子にききだされるままに正直に答えるのはしかたがない。だから、二人がながく時間をともにしていれば、どこかでこのようなやりとりがかわされるだろうことを想像していなかったことに、認識の甘さがあったと紗依里は自覚した。少なくとも、寝床の位置関係を、自分をまんなかにして、わかい二人をくっつけないようにしていれば、よかった。紀理子の性格からして、明るい時間にこのような話題に触れることはしにくく、消灯して漸くひそひそ話を引き出そうとしたわけであるから、二人の寝床が離れていれば、ききたくてもききようがなかったのだから。

紗依里は自分のもとにからだを寄せてきた紀理子を抱き締めて、かの女の不安を鎮《しず》めてあげたいとおもうのだったが、柑梛がいるところで流石にそれはできず、ぎゅっと強く手をにぎりかえすことだけをした。暫くすると、紀理子は自分からもとの位置に静かに戻っていった。

翌朝、紗依里が目を覚ました時、わかい二人の姿は寝床になかった。あら、と立ち上がりかけると、部屋に続く浴室から二人が揃って出てきた。朝風呂でリラックスし、浴槽からの朝の爽《さわ》やかな外の景色もゆったり楽しんだという。二人ともそれほどねられず、早朝から目が覚めてしまったようだ。風呂上がりなので、二人とも上気して、朝の光を浴びて華やいで見えた。一晩明けて、あまりねられなかったかもしれないが、朝から温泉に入ったことで、紀理子の顔もさっぱりしたように見えた。

紗依里も朝風呂につかりながら、なにはともあれ楽しい旅行だった、とふりかえった。

朝の膳を済ませて、少しだけテレビを見ながら雑談して、一行は旅館を出た。再び紗依里の運転で熊本市内に戻る。柑梛は地元の友達と約束しているということで、途中で車をおりて、二人とわかれた。

その後、紗依里は自分が新しく住むマンションに紀理子を連れて行った。

東京からおくった荷物はもう部屋のなかに運び込まれていた。部屋のなかはなにもないので、こういう部屋よ、と見せただけで引き揚げた。

つぎに、紗依里が以前住んでいて、去年の三月まで一時的に清躬とくらした家、今はかの女の妹夫婦が住んでいる家に、紀理子を案内した。妹夫婦は在宅で、紀理子を歓迎し、昼食も支度して、持て成してくれた。

紀理子は三時台の飛行機をとっていた。羽田に着いたら、清躬が出迎えてくれ、夕食をともにする予定になっていた。一時過ぎに妹夫婦の家を出て、紗依里が運転して、熊本空港まで紀理子を乗せた。

「来年は清躬と二人で来て、うちに泊まってゆきなさいね」

空港のロビーでお茶をしながら、紗依里が言った。

「二人で来ます、かならず」

紀理子が返答した。

「一年後ね。待ってるわ。新しい故郷《ふるさと》とおもってかえってくるといいわ。唯、それまでの一年はお互いに連絡を断ちましょう」

紀理子は意味がとれず、「えっ?」とだけ言った。

「清躬にはもう言ってあるの。あなたにも私の決心は話してあるけど、私、熊本でもう一度恵水流を迎え入れる準備をする。この一年半程、私は清躬をわが子とおもいなして一緒にくらしてきたけれど、もう一度一人になり、恵水流だけの親としてあの子を待つことにしたいの。そのために一年ほしい。一年だけでいいの。一年だけね。一年どこか連絡のつかない遠くに旅に出かけているとおもってくれたらいいわ。恵水流と出会うための遍路をする。実はずっと熊本にいて、前のようにじっと恵水流を待ち続けるだけかもしれない。或《ある》いは、前と違って、熊本を出て、本当に日本の各地を遍路するかもしれない。どちらになるだろうか、自分でもわからない。どちらでも、私は恵水流を一番に考えて、自分の行動をきめる」

紗依里の話をきいて、紀理子は眼が潤《うる》んだ。

「でも、恵水流を一番におもうのはこの一年が最後。だって、今の私には、清躬もあなたもかけがえのない家族だから。一年経ったら、私は旅から戻って、あなたたちに、かえってきたわ、と告げる。その時も、東京と熊本にわかれているだろうけど、家族どうしの連絡はとりあってゆきましょう」

紗依里がさばさばした物言いで言うので、それがかの女の覚悟を表わしているように紀理子は感じた。

「きょうからですか？」

紀理子は尋ねた。

「きょう、あなたを搭乗口《とうじょうぐち》で見送る。そこから一年。清躬には、あなたが無事に飛行機に乗ったことを電話して、それを最後にするわ」

「わかりました」

神妙に紀理子が返事した。

紗依里は続けて、「清躬は變《へん》な子よ」と言った。

「私も一年半でおどろくことが一杯あった。おどろくのは、普通じゃないからなのね。でも、普通なことって、平均的な或る範囲の幅のなかにおさまるというだけの話でしょ。だから、普通なことがいつも正しいかというと、そんなことはない。普通という一定の範囲からはずれても、そちらのほうがとびきり素晴らしいことだったり、美しいことだったりすることはある。勿論、逆のよくないほうもあるけど、その反対がわもあるのよ。唯、普通でないことの違和感で、それが本当はもっと素晴らしいかどうかまで判断することをしないで、やっぱり普通でないのはぐあいがわるいとおもわれがちなのよね。でも、愛するひとだったら、それだけで特別なひとなのだから、おどろくことが一杯あったって、受け容《い》れられることでしょう。本人が無茶をしているわけではなくて、本性からおのずとそういう振る舞いが現われてくるだけなのよね、清躬の場合は。私は、清躬に一杯おどろかされたけれども、それで眼を見開かされて、新鮮で瑞々しくかがやきのある時間を体験できることもおおかった。あなたも、それに触れることがあったから、清躬に惹かれるのでしょ？」

「わかります。慥《たし》かに清躬さんは普通じゃないですけど、でも變とはおもいません」

紀理子が応じた。

「私は肯定的な表現をしたけれども、清躬の普通でないところで気を揉《も》まされたり困らされたりしたことも事実。そういう意味で、やっぱり變な子なのよね。神《み》さん《わ》のことだってね」

「あ、私、興味本位できいちゃったけど、あのお話、清躬さん、全然變なことないとおもいます。お友達からも、お友達のかの女からも、物凄い信頼を得ておられたのがわかって、きいてて感心しました」

「と言いながら、随分はらはらしたでしょう」

「それは、神《みわ》さんが事細《ことこま》かに言い過ぎるからですよ」

「かの女としても、非常に特別な体験だったからでしょう。それに、清躬のことをしっかりあなたに伝えてあげたかったからでもあるんじゃない？　だって、紀理ちゃんから話をききたいと言ったんでしょ？」

「紗依里さんたら、ねたふりで全部きいてるんですね？」

「ああいう話、途中で邪魔できないわよ。あなたたちって、神《みわ》さんと私があなたのことで話をしているのにちっとも反応しなくて、ねたふりで――ああ、止《や》めましょう、暫くおわかれするというのに、こんな会話をして。もうあんまり時間もないしね」

紗依里は少し水を飲んで、「それより私が言いたかったのはね、」ときりだした。

「きのうの神《みわ》さんの話にしても、和華子さんの絵の話にしても、普通の人には信じがたいような話。私たちでも初めてきいた時は、えっ？という感じ。そういうことがまだこれからもあるんじゃないかとおもうの。さっき言ったような、普通でないことの素晴らしいかがやきを感じることばかりとも言えない。あの子の真実は、私たちが認識する現実より非現実な理想のほうに近い。そして、その理想は神聖さを伴っている。きっと、神《みわ》さんのヌードを絵に描いた時も、そこに神聖な場と時間を感じたとおもうの。あなたは清躬からまだ愛の言葉や抱擁を経験してないと言って、私もちょっとおどろいたけれども、それはそういうものにあの子が神聖な感覚を持っている所為《せい》で、あなたのことをまごころから愛していても、現実の時間のなかではできないんだと、そういう感じがするわ」

紗依里はまたそこで少し間をおいた。

「でも、言っておくわ。いつまでもそうなのかしらというと、きっとどこかであなたたち二人の間に神聖な時間が訪れる。あなたたちは愛し合ってるのだから、かならずそういう時に触れる」

「ありがたいお話です」

神妙に紀理子が言った。

「唯、そのために無理な背伸びや計らいはしないこと」

紗依里は付言した。

「あなたはあなたらしく自然で、等身大のままでいること。そのままでいていいのよ」

「でも、努力はしないと」

紀理子がかえした。

「努力してるじゃない、いつも。私はわかってる。あなたはあの子のことを愛してくれているし、それが本物の愛だからこそ、あの子のことをきちんと理解してくれている。全然普通でなくて、一般の人には理解できないあの子のことを理解するのはあなたしかいないわ。あなたはいつか、清躬が理想の美を抱擁してあなたを抱くことはないというようなことを言ったけれど、清躬が本当に抱けるのはあなたしかいない。あなたは清躬の愛をものにできるだけの美しさを具えている。清躬への本物の愛によって、あなたはこれからもっと綺麗になるわ。あなたのその美しさは、もう理想とくらべる必要のないものになる。神聖な時間が訪れ、あなたと清躬は一つになる。私は確信しているわ」

紗依里はその言葉で締め括《くく》った。もう時間がきていた。

39 ポートレート

清躬《きよみ》は、杵島《きしま》さんと東京にやってくるところまで話をした。橘子《きっこ》は、杵島さんとの出会い以降は紀理子《きりこ》から話をきいていたが、清躬の病気の原因となった出来事――H君との残念なわかれ――は、やはり本人の口からきかないとわからないものだとおもった。清躬と友達以外のおとなたちはみな真実を取り違えていながら、それが正しい事実だときめてしまったのだから。当時は苦しかったであろう出来事も、今は淡々と話ができる清躬の様子に、橘子は安心感をおぼえた。紀理子の話をきいた時は、清躬は今も心の病気の心配があるように感じられたが、決してそんなことはないと確信した。

詩真音《しまね》が昼食《おひる》の時間にすることを宣言した。二人の前に有名店のものとおもわれるサンドイッチのボックスとお手拭《てふ》きなどをならべた。飲み物のグラスも入れ替えた。

「あとはあなたがちゃんとしてあげて」

詩真音はそう言うと、戸口のほうの椅子《いす》に引き下がった。

「御馳走《ごちそう》になっていいの？」

「キユクンと一緒に食事をするのって、子供の時以来でしょ？　私に気兼ねしないで楽しめばいいわ」

「ありがとう。うれしい」

橘子は素直に喜びを表わした。

橘子はテーブルにならべられたものを説明し、お手拭きを清躬にわたした。サンドイッチは眼が見えない清躬にも食べやすそうで、用意してくれた詩真音の心づかいを感じた。

「サンドイッチは、さっきのキユくんのお話にもあったわね。Hさんが M さんを紹介してくれた時の」

「そう。みんなで食べると、一層おいしいよね」

「うん。幸せな気分でおいしさが何倍にも感じられる」

こうして清躬と食事するのは小学校の時以来だ。一番最後は、海水浴に行った時。その話もさっき出た。あの時は家からおにぎりを持って行った。清躬のおかあさんとの交流はほとんどなかったが、両親は清躬のことを気にかけて、橘子を外に連れて行く時、よく一緒に誘ってくれた。映画館やショッピングセンターに行った時はレストランだった。車で遠出して、河原でバーベキューや飯盒炊爨《はんごうすいさん》をしたこともある。あの頃は自分のほうがからだがおおきかった。清躬にももっと大きく、逞《たくま》しくなってほしかったので、もっと食べなきゃいけないと、事あるごとに言い、自分の分もとりわけて清躬の皿に移すこともあった。清躬には、自分より大きく、少なくとも自分とおなじくらいになってほしいという気持ちがそうさせたのだ。小学校時代は毎日一緒に登校していたから、横にならぶ清躬のほうが自分より大きくなってくれたら、からだが大きいというコンプレックスも緩和されるようにもおもった。或《ある》いは、友達のおおくは、清躬と自分がおなじ珍しい苗字《みょうじ》で親戚《しんせき》関係にあるとおもっていた（本当にそうだったわけだけれども）ので、檍原《あわきはら》の一族は大柄の家系なのだと言い張れると都合《つごう》がいいようにもおもったのだ。勿論、両親は橘子が無理に清躬に食べさせようとするのを止めるよう言ったので、レストランでは自粛したが、飯盒炊爨では、両親に見咎《みとが》められないよう注意しながら、御飯をおしつけていた。清躬がおとなしいのをいいことにわるいことをしてしまったと、今では反省する。子供の頃とはいえ、ちょっと恥ずかしくもある。そんな記憶、キユくんはまだ持ってるかしら。

清躬は物静かなので、橘子は子供時代の想い出にゆっくり浸ることができた。

「私、子供の時にキユくんも一緒にバーベキューした時のことなんかおもいだしてたんだけど、キユくんはなにおもいながら食べてるの？」

静かでいるのはなれているけれども、会話しないのはやはり勿体《もったい》ないとおもって、橘子が尋ねた。

「ぼくは、今のナコちゃんの様子をおもいうかべてた」

「おもいうかべるって？」

意味がピンとこないので、橘子はきいた。

「今はもう直接ナコちゃんを見られない。でも、傍《そば》にいるナコちゃんを感じとって、そのまま脳裡《のうり》に映ってくる、ナコちゃんの姿が。それを見てるんだけど、眼では見てないから、おもいうかべてるって言い方のほうがいいのかなとおもった」

「私がサンドイッチをパクついてるとこ？」

「おとなだから、ナコちゃん、お行儀よく見えてるけど」

「あら、よかった。小学校の時みたいに大食いのイメージが蘇《よみがえ》ってたら、恥ずかしい。でも、キユくんには見えるのね？」

「きっとこういう姿だろうなあと、イメージをおもいうかべてるだけだよ」

二人はほぼ同時に食べ終わった。その頃合いを見て詩真音がやってきて、サンドイッチのボックスをかたづけた。

「清躬さん、それ、橘子さんに見せるために持ってきたんでしょ？」

詩真音の視線の先を橘子も追うと、おおきな紙袋があった。

「ええ。今から出します」

そう言うと、清躬はわきにおいていた紙袋からおおきな風呂敷の包みを取り出し、自分の膝《ひざ》の上に載せた。

「少しだけ待って。テーブルの上、ちょっとどけて、きれいにするわ」

詩真音は二人のドリンクのグラスをお盆に載せ、布《ふ》巾《きん》で拭いてきれいにした。「いいわよ」と合図《あいず》して、お盆を下げる。

「ナルちゃんがね、おねえさんに見てもらったらって――」

橘子にも察しがついていた。

「キユくんが描いた絵？」

「うん」

橘子は胸がわくわくした。清躬が描いた絵。愈々《いよいよ》見せてもらえる。随分たくさんありそうだ。

清躬が風呂敷の包みを解いた。なかの絵も、丁寧に紙で包んである。清躬が一枚をテーブルの上においた。眼が見えないから、動作が少しぎこちない。

「開けていい？」

橘子が自分から申し出た。清躬がうなづいたので、その紙の包みを開くと、ポリエチレンの袋に入った絵が現われた。絵が傷《いた》まないよう厚紙と一緒に入っている。

「え、なに、私じゃない」

橘子は矢庭に声を出した。まさか自分の絵があるとはおもっていなかった。絵を持ってきたときいているから絵の認識で見るが、普通に見たら、白黒の写真とおもってしまう。こんな写真を撮《と》られたはずはない。慥《たし》かによく見入ると、鉛筆の線とも見える。

「ナコちゃんの絵？　どういう絵？」

「あら、なんの絵を選んだか、ナルちゃんに確かめてないの？」

暢気《のんき》な人ね、キユくんたら――と、橘子はおもった。

「絵を選ぶのはナルちゃんにお任せした。どんな絵かは、ここでナコちゃんがお話ししてくれるとおもって。

それは顔だけ描いたもの？　それとも、全身を描いたもの？」

「顔だけだわ。ちょっとななめの角度からのもので、にこっと微笑んでる」

「ありがとう」

描いた本人だから、どの絵なのかの見当がついているのだろう。

橘子は絵を見ながら、自分の顔がこんなにクローズアップして描かれているのに新鮮な感じをおぼえた。眼をぱっちり開いて優しく微笑んでいる様子が、自分の顔ながらなかなか感じがいいとおもう。

自分だろうか？　なぜかしらそういう疑問がわいて、橘子はどきっとした。

この顔は自分の顔だが、鏡でいつも見ている顔とは違う。鏡は自分が映った像だが、これは人だ。絵に人が宿っている。絵として見るのではなく、その「人」と会っている、という感覚が起きる。おもわず「こんにちは」と声をかけてしまいそうだ。「私は檍原橘子」と自己紹介したら、「私は――ナコ」と答えそうだ。あ、私こそナコよ、と言わなくちゃ。

――あなたは私ね？

――キュくんて呼ばれたの。

そうか。キュくんが私のところにきてくれたように、私のことも呼べるのだわ。呼ばれて、私は絵のなかに入った。

「なに、これ。清躬さん、まさか私をスケッチしたの？　うーん、でも、これはどう見てもナコで、私じゃないけど」

詩真音が清躬に問いかけた。かの女の表情はとまどいをあらわしていた。

「えっ？　詩真音さんのこと、描いたことはないよ」

清躬が答えた。

「慥《たし》かに、これはナコちゃんで、私じゃない。でも、あなたは私がナコちゃんにとても似ているとおもっていた。あなたはナコちゃんの絵を描きたくなって、似ている私を観察して、この子の絵を描いた。そうなんじゃない？」

詩真音は自分の推理をかたった。

「詩真音さんをモデルにナコちゃんを描いた、そうきいてるの？」

「だって、そうでないと描けないでしょ？　何年も顔を見ていないひとの顔をどうしてこんなに写真に写したみたいに描けるの？　私とはあまり会っていないから、私の写真を誰かから貰《もら》って、それで描いたんでしょ？」

　詩真音の疑念は深い。

「詩真音さん。ぼくは詩真音さんに会う前からナコちゃんの絵を描いてる。中学校の頃からずっと、何枚も」

「中学校の頃から？　でも、一度も会ってないんでしょ？」

「高校一年生の時だけ――」

　橘子が口を挟むと、詩真音が遮《さえぎ》って、

「その話はきいてる。でも、その時、家の近くの道端で立ち話しただけなんでしょ？　その時、写真に撮ったとか、スケッチしたとか、そういうわけじゃないんでしょ？だったら、あんまりかわらないわ」

　納得がゆかないように言う。

「ぼくが、詩真音さんを描くんだったら、詩真音さんの絵になる。ナコちゃんの絵にはならない。ナコちゃんの絵になっているのは、ナコちゃんを描いたからだよ」

「慥かに、これは私じゃない。ナコちゃんだわ、よく見れば見る程」

「さっきも言ったように、ずっと会ってなくても、ナコちゃんはいつもぼくの心のなかにいるから、ともしびに照らせば、ちゃんと今のナコちゃんの姿が見える。ナコちゃんはぼくといつだっておない歳だから。でも、無盡燈《むじんとう》の話をしたけど、小学校時代からのナコちゃんは今のナコちゃんに連なっておなじようにいる。どの時のナコちゃんもぼくは描ける。視力があって、絵が描けていた時はね」

「うん。朝話してもらったことだけど、でも、実際絵を見て、本当にそのとおりなので、あらためておどろいてしまう」

　橘子が言った。詩真音が続く。

「どうしてそんなことができるんだろう。だけど、実物で証明されてるから、清躬さんの才能に感服するしかない。横から口を差し挟んで、あなたたちのお話、止めちゃったわね。御免なさい」

「大丈夫ですよ、詩真音さん」

「じゃあ、つぎの絵を見せてもらったら。包むのは私がするから」

　詩真音にそう言ってもらったので、橘子は「これ、開けさせてもらうね」と、清躬の膝の上におかれた一枚をテーブルの上に移した。そして、紙の包みを開いた。

　出てきたのは、今度は色がついていて、また橘子の絵だった。

「あら、また、私」

「ナコちゃんは、どんな格好?」

「私のお気に入りのジャガーの縫《ぬ》いぐるみとクマの縫いぐるみが一緒。ジャガーちゃんは胸の前に持ってて、クマちゃんの縫いぐるみは横の台に載ってる」

「それ、ジャガーなの?」

詩真音がきいてきた。

「豹《ひょう》みたいだけど、ジャガーなの。なんのお菓子かわすれたけど、小学生の時にそのお菓子の景品に応募したら当たったの。クマちゃんはね、私が自分でつくった。どっちも小学生の時から大事にしてる。キユくん、おぼえててくれたのね?」

「とってもかわいがってたじゃない。時々ベランダにも連れてきてた」

「そうね」

「今はどうしてるの、その子たち?」

「実家においてる。本当はこっちに一緒に連れてきたかったんだけれども、会社の寮だし、社会人になるけじめとして、おいてきたの」

この絵も、自分がすーっと絵のなかに入ったようだ。これはモノクロの世界ではなくて、現実の色のまま、自分が現われている。クマちゃんやジャガーちゃんの縫いぐるみも、自分の部屋にいる子たちそのままだ。つい、声をかけたくなる。

三枚目も橘子の絵だった。

「またナコよ。そんなに何枚も描くってどうなのかしら?」

詩真音が呆《あき》れたように言った。

「本人を前にしないで、頭のなかだけでよくこんなに描けるわね。理由はさっききいたから、もういいけど」

「今度は、またモノクロの鉛筆画よ。私が腹這《はらば》いに寝そべって、本を前に広げながら、顔だけこっちに向いてる」

「意外にスカート短いじゃない」

詩真音が突っ込んだ。

「小学生の時のイメージね? 顔は今の私だけど」

「ナコちゃんは小学生の時からすらりとしてたね」

「これ、和華子さんのおうちで絵本を読んでた時の、感じ?」

「そう」

やっぱりそうか。高校を出てから短いスカートは恥ずかしい感じがして、穿《は》かなくなったけれども、この絵で見ると、あまり違和感はなく、自分ながらかわいくも見えた。描かれている顔もからだも今の自分だが、膝から下の脚を立ててバタバタさせているのは子供みたいだ。部屋でくつろいでいる時は、お行儀はわるいが、よくこんなふうにしていた。清躬だったら平気だった。でも、私の絵を描いてくれるなら、なにも寝そべっているシーンを選んで描かなくてもとおもう。いや、描く前に、呼び出してるんだ。ミニスカートの私。小学校時代とおなじ格好で呼び出さないでも。抑々《そもそも》、私なんか描くんじゃなく、和華子さんこそ描かなきゃ。

「キユくん、素晴らしい絵が描けるんだから、わざわざこんな格好の私とか描かなくていいのに。私じゃなく、もっと素敵なひとの美しい絵を描いて残さないと勿体《もったい》ないわ」

「私はおもしろいとおもうわよ。とってもかわいらしい姿だわ」

清躬は微笑んでいるだけだが、詩真音がフォローした。

自分のどういう格好が描かれていようと、きちんと描いてくれているのに文句を言うことはない。でも、この寝そべっている格好は、とおもっていると、さっき清躬が話した、Mさんもこの格好でヌードを描いてもらったんじゃないかしら、という気がした。そのように見ると、短いスカートから伸びた脚は素脚で、太《ふと》腿《もも》から下は裸だなとおもう。すると、その太腿の膚《はだ》がスカートを透かしておしりまで延びて、ヒップラインが露《あら》わになった。忽《たちま》ち、スカートに続いてブラウスも透けて、首から足先まで裸身が透視された。

一瞬、自分のヌードの絵が眼前に浮かび上がった。

橘子ははっとして、心が騒いだ。

まさか。

まさか、ではあるけれども、清躬なら描ける。

何年も自分と会いもせず、写真さえ見ていなくても、今の私の顔をリアルに描けるのだ。清躬の心のなかにいつも私がいる。その私がヌードになることだって、あり得ないとは言えない。きっとかれの心のなかの私は、清躬に対して裸になることなど恥ずかしく感じることはないだろう。実際の私も、清躬の絵のモデルとして裸になるのは厭わないとおもう。

清躬は、Mさんの裸身を絵に描く時、かの女のからだがかがやいて見え、女性のからだがこうも美しいのかと感じたと言っていた。その美しさへのありあまるおもいが、自分の部屋にかえって、和華子さんの絵を描きたい衝動に発展する程に。きっとMさんは美しく、そのヌードもかがやいていたのだ。

私のヌードもそのようにかがやいて見えるだろうか。いや、Mさんのヌードが美しかったのは、かの女の純な精神がそこに現われたからだ。着衣とかヌードとかは関係ないだろう。私は、清躬にはいつだって自然なままだ。小学生の時も、今も。だから、私は美しい対象とは違う。親しいがゆえ、近しいがゆえ、美の対象にならない。美しいものは近づきがたさがある。だから、絵にして、手元に留めおきたいとおもうのだ。私の場合は、きっと絵はアルバムがわりなのだわ。写真がないから、かれは過去の想い出から私を呼び出し、絵に描いて、なつかしい私と対話してくれるのだ。本当にそうだったら、なんて素晴らしいだろう。アルバムなら、そこにヌードが入るなんて考えられない。横たわったポーズの類似でMさんのヌードを自分に引きつけただけ。実際の絵の私はちゃんと服を着てる……

「ちょっと。なに、ぼうーっとしているの。もういいかげん、つぎの絵に移ってよ」

詩真音に催促されて、橘子はわれにかえった。

つぎの一枚をとる。まだ何枚かありそうだ。

今度は子供だ。

あ、でも、私。小学生の私。写真で撮ったように、あの当時のそのまま私の顔。まさしくアルバム。

本当に、白黒の写真じゃないの？　でも、写真じゃない。というのも、背景が写り込んでおらず、白地だからだ。これも、鉛筆画なのね？

私は、手摺《てす》りに両手を当てて、乗り出すような格好でわらってる。子供のスカートで、短い。小学生の時はこういうスカートばかりだった。脚は、今以上にがりがりだ。

これは実家のベランダの手摺りだ。

この柄の服は上下ともおぼえている。モノクロでも柄でわかる。

キユくんから見た時、ベランダから乗り出す私はこんな感じだったんだ。

「キユくん、これはいつ、描いたの？」

「一か月くらい前」

「ここにある、ほかのも最近？」

「うん、ナコちゃんの絵だったら、この二ヶ月くらいの間のものだよ」

紀理子さんとわかれた時から幼馴染の絵を描いているというのかな？　でも、どうして私を描くんだろう？　なつかしい昔をおもいだしたかったのだろうか。

「この子供の時の私の絵も、最近なの？」

「子供の時の、ナコちゃん？」

清躬が怪訝《けげん》な顔をしてきいた。

「あ、御免。なにも言ってなかったわね。私、四枚目の絵を見てるの。小学生の私がベランダから乗り出すような格好で、わらってるの。服も、あの時のまま」

「ああ、その絵も入ってるんだね？」

「本当、凄いなあ。これ、写真をもとに描いたんじゃないでしょ？　だって、キユくん、私の写真、撮ってないものね、あの頃」

本当にアルバムのように描いてくれてる。だったら、もっとたくさん描いてくれているといい。橘子は虫のいいことを考えた。勿論、こんな精密な絵を何枚も描くのは大變《たいへん》だから、枚数はかぎられているだろう。それでも、清躬はまだこれからも自分の絵を描いてくれて、枚数を増やしてくれるだろう。それはとても楽しみだ。

「ほら、つぎ行って」

詩真音に急《せ》かされて、橘子はまた一枚とった。

開けてみると、また少女時代の橘子だった。ベランダの手摺りに片脚をかけた後ろ姿で、顔だけ振り向いて、小首をちょっとかしげて微笑んでいる。髪はポニーテールで、揺れる瞬間をとらえている。

これはあの時のものだ。自分の家のベランダに戻って、清躬のほうを振りかえっている。一回だけのあの時の記憶が清躬には今も鮮明にあるのだ。清躬は、またベランダから屋根伝いに自分の部屋に戻ろうとする私を心配し、無事に戻るまで見届けてくれた。それにしても、手摺りに片脚をかけていながらも、もう片方の脚は跳ね上げた状態で後ろを向いているから、相当危なっかしそうだ。ジャンプしたみたいに、短いスカートが翻っている。なのに、平気な様子でわらっている。あの頃の私は、清躬の前ではいつも大膽《だいたん》に行動できたのだ。今の自分ならできない。夜だったから、背景は暗くぼかしてあるが、自分の顔とからだは結構はっきり描かれている。手摺りにかけた片脚の足裏の汚れまで精妙だ。

「これも、ナコね？」

詩真音が尋ねた。

「そう」

「前の絵とおなじベランダよね？　片脚で手摺りに昇るみたいな格好で、随分危なっかしそうだけど、ナコ、一体なにしようとしてるの？」

「ああ、それは――」

橘子は説明しようとして、言葉を探していると、

「ぼくの部屋から戻ってゆくところのシーンだね？」

と清躬が確認するようにきいた。

「ええ、そうよ」

橘子はうなづいて答えた。

「どういうこと？」

今度は、事情を知らない詩真音に答えなければならなかった。

「キユくんと私、幼馴染《おさななじみ》と言ったけど、その頃、家がお隣どうしだったの。で、お互い、よく二階のベランダに出て、お話しした。一回だけ私、ベランダを跳び越えて屋根づたいにキユくんの部屋に行ったことがある。この絵はその時、キユくんの部屋から自分の家のベランダに戻るところを描いてくれたものだわ」

「おもしろいシーンね。今のナコからは考えにくい躍動的な格好ね。こんな短いスカートでも平気で、ベランダを跳び越えようとしてるみたいで。大体、屋根づたいにかれん家《ち》を行き来するなんて、なかなかいいわ」

詩真音がにやにやして言った。

絵で見ると、ああ、そうだった、と昔の体験が蘇《よみがえ》る。ナルちゃんが取り次いでくれて、清躬と初めて電話した時、そのエピソードを自分はちっともおぼえていなかった。和華子さんの前で清躬に居《い》た堪《たま》れないおもいをさせ、逃げ出さないわけにゆかなくさせた時の後悔とかなしい気持ち。それはわすれはしないけれども、その後自分がどういう行動をとったかまではまるでおぼえていなかった。でも、清躬におもいださせてもらった今は、このように自分の家のベランダに戻る時、清躬の家のベランダで自分を見送るように、或《あ》るいは危なっかしいのを心配して見守るように見てくれている清躬の姿を鮮明におもいだした。逆に、清躬から見た自分の姿はこうだったのだ、とかれが描いてくれたのを見て、自分も初めてわかる。それを実際に絵の題材にしているというのは、あの日の私のことがそれだけ強烈に印象づけられていたということだろう。だからこそ、ベランダを跨《また》ぎ越そうとしている一瞬の情景なのに、あの瞬間の私の顔かたち、表情、からだ全体、動作まで、清躬の脳裡にくっきりと焼き付いていて、今でも写真さながらに絵で再現できるのだ。

「残りもみんなナコちゃんなのかな？」

詩真音の言うとおり、私に見せるべくナルちゃんが選んだというから、そうなのかもしれない。それはそれでうれしいし、ほかにどんな私を描いてくれているか楽しみではある。一方で、清躬の貴重な時間を私ごときを描くのに費やしているのは非常に勿体ない。

さっきは私のアルバムをつくってくれているようでうれしくおもったけれども、でもこれだけ精緻《せいち》な絵はなみ大抵でない労力と時間もかかっているのだ。しかも、清躬は絵を職業としているのに、私の絵なんか描いたって一銭にもならないのだし。私よりもっと美しいものを描けるのだから、もう私の絵は充分で、ほかの絵を描いてくれていたほうが安心だわ。自分のおもいも勝手なものでころころかわる。

　橘子は、今度は違う絵を期待してつぎの一枚をとった。あ、もうあと残りは少しだわ。それがわかると、ちょっと淋しい。

　とった一枚を開けると、これも色がついていた。そして、今度は橘子の絵ではなかった。でも、そのほうが橘子は安心したし、一層の興味がわく。

　誰の絵だか、見てすぐわかる。

「これ、ナルちゃんね？　横にいるのは、おかあさん？」

　自分以外に清躬が描いた人物画を見るのはこれが最初だ。

「ナルちゃんとおかあさんの絵があるんだね？　なかよくなってすぐナルちゃんをスケッチしたら、おかあさんと一緒にちゃんと描いてって」

清躬が言った。

　今度はモデルを前にしてきちんと描いたんだ。私を描いた絵と情況が違う。

「ナルちゃん、いい表情してる。おかあさんもきれい。何度も言うけど、本当、写真に撮ったみたいね」

　ナルちゃんはまだ年少ながら、絵のモデルになった喜びと誇らしさできらきらしていた。おかあさんがとても美人なのは想像がついていたが、ナルちゃんと一緒に明るい笑顔を振り撒かれていて、絵のモデルとして理想的だ。この絵の二人も、声をかければ、返事をしてくれそうだ。絵ではあるのだけれども、なんて生き生きしているのだろう。絵は膝の上においているのだが、そこからナルちゃんが今にも飛び出してくるような感じさえする。ナルちゃんのほうも私を見つめている。その頬《ほ》っぺたが更に赤みを増してきて（血がかよっている!）、口許《くちもと》も動きそうに見える。もし、おかあさんと一緒でなければ、ナルちゃんは動き出していたのではないかとおもう。

　対話できる絵だ。おかあさんとも一度電話でお話をしていて、声がわかっているから、おかあさんに入ってきてもらってもいい。

　でも、そこまでにさせてもらう。まだ残りの絵があるし、ここは私一人じゃないのだから。

これをとったら、もう最後かしら、とおもいながら、一枚をとる。

もうそろそろ和華子さんの絵でないといけない。いえ、そうであってほしい。でも、和華子さんの絵は清躬にしても易々《やすやす》と描けるものではないし、そんな凄いものがここにおさまっていると期待するほうが虫がいい気がする。

期待は持ちながらも、紙の包みを開ける。開けた瞬間に、はっとした。

和華子さんの絵ではないのはすぐにわかった。なぜなら、女性の裸身が描かれていたからだ。

和華子さんの裸身というのは想像もつかない。想像もつかないものがここに現われるはずがない。いくら清躬でも、想像もつかないものを絵にできるわけがないのだから。ここに現われているかぎりは、想像もつかないものではなく、したがって和華子さんではあり得ない。

その裸身は後ろ向きで顔が見えない。誰かはわからない。

誰だろう?

Mさん?

裸身ならMさんしか考えられない。清躬が自分から誰かのヌードを描こうとするとはおもえない。

でも、自分は? 可能性はあるかも。清躬のなかで自分が生きていて、現実世界にいるこの私とは別にいろいろの姿をとり得るとしたら、そのなかに裸身もあるのではないかしら。さっき、寝そべっている自分を描いた絵を見て、自分のヌードも清躬に描かれることがあるだろうかと、ちょっと頭をかすめた。自分の絵はアルバムがわりにいろいろのシーンを描いてくれているだけだとおもって、すぐに否定したのであるけれども、そうではないものも描くようになっていて不思議ではない。ああ、また自分の考えがかわっている。

描かれているのは、裸身の女性だけではなかった。右がわと左がわの両方にも女性がいる。それらは顔が描かれている。裸でもない。そして、まんなかの女性より少し向こうがわにいるようで、からだのサイズがちょっと小さい。

右がわの女性は、少しななめながらも正面を向いている。顔が見えているから、よく見てみると、自分ではなかった。当然、和華子さんではない。だが、美しい、わかい女性だ。この女性の顔は見おぼえがあるような気がする。直ちに誰と結びつかないのがもどかしいが、きっと知っている顔だ。この女性がもし自分が知っているひとでなければ、正面に位置する裸身の女性も自分と縁がないひとのようにおもわれるけれども、右がわの女性が自分の知っているひとだったら、自分もこの三人のなかに入っていて――

ちょっとどきどきしながら、左がわの女性を見てみる。かの女はからだがほとんど横向きだ。横顔だが、顔ははっきりわかる。この女性も自分ではない。というか、向きは違うが、右がわの女性とおなじ顔に見える。そうだとわかると、三人の女性はおなじ人物ではないかと感じる。髪の長さやからだつきからも、同一人物だろうと類推できる。三人がおなじ女性であるならば、まんなかの後ろ向きの裸身の女性も自分ではないということになる。橘子はほっとする。

清躬が裸身の自分を呼び出すことに、橘子は想像を働かせようとしてもその情況を受け容《い》れる準備ができていない。アルバムにそういうものがまじることはないのだから。自分ではないとわかれば、安心する。

ともかく、裸身の女性はまんなかのひとだけで、あとの二人は服を着ている。

顔がほぼ正面を向いている右がわの女性は、ミニ丈《たけ》の白いワンピースを着ている。柄はあるようだが、モノクロであまり判然としない。けれども、女性のほっそりした長く伸びた脚、スレンダーなスタイルのよさで、ミニのワンピースが引き立っている。

左がわの女性もおなじように白い――一見ワンピースを着ているように見えたが、短すぎる。丈はヒップのあたりまでしかない。大きなサイズのシャツだ。朝まで自分が着ていたキユくんのシャツみたいな感じ。唯、シャツの裾が風になびいているかのようにひらひらしているように見える。ヒップは見えていないが、まるで生きているかのような清躬の絵がいつ動くかわからないとおもうと、少しどきどきする。

三人とも、すらりとした脚が膝上まで見えている。一人は裸だから、おしりや背中も見えている。あとの二人も、脚の美しさが強調されている。互いに向き合っている三人の美しい女性を描いた有名な絵をどこかで見た記憶がある。ギリシアかローマの女神たちの絵ではなかっただろうか。それと構図が似ている。でも、その絵は、三人とも裸身だった気がする。いや、ドレスを着ていたかもしれない。どちらにしても、一人だけ裸ということはない。どうして一人まんなかの女性だけ一糸も纏わない裸身であるのだろう。

これは本当に清躬が描いた絵だろうか?

今まで見た絵とはまるで違っている。

この女性たちは生きているのか？

まんなかの女性は後ろ向きで顔がまったく見えず、表情もうかがえない。右がわの女性は顔はよく見えるが、視線はずれていて、此方《こちら》に向き合っているわけではない。左がわの女性も横顔が美しいが、視線は違う方向に向いている。どの女性も、お互いが近いところに立っていて、お互いどうしを見合っているように見える。三人の関係で緊張しあっていて、絵を見ている此方とは行き来がない。

けれども、モノクロでも女性の膚が美しい。わかわかしいつややかさがかがやきを放つようなのは、清躬でないと描けないのではないかとおもう。

橘子の直感では、これはやはり清躬の絵だ。絵のなかの女性が美しく、三人はお互いに緊張しあっていても、生きているのは確かだ。後ろ向きの美しい裸身は、なにもおおうことのない素裸だから、血がかよっていることがわかる。

現実の女性を描いたのだとすると、モデルは一体誰なのか、気になってしまう。清躬の前でヌードになる女性。やっぱりMさん？　いや、Mさんは親友の戀人だ。いくら美しいひとでも、清躬が勝手にヌードを描くことはない。

では、誰なのだろう？

正面を向いている顔をもう一度しっかり見れば、わかるかもしれない。唯、三人の女性の全身がおさめられているので、小さい顔は眼を凝《こ》らして見る必要がある。その前に、裸身に眼を奪われてしまう。長い髪。細いなで肩。背中の肩胛骨《けんこうこつ》のちょっとした出っ張りもきちんと精妙に描写されている。細身でウェストは更にきゅっとしている。ヒップはかわいらしい感じだ。おしりのわれめも慎ましやかで、全体のなかでさほど目立ちはしないが、おしりの膨らみにわかわかしいつやがあって、美しいかたちだ。そして、ヒップから太《ふと》腿《もも》へのライン、更に膕《ひかがみ》から柔らかな曲線で続く脹脛《ふくらはぎ》……

こうして詳細を見ているうち、まんなかの女性の向こうがわに縦の線が入っているのに気づいた。

あっ。これ、鏡？

折り曲げたように角度をつけて向き合わされた二面の鏡に、まんなかの女性が映り合って、左右の二人の像になっているように見える。

そう気づくと、鏡に映った互いの鏡の線も描かれている。また、後ろ向きの女性のからだにほとんどが隠れているが、三人以外にまだ女性のからだの一部が見える。鏡に映った像が別の鏡に映り合っているもののようだ。

美しく素晴らしい絵に違いはないが、鏡で映しているのに三人の衣装がそれぞれ異なるのはどういうことだろう。大きな二面の鏡という道具立てでどうして描かなければいけなかったんだろう。そんな大きな鏡が、しかも二面、普通の家にあるとも考えられない。考えれば考える程、奇妙な絵だ。繊細で写実的な筆づかいは清躬のものだが、かれの描く絵のスタイルとはかけはなれている。

そうおもうと絵がますます謎《なぞ》めくが、橘子は直感的に、ここに描かれている見おぼえのある女性が誰であるか、わかった気がした。そうおもって、正面を向いている顔を見ると、慥《たし》かにそうだ。紀理子さんだわ、これ。

紀理子さんがどうして？

紀理子さんが裸で描かれていること――清躬の絵のモデルになっていることは充分考えられることだ。でも、いきなり裸？　Mさんへの対抗心からだろうか。

高校生の時にMさんの絵――ヌードの絵も描いたことは、あの事件にかかわることだから、清躬から紀理子さんに話をしていることだろう。そうであるなら、紀理子さんが自分のことも描いてほしいとおねがいしても不思議ではない。ヌードまで描いてもらっているのに、まだ清躬に抱き締められていないというのは不可解におもえるが、逆に、描かれる対象になったから、抱き締める対象としては距離ができたということも考えられる。

「ナコちゃん」

清躬に呼びかけられて、橘子ははっとした。

「あ、御免なさい。あの、あんまりかわった絵だから、ちょっと――。かわった、と言うとキユくんに失礼かもしれないけど」

橘子は漸く声を出した。

「少しも失礼じゃないよ。どういう絵？」

「あの、三人女性がいるの。本当はきっと一人で、二面の大きな鏡が前に立っていて、そこに映って三人いるように見えるの」

「へえ、その絵も入ってるんだ」

清躬は相かわらずおちついた調子で言った。自分が描いた絵だから、清躬にはわかっている。

「ナコちゃんがかわった絵と言ったのは慥かにそうだね。ぼくも自分でこういう絵を描くとはおもってなかった」

「描いたキユくん自身でもそうおもうのね？」

橘子は清躬に対してわるいことを言ったわけではないのだとわかって、少し安心した。

「こういう絵を描いたのは初めてで、これだけだもの」

「これまでの絵と全然違うので、びっくりした。実際にこういう鏡の前でモデルさんにきてもらって、描いたんじゃないわよね？」

橘子は念のため確認した。

「モデルさんて、それ、紀理子さんだよ」

やっぱりそうだったのか。

「紀理子さんなのね、やっぱり」

橘子は言った。一呼吸おいて続けた。

「お顔からしたらそうかな、とおもった。でも、裸が描かれているから、まさかとおもって」

「そうおもうのも尤《もっと》もだね。本当にこの絵はぼくにとっても不思議なんだ」

不思議なことはまちがいない。でも、描いた本人だから、なにもわからないということはないはずだ。

「紀理子さんが自分から？」

「自分から？」


「さっき話してくれたMさんのように」

「Mさん？」

「Mさんは、かの女のリクエストでヌードで描いたんでしょ？　紀理子さんも自分からヌードを描いてって
――」

「あ、違う」

清躬があっさり言った。

「紀理子さんは自分のことを描いて、と言ったことはなかった。この絵は、紀理子さんと会えなくなってから、描いたものなんだ。実はぼく、紀理子さんの絵をずっと描いてなかったから」

「私の絵はこんなに描いているのに？」

「ナコちゃんは昔から描いているし、特別だよ」

「でも、紀理子さんとつきあったなら、私を描くより、紀理子さんを描いてあげないと。あ、御免。唯の感想。キユくんにどうこう言うつもりはないの。私の絵をたくさん描いてもらってるのはとてもうれしいことで、そのことには感謝してるの」

「さっき無盡燈の話をしたけれど、ナコちゃんは本当に特別なんだ。どれだけ時間が経っても、かわりはない」

「うん、わかってる。本当、ありがたいし、うれしい。

で、私のことはおいておいて、紀理子さんのこと。紀理子さんと会えなくなってからこの絵を描いたということだけど、その話、きいていい？」

「うん。紀理子さんとおつきあいしている時、ぼくはかの女を描いたことがなかった。紀理子さんが病気になられて、ずっとかの女のことをおもっていたけれども、かの女を描くというのは、ずっとできていなかった。四月になって、ふと自分の眼が近いうちに見えなくなる予感がした。眼が見えなくなったら、描くことができなくなる。そうおもうと、紀理子さんの絵を、描けるうちになんとか描いておかなくちゃとおもった。紀理子さんが病気になって会えなくなってるから、モデルにはなってもらえないけど、でもかの女の絵は描くことができるはずだ。ぼくは覚悟をきめて、とりかかった。だから、それは二週間くらい前に描いた絵なんだ」

「総《すべ》て想像で描いたの？」

清躬がそういう才能を持っているのは、自分を描いた絵を見せてもらって、よくわかる。けれども、どうしてもっと普通に紀理子さんの肖像を描いてあげないのだろう。ましてヌードなんか挟み込んで。

「そう、想像でという表現が適切かどうかはわからないけれども。でも、初めはこういう絵になるとはおもっていなかった。紀理子さんの絵を描こうとおもった時、初めぼくは、普通に紀理子さんの肖像を描くつもりだった」

「そうよね」

清躬が普通の感覚を言ってくれたので、橘子は少しほっとした。

「そこで、いろんな紀理子さんの顔や姿をおもいだしながら、どういう絵にしようかと考えているうち、なぜかぼくの頭のなかに鏡が現われて、そこに紀理子さんが映りこんだ。映ったとおもったら、きえた。ぼくははっとして、また紀理子さんを想い起こし、鏡に映そうとした。鏡ではなく、かの女自身が現われてくれるのがいいんだけれども、かの女は病気だし、鏡のほうが現われやすいのかと感じた。そうしてみてみると、紀理子さんが鏡のなかに現われる。けれども、映ったかの女はすぐきえた。いつのまにか鏡はとても大きくなっていた。紀理子さんの全身まるごとをとらえないといけないかのように。それでもまだ、紀理子さんの像が現われたとおもったら、やっぱりきえてしまう。きえるなんて、ぼくのおもいが足りないとおもった。呼びとめておく力がないから、紀理子さんに去られてしまう。なんとか紀理子さんを引きとどめたい。気がつくと鏡が二面になって、両方で紀理子さんの姿をとらえるようになった。紀理子さんは鏡の片方に映る。映った鏡のなかの像が、少しおくれて、もう片面の鏡に映る。けれども、やはり紀理子さんはきえてしまう。去ってしまう。そういうことがおなじように何回かくりかえされた。それでも、ぼくはがんばって、鏡に眼を凝らし、鏡に映った瞬間の紀理子さんを逃さず絵に描きとどめるのだと気を張った。突如、右の面の鏡にくっきりと紀理子さんの姿が映った。鏡に映った紀理子さんに、ぼくはあなたの絵が描きたいんだ、もっとぼくの正面にきてほしい、無理ならいま映っている鏡の姿を描く、と強く念じた。すると、左の鏡面にも紀理子さんの姿が映った。一瞬、その姿はなにも纏わない素裸に見えた。それは一瞬で、すぐぼくのシャツがかの女の裸身を隠したけれども。鏡でありながら、紀理子さんは違う姿で映っている。鏡は角度はついていても向き合っているから、お互いも映しあって、紀理子さんの像は増えていた。今こそ描かなければいけない。鏡のなかに一杯いる紀理子さんを、見たままに。そうおもった時、ぼくの前に一人の女性が現われた。後ろ姿で、一糸も纏っていなかった。かの女は二面の鏡の前にきて、止まった。二面の鏡が互いを映しあって増えていた紀理子さんの像はほとんどその女性に隠れたけれども、その女性の姿は二面の鏡に映っていた。二面の鏡に映った像は、勿論、紀理子さんで、もとの衣服がきえて、裸身になっていた。後ろ姿の女性は顔は見えていないけれども、紀理子さんだったんだ。でも、すぐに、鏡だけもとの衣装を纏った姿に戻った。後ろ姿の紀理子さんは最初から裸身だったので、そのままだった。そして、その姿は動かず、ずっとそこにあってきえなかった。二面の鏡のなかの紀理子さんもずっとそのままだった。ぼくがこの絵を描き上げるまで」

なにか梦《ゆめ》の話をきいているようだった。実際に、清躬は梦の話をしたのかもしれない。不思議な光景だ。鏡でないと出てこられない。それぞれを映し合う二面の鏡で、像が違う。そして、実際に現われた紀理子さんが裸の姿。どうしてそんな謎めいたことが起こるのだろう。

「本当に不思議な絵ね。でも、きれいな絵だわ。キユくんの絵はどれもきれいだけれども。紀理子さんも美しい」

「ありがとう、ナコちゃん」

「この鏡に映っているワンピースの紀理子さん、このワンピースは実際に紀理子さんの服なの？」

「実際のかの女のワンピースだよ」

「もう一つの鏡のほうは、シャツ一枚だけね。今、キユくんは『ぼくのシャツ』と言ったけど、キユくんのシャツを紀理子さんが着たこともあったの？」

「うん。紀理子さんがぼくのアパートに来る時、一度、急な雨に降られて、ずぶ濡れになったことがあったんだ」

「その時に、キユくんが自分のシャツを貸してあげたの？」

「ぼくはパジャマを出してあげたんだけど、パジャマだとぶかぶかで、転ぶかもしれないからって、紀理子さんはシャツのほうがいいと言って」

「紀理子さんの希望だったのね」

「女性が着られる服がないから、しようがないね」

しようがないんじゃなくて、紀理子さんはキユくんのシャツが着たかったんじゃないかしら。

そうおもったけれど、橘子は言わずにおいた。紀理子さんも意外と大膽《だいたん》なところがあるんだな。わからないところが結構あるひとだ、と橘子はおもう。紀理子さんも内気な感じがするけれども、いくらサイズが大きくても、好きなひとの前でシャツだけの格好になるというのは、自分にはできそうもない。

自分も清躬のシャツを着たが、初めは清躬のものだとわからずにいきなりシャツだけの姿にされたから、恥ずかしくてならなかった。清躬のシャツだとわかり、心細くなっている自分に清躬が実際に寄り添い、守ってくれているように感じた。希望が自分に芽生《めば》え、どんなに清躬のシャツがありがたいものかを身をもって知った。でも、自分の場合はシチュエーションが特殊だったから、紀理子さんの情況とは違う。だって、かの女は清躬のアパートにきて、清躬も一緒に部屋にいるのだから。

橘子は、実は自分も清躬のシャツをついさっきまで身につけていたということを、かれに話してみたかった。けれども、どういう経緯で清躬のシャツを詩真音が持っていたのかを清躬が承知していなかったら、話は面倒になる。いや、抑々《そもそも》、出会ったばかりの詩真音が自分に清躬のシャツを着せること自体、不自然だ。いつか話ができるだろうが、いま話をするのはおかしい。

でも、この絵で一番インパクトがあるのは、まんなかに描かれた紀理子さんの裸身の全身像だ。後ろ姿だけれども、一糸も纏っていない美しいヌードだ。

鏡に映っている二人の紀理子さんは、ワンピースもキユくんのシャツも、どちらも実際にかの女が身につけたもので、清躬はそれを描いている。そうすると、このヌードも、紀理子さんが清躬の前で見せた姿じゃないかしら。さっき、紀理子さんは自分のヌードを描いてほしいということは言わなかったと言ってたけど、でも結果的に、かの女のヌードを清躬が描いているのだから、暗黙にかの女の意図したことが実現したということになる。そのことも清躬に確かめてみたいが、ヌードのことに触れるのは、いくら気のおけない清躬に対しても憚《はばか》られた。

「この絵はとても不思議だけれども、今お話ししてくれたように、どうにか紀理子さんを描きたいというキユくんのおもいが表われていて、本当に素敵だわ。キユくんにとって、紀理子さんがどれだけ大切なひとか、よくわかる。私、此間《こないだ》の電話で、紀理子さんのことでひどいことを言って、キユくんを傷つけてしまった。あんなことを言っちゃいけなかった。あの時もすぐ反省したけど、本当のことわかっていなかった。今はようくわかったわ。だから、あの時のこと、御免なさい。本当に御免なさい」

清躬の心をまだ全然理解できていない自分の未熟さに対する反省と、紀理子さんにも素直にわびたいという気持ちも籠《こ》めて、橘子は謝った。

「ナコちゃん、謝らないで。あの時はぼくも辛くて、ちゃんとしたことが言えず、ナコちゃんを心配させてしまった」

「いいえ。私が軽はずみだった」

「だけどね、もう大丈夫なんだ」

清躬が明るい顔を橘子に向けたので、おどろいて、

「えっ？」と言った。

「きのう、紀理子さんと会って、話をしたんだ。紀理子さんは初め大變《たいへん》な様子だったけど、でも最後は随分よくなられて——」

「会ったの？　きのう？」

病気になり、一方的に清躬とわかれ、自分とも絶縁宣言をした紀理子さんが、清躬と会ったというのは、驚天動地だ。一体どういうことなのだろう。

此間《こないだ》キユくんと電話で話をしたのって、あれ、いつだっけ？　その時はまだ紀理子さんと全然連絡がつかないって、キユくん、本当に弱ってた。紀理子さんが私の家を訪ねてきたことすら知っていなかった。その話をしたのって、つい此間で、そんなに日が経ってい

ないはず。だけど、いつだったかしら？　時の感覚が……鈍っていて、日がかぞえられない。何日ねたかしら？

「ぼくもきのうの朝、きいたんだ、紀理子さんに会えるって。きょうナコちゃんに会えるっていうのも、おとついの話だったし、ましてその前に紀理子さんに会うことになるなんて、おもってもみなかった」

　おとついの話——あ、ああ、そうだわ。だって、きょうは二十九日、水曜日。月曜日に私、もうお終《しま》いかとおもったら、キユくんの声をきいて、息を吹きかえした。つぎの日、鳥上さんに話をきいていただいて、その帰り、ああ、それはまだきのうだったんだ。

「まあ、急だったのね？」

「前々から、ナルちゃんが紀理子さんの家に行って、何回もおねがいしてくれてたんだ。ずっと外に出られないような体調だった紀理子さんも、きのうはがんばってきてくれた」

「ナルちゃんが？」

　ナルちゃんも清躬のことをそこまで心配して、実際に行動まで起こしていたことに、橘子は感動した。そういうナルちゃんだから、贋のカレに騙されている私のことを本気でおこってた。ナルちゃんにも本当にわるいことをした。

「本当にナルちゃんのおかげ。ぼくが行っても、紀理子さんの病気に障るから駄目だったんだけど、ナルちゃんがここの隠綺《おき》さんという方に相談して、二人で紀理子さんの家にお話に行ってくれたから、きのう会うことができた」

「隠綺さんのこと、詩真音さんからきいた」

　その時になって、詩真音が向かいがわからいなくなっているのに気づいた。絵のことや清躬に心を奪われて、かの女が席をはずしたことにも気がつかなかったのだ。

「きのう会ったばかりで本当になかよくなったんだね」

　清躬は素直にそうおもってくれている。仲がいいと言えるかどうかはわからない。詩真音のほうがどうおもっているかわからないから。橘子自身は、詩真音のことが本質的に好きだ。本当の友達になれたらいいなとおもう。自分のことをひどい目に遭《あ》わせているけれども、わるいひとじゃない。きっと詩真音のほうはかんたんに友達になってあげるとは言ってくれないだろうけれど。

「なんか、きのう会社のひととレストランで食事してた時に、おなじお店に詩真音さんがいて、私が檍原《あわきはら》さんと呼ばれているのが耳に入ったというの。キュくんとおなじ珍しい苗字《みょうじ》だからと声をかけてくれて。キュくんを知ってるひとだったら、私も話をききたかったし」

詩真音から吹き込まれたつくり話。清躬に嘘を言うのは嫌《いや》だが、本当のことを言うわけにゆかない。でも、仲がよい関係なら、このような出会いで友達になったというのを信じていいとおもっているから、正直な気持ちで清躬に話す。

「詩真音さん、ナコちゃんと話す時はちょっと感じが違うね」

「感じが違う？」

「うん。ぼくはそんなにお話ししていないけれども、ぼくの知っている詩真音さんは、もっと物静かで、お話も丁寧にされるひとだよ。ナコちゃんに対しては遠慮がなくて、結構きついことも言っているから、おどろいた。きのうの晩会ったばかりというのに、余程相《あい》性《しょう》がいいのかな」

清躬も詩真音がいなくなっていることに気づいているのだと、橘子はおもった。

詩真音は、清躬が言うように、本当はもっと優しく淑《しと》やかでかわいい女性なんだろう。おにいさんとの関係で、私に対して甘くはできないだけなのだ。そういうことから解放されたら、かの女の素晴らしいところがもっと発見されて、本当に友達どうしになれるのではないだろうか。

「紀理子さんのことだけど、きょうもきてくれることになってるよ」

「えっ、きょう？」

きのう会っただけでなく、きょうもこれから会う、ということ。またまたおどろいてしまう。

「きてくれるって、ここに？」

「うん」

「何時から？」

「二時」

「二時って、あと、あ、三十分ちょっとだわ」

橘子は部屋の時計を見て、もう一時二十分になっているのを確認した。めまぐるしい展開にとまどってしまう。

「詩真音さんからなにもきいてなかった」

「詩真音さんは知らないのかもしれない。きのうは一日学校ということだったし」

「そうかもしれないわ。今、席をはずされてるから、戻ってこられた時にきいてみましょう」

そう言いながら、もう自分は引き揚げないといけないんだなと、橘子は残念におもった。清躬にとって紀理子との時間は大切にしたい時間だ。そこに絶交宣言された自分がいるのはぐあいがわるすぎる。

まだこれからも清躬に会うことはできるから……

——と考えて、橘子は自分は拉致《らち》された人間で、そこから解放を言いわたされたのではないことにおもい当たった。清躬に会わせてくれるというのも、贋のカレによる約束であり、今そのとおり実行されているというだけなのだ。まだかれの支配下にあって、自分のことを自分できめられない情況にかわりない。自分が軽率に變なことをしてしまったら、清躬をもまずいことに巻き込んでしまうことになりかねない。キユくんだけは無事にかえってもらわないと。詩真音が席をはずしてどこかに行っているのも、きっとその関係の準備をしているのだろう。戻ってきたら、指示があるはずだ。私はそれに従うしかない。

「ナコちゃん、きょうのお昼は、予定なにかあるの？」

「う、ううん」

反射的にそう答えてしまったが、ひょっとして、と橘子はおもった。でも、清躬と紀理子の邪魔をしてはいけない、と自ら戒《いまし》める。

「あ、でも、詩真音さんとまだ話をしないといけないことがあるから」

「じゃあ、少しの時間でもいいとおもうけど、紀理子さんと会ったらいいよ。詩真音さんもＯＫしてくれるよ」

なんの心配もしていないように清躬が言った。

詩真音がＯＫしてくれるかどうかはわからない。詩真音の気持ちはどうでも、贋の清躬がＯＫしなければ成立しないのだ。詩真音は贋の清躬のメッセージを伝えるだけだ。

「私が顔を見せたら、紀理子さん、きっと困られるわ。紀理子さんのメールで私も傷ついたけど、紀理子さんのほうが私の何倍も苦しんでる。かの女にそれをおもいださせてしまうわ」

「きのうだったら、ナコちゃんの言うとおりだったかもしれない。ぼくに会うのも精一杯だったから。でも、それはクリアした。かえりぎわには、紀理子さんに安寧が訪れていたから。つぎは、ナコちゃんとの再会をして、それもクリアすることだよ。だって、会ったばかりで友達になったんでしょ？　だったら、大丈夫だよ。二人とも素敵なひとなんだから、友達の関係に戻るのが一番自然」

「私もそうありたいけれども」

橘子はそう言いつつも、不安は拭えなかった。

橘子はまだ清躬の絵が途中であることをおもいだした。

「あ、そうだ。キユくんの絵、あと一枚あるのよ」

今見た不思議な紀理子の絵は元どおり紙の包みに納める。そして、最後に残った一枚の包みを開く。

それは——それも、紀理子の肖像だった。

もう和華子さんの絵はないだろうと直感していた。自分の絵が何枚もあるところに、和華子さんの絵が紛れ込むはずはないのだ。それはわかっていたことなので、もういい。そのかわり、紀理子のきちんとした肖像画が描かれていたことはとてもうれしいことだと、橘子は素直におもった。

これもモノクロ画だが、紀理子さんはなんて綺麗なんだろうと、見た瞬間に感じ入り、橘子は歎息した。ちょっとななめの角度からのもので、紀理子さんは優しい微笑みを湛《たた》えている。最初に見せてもらった、自分とおなじ構図なのは、偶然かな。ともかく上品で綺麗な顔だち。一度きりでも二月にあったばかりだし、間近に向かいあって長い間話をしあったから、かの女の顔はよくおぼえている。清躬とお似合いの綺麗でかわいいひとと、その時もおもった。優しい微笑みは清躬に向けられたものだろうから、なおのこと生き生きとかがやいている。かの女も、話しかけたら返事をしてくれそうだ。最高の瞬間を清躬は巧みなタッチでみごとにとらえている。

「紀理子さんの肖像画よ、最後は。最初に見せてもらった、私を描いた絵とおなじように少しななめから描いた絵。素敵な紀理子さんの絵よ、綺麗なお顔だわ」

「ナコちゃんがそう言ってくれるのはうれしい。紀理子さんのスケッチはその二枚だけなんだ。でも、スケッチが描けたら、きちんとした肖像画も描ける。紀理子さんの彩色した肖像画もちゃんと仕上げられた。本当によかった」

「数は少なくても、キユくんのは本当にちゃんとした絵だから、なによりだわ」

この絵もずっと見ていたいとおもったが、部屋の時計を確認すると、もうすぐ一時半だった。もうしまわないといけない。

いつ詩真音さんはやってくるのかしら。

うかうかするうちに紀理子さんがやってくる。その前に、ともかく絵のかたづけをしないと、とおもった時、扉のノックの音がした。

　詩真音はノックなんかしないから、誰だろうと橘子は心が騒いだ。返事をしないわけにゆかないので、「はあーい」と答え、おもわず立ち上がって、扉のほうに正対した。

　扉が開くと、詩真音の顔が見えた。誰か連れてきていた。

　紀理子さん？　橘子は動揺した。

40 身体走査

「隠綺《おき》のおねえちゃんよ」

詩真音《しまね》が新しい人物を指して言った。

「初めまして。隠綺椰藝佐《なぎさ》です。檍原橘子《あわきはらきっこ》さんですね？」

「あ、檍原橘子です。初めまして」

現われたのが紀理子ではなかったことにほっとしながら、心の準備はなにもできていなかったので、橘子はぎこちなく挨拶《あいさつ》とお辞儀をした。

「あ、椰藝佐さん。こんにちは、お邪魔しています」

清躬《きよみ》も立って、挨拶をした。

清躬が下の名前で呼ぶのに、橘子はおどろいた。かなり懇意な仲のようだ。

詩真音が三つ年上と言っていた。そうおもって見るとそう見えるのは、おちついた物腰によるものだが、顔立ちを見ると、とても綺麗なひとなのは誰もがおもうだろうけど、クールな美人というよりも、美しさと愛らしさを兼ね具《そな》えていて、かわいいひとという印象をより感じる人もあるだろう。詩真音よりも少し小柄なので、かの女と比較すると、おなじ美人でも少し感じが違う。とりわけにこやかな笑顔が似合うひとだ。そのチャーミングさで、自分たちと同年と言われても納得するくらいわかく見える。本当に素敵な女性だ。

「なかよくお話しされてるところ、お邪魔して御免なさい。ちょっとよろしいかしら？」

「えー、はい」

椰藝佐と詩真音は二人のところまでやってきた。

「どうぞ、おかけになって。私たちも座らせていただきますね」

そうしてみんな席につくと、

「今、檍原くんが橘子ちゃんのために自分の描いた絵を見せてくれてたんです」

詩真音が情況を説明した。

「今、ちょうど終わって、かたづけさせてもらおうとしてたんです」

橘子が出しっ放しになっていた最後の絵をしまいかけようと手にしたところで、「あら、棟方紀理子《むなかたきりこ》さんの絵ね？」と椰藝佐がきいた。

「ええ」

内緒にしないといけないものを暴《あば》かれたみたいに、橘子は少しとまどって曖昧《あいまい》な返事のしかたになった。

「私、清躬さんの絵は全部見せていただいていますから、普通にしてくださっていいですよ」

「全部？」

橘子はききかえした。全部と言う平然さに橘子はちょっとおどろいた。それほどにこのひとは清躬と親しいのだろうか。

「橘子さん――そうお呼びしていいかしら？」

「え、ええ、どうぞ」

清躬とおなじ苗字《みょうじ》だから、初対面でも下の名前で呼ぶしかない。

「清躬さんは今――橘子さんもきいていらっしゃるとおもいますけど――、小稲羽《おとわ》さんのお宅に身を寄せていらっしゃる。私、小稲羽さんとも清躬さんとも親しくさせていただいているので、清躬さんが住んでおられるお部屋の整理も手伝わせていただいたんです。その時、大切な絵も一点、一点、全部拝見させていただいたの。ですから、その棟方さんの絵もね。橘子さんを描かれた絵もたくさん拝見しましたよ。ここにも持って来られてるんでしょ？」

椰藝佐がテーブルの上に積まれた絵の包みを見て言った。

「ええ、見せていただきました」

「清躬さんの絵は、そのひとにまるで会っているかのように感じさせますね。だから、橘子さんとは今初めてお会いするのですけれども、もう充分に親しい間柄のような感じがしているんです。清躬さんからもあなたのお話をうかがって、どういう方かもよくわかりましたし。一方的に私の立場からだけ申し上げて、恐縮なのですが」

「いえ、そのようにおっしゃっていただいて私こそ」

「でも、御縁というのは本当に不思議ですね。そのあなたがネマちゃんと一夜にしてお友達になって、此方《こちら》にきてくださったなんて。本当にようこそ」

「ネマちゃん？」

あ、と橘子はその呼び名にききおぼえがある気がした。シマネから、ネマ。普通になじむ。

「ここではみんな、私のことそう呼んでるのよ」

詩真音が答えた。あ、あの仮面の女性が呼んでたわ、ネマ――橘子はおもいだした。かわいいお名前。

「御免なさい。小さい時からいつも呼びなれてるから、つい出てしまいました」

椰藝佐とならぶと、詩真音は妹のように見えた。背格好は妹のほうが高いけれども、違和感はない。椰藝佐自身が学生といってもおかしくない感じなので、詩真音は高校生みたいだ。ネマちゃんと呼ばれているからか、余計にかわいく見える。

「いえ、ネマちゃんて、かわいらしいし、詩真音さんにお似合いです」

橘子は正直な感想を述べ、「私もそう呼ばせてもらおうかしら」と言った。

「お友達だから、遠慮なくどうぞ。で、橘子ちゃんはなんて呼んでもらうのがいいのかしら？」

詩真音はにやりと笑《え》みをうかべて、ききかえした。

「橘子でいいです。私、ずっと苗字では呼ばれないで、橘子、橘子と呼ばれてきたので、それが一番なじむんです」

「橘子ちゃんと言うのは呼びやすいけど、本名そのままだから、もっと親しみを込めて、違う呼び名もつけてあげたいわね。引っ繰《く》りかえして、コキッちゃんじゃ、ちょっとなんだし」

「あ、それは駄目」

橘子はすぐさま否定した。小吉って男の子みたいにきこえるし、時代がかった感じがする。

「清躬さん、新しい呼び名、考えてあげたら？」

「あ、いいわ。急に違う名前で呼ばれても」

詩真音の意地悪を感じて、橘子は即座に遮《さえぎ》った。

「考えるにしても、橘子ちゃんと相談してからですね」

清躬の無難な受け答えに橘子は安心した。

「私がネマちゃんと呼んだから、話が広がっちゃいましたね。実をいうと、あまり時間がなくて、本当はもっとちゃんと御挨拶をさせていただいてからにしないといけないのですが、先に用件の話をさせてくださいね。よろしいかしら？」

「私に、ですか？」

きょう初対面の自分への用というので、唐突な感じに橘子は少しとまどった。

「ええ、橘子さんに」

「あの、どういう……」

「早速《さっそく》ですけれども、橘子さんは棟方紀理子さんにお会いなさってるんですってね？」

「ええ、二月に。一度だけですけれども」

橘子は答えた。

「実は、もうすぐ、二時にこちらにお見えになることになってるんです。清躬さんとお話をするために」

「それ、清躬くんからききました」

それをきいて、ちょっと安心したように梛藝佐が微笑んだ。

「棟方さんに、実は、あなたのことをお伝えしたんです。今朝ネマちゃんからあなたが私どものところにいらっしゃって、清躬さんとお会いになるときいたものですから。あなたのお名前は言わず、清躬さんの幼馴染のお友達とだけ言ったのですが、棟方さんはそのお友達が橘子さんだとすぐ御承知になって、是非あなたとお会いしたいと言われました。勿論、あなたの御都合がよければ、ということですが」

椰藝佐が事情を説明した。

「橘子さん、用件と申しますのは、あなたに問題がなければ、このまま残っていただいて、棟方さんとも会っていただきたい、ということなんです。棟方さんの御希望にそっていただけるとうれしいです。でも、いきなりのお話なので、どうなさるかはまったく御自由です。オブリゲーションもなにもないですから、橘子さんのお心のままにしていただければ結構です」

椰藝佐が用件を言い終わると、

「今、ぼくもそれを勧めていたところです」

と、清躬が言った。

橘子は詩真音の顔をうかがった。詩真音はすました顔をして、視線をわざと橘子から逸《そ》らした。

「ネマちゃんになにか？」

椰藝佐の言葉に橘子はどきっとした。

「私のことは気にしなくてもいいわよ。ちょうどいい機会だから、会ってお話ししたらいいんじゃない？」

詩真音の言葉をきいて、橘子は安心した。

「詩真音さん――あ、ネマちゃんがそう言ってくれるなら、私としても喜んでおねがいしたいです」

「それをきいて、とてもうれしいです」

椰藝佐がそう言うと、「ぼくもうれしい」と清躬も言った。

「おねえちゃん、棟方さんが来られる前に、私、橘子ちゃんと別の部屋で待機するようにします。初めは清躬さんと二人だけで親しくお話をしていただいて、それからちょっといい折りを見て、部屋に入ったほうがいいでしょ？」

詩真音の提案は、清躬に確認の上、椰藝佐の同意を得た。清躬が持ってきた絵も、橘子に見せるためのものなので、一旦かたづけて、別室で預かることとなり、詩真音がその紙袋を持った。橘子は清躬と椰藝佐に挨拶をして、詩真音とともに部屋を出た。

「ネマちゃんは棟方紀理子さんのこと、御存じなの？」

詩真音に別室に案内された橘子は、早速質問した。

「私は知ってるわ、勿論。清躬くんのことはなんでも承知してるから。だけど、向こうさんは私のこと知らないわ。きのうここに来たというけど、それが初めてだし、私は居合わせなかったんだから」

「隠綺さんが紀理子さんと会うお膳立てをしてくれたと、清躬くんが言ってたわ」

「そのようね」

「隠綺さんて、とっても綺麗で感じのいい方ね？　ネマちゃんと本当の姉妹《きょうだい》みたい」

「間接的に私のこと誉《ほ》めてるの？　おねえちゃん美人だから」

「あら、ネマちゃんのこと、これまでもずっと誉めてたわ」

「もういいわ。あなたに誉められても、ちっともうれしく感じないの。それに、あなた、私のことを綺麗って誉めるのは、自分のことも綺麗だって言っているとにほかならない。それを何度も言っているのに、相かわらず言うんだからね。もういいかげん、私は美人ですと認めたら？」

「もう止めて。意地悪だわ」

「本音を隠すな、と言ってるの。おなかのなかでおもっているのと違うことを口先で誤魔化して言うのは、きいていて嫌なの。あなたの場合、おなかのなかでおもっていることにすら気づいていないから、口で言ってることも誤魔化しだと気づいていない。けれども、きくひとからしたら、それも不愉快なの。まあ、美人論議してもつまらないから、もう止めにするけど」

「もう止め、ね。あ、私のこの髪、ポニーテールにしたの、ネマちゃん？」

橘子はポニーテールになった髪を触って、きいた。

「そうよ。みんな似てるって言うの面倒だから、区別つきやすいようにね。似合っててかわいいわよ。なにか問題？」

詩真音は突《つ》っ慳貪《けんどん》に答えた。

「ううん、ありがとう」

「ポニーテールで一層かわいくなった、とおもってるでしょ？」

「その話は止め、でしょ？」

「それ、私がしてあげたのよ。その感想くらい、きいていいじゃない」

「御免なさい」

「いちいち謝らないで」

「ご、あ、あの、かわいいとおもうわ」

「私があれこれ言うから、言いにくくなったわね。御免ね」

「いえ、それは。あ、——あのね、清躬くんのシャツ、洗ってくれたんでしょ？」

橘子は詩真音の機嫌《きげん》をうかがうように少しもじもじした様子できいた。

「それがなに？」

「そのシャツ、かわいたら、戴きたいの」

「どうするの？　毎晩抱いてねるの？」

「ううん、そんなことしないわ」

「当たり前よね」

「ええ。本当は、清躬くんにかえしたいけど、どうして私がそれを持ってるのか、清躬くんだって疑問におもうから、私のほうで持っておく。ともかく、行方不《ゆくえふ》明《めい》にはしたくないの」

橘子は説明した。

「まあ、私が持ってても意味ないから、いいわよ、あなたにあげても。清躬くんにかえすなり、自分で持ってるなり、好きにしなさい。乾燥機でもうかわいて取り込んでるから、持ってきてあげるわ、今」

「よかった。ありがとう、ネマちゃん」

橘子は喜びを顔にあらわした。

「待ってなさい」

そう言って、詩真音は部屋から出た。鍵が閉められる音をきいて、まだ監視、監禁されているのだわ、と橘子は感じた。

橘子は、しかし、その部屋——前と違う部屋だが——にまた監禁状態にされるとは考えていなかった。詩真音は清躬のシャツを持って戻ってくる。そして、時間がきたら、さっきの部屋に戻って、紀理子とも再会できる。

程なく、トントンとノックの音があった。

詩真音が戻ってくるには、少し早い。というより、詩真音ならノックすることはない。誰かきたのだ、とおもって、「はい」と橘子が答えると、その返事が合図となったように、扉が開いた。

振り向くと、隠綺さんが顔をのぞかせたので、橘子は立ち上がって、会釈《えしゃく》をした。隠綺さんは相かわらず顔だけ出して、

「棟方さんの御到着が少しおくれるそうなの。その間、もう少し橘子さんとお話ししたいと清躬さんがおっしゃるから、ここにきてもらったんだけど、清躬さんに入ってもらってもいいかしら？」

と言った。

「ええ、喜んで」

清躬がまたきてくれたことに橘子はうれしくてならなかった。少しの時間でも一緒に話ができるのは喜ばしい。

「棟方さんが御到着されたら、ネマちゃんが呼びに来るので、それまでお話ししてください。あまりながい時間はないでしょうけど」

隠綺さんの言葉の後に、入れかわって、清躬が顔をのぞかせた。橘子はすぐに戸口まで迎えに行って、清躬の手を引いた。

「隠綺さん、ありがとうございました」

橘子がお礼を言った時はもう扉がほとんど閉じられていて、隠綺さんの姿は見えなかった。

清躬に部屋のなかに入ってもらうために橘子は清躬の手を引きながら、間近《まぢか》にかれの顔をあおぎ見た。清躬は眼は見えないが、その眼は普通に開いて、きれいに清《す》んでいる。橘子が見つめている気配に気づいたのか、清躬が心持ち顔を橘子のほうに向けた。橘子はできるだけ清躬に向き合うように顔をかたむけて、微笑んだ。清躬には見えなくても、見えている人とおなじようにしたいとおもった。痣《あざ》はもう気にならない。

清躬の手を引いている時、橘子はゆっくりのつもりだが、清躬のほうが先に脚を動かして、その脚が橘子の脚に引っかかった。自分の脚が清躬の脚を引っかけたのかもしれない。二人はバランスを失って、折り重なるように転倒した。

「ああ、御免なさい」

橘子は清躬に抱き竦《すく》められていた。橘子は、自分のからだが床に打ちつけられることなく清躬の腕が自分を抱きとめ、保護されたのだと感じた。

「ぼくのほうこそ、御免。眼が見えないから、ぼくがつまづいちゃったんだ」

「いいえ、大丈夫よ」

橘子がそう言った後も、清躬はそのままかの女を抱き締めていた。腕の力を緩めると、かの女のからだがおちてしまうかのように。床に横たわっているから、そういうことはないのだけれど。

橘子は両腕を体側につけたままその外がわから清躬の腕に抱き締められていたので、自分は清躬のからだを抱くように腕をまわすことができず、一方的に抱き締められているばかりだったが、それでも心地よく感じた。清躬のからだはおもいのほかがっしりして、力も強かった。子供の時のひょろっとした印象が強いし、その当時は自分のほうがからだが大きかったので、余計にあの頃との違いを感じる。

―ナコちゃんてほっそりしてるね。昔以上に華奢な感じがする」

キユくんは逞《たくま》しいからだになったね――橘子からも逆に言いたいくらいだ。昔を知るから、お互いにそう感じ合う。

「ちょっとナコちゃんのからだに触っていいかな？　ナコちゃんのからだの大きさを感じたいんだ」

「からだの大きさ？」

橘子はききかえした。

「ナコちゃんとはずっと会っていなかったけど、いつもぼくの心のなかにいて、今の顔もわかる。ナコちゃんに会ったナルちゃんに今の髪形をきいてナコちゃんの顔を絵に描いたら、そっくりだと言ってくれた。それはさっきも言ったね。ナコちゃんも見てくれたから、わかるだろうけど」

「無盡燈《むじんとう》で、いつの瞬間もキユくんは心のなかで私を照らしてくれたのね？」

「そのとおりだよ。だけど、ナコちゃんの顔ははっきりしていても、おとなになってどれくらいの背の高さになったのか、どんなからだつきになったのかはわからない。でも、それも知っておきたい。もう絵に描くことはできないけれど、ぼくのなかではナコちゃんのイメージは今でもある。からだ全体を正しくとらえられたらとおもう」

ああ、それで、私をずっと抱いたままでいたのか。橘子は得心した。

「いいわよ。実際に触って確かめてくれたらいい」

橘子は清躬なら全然構わないとおもった。久しく離れていたけれど、お互いにそれぞれが心に宿っている。距離ゼロの関係だから、くまなく触れてもらったほうがありがたいくらいだ。

「ありがとう」

清躬はそう言うと、橘子を抱き竦めていた一方の手を離した。片腕は下から橘子の腰にまわしてそのからだを支えているのはかわらない。片方だけでも橘子のからだが小動《こゆる》ぎもしない程力強く抱きかかえている。からだから離したほうの手は、橘子の肩、腕の付け根を軽く掴《つか》んだ。肩胛骨《けんこうこつ》や鎖骨など骨張った自分のからだを感じる。骨をなぞったかとおもうと、筋肉（それぞれどういう名称だったか、橘子はおぼえていないけれども）もそのかたちや状態など、まるで衣服を透かして手で見るかのように丁寧に確かめている。清躬は無言だった。橘子は眼を閉じて、清躬にからだを委ねた。

つぎに清躬の手は上腕にきた。最初は骨。そして、筋肉。それから、肘《ひじ》の関節。前腕の骨。手首。また手首から手の甲をひととおりなでた後、親指を三本の指で両側面と指の腹に当てて、そのかたちや幅、厚み、柔らかさなどを確かめる。続いて、人指し指、中指、薬指、小指と移ってゆく。手首から先は、地膚《じはだ》に触れられ、橘子も清躬の手や指の感触をおぼえるので、少しどきどきする。手の平に触れられた時、橘子はおもわず指を折り曲げて、清躬の指を包んだ。橘子のどきどきは続いていたが、清躬の様子はかわらないようだった。からだは密着しているので、自分の動悸《どうき》は清躬に伝わっているだろう。橘子も清躬の心臓の鼓動を感じとりたく神経を集中したが、それとおもわれるものを感じとることはできなかった。

橘子の手からすーっと離れると、清躬の手は橘子の項《うなじ》に上がった。

清躬は襟足《えりあし》から肩口にかけて、優しくなでた。ポニーテールで髪が邪魔にならないようだ。清躬の柔らかなタッチが気持ちよく、うっとりする。清躬のなで方は少しづつかわった。くすぐったくて橘子がおもわず首を竦めると、初めて清躬が「御免」と声を出した。

「いいえ、いいの。私こそ首を動かして、御免なさい」

それから清躬の手は耳のほうにきた。橘子の髪をかきわけ、かの女の耳に触れる。最初は耳介《じかい》の輪郭をひととおりなぞり、また内がわの軟骨のかたちに沿うように丹念に清躬の指が触れてゆく。それから、耳の裏がわをなでながら、橘子の耳の大きさを測るように手で包み込む。最後は耳の柔らかいところを指で抓《つま》みながら優しくなでた。耳の穴にも指が入ってくるかとおもったが、それはなかった。遊びはしないんだわ、キユくんは。昔とかわらないひと。

「腕を上げさせてもらって、いい?」

清躬が橘子の二の腕に手を触れながら、きいた。

「うん」

「ぼくの肩においていいよ」

橘子は清躬の首元に頭がある位置にいた。橘子は自分から手を上げて清躬の肩におく時、一瞬眼を開けて、眼の前にきた自分の手と清躬の肩を見た。橘子も、清躬の肩や首筋に手をスライドさせていろんなところに触れたい気がしたが、ちょっと無理な格好になりそうだし、清躬の邪魔になるのはまちがいないので、遠慮が働いて、そのままじっと、また眼を閉じた。

清躬は橘子の体側を脇の下あたりから骨盤の出っ張りのところまでゆっくり優しくひとなでした。

つぎは胸に触る？　本当はそこが小学校時代と一番かわるところだけど、自分の場合、普通のおんなのひとにくらべてあまりの発達のしなさに、かえっておどろかれるかもしれない。キユくんはそんなこと気にしないだろうけど。

そうおもっても、どきどきする。誰の手にしろ、男性に胸に触れられたことはないから。また動悸が昂進するのが自分でもわかる。

だが、清躬の手はやはり骨の上にきた。橘子の肋骨《ろっこつ》が一本一本確かめられた。肉が薄く、肋《あばら》が浮いていて、服の上からでもそれが橘子には少し恥ずかしく感じられた。背中のほうもそのように骨の位置をみられた後、清躬の手は胸には上がってこないで、そのまま下がって、骨のないウェストにおかれた。

キユくんたら、女性の胸は触っちゃいけないとおもってくれてるんだわ。縦令《たとい》私でも。親しき仲にも礼儀をわきまえるおとななんだ。

清躬の手は、肋の位置から骨盤まで橘子の体側を何度かゆっくりと上下動した。ウェストの曲線を確かめているのかしら。それからつぎは、おなかのほうと背中のほうに何度か手が動かされる。どこもぺちゃんこなからだだ、と橘子は自分のことをおもった。

短大の時、おなじクラスの子から、かの女のウェストが細いのにおどろかれて、まさか肋骨を何本か抜いてない？ときかれたことがある。肋骨を抜くという言い方があまりに突飛すぎたし、それを自分に言われる意味がわからなかった。その子が言うには、女優やモデルで極端にウェストが細いひとがいるが、そのなかには肋骨を何本も抜いてくびれをつくっているひともいるのだという。橘子は自分のあばらを触らせて、なんの細工もないことをわかってもらったが、あまりに痩《や》せているために骨の目立つからだだというのが自分でもわかった。栄養状態がわるいわけじゃなく、健全なからだではあるが、見た目が貧相なのは致し方ないと感じるのだった。それ以来、短いスカートなど、露出がおおい服を避けるようになった。

橘子は、自分が今、かなり短いスカートを穿《は》いているのを自覚した。清躬に下から片腕で支えてもらって、体側にぴたっとくっつけられている自分の手の先が、裸の太腿《ふともも》に触れている。そこはスカートにおおわれていない。スカートの短さで言えば、小学校時代とあまりかわらない。おとなになった自分が意識するだけで、小学校時代の自分を知り、ずっと会わなくても心のなかに自分を存在させてくれた清躬なら、そういう格好も違和感はおぼえないかもしれない。

　きっと、キユくんはおしりは触らないだろう。胸も触らなかったんだから。つぎは太腿にくる、スカートからはみでた裸の太腿に。うなじや耳のように、清躬の手が、指が、直接自分の素膚に触れる。でも、脚は足首までずっと露出しているから、その部分が長い。一体、どんな感じがするのだろう。

　だが、清躬は、橘子の骨盤の出っ張りに手を止めると、そのままおしりのほうに動かした。スカートの上からとおもっていたが、指が直接触れている感覚がするのは、パンティーに触れられているのだ。橘子は、ハッとした。転倒した拍子に短いスカートがめくれてしまったのにちがいない。またはしたないことになってる。でも、清躬の様子にかわりはなく、これまでとおなじに、手でからだの内部まで透かして読み取るかのようなゆっくりとして丁寧な動きなので、触られているのがおしりでも、嫌らしさを感じることはまったくないのだった。清躬は、橘子のおしり全体にわたってどの部分も精細に確かめるように、ゆっくりなでた。時には、おしりに少し指をおしこむようにして、その筋肉や下にある骨の状態もみているようだった。おしりの骨というのは意識したことがなかったので、清躬に触られて、あらためて自分のからだの骨格を教えられるようだった。今まで単純なかたちとおもっていたおしりが、幾つもの骨組みの上に肉付けされた構造を持つものとして、あらためて認識される。絵を描くひととして、清躬はそういうところもしっかり知っておきたいのだろう。絵を描くひとがモデルのからだを実際に触ることは考えにくいが、清躬は眼が見えないから、しかたがないのだ。それに、顔は自在におもいうかべられても、おとなのからだに變化《へんか》した私のからだは、手で確かめてゆく方法でしかとらえられない。

　キユくんはもう実際の絵は描けなくなったけれども、頭のなかではこれからも絵を描くのだろう。美しいものを描いてあらわしたいというおもいは、きえるはずはない。Mさんのヌードに触れ、美しいものへの霊感が更に高まったときいた。だから、見たことはなくても、後ろ姿では紀理子さんのヌードも描いたのだ。そして、私についても何枚も描いてくれているようだけど、そこにヌードも描いてみたくなっても不思議ではない気がする。描いてみたいというか、いろいろに描いてゆきたいとおもうなかで、ヌードもそこに入るのは自然なことなのだ。頭のなかでなら描けるのだから。絵を描くひととして、眼で見られないなら、そのかわりに手でモデルとなる対象のからだのかたちや特徴などをみてとろうとして、いま私のからだに触れているのだから、私はキユくんのモデルとなっている。モデルらしく——その意識をちゃんと私も自覚して、キユくんが集中力を傾注できるようにしてあげないと。

　そうおもうと、自分がミニスカートを穿いていて、しかもそれがめくれていたというのは、妙な感覚だけれども、別の意味では都合がよかったかもしれない。もしいつものように普通のスカートを穿いていて、ちゃんと腰や脚がおおわれていた場合は、背中やウェストなどとおなじようにスカートの上から触って、着衣のモデルとして絵を描くのに必要なところを確認しただろう。最初はキユくんもそのつもりだったのにちがいない。私のからだの大きさをつかみたいと、初めにキユくんは言った。そして、私の肩の幅やその形状、腕の長さ、太さ、首の長さ、耳の大きさ、かたち、ウェストまでの長さや曲線、からだの厚み、骨格や肉のつきぐあい——そうしたいろいろのサイズやラインなどを感覚でとらえて、眼で見ているのとおなじように絵のモデルのからだを正確に構成している様子だった。着衣のモデルでも、それらのサイズや輪郭などがわかっていないと、絵に写しとれない。唯、スカート姿を描くならば、腰から下はそんなに細かいレベルで確認しなくてもいいだろう。一往私のヒップの大体の感じをつかむために手をおしりにまわしたのだろうけど、たまたまスカートがめくれていて、キユくんの手はほとんど裸に近い私のからだに直接タッチすることになった。そこで私はキユくんのヌードモデルにかわった。誰も意図しなかったことだけれども、急に場面が転換したのだ。

　絵を描くひととして、モデルが急にヌードにかわったとしても、キユくんはおどろくことはない。スカートの上からのつもりが直《じか》におしりに触ってしまったら、普通のひとなら物凄《ものすご》く動揺するだろうけど、キユくんの手の動きや触れ方にそれまでとまったくかわりはなかった。首筋や耳、手の時とおなじように、私の素膚を慈《いつく》しんでくれるかのように、繊細で柔らかにゆっくりと触れ、なでる。同時に、容赦なく指先を押し入れ、皮と肉の下に潜在している骨格までとらえてゆく。実際としては、私のおしりは裸ではなく、下着が着用されているけれども、キユくんの手からすれば、おしりをおおうパンティーは透明な薄膜にすぎず、裸とかわるところはないのだろう。自分自身でも、キユくんの手でもう総て見てとられて、裸になっているのと同様の感覚だ。今、もう、きっとキユくんの頭のなかでは、私の後ろ姿で上半身からおしりまでのヌードの絵は出来上がっているにちがいない。キユくんの絵は写真のように精細で、美しい。手でスキャンした途端に画像が出来上がる。頭のなかでは筆を動かすまでもない。おしりまでのヌードでも絵にはなる。けれども、まだ完成形のヌードではない。これからあと、脚を太腿から爪先《つまさき》まで。正面からのヌードなら、更に胸、それから下腹部……きょうはそこまでいくかしら？

ああ、これだけの才能を持ちながら、眼が見えなくなって絵も描けないようになったというのは、なんて残酷な運命に見舞われてしまったことかしら。頭のなか、心のなかでいくら絵が出来上がったって、やっぱり実際の絵にできないとこの世に存在するものとはならない。見られない絵では誰も評価したり感動したりできないのだ。

キユくんは、あまりに美しいものに触れすぎて眼の寿命が尽きてしまったと言った。でも、寿命といっても、短命な人もいれば長命を保つ人もいる。まだ二十歳なのに、これではあまりに短命だ。佳人薄命とはよく言うけど、才能がありすぎて神様に嫉妬《しっと》されたのかしら。これ以上美しすぎるものを人間の世につくりだすことがないようにとか。あとは天国で描きなさいとか。そう考えると、命を召されなかっただけでも、神様のお情けがあったということも言える？　いいえ、なにも命を召される謂《いわ》れはない。視力を取り上げられる謂れだって。そういう才能のあるひとを生み出したのも、神様御自身なのだから。戯れはしないでください、神様。キユくんにもう一度光を取り戻させてあげてください。

清躬を見舞った悲劇的運命をかなしみつつ、神様に意識を向け、祈りねがう気持ちにわれを浸《ひた》して、橘子は少し気が遠くなる感覚に支配された。同時に、清躬とぴったりくっついていることをおもい、かれの温かみが伝わる心地よさもおぼえる。

「起きよう、人が来る」

急に清躬が鋭く呼びかけた。そう言うが早いか、清躬は下からからだを支えていた手で橘子の上体を持ち上げ、自分と一緒にかの女を立たせた。あっという間に自分のからだが起き上がって、橘子は清躬の力強さと機敏さにおどろいた。

トントンと戸口で音がした。清躬の言ったとおりだ。眼が見えないから、なおさら感覚が研ぎ澄まされているのだろう。

入ります」

その声とともに扉が開き、詩真音が入ってきた。

「清躬さん、もうまもなく棟方さんがお見えになります。お部屋に参りましょう」

清躬は、「ありがとう、詩真音さん」と返事をし、橘子に対して、「ナコちゃん、途中でわるいけど。後で、また」と言った。橘子はかれの手を引いて戸口のほうに歩きながら、「ええ、後でうかがうわ」と答えた。

「後でまた来るわ」

詩真音は橘子に顔を向けてそう言い、清躬の介添えをしながら、扉の外へ出た。

一人になった橘子はテーブルから椅子を引き出して、座った。まだぼーっとしていた。もう清躬にひっついていないのに、からだが熱《ほて》っている。橘子はテーブルの上に肘をおいて、手の甲を枕に眼を閉じた。

橘子は詩真音に起こされた。

「暢気《のんき》なものね」

慥《たし》かに、他人《ひと》の部屋で居眠りするのは――。

と、橘子は嫌なことをおもいだした。

贋《にせ》の清躬と出会った日に、あのアパートの部屋でも。

「しっかりしなさいよ」


橘子は詩真音が紙袋を提《さ》げているのを見て、「それ」と指差した。

「キユクンのシャツよ。持ってきてあげたわ」

「ありがとう。うれしいわ」

詩真音は椅子を引き出して、背凭《せもた》れに立てかけた。

「キユクンとはなに話してたの？」

橘子の前の椅子に座って、詩真音が問いかけた。

「それがね、キユくん眼が見えないのに、私の注意が足りなかったから、一往私が手を引いたんだけど、脚が絡まって、二人で転倒したの」

「転倒した？」

「そうなの。広いお部屋でどこにもぶつからなくてよかったけど」

「それで？」

「でね、普通、転倒したら、あ痛たた、とかなるじゃない、腰とか膝とか打って。ところが、転倒するさなかで私、キユくんがしっかりからだを抱きとめてくれて、どこも打たなかったの」

「抱きとめて？」

怪訝《けげん》な顔で詩真音がききかえした。

「ええ。後から考えると、凄い反射神経の持ち主だわ、キユくん」

「それからどうしたの？」

「抱き続けてくれた」

詩真音は少し首を曲げ、それから眉《まゆ》を顰《ひそ》めた。

「ええ」

「仆《たお》れたまま？」

「ええ」

「それって變態《へんたい》じゃない？」

橘子は口をとがらせて、「變態なわけないでしょ」と反撥《はんぱつ》した。

「だって、普通起き上がるでしょ。それにあなたはキユクンの戀人《こいびと》でもないんでしょ？」

「戀人でなくても優しいの」

「抱くのはちょっと違うわよ」

「キユくんは優しさから抱いてくれるひとなの。私たち幼馴染《おさななじみ》で、離れていてもいつも身近だった。お互いの心のなかにずっといたの。だから、おかしなことないわ」

「あなたたちって本当に不思議な関係すぎて、よくわからないわ」

「それにキユくん、眼が見えなくなったから、おとなになって初めて会う私がどれだけのからだの大きさか、抱くことで確かめることができたの」

「別にその時知らなくてもいいでしょ」

「キユくんは絵を描くひとだから」

橘子はにこっとして言った。

「かれ、想像のなかで私を描く時、顔はちゃんと描けるけれども、からだのことはわからない、おとなになって私がどんな体形になったかって。一度でも会って、或いは写真ででも私を見ているとかだったらわかるけれども、そうしないうちにキユくんは眼が見えなくなったんだから、もう私を見ることができない。さっき二人して転んで偶然にも抱いて、私のからだに触れて、わかるようになったのよ。例えば、肩幅とか腕の長さとか、肉のつきぐあいとか、いろいろと。キユくんは言わなかったけれど、私のからだのいろんなところに触れることで、眼で見るのとおなじに認識されて、頭のなかでデッサンしていたとおもう」

「デッサン？」

「きっと自然とできるひとなのよ、キユくんは」

「じゃあ、からだをデッサンするのに、全身触りまくるの？」

「キユくんの触り方は違うわ。とても優しく、ゆっくり、繊細に。服を着ているところは服の上からだし」

ても、胸もおしりも触るんでしょ？」

「胸はなかったわ。背中のほうだけ」

「あなたに胸がないのがわかったからよ。そんなの、抱いたらわかるし」

「ひどいこと言うのね。後ろ姿なら、胸は確かめなくてもいいわ」

「縦令背中にしたって、二人で床に寝転がったまま抱き合って、男がおんなのからだのいろんなところを手で触れているのは、異様だわ。おしりは触られたの？　それもスルーされた？」

「背中からおしりまで、優しく触ってくれた。おしりの下のところで、ネマちゃんが呼びにきたから、そこまでだけど」

「いくらあなたたちの関係が特別だって、それはあんまりよくないんじゃないの」

「服の上からよ」

「服の上からにしてもよ。第一、スカート、短いし。短いスカートならかんたんにめくれる。きっとあなたなら、それでパンティーに触られていても、気づかない」

　気づかないわけはない。それに、スカートは転んだ時にめくれてしまったのだ。短いのだから、しかたがない。だが、そのあたりの事情を言っても、詩真音は意地わるく言うかもしれない。自分のことはいくら言われてもいいけど、清躬のことをわるく受け取られてしまうのは困る。さっきは清躬のことを變態なんてひどいことを言ったひとだから、もうこれ以上は誤解を受けないようにしたい。そうおもって、橘子はおしりを触られたことについてはなにも言わないことにした。

「キユくんはまだ絵を描きたい情熱があるのよ。実際にキャンバスに描くことはできなくなっていても、頭のなかではいくらでも描ける。眼で観察できなくても、手でかたちや大きさをとらえれば、絵が出来上がるの。私にはそれがわかった」

　詩真音はなにも言わず、唯あきれた顔をして視線を逸《そ》らした。

「キユくんのこと、誤解しないで。もしあなたが變に感じたなら、私の言い方がわるかったの」

　橘子は重ねて言った。

　詩真音は立ち上がって、橘子に向かって言った。

「御立派なこと。感心しました。あなたにいくら御用心と言っても、通じそうにないわ。向こうの様子を見て、また呼びに来るわ」

　詩真音が立ち去ろうとするので、橘子も立ち上がり、後を追おうとした。

「え、出て行くの？」

「また来ると言ってるでしょ」

その声がきこえた時には、詩真音は扉の向こうにいた。また鍵がかけられる音がした。

41　三人揃う

清躬のシャツは洗濯・乾燥の後、橘子の下着と一緒に袋に入れて、私の部屋においていた。だから、すぐに取って行けたのだが、私は先に応接室に戻った。

「なにかわすれもの？」

私が入ってきたのを見て、おねえちゃんがきいた。

「橘子《きっこ》ちゃん、清躬《きよみ》さんが持ってこられた絵をもっとしっかり見たいんですって。暫《しばら》く一人にしてあげることにしたの」

「そう。じゃあ、あなたも棟方《むなかた》さんのお出迎えをしてくれる？」

「ええ、喜んで」

実は、そうさせてもらいたいと、戻ってきたのだ。

「ノカちゃんは？」

「門のところで待ってもらってるの。見えられたら、すぐ連絡が入るから」

「あ、じゃあ、私もノカちゃんと一緒に外で待ってます」

「そうね。ノカちゃんも、あなたが一緒に待ってくれたほうがいいでしょうね。じゃあ、おねがいね」

「わかりました」

ワケにも挨拶《あいさつ》をして、私は部屋を出て、外の東邸の門に向かった。

「あら、あなたもきたの？」

私を見て、香納美《かのみ》がちょっとおどろいた顔をした。

「なんの指示も連絡もないから、自分で考えてやるの」

お昼に桁木《けたき》さんと話をしたが、にいさんからは桁木さんにも連絡がないという。前もっての指示がないんだから、あなたはあなたとして自分で考えて行動したらいい、と桁木さんは言った。勿論《もちろん》、そうする。

「ナコは今どうしてるの？」

「さっきまで応接室でかれと一緒にいたけど、今は別室で待たせてる」

「放ったらかしでいいの？」

「いいわよ、暫くの間。もうなれてきたみたいだし」

「二人のやりとりきいたけど、本当に不思議な人たちね。ちょっとついてけない」

「私もよ」

私は同調するように言った。勿論、私はかれらについてゆけないでは済まされない。寧《むし》ろ、かれらの前に出るのでなければならない。

「あ、来たわ」

香納美はきのうも対応しているので、棟方紀理子《きりこ》の車を知っているのだ。

私たちの前に一台のスタイリッシュな緋色《ひいろ》のクーペが速度をおとして近づいてきた。香納美は要領よく手で門の内へ誘導し、建物の玄関近くのスペースに停車させた。私は香納美と付かず離れずで、玄関のほうに足を運んだ。それから、スマホでおねえちゃんに棟方紀理子が到着したことを連絡した。

助手席のドアが開き、わかい女性がおりたった。続いて、運転席のドアが開き、二十代後半とおもわれる女性がおりてきた。

わかい女性——棟方紀理子だと私は知っている——は、私をじっと見て、表情がかたまった。と、私の前に走り寄り、手をとった。

「橘子さん」

私を見て、ナコと取り違えているのだ。似ているとわかっていても、メイクもしていない顔でまちがわれるのは、複雑な気持ちになる。

「私のこと、赦《ゆる》してください。あの時は、本当に御免なさい」

紀理子はなみだぐんでいたが、ぎりぎり怺《こら》えられているようだった。きのうの録音では、かなり病状が重く感じられたのだが、いま見ると、顔色も声色《こわいろ》も、相当に快方に向かっているように感じられた。

私は正直に言った。

「棟方さん、実は私、橘子さんではないんです」

「えっ？」

紀理子は、なにを言われているかわからない表情をした。

「私、かの女とおなじ、この家の者で、根雨詩真音《ねうしまね》と言います」

「あっ」

私は香納美と肩をならべながら、自己紹介した。

紀理子はまじまじと私の顔を見つめた。

「混乱させてしまって申しわけないことです。清躬さんによると、慥かに橘子さんと顔だちが似ているようです。ですから、取り違えられるのも無理ありません」

「まあ、本当に御免なさい。人違いするなんて、とても失礼なことを」

きょうはしっかり話ができるではないか。

「ともかくなかへお入りください。清躬さんがお待ちです。橘子さんも後でお連れしますわ」

私は津島さんとも初対面だったので、挨拶をかわした。それから、香納美と一緒に、紀理子と津島さんをお屋敷のなかへ案内し、清躬が待っている応接室にとおした。

「ようこそ、紀理子さん、津島さん。さあ、どうぞこちらへ」

出迎えたおねえちゃんに、「隠綺《おき》さん、こんにちは。きょうもお世話になります」と紀理子が応答した。津島さんも静かに挨拶をかわした。

「清躬さん、こんにちは」

紀理子は清躬に対してもしっかり挨拶をした。声だけきいていると、きのうとはまったく別人だ。紀理子の声をきいて、清躬も立って、「こんにちは、紀理子さん。こんにちは、津島さん」と言った。

案内役として用が済んだので、香納美と一緒に私も引き下がろうとしたところ、「あなたは待って」とおねえちゃんが引き留めた。

「紀理子さん、津島さん、さっき本人が自己紹介しているとおもいますけど、あらためて私から紹介します。この子、根雨詩真音ちゃんと言って、ここでずっと一緒にくらしていて、血は繋がっていないですが、私の妹といっていい子なんです。いつもネマちゃんと呼んでいます。紀理子さんとおなじく大学の三年生。香納美ちゃんもおなじだし、清躬さんともおない歳ですね」

おねえちゃんが私を前に出させて、紹介した。

「実は私、大變失礼なことに、根雨さんのこと、檍原橘子さんとまちがえてしまったんです」

私に対して少し申しわけなさそうに、紀理子が言った。まじめな女性だ。

「あの、気になさらないでください。初対面で似た人間が現われたら、誰だって取り違えるとおもいます」

私は紀理子の肩口に手をおいて、フォローした。

「まず、おかけになって」

おねえちゃんの目配せを受けた私は、清躬のもとに寄り、ソファーに腰かけるよう促した。おねえちゃんは紀理子を清躬の隣に座らせ、手をにぎらせた。自分は津島さんや私と一緒に清躬たちの向かいがわに腰かけた。

「清躬さんがここに来られるようになって、ネマちゃんのことも紹介した時、檍原橘子さんにとても似ているとおっしゃってましたから」

あらためておねえちゃんが私の話をした。清躬もそれに答える。

「ええ。ぼくは人の顔の違いは細かいところまで気がつくほうなので、勿論違いもわかりますが、でも、詩真音さんと橘子さんはとてもよく似ています。全然違うところでこうまで似たひとと会うなんて想像もしていなかったので、初めて詩真音さんをお見かけした時はおどろきました」

　なぜか自分が話題の中心になってしまっているので、自分から橘子とのかかわりあいについて話をする必要を感じた。

「二人はそうおっしゃってますけど、そのお話は私きいてないんです。私に対して清躬さんは誰に似ているとおっしゃったことはないし、おねえさんも、清躬さんがそういう話をしたことを私に話してくれなかったので。ですから、私、橘子さんのことを全然知らずにいたんです。それがきのうの晩、偶然に入ったレストランで、檍原さんという苗字《みょうじ》で呼ばれるひとがいるので、珍しい苗字だから、ひょっとして清躬さんとお知り合いということもあるかもしれないと、私から声をかけたわけなんです。やっぱり清躬さんと知り合いだというから、一気に打ち解けて、きょうもここにきてもらったんです。ここでみなさん、そっくりだとおっしゃるけれど、当の私自身は、初対面のひとですから、自分に似ているかどうかなんて、頭にありませんでした。唯、橘子さんのほうは私の顔が自分によく似ているとおどろいたと言われていました。本当はどうだか、後で橘子さん本人が此方《こちら》に見えますから、あなた御自身の眼で確かめられるのが一番とおもいます」

「シ――シマネさん。そう、お呼びしていいですか？　おない歳でいらっしゃるようだから」

　紀理子が遠慮がちにきいた。

「いいですよ。橘子さんは、きのう会ったばかりだけど、もうネマちゃんと呼んでくれます。おねえさんが言っていたように、この家では私、そう呼ばれているんですけれど、それをきいて橘子さんも」

「私も、『ネマちゃん』さんとお呼びしたいけれど、今会ったばかりで不躾《ぶしつけ》が過ぎますから、詩真音さんと呼ばせていただきます」

「ええ、そうしてください。きっと上品なあなたは、ネマちゃんと呼んだ後に『さん』をつけそうですから、『ネマちゃんさん』は勘弁してほしいです」

　私がそう言うと、一同からわらいが洩《も》れた。

「私も、あなたのことを、紀理子さんと呼んでも構いませんか？」

「ええ、是非そうしてください」

　そう言って、紀理子は軽くお辞儀をした。

「あの、橘子さんは今どちらに？」

誰にきいてよいかわからないということもあるからだろうか、誰とも眼を合わせられず、紀理子は少しとまどいがちに尋ねた。

「今は別室に」

と、私が答えた。

「まずは、清躬さんとの間でいろいろお話があるでしょうから、程よい頃に顔を出させていただくということで、待ってもらっています」

「気をつかってくださってるんですね」

「優しい子ですね。ちょっぴり惚《とぼ》けておもしろいところもありますけれども」

私がそう言うと、

「おもしろい？」

と清躬がききかえした。

「かわいらしい、と言いかえてもいいですよ。容姿の話ではなく、性格がかわいい。清躬さんも同意なさるでしょ？」

「ぼくのなかには、初めて出会った小学校五年生の時の橘子ちゃんもいて、今の橘子ちゃんもあまりかわっていないところもあるので、そういう意味では、かわいいのはまちがいないです。でも、橘子ちゃんはもっと特別で、かの女はいつもぼくにまっすぐ向き合ってくれます。その睛《ひとみ》の清《す》みわたったきれいさは、ぼくのなかできえることがない光なんです。かの女のその美しい睛の光は、美しいものの極致の世界に繋がっていて、その世界への扉を開いてくれる。ぼくは昔から美しいものへの強い憬《あこが》れを持っていたけれど、橘子ちゃんがいなければ、その世界に行き着くことはできなかったとおもいます」

紀理子の前でナコへの特別のおもいをかたる清躬の無頓着さに私は呆《あき》れた。おもわず隣をうかがうと、おねえちゃんは非難や心配の眼差《まなざ》しではなく、微笑《ほほえ》ましいという感じににこやかにしている。

「私、橘子さんに会ったこと、清躬さんにお伝えしていませんでした。御免なさい」

紀理子が隣の清躬を正視して言った。眼が見えない清躬は顔を少し向けただけだった。

「紀理子さん、橘子ちゃんからそれをきいた時はおどろいたけど、ぼくのほうもかの女のこと、紀理子さんにお話しできていなかったし」

「杵島《きしま》さんは御存じでしたの？」

「杵島さんは御存じだった。ぼく、橘子ちゃんの絵を何枚も描いてたので、かの女のこときかれたから」

「橘子さんの絵？」

初めてきいたように、紀理子におどろきの表情が表われた。

「ぼく、橘子ちゃんの絵を時々描くんだ」

「えっ？　でも、清躬さんの絵を見せてもらったなかになかったけれども」

「杵島さんが纏《まと》めて保管されている」

「あ、そうなんですか。杵島さん、どうして話してくれなかったのかしら？」

紀理子の顔がかなしげな表情にかわった。清躬は見えなくても、察することはできているはずだ。

「私、いけないですね。清躬さんのこと、杵島さんからなんでも教えてもらっているとおもってた。それで、清躬さんから直接お話をきくことを怠《おこた》っていた。その結果、本当は知っていないといけないことなのに、知らないいまんまで……」

「紀理子さん」

清躬は声かけして、紀理子の肩に手をまわした。だが、その後になんと言葉を続けていいかわからないようだった。

「紀理子さん、言葉を差し挟んで御免なさい。あなたは橘子さんのおうちを訪ねられたようだけど、どうやってかの女のことがわかったの？」

沈黙が続くのが嫌《いや》だったので、私は敢《あ》えて介入した。

「あ、それは――」

私から質問が飛んだのが意想外だったようで、紀理子は答えに窮《きゅう》するようだった。

「あ、あの、清躬さん宛ての郵便物で、東京と違う住所のものがあったので、ちょっと訪ねてみようと。そしたら、今も檍原さんという苗字のお宅があって、ひょっとして清躬さんと繋がりがあるおうちかとおもったんです」

「それが橘子さんとの出会い」

「ええ」

紀理子が素直にうなづいた。

「橘子さんのことまったく知りもしなかったので、そのおうちから清躬さんとよく似た顔だちのお嬢さんが出てこられた時には、びっくりしてしまいました」

ちょっとおちついたのか、紀理子が具体的に話しだした。

「私、咄嗟《とっさ》に、橘子さんのことを清躬さんの妹さんときいてしまったんです。そんなことあるわけないですのに」

「妹さんて？」

私は少し愉快に感じた。ナコがワケの妹におもい違えられたというのは、私とにいさんの関係をなぞるようだ。

「橘子さんは私をお宅にあげてくださって、清躬さんのお話をいろいろしました。チャーミングで親切で、とても素敵な方でした。四月から就職で東京に出てこられるということで、お友達として親しくおつきあいできるとおもっていたんですけれど、私にはその資格がありませんでした」

「さっきおねえさんから、あなたが橘子さんと会いたくおもってるという話をきいて、かの女、とても喜んでたわ」

「ええ、ネマちゃんの言うとおりでしたよ」

おねえちゃんもフォローした。

「紀理子さんに橘子ちゃんのこと、お話しできていなかったので、おそまきながらではあるけれども、きちんと橘子ちゃんのこと紹介させてもらう。紀理子さんのいいお友達になるひとだよ」

清躬がそう言うと、紀理子は繋いでいるかれの手にもう片手を添え、両手でにぎり締めて、言った。

「清躬さん、橘子さんに会う前に確かめさせていただきたいことがあります」

きのうからは想像できない、きりっとした物言いだった。

「なに？」

「私が橘子さんとお話をした時、清躬さんとは小学校時代以来、ずっと音信が途絶えているとききました。高校生の時に一度会ったそうですが、その時もあまりお話ができなかったとか」

「うん」

「清躬さんのお話では橘子さんはかけがえのないひとだとわかりますし、かの女の絵を描かれたり、今も心に生き続けていらっしゃるのでしょう？　橘子さんも、清躬さんのことが好きだし、絶対的な信頼をおいておられました。お二人ともそうであるのに、どうしてずっと音信不通だったんでしょう？」

「紀理子さん、高校生になった時、ぼく、橘子ちゃんに会いたいと本気でおもったんだ。もう中学生じゃなくて高校生だから、自分の意思を行動に繋げなければならないとおもった。だから、夏休みに自分で行動した」

「え、でも、なにかの御用でおかあさんと一緒に来られたんじゃ」

「橘子ちゃんに本当の気持ちを伝えられず、嘘《うそ》を言ってしまったんだ。そんな意気地《いくじ》なしだから、橘子ちゃんとまともに話ができなかった。あの頃ぼくは小心だったし、不純だった。ぼくがちゃんとしていたら、橘子ちゃんとは連絡を取り合う関係になれていたはずだよ」

「今、お話しされたことは、杵島さんには？」

「紀理子さんの今の質問のようなことをきかれていないので、そういう話はしていないよ。高校生の時に一度会っていることはお話ししているけれども、それもその事実だけ」

「じゃあ、今のは私にだけ？」

「さっき、橘子ちゃんと話をした時、かの女にもおなじことを言った。だって、橘子ちゃんには嘘も言ってしまっていたし、ぼくのほうから喋りかけづらい空気をつくってしまっていたし」

「わかりました」

紀理子は神妙な顔でその話に区切りをつけた。

「じゃあ、もう一つ」

続きがあった。

「どうして清躬さんは橘子さんのことを私に話してくださらなかったの？　或いは、絵をいろいろ見せてくださったのに、どうして橘子さんを描いた絵は見せてくださらなかったの？　杵島さんが保管されていたという話だったけど、橘子さんの絵は全部そうだったの？」

「橘子ちゃんの絵は毎年何枚か描いていたので、ちょっと沢山ありすぎたからかもしれない」

紀理子の立て続けの問いに清躬はあっさり答えた。

「沢山ありすぎた？　だったら、逆にその一部は見せてもらってもいいはずじゃない？」

「そうだね。唯、杵島さんは、橘子ちゃんの絵は全部私が管理するからとおっしゃって、纏められたんだ」

「杵島さんが？」

「橘子ちゃんのこと、紀理子さんに自分から話をしないようにとも言われてた」

「杵島さんがそうおっしゃったの？」

「うん」

「どうして？」

紀理子がかなしそうな表情できいた。

「どうしてなのかな」

紀理子の表情が見えないにしても、清躬のその受け答えはがっかりさせる。唯、言葉は続いた。

「ぼくが橘子ちゃんの絵を描くのを止められたわけではないし、その絵を紀理子さんが見て、かの女のことをきかれたら、普通に答えたらいいとも言われてた。でも、杵島さん自身も御自分から橘子ちゃんの話はされないと言われていて、ぼくも話ができなかった。橘子ちゃんの絵も暫く描けなかった」

不意に、紀理子が「あ」と声を出した。

「きっと、橘子さんは和華子さんにとても繋がっていらっしゃる方で、私が和華子さんの存在を強く意識しすぎていたので、かの女の話題が出るのは私の前では好ましいことじゃないと、御判断されたのかもしれない」

更に紀理子はつけくわえた。

「御免なさい、清躬さん。私、ちょっとムキになって質問したけれど、原因は私にあったんです。杵島さんに余計な気をつかわせてしまったし、清躬さんも本当はそういうことを言われなくても済んだはずでした」

「紀理子さん、これから橘子ちゃんと会って、なかよくなるんだから、今までのことは大したことではなくなるよ。ぼくもちゃんと橘子ちゃんの話をするし、橘子ちゃんにも紀理子さんの話をする」

清躬の言葉をきいて、両手でにぎり締めた清躬の手を紀理子は自分の頬に当てた。

おねえちゃんが私の袖《そで》を引っ張り、一緒に席を立ち、一旦部屋を出た。

「橘子さんの様子を見てきてくれない？」

おねえちゃんが頼んだ。

「いつでも呼べるように、橘子さんにも準備しておいてもらわないと」

「わかりました」

私は素直に返事した。もっと混乱が起きるのかとおもったけれども、紀理子が案外おちつきを取り戻したので、もう立ち会う必要を感じなかった。

「頃合いを見て、ネマちゃんに連絡するから。じゃあ、おねがいね」

私は一旦、地下の『絵合《えあわせ》』の部屋に向かった。私と入れ違いに香納美が出てきた。

「結構、長居《ながい》してたじゃない」

「だって、きのう仲間に寄せてもらえなかったんだもの。いいでしょ」

私は香納美の返事を待たず、部屋のなかに入った。

普段は普通に香納美となかよくしているが、きょうはお互いにつんつんしている感じだ。

なかには、桁木《けたき》さんがいる。

「紀理子さんはきのうと打ってかわってしっかり喋るわね」

「そうでなければ、きょうも来るなんてことできなかったでしょう。ところで、にいさんからはまだなにも?」

「ないわね。気にしないで、あなたらしくやりなさい。あったら、あった時のこと」

「うん。ありがとう」

桁木さんは肉体鍛錬ではきびしいけれども、普段の声かけは優しい。

「ナコのこと見ないといけないから、行きます」

初めからちょっと顔を出すだけのつもりだったので、私はすぐ部屋を出た。そして、私は清躬のシャツを入れた紙袋を自分の部屋から持って、橘子のいる部屋に向かった。

部屋に近づくあたりで、なかから物音がした。床を敲《たた》くような音だ。

私は、はっとした。

ナコ一人ではない。誰がいる?

わるい予感がした。

誰がいるか、私にはわかった。

相手は私が部屋の前まできていることを知っている。

ドアノブに触れると、鍵はかかっていない。入ることは拒まれていない。

私はトントンと扉を敲いた。そして、「入ります」と言って、扉を開いた。

私の眼に、橘子の腰に手をまわしたにいさんが見えた。清躬の服を着ている。にいさんの顔は此方《こちら》に向けられていたが、眼をつむっていたので、その眼光に射られて、のけ反《ぞ》らされることはなくて済んだ。橘子が振りかえったが、その顔は私を見て親しみの表情にかわった。そのひょろ長い姿かたちは、いつにいさんが力を入れてぽきっと折ってしまってもいいくらいだ。

橘子がにいさんを清躬と信じきっているのは明らかだった。テーブルにつかず抱きあってでもいたかのようなありさまに、目撃者が疑惑を持つだろうことをおそれてもいない。

「清躬さん、もうまもなく棟方さんがお見えになります。お部屋に参りましょう」

私はこの情況に動じることなく、咄嗟に判断して言った。

にいさんも、「ありがとう、詩真音さん」と、まさに清躬の声、言葉づかいで返事をかえした。

私は続けて橘子に対し、「ナコちゃん、途中でわるいけど。後で、また」と言った。橘子は親切なことににいさんの手を引いて戸口のほうに歩きながら、「ええ、後でうかがうわ」と答えた。

　扉の外へ出たところで、にいさんが眼を開いた。私は息を呑《の》んだ。

「よくきたな」

　にいさんはその一言きりで先へ歩いた。

　どういう意味でにいさんが言ったかわからず、私はなにも返答できなかった。返答ばかりか、まるで鎖で縛られたかのように、にいさんの後を追おうにも一歩たりとも動くことができなかった。

　にいさんは橘子になにをしたのだろう。橘子が催眠をかけられているとするならば、なんだってできただろう。

　私はにいさんが橘子を抱いている姿を想像して、強く首を振った。私と顔かたちが似ている橘子をにいさんが抱くなんて。しかも、今、橘子は上から下まで私の服を着ている。絶対あり得ない。

　私が闖入《ちんにゅう》したことでにいさんの行為が中断させられたことはまちがいない。そのことでにいさんは私を難詰するだろうか。それとも、私がタイミングよくやってきて、橘子を見殺しにしなかったことを、適《あっぱれ》だとみてくれるだろうか。「よくきたな」の言葉は、どちらとも受けとめられる。

　どちらであったって、私はいい。構ってもらえているなら、それだけでも値打ちを認めてもらっているのだ。私の扱いがどうより、にいさんが橘子になにをしたのか、考えたくなくても頭から去らないのが辛い。

　ああ、紀理子を応接室に案内したところで、香納美と一緒に辞去すればよかったのだ。おねえちゃんが紹介してくれても、その後挨拶してすぐに部屋を出ることはできた。そこでナコの部屋に向かっていれば、まだにいさんはきていなかったかもしれない。きっと、今このような気分の悪さを味わわずに済んでいたかもしれない。

　にいさんが姿を消してからも、私はその場に立ち竦《すく》んでいた。根が生《は》えてしまったかのように足が動かなかった。こんなところに誰かきたら。

　もう桁木さんに頼るほかないとおもった。この不自然で異常な情況を理解して助けてくれるのは、桁木さんしかいない。

　そうおもってスマホを取り出したところに、人が近づく気配がした。自分のうちなのにこんなにおびえるなんて、初めてのことだ。

「なにしてるの、こんなところにずっと立っていて」

　現われたのは香納美だった。柘植《つげ》くんも一緒だ。

「あの娘《こ》を見張ってるの」

その場凌《しの》ぎで私は答えた。

「ナコ？　それなら、部屋のなかでも監視できるじゃない。廊下《ろうか》に立ってても、退屈なだけでしょ」

「一人にさせとくの。あの娘《こ》、すぐ甘えるし、一緒にいると面倒なことがおおいの」

からだが大きく力も強い柘植くんなら、根が生えて動けない私を持ち上げて、床から離すことができるだろう。それが一番早い解決手段だ。けれども、香納美がいる前で頼めはしない。

「まだ梃子摺《てこず》ってるの？　ネマの苦労もわからないでもないけど」

「天然の不思議ちゃんだからね。今おもいだしてもわらっちゃうよ、かの女の会社の先輩とのデート」

香納美に続いて柘植くんが言った。相当愉快なことだったらしい。

「なに、それ？」

にいさんは、香納美にナコの身辺の情報をとらせていると言っていた。それに柘植くんもつきあっていたということか。

「あ、ネマちゃん、かの女の服、ぱちったの？」

石直くんが私の質問に答えず、いきなりそんなことを言うので、私は「えっ？」と言いながら、上体がのけ反りそうになった。

「そうそう、そのワンピース」

香納美が噴《ふ》き出しそうになるのを口をおさえて叫んだ。

「もう、なによ、二人とも」

「この娘《こ》、あの娘《と》と服の取り換えっこしたのよ」

私の抗議も無視して、香納美が柘植くんに余計な話をした。

「えっ？　取り換えっこって、どういうこと？」

「取り換えっこしたいなんてちっともおもってやしない。あの娘《こ》の着替え、このワンピースしか持ってきてないから、これをわたしたら、これは着ない、着ちゃいけないと、言ったのよ。会社の先輩が買ってくれたものらしいんだけど、貰《もら》う謂《いわ》れがないものだから、と言っていたわ」

「でも、それを着て、その先輩とデートしてたよ」

柘植くんがちょっと首を捻《ひね》りながら言った。

「それを着てほしいと言われたんじゃない？　あの娘《と》、気が弱いから、人の言いなりに従うのよ。その先輩にかの女がいることがわかって、あの娘《こ》だって気をつかったのよ」

「あの娘が着ないのは勝手なんだから、放っておけばいいのに」

「ネマちゃん、優しいから」

　柘植くんが私をかばってくれる。

「だからって、自分の着ている服を脱がなくてもいいじゃない。普通、脱がないわよ」

「時間がなかったの。朝忙しいんだから、あの娘《こ》のためにそんなに時間割《さ》いてらんないんだから」

「別の意味もあったんでしょ？」

　香納美が少しにやっとした。

「別の意味って？」

「だって、あなたたち抱き合ってたじゃない」

　まったく意味がわからない。でも、強い刺激のある言葉をきいて、流石に柘植くんも「抱き合って？」と声をあげた。

「下着一枚で二人抱き合ってるの、百合《ゆり》っぽく」

　香納美は更に刺激を強くする。男の子の前で言う言葉じゃない。

「ちょっと止《や》めてよ。タイミングがわるかったのよ、急にあなたがやってきたから、あの娘《こ》がびっくりして跳《と》びついてきただけ」

「運動神経抜群のあなたなら、さっと身をかわすでしょ、あなた自身にそんな気がないんなら」

「そんな気あるわけないでしょ」

　と、急に、「ほら」と香納美が跳びついてきた。

　さっと私は後ろに跳びのく。

からだが動いた。勿怪《もっけ》の幸いと言うべきか。

「でしょ？　なんであの娘《こ》の場合は抱きつかれるの」

「私も調子狂ってるの。それだけ」

　そうとしか言いようがない。なにも私が意図したことではないのだ。

「そう、相当、調子狂ってるわね。あなた、シスコンだから、オキンチョねえさんに完全服従な分、あの娘《こ》を支配できるとおもってたんでしょ？　でも、ワケとシンクロしてるメルヘンの国の住人で、リアルの世界から飛んじゃってた。それで調子を狂わされてしまったってとこじゃない？」

「前半は異議申し立てしたいけど、後半はそのとおりかもね」

　前半もそう見えることだろうと自覚することではある。唯、おねえちゃんが出来過ぎなのだ。

「一度その娘《こ》と話してみたいな」

　柘植くんがぼそっと言った。

「なに言ってんのよ。私が許すはずないでしょ」

香納美が口をとがらせる。

「いろいろ反応がおもしろそうじゃない」

「駄目。あり得ない。時間の無駄」

「わかってるって。もう言わないから」

香納美の口撃に柘植くんが降参した。

「私、なか入るわ」

もう動けるようになったので、私は橘子がいる部屋の前に立った。

「ネマちゃん、邪魔してわるかったね」

柘植くんが言った。

「私も調子乗って言い過ぎたわ。あなたもあの娘《こ》の相手で大變なのはわかる。御免ね、ネマ」

香納美も最後は気づかう物言いになった。

「ま、きょうの私は突っ込まれてもしようがない。じゃ、また後で」

私は鍵を開けて、なかに入った。(この部屋は地下と違ってセキュリティのシステムにはなっていない。)

私が入ってきたのに、声がない。橘子がテーブルに頭を横にしてねむっているようだった。

なに、この娘《こ》。

ふと、私は紙袋が部屋の隅におちているのに眼が留まった。清躬のシャツだ。さっき部屋に入った時、手から滑りおちたのかもしれない。

私はそれを持って、橘子のところまで歩み寄った。

傍《そば》まできても、橘子は身動き一つしない。

顔を覗《のぞ》き込むと、穏やかな表情で安らかにねむっている。

清躬とのいい夢《ゆめ》を見ているのかな。それともにいさんの催眠にかけられているのか。

着衣の様子は、ボタンも留まっているし、はだけもしていない。

いつまでもねさせるわけにはゆかない。おねえちゃんから「来て」と言われた時、寝惚《ねぼ》け眼《まなこ》ではぐあいがわるい。

私は手を橘子の肩においた。

はっとしたように、橘子が顔を上げた。

「あ、ネマちゃん」

「暢気《のんき》なものね」

呆れた口調で私は言った。

「しっかりしなさいよ」

続けてそう言わないわけにゆかなかった。

「それ」

橘子が私が提《さ》げている紙袋を指差して言った。

「キユクンのシャツよ。持ってきてあげたわ」

ーありがとう。うれしいわ」

私は椅子を一つ引き出して、背凭《せもた》れにそれを立てかけた。それから、私は橘子の正面に腰かけて、「キユクンとはなに話してたの？」ときいた。

「それがね、キユくん眼が見えないのに、私の注意が足りなかったから、一往私が手を引いたんだけど、脚が絡《から》まって、二人で転倒したの」

「転倒した？」

橘子はそれから、転倒して横たわった状態でワケ（にいさんだ）に抱き続けられたとかたった。

呆れた話に私は少し首を曲げ、それから眉《まゆ》を顰《ひそ》めた。そして、おもわず「それって變態《へんたい》じゃない？」と言わずにおれなかった。橘子は口をとがらせて、「變態なわけないでしょ」と反撥《はんぱつ》するが、鈍感にも程がある。

更に、ワケがかの女を抱きもってからだのいろんなところに触っているのを、頭のなかでデッサンをしていたと解釈している。そういうことを橘子が笑顔で言うのをきくと、あいた口が塞《ふさ》がらない。

「キユくんはまだ絵を描きたい情熱があるのよ。実際にキャンバスに描くことはできなくなっていても、頭のなかではいくらでも描ける。眼で観察できなくても、手でかたちや大きさをとらえれば、絵が出来上がるの。私にはそれがわかった」

このおんなはなにを力説しているのだ。自分が誰になにをされたかも知らないで。お人好しも馬鹿の類《たぐい》だ。いいえ、馬鹿も突き抜けて、頭がからっぽだわ。

こういう子と話をしていると、自分がおかしくなる。私は橘子から視線をはずし、立ち上がった。

「御立派なこと。感心しました。あなたにいくら御用心と言っても、通じそうにないわ。向こうの様子を見て、また呼びに来るわ」

私が立ち去ろうとするので、橘子も立ち上がり、後を追おうとしてきた。

「え、出て行くの？」

「また来ると言ってるでしょ」

その言葉だけ残して私は部屋を出て、扉を閉めた。鍵をかけて橘子をおきざりにする。

私は自分の部屋に行った。一人になりたかった。

橘子は一体にいさんになにをされたんだろう。

あらためてそのことが私の頭を占領した。

にいさんはやっぱり橘子のからだを抱いていた。しかも、床に横たわった状態で。

にいさんは橘子を抱きながら、かの女のからだのあらゆるところを触っていったのだ。一体どこまで？

橘子の話だと、服の上からで、からだのサイズをとらえたり、肉のつきぐあいなどをみていたようだという。胸は触られず、背中だけと言っていた。だが、おしりは、服の上からにしても触られている。それに、橘子はその後もぼうーっとしていて、居眠りもした。にいさんに催眠をかけられていたとしたら、なにをされてもおぼえていないのではないか。

おなじようなことは、二週間前の日曜日、清躬のアパートで薬でねむらされた橘子に対してやっている。その時は、橘子の服を順々に脱がし、最後はパンティーも取り去って、全裸の状態にした。橘子のからだを総《すべ》てくまなく直接触って、顔の細部から全身の筋肉、骨、内臓の様子まで調べ尽くした。唯、実際に橘子のからだに触れたのは、桁木さんと私だけで、にいさんは観察しているだけだった。橘子の素裸の肉体は細部までにいさんの眼に留まったが、触れられはしていないのだ。だが、今、にいさんは直接に橘子のからだを抱き、あらゆるところに触れていっている。橘子は服の上からと言っているが、おぼえているのは最初のほうだけで、後にどんなことをされているか、わかりはしない。まさかあの時のように橘子を全裸にして、また服を着せなおすような手間のかかることをにいさんが一人でするとはおもえないけれども、私と桁木さんがしたことを今度は自分がしてみるというのは、にいさんとしてはおもしろい考えだったかもしれない。しかも、かの女が覚醒している時に。すりかわっている清躬を疑うことがない橘子が、一体どんな反応をするのか、見物《みもの》だったにちがいない。実際、清躬を完全に信頼しきっている橘子は、からだのあちこちを触られても、それを異常なこととおもいもしていない。転倒してからだがくっつきあったのは偶然の出来事で、その後相手が意図を持って手をあちこちに動かしても、きっと初めからなんの抵抗もしなかったのにちがいない。それらの行為を、眼が見えない清躬が手によって全身を観察し、頭のなかでデッサンしていると解釈さえしている。普通、誰がそんなことを考えるだろうか。直前に清躬自身の絵を見せられたから、そういうおもいこみができる要素はあったとしても。

もともと私たちが橘子をねむらせ、その服を脱がせて、からだの隅々まで調べたのは、私が橘子に完全にコピーしてなりすまし、清躬を欺《あざむ》いて、いいように利用するためだ。きっと紅麗緒《くりお》や神麗守《かりす》に絡《から》めて。だが、清躬が失明したから、見た目そっくりにしてもなんの意味もなくなった。私が唯一橘子のなりすましを発揮したのは、橘子本人に対してだ。かの女はみごとに失神した。必ずしもその失神は必要がないことだった。橘子が自分とそっくりな顔を見てどういう反応をするかのテストみたいなものだった。私は橘子の顔そっくりになりおおせたようだが、それが証明されたところで、私自身としてはちっともおもしろくない。

勿論、これからまだ出番がないとは言いきれない。けれども、もう私はやる気を失っている。清躬の前で橘子になりすますなら、完璧《かんぺき》なコピーをつくり演じるという遣り甲斐《やがい》もあるが、ほかの人間を欺くなら、烏栖埜《すの》さんに御登場ねがえばいい。

私はもう橘子になりすますことなど考えてもいない。唯、にいさんが清躬を装って、私とよく似た橘子のからだを抱き、いろんなところを触れていったというのは、どう考えていいかわからない。二週間前はにいさんは触れなかった。それは、橘子が私のなりすます対象だからだろう。で、今はもうそうすることがないから、橘子を私とはっきりわけて考えられる。それで、にいさんにも抵抗がなくなったのか。いや、今でも似ていることにかわりない。それでも構わないというのが、にいさんの認識なのだ。にいさんは最早《もはや》私に期待せず、役も振らなくなっている。にいさんは私から離れている。妹分というのも、もうどうでもいいとおもっているのではないか。だから、私に似ていることを承知で、にいさんは橘子のからだを抱ける。けれども、そういうことは私には堪《たま》らない。

にいさんのことを考えたって、どうしようもない。自分がかなしくなるだけだ。

問題は橘子だ。

橘子がどれだけ注意深かったとしても、にいさんが本気ならやはり騙されずにいられなかっただろうが、それでも、常識的に男に自分のからだを触られることに警戒心を持ち、縦令本物の清躬とおもっても、拒まなければならなかったのだ。そうしないのは、認識が緩《ゆる》いとしか言いようがない。

今から、あれは清躬ではなく、贋の清躬だったのだと、橘子に真相を話したらどうだろう。

最初は信じないだろうが、あの時間に既に紀理子がきており、清躬はその相手をしていたのだから、証人はいくらでもいる。当の清躬本人に確かめてみれば、かれが橘子の部屋にやってきてあんなことをしていないことはかんたんに明らかになることだが、私としては、その場でおねえちゃんに電話して話をきくのが一番かんたんだろう。橘子は否応《いやおう》なしに、自分がまた贋《にせ》の清躬に騙されたことを知ることになる。自分に抱きつき、からだのいろいろなところを触った相手が、かの女の信頼する清躬とは違っていた。まちがえてはならない相手、贋の清躬を本人と取り違えてしまったのだ。眼が見えない身となったからこそ、眼のかわりに手によって観察し、かの女のからだを頭のなかでデッサンしているということを信じたのだが、常識的にあり得ないという当たり前の感覚すら麻痺《まひ》していた。直前には本物の清躬と話をし、また贋の清躬が存在することがわかってもいて、そうでありながら、なんの疑いも注意もしないでころりと騙され、自分のからだを相手のいいようにさせたのだ。なんとおろかなことか、いくら底抜けの橘子でもおもいしらずにいられないだろう。後悔したって今更だ。

橘子の精神的危機は、二日前にもあった。にいさんがなりすました贋の清躬が警告した魔女と現実に遭遇してしまったのだ。おそるべき魔女の殴打と痛罵《つうば》。味方のはずの先輩からの信じられない侮蔑《ぶべつ》の言葉。しかし、それらは総て自分に原因があったことだから、自分自身が最も信じるに値しない存在というのをおもいしらされたのだ。かの女にはもう絶望しかなかった。盗聴器の録音をきいても、痛々しいくらいだった。

だが、そのようにほとんど壊れかけていた橘子が、本物の清躬の声をきくことで劇的に回復する。本物の清躬が登場したことで、これまで無邪気に本人と信じていた相手が贋の清躬とわかって、別の危機が現われてくるのだが、本物の清躬を信じる一途《いちず》な心で、恐怖は感じても揺るぎなく不動を保っているのだ。だから、きのうからまた騙されて、監禁されてしまっても、取り乱しても一時的で、より希望を信じているし、敵対的な私に対しても、疑うより信じることに重きをおいている。

しかし、今、またしても贋の清躬のおもわくに引っかかったことがわかったら、どうだろうか。本物の清躬を信じることにかわりはないが、その結果として、贋の清躬につけこまれ、自分のからだを贋者に翻弄されたのだ。そういう自分をかの女は赦《ゆる》せるのか。容易に騙されて過《あやま》ちを犯す自分のことを信じられるのか。どうやってもう一度不動の自分を取り戻せるのか。

節穴の眼しか持っていない自分についての真実を橘子は知らなければならない。私はそれを本人に知らしめねばならないと躊躇《ちゅうちょ》なく決意する。だが、今ではない。なぜなら、私はおねえちゃんから、橘子を清躬と紀理子の二人の前に連れてくるよう言われており、今はその準備にあたっているからだ。かれらに会う前に、橘子に真実を告げたならば、かの女はとても二人の前に顔を出すことはできないだろう。それでは、おねえちゃんから受けた使命を果たせない。後先の順番は考えなければならない。

早くおねえちゃんから電話がくればいい。そうすれば、橘子のためにおもいなやまされる現在から解放される。

だが、まだコールがない。

なにも知らない清躬は、病からかなり回復したような紀理子と楽しい会話で盛り上がっているのだろうか。そこに騙されたことをなにも知らない橘子が参加して、もっと楽しいムードが高まるとは、なんという虚妄だろう。本当のことが明るみになったら、そんな砂上の楼閣など襤褸襤褸《ぼろぼろ》にくずれてしまう。おねえちゃんがいたって、それはどうしようもないことだ。

紀理子の場合はどうだったのだろう。――まだおねえちゃんから呼び出しがないから、私は更に考えをめぐらせてみる。

紀理子もにいさんによって隙《すき》を突かれた。どのような行動でにいさんが紀理子を地獄におとしたのか、具体的なことを私は知らない。紀理子が橘子の家を訪問した後、取材で訪れた地で、にいさんと接触してから、紀理子が自分を喪失したことは確かだが、それしか知っていない。どんなことがあったにせよ、紀理子は自己が崩壊し、地獄を彷徨《さまよ》うことになったのだ。

そうした襤褸襤褸の紀理子の魂も、紅麗緒の登場で瞬時に清められ、再びおのれを回復することができた。とすれば、どのような情況になろうとも、紅麗緒が現われれば、救われることになるのだろうか。

とすれば、にいさんがしたことはなんの意味があるのだろう。

そんなことをにいさんが許すだろうか。

でも、それは紅麗緒やおねえちゃんと決定的に対立することを意味する。その果てのカタストロフィが決定的ということだ。私はにいさんのがわについたけれども、おねえちゃんが、そして、紅麗緒、神麗守が、大好きなのはかわりない。私は両方の間にいる。そういうことを招かないようにするのが、私の務めではないのか。清躬や橘子という不思議な、ずれた連中なんて放っておけばいい。にいさんが興味を持つなら、にいさんに食ってもらえばいい。清躬は紅麗緒ちゃんと接点を持ったが、もう眼に光を失って、紅麗緒ちゃんの絵は描けないのだから、もう紀理子と縒《よ》りを戻して、ここから去ればいい。橘子だって、そっちのほうに行け。

スマホが振動した。

おねえちゃんだ。私は慌《あわ》てて、応答する。

「はい、私」

「そろそろ橘子さんにきてもらえるといいんだけど」

「あ、はい。ちょっとだけ待ってください」

そう返事したものの、橘子のことは放ったらかしだ。ともかく急ぎかの女の部屋に戻らねばならない。

部屋に入ると、橘子が「ネマちゃん」と呼んだ。屈託のない声が、かえっていらっとさせる。

「キユクンのいる部屋に行くよ」

私は打《ぶ》っ切ら棒に言った。

「よばれたの?」

「そうにきまってるでしょ」

「あら、なにか、おこってる?」

ちょっと怖がったふうにきくので、余計に癇《かん》に障《さわ》る。

「関係ないでしょ。ほら、もう行くよ」

「わかったわ。いま行きます」

橘子はさっと立って、私のもとに走りよった。私が不機嫌《ふきげん》なことがわかってるから、本当は上機嫌なくせにそれを見せないよう気づかって神妙にしている。


「橘子さんを連れてきました」

なかに入ると、紀理子が既に席から立っていて、両手を胸の前に合わせて、私たちのほうを打ち守っていた。

「紀理子さん」

先に声を出したのは、橘子のほうだった。そして、橘子からかけよる。

紀理子も動こうとしたが、足を出すか出さないうちによろけてしまった。紀理子の顔は青ざめて、その場に仆《たお》れそうに見えた。俊敏に足を速めた橘子が紀理子のからだを抱きとめる。勝《すぐ》れた運動神経の身のこなしだ。二人は抱き合った。二人とも泣いている。

私は下がろうとしたが、おねえちゃんが「ここにいてちょうだい」と、席も示されたので、退出することができなくなった。おねえちゃんは泣いている二人に声をかけて、ソファーに誘導した。清躬の隣に紀理子、その隣に橘子が座った。そして、橘子に津島さんを紹介した。橘子と私の希望の飲み物を、ほかのみんなにはおかわりの希望の有無をきくと、おねえちゃんは一旦退室した。家の者は私だけになった。居心地《いごこち》がわるい。

「紀理子さん、会えて本当にうれしい」

橘子が紀理子の手をにぎりながら、あらためて言った。

「私、興奮してしまっているけれども、おかげんに障るようなら、あなたは無理なさらないでね」

「橘子さんは全然おかわりないのね。本当に素敵な方だわ」

紀理子の声はまだ小さい。橘子の視線を少しよけているようにも見える。

「なあに。まだ二、三カ月しか経《た》ってないじゃない」

「でも私はとんでもないことをあなたにした。それなのにあなたは――」

「紀理子さん、駄目よ。辛い時の話を呼び戻しちゃ。もう過去の話はながれ去っているのよ。その時は濁り水で大變だったでしょうけど、今、ここに来られているあなたはもう清流にいらっしゃるのだとおもう。過去のものを逆流させせないでもいいのよ」

なんなんだ、いつも気弱な橘子が随分力強い話をする。さっきの身のこなしだって。

「橘子さん、そのとおりね。もう前のことは――」

「水にながされてる、きれいさっぱり。だから、私のことはいいんだけど、」

橘子は少し間をおいた。

「あの、あなたが気にしておられた、清躬くんが、『美しいことにかかわる絵の仕事』と言っていたことだけど」

橘子は途中で言い止《さ》して、清躬の様子をうかがった。

「キユく――あ、御免なさい、名前、かんじゃった」

軽率な失態を橘子は咄嗟に誤魔化した。

そこへおねえちゃんが新しい飲み物を持って戻ってきた。テーブルにならべて、それぞれに奨《すす》めると、一旦みんな自分の飲み物に口をつけた。

話の再開は橘子からきりだした。

「清躬くん、さっきのこと、紀理子さんにはもう話をしたの？」

「あ、橘子さん、私、きのうお会いしたんです、その美しいお嬢さんに」

紀理子が素早く引き取った。

「えっ？　会ったって、紅麗緒さんに？」

「ええ。だから、もう大丈夫なんです」

「わあ、それはよかったわ」

橘子はわがことのように嬉々《きき》として言った。

「それが解決したら、もう清躬くんのことで気にかかることは」

「ええ」

紀理子は小声で応じた。

「ひょっとして、まだなにか？」

引っかかりを感じたように、橘子がききなおした。

「あなたのことでしょ」

私が口を挟むと、橘子が「えっ、私？」と自分を指さして、とまどった顔をする。

「どういうことか、わからない」

「清躬さんはあなたのこと、全然紀理子さんに話してなかったの」

「あ、それはいいんです」

紀理子が困った顔でおさめようとした。

「私にも原因があるので」

「いいえ。紀理子さん、ちゃんときいておいたほうがいいとおもいますよ。この際ですから、三人揃ってるところではっきりさせたらいいんじゃないですか。清躬さんを信用されていいとおもいますから」

差し出たことをしているので、おねえちゃんの様子をうかがったら、微笑《ほほえ》みかえされた。いつもおねえちゃんはその笑みでほっとさせる。

「あ、でも、清躬くんにしても、私なんか何年も会ってない間柄なんだから、わざわざ話をする必要は」

清躬の弁明の前に橘子が言った。

「そんな、唯の幼馴染《おさななじみ》の間柄じゃないでしょ、清躬さんにとってのあなたは」

鈍感な橘子に私は物申した。

「そうね。紀理子さん、あなたが二月に私の家を訪ねてくださった時、あの時は、本当に今言ったみたいに、清躬くんは私にとってなつかしい幼馴染という感覚だった。勿論、清躬くんとの想い出は一生ものでかけがえがない、という気持ちはあったけれども、ずっと音信不通で、どこに住んでいるかもわからない。だから、また会えるなんて考えてもいなかった」

橘子がまともに向き合う気になったようだ。

「確実に言えるのは、あなたのあの御訪問がなかったなら、そしてそこで清躬くんの住んでいるところを教えてもらっていなかったなら、私は清躬くんとこうして会うことはなかった。そんなことができるとも、おもいもしなかった。尤も、もし清躬くんが絵で有名な人になって、本名が眼に留まる機会があったなら、その時は自分から連絡先を探して、なんとか会うようにはしたとおもうけれども」

橘子はジュースを一口啜《すす》って、続けた。

「あなたにお話ししたけれども、清躬くんとは高校一年生の時に一度会ってて、それは小学校六年生で離れ

ばなれになって以来だったんだけれども、お互いにな
にも話ができなかった。私もそうだったし、清躬くん
もそうだった。見かけはほとんどおとなに變貌《へんぼう》して、
もうあの頃とおなじじゃないんだという意識のほうが
強すぎたのかもしれない。その時に連絡先くらい教え
合っていたなら、また展開も違ったのかもしれない。
でも、二人ともそんなこともできなかった。そして、
あなたが私のところにいらっしゃるまでそれっきり
だった」
「私、今の今、清躬さんからおききしました。高校一
年生の時、清躬さんは橘子さんに会うために出かけら
れたのだとか」
紀理子が口を挟んだ。
「そう。それ、私も午前中に清躬くんと話をするなか
できいて、本当にびっくりした。本当のことをきいて
うれしかったけれども、清躬くんて物凄《ものすご》く繊細なひと
なんだなあとおもった」
「橘子さんもおききになったのね」
「ええ。で、清躬くんからそういう真実の話がきける
のも、今このようにして実際に会えているから。私、
四月から就職で東京にきたでしょ。早速清躬くんのア
パートを訪ねた。けれども留守《るす》で、その時は会えな
かった。でも、その時に、本当にいいめぐりあわせで、
小稲羽鳴海《おとわなるみ》ちゃんという、清躬くんととても親しくし
ているおんなの子と出会った。鳴海ちゃんは、今回紀
理子さんと清躬くんが会えるようにするための橋渡し
をしてくれたそうですよね？」
「ええ、そうきいています。私はまだお会いしていな
いんですけれど、津島さんによると、とてもかわいく
て素晴らしい少女ということで、一度会って、御挨拶
したいです」
「鳴海ちゃんは見た目にも小さな天使のような素晴ら
しいお嬢さんで、実際にお嬢様の勇気を引き出してく
ださいました。勿論、隠綺さんもたくさん助けてくだ
さいましたけれども」
津島さんもフォローした。おねえちゃんは終始穏や
かに微笑んで、見守るようにきいている。
「ナルちゃんは本当に素晴らしい子です。話をしても、
私なんか完全にナルちゃんに負けてしまいます。私も
ナルちゃんに助けてもらったんです」
橘子は調子に乗っているのか結構細かい話をしよう
としている。贋の清躬のことまで言うのではないか。
おねえちゃんもいるから、それはまずい。コントロー
ルが必要かもしれない。

「というのも、その後、清躬くんとは出会えていなくて、一方で、プライベートなことで精神的にきつい情況におちいっていたんですけれども、」

私は胸をなでおろした。橘子も贋の清躬とのことは持ち出さないつもりのようだ。

「私にとっての最悪の精神状態の時にナルちゃんが電話をくれたんです。そして、すぐ清躬くんに取り次いでくれた。清躬くんと話をしたのはそれが初めてでした。清躬くんの声をきいた時、私にとって清躬くんがどれだけおおきなひとなのか、心底から実感しました。私のどん底だった精神状態は一気に天上の世界に運び上げられたような気持ちでした。自分を失いかけていた私は、清躬くんとの出会いで、自分を取り戻しました。それ以上に、清躬くんとの心の繋がりからどれだけおおきな喜びを感じ、その力がどれだけ自分に勇気と希望を与えるかがわかったのです。清躬くんはそれまで想い出の世界でのなつかしい幼馴染にすぎないといえばすぎなかった、そのように私はおもっていたんですけれども、実際に清躬くんと出会って、私はどこにいても清躬くんと繋がってるんだ、時には自分の全体を暖かく包んでくれるし、時には自分のなかにいて、自分という私の力を高めてくれる、私が生きているかぎり一体的な存在なのだと心から感じるようになりました。私がそう感じるということは、一体的な関係にある清躬くんも、おなじように感じられているのではないかとおもいます。勿論、清躬くんとくらべて私なんか全然しっかりしていないし、才能も力もないですけれども、ないならないなりではあるけれども、唯、私が存在し、心で繋がっているということだけでも、清躬くんには力になっているところはあるのかなとおもいます」

「橘子ちゃん、ぼくこそ、橘子ちゃんがいつも一緒にいてくれるのをずっと感じている。いつも一緒にいるというのも、ぼくの心のなかだから、外がわからは見えない。いつも一緒でそれが当たり前だから、とりたてて言葉に表わすこともない。唯、ぼくは橘子ちゃんの絵をよく描いていたから、杵島さんには橘子ちゃんのことを話さないわけにゆかなかったけれども、それらの絵に触れることがなかった紀理子さんには、橘子ちゃんの話ができなかった。説明になっているかどうかわからないけれども、そういうことだったとわかってもらえたらうれしい」

清躬の言葉をきいて、ゆっくり紀理子がうなづいた。

「清躬さん、今の説明で充分です。もう言いません。

橘子さん、お話しありがとう。お二人の絆の強さに心揺さぶられます」

「今の紀理子さんの言葉、うれしい。今、率直にお話をしてきたから、更に率直にお話をさせてほしいの。是非わかってもらいたいことがあるから。紀理子さんが病気だった事情を私知らなかったから、清躬くんと紀理子さんがわかれたときいてショックを感じつつ、紀理子さんに対して腹立たしい気持ちをおぼえたの、正直言って。清躬くんとの電話で私が紀理子さんを責めるような言葉を言った時、それは勿論無思慮で不用意な言葉だったんだけれども、清躬くんを深く傷つけてしまった。おかげで清躬くん、電話を続けられなくて、一時的にナルちゃんが間に入ってくれた。その時、清躬くんがどれだけ紀理子さんを愛し、病気のことを心配しているか、痛い程よくわかったわ。清躬くんは心優しいひとだけれども、あなたに対して人柄の優しさで心配しているのじゃない。本当に心から愛しているから。ああ、だから、ナルちゃんもなんとかしてあなたと清躬くんを会わせたいとがんばったんだわ。本当に、あなたがよくなって、ここにこうしてお話ができること、清躬くんにとってどれだけおおきな喜びだろうか——」

橘子は話しながら、なみだを零《こぼ》した。紀理子も感極まって、滂沱《ぼうだ》のなみだにハンカチを顔に当て、嗚咽《おえつ》を洩らした。橘子は紀理子を抱き寄せ、背中をさすった。津島さんも泣いている。いつも平静なおねえちゃんも、ハンカチで眼がしらをおさえている。それらを観察している私も、いつのまにかハンカチをにぎっている。ハンカチは湿りをおび、眼も鼻も、ちょっと注意が必要な状態だ。なんと強さが足りないのだろう。

気がつくと、紀理子は清躬の胸のなかに身を預けていた。橘子が眼は泣きながら、口許《くちもと》に笑《え》みを湛《たた》えて、二人を見守っている。

私は密《ひそ》かにスマホをチェックした。私が場の空気に飲まれている間に、重要な指示や連絡がきていたらまずい。見ると、なにもなかった。それはそれで、淋《さみ》しい。

私はもうこの場にいる意味を感じなかった。『絵《え》合《あわせ》』の部屋で桁木《けたき》さんと一緒にいるべきだとおもう。ここで起こっていることを桁木さんはどう感じているかも知りたかった。そこでのほうがにいさんの指示も受けやすい。

そうおもって、私が立ち上がろうとすると、おねえちゃんに「ネマちゃん、まだここにいてちょうだい」

と制された。緊張感のあるその言い方に、私は上げかけた腰をおろした。お手洗いを名目に一旦部屋を出ることはできなくはないとおもったが、長く席をはずせるわけもなく、あまり意味がないように感じて、余計な行動はしないことにした。

　紀理子が清躬に預けていたからだを起こすと、居住《いず》まいを正した。そして、おねえちゃんに正対して言った。

「あの、隠綺さん、私、紅麗緒さんにお礼を申し上げたいのですが」

　今、紀理子は橘子の証言のおかげで清躬との愛を取り戻すことができた。（まだこの先に自分の過ちに対して総てを告白し、清躬に赦しを請うことはしなければならないだろうが、それは今でなくてもよいだろう。）だが、きょうここにやってこられたのも、きのう紅麗緒が現われて、病んで地獄を彷徨《さまよ》っていた紀理子を浄化したからにほかならない。紀理子がきちんとお礼を述べたいとおもうのは当然だ。

「ええ、紅麗緒ちゃんは後で御挨拶させていただきますわ。でも、その前に。もうよいとおもいますから、お呼びします。ちょっと待ってくださいね」

　おねえちゃんはそう言うと、「あなたもきて」と私に声をかけた。

　私はおねえちゃんについていって部屋を出た。なにがあるのかしら。直感的に——応接室に近い別室におねえちゃんが入ろうとしたところで、私ははっと閃《ひらめ》いた。誰かを呼んでいる。それは——私にはもう見当がついていた。

42 孿のように永遠にきれない関係

なかに入ると、案の定《じょう》、小稲羽《おとわ》鳴海《なるみ》がいた。母親（小稲羽梓紗《あづさ》）とおもわれるわかい女性もいた。香納《かの》美《み》と柘植《つげ》くんもいた。

「だいぶんお待たせしてしまいましたね」

おねえちゃんの言葉に続いて、私は「こんにちは」と挨拶《あいさつ》をした。

和邇《わに》のおじさんが、神麗守《かりす》を実の母親である小稲羽さんにかえすことをきめた時、母とおねえちゃんが具体的に諸事を進めていった。私も時々呼ばれて手伝ったので、この母娘《おやこ》とも顔見知りだ。

「こんにちは」

鳴海がさっと立ち上がって挨拶をかえした。小稲羽さんも「こんにちは。きょうはお世話になります」と言った。

「いらっしゃっていたんですね？」

なにもきかされていなかった私はそう言うしかなかった。

「御免ね、ネマちゃん。きょうの紀理子さんのぐあいがいいようだから、さっき小稲羽さんに連絡させていただいたの。あなたに橘子さんのお部屋に行ってもらっている時に、ノカちゃんと柘植くんに迎えに行ってもらったから、あなたにお伝えできてなくて」

タイミングがわるかったのだからしかたがないけど、おねえちゃんからも教えてもらうのが最後という順番だったのは残念だ。

「もうちょっとでゲームが済みますから、待っててください」

「ええ、どうぞ」

おねえちゃんの承諾を貰《もら》って、香納美が「梓紗さんの番ですよ」と言った。

みんなでジェンガをやっていた。なるほどすぐ済みそうだった。

小稲羽さんは無事クリアし、つぎの鳴海も難なく続いた。

「おれ、またやっちゃいそうだな」

柘植くんが身構えながら言った。

「あなたばっかりよ。もう一回ぐらいまわしなさいよ」

「指太いから、まずいんだよ、このゲーム」

「そんなことばっかり言って、おにいさん。だいじょうぶなところをちゃんと見つけられたら、たおれないわ」

「ナルちゃん、そう言うけど」

「さあ、早くやって」

最後は香納美に唆《けしか》けられた柘植くんが一本引き抜くと、案の定タワーをたおしてしまった。

「やっちまった」

「言ったとおりになるなんて、格好わるいわね」

すかさず香納美が突っ込む。

「ま、きょうは大目に見てよ、初めてだったんだから。つぎはもう失敗しないぞ。今度までには練習して、汚名を晴らすぞ」

「その意気込みはいいけど、きょうはあなたの負けで終わったんだから」

「だったら、おにいさん、バツゲームよ」

鳴海が如何《いか》にも楽しそうに言った。

「えっ？　罰ゲームってきめてないよ」

「おとながなに言ってるの。負けた人が罰ゲームするの、世の中の常識じゃない。ねえ、ネマ」

香納美が私に振ってきた。

「柘植くんがそんなことも知らなかったなんて、意外だっ
「なんだよ、ネマちゃんまで言う？　ところでナルちゃん、罰ゲームって、なにやればいいの？」

「あたしがきめていいのかしら？」

「私は賛成。ゲックンも賛成でしょ？」

早速香納美が声をあげた。

「ああ、大賛成。というか、罰ゲーム受けるおれに投票権あるの？」

「めんどくさいこと言わないの。梓紗さんは？」

「私も」

「ということで、ナルちゃん、おねがいします」

香納美が両手を広げて、鳴海に促した。

「はい。では、ゲックンさんにバツゲームです。ここにいるひとみんなのいいところ、ひとつづつ言ってください。ただし、できるだけ早く言ってくださいね。時間がおしています。はい、どうぞ」

柘植くんが「オーケー」と言って、おおげさに深呼吸をした。

「じゃあ、まず、ナルちゃん。ジェンガでノーミスだった。おかあさん、ジェンガで――」

「こら、おもしろくない。折角なんだから、誉《ほ》めてよ、みんなを」

「御免、御免」

柘植くんが頭をかいて、居住まいを正した。

「もう一度、ナルちゃんから。眼がぱっちりして、こんなにかわいい子見たことない。おまけに頭がよくて、ちびっこなのに才色兼備だ。おかあさん、静かでいらっしゃるけど、優しくて爽やかな笑顔でみんなを和《なご》ませてくださる。ノカ、稲倉さんのもとで料理の腕をめきめき上げている、その積極的で熱心に取り組む姿勢が素晴らしい。椰藝佐《なぎさ》さんやネマちゃんのことも言っていいのかな？」

「ここにいるひとですから、もちろんです」

ナルちゃんが答える。

「オーケー。椰藝佐さん、しっかり者のおねえさんでなんでもできちゃうけど、みんなをつつみこむ優しさに満ち溢《あふ》れて、観音様のようだ。ネマちゃんは、スレンダーなスタイルが抜群で、豹《ひょう》のように俊敏な美しさに眼を奪われる。以上」

「まだ、以上じゃないわ。ここにいるひとみんなだから、おにいさんも」

「えっ？　自分のことも誉めるの？」

「早く言っちゃってよ」

「急《せ》かさなくても一言で言えるよ。おもしろくはないけど、ごついからだで、気は優しくて力持ち。これできまり」

「やったね、おにいさん」

鳴海が歓声をあげて手を敲《たた》いたので、みんな拍手で続いた。

「柘植くん、ノカちゃん、お相手をしてもらって、ありがとう」

「いいえ、ぼくらも楽しませてもらいましたよ」

「ええ、楽しかった。私たちこそ、ナルちゃん、梓紗さん、ありがとう」

一同は応接室に移動した。

応接室に入ると、柘植くんが予備の椅子《いす》を運んでセットした。柘植くんはそこで女性三人に挨拶した。清躬《きよみ》にも、「眼のこと、きいたよ。力になれることがあったら、言ってくれよ」と声をかけた。

おねえちゃんがあらためて、柘植くんと香納美をみんなに紹介した。

「私、檍原橘子《あわきはらきっこ》と申します。初めまして」

橘子は二人とも初対面ということで、自分から挨拶をした。香納美のことはまったく気づいていないようだ。

おねえちゃんの案内で、小稲羽さん母娘《おやこ》も席に着いた。香納美と柘植くんも同席を誘われたが、「ごついガタイで場所を取るんで」と柘植くんが辞退し、香納美と一緒にそのまま部屋を出た。

おねえちゃんが紀理子《きりこ》と津島さんに小稲羽さん母娘《おやこ》の紹介をし、それぞれでお互いに挨拶をしあった。橘子は小稲羽さんとは初めてなので、自分から挨拶をした。そしてすぐ鳴海の手をとって、「会えてうれしい」と喜びを表わした後、「御免ね。一杯心配をかけてしまったわ」と頭を下げた。

「ううん。みんな元気になってよかった」

それから鳴海が橘子に向かって、「おねえさん、ポニーテール、とっても似合ってる」と言った。橘子は自分のポニーテールに触りながら、「そう？」と照れわらいした。

続いて、紀理子が「ナルちゃん」と呼びかけた。鳴海は挨拶の時に自分のことを「ナル」と呼んでほしいと伝えていた。

「あなたと隠綺《おき》さんにはなんて感謝を申し上げたらいいかわからないわ。本当に、ありがとう」

「おねえさんのこと、おにいちゃんからいっぱいきいています。だから、とっても心配で…。でも、きのう、おにいちゃんからきいて、安心しました」

「ええ、もう、よくなったわ。きょうは清躬さんともよくお話しできたし、橘子さんとも「私もなかよくなれてうれしい」

紀理子の話の続きを橘子が引き取った。

「二月も初対面なのにもうすっかりお友達の感覚でながい時間話し込んだのが、つい此間《こないだ》のようです。あの時、本当に素敵なお友達ができたなあと喜んでいました。御病気があって清躬くんも心配してたから、もうあれっきりだったらどうしようかとおもってたんですけれど、きょうお会いできて、清躬くんも喜んでいるし、本当によかった」

「清躬さんに橘子さんというひとがいて、心強いです」

「心強い？　あら、どういう意味なのかしら。私、どういう文脈でも、『強い』という言葉とは無縁、というか、弱すぎるって、いろんな人たちから言われるくらいで」

橘子はとまどったように言った。

「私もきのう会ったばかりですけれど、」

すぐに自己卑下《ひげ》する橘子のくせが気に入らないので、私はわって入った。

「この子、一人ではとてもおとなしいし、華奢《きゃしゃ》で弱々しい感じがしますが、清躬さんのこととなると、全然違います。いつも清躬さんが一緒にいるというおもいがおもてに現われた時は、びっくりするくらい強いです」

「橘子ちゃんはぼくにとって頼りになるひとです」

今度は清躬がくわわった。

「小学校時代は、ぼくがひよわすぎたということもありますが、その分を橘子ちゃんがカバーしてくれて、とても助けてもらいました」

「あの頃は、私、からだも大きかったし。あ、そうだ、紀理子さん」

急になにかおもいついたように、橘子が調子をかえた。

「私ね、あなたが会うなりいきなり、『妹さん？』とおっしゃって、勿論きょうだいなんていないからびっくりしたんだけど、じゃあ、親戚《しんせき》かどうかという話で私、清躬くんとはなんの血縁もないと言ってたでしょ？　それ、嘘《うそ》だったの。誤解のないように言うと、その時私知らなかったの。親も言ってくれてなかったし」

「と言うと？」

「実は私、清躬くんの従叔母《いとこおば》だったの」

「いとこおば？」

紀理子にはききなれない言葉のようだ。尤も、にいさんに解説されるまで橘子もその言葉は初耳だった。

「私のおとうさんと清躬くんのおじいさんがきょうだいなの。つまり、清躬くんのおかあさんと私は従姉妹ということみたい。清躬くんは私の従姉妹の子供だから、私がいとこおば。なんか清躬くんのおばさんと言われると、一気に歳をとったみたいで、嫌なんだけれど」

「橘子さん、従叔母はいとこ違いとも言いますよ」

「えっ、いとこ違いとも言うんですか？　だったら、そっちのほうが断然いい」

おねえちゃんに教えられて、橘子は顔を明るくした。

「そういう言い方があるなら、なんで教えてくれなかったのかしら。絶対知ってるはずなのに」

橘子はにいさんの意地悪に不平を言った。

「橘子さんも誰かにきいたのね？　でも、言い方はいろいろあるようですから。いとこ半というところもあるようですし。いとこ違いだったら、橘子さんから見て清躬さんのこともそう呼べますから、便利ですね」

「へえ、おもしろいですね」

紀理子がうれしそうに反応した。

「じゃあ、全然遠くない親戚じゃないですか」

「そう。だから、顔が似ていても不思議じゃない。紀理子さんの直感は中《あた》らずと雖《いえど》も遠からずだったの」

「ええと、それだと、何親等なのかしら？」

紀理子がきいた。

「五親等」

清躬が即答した。

「清躬さんも御存じでしたの？」

「うん。おかあさんからきいてた」

「ねえ、おかあさん、シントウってなに？」

鳴海が母親にきいた。

「あ、えーとね、」

　小稲羽さんが親との間が一親等、祖父母とが二親等、というように順に説明した。利発な鳴海は一回の説明で得心したようだが、新たな疑問も生まれたようだった。

「おにいさんのおじいさんが、キッコさんのおとうさんのおにいさんなんですよね？　でも、キッコさんはおにいさんと同級生だったんでしょう？　おねえさん、タイムスリップしてる？」

「タイムスリップ？　嫌《いや》だわ、おねえさん、歳ごまかしてない。小学生からごまかすなんてひといないでしょ。ああ、だから、『おば』ってつく言い方嫌なのよ」

　橘子が困ったようにそう言うと、まわりからわらいが起こった。

「あのね、私のおとうさんはきょうだいのなかの末っ子で、一番上のおにいさん――清躬くんのおじいさんね、そのおにいさんとは親子に近いくらい年齢が離れていたんですって。それに清躬くんのおかあさんはわかく結婚して、清躬くんを産んでるし」

「そうか。だいたいわかった」

　鳴海がそう言って、この問題は鳧《けり》がついた。

　ここでおねえさんが、「ちょっと席をはずしますが、そのままお話を続けてくださいね」とみんなに言い、私は合図《あいず》を受けて、一緒に部屋の外に出た。私たちはキッチンに向かい、お菓子とお茶、ジュースの用意をして、応接室のみんなに給仕した。

「私たちは私たちだけでお茶しましょう」

　おねえちゃんにそう言われて、私は喜んだ。おねえちゃんは忙しいなかでもたまに私を誘ってくれる。それがうれしい。二人分のティーセットを用意し、私たちは本邸のテラスで一息入れることにした。

　四方山話《よもやまばなし》等《など》で和んだ後、おねえちゃんが、

「ネマちゃんは橘子さんのこと、どこが気に入ったの？」

ときいた。その質問は私をとまどわせた。

「おねえちゃんはどう感じた？」

答えに手間取っては變《へん》に気取《けど》られるので、私は逆質問でかわした。

「橘子さんのことは清躬さんが熱心に話してくれたの。かれの部屋の整理で橘子さんの絵を見るまでかの女の話はまるできいたことがなかったし、清躬さん自身、普段はあまり口数がおおくないのに、いろいろ話してくれるので、そのことにまずおどろいたわ。しかも、その時はまだかれ、橘子さんと全然会っていないし、電話でも話していなかった。それなのに、今の橘子さんと交流しているかのような話しぶりで。だから、どういうひとかのイメージはついていたけれど、実際に会えるのをとても楽しみにしていた。顔だちがあなたに似ているときいていたものの、本当に似ているから第一印象はそれでちょっととまどいもしたけれども、でも橘子さんの話しぶりや所作《しょさ》などに接して、清躬さんが話してたとおりのひとだとおもった。清躬さんとおなじように優しいひとね。そして、とってもまっすぐなひと」

「私はね、」

おねえちゃんが話してくれている間に私はなにを言うかの考えを纏めていた。

「結構おとなしい子なのに、清躬くんの話になると物凄く熱が籠《こ》もるの。そこがちょっぴり惚《とぼ》けてる感じに見えて、おもしろい子だなとおもった」

「おもしろい子とおもったからかもしれないけど、ネマちゃん、橘子さんにはちょっと意地悪言ってない？」

「えっ？　意地悪って？」

おねえちゃんにそういう言い方をされて、私はとまどった。

「清躬さんに橘子さんの新しい呼び名をつけてあげてとか、棟方《むなかた》さんが心に引っかかっていることを、あなたのことでしょ、と橘子さんに言ったりとか。普段はネマちゃん、そんな言い方しないでしょ」

「ああ、あの子、清躬くんのことをおもっていると結構気丈夫なんだけど、そうでない時はなよっとしておどおどしたり泣き虫だったりして、ギャップがあるから、ちょっと突っ込みたくなるの。でも、紀理子さんからすると、清躬くんにとって大切なかの女のことをちっとも教えてもらえていないというのは、ちゃんとお話した説明がほしかったとおもうの」

「そうね。きょうみんな一堂に会して、ちゃんとお話ができたのは、誰にとってもよかったとおもう。あなたが橘子さんとお友達になったから、みんなここに集まることができたのね。私も立ち会えて、本当によかった」

「ちょうどいいタイミングで。私のほうは、清躬くんが棟方さんと会ってるなんて知らなかったから、こんな展開になるとはおもってなかったけど」

「夕べは橘子さんとおそくまで話し込んだんでしょう？」

「ええ。すぐ打ち解けてなかよくなったから」

「あなたにお話しされていたかどうかわからないけど、橘子さん、清躬さんの贋者を御本人とおもって会ってたらしいわね？」

「えっ？」

おねえちゃん、知ってたの？

「橘子さん、あなたにお話ししていないみたいね？」

「清躬くんの贋者って、どういうこと？」

勘の鋭いおねえちゃんは私に疑惑を懐《いだ》いているかもしれない。でも、なにも知らないことを貫き通すしかない。

「此間《こないだ》の日曜日、橘子さんは清躬さんと会って、お話ししてたんだって。でも、その日、清躬さんはずっと小稲羽さんのおうちにいたの。その夜、鳴海ちゃんが橘子さんに電話したら、お互いにちぐはぐな話になったらしくて」

「おねえちゃんはそれ、小稲羽さんからきいたの？」

「いいえ、鳴海ちゃんから」

やっぱりあの子が話してたのか。さっきおねえちゃんはなにもきいてないふうでいたけれども。

「鳴海ちゃんによると、つぎの日に清躬さん自身が橘子さんに電話をして、橘子さんが清躬さんとおもって会っていたひとは実は違うひとだったのが明らかになったみたい」

「じゃあ、実際に、清躬くんの贋者がいたわけね？」

「そう。橘子さんて、素直で人を疑わないようなひとだけれども、その贋者さんのことも絶対に本人だと信じてしまってたようよ」

「橘子ちゃんはずっと清躬くんと会ってないと言ってたから、おとなになってからの清躬くんの顔を知らないし。あの子、人を信じやすくて抜けたところもあるから、ころっと騙されちゃったんでしょうね」

「橘子さんは騙しやすそうだから、ターゲットにされたの？」

「そういう要素はあの子にはありそう。別に、橘子ちゃんを責めているつもりはないですけれど」

「あまり橘子さんに辛口にならないであげてね」

「ええ。そのつもりはないけれども、気をつけます。でも、あの子、全然堪《こた》えてませんよ。だから、もっと言ってしまう」

「ネマちゃんと橘子さんの間でお互いどうし信頼関係があるんでしょうからいいけれども、まわりできいている人にはネマちゃんが橘子さんを弄《いじ》っているように見えたりするから」

「うん、心得るようにします」

私はおねえちゃんの注意に素直に応じた。

「でも、清躬くんになりすます目的はなんでしょう？　橘子ちゃんのこともよく調べている人でないと、清躬くんを登場させるなんて」

「ネマちゃんの言うとおりね」

「檍原という苗字が珍しいから、清躬くんの名前を知っている人物が橘子ちゃんの名前を知って、なりすましで近づけるとおもったのかしら。勿論、多少は二人の身辺の情報を調査しての上でしょうけど」

「ちょっと推理を続けましょうか？」

おねえちゃんがにこっとして言った。話のなかでそういう表情をするのは、おねえちゃんには珍しい。おねえちゃんが私に疑いを向けてくるかもしれないと、私は緊張をおぼえた。

「推理って？」

「橘子さんは東京に出てきたばかりでしょう？」

「ええ、四月から就職でときいたわ」

「もしね、かの女が東京にやってきてから知って、尋常じゃない興味をおぼえたひとが、かの女の男性の交友関係を調べるうちに清躬さんが利用できると考えて、かれになりすまして橘子さんに接触する、これを二週間か三週間程でやる——こんな大がかりなことを計画して、実行までするにはちょっと期間として短すぎるのじゃないかしら」

「でも、あり得なくはないかもしれない。普通の人なら考えにくいけど、ストーカーみたいな人は執念が凄いから、橘子ちゃんに早く近づきたいとおもったら、一週間もあれば充分かも。清躬くんになりすませるならわかい男で、まだ学生だとしたら、時間は一杯あるし」

「橘子さんは清躬さんのアパートを実際に訪ねているそうよ。そこで鳴海ちゃんと出会ったとか」

「鳴海ちゃんの証言ね？」

「そう。橘子さんは二週間前の日曜日にそのアパートを訪ねているの。でも、その時、清躬さんは留守だった。それで、橘子さんは自分の連絡先を書いたメモを郵便受けに入れたそうよ。それはその場にいた鳴海ちゃんが実際に見ている。ところが、そのメモは清躬さん本人は見ていない。自分ところの郵便受けに入ったものがきえてなくなるなんて考えられない。ということは、誰かが清躬さんのアパートに入って、そのメモをとって、橘子さんの連絡先の情報を入手した。それがなりすましの人物だとしたら、一つの仮説は、橘子さんをずっと尾行していて、かの女がメモを投入した後、清躬さんのアパートにピッキングして侵入することができるような特殊な技術を持っていた人ということになる」

「空き巣の犯行歴があるような人？　ストーカーでも充分怖《こわ》いのに、空き巣もするような人だったら、なおのこと不気味ね」

「そんな人物がつきまとっているとしたら、橘子さんの身が危険ということね」

「だったら、相談に乗ってあげなきゃ。話次第《しだい》では、おねえちゃんに相談させてもらうかも」

ながれとしてそう言わないわけにゆかない。

「勿論、構わないわよ。でも、きっとその必要はない」

おねえちゃんの言い方に私はどきっとした。

「えっ、どうして？」

「わかってるからよ、そのなりすましの人物」

決定的な言葉がおねえちゃんの口から出た。

「わかってる？」

「樹生《きいお》くんでしょ？　樹生くん、清躬さんによく顔が似ているし」

「おにいさん？　まさか」

私はもうそれ以上言葉を続けられなかった。

「ネマちゃんには話してなかったけど、最近、樹生くんに会ったの。あなたはもっと前からおにいさんに会ってるでしょ？」

おねえちゃんがにいさんに会ったって？　あまりのことに私は唖然《あぜん》となった。私についても、もう言い逃れはできないのだろうけど、なんと返答してよいかわからない。

「あなた、この一年くらいの間に急にからだつきがかわった。もとから引き締まったからだはしてたし、綽《しな》やかさを保っているから、見た目だけではわかりにくいけれども、ちょっと触っただけで普通にはないからだになってきているのがわかったわ。特に、おしりとか腓脛とかね、なみたいていのトレーニングでつく筋肉じゃないわ」

　おねえちゃんとは時々一緒に入浴したりして裸になる機会がある。このお屋敷には、ファミリーの女性たちが一緒に入れるおおきな浴場があるのだ。神麗守たちのための浴室にも誘ってくれたことがある。私のからだつきの變化は知っておられるとおもっていたが、特になにもおねえちゃんから言われることがなかったので、大丈夫かとおもってた。

「御免なさい、おねえちゃん」

　観念して、私はおねえちゃんに言った。

「おねえちゃんはいつにいさんに会ったの？」

「土曜日よ。神麗守《かりす》ちゃんをお見舞いしていて、病院の廊下に出た時ばったり。ばったりといっても、かれ、私が出てくるところを見計らっていたんでしょうけど。かれこれ八年ぶりになるけど、すぐわかった。清躬さんとそっくりで、びっくりした」

「にいさんは自分の名前を名乗ったの？」

「樹生くん？ときいたら、そうだとうなづいたわ」

　その情報も私にはショッキングだ。

「私には違う名前を使ってる。私はにいさんと疑わないけど、にいさんは認めていない。にいさんと私が呼ぶのは勝手にしたらいいと言われてるけど」

　恨みがましく私は言った。

「おととしの九月だそうね、樹生くんがあなたと接触したのは」

「そうよ」

　私は素直に返事した。にいさんがもう既におねえちゃんに教えているのだから、はぐらかしようもない。

「その頃から、あなた、大学の考古学サークルに入った。頻繁《ひんぱん》に発掘の合宿とかで家をあけるようになった。でも、隠れ蓑《みの》よね、それ」

「黙ってて御免なさい」

「いいわよ。言えなかったんでしょうから」

「にいさんはどこまで話したの？」

「その時は紅麗緒《くりお》ちゃんが病室に残っていたから、そんなにながく話はできなかった。でも、かれ、お屋敷の大抵のことは知っていたし、清躬さんのことも知っていた。あなたがかれと一緒に行動していることも」

　桁木さんや香納美のことも話をしているのだろうか。気紛れなにいさんのことだから、おねえちゃんに話をしていないとはかぎらない。勿論、私から確かめられることではなかった。

「唯、自分と会ったことは誰にも口外しないと誓ってくれと言われた。特に、根雨《ねう》さんには絶対にと。あなたにはきっと言うだろうとおもってたみたいで、なにも言わなかった」

「土曜日だったら、まだ橘子ちゃんのことは――」

「そう、その話はないわね。鳴海ちゃんから橘子さんが清躬さんの贋者に騙されてるようだと相談を受けたのは日曜日だから。橘子さんというひとが東京に出てこられているとは鳴海ちゃんからきいていたけど、樹生くんと接触しているなんておもいもしなかった」

「一回だけなの、にいさんとは？」

「きのうも会ったわ。今度はお屋敷のなかで。きっとかれなら、お屋敷の厳重なセキュリティもかいくぐって潜入していることだろうとおもってたから、おどろきはしなかったけど。これからちょくちょく話をしようと言って、すぐ行方《ゆくえ》をくらました。きっとこれからは何度も会うことになるでしょうけど」

「おねえちゃんはにいさんがこの八年間なにをしてきて、今どこでなにをしているか、きいた？」

「いいえ、きかなかったわ。きっとそれはながい話になるでしょう。それに、ちゃんと話してくれるともおもわない。ネマちゃんには話してくれたの？」

「こっちにはなにも話してくれない。間接情報できいていることはあるけど」

おねえちゃんからそれを話してと言われたら、私は答えるつもりだった。けれども、「今きくことではないわね」と言って、おねえちゃんは求めなかった。

「小さい時の樹生くんのことを話してあげましょうか？」

かわりにおねえちゃんから申し出た。

「小さい時？」

「ええ。これまであなたに話してなかったわ。樹生くんが嫌がっていたから。でも、もうおとなだし、折角の機会だから、お話しする。でも、話したこと、樹生くんには内緒よ」

「わかった。勿論、内緒にする」

おねえちゃんがにいさんについてなにを話してくれるか、とても楽しみだった。

「このお屋敷、親の世代はともかく、私たちの世代は女性ばかりでしょ？　樹生くんだけ例外」

「ええ」

「実は、樹生くんも最初はおんなの子として育てられたの」

「えっ？」

これまでのおねえちゃんの話のなかで一番おどろく

ことだった。

「嘘でしょ？」

おねえちゃんが嘘をつくわけはないとわかっているけど、そう言わずにおられないくらいだった。

「本当よ。根雨さんはそういうお考えではなかったんでしょうけど、このお屋敷に入ってから、きっとおじさまがそうするように言ったんだわ。小さい時は樹生くんと私は一緒に育てられて、いつも一緒だった。私は樹生くんも自分と一緒でおんなの子とおもってた。髪も伸ばしてスカートを穿《は》いて、おんなの子の遊びをしていたから」

「私にはそんな記憶はないわ」

「小学校に入る直前まではおんなの子の格好をしていたわ。あなたと三歳違いだから、一番古い記憶を辿《たど》れば、樹生くんのスカート姿もあなたのなかに残っているかもしれない。でも、そんなことはあり得ないと脳が判断して、スカート姿は別の子のものだとか、或《ある》いは私と混同されているんじゃないかしら」

アルバムでは確かめようがない。にいさんは失踪する際、自分の写真は残らず持ち去っているから。

「小学生の時から普通になったの？」

「きっと、下に本当のおんなの子であなたが生まれて、次第にかわいい少女に育ってきたから、おじさまもそこまで無理を通すことはされなかったのかもしれない。根雨さんだって、普通に戻してあげたかったでしょう。本人自身がおんなの子でいるのを気に入っているならともかくも。小学生になったら、ランドセルを背負って、持ち物などもかわるしね。かれが私と別の格好をするようになった時、どうして樹生くんだけかわるの？とおもったけど、学校に上がるというのはこれまでとかわることなんだと變《へん》に納得した。小学校三年生くらいの頃から、樹生くんは運動ができるし、喧嘩《けんか》も負けない、強い男の子になった。ネマちゃんが知っている樹生くんはそのイメージで定着しているとおもうけど」

「うん、そうでないにいさんは知らない」

「その頃から、男の子では一番になる、そのためには運動や喧嘩、勉強、どれをとっても負けないようにするという意識が強かった。男の子のなかで一番になろうとしているのに、おんなの子として育てられたことがわかったら、それは弱みになって、女子っぽいレッテルを貼られる。だから、絶対に弱みを見せられない、逆に自分から相手より強いことを証明して、おんなの子の要素は微塵《みじん》も相手に気取《けど》らせないようにしたんだとおもうわ。だから、自分以外に強い子がいると、その子に勝つためにどうするかを考え、競争か戦いを挑み、かならず勝って、自分の優位を証明したの。なんでもナンバーワンの樹生くんはおんなの子からも人気だったけれども、かれはおんなの子は近づけなかった。自分のなかのおんなの子っぽさを封殺したのだから、おんなの子の色や香をおびないよう、気をつけていた。でも、私のことは唯一人おんなの子として尊重してくれた。一方で、私に対し、もうぼくは男の子なんだぞと、殊更《ことさら》私の女子性を意識するような振る舞いもおおかったわ。樹生くんは学校では堅物《かたぶつ》で、同級生の男の子たちが巫山戯《ふざけ》ておんなの子のスカートめくりをしても、冷ややかに見ていたのに、お屋敷のなかでは、私に対してスカートめくりをして、燥《はしゃ》ぐ時があった。小学校の時ならまだわかるけれども、中学三年生の時も私の隙《すき》をついてスカートをめくったりした。ほかの人にされたらとんでもないことだけど、小さい時から一緒だった樹生くんがそんなことをしても、私は全然恥ずかしいとは感じない。恥ずかしがりもしない相手で張り合いがあったのかしら。小さい時には穿いていたのにその後穿けなくなったスカートに対する腹癒《はらい》せを身近な私にしているのかなともおもう」

「にいさん、おねえちゃんにはそんなことしてたのね。ちっとも知らなかった」

あのにいさんがそんな子供っぽいことをして喜んでいたなんて信じられない。おねえちゃんとの関係は小さい時からかわらなかったんだ。おねえちゃんだって特別に親しい仲だからこそ、にいさんのそのわるふざけにつきあってあげたんだろう。

「いつもじゃないわよ、勿論。樹生くんの名誉のため。きっとその頃の私が神麗守ちゃんや紅麗緒ちゃんのことで忙しくなってきて、樹生くんとも会話する機会が減ったから、かれのほうから構ってきて、昔とかわらない関係を確認したかったのかなとおもう」

「そうきくと、にいさん、意外と子供だったのね」

「外では全然そんなことないんだけど、私の前では時々悪戯《いたずら》っ子になった。私に足を引っかけて、転ばせたり。勿論、お屋敷のなかでだけよ」

私が橘子に対してやっているようなことは、にいさんがおねえちゃんに対して遊び半分でやっていたのか。しらずしらずにいさんの足癖を引き継いでいるのかしら。

「でも、注意深いおねえちゃんは引っかからないでしょ？　だって、おねえちゃんが転ぶところなんか想信できない」

「樹生くんはなんでも上手だから。それに絶対転ばせようとおもってやってるから、何回か引っかかっちゃう」

「にいさんがそのつもりだったら、おねえちゃんでも防ぎようがなかったのね」

「でもね、あなたの前では絶対しない。その直前まで私を転ばせていたって、あなたがやってくるのがわかったら、私を立たせて、なにごともなかったかのようにさせる」

「でも、おねえちゃんが引っ繰りかえされたりしてるところや、困り顔とか見てみたかった気がする」

「ネマちゃんも意地悪ね」

「御免なさい。にいさんがおねえちゃんの前では子供だったなんて、意外だった。今のにいさんにも、そういうところが残っていたら――」

「そうね。八年経ってるけど、かわっていないといいわ。被害に遭うのは私だけど、構わない。でも、ネマちゃんこそ、今の樹生くんとなかよくしてるんじゃないの？」

「なかよくなんてことないわ。第一、にいさんは私の兄だということを認めてないんだもの」

「それは、ながい間姿をくらました照れみたいなのもあるんじゃない？」

「どうだか。背中に鉤形《かぎがた》の痣《あざ》があるから、にいさんであることは決定的なんだけど」

「それだったら、まちがいないわね。妹のあなたが人違いするわけはないけれども、証拠《しょうこ》もあるということね」

　小さい時から一緒なんだから、おねえちゃんもにいさんの背中の痣は知っているのだ。

「おねえちゃんには自分の名前を名乗ったんだから、私にもそう接してほしい」

「でも、ネマちゃんがおにいさんと呼ぶことは承知してるんでしょ？　だったら、大丈夫よ」

「勝手にしたらいいというだけなの。私、にいさんからは勝手妹と呼ばれてるのよ」

「勝手妹？」

　おかしな言葉のように響いたのか、おねえちゃんはわらいながら、くりかえした。

「勝手妹でも妹だから、いいとおもってた。おととし出会った頃は、機嫌よく接していたわ。甘えるのは戒《いまし》められたし、きびしさもあったけれども。でも最近、私、にいさんに見捨てられてるんじゃないかとおもう時がある」

「そんなことあるもんですか。あなたは樹生くんにとって特別よ。だって、あなたは樹生くんに選抜されたんでしょ。私のほうこそ放ったらかしだったわ」

「一度は選抜してくれても、見込みなしとおもわれてしまってるのよ」

「それはネマちゃんの誤解だとおもうけど、なにか決定的なミスをしたの？」

「あ、あの、清躬くんの顔をあんなにしたのは、実は私なの。御免なさい」

　私はおねえちゃんの前で正直に告白した。

「まあ。それはちょっと。――そのこと、私以外に誰か話した？」

「にいさんは知ってるけど」

「ネマちゃんがそんなことをするなんて信じられないけど、でも正直に言ってくれてありがたいわ」

「私ね、にいさんは特別なひとなのに、そのにいさんとそっくりな顔が別にあるというのがあり得べきことでなかったの。あるべきじゃないから、はっきり違うものにしてしまおうとおもって、清躬くんの隙をうかがって薬品を塗りつけた」

「そうだったの」

「私がしたことはにいさんに評価してもらえるかとおもったら、全然違ってた。にいさんは怒りを爆発させたわ。物凄い権幕で、私を持ち上げて、そのまま抛《ほう》りなげたわ。それまで私、にいさんの機嫌を損じても、そうやって暴力を揮《ふる》われることはなかった。本当に怖かった。その後、にいさんは私に手は出さないけど、私のことも期待できないとおもってる」

「慥《たし》かに、あなたが清躬さんに対して不適切なことをしたのはまちがいない。けれども、それでもうあなたが駄目だというのなら、樹生くんははっきりけじめをつけるんじゃないかしら。見捨てるなら、もう見捨てる。でも、ネマちゃん、あなたも、橘子さんに対する樹生くんのなりすましにかかわってるんじゃない？」

　はっきりそうきかれて、私は動揺した。

「答えないでいいわ。あなたも難しい立場でしょうから」

　おねえちゃんは優しく言った。私はおねえちゃんの前で正直を貫こうと覚悟をきめた。

「おねえちゃんの言うとおりよ。夕べ偶然に橘子ちゃんと出会ってなかよくなったように言ったけど、実はあの子を気絶させて拉致《らち》したの」

「拉致ですって？」

おねえちゃんにいつにない声を出した。

「でも、橘子さん、そんな感じには」

「ええ、そこがあの子のかわってるところ。抜けたところがあって、私も拍子抜けしちゃう。それに、橘子ちゃんには清躬くんが特効薬みたい」

「意味がわかるような、わからないような言い方ね」

「一人隔離されているのに、清躬くんといつも一緒にいるのだという感覚で、絶望の崖《がけ》っぷちでも希望を信じてるの」

「まさか橘子さんをそこまでおいつめたの？」

　おねえちゃんの反応を見て、流石に私の言い方がわるかったとおもった。

「御免なさい。絶望の崖っぷちというのは言い過ぎだった」

「紀理子さんと会うかどうかで橘子さんがあなたのほうをうかがったのは、橘子さんの自由はあなたの支配下にあったからなのね？」

「うん、まあ、そう」

「拉致して隔離しているのに、清躬さんと会わせるのは最初からの計画だったの？」

「さあ。にいさんの計画がどんなものかは伝えられていない。にいさんが清躬くんのなりすましだとわかってしまったから、橘子ちゃんが余計なことをしないように拘束するのかとおもって、そのように働いたわ。実は、橘子ちゃんはもともとの予定でも、今朝清躬くんと会う予定になってたの。そこで今度は私が橘子ちゃんになりすまして清躬くんと話をする。私はその役を任せてもらえるとおもってた。それが今朝になって、清躬くんは此方《こちら》に呼ぶ、そして橘子ちゃんに会わせる、とにいさんが言ってきた。私は自分の出番を用意してもらえない、期待されていないんだとおもって、がっかりした」

「そうだったのね。ところで、今朝の清躬さんと橘子さんの間のお話はどんな感じだったか、きかせてくれる？」

「最初は、清躬くんが眼が見えなくなっていたり、顔に大きな痣ができていることには、橘子ちゃんもショックを受けているようだったけど、すぐ和やかに会話してたわ。おねえちゃんは知ってるの、清躬くんが高校生の時に精神的な病気で入院してたこと？」

「清躬さんがひととおり話してくれたわ」

「それが初めは仮病《けびょう》だったことも？」

「仮病って？」

「清躬くん自身が仮病を装ったのじゃなくて、かれのおとうさんがかれを病気ということにして入院させたの」

「そういう事情まではきいてないわ」

入院の話は杵島《きしま》さんというひととの出会いを説明するのに必要だが、どういう病気でとか、なにが原因でという、立ち入ったことはおねえちゃんからはきかないし、もともと必要最小限しか話をしない清躬が、きかれもしないことをぺらぺらかたりもしない。橘子に対して話をしたのは、特別な間柄だからだ。

「じゃあ、清躬くんの高校時代の親友や親友のかの女の話は？」

「いいえ」

「じゃあ、かれがしてくれた話をおねえちゃんにもするわ。勿論、ごく手短にね。清躬くんはそれを橘子ちゃんに向けて話をしたのだけれども、私が同席していることもわかっていて話をしたのだから、それをおねえちゃんにしても問題ないとおもう。秘密であるべき内容もなかったとおもうし」

「是非きいておきたいわ」

「清躬くんがかよっていた学校は、中高一貫の全寮制の進学校だったの。自分から進んでお勉強をし、みんな一流の大学や医学部を目指している。そういうクラスメイトたちのなかで、清躬くんは勉強に充てるべき時間を削《けず》って絵を描くことに集中したいと考えていた。受験勉強一色に染まらない異端児のような生徒がもう一人いて、清躬くんはH君とイニシャルで話してたけど、H君は清躬くんとは反対の外向的で行動的な性格の人で、でも、真反対だからこそ、馬が合ったみたい」

それから私は、H君が受験戦争に駆り出されるのを良心的兵役拒否者のように拒否する態度を表明していたこと、二人とも受験勉強をしないので、学校の休みによく一緒に行動するようになり、そこでH君の戀人《こいびと》のMさんやその親友のAさんと知り合うようになったが、みんなでプールで遊んだ時にMさんが転倒して骨折をしたことで、かの女の親が激怒し、H君と会うことができなくなった、そして、Mさんが会えないH君のために自分のヌードの絵を清躬に依頼し、それが騒動に発展した、というところまで話を続けた。おねえちゃんはずっと平静に聞き役に徹していて、清躬がおんなの子のヌードの絵を描いたという話にもおどろきはしなかった。橘子の反応と違うのは当たり前だが、私には一つの疑問がまた頭を擡《もた》げていた。

「おねえちゃん、おどろかないのね？」

「どうしてそんなこときくの？」

あのまじめな清躬くんがおんなの子のヌードを描いたのよ。しかもまだ高校生なのに」

「そのお友達からの依頼を引き請けて描かれたんでしょ？　清躬さんはおねがいされたことを自分の都合で拒否するようなことはされないでしょうし。それより、高校生のおんなの子がおねがいしたというのはあまり普通でないかもしれない。でもそれだって、会うことを禁じられたから、それだけ真剣に考えられたんじゃないかしら」

「おねえちゃんがおどろかないのは、清躬くんが紅麗緒ちゃんのヌードを描いてるからじゃないの？」

　私は突っ込んでみた。

「ネマちゃん、前にもそんなこと言ってたわね。失明されたのは、見てはならぬものを見た報いだとか」

「タブーをおかしたから」

「神話や伝説みたいなこと言うけど、いくら紅麗緒ちゃんだってそれはないって、言ったじゃない。第一、紅麗緒ちゃんがどうして裸になるの。それは考えられない。あの子を一番知っている私が言うんだから。あなただってわかっているでしょうに」

　きっとおねえちゃんの言うとおりなんだろう。いくら清躬の前でも、紅麗緒が裸身を曝《さら》すのは考えられない。でも、万々一のことがあったとしたら、どうだったのだろうとおもって、きかずにいられないのだ。

「でも、おねえちゃん、おどろかなさすぎなんだもん。あの清躬くんが女性のヌードを描くなんて、想像できる？」

「あれだけ美しい女性の絵を一杯描いているひとですもの。あってもおかしいとはおもわない」

「いくらおねえちゃんだって、これはおどろくとおもってたんだけど」

「私はおどろきはしないけど、あなたがそれだけ言うのだから、橘子さんはおどろいていたということね、きっと」

「御明察どおり。でも、初めだけだったけど」

「橘子さんはきっと、清躬さんが女性のヌードを描いたということより、その高校生のおんなの子がヌードで絵のモデルになったことのほうにびっくりしているのだとおもうわ」

「そうなんでしょうけど、おどろいたことにはちがいないわ」

「でも、そのおんなの子の御両親や学校関係者の人たちからしたら、驚天動地もいいところで、あってはならないことだったでしょう」

「そう。それは大事件になったんだけれども、清躬くんが知らないところで、問題の処理《しょり》が進んでいったの」

そこで漸くおねえちゃんが怪訝《けげん》そうな表情になった。

「清躬さんの知らないところというのは？」

「それは絵とはおもわれなかったの。かの女のヌードのモノクロ写真を引き伸ばしたものだと」

「清躬さんの絵が写実的過ぎて、写真にまちがわれたということ？」

「そうよ。かれの絵は実際写真そのものだし、親にしても娘のヌードは憚《はばか》られるものだから、きちんと見直すことをしないで、写真とおもいこまれてしまったんでしょう。そういうことだから、H君が疑われて、追及が始まった。そして、H君とMさんは清躬くんのことは黙りとおして巻き込まないようにしたみたい。H君は事実関係を認めたけれども、反省と謝罪は拒否したためにきびしい処分《しょぶん》がくだされ、結局、自主退学の道を選んだ。清躬くんはH君がそうした追及を受けていることを知った時、先生に本当の事実を伝え、H君ではなく自分こそ当事者だと訴えたけれども、問題はもう帰《けり》がついたこととして取り合ってもらえなかった。清躬くんはそれで学校にかよえなくなってしまって、とうとうおとうさんがやってきて、一時入院させることになった。清躬くんは慥かにおおきなショックは受けていたのだけれども、別に病気の診断が出ていたわけではなく、本人が学校を休む正当な理由づけのために入院という措置をとったのでしょう。それがさっき、仮病で入院と言った意味なの」

私がそう説明すると、「そういうことだったのね」とおねえちゃんが得心したように言った。

「その病院で杵島さんと出会い、親しくなった」

「杵島さんのお話は清躬さんからいろいろきいているわ。でも、清躬さんがどうして御両親とは勘当同然で、東京に出てきても杵島さんと一緒にくらすようになったのか、その経緯は清躬さんにきけていない。と言うか、精神的な病気で入院していたということをきいている清躬さんに、お話をしてもらうわけにゆかないものね。だから、高校時代のお話も知らなかった。とても興味深いお話だったわ。橘子さんにちゃんと話をされたというのはよかったわね」

「清躬くんは自分からあまり話をしないひとだけれども、橘子ちゃんとはちゃんと話ができるようだわ。尤も、紀理子さんの前でも、橘子ちゃんとの親密ぶりを熱を込めてかたるぐらいだから」

「何年も会っていなくても、いつも一緒にいるような感覚を持ち合っていたのでしょう？　それだけ唯一無二の関係だから」

「おねえちゃんと樹生にいさんはどうなの？」

　私はそっちの関係が気になる。

「どうでしょうね。私たちはものごころついた時からずっと一緒だし、ずっと会っていなくても、孿《ふたご》のように永遠にきれない関係だとおもっている。ネマちゃんも実の妹のようにおもうし。樹生くんのほうはどう感じているだろう。このお屋敷を飛び出した時は、ひょっとすると、そういう関係をわずらわしく感じていたかもしれない。唯、此間《こないだ》会った時は、昔とそうかわったようにはおもわなかったけれども」

「昔とかわっていないって？」

　そんなことがあるだろうか。

「ネマちゃんは今の樹生くんとコミュニケーションがとりづらく感じているところもあるようだけど、でも、おにいちゃんとしてかわりなくおもうところもあるんでしょ？」

「わからないわ。ちがっているところがありすぎて。今は完全に突き放されているし、もう違うひとと考えたほうがいいんだわ」

「自分をかえているのはまちがいないし、正体不明のひとになっているようだから、逆にネマちゃんのように身近に接していたら、わからなくなるようなところが一杯あるというのはわかるわ。といったって、あなたのおにいさんにかわりはない。きっと私もこれから樹生くんと接触するようになるから、いろんなことをネマちゃんと共有するわ。ネマちゃんも私にそうしてくれるといい。全部は理解できなくても、理解できることはおおくなるでしょう」

　おねえちゃんはいつも私のことを親身に考え、かわいがってくれる。昔も今もかわらない。それなのに私は、にいさんと出会って、おねえちゃんよりもにいさんのがわにつくことにした。そう決断したのは、一つには、おねえちゃんが神麗守や紅麗緒のことに専従していて、もう大学生になっている私とかかわる時間がおおきく減っているからだ。一時期はおねえちゃんは紅麗緒と一緒にお屋敷を出ていたし。でも、きっともっとおおきな理由は、私がおねえちゃんの優しさに甘えているのだ。おねえちゃんは、私が選ばなかったことをかなしまれはしても、赦してくれると確信できるからだ、私がどこをどう踏み迷っても、最後の戻り先としては受け容《い》れてくれる。にいさんのほうは、そういう甘えは認めてくれない。最初にきめなければ、後で懇願しても応じてはもらえない。未来永劫《えいごう》断絶するだろう。そういう判断できめているから、自分自身でも保身を図った卑怯な選択だとおもう。それなのに、おねえちゃんは今も私を咎《とが》めもせず、相かわらず優しい言葉をかけてくれる。正直なところ、おねえちゃんと一緒にありたいという気持ちが強い。けれども、にいさんから離れる勇気はあるだろうか。にいさんが赦すはずはないし、怖い。

「ネマちゃん、どうしたの？」

おねえちゃんに声をかけられて、私ははっとした。

「樹生くんのことは、また今度話しましょう。話を初めに戻して、橘子さんのことだけど、この後どうするつもりなの？」

私は答えに窮《きゅう》した。

「わからない。にいさんが教えてくれない」

「まさか無計画なの？」

「にいさんは考えているんでしょうけど、全体のことを教えてもらってない」

「樹生くんに計画がないとは考えにくいけど、かりにかれの計画がどうであっても、関係ないわ。私たちがこれからどうすべきかはきまっている。それはわかるでしょ、ネマちゃん？」

「どうすべきかって？」

なにもわからない。オウムがえしするばかりだ。

「駄目よ、ネマちゃん。眼を覚ましなさい。橘子さんをまた不安にさせたり、苦しめたりしてはいけない。ちゃんとおうちにかえして、これからも清躬さんにいつでも会えるようにしてあげないと」

「そんなこと、にいさんは許さないわ。なんのために拉致したの」

「なに言ってるの。拉致なんて肯定できることじゃない」

「企《たく》んだことが無に帰すなんて、にいさんは承知しない。きっと実力に訴えてくるわ」

「でも、橘子さんを清躬さんに会わせたり、紀理子さんと会わせたりしているのも、樹生くんの指示だったんでしょ？」

「清躬くんと会うことについては、今朝、直前になって指示があった。紀理子さんと会わせることは、なにも指示がきてない。もうお昼になって、にいさんから橘子ちゃんを引っ込めろという指示もなにもないから、なりゆきでそうなっただけ。まさか小稲羽さんのところまで来られるとはおもってなかったけど」

「樹生くんは、あなたに指示しようとおもえばいつでもできるんでしょ？」

「ええ。逆に私が気づかずにいたら、後できつく叱《しか》られる」

「で、朝のことは指示があったけど、お昼からのことは指示がない。言い方をかえれば、あなたに任されてる？」

「任せるとは言われてない。なりゆきに任せていても、私に任されてはいない」

「でも、あなたは橘子さんのコントロールを任されてるんでしょ？　お昼からはまたお部屋に閉じ籠めても、あなたの裁量として認められたんじゃない？」

「わからないわ。それだったら、私、にいさんに試されてるんだわ」

「別にそれを否定的にとらえる必要はないとおもうわよ」

「いいえ、試すということは、失格を宣告されるということよ」

「合格は？」

「きびしいにいさんは、永遠に合格なんかくれないわ。一つ課題をクリアできても、つぎを試される。どこかで失敗し、失格を言いわたされる」

「ネマちゃん、樹生くんのこと、おそれすぎよ。清躬さんの顔を傷つけたことで樹生くんの怒りを買ったことが、ずっと恐怖の記憶として残ってしまってるのよ。それでもう見限られたように言ってたけど、今回のことは、まあ、いい企みとはおもわれないけれども、でも、あなたなしではできていないことでしょ？　橘子さんとの接点になったのはあなたがそれだけ認められているからよ」

「だから、このチャンスにしくじったら、もう最後かもしれない」

「困ったわね。樹生くんがどういう考えかわからないけれども、橘子さんのことは私に任せなさい。それから、ネマちゃんも、私に協力するのよ。いいこと？」

優しい声で言っているけれども、おねえちゃんは本気だ。でも、私は「はい」と返事できない。にいさんが許してくれるか。にいさんがおねえちゃんの前に顔を出さなくても、桁木さんが動いたら、私は逆らえない。華奢《きゃしゃ》なおねえちゃんは到底かなうはずがない。

「また、御返事がないのね」

おねえちゃんにそう言われても、答えられない。

「いい？　ネマちゃん、これから、私と一緒に行動して。少なくとも、きょうはずっと」

おねえちゃんが強く言った。

「もし、樹生くんから指示があったら、教えて。私は樹生くんのことおそれていないし、また、あなただっておそれる必要がないから」

「おねえちゃん、駄目よ」

　私は半泣きになって言った。

「にいさんはかわったの。腕力や運動神経なんか桁違いだし、いろんな人も動かせる。意のままになんでもできる。それに、感情を害したら、一切容赦しないわ」

「大丈夫だから、ネマちゃん」

　おねえちゃんは私を抱き締めた。

「慥《たし》かに、昔と全然違う。それは此間《こないだ》会った時に私も感じてる。でもね、私はかれのこと信頼してる。清躬さんと橘子さんの間みたいな、或る意味でのそういう信頼関係があって、それは時間が経ってもかわらないのよ。だって、かれは人格として一貫しているはずだから。そうでなければ、まったく別人ということになる」

「でも、もう根雨の名前は名乗っていない。きっと決して名乗らない覚悟だわ」

　だから、私のにいさんだと認めない。その上、非人称の人間になろうとさえしている。人格など、どうでもいいのだ。

「そうであっても、私にはちゃんと挨拶してくれた。かれがそう呼ばれたくないなら、私は別にこだわらないし、お屋敷のほかのひとに秘密の存在でありたいなら、それもそれでいいでしょう。でも、そうしたって、かれは私にとって、一緒に育ってなかよくしてきた樹生くんに寸分も違うところはないのよ」

　おねえちゃんは力強く断言した。

　本当に、にいさんはおねえちゃんが信じるように、私のにいさんとかわってはいないのだろうか。そういう記憶は残していても、まったく別の人格にかわってしまっているのではないだろうか。

43 訣別の決意

私はおねえちゃんに従って、みんなが待つ応接室に戻った。

桁木《けたき》さんと烏栖埜《うすの》さんの存在は、おねえちゃんに報《しら》せておくべきかどうか迷ったが、話したところで事前に対処《たいしょ》もできないので、言わずにおくことにした。と言うか、判断に迷う時、自信を失っている私は、行動に踏みきれないのだ。（なお、桁木さんは、神麗守《かりす》のバレエの先生として本名も明らかにしていて、おねえちゃんも顔なじみだ。烏栖埜さんは、いろいろなひとになりすまして、お屋敷に出入りしているので、おねえちゃんはわかっていないはずだ。唯、いかに烏栖埜さんでも、盲目の少女二人、神麗守や紅麗緒《くりお》の前では正体がわかる可能性があるということで、接近は控えているときいている。）

朝に電話をもらって以来、にいさんからなんの指示、連絡もない。唯、にいさんの活動の痕跡は、私に示されている。（橘子《きっこ》のお馬鹿さん！）――その話も、おねえちゃんにはできない。

にいさんからこのままなにもないとは考えられない。なにもないなら、おねえちゃんは橘子を帰すつもりだから、橘子の着ていた服や持ち物も全部わたして、かの女の住む寮までおくりとどけることになるだろう。だったら、にいさんはなにをしたかったのか、ということになる。時間と労力をかけたからにはかならずその果実を収穫するはずだ。徒《ただ》働きで終わるなんて、にいさんが承知するはずがない。

でも、おねえちゃんだって、橘子を守り抜こうとするだろう。一体どういうことになるのだろう。私は胸騒ぎがして、しかたがなかった。

部屋に入ると、一同のなかに、香納美《かのみ》や柘植《つげ》くんもまじって、みんなでトランプをしていた。子供の鳴海《なるみ》がいるし、まじめな打ち明け話なんかしにくいし、単純な遊びをしているほうが楽しいのだろう。人数も大勢である程、盛り上がりそうだ。だからといって、香納美と柘植くんの二人が参加しているとは、おどろきだった。にいさんは承知しているのか。少なくとも、桁木さんはＯＫを出しているのだろう。

みんなすっかり友達のようだ。見ると、清躬《きよみ》と紀理《きり》子《こ》、香納美と柘植くんといった、戀人《こいびと》どうしが文字どおりペアで、あとは橘子、鳴海、小稲羽《おとわ》さん、津島さんで、ゲームをしている。こんな光景は想像もしていなかった。

眼が見えない清躬に対し、紀理子が場札や銘々が出す札を教えたり、誰が札を取ったとか説明したり、手札から出そうとする札の相談を耳打ちしたりして、その寄り添っている様子が仲睦まじい。紀理子はもうりっぱに清躬の戀人の位置におさまっているようだ。橘子も、今朝までのおびえが嘘《うそ》のように、時々歓声を上げて楽しんでいる。香納美は初対面なのに橘子に結構突っ込みを入れ、柘植くんがかばって、香納美に小突かれるというのも、おきまりのパターンのように見える。

私たちが部屋に戻って程なく、紀理子と津島さんの帰るべき予定時刻がきたようだった。小稲羽さんも鳴海を連れてお遑《いとま》することを申し出た。初めは清躬も一緒にと小稲羽さんが言ったのだが、おねえちゃんが、「清躬さんは後でお送りしますから」と引き留め、かれは橘子とともに残ることになった。

一同外に出て、小稲羽さん母娘や紀理子《きりこ》たちを見送った。

清躬と橘子を元の応接室にかえした後、部屋の外でおねえちゃんが私に言った。

「橘子さんの持ち物、持ってきてあげて」

そう言われるのはわかっていたが、すぐに応答できないでいると、

「あなたのお部屋にあるんでしょ？」

いや、地下の『蜻蛉《かげろう》』の部屋に持って行ってある。橘子の携帯電話は、なりすましている烏栖埜《うすの》さんが持っているはずだ。かんたんには持ってこられない。

「おいてある部屋に一緒に行きましょう」

私の様子を見て、おねえちゃんが言った。

「あ、それは」

「樹生《きいお》くんのこと心配してるんでしょ？　だから、一緒に行きましょう」

おねえちゃんは私の肩を抱いた。そして、前へ歩くよう促した。

私は歩き出したが、どうしていいかわからなかった。おねえちゃんを桁木《けたき》さんや烏栖埜さんに会わせられない。不審な行動を警戒されて、おねえちゃんまで拘束されてしまったら、どうしたらよいのか。とりあえず私は自分の部屋に行って、そこでもう一度おねえちゃんと話をするしかないとおもった。

二階への階段を上がりかけようとした時、「待って」とおねえちゃんが私の手を引いて、止めた。

「あなたのお部屋にはないんでしょ？」

「いえ、私の部屋に」

「嘘おっしゃい。駄目よ、ネマちゃん。ちゃんとしたところに案内して。心配いらないから。私がいるから」

　おねえちゃんは再び私の肩を抱き、頬《ほほ》もくっつけた。おねえちゃんに従うしかないとおもいながら、足を進められなかった。

「おねえちゃん、御免。私、とってくるから。おねえちゃんは自分の部屋で待ってて。そこのほうが安心だから」

　おねえちゃんの部屋には紅麗緒がいる。紅麗緒がいるところでは、そう乱暴なことはできないはずだ。

　私は言うそばからおねえちゃんの手をすり抜けて、一目散に駆け出した。「待って、ネマちゃん」と言うおねえちゃんの声をきいたが、振り捨てて走った。地下への階段も手摺《てす》りを持ってひとっ飛びにおりた。運動神経ではるかに私が勝《まさ》っているから、おねえちゃんはついてこられない。それにおねえちゃんは長めのスカートで、ミニの私のように軽快には動けない。

　私は地下一階の廊下から秘密の階段をつかって、秘密の部屋の『蜻蛉』に入った。

　橘子がきのう着ていた服を入れた袋とカバンはそのままおいてあった。口があいたカバンのなかを確認すると、やはり携帯電話がない。きっと烏栖埜さんが常時携行しているのだ。烏栖埜さんに連絡して、かえしてもらおうかとおもったが、にいさんの許可をとっていないのに、烏栖埜さんが応じるはずがない。とりあえずこのまま持って行こう。携帯電話がないのは、橘子に引きわたすまではわからないだろう。そこでわかっても、探してみる、見つかったら届ける、と言うだけだ。

　私は部屋を出た。

『絵《え》合《あわせ》』の部屋に行くべきか、迷った。

　桁木さんと話をしたい。桁木さんを信頼している。おねえちゃんが感づいたことを話しても、きっと適切な対応のしかたをアドバイスしてくれるだろう。でも、私が橘子を拉致監禁したことを正直におねえちゃんに話をしたこと、にいさんのがわではなくておねえちゃんに身を寄せようとしたことを、桁木さんはどう受けとめるだろうか。裏切りは決して許されない。桁木さんが私にそう審判したら、私は終わりだ。

　もうこのままおねえちゃんのもとにかえるしかない。と、私は自分のからだが宙を舞っているのを知った。咄嗟に持ち物から手を離して、着地態勢を整えようとしたが、朝におなじようなことがあって尻餅を搗《つ》かされたことをおもって、宙で更に回転して、着地のタイミングをかえた。

「桁木さん」

桁木さんが私の前に立っていた。すらりとして美しい長い脚の先にミニスカート姿の桁木さんが塔のように聳《そび》えて見えた。

桁木さんは私がなげだした橘子の持ち物を回収すると、無言で前に歩き出した。私はついてゆかざるを得なかった。

私は桁木さんに続いて、『絵合』の部屋に入った。

「ワケさんとナコさんは、隠綺《おき》さんから自分の部屋に案内すると言われて、応接室を出て行ったわ」

腰をかけたら、桁木さんが言った。

おねえちゃんは自分の部屋に戻る時、清躬や橘子のことも案じて、一緒に避難させたのだ。

そのことは安心だし、おねえちゃんのことだからきちんとされるにきまっているのだが、自分自身の問題はこれからだった。今でさえ、桁木さんがどんなきびしい顔をされているか、怖くて顔を上げられずにいる。

桁木さんは私を待っていたのだ。きっと、にいさんのかわりに。

「あなた、二度目よ、私のわざに飛ばされてるの。さっきのように尻餅は搗かなかったけれども、本気でもない私のわざにかかってしまうのはどうかしらね」

その声に、特に怒りや非難の調子はなかった。けれども、桁木さんはいつも平静で感情を露《あら》わにされないから、内心はわからない。

「ネマちゃん、お顔を上げて頂戴」

私はおそるおそる顔を上げた。

微笑んでいない桁木さんの顔が怖かった。

「なに、おびえた眼をしているの」

「御免なさい」

私はまた眼を伏せた。

私はどういうことで処断《しょだん》されるのか量《はか》りかねた。断わりなしに橘子の荷物を持ち出そうとしたことか。ずっと顔を出さず、連絡もしなかったことか。それとも、なにもかも総《すべ》て承知されているのか。

「なにについて御免なさいなの？」

桁木さんが問うた。

「あ、それは…二度もなげられて——」

私は、返事をしようとした、それが答えではないのを感じていたけれども。

「そうね。駄目じゃない、そんなでは」

「従いなさい」

もう一度くりかえす。

「さっきの、御免なさい、はそういう意味じゃないでしょ？」

そのとおりだけれども、それ以上答えられなかった。

「ネマちゃん、もう一度言うわ。顔を上げて」

私は顔を上げた。でも、桁木さんと眼を合わせられない。

「こっちの眼を見て」

桁木さんは更に言った。

しようがなしに私は桁木さんの眼を見た。

桁木さんは射るような眼をしていた。桁木さんはよくそういう眼をする。感情は読み取れない。

「心の乱れがおおきいわね、きょうは。でも、昼も大分過ぎているのに、まだ立てなおしできないのね。それだけじゃない。今はもっとわるくなっている。私に眼を合わせられない」

稍《やや》間をおいて、桁木さんが続けた。

「テラスでの隠綺さんとあなたのお話、全部きいたわ」

私は慌《あわ》てて、自分の服のあちこちを触っていった。ミニのワンピースのどこに盗聴器がしかけられているのか。短い裾の内がわにも手を入れて探ってみるが、なにもありそうにおもわれない。

「おなじするなら、一度全部脱いで、調べてみたら？」

意地わるい言い方に私は従えなかった。一度脱いだら、懲罰として裸のまま放置されるような気がする。

「馬鹿ね、そんな薄っぺらい服に仕込めるわけないじゃない」

「え、でも」

「もっと馬鹿なのは、あなたに盗聴器をしかけて監視していると、あなたがおもうこと。彪くんはそんなこと考えていないわ」

そう言われて、誰かが盗みぎきしたのか、と私はおもった。香納美？　でも、みんなとトランプしてた。烏栖埜さん？

「きょうはいろんな人たちが集まる。だから、いろんなところに盗聴器が仕込まれているのよ」

そういうことか。想定できることだ。でも、私はにいさんのがわにいるのに、そういうことから除外され、知らされもしない。

「もう私、駄目かしら」

覚悟はきめていた。

「駄目とは？」

「私が隠綺のおねえちゃんに白状したこと」

「白状した内容は？」

「えっ、桁木さんもきいてたんでしょ？」

「きいてたとさっき言ったじゃない」

　じゃあ、言わなくても——

「彪くんの小さい時のお話、おもしろかったわ。おもしろがられるの、かれ、不快だろうけど」

　桁木さんは言った。

「最初はおんなの子として育てられたなんて、ちょっとした秘密ね。和邇《わに》さんというひと、子供の世界はおんなだけにしようと徹底されたのね。あなたが生まれていなければ、今の彪くんもなかったわけね」

　おかしそうに桁木さんは言った。

「小さい時から一緒に育ったから、私たちが知らない彪くんの秘密、隠綺さんはなんでも知ってる。彪くんは子供時代からいろんなことに万能ぶりを発揮していたようだけど、隠綺さんの前では悪戯《いたずら》好きの少年にすぎない。隠綺さんのほうも、悪戯されても鷹揚《おうよう》に受けとめてる」

　にいさんの話はいま関係ない。おねえちゃんに誘導されるがまま、私が話してしまったこと。もうなにもかもわかっていることだから、早く自分がどうなるのかを知りたい。私の不安をわかっていながら、桁木さんはストレートに難詰しないで、時間をとって徐々に私を締め上げようとしているようにおもえた。桁木さんにこんな距離感を感じたことはなかった。

「彪くんと隠綺さんの関係は興味深い。あなたは実の妹なのに——もうはっきり言いきったほうがいいでしょう——、そのあなたが、今の彪くんと昔のおにいさんの間の断絶を強く感じている。実際、そのようにおおきな断絶があるんでしょうけど、隠綺さんは、今の彪くんと一、二度話しただけでありながら、幼少時代を一緒に過ごした根雨樹生くんと寸分の違いもないと言いきれている。なんていう自信なんでしょう。聡明で隙《すき》がないひととは感じていたけど、彪くんに対抗できる強さがある。きっと幼少の時からともに過ごして、お互いを映し合いながら成長してきたのね。今の二人はまったく正反対の現われ方をしているけれども、彪くんの内面には隠綺さんに通じるところが根っこにあるような気がする。あんまりかれについて解説すると、叱られそうだけど」

　おねえちゃんの話なら会話に絡《から》みたいところだけれども、私にはその余裕がない。桁木さんが私に言いた

しのに　そ　い　ことではないはずだから。

「ネマちゃん、」

急に呼びかけられたので、私の心臓はぴくりとした。

「あなたも小さい時から隠綺さんのこと、本当のおねえさんのように感じていたんでしょう？」

「う、うん」

かろうじて声を出す。愈々《いよいよ》と覚悟する。

「隠綺さんもあなたのことをとても大事に感じているようだし、非常に素晴らしい関係だとおもうわ」

桁木さんはなにが言いたいんだろう。

「彪くんもかの女の前に現われた。私たちには決して言わない前の名前でね」

桁木さんはゆっくりと喋《しゃべ》る。緊張感が高まるばかりだ。

「彪くんも、かの女の前では嘘《うそ》は言わないでしょう。と言うより、かの女の前に現われた時点で贋の清躬にかかわる一連のことを明かしているのもおなじだし、そういうつもりで隠綺さんの前で自分を名乗ったんでしょう。だからね、」

桁木さんは少し間をおいた。

「あなたが白状した、というのは、隠綺さんにはもうわかっていること、或いはいずれわかるだろうことを、言っただけに過ぎない。彪くんが既にお膳立てしているんだから、あなたが打ち明けたからといって、筋書きがかわるわけではない」

桁木さんの言葉は私の責任を問わないとするものと理解したが、まだ安心はできない。隠綺のおねえちゃんの言葉ならこれで安堵《あんど》できるのだが、桁木さんにしても（にいさんならなおさらだが）、この後が怖《こわ》い。

「ネマちゃん、さっきからなにも言わないのね？」

なにを言いなさいというのか。今の私に、言えることは一言きりしかない。

「御免なさい」

これではナコとおなじだ。

「御免なさい、とは？」

「あ、だから、ナコの持ち物を持ち出そうとしたこと」

現場をおさえられているのだから、言い逃れはできない。

「どうしてそれが御免なさい、なの？」

「にいさんはナコを解放していいとは言っていないのに、私は自分の勝手な判断で――」

「隠綺さんに言われたからでしょ？」

「それはそうだけど」

「あなたもそれがいいとおもってるの？」

「わからない。唯、ナコを拉致《らち》したのはよくないことだし、この先も監禁し、かの女を苦しめるのはもっといけないことだとおもう。おねえちゃんだって許すはずがないし」

「でも、それに対して、御免なさいと言ってるの？」

「だって、相談もしないで勝手にきめて、行動してる」

「あなた、彪くんから、おまえの勝手に動け、と言われたんでしょ？　そうしただけじゃないの？」

「でも、にいさんの意に反したことを――」

「意に反しているかどうか、わからないでしょ？　少なくとも私はわからない、彪くんにきかないとね。でも、勝手に動けとは、いちいちきかないでやったらいい、ということじゃないの」

　そう言われても、怖い。にいさんの真意がわからない間は自分から謝らなくていいというのはわかるけれども、やっぱりにいさんの意に反したことをしてしまっているとわかってからでは、謝ったっておそい。

「あなたはこれから隠綺さんについてゆくの？」

　桁木さんは淡々とした調子で私の決断に迫る重い質問をした。

　私は意識して唾《つば》を飲み込んだ。

「隠綺のおねえちゃんに協力する」

「そう」

　桁木さんはまた間をおいた。

「さっきまで彪くん、ここにいたの」

　にいさんがまさに自分に対してなにか言っていたのだと感じて、私は動悸《どうき》が高鳴る気がした。

「隠綺さんがあなたと話をし始めたので、やってきたのよ。きょう私の前に姿を見せたのは初めてだわ」

　桁木さんは私の反応を見た。けれども、私は身が竦《すく》んでかたまっているだけだ。

「隠綺さんがあなたに話してたけど、彪くんがかの女と会ったことは、もうその日に私もきいていた。かれは自分から会いに行き、根雨《ねう》樹生として会ったというのもきいた。和邇さんの屋敷に戻ってきた時から、いつ隠綺さんに接触するか、時期を見計らっていたようだわ。私も神麗守ちゃんやあなたのバレエの先生をして隠綺さんに接しているから、その範囲でかの女のことはわかるけれども、根雨樹生として八年ぶりに会ったというのは、昔の関係も踏まえて、ということになるし、あなたにとってどういうひとだったの？ときいてみたわ。でも、かれ、なにも答えてくれなかった。

[illegible]隠綺さんが総て話してくれたわね。よくわかった」

「桁木さんがきいても、にいさん、答えないの？」

「隠綺さんとのことは過去に関係するからでしょ。本当に、過去のことはまったく喋らないひとだから。隠綺さんにはなにもかも知られているから、なおさらかの女のことはきかれたくないんでしょう」

「私だって、にいさんの昔のこと知ってるけど」

対抗するように私は言った。

「でも、彪くんがスカートを穿いていた時代をあなたは知らないでしょ？　その違いはおおきいわよ」

「慥かに。それに、おねえちゃんがにいさんからスカートめくりされてたなんて、まるで知らなかった。二人とも、私にとってりっぱすぎるおにいさん、おねえさんで、そんな幼稚なことを中学生の頃までしているなんて」

「そうよね。まったくおかしな関係だわ」

桁木さんはわらった。でも、決して眼はわらわない。私もまだほっとできない。

「桁木さん、私とおねえちゃんとのやりとりをずっとここで、にいさんときいてたんでしょ？」

私は真剣なモードできいた。

「そうよ」

「にいさんは私のこと、なにか言ってた？　私があっさりおねえちゃんになにもかも話してしまったことなんかについて」

桁木さんの先程の言葉では、私は勝手に動けと言われているのだから、となにも問わない口ぶりだったが、実際ににいさんはどうだったか、気になってしまう。桁木さんは私には優しい存在だが、にいさんはもうそうではない。

私は、もうおねえちゃんのもとに戻れることを諦《あきら》めていた。桁木さんに見つかって、この部屋に連れてこられた（桁木さんが私にこっちにきなさい、と言ったわけではないけれども、橘子の荷物も桁木さんが持っていたし、ついてゆかざるを得なかった）時から、なにかしらの責めを自分が負わなければならないと覚悟していた。にいさんの話は最後まできかないでは済まない。

「あなたには隠綺さんが似合いだって」

「えっ？」

どういう意味でそう言われているのか、私にはわからなかった。

「あなたは彪くんとおなじように運動能力や機敏さが

ある。それはかれの血筋で、私のもとで鍛錬《たんれん》して磨きがかかった。初めから私についてこられたし、一年あまりでこれだけのレベルになったのも、肉体的・精神的素質があなたにあったから。そこは私は認めているし、彪くんも評価している」

　まだ話の途中で、私は言葉の続きを待つしかない。

「でも、一方で、隠綺さんの妹という気質も、もうあなたにしっかり根付いているようだわ。精神的な交流では、隠綺さんの影響力のほうがずっと強い。言わば、あなたは隠綺さんの月。隠綺さんにずっと寄り添いながら、宇宙を運行する。彪くんは、和邇のファミリーの系から離れた。あなたもそこから独立して、独自の軌道を自分で描くことを期待していたんだけれど」

「にいさんと一緒に動きたいとおもったわ」

　にいさんが突き放すから、というおもいもある。

「彪くんには見えていたようよ、やっぱりあなたは隠綺さんのほうに戻るって」

　戻るときめたわけじゃない。にいさんが許さないなら、戻ることとなんてできない。

「そりゃ何年も離れていたから、彪くんが引きつけたら、あなたはその引力に一気にとらわれてしまう。彪[illegible]妹として大事におもってたし、あなたもおにいさんのことを慕っていた。でも、彪くんはすっかりかわったのに、あなたは昔の関係のままでいたかったし、彪くんに動かしてもらって、それについてゆくかたちにあまりかわりはなかったよう。ワケさんのことでは勝手をしたけど、それもにいさんを意識してのことだった」

「にいさんへのおもいにかわりない。それがいけないのかしら」

「彪くんはなぜあなたには根雨樹生を名乗らないとおもう？　隠綺さんには根雨樹生として接しているのに」

「にいさんの気がかわったの？　最近になっておねえちゃんの前に顔を出したんでしょ？　私には、おねえちゃんより一年以上前に姿を見せてくれている。おかあさんの前にはまだ姿を出さない。そういうところで、私はにいさんと特別な関係にあるとおもってる。にいさんが私に名乗ってくれないのは、今更だから。私と一緒の時期におねえちゃんと会っていたら、やっぱりおねえちゃんにも名前を隠していたとおもう」

「あなたはそうおもってるのね？」

「そうじゃないの？」

「もっとよく考えたほうがいいわね。あなたは、今回も自分に役割を与えてほしいと言って、彪くんがそうしつくれないことをかなしんでいたけど、あなた、自分で、誰にも飼いならされない、と宣言したでしょ？」

　そうだ。にいさんが、「おまえはおれに飼いならされたいのか？」ときくから、私はペット扱いされたくないとおもって、強気に返事した。その時は、私もにいさんや桁木さんを目指して、強い人間になれると心からおもっていた。今のように弱気の虫が入り込むなんて、おもってもみない頃だった。

「隙《すき》あらば、彪くんを刺す刃物はいつも身に帯びておくと。刃物は今も持ってる？　持ってるなら、ここに出してみなさい」

　桁木さんは私の胸の前に手を差し出し、掌《てのひら》を向けた。あ、とおもった。

　私は橘子と服を交換した。いま着ているのは、橘子のワンピースだ。

　私はいつも、自分が着るスカートのポケットに切れ味の鋭いジャックナイフを二つ入れている。致命傷は与えられないが、相手には厄介《やっかい》な武器となる。ナイフは私の体の一部なのに、橘子と一緒にいるうちにすっかり頭からきえてしまった。服を交換する際もまったく注意が抜けていた。そのジャックナイフは橘子のスカートの中だ。おそらく鈍感な橘子はなにも気づいていないだろうけれども。

「どうしたの、出せないの？」

「今は持ってない。ナコと服を取りかえっこしたから、ここにはない」

　私は正直に言った。

「きょう一回目になげた時は、そのワンピースじゃなくて、あなた自身のミニスカートだった。その時はきっと持っていたでしょう。でも、なげられる気配を素早く察知して、身の備えをできなかったあなたは、刃物を持っていても、肝腎の場面で使えはしないということよ。かりに、その時に出してみなさいと私が言って、あなたが私の前に差し出したとしても、私はそれをゴミ箱に捨てたことでしょう。使えないものなんて、持ってても意味がないんだから」

　私はうなだれるしかなかった。

「顔を上げて」

　桁木さんは私の顎《あご》の下に指をやって、おし上げた。前を見ると、桁木さんがこれまで見たことがないようなきびしい眼で私をにらみつけていた。私は身が竦《すく》んだ。

「この弱虫」

　桁木さんからきつい一言が飛んだ。

「目線を下げるな。それから、じっとなんかしているな。言いたいことがあれば、言いなさい。二回もなげられたおかえしをしようとしてもいいし、せめて私をにらみかえす覇気だけでも出したらどうなの」

　求められていることはわかるけれども、私の心のなかはちっともわきたたなかった。

「私、もう挑戦できない」

　私の口から出たのはその言葉だった。正直な気持ち、それが言葉になった。

「わかったわ。あなたがきめることだから、それでいいんじゃない」

「もう、やっぱり、終わり？」

　自分で諦《あきら》めてしまったことを言いながら、見限られてしまうことに言い知れぬ恐怖をおぼえた。

「もう、きくのはお止《よ》しなさい。きくのであれば、自分でどうしたいか意思をはっきりさせて、彪くんにきくこと、或いは、おもいを伝えること。ともかく、あなたは隠綺さんと一緒に行動するんでしょ？　自分で答えを出したんだから、それをきちんとやればいい。ほかに答えを求めてもしようがないわ」

「でも、にいさんが許してくれるかしら？」

「彪くんはなにも言っていない。言ってないことを考えてどうするの？」

「にいさん、さっきまで桁木さんと話をしてたというけれど、私にはなんにも話してくれない。さっきだって、」

　私は言いかけて、まずいとおもって言い止めた。

「さっき？　なに？　彪くんがどうしたの？」

「あ、ううん。にいさんは私の前に現われてもくれない」

　橘子の前に清躬になりすまして現われたことは、いくら桁木さんでも言うべきことではないように感じた。

「あら、彪くんはあなたが自分からやってきたことを評価してたわよ」

「評価？」

「あのひと、またナコさんの前に登場したんですってね？」

　さっきのことだ。

「にいさんが自分で桁木さんにそれを教えたの？」

「おもしろい話と言ってね。ナコさんは相当おもしろいひとね。本物のワケさんに会ってるのに、また贋者も信用してる。まあ、それはいいけど、彪くんはそこにあなたが入ってきて、情況をかえたことを、よくやった、と誉《ほ》めてたわ」

……[illegible]」

私の耳にはまだ、にいさんのあの「よくきたな」の声が残っている。あの声に私は暫《しばら》く呪縛された。

私はにいさんを邪魔した。その私に向けたにいさんの一言は、私を凍《こご》えさせたのだ。

「なかにいるのが彪くんとわかっていて、敢えて部屋に入ったんでしょ？　最近かれをおそれているあなたが、遣《や》り過ごさないで情況をかえる意思を持って介入してきたことを、彪くんは喜んでた」

「本当なの？」

「素直に受け取りなさい」

桁木さんがわらいながら言った。

にいさんも、橘子になにをしたかは具体的に桁木さんに言っていないのではないだろうか。自分の行為の邪悪さを誤魔化すため、私の行為を持ち上げるように言っただけのことにすぎない気がする。それを桁木さんも、私に好意的に解釈し、にいさんが私を誉めたと言ってくれるのだ。

「でも、にいさんは私に対して直接言葉はくれないわ。その時だって、私の前から風のように立ち去ってしまうし」

「それが彪くんの流儀よ。私だって、きのう、きょうでさっきが初めてよ。あなたと隠綺さんの話が始まるから、一緒にここできいたにすぎない。私もあっさりしてるから、あんまり気にしてないけど、ネマちゃんとそんなにかわらないわよ」

桁木さんは私のことをおもいやって、優しく言ってくれる。

「私、怖いわ、にいさんが」

「誰にも飼いならされないと言ったあなたが、なに言ってるの」

「おねえちゃんまで巻き込んでしまってる気がする」

「巻き込むもなにも、隠綺さんは態度をきめてるわ。それは織り込み済みで彪くんも姿を現わしたのよ。余計な心配は無用」

「だったら、にいさんはなにがしたかったの？　一杯骨を折って、収穫がなにもなかったことになるじゃない。にいさんがそんなこと承知するはずがない。桁木さんだって、まったく意味がないことにつきあわされたんじゃない」

「彪くんがなにをしたいのか、きょうが結論であるはずはないわ。私について言えば、きょうは朝からとてもおもしろかった。いろんな人たちがほぼ勢揃いしたものね。唯、地下室に長居しなきゃいけなかったことを除けば。そんな余計な事考えてても、時間の無駄。さあ、もうこれ以上長居しないで、隠綺さんのところにかえったら？」

　桁木さんは私の膝《ひざ》をパンと敲《たた》いた。

「ナコの荷物、隠綺のおねえさんに持って行っていいの？」

「そうしようとおもったことをやったらいいじゃないの。私が止めることではない」

「だったら、なんで――」

「あなたは私が立ちはだかって妨害したようにおもってるのね？　立ちはだかったのはそのとおりだけど。唯、私の技をうまくかわして、そのまま走り抜けて行ったんだったら、あなたはすぐ隠綺さんのもとに戻れたのよ。それができなかったから、私の相手をしてもらった。それだけ」

「だったら、行くわ」

　私は立ち上がった。そして、椅子におかれた橘子の持ち物を掴んで、部屋を出て行こうとした。

「待ちなさい」

　桁木さんに呼びとめられ、やっぱりかんたんには解放してくれないんだと、私はおもった。振り切って部屋を出る強さはない。

「ナコさんの携帯電話、そこにはないでしょ？　それも揃えておかないといけないんじゃないの？」

「わかってるわ」

　本当はそっちはどうでもいいと初めから考えていた。現実問題として、烏栖埜さんとコンタクトをとって返却の交渉をするのは、なかなか難儀なことにおもえたからだ。烏栖埜さんに連絡しても、かの女はにいさんの意に反することはしないにきまっている。直接交渉しようにも、容易に姿を見せないひとだ。或いは、誰かになりすましていたら、傍《そば》にいても気づかない可能性が高い。いつ接触できるか、定かではない。といって、桁木さんの力を借りたいと申し出る気はなかった。

「後で烏栖埜さんにかえしてもらう」

　私は言った。

「烏栖埜さんから、もう預かってるわ」

　桁木さんは私の前に携帯電話を差し出した。

「もう用済みなの？」

「だって、荷物と一緒にかえさないといけないでしょ」

「にいさんは承知なのね？」

「彪くんと一緒に烏栖埜さんもいたから。その場でかの女、私に携帯電話をわたしてくれた。彪くんの前でね」

「どうして、そんなにあっさり」

「隠綺さんの言葉にあなたは従う気になったのに、こちらで意地悪されたら、とんでもなく困ってしまうでしょ？　言っておくけど、ネマちゃんのこと、みんな、好きなんだからね」

「それ、最後に言う？」

おもわずなみだが零《こぼ》れてきた。

「わかってるくせに素直に認めないだけじゃないの。それより、なみだ拭《ふ》いて、さっさと行きなさい」

桁木さんは私にハンカチを差し出した。

まだにいさんに対しては素直に信じきれないが、桁木さん、鳥栖埜さんのことは信じる。二人はいつも私に優しい。甘くはないけれども。特に今、桁木さんが私のためにいろいろ言ってくれたこと、ありがたい気持ちで一杯だ。

私は受け取った携帯電話を橘子のカバンに入れた。

「桁木さん、不貞腐《ふてくさ》れたような物言いばかりで御免なさい。きょうのことはショックだったけど、私、桁木さんのこと、好きなのはかわりないから」

「まあ、ショックのところは隠綺さんに癒《いや》してもらいなさい。私も、彪くんがこれからどのように隠綺さんと関係を持ってゆくのかわかっていないけど、あなたのことも見守っているから」

「ありがとう、桁木さん。じゃあ、行きます」

私は橘子の持ち物を持って、戸口に向かった。

桁木さんを振りかえると、かの女からウィンクをおくられた。私も微笑みをかえした。そうして、軽く一礼して、部屋を出た。

私はもう隠綺のおねえちゃんと一緒に行動する。そうしたら、桁木さんと今までのような会話はもうできないかもしれないとおもう。淋しいけれども、しかたがない。

44 関係はかわらない

椥藝佐《なぎさ》が清躬《きよみ》と橘子《きっこ》を自分の部屋に連れて行ったと桁木《けたき》さんが言っていたので、詩真音《しまね》はそちらに向かった。スマホにも、その旨の椥藝佐のメールが入っていた。

部屋に入ると、清躬と橘子の二人だけで、椥藝佐はいなかった。きくと、香納美《かのみ》が呼びにきて、そのまま出て行ったという。詩真音が来る予定になっていることをその時に告げられたようだ。

橘子の持ち物は大きめの紙袋に総《すべ》て入れなおした。詩真音がなにを持ってきたかは、橘子はわかっていないようだった。

詩真音は清躬に断わって、橘子を呼び出し、部屋の外に出した。

「これ、あなたの持ち物。かえすわ」

詩真音がそう言って、紙袋を橘子にわたした。

「あ、ありがとう。かえしてもらえるのね。本当にうれしい」

「あなたのカバンと、きのう着ていた服とか、あなたのもの全部よ。下着も洗ったのを入れてある。ところで、このワンピース、どうする？　これもかえそうか？」

自分の服を指して、詩真音がきいた。

「もしネマちゃんがいいんだったら、あなたに持っておいてもらいたいわ」

「じゃあ、ありがたく貰《もら》っとく。でも、本当にいいの？　私がこの服を着て、緋之川《ひのかわ》さんの前に現われたら、かれ、また橘子ちゃんにメロメロになっちゃうかもしれないわよ」

「緋之川さんはもうそんないいかげんなことされないわ」

「あなたって人が好《い》いんだから。リスク考えたら、誤解されてしまいそうなものはひとにわたさないわ」

「ネマちゃんは友達だから。それでももし悪戯《いたずら》半分でそんなことしたとしても、緋之川さんは大丈夫だから」

「まあ、いいわ」

「ありがとう。じゃあ」

そのまま橘子が部屋に戻ろうとするところ、詩真音が手を持って、引き留めた。

「そんなにキユクンのところに戻りたいの？」

「だって、待ってくれてるんだもん」

「あなたもわかってるでしょ、かれ、もう紀理子さんと元の関係に戻ったのよ」

「わかってるわ。本当によかった」

「だったら、そんなに早くかえろうとしなくったって」

「キユくん、一人きりだから。眼が見えないし、せめてお話相手になってあげないと」

「それより、あなたの携帯電話、確認しなくていいの？」

「あ」

「まったく惚《とぼ》けてるわ。あなたのカバンのなかに入れてある」

詩真音に言われて、橘子はカバンを取り出し、なかから携帯電話を手にとった。

「ありがとう。ちょっと待ってね」

詩真音は橘子が操作するのを見守った。

「どうだった？」

「あ、鳥上《とりかみ》さんに――鳥上さんて、あの、」

「いいわよ。あなたの人間関係、全部知ってるんだから。で、鳥上さんになに？」

「鳥上さんに電話してる」

「電話しなきゃいけなかったんでしょ？　相手のひとが困らないようちゃんと電話してるのよ、あなたになりかわって」

「でも、どんな内容かわからない」

「その後電話が入ってるの？」

「あ、着信も一件ある。非通知。もう迷惑電話がかかってくるのかしら」

詩真音は、はっとした。

「それ、何時？」

「八時二十分」

「それ、きっと、アリバイの電話よ」

「アリバイの電話？」

橘子はピンとこなかった。

「鳥上さんに発信しているより前の時間でしょ？　つまり、それは贋《にせ》の清躬くんが午後に会う予定を變更《へんこう》するという連絡か、或《ある》いは、騙《だま》してわるかったという白状。そういう電話があったから、鳥上さんにその報告の電話をしたということよ」

「独り芝居のようなことしてるの？」

「だって、後で誰かあなたの携帯電話の履歴を調べたとした時、整合性がとれるようにしてるのよ。それ以外に着信はあるの？」

「ない」

「だったら、それで事が納まっているのよ。メールのほうは？」

橘子は「あ」と言って、確認した。

「緋之川さんと鳥上さんから一件づつ」

「なんて？」

「緋之川さんからは――

　鳥上さんからきいたよ。

　贋者が謝ってきたんだってね？

　橘子さんがおとなになってからの顔を知らないのをいいことに騙したそうだけど、
　幼馴染のひとの友達で、たちのわるいひとじゃないというから、安心したよ。

あ、松柏《まつかえ》さんも書いてる。

　松柏ねえさんよ
　危険が去ったようでよかったわ
　幼馴染の子と楽しい時間持てた？

　また話きかせてね」

　橘子はまじめにメールの内容を読んで伝えた。天然すぎると詩真音は呆《あき》れた。

「で、鳥上さんのは？」

「ええ。

　意京さん
　電話でも言ったけど
　ゴールデンウイークの予定を教えてね。

　キヨミさんとの時間も充分とってほしいけど、
　緋之川くん、松柏さん、私との四人でランチする日程をきめたいから。

　あなたにとって初めてのゴールデンウイーク、
　いっぱいいっぱい楽しんでくださいね。

　　　　鳥上海祢子」

「で、あなたからのメールは？」

「私からって？」

「なに惚けてるのよ。メール貰ってるんだから、返信してるでしょ。そんな非常識しないでしょ」

「私のかわりにメール？」

「当たり前じゃない。そこまで責任持ってやってるわよ」

「責任持って、って、なんか變《へん》」

　そう呟《つぶや》きながら、橘子は送信メールを確認した。

「出してる」

「当たり前よ。で、内容は？　というより、見せて」

　詩真音は橘子の手から携帯電話を引っ手繰《たく》った。

「なるほど。御礼の返事と、清躬くんと楽しい話ができたという報告だけね。鳥上さんのほうも、清躬くんの様子がまた気にかかるので、予定の連絡はまたあらためて、と書いてあるわ。少し前におくったばっかりね。またこれらのメールへの返信が届くだろうけど、今度はあなたから返信するのよ。但《ただ》し、あっさりとね」

「ええ」

「あと一言。あなたと私は友達よ。信頼関係を持ち合いましょう。でも、私、べたべたした関係はきらいだから、メールとかおくってこなくていいからね。まあ、メアド教えてないけど」

「うん。私もこういうの、あまり得意じゃないの」

橘子は携帯電話を軽く持ち上げて言った。

「じゃあ、キユクンのところに戻んなさい。あ、待って」

　橘子はおもわず「きゃあ」と悲鳴をあげた。

　詩真音が急に両方の手で橘子のスカートに触って、ごそごそしたからだ。スカートをめくられるかとおもって、荷物を持っていないほうの手で片方だけでもおさえようとしたが、詩真音はもう手を放していた。

「なんでスカートめくるの？」

「めくってなんかいないわよ。スカートの脇ポケットに入ってたものを取っただけじゃない。そのスカートに入れてたことをおもいだして」

「それならそうと言ってからにしてよ。びっくりするわ」

「キユクンには触らせ放題だったくせに」

「變《へん》なこと言わないで。キユくんのこと、意地悪に誤解しないで」

「私が言うキユクンは——」

　詩真音はそこで言い止めた。ナコにショックを与えることはもう望んでいないのだ。

「ネマちゃん、どうかした？」

　こんなに意地悪なことばかりしている相手に対し、ちょっとの様子の變化も気にして尋ねる橘子のことを、この子とは本当に友達になれると、詩真音は感じた。

「なんでもない。大丈夫よ」

「なら、よかった」

　橘子が安堵した表情で微笑んだ。それを見て、詩真音も微笑みをかえす。

「ネマちゃん、これ、ありがとう。本当に、ありがとう」

　橘子はあらためて詩真音に感謝を表わして、うきうきの気分で部屋に戻っていった。

　橘子のまた無防備な様を見て、どうして私のことを警戒しないの、と詩真音はおもった。そして、その後ろ姿を見て、橘子の身に着けているもの——ブラウスもミニスカートも、その下のブラやパンティーも全部自分の服で、自分と近似のスタイルも含めて、かの女こそ自分のなりすましになっていると感じた。逆に、かの女が恥ずかしいことになるのは、自分が辱《はずかし》められているのとおなじなようにおもった。

よくない想像だ。詩真音は気持ちをきりかえるため、スマホを取り出した。壁に寄っかかって、さっきの椰藝佐からのメールを見ながら、「おねえちゃん、どこに行ったんだろう」とぽつりと呟いた。もうおねえちゃんと一緒に行動するときめたのに。

香納美に呼ばれたって、なんだろう。まさか、にいさん？　ちょっと胸が騒ぐ。

おねえちゃんに電話してみようか。駄目モトだけれども、こんなところにぼうーっと突っ立っていてもしようがない。

スマホを操作しかけた時、詩真音は誰かが近づいてくる気配を感じた。

誰？

詩真音はスマホを持った手を腰の位置に下げ、気配を感じる方向を凝視した。

車椅子《くるまいす》？

角を曲がってきた車椅子には——

「神麗守《かりす》ちゃん、紅麗緒《くりお》ちゃん、おねえちゃん」

車椅子に座った神麗守を椰藝佐がおして、ゆっくり近づいてくるのだった。そして、椰藝佐のわきに紅麗緒がくっついている。

美しい。紅麗緒はカラーグラスとマスクで顔を隠しているが、素顔を知っている詩真音にはそれらも透かして美がうつる。陶然としてくるので、視線をずらす。すると、顔を隠していない神麗守の美しさに惹きつけられる。見なれている詩真音でも、かの女たちのかぎりない美に心を震わせられる。

「ネマちゃん」

椰藝佐が呼びかけた。

「瓊樹《たまき》ねえさんが許可してくれたの」

瓊樹は椰藝佐の姉で、神麗守や和邇《わに》持比佐《もちひさ》が入院している橘井《きっせい》病院で医師をしている。

「退院？」

そんな話はきいていない。神麗守の状態がよくて、退院は近いかもしれないとはきいていたけど、退院がきまっているなら、日程は前もってわかっているはずだ。神麗守の退院は当然のことにおおきなニュースで、いくら自分が合宿《がっしゅく》だといっても、おねえちゃんがなに

幸せで、わたしなんて考えられない。それに、お屋敷にかえってくる時間に合わせて、みんなも総出で出迎えるだろう。ささやかでもお祝いのパーティーは準備されるはずだ。自分もそこにくわわらないということはない。おおげさなことは神麗守ちゃんも望んでいないだろうけれども、なにもなさすぎるのはおかしすぎる。

「ううん。外出許可。序《ついで》に外泊許可もおねがいした。無理言って大目に見てもらったの」

椰藝佐が優しく微笑みながら、答えた。

「でも、誰が迎えに行ったの？」

香納美と柘植くんのコンビだろうか。柘植くん、力持ちだから、頼りになる。

「本当は私と紅麗緒ちゃんが付き添う予定だったけど、橘子さんのことがあって早くかえったから、楠石さんに時間を連絡しておねがいしておいたの。柘植くんも手伝ってくれたそうよ」

やっぱり。

「ノカちゃんが呼びにきたというのは、この御用？」

「そうよ」

椰藝佐がうなづいた。

「ノカちゃんもあとから手伝ってくれた」

また自分は立ち会えなかった。おねえちゃんと一緒に行動すると言いながら、桁木さんにとりつかまってしまったのだ。そこで時間を費やしている間に、神麗守のお迎えができなかった。

きょうはなにもかも間がわるいのだ。いちいちとらわれてもしようがない。

詩真音は車椅子のもとにしゃがみ、神麗守の手をとった。

「おかえりなさい、神麗守ちゃん」

「ネマちゃん」

神麗守は詩真音のほうに向けて顔を綻《ほころ》ばせ、清《す》んだ声で名前を呼んだ。神麗守と紅麗緒は年少だが、このお屋敷の人たちとおなじように詩真音を「ネマちゃん」と呼ぶ。

「ネマちゃんにおねがいしたいんだけど、神麗守ちゃんと紅麗緒ちゃんを橘子さんに紹介してくれる？　二人にも橘子さんに会わせてあげたいし。清躬さんにも挨拶しないとね」

「えっ？」

詩真音は唐突な依頼にとまどった。

「おねえちゃんは？」

「ちょっと急ぎの御用ができたの。バトンタッチよ。

よろしくね」

神麗守がかえってきたばかりなのに、そのお世話より優先する急用って？

椰藝佐は詩真音に車椅子の押し手を持たせた。詩真音は部屋の前まで神麗守の車椅子を押し、紅麗緒もついてきた。

椰藝佐は扉をノックし、ノブをまわして開けた。なかから橘子の返事があった。詩真音が車椅子をおしてなかに入り、紅麗緒が続いて、扉が閉められた。

椰藝佐はスマホを操作して耳に当て、「お待たせ。これから行くわ」と言った。


椰藝佐が入った部屋には先客がいた。後ろ向きに腰かけている。

「足を引っかけて転ばせないでよ」

「さあ」

惚けたような返事があった。

「そう言う時は、樹《きい》くんはかならずやるんだから」

椰藝佐は戸口にへばりついたまま動こうとしなかった。

「じゃあ、こっちからお迎えに行こうか」

男は[illegible]った。


男が前にきた時、椰藝佐は自分からしゃがんで身構えた。男もしゃがんで手を伸ばしてくると、かの女はころりと横になった。

「ちょっと離れて」

男を見上げながら、椰藝佐が言った。

「先にソファーに座っててちょうだい」

続けて椰藝佐が言った。男は動かなかった。

「足を引っかけなんかしないよ。だから、安心して、起《た》てよ」

「信用するわ」

椰藝佐はゆっくり立ち上がった。

すると、男は近づいて、両手を椰藝佐の両頰《りょうほお》に当てた。

「綺麗になったな」

「馬鹿ね」

「そう言って、頰っぺたが赤くなった」

「いちいち言わないの」

男が両頰に手を当てたままなので、椰藝佐は顔を背《そむ》けられなかった。二人は眼を見合わせる。と、男はさっとかの女をお姫様抱っこにかかえ上げた。

椰藝佐は「きゃっ」と叫んで、暴《あば》れようとしたが、ぎゅっと強い力で締めつけられて、身動きできなかっ

[illegible]のところまで運んで、丁寧に梛藝佐をおろして座らせた。男は横に座った。

「かわりのことはやるのね」

梛藝佐が言った。

「転ばされたくはなかったんだろ？」

「お姫様抱っこだって、ないわよ。でも、樹《きい》くんは大抵なにかしかけるんだから」

「過去のおれのことを言うのか。過去など知らんぞ」

「都合《つごう》のいいこと」

梛藝佐はにこっと微笑んだ。

「私は過去も大切にするわ。私の過去にいる樹《きい》くんも大切。樹《きい》くんにとってはどうなの？　過去は知らん、じゃ、中学生の時の私、小学生の時の私、もっと小さい時の私は？」

「ナギーは――」

「あ、ナギーって言ってくれた。昔どおりだわ」

梛藝佐は手を打たんばかりに喜んだ。

「名前は遺物だ」

「遺物？」

「物だから、遺《のこ》る。だが、中学生のナギーは今いない。死者だ」

「死者？」

梛藝佐は怪訝な顔をした。

「命日がはっきりしてる死者じゃない。人間というのは、生きながら一瞬一瞬部分的に死んでるからな。きのうの自分だって、相当部分が死者だ。ほとんどが記憶の残像だ。中学生の時なんか、もう完全に終わってる。中学生の時のナギーは、もう人間の存在としてない。ほぼ百パーセントの死者と言っていい」

「中学生の樹《きい》くんも死者なの？」

「存在していないのは、中学生のナギーとおなじだ」

男の答えは梛藝佐を少し淋しいおもいにさせた。

「でも、現在の自分も、そうおもった瞬間に一瞬前の過去になってるから、そういう意味では、部分的に死者なのよね？」

「そうだ。死は生と並行してある。死があるから、生はどんどん生まれる。生まれると同時に死に移るものもある。生にとって、死が付随することが不可欠ということだ。死が付随しても、新たに生まれれば、生の動きは止《や》まない。生が新たなものを生むことができなくなったら、全体の死になるだけだ」

「意味はわかるわ」

「おれは死者ということをくりかえし言っているが、それは死者を軽《かろ》んじて言うんじゃない。死者が単なる物と違うのは、かつて生であったものということだ。物自体も、この世にあるものとして風化し、一瞬一瞬部分的に壊れていく。壊れた部分はもう以前の物ではないし、物の本体もそのように壊れてゆけば、いつかはかつてのものとしては非存在となってしまう。だが、おなじ機能を持つ間は、過去にあった物も現在にある物もおなじ作用をする物として、区別することはない。これらは生成と死滅をくりかえしているわけじゃない。生ある者において、かつての生はもう死滅しているが、絶えざる生成と死滅の連続として繋がっている。おれが敢《あ》えて過去の時点にある者たちを誰にかぎらず死者と言うのは、かつての生を尊重しているからでもあるのだ。死者をおろそかにするのは、死が生に付随するものであることを知らない者だ。一年前のおのれがもう死者だと知らない。おのれだけが大事と考えているが、死と一体だということを知らないで、生の重要さを知り得ようがないのがわかっていないのだ。そのためにも、死者の認識は必要だ。死者を死者として正しく認識して、死者は不在だが、死者という存在は自分の体験のなかに、そして他者の体験のなかに、遺っているということだ」

「遺っていることが大事なの？」

椰藝佐は問うた。

「遺っているのは物ではない。死者が生きて活動していた時、その活動は他者に作用し、影響をおよぼすエネルギーを伝えている。そのエネルギーが遺っている。エネルギーだから、現在の生きている他者を動かすこともある。中学生のナギーはいない、死者だが、その時代に関係を持ったおれに、おまえとの体験のエネルギーがずっと遺り、今も作用することはある。それは認める」

「樹《きい》くん、過去の自分のエネルギーは自分のなかにも遺って、現在の自分に作用することもあるんでしょ？　過去は知らん、て言ってたけど」

「そういうものが遺っているにしろ、おれ自身にとって、生成する今が大事なのだ。新たなものを生成する今の瞬間が。新たなものを生成するために過去から引き継ぐいろんなエネルギーを活かしていくことは確かだが、その認識だけで充分だ。それ以外に過去をどうこう言ったって、意味がない。想い出とか虚構をつくって、死者をそこで生かすのは勝手だが、おれはそういうことはしない。だから、知らんのだ」

「あなたは、昔の私についてはかたってくれるけれども、自分のことは話をしないというのね？　いいわよ、

[illegible]」

「ナギーはものわかりがいい」

「ありがとう」

椰藝佐は再びにっこりと微笑んだ。

「でもさ、中学生の私は死者だというのに、今、樹《きい》くんは、私を中学生の時とおなじに見てて、おなじ扱いをしてるんじゃないの？」

「そんな格好をするからだ」

椰藝佐は一旦自分の脚に視線をおとして、スカートの裾《すそ》をちょっと弄《いじ》った。そして、また男を見て、言った。

「あら。中学生の時とおなじようにスカートが短くても、今の私は今の私で、中学生の私は死者で存在してないんでしょ？　そういうくせに、今の私にも昔とおなじようにするのは、少なくとも今の私に昔の私を見て、樹《きい》くんも昔にかえってるからじゃない？　なごり程度か知らないけれども、昔の自分も生きて残ってるんじゃないかしら」

「おれの考えとは違うな。そういう格好をするから、記憶のなかで共通するところが引き出されて、昔とおなじようにやってみてもおもしろいとおもっただけだ。それに、お姫様抱っこはしたことがないだろ」

「樹くん、昔よりずっと逞《たくま》しくなって、お姫様抱っこもかんたんにできるからよ。お姫様抱っこも、足を引っかけて転ばせるのも、私のからだを宙に浮かせる意味ではおなじだからね。でも、そういうことを、樹《きい》くんがほかの女性に対してするなんて、絶対にないでしょ？　縦令《たとい》その女性のスカートが短くたって」

「ナギー以外にはしないさ」

男が答えた。

「やっぱり樹《きい》くんはかわらない。私に対してだけなのね」

「わるいか」

「いいえ、ちっとも。でも、私にしたって、もう八年も経《た》ったんだから、中学生の時とは随分と違う女性になってるわ。それなのに、おなじようなことをするのは、樹《きい》くんは今の私にも十五歳の時の私を感じとっているからよ。きっとそうよ」

「そう言うが、実際、その時とおなじような格好でおれの前に現われ、しかもしゃがんだり、ねころがったりしても、短いスカートの裾をまるで気にかけない。今のおまえがそんな振る舞いをすることはないはずだ。それなのに今、十五歳の時そのままに振る舞っている。奇妙なことだ」

「ちっとも奇妙じゃないわ。別に十五歳の時の私を意識してるわけじゃない。樹《きい》くん相手に自然に振る舞ってるだけ」

「もう中学生でもない、りっぱに綺麗になったおまえが、」

「そういうことは言わないの」

「中学生の時も、おれはおまえのことを綺麗だと言ってたぞ」

「その時から、私は、そういうことは言わないの、と言ってた」

「おまえに言われたからって、おれは言い止めない。それも知ってるだろう」

「いつまで経っても、こういうことを言い合う関係なのね」

椰藝佐がそう言うと、男も「関係はかわらないようだな」と応じた。

「かわらないわ、本当に」

「かわらないことに満足してるのか？」

「ええ、素敵よ。だって、昔も素敵だったから」

「昔と言いながら、少しもブランクがなかったように言うな」

「[illegible]よブランクで、あなたがいない間に私は成人した。でも、いま会ってみると、きのうもおとといもこんなふうに話してたような感じがする。少しも断絶を感じないの」

「再会の感動はないのか？」

「感動を期待してたの？」

「そんなわけないだろ。ネマとは違うな」

「ネマちゃんは感動するにきまってるじゃない。あの子はいい子よ」

「おまえはいい子じゃない？」

「あなたにとっては微妙かも」

「いい子でいる必要はない。ネマだって、いい子でいなくったっていいんだが」

「ネマちゃんはいい子でいていいのよ。そういう素質の子なんだから、素直にいい子でいたらいいわ」

「ネマは小学生から大学生になっていた。だが、あいつはちっともかわっていなかった。おまえは中学生の時よりずっと強く、綺麗になった。神麗守と紅麗緒の二人をここまで守り育てたおまえだからな」

「それは私の力じゃないわ」

「ともかくおまえは神麗守や紅麗緒と一緒にいる年数によって、中学生の時とは比較にならぬくらいかわっているのだ。なのにどうして、かわっていないと言ス[illegible]ていないように装う？」

「装う？」

「だったら、どうしてそんな短いスカートを穿いているんだ。さっきまでは違う格好だったのに、わざわざ着がえたわけはなんなのだ。おまえに対しておれがかわっていないことを演出するために、そんなミニスカートを穿《は》いたのか？　抑々《そもそも》、ミニスカートはいつも穿いていないじゃないか」

「いつもって、やっぱりお屋敷に入り込んでるのね？」

椰藝佐は男をにらんだ。男は構わず、「おれの質問に答えろよ」と言う。

「答えはわかってるくせに。それより、ネマちゃんの前に現われたおととしから、ずっとこのお屋敷に――」

「そうだ、そのとおりだ。おまえは紅麗緒や神麗守にかかりきりだったし、おれもおまえたちの世界には近づけなかったから、ずっと透明な存在でいられたようだが」

「その分、ネマちゃんを板挟みにさせていたのね？」

「あいつの成長にとってはいい経験でもあるのだ」

「わかるわ。でも、ちゃんとみてあげないと」

「ネマの話は後でしよう。おまえはおれの質問にまだ答えていない。おれが答えをわかっているとしても、質問している以上、おまえが答えなくちゃならない」

「わかったわ。演出するためとか言ったけど、どうして樹《きい》くんに対して私が演出したり、作為したりするのよ。そんなことしないとわかってるくせに。不思議なことに、あなたが土曜日に私の前に顔を見せてくれた時、私、まったくおどろかなかったの。想像もしていないことが起こったのにね。うれしかったけど、普通にうれしい出来事。特別なことという感じはない。だって、これからは普通に顔を合わせ、話をするだろうとおもったから。唯、あなたがあんまり清躬さんに似ていたので、それはびっくりしたわ」

「だが、清躬本人が現われたとはおもわなかったな」

「そりゃまちがえないわ。清躬さんがこのお屋敷に初めてきた時、お屋敷のみんな――日南江《ひなえ》さんと私以外は、あなたが戻ってきたとおもったし、ネマちゃんさえ、既にあなたと一緒に活動しているのに、あなたがなりすましてやってきたとおもったくらいだけれども、私はあなたと違うひとだとはっきりわかった。でも、きっとあなたの今のお顔も清躬さんのような感じだろうとおもった。実際にあなたを見て、こんなにもそっくりとまでおもっていなかったから、びっくりしちゃったけど。勿論、これからだって見まちがえはしないわよ、もしあなたが清躬さんを装って私の前に現われたとしても」

「わかってるよ」

「だって、あなたは昔とかわってないんだもの。清躬さんのなかに昔のあなた——小さい子供の時から中学生までのあなたはいないからね。あなたは今も、八年ブランクが空《あ》いていても、昔の樹《きい》くんとかわっていない。すると、私自身も昔に戻る感覚がしたの。昔とかわらない私が自分のなかにもいるの。あなたは死者と言うけれども、私のなかでは生きている感覚がある。その時の私は、制服でも私服でも、いつもスカートが短かったわ。だから、こういう格好のほうが寧ろ自然なのよ」

「しかし、普段穿かないのに、ミニスカートを持ってるのか？」

「神麗守ちゃんや紅麗緒ちゃんと部屋にいる時は、実はミニスカートのことがおおいくらいよ。神麗守ちゃんや紅麗緒ちゃんの服は手づくりしてるから、その時に自分のもつくっちゃうの」

「だったら、普段から穿いていればいいじゃないか。[illegible]短いスカートを穿いてる」

「おじさまがお好みではないの。私はいつも神麗守ちゃんや紅麗緒ちゃんについているから、楚々としておちついた衣装でいることを好まれてるの。ネマちゃんは、わかくてかわいくて元気だし、ミニスカートも本当にお似合いだから、おじさまも気にされていないようだけど」

「女神にかしづく侍女《じじょ》に相応《ふさわ》しく、か」

「女神？」

椰藝佐が少し首をかしげた。

「神麗守のことだ。十五歳にしてもう美の女神らしくあるじゃないか」

「りっぱに女神様だわ」

「おれは普段から女神と呼んでいる。ネマと話をする時など」

「だったら、紅麗緒ちゃんはなんて呼んでるの？」

「神秘」

男は答えた。

「神秘」

椰藝佐は得心したようにおおきくうなづいた。

「女神と神秘をわけてるのね？」

「紅麗緒のほうが秘密が深い。天上の女神より、更に深遠で謎《なぞ》に満ちている。本来、おまえとおなじに女神いたしづく少女であるべきなのに、どうして姿を隠している。写真にも撮れないとはどういうことだ。とはいえ、その美しさに接すれば、さもありなんだが、女神とおなじように育って、りっぱに美しくなった女神より一層神秘性を増しているのはどうしたわけだ」

「それを言えって言われたって、言葉では言い表わせないわ」

「ナギー、爺《じい》さんが一度紅麗緒を外に出しただろう、その時既に、紅麗緒と神麗守は共に想像し得る最高レベルの美に達していたと言うが、一旦外に出た紅麗緒が戻ってきた時、その想像し得る最高レベルの美さえ超越する美貌となり、まさに神秘的な少女になったときく。ナギーはずっと紅麗緒についていたのだから、その時期になにがあったのか知っているだろう」

「経験はしたけれども——」

「それも言葉に表わせない。紅麗緒のことで、いきなりおまえにきいたって無理なのは承知している。紅麗緒がここにいて、おれもかの女と話ができるなら、それはかなうだろうが。話を少し戻そう。おまえは昔の自分が今も生きていて、おれと会う場で出てきたと言った。その昔の自分というのは、これまでも出てきたことはあるのか？」

「そうね。神麗守ちゃんや紅麗緒ちゃんといる時は、自分の年齢を意識しない時のほうがおおいので、いろんな時の私がおりおりに現われてくる気がするわ。あのお二人さんも、りっぱに成長しているけれども、時々幼い時代に二人揃って戻るようなことがある。でも、あの子たちは本当に特別で、それ以外の人たちに対して、自分が過去に戻るような感覚になったことはない。樹《きい》くんの前だけ。そんなこと想像もしてなかったけど、でもそれがとても自然に感じてる。あなたもそうだから」

「おれはそのつもりはない。だが、おまえが中学生の時そのままになっているとはおもいもしなかった。おれはおととしからこの屋敷に入り込んで、おまえを見てきたが、おまえはまったく隙がない美しいおんなになった。神麗守や紅麗緒が幼い子供から至上の美少女にかわったように、おまえもおおきくかわった。それなのに、今おれの前にいるおまえは、八年前に戻ったようだ。おまえがそうなるから、おれもその頃をおもいだして——」

「私のスカートをめくるか、足を引っかけて転ばせるかしてみようかと」

梛藝佐は男の言葉の途中で口を挟んだ。

「おまえはそれを予測して、自分から転んだ」

「樹《きい》くんは、一度転んだものを二度転ばせることはしないとわかってるから」

「だから、お姫様抱っこした」

「すっごく力が強いわね。なんとかおりてやろうと暴れてみたけど、がっしりつかまれて身動きできなかった。私になんかしかけてみたいって、幼稚なところかわらないわね」

「言ったな」

「あなたはいくら超人的な力をつけたとしても、私と一緒の時は幼稚なことが好きなのよ。私たち、小さい時から一緒だったし。だから、樹《きい》くんなら幼稚なことにつきあってあげてもいいわ」

「今のおれが、八年前とおなじことしかしないとおもってるのか？」

「あなたはかわっても、私たちの関係はかわってない。あなたもさっきそう言ったわ」

「慥《たし》かに、こういう言い合いはよくしたな」

「そうよ、かわってないのよ。あなたが私にすることも。あなたは私に構って、反応を見たいの。私は反応してないふりをしても、あなたは微妙なところをかぎつけて、おもしろがる。時て幼稚なことをするのがおもしろいのよ。小さい時からずっとそうやってきたんだから」

「お姫様抱っこもか？」

「そうよ。さっきのは全然私をお姫様扱いしていない。力まかせに抱っこして私の脚を高く持ち上げるから、ミニスカートからパンティーが丸見えになった。スカートめくりの新手だわ。幼稚な振る舞いにかわりない」

「おまえだってスカートの裾をおさえない」

「ええ。小さい時から一緒に過ごしてきたんだから、あなたもなれっこでしょ？」

「もうおまえはりっぱなおとなじゃないか。子供時代とは違う」

「今は私、中学生の時とおなじなの。あなたもそう見てるから、そんな幼稚なことをするんでしょ？　おとなの私に対してするのなら、もっと礼儀正しく優しい振る舞いをするか、もっと暴力的に支配するように扱うか。どちらだって、あなたはできるんだもの」

「中学生に対してはそのどちらもできないな」

椰藝佐はその答えをきいて、微笑んだ。

「そうよ。私は今でもあなたが幼稚なことができる対象なの。だから、私も今はおとなだからといって、その嗜みとしてスカートの裾を構ってパンティーを隠すようなことはしない」

「妙な気のつかい方だな」

「樹《きい》くんには気はつかわないわ。それが恥ずかしいという感じが訪れたりしたら、樹《きい》くんとの間に隙間風《すきまかぜ》が吹いたように、淋しい気持ちになりそう」

「おれも隙間風は吹かせたくない」

「私たちの間には吹かないわ。だから、樹《きい》くんは幼稚なことをしてくれたらいい。私はそれを受けて、あなたに構ってあげる。ずっとそうしてきた。或る意味、二人とも子供を卒業していないのよ。今も中学生の時に戻ったような感じだけど、その頃も、私たち二人でいる時は、もっと子供だった。表ではおとなの世界に背伸びしようとしていたから、もっとギャップがおおきかった。あなたは特に体力的にも精神的にもおとなの世界での振る舞いができていて、そういうあなたがりっぱに見えて、私も早くおとなに近づきたいとおもった時もあった。そういうあなたが、私に対しては幼稚なことをしてくるから、私はとてもとまどってしまった。もう中学生にもなったらそんな子供みたいなことしないとおもってたから」

「最初は泣いていたな」

「私を泣かせて、あなたもとまどってた」

「過去は知らん」

「私が泣いたことはおぼえてるくせに。私ね、小学校を卒業して、中学校の新しい制服に袖《そで》を通した時、もう子供ではないという意識を持っていた。あなただって凛々《りり》しい制服。ところが、あなたはかわらず私に變なことしてくる。なんだ、かわらないんだ。樹《きい》くんとの間では卒業とかいうものはない、なにもかわることはないんだとわかったわ。それから、中学校を卒業する時、あなたはここから出て行った。行方《ゆくえ》も告げないで。あなたの家出が本当に卒業の意味を持っていたなら、その時点で私たちは離れ離れで、お互いの道がわかれてしまう。でも、私はそれを卒業とは感じなかった。あなたは、きょうのうちにここからいなくなる、と言っただけで、私も、わかった、としか言わなかった。そんな程度の挨拶《あいさつ》しかしていないのだから、卒業なんてことにならない。あなたが出て行ってから、私のなかのあなた向けの顔は、ねむりについたの。顔なのか魂なのか、適当な言い方ができないけれども、その顔なり魂なりは、ねむっただけなので、死者にはならなかったんだわ。その頃のほかの私は、あなたが言うように、もうとっくに死者になっているんでしょうけど。ねむっている間は時間が経過しないわね。あなたがやってきて、ねむりから覚めた。自然なこと」

「おれとおまえの特別な関係では、そういうことがあるかもしれないな」

「そうでしょ？」

梛藝佐は「ふふっ」と含みわらいをした。

45　梛藝佐《なぎさ》のかなしみ

「話はかわるけど、」

　そう言って、梛藝佐は脚を組んだ。

「樹《きい》くんは檍原清躬《あわきはらきよみ》さんのこと、よく知ってるとおもうから話すんだけど、」

「ワケの話か」

「ワケ？」

　耳なれない言葉に、梛藝佐はききかえした。

「あいつのことをおれはそう呼ぶ」

「どうしてそう呼ぶの？」

「唯の呼び名さ」

「なあに？　その呼び名の由来、教えてくれないの？」

「唯の呼び名なんだ。教える程のものでもないさ」

「その呼び名、ネマちゃんも知ってるの？」

「まあな。だが、なぜおれがそう呼ぶか、ネマも知らない」

「そうなの？　まあ、いいわ。樹《きい》くんて、いろんなひとにユニークな呼び名をつけてるのね」

「名前も自由にしていいだろう」

「まだ私は清躬さんで呼ぶわ」

「お好きに」

「じゃあ、清躬さんの話に戻るけれども、清躬さんと橘子《きっこ》さんのこと。清躬さんは幼馴染《おさななじみ》の橘子さんとずっと会っていなかった。それなのに、橘子さんの絵をずっと描いている。しかも、記憶にあるかの女の子供の時ではなく、現在の年齢の橘子さんの絵」

「それで？」

「あの二人にも、私たちと似たようなことが起こっているのかしら？　時を隔てても、お互いにまったくかわりがないような」

「さあな」

「と言いながら、樹《きい》くんも興味を持ってるんでしょう？」

「ワケの場合はまた違うだろう。あいつは、ずっと会っていない檍原橘子の肖像をリアルな年齢で描いている」

「清躬さんは何歳の橘子さんでも描くことができるそうよ」

「知っている。おまえはワケに興味があるのか？」

「紅麗緒ちゃんの絵を描いてくれたひとですもの。橘子さんというお友達もきて、なおさらおもしろく不思議なひとと感じる」

「だったら、ワケの話をしようか。あいつは実に不思議な人間だ。特別でもある。あいつの容姿はおれと近似だ。それだけで特別であり、重きをおかれて当然だと言える。重きをおかれて当然な特質は、かならず別にもあるはずだ。まずおれにわかったのは、あいつが突飛な人間だということだ」

「突飛な人間？」

椰藝佐はおもしろそうな表情をした。

「あいつと出会ったのは偶然だったが、これがおわらい草だった。その時、あいつは棟方《むなかた》紀理子とデートで公園にきていた。おれも別のおんなとおなじところで待ち合わせをしていた。このおんなは勝手におれにデートを申し込んできただけで、それにつきあう義理はなかったが、とりあえず誘いに乗ってやった。この遭遇の情況からして、時間と場所が近似だったわけだ。おれとの待ち合わせにきていたおんなは、あいつの顔を見ておれとまちがえた。自分と違う綺麗なおんなとなかよくしている姿を見せつけられて、わらってはいられない。問答無用であいつの顔に平手打ちさ」

「まあ」

流石《さすが》に椰藝佐も声をあげた。

「見てて、馬鹿かとおもったよ。おれだったら瞬間的に反応してその平手打ちをしようとする手を掴《つか》んでねじあげるぞ。そうまでしなくても、よける反応はするだろう。だが、あいつは易々《やすやす》とまともにくってしまう」

「とんだ災難ね」

「まあ、平手打ちをくっても、あいつはきょとんとした顔をするだけだ。その出来事も突飛だが、あいつの反応の鈍さも突飛だったわけさ。鈍いのはおれは許せないし、おれに似た顔で打《ぶ》たれてしまうのはあり得ない話だ。ところが、打たれた現実がなかったかのようなあいつの平然さは突飛な域に行っている。ナギーも知ってるだろう、ネマがあいつの顔に薬品を塗って醜くかえてしまったのを。それもなにごとでもないかのように遣《や》り過ごしている」

「盗聴してるの？」

椰藝佐は少し眉を顰《ひそ》めた。

「下品な言葉を使うなよ、ナギーが。いろいろなものをきこえるようにしてるだけさ。能力の問題に過ぎない」

「あなた激怒してネマちゃんに手荒なことをしたんですってね？」

ネマはおれの顔が二つあることが認められないと、一つに傷をつけようとした。おなじと認めて、その一つを傷つけるなら、おれ自身の顔を傷つけることもできるということだ。それがわかっていない」

「あの子はまちがったことをしてしまったけど、でもおにいさんから乱暴にされたことで、自分が見放されてしまったように深く傷ついているわ」

「乱暴にしたってそれに反撃する余地は残している。それができる運動能力をネマには身につけさせた。それなのに、あいつはすっかり縮こまって、やられ放題だ」

「おにいさんのあなたにされたからでしょ」

椰藝佐もおもわず語気が強くなった。

「妹として甘えているようでは駄目だ。だから、おれはネマには兄と名乗っていない。好きに勝手妹でいるのはいいが、妹の特権におぼれているようでは見込みはない。おれは見放しはしない。目をかけもしない。唯、ネマが勝手におちこぼれているだけだ」

「ネマちゃんへの愛情があるくせに認めないのね？」

「あいつの勝手をおれは認める。愛情は関係ない。心配なら、ナギーが面倒見てやれ。おれの妹というよりナギーの妹というのがネマには合っているし、あいつもそれを選択する。この話はもういい」

「ネマちゃんはいい子だわ。樹《きい》くんの耳が痛くなる程、ネマちゃんのいいところをこれから一杯きかせてあげるからね。それで、その公園での出来事はどうなったの？」

椰藝佐は話を戻した。

「紀理子がおちついておんなの誤解を解いて、そこでのことはおさまった。それから、ワケに興味を持ったおれは、早速あいつに接近したが、警戒心のかけらもない無防備さは、まさに平手打ちを蒙《こうむ》った時とまったくおなじだった。アパートにもかんたんに入ることができた。そこでワケの制作したものを見て、そのレベルの高さにおどろいた。尋常じゃない。レベルが高いだけじゃない。紅麗緒、神麗守にしか見いだせないような神秘の美貌の女性を絵に描いていた。ワケはそういう奇蹟に出会っている。そして、それを絵にできる。これは、まさに天に見込まれた人間ということになる」

「小鳥井和華子さんね？　その方の写真も見たんでしょ？」

「見るさ。写真があるというのは素晴らしいことだ。ワケが絵にしている超越的な美を、写真でも確かめられるというのはな」

「樹《きい》くんなら、その小鳥井和華子さんのこと、調べてるんでしょ？」

「きくな」

「探し当てられなかったのね」

「言わなくてもいいだろう。結果が出ていないことはおれは話をしないんだ」

「まさに神秘な方なのね？」

「写真がある。消印があるはがきも残っている。名前も明瞭だ。いろいろ痕跡がある。しかし、隠れて現われない」

「おっかけちゃいけない、ということね？」

「そうだ。能力勝負で臨んでも駄目なのさ。世界が違えば、通じない。ワケのように重力世界から自由にならないと。ワケを発見したのは爺さんだが、実はワケが爺さんに自分を見つけさせ、紅麗緒や神麗守に引き合わせたとも言えるだろう。紅麗緒や神麗守には、世の中のどういう人間も出会えない。小鳥井和華子を誰も探し当てられないように。だが、ワケは神秘に出会う素質を持っている。それが生まれもってのワケの素質か、それとも、小鳥井和華子との出会いからそういう素質が形成されたのか、わからない。しかし、それだよ、こは、あいつはここにやってくることはなかった」

男の言葉に、「本当に、そうね」と、椰藝佐もうなづいた。

「ワケの突飛なことはまだある。これも、相当のレベルだ。なにしろあいつは、ネマを描いていたのだから」

「それは橘子さんね？」

「そうだ」

男は即答した。

「よく見れば、違う。だが、檍原橘子という人物を知らないから、初見ではどうしたってネマだとおもってしまう。写真でも取り違える可能性があるのに、絵なら余計にそうなるだろう。こいつ、ネマと知り合っていたのか。ネマもワケのモデルを務めていたのか。おれはストレートに、絵の人物は誰？ときいた。すると、ワケの幼馴染の少女と言う。小鳥井和華子やワケと一緒に写っていた少女だときけば、まさしくかの女だ。小学校六年生の時の写真だそうだが、その写真はネマと感じが違った。ナギーもその写真を見ているからわかるだろうが、十二歳頃ならネマのほうが幼い。それはともかく、ワケはその少女と小学校六年生の時にわかれてから、ずっと会っていないし、写真も見ていないと言う。会わなくても、頭のなかでかの女の像といい、出会った姿として描くことができるのだそうだ。何年にもわたって、何十枚と描いているとも。それらはワケの親がわりの女性が全部預かっていて、手許《もと》にあるのはそのスケッチだけとのことだった。会いもしないおんなの絵を描けるというのは疑問だったから、檍原橘子の名前の検索や、ネマの写真の画像検索をしてみたが、ひっかかるものはなかった。そこで、実物に当たってみると、ワケの絵のとおりの顔だった。慥《たし》かに、ネマに酷似しているが、絵は本人の顔にまちがいない。嘘を言う人間ではないとわかっていながら、疑念を持ったのはまったくの無駄だった。因《ちな》みに、そのスケッチはおれが貰《もら》った」

「なんだ。樹《きい》くん、自分のものにしたの？　ネマちゃんの絵みたいだから？」

椰藝佐はからかうように男に言った。

「突っ込むなよ。いいじゃないか、無理矢理とったんじゃない、所望《しょもう》したら、機嫌《きげん》よくくれたんだ」

「信用してるわよ」

「それが、その時ワケのもとにあった唯一の橘子の絵だったようだ。おれにその絵をわたしてから暫くはかの女の絵を描かなかったともいうから、紀理子は橘子の絵を眼にする機会を得なかったようだ。尤も、それを意図して、おれが貰ったわけではないことは言っておく」

「杵島紗依里《きしまさより》さんという女性から、橘子さんの絵はなるべく棟方さんの眼に留まらないようにと言われていたんでしょ？　でも、描いちゃったから、樹《きい》くんがほしがってるならと、くれたんだとおもうわ」

「きっとそういうことだろう。紅麗緒を絵に描ける神の御業《みわざ》とはまた違った意味で、これも奇蹟の手わざだ。会ってもいない相手が何年経っても今の像として頭のなかに現われ、それを絵に描けるとは。実際に生きている檍原橘子の霊魂が空間の隔たりと関係なくワケの頭のなかにかたちをとって出現したものか。本来はその霊魂の本体である橘子に、ワケのもとに現われたいという指向性がなければならないものだろうが、橘子自身にはそれほど強い指向性があるとはおもえない。とすれば、ワケが強いエネルギーで呼び出して、それに橘子が無意識に応じているものであるのか。尤《もっと》も、今は橘子もリアルにワケの存在を自分のなかに呼び寄せているようだ。実際に、それほどに近い距離に二人はいるのだから、橘子のほうも指向性が生じておかしくはない。きょうの早朝、橘子の身にワケがついているところにネマも立ち会っている」

「ネマちゃんが？」

「後できいてみればいい。ともかくワケも橘子もお互いに感応しあう能力を持っているようだ。橘子はただ感じるだけだが、ワケはその形象を絵にできる。その能力の違いはおおきく、程度の差はあるが、どちらも空間、時間を飛び越える突飛さがあると言える」

「本当に紅麗緒ちゃんを描ける程の才能の持ち主だから、橘子さんについてもそういうことができるのね。橘子さんのほうも、清躬さんの才能を喚起させる特別な素質がおありということね」

「そのとおりだ」

「樹《きい》くんはそれで橘子さんにも興味を持ったの？」

椰藝佐はちょっと首をかしげて男を見た。

「橘子は実際おもしろいおんなだ。ワケと好一対と言えるな」

「私もそうおもうわ。だけど、どうして清躬さんになりすまして橘子さんを騙すようなことをしたの？」

「とうとうきたな。ワケと橘子は、お互いが離れていても、自分のなかに相手の存在を感じとる能力を持っている。そういう人間は、なりすましの贋者に騙されはしない。自分の心に宿るのだから、本物と贋物は明らかに違うのがわかるはずだぞ。だが、橘子は引っかかった。愉快なくらい素直に引っかかった。おかしなことだ」

「わらっちゃいけないわ」

椰藝佐は男を咎《とが》めた。

「ワケも橘子も人を疑うことを知らない。唯、ワケは絵を描くから、違いを見分ける鑑識眼がある。橘子の眼は節穴だ。見ているようで見えていない。ついさっきもなりすまして登場したら、ワケ本人と取り違えていた」

「ついさっきもって、橘子さんをまた騙したの？」

流石に椰藝佐はきびしい顔で男を睨《にら》んだ。

「ワケ本人と出会った後だ。しかも、贋者の存在も知っている。知っているだけでなく、体験しているのだ。それで、騙されるか。それが騙される。それが檍原橘子なのだ」

「橘子さんを拉致《らち》したというのは？」

「そこはネマに任せたのさ。ネマは、おれがなりすまして橘子と会い、また橘子が本物のワケと接触して贋者の存在に気づいたことも知っている。そして、きょう橘子がその両方と会う約束をしていることも。ネマはおれにどうする気かときいてきたよ。どうしたらい い？　逆に、問いかけてやった。ネマには、もう自分

[illegible]ていた[illegible]ケに自分が橘子になりすまして、贋者のワケの問題をうまくかたづけるように話をする、そして橘子の会社の連中にもうまく話をつける、と。おれが橘子に完全に信じ込ませたように、自分もりっぱに橘子になりすましてワケを騙せるいい機会が訪れたとおもったのだ。おれにいいところを見せて、認めてほしかったんだろう。そうするためには、橘子の身柄を拘束する必要がある。ネマの考えはすぐわかったから、おれは否定しなかった。やるからにはしっかりやれと言って、任せた。だが、ネマのなりすましはワケには通用しない。ワケは橘子とは違う。だから、任せはしたが、ネマのなりすましの機会はなくした。ネマとしては、上に上がっていいと言われたのに、梯子《はしご》をはずされた心持ちだったろう。梯子がなくても、おりることも、ほかの屋根に飛び移ることもできないといけないのだが。ネマはおれが認めてくれないとなげくが、無駄なことをしてもしかたがないのだ。一方で、橘子に対しては張りきったよ。唯、橘子があまりに想定外のずれ方だったから、すっかり調子を狂わせた。だが、そのおかげで、ナギーに素直になれたとも言える。ネマにとってはいい経験だった」

「あなたについてゆこうとして、ネマちゃんは自分を見失って苦しんでるのよ。でも、これからは、ネマちゃんのことは私がちゃんとみてあげるわ」

「ああ。ナギーがいるから、安心だ」

「もう一つききたいんだけど」

椰藝佐は首の角度をかえて、言った。

「清躬さんになりすましたのは、橘子さんに対してだけ？」

「なりすましをしなくても、近似の容姿をしているから、相手がそう受けとることはある。それは相手の問題だ」

「でも、あなたの意図も入っているとすれば、相手だけの問題だとは言いきれない」

「おまえは、棟方紀理子のことを言いたいんだろう？」

「そうよ」

「きのうの話か？」

「それもきいていたのね？」

「いろいろなものをきく能力があるというだけだ」

「きのうは大變だったわ。でも、きょうはおちついて、とても品があるお嬢さんだった。きっときょうの棟方さんが普段に近い状態なんでしょう」

「紅麗緒の力だな。紀理子の精神の乱れが紅麗緒の超越的な美の力で整ったんだな」

「でも、きのうは——」

「地獄めぐりだ。自分で言ってたな」

男が後を続けた。

「光を怖がって、自分から闇の穴倉に、と言っておられた。独りぼっちで暗い世界に」

「自分の心の風景だ」

「自分でそんな風景は見ないわ。光が怖くなるようなことがあったから、光を避けて、不気味なものに呑《の》み込まれてしまうようなことが起きるのよ」

「ナギーが言いたいことはわかる」

「なにもかも知ってるんでしょ？」

梛藝佐は確信したような低い声できいた。

「知らないところを残さないのがおれの流儀さ」

「知ってるだけじゃない。樹《きい》くんも紀理子さんの前に顔を出してるんでしょ？」

「愛している相手が別人とかかわっていても気がつかない。愛の能力の限界をわからせただけだ」

「清躬さんと棟方さんの仲を壊すつもりで？」

「壊して、なんになるんだ？」

「なんになるかは関係ないんだわ、あなたには」

「でも、結果はわかってた。わかってて——」

「いや、待て。結果は見通すさ。だが、結果は終わるまできまらない。自分たちのことなんだから、自分たちでどうにかするところもあるだろ。それをどうにかしなかったというのに、責任をほかにおしつけるのはおかしな話だ。二人もそんなことおもってない」

「結果は終わるまできまらないといっても、あなたのような特別に有能なひとがどういうなりゆきになるかも見越して振る舞ってるんだったら、御当人たちもどうしようもないということもあるんじゃない？」

「あるだろうな。それは能力の優劣だから、劣等者のほうがおおきく影響を蒙るのは否めない」

「きのうの棟方さんの話のなかにも、樹《きい》くん、登場してたでしょ？」

「どこに？」

「どこに、とききかえすのは、イエスと認めてるのね？」

「だから、どこに？　わかってるなら、言えよ」

「棟方さんが清躬さんを訪問して、顔に傷害を負われているのを知った時のこと。ソファーにねておられた棟方さんが清躬さんに凭《もた》れかかるようになって、二人のからだが密着した時って、それはあなただったんで

あなたを見つめている棟方さんの前で、顔のガーゼをおとして、かの女をびっくりさせた」

「流石にナギーだ」

感心したような男の言葉にも、椰藝佐は表情をかえなかった。

「それと、状差しをおとして、なかみをぶちまけたのも。あと、清躬さんを洗面所の前に気絶させておいたのも」

「くわしく言ってくれたものだ」

「小鳥井和華子さんから清躬さんへの絵葉書を眼に留まるようにさせた。棟方さんを橘子さんと出会わせるように仕組んだ」

「それから？」

「それからって？」

「紀理子を橘子に会わせるようにした。慥《たし》かにな。二人は意気投合して、忽《たちま》ち友達になったんだ。問題あるか？」

「その旅行からかえってから、棟方さんは深刻な病気になられた。本当なら、橘子さんのことを清躬さんにお話しされて、二人の絆《きづな》を強くされていたでしょうに」

「おれに疑惑を差し向けているわけだな。それを話せというんだろうが、ここでは言わない。なんでもあっさり喋るとおもうな」

「ネマちゃんは知ってるの？」

「おれは話していない。勘が働いているようだが、きくのが怖いんだろ、きいてはこないから、あいつはわかっていない」

「樹《きい》くん、私ね、正直言っておそろしいの、あなたが――」

椰藝佐が珍しく言い淀んだ。

「おそろしいなら、言うな。やはりナギーでもおそろしいか」

「おそろしい。おそろしいとは、誉《ほ》め言葉じゃないわよ」

「おそれないナギーが言えば、誉め言葉さ。まあ、それはいい。おまえが、おれをおそろしいと言うのは、おれを守りたい、からだろ。なのに、おれが世界から食《は》み出て、反世界的な行動をとる。反世界的な行動自体がおそろしいが、それを世界が許すはずはなく、どのような報いに見舞われるかを考えると、なおおそろしい。そして、そうしたおれを守れない自分もおそろしさに取り巻かれる」

「私をかなしませないで」

「出たな、その一言。おそろしい果てに、かなしいか」

　男は、は、は、とわらった。

「おまえは、おれの行動が反世界的なものに見えるだろう。きっと、おれがワケに対してしていること、また紀理子に対してしていること、橘子をなりすましで騙したことについて、そうおもうだろう。じゃあ、爺さんについては、どうだ？　あれは事故か、それとも――」

「言わないで」

　梛藝佐は両手を顔の前に出し、顔を背《そむ》けて、拒絶の意を表わした。

「言わないよ。――ナギーのなみだは久しぶりだな」

「あなたがなにをしているか知らないわ。でも、あなたの言い方はとても気がかりだわ。かなしい」

　男は手を伸ばして、梛藝佐の両の眼に順に触れて、なみだを掬《すく》った。

「このなみだはなんだ」

　男は自分の指先を見て言った。

「ナギーのなみだには、おれの神経を麻痺させる毒がある。自分で吸え」

　男はその指を梛藝佐の唇に近づけた。唇に付く前に、梛藝佐が舌を伸ばして、男の指をなめた。いや、なめたのではなく、くっつけた。男もその指をそのまま動かさなかった。梛藝佐も舌を動かさないが、それを口のなかに引き込むように唇を近づけた。舌は引っ込んで、男の指を梛藝佐の両の唇がつつんだ。男はにわかに指を引き抜いて、梛藝佐の頬を平手打ちした。

「きゃあ」

　梛藝佐の悲鳴があがった。

「痛かっただろう。これでも手加減したんだ」

「悲鳴をあげちゃったわ。恥ずかしい」

　梛藝佐はハンカチを出して、顔をうずめた。少しして顔を上げたが、両眼にはなみだが光っていた。

「そのなみだには毒はない」

「おそろしい力ね、樹《きい》くんたら。頬っぺたにあんなに近い距離から手加減してもあんなに力があるんじゃ、その気になったら、私の顎《あご》を砕くのなんか、かんたんよね？」

「それを試したかったのか？」

「さあ。あなたの指を噛《か》んじゃいたいとおもった。あなたはきっと私より素早い反応で指を引っ込めるとおもったわ。そして、私の顔になんかしてくると。敲《たた》いてくるのもありかとおもった。でも、敲かれて自分が泣くとまではおもっていなかった。悲鳴まであげて。

私の負けだわ」

「おれの指に舌を伸ばしてなめるとは、ナギーも小《こ》癪《しゃく》だ。おまえが上手だ」

　男はそう言うと、椰藝佐の頭をつかんで自分に引き寄せ、唇と唇を合わせた。椰藝佐は抵抗できなかった。

「これは駄目だわ、いくら樹《きい》くんでも」

　椰藝佐は男を睨んで言った。

「おまえには駄目だっていうのはわかってるよ。おとなになってからの、おれたちの初キッスなのに」

「そういう問題以前よ」

「おまえだって指をなめた。遊びだ。キッスも遊びでされて、お冠《かんむり》なんだろう」

「幼稚な樹《きい》くん」

「そうだよ。だから、今のはおとなのキッスじゃない。中学生の時やったのとおなじだ」

「いいえ、おとなのキッスよ。それは認めてほしいわ」

「今のでいいのか？」

「あなたは遊び半分でも、キッスの瞬間は私は本気で唇をつけたわ。そのことはおぼえておいて。それから、私のなみだも本気。あなたのことでかなしむのは絶対嫌よ」

「かなしむのは筋が違うぞ」

「筋が違う？」

「そうさ。言っておくが、おれは反世界的に行動はしていない。反世界的に行動しているのは、人間一般のほうだ。そのつもりがあるかどうかは、関係ないのさ。『新約聖書』でパウロが言っているが、『わたしの欲している善はしないで、欲していない悪は、これを行なっている』というのが人間だ。つまり、『善をしようと欲しているわたしに、悪がはいり込んでいるという法則がある』と。そういう人間だからこそ、『常に物を否定する』霊、『常に悪を欲する』悪魔が、入り込んでくる。要するに、世界も反世界もコインの裏表ということだ」

　男は続けた。

「爺さんがしてきたことを考えてみろ。神麗守や紅麗緒という類のない至上の美をつくりあげた裏には、ひとの娘をわがものとし、本人がものを見る自由を奪った悪が貼りついている。そういう爺さんに協力してきたこの屋敷の者たちは、一つ一つの行動は善の動機に結びついていても、悪に加担している。ナギーもそれを承知で選択しているのだから、これ以上は言わない。おれは、この世界／反世界はどっちでもいい。おれもこの世界に生まれ出ているのだから、世界／反世界のコインから離れられないかと言えば、おれはそれから離れるということだ。世界はコインの平面で、自分の足場が表の善か、裏の悪かが、くるくるかわるというモデルが考えられる。この世の存在は、総て重力によってそのコインの平面に縛りつけられているのか。いや、かたちのないものに重力はおよばない。これは大事なことだ。それから、重力の影響は受けても、鳥や虫のように、一時的に地上を離れることはできる。地上におりたたないといけないことは否めないにしても、四六時中地上に縛りつけられるのではない。これは、この世の存在にとって可能なことだ。この地上を離れている時、世界／反世界のコインとも離れるということだ。現に、ワケなんか突飛に遊離している。短い時間にしても、姿さえ消してしまう。紅麗緒のかくれんぼうもそうではないか」

「紅麗緒ちゃんのことは秘密よ」

「ああ、途轍もない秘密だな。直視できない美はかたちをとらえられない。ここかとおもえば、きえている。重力の引き留めを受けないから、自由気儘《きまま》だ。カメラにもおさまらない。自身も遊離しているワケにしか、紅麗緒は描けない。かたちをとらえないで描くのは、ワケにしかできない」

「樹《きい》くんも地上を離れようと言うの？」

「地上を離れるのは最早《もはや》難しいことではない。それには知能が鍵だ。知性ではない。知能だ。インプットはなんでもござれで、知能はバーチャルを創造する。勿論、バーチャルには重力はおよばない。知能は人間の専売特許ではない。人の知能はどれだけ発達しても、個体の限界、それに生命の限界がある。そうした限界がない人工知能は猛烈な速度で際限なく発達するから、人の知能を凌駕《りょうが》するだけでなく、異次元をつくりだすだろう。異次元をつくりだす以前の人工知能だって、世界／反世界のコインの平面上にはない。人工知能は善も悪も欲しないからな。今はまだ人工知能も未熟で、一部の才能ある特殊な人間に支配されるから、善や悪の動機のもとに使役されるだろうが、そのうち人工知能に総ての人間が支配されるよ。それまでに悪の動機に働かせられた人工知能が人類を滅ぼしてしまうようなことがないかぎりはな」

「ひょっとして、人工知能の勉強もしてるの？」

椰藝佐が尋ねた。

「当たり前だろ」

男が即答した。

―想像はつくだろうが、会社も持っている。宗教団体もそっちの研究をし出しているから、才能を発揮してうまくそういうものを使えば、とっかかりはかんたんさ。人工知能の発達カーブは指数関数だから、非常に興味深い。だが、そうは言っても、人工知能で紅麗緒の美をバーチャルでも想像できるかと言えば、永遠に無理さ。どんなに技術が発達し、あらゆるデータを検知し収集できるとしても、ワケのように紅麗緒の絵を人工知能が描くことはかなわない。指数関数がどれだけ上に伸びても、その先の方向に紅麗緒の美はない。位置もかたちもとらえられないのだから。ダミーではとらえられるだろうが、それは本物とはまるで違ったものだ」

「私もそうおもう」

「まあ、ナギーが一番わかってるな。もう人工知能の話はここらでおさめておきたいが、ともかく暫くはまだ未熟な域を出ないから、完全性には程遠い。うまく使えばおもしろいが、今の人工知能は唯の道具だ。操る道具はほかにもある。地上を離れるには、跳躍と飛翔の力が必要だ。まず、身体能力だ。おれはこれを徹底的に鍛えた。重力から逃れるためには、尋常でないスピードと強靱さが必要だ。それから、擬装能力だ。擬装は、おなじものを異なる二つの場所に存在させることだ。人で言えば、アバターにできる。おれは、誰にもとらえられたくないから、この擬装能力は使わない。言っておくが、ワケになりすますのは、この能力とは違う。遊びだから、能力を使うという程のものでもない。擬装能力はおれは使わないが、擬装能力を使える人間をつくり、それを発揮させると、いろいろおもしろい結果が手に入る」

「ネマちゃんにもその擬装能力を――」

「ネマは優秀だ」

「その一言？」

「ネマは優秀な能力の持ち主だ。だが、心はそれについてりあっていない。だから、おれについていても、苦しいけないだけだ。ナギーと一緒なら、ネマはもっと光る。もうそれ以上、言う必要はない」

「わかったわ」

「話は途中だが、終わりにする。神麗守が戻ってきたんだろ？　神麗守と紅麗緒のもとに戻ってやれ」

「ええ」

男は立ち上がった。

「おれが先に部屋を出たほうがおまえも安心だろ」

椰藝佐も立ち上がった。

「安心とおもわせるほうが、油断ならない」

そう言うと、椰藝佐は自分から男に近寄った。

「どうせなにかやるにきまってるんだから」

「そう言って、今度はナギーのほうが構ってくるな」

「久しぶりだもん、樹《きい》くん」

「本当だ」

男は椰藝佐の顎の下に手をやった。そして、顔を少し上向きにした。見上げるおんなと眼が合う。

「自分から希望を出したほうが安心かもな」

椰藝佐は男の手に自分の手をやって、顎の下からはずさせた。

「私は樹《きい》くんに対しては安心している」

おんなが微笑む。

「幼稚なことしかしないからな」

「そうよ。樹《きい》くんは昔とかわらない」

「死者をいつまでも想い出してるのか」

「私の心のなかでは死んでない」

「短いスカートなんか穿いて、昔を再現するとはな」

「八年前の私も、今の私に続いてる」

「おれの前で、みごとに八年前のおまえを蘇《よみがえ》らせたもんだ」

「ゾンビみたいて言うのね」

「おまえがゾンビなら、おれもゾンビじゃないか」

「当たり前じゃない。私たち、いつも同期するんだから」

「ゾンビの挨拶《あいさつ》だ」

男はおんなの手をとって、手の甲を軽くかんだ。

「ゾンビがゾンビを噛むの？」

「噛んでわるいか？」

「わるくはないわ。でも、私は噛まないわ」

「噛もうとしたら、また平手打ちが飛ぶかもしれないからな」

「まさか。二度やる？」

「やらないよ。だったら、噛むか？」

「噛まない」

「自分からはなにもしない。おまえは待ってるな」

「待ってるわ」

「なんだっていいと」

「なんだっていいわ」

「待っていて、なにがくるかわからないのに、おまえの心臓は騒いでいないな」

「樹《きい》くんだからね」

男は椰藝佐の肩に手をおいた。椰藝佐はぴくりともしなかった。

しの正解だな」

るおまえは負けないおんなだ」


「待ってるおんなに対して、なにもしないというの？」

「そう言うと、なにかしなくちゃいけなくなるだろ」

「待ってる」

「おまえは待つだけしかしない」

「それと返事と」

　男は右手の指を梛藝佐の唇に直角に当てた。

「返事できないようにしてやろうか。返事しようとすれば、この指を突っ込む。おまえはまたおれの指をなめるか、或いはさっき噛みそこなったのをここで噛むか。ああ、おまえは噛まないと言ったな」

　梛藝佐は口を閉じたまま、口許《くちもと》に笑《え》みをうかべた。梛藝佐の瞼《まぶた》がゆっくりおりた。首が前に折れ、そのままからだ全体が前にかたむく

――


　その瞬間、男は梛藝佐のからだを受けとめた。そして、おんなの腰に手をまわし、ゆっくり抱き上げた。

「これがおまえの待っていたことか」

　男は暫く宙に浮いたおんなのからだを抱き締めていた。

「かよわい、かわゆい、ナギー。時を乗り越えて行け

46 かわいい妹

「おねえちゃん」

梛藝佐《なぎさ》が気がついた時、眼の前に詩真音《しまね》の顔があった。

「まあ、ネマちゃん。どうして？」

梛藝佐を抱きかかえている詩真音も困惑した顔をしている。

「ちょっと、この格好」

「どうおろしたらいい？」

「どうって――あ、脚を持ってる手を離していいわ」

「ううん、危ない」

「いいわよ、なんとかするから」

「あ、ちょっと待って」

詩真音は少し移動して、ソファーの肘《ひじ》かけに腰をおろした。詩真音にお姫様抱っこされていた梛藝佐も、そこで漸《ようや》く足を地に着けられた。

「ありがとう」

梛藝佐が前に立った時、詩真音は手を伸ばして、梛藝佐の捲《めく》れ上がった裾《すそ》をなおした。

「あら、やだ。おしり丸見えだったの？」

「初めからよ」

詩真音が顔を赤らめながら言った。

「初めから？」

「にいさん、おねえちゃんを肩にかつぎ上げてたの。私からしたら見上げる感じで、スカート短いから、見えちゃうわ。初めは顔が見えてなかったから、誰かわからなかった」

「變《へん》な格好で御免なさい」

「なんでかつぎ上げられたの？」

「私、失神したから」

「失神させられたんでしょ？」

「まあ、そのわざを使うしかなかったのよ、かれ」

「どういうこと？　わからないわ」

「お話が終わった儀式のようなもの。私になにかしたそうだったけど、それを封じ込めたから、奥の手を使ったのよ」

「やっぱり意味わかんないけど、それにしたって、おしりが見えるような格好にしてひどいわ」

「偶然じゃないの？　それとも、樹生《きいお》くん、悪戯《いたずら》で」

梛藝佐はわらったが、詩真音は相かわらず深刻な顔をしていた。

[illegible]……」

「私にはそういうことしようとするの。昔からなの」

「變よ、なんで、おねえちゃんに？　にいさんに呼ばれて部屋に入ったら、びっくりしたわ。おんなのひとがかつぎ上げられてて。スカートが短くて、パンティー見えてるし」

「もういいわよ」

「私も言いたくないわ。その時は橘子ちゃんかとおもった」

「橘子さんて？」

「にいさん、橘子ちゃんにはちょっかい出してるし。あの子もいまミニスカートでしょ。おねえちゃんが穿いているそのスカートとは違うけど、そんなの、にいさん、なんとでもする。それにあの子、何度でもおんなじこと引っかかる。似た顔だから、私が恥ずかしい」

「何度も引っかかる？」

「そうよ。惚《とぼ》けてるんじゃないかとおもうくらい。でも、あの子のことはいいわ。にいさん、いきなり私に、両方の手を前に出せと言ってきて、そうしたら、かついでたおんなのひとを私の手の上におろしてきた。乱暴におろすもんだから、その時スカートが捲れたのよ」

「それでネマちゃんがお姫様抱っこしてくれたの？」


椰藝佐はまたくすっとわらった。

「どうしてわらえるの？　さっきまでの格好、ひどすぎるでしょ。にいさんはなにも言わずにさっさと出て行ったけど、私は自分の手に乗っけられたおんなのひとの顔を見て、嘘だとおもった。橘子ちゃんの顔がおねえちゃんにすりかわることがあるのかとおもったくらい。でも、そんな荒唐《こうとう》無稽《むけい》なことがあるはずない。おねえちゃん以外の誰でもない。それがわかった時、あまりにもショックで……」

「おどろかせて御免なさい」

詩真音は下を向いて首を振った。

「おどろくより、ショック、途轍もなくショックだったの」

詩真音は語気を強めた。そして、椰藝佐のほうを見て、言った。

「おねえちゃん、にいさんになんかされたの？」

「いいえ。どうして？」

椰藝佐は意外なことを言われたように反応した。

「左の頬《ほ》っぺたが赤いわ」

心配そうに椰藝佐の顔を詩真音が見つめた。

「ああ」

椰藝佐が手を頬《ほお》に当て、軽くうなづいて微笑んだ。

「樹生くんが巫山戯《ふざけ》て」

椰藝佐の顔が和《やわ》らいでも、詩真音の顔はきびしくなった。

「おかしいわ。おねえちゃんを敲《たた》くなんて」

「ううん。乱暴したわけじゃないのよ。その前に私が巫山戯て樹生くんの指を噛《か》もうとしたから、樹生くんも」

「なに言ってるの、おねえちゃん」

「御免ね、ネマちゃん。私たち二人、子供に戻っちゃったの。昔からそうだったんだけど」

「えっ？　ますますわからないわ」

詩真音は困惑して、情けないような顔になった。

「にいさんがおねえちゃんを敲いたのは事実でしょ。それから、その短いスカートもにいさんが着せたの？」

「まさか。どうして？」

今度は椰藝佐が困惑した表情をかえした。

「これは、樹生くんと会うから、私が自分で着替えたの。中学生の時まで私、こんなような格好してるの普通だったから、かれが見なれてる格好で会おうかなとおもって」

「でもおねえちゃん、もう中学生じゃないし、今はそん[illegible]」

「なにもミニスカートはネマちゃんやノカちゃんだけのおしゃれじゃないでしょ。私だって、時にはミニスカート穿《は》いてもいいじゃない。いつか穿こうとおもって、買ってあるんだし。まさか似合ってないのかしら？」

「とてもよく似合ってるわ。でも、そういう問題じゃない。にいさんの前でわざわざどうしてその格好なの、ということ。危険すぎるわ」

「ちっとも危険はないわ。私にはどんな男のひとより安心安全なひとよ」

「そう言うけど、現に——」

「ネマちゃん、なに気にしてるのよ？　スカートめくれてたのも、偶然そうなったのかもしれないし、樹生くんが悪戯でそうしたにしても、それだけのことでしょ。ネマちゃんが見たくないものを見せられたというのは、御免なさいだけど、私は樹生くんがしたことにそんなに恥ずかしい気持ちは感じないのよ。昔とおんなじなんだから」

「今は違うわ」

「かわらないのよ、私たちの関係は今だって。樹生くんとさっき一杯話をしたけど、久しぶりという感じはなくて、子供時代とやっぱりかわってないなってお

ただ、言いかたが難しくなってるだけでね」

「おねえちゃん、にいさんをかばってるだけじゃないの？」

「ネマちゃんを心配させてるようだけど、ちっともそんなことないのよ」

「おねえちゃん、いつものおねえちゃんじゃない感じがする。おねえちゃんまでにいさんにあわせて、おかしくならないで」

泣きそうな顔をして、詩真音が言った。

「おかしくなるなんてことはないわよ」

椰藝佐は詩真音に少し顔を近づけるようにして、優しく言った。

「これが樹生くんと私の自然な関係なの。私はもとからかわらないいつもりでいたけど、樹生くんもかわってはいなかったわ。かわったところがまるっきりないわけじゃないけれども、そんなの大したことではない。初めはね、さっきのあなたの話もきいてたから、ちょっと様子を見てたけど、でも、やっぱり樹《きい》くん、」

「キイくん？」

ききとがめて、詩真音がききかえした。

「樹《きい》くんて、私、呼んでたの、ネマちゃんも知ってるでしょ？」

「ううん」

詩真音は首を振った。

「そんなの、ずっと前の、小学校の時でしょ。今頃そんな呼び方――」

「あ、ああ、あなたの前では私たち、おにいさん、おねえさんでいなきゃならなかったから、あんまりなれなれしい呼び名を使わないようにしてただけ。二人だけの時は、中学校の時も、私、樹《きい》くんと呼んでたし、樹《きい》くんも止めなかったわ」

「じゃあ、おねえちゃんはにいさんからなんて？」

「ナギー」

「ナギー？」

詩真音は耳なれないというようにくりかえした。

「ええ」

「本当に？」

「なんで念を押すの？」

「私の前では、普通に椰藝佐って、にいさん。ナギーって、きいたことない」

「ナギーのなにがおかしいの？　ずっと小さい時は、ナギちゃんだったわ。それとも、神麗守《かりす》ちゃんや紅麗《くり》緒《お》ちゃんが呼んでるように、ギナとかだったらよかった？」

「そんなこと言ってない」

「オキンチョのほうがいい？」

一瞬、詩真音は返答に窮した。

「え、おねえちゃん、知ってたの？」

「一緒にくらしてるんだから、わかるわよ。言っとくけど、私は盗聴しないわよ」

「盗聴って――」

「樹《きい》くんは私たちのテラスでの話をきいていた。そのことで問い糺《ただ》したら、能力の話にすりかえられた。どうせこの部屋だって、盗聴器が仕込まれてるんでしょ？」

詩真音は、はっとした。おねえちゃんなら感づいて当然だ。

「ほら、そこが違ってるわ。中学生の時のにいさんが、盗聴器なんかしかける？」

自分も片棒をかついでいるけど、おねえちゃんにこそにいさんに対する警戒心を持ってもらわないととうおもいで、詩真音は言った。

「樹《きい》くんはね、慥かに今、物凄い能力を身につけているようね。言うことも全然違ってる。考えているレベルも違うし。だから、私たちがおもいもしないような
、[illegible]きるかもしれない。かれはそれを善とか悪とか考えていないようだけど、おもいもしないことをする、そのわけのわからなさは、気味わるくて悪のように感じるひとがおおいでしょう。正直なところ、私も話をきいて心配になった」

「やっぱりおねえちゃんも」

「そうよ。だから、あなたが心配して言うのもわかる。それをわかった上で言うんだけどね、かれがどういう能力を自分のものにしていようと、私の前でのかれはかわらないの。昔のままで、樹《きい》くんは樹《きい》くんのまま。かれにとっても、ナギーはナギーのままなの」

それから、椰藝佐は立ち上がって、部屋のなかを見まわした。

「私は知らないわ、どこに盗聴器があるか」

詩真音は座ったまま言った。

「なら、よかった。そういうことにあなたを巻き込んでいないのは、樹《きい》くんも正しいわ」

「そういうことでも巻き込んでほしい」

「馬鹿は言わない。自分の良心を大切にしなさい」

椰藝佐は室内の書棚つきキャビネットのところまで行って、そこからメモ用紙とシャープペンシルを二つづつ持ってきた。

「このお屋敷のなかも、暗号会話が必要かしら。神麗

[illegible]、紅麗緒ちゃんとは暗号会話できるじゃない。ネマちゃんもこの機会にマスターしてみる？」

「暗号会話って？」

「もともとはね、神麗守ちゃんと紅麗緒ちゃんが遊びのなかで発展させたらしい。傍《そば》できいても意味がつかめない言葉づかいや発音をして会話してるの。あの子たち、私の前では使ってなかったんだけど、或る時、神麗守ちゃんが私がいることに気づかずにその暗号会話を始めたの。紅麗緒ちゃんは気づいてるんだけど、ちょっとの間その会話のやりとりをしていた。私はなにを話しているのか少しもわからなかったけれども、邪魔しないよう口出ししなかった。そしたら、神麗守ちゃんが急に、『御免なさい、ギナちゃん』と私に言って、それから、どういう会話をしていたか、どのような言葉づかいをしていたかなど、教えてくれた。幾つもパターンがあるようだけど、易しいのは私も暗号会話にくわわれるようになった。ロボットの暗号会話は人間に解読不能のレベルに行くようだけど、あの子たちは大丈夫。暗号会話も楽しいわよ。ネマちゃんも、言ってくれれば特訓してあげるわよ」

「そうね、これからおねえちゃんと一緒にいる時間もながくなって、あのお二人さんともお話しするだろうから、近々おねがいするかも」

「いいわ、いつでも。でも、今はそうね、筆談でどう？」

と言い、梛藝佐は持ってきたメモ用紙とシャープペンシル一揃いを詩真音にわたした。

梛藝佐は早速メモに書きつけて、詩真音に見せた。

ヒツダン　ルール特になし
（なるべく小さな字がいいかも）
ヒツヨーとおもったら、いつでもルール、提案して
トチューで声出してもイイわよ　さあ、ハジメヨ

おねーちゃんからドーゾ

私のこと、Nでイイワ　ネマちゃんはSね？

Sハ却下

NトS　磁石ハ引きつけあうけど
北極ト南極みたいで　キョリがとおいカンジ
nでイイ　ネマだから
おねーちゃんト　Nnコンビ

小文字にしなくても、Ⓝでもイイわよ
ウウン　小文字でイイ
だったら、ｎニしましょう
樹生くんハＫでイイ？

ウン

デハ、Ｋでキマリ

先ニ　アヤマリタイ
さっきヒドイこと言った
ゴメン

ナニ言った？

オカシクナラナイデとか
イミワカンナイとか
Ｎノ言い方がわるかったノヨネ？
[illegible]言い方[illegible]まったんだワ

ｎ気ニすることない
Ｎわるくない
ｎ――ＮがＫのイイナリみたいに感じた
イツモノＮとチガイすぎるから

Ｎホッペ　Ｋたたいたノ　気ニなるんでしょ？
デモ、ソレ　ボーリョクじゃない
先にＮが　オフザケしたからナノ
手カゲンしても　Ｋバカ力ヂカラ
（力　カタカナとまぎらわしーネ）
手カゲンしてても　オソロシーわ
コワイとおもわなかったノ？

おもわないわ　ちっとも

ソーおもわないよーに　されてる
ｎはソーおもった
もし　ＮがＫにサイミンジュツかけられてたら
サイミンジュツ？　ジョーダン

Kならできそうだけど
だからって、チガウわ
ドーシタラ　Nサイミンのゴカイとけるかな？

サイミンの人　ヒツダンしないとオモウ
トーチョーしたい人ニハ　不都合ナコトだもん

N同意
じゃあ、サイミンされてない　トイウことネ？

ゴカイしてごめんなさい

あやまらなくてイイヨ
nシンパイしてくれた　ソノ気持ち、Nうれしい

デモ、まだシンパイよ
Kニ　もっとケーカイ必要
コワイ人よ

N――Kをシンジテル
昔ノKトかわってないからネ

ナンドモ言うケド

nヤッパリわからない
だったら　ドーシテNヲ失神させる
中学生ノK　そんなことしない

も一度言うわ
NがKにソースルしかないよーにしたノ
ナニしかけてくるの？とプレッシャーかけた
ソノ問いを封じるしかけ　↓　失神のオクノテ

失神だけデすんでない

すんでない？

Nのスカート　短いノニ高くかついで　おしり――

またソノ話？

nだって　イヤよ
デモ、おかしすぎる
失神させて　かつぎ上げて

ミニのスカートから　パンティー丸見えノ
Nのハズカシー姿　nにミセツケタ

ミセツケタ？

ソーヨ、キット
KハNヲ征服シタ
Nハ　オレノナスガママ　イノママだと
nニわからせよーと

ドーシテKがnに　わからせたいノ？

NよりKをえらべ
トイウことじゃない？

今ソレを？
あなたたち　おととしから
一緒ニ行動シテルんじゃないノ？

Kハなにか考えてるノヨ
nニハわからないケド
今時期ニナッテ　Nノ前ニあらわれたか

ナニカ企んでる
Nノ前デハ　昔ノママ　かわらないヨーニして
ソーシテ　NハKヲ　信ジル
デモ、やったコト　ヒドイコトだわ
顔たたく
キゼツさせる
ハズカシー格好を　nニミセツケ

Nハ　ヒドクおもわない

トーチョーもよ
カメラだって　まわしてる

カメラも？
まア　考えられるケド

NハKを　甘く見すぎ
Nノ言うとおりだったら
どんなにイイかとおもうケド
Kハ　もっとオソロシイ

甘くハ見てないわ

[illegible]
話すコトもちがう
nノ話モきいた
オソロシーコト　してるんじゃないか
モット　するんじゃないか
シンパイで　Kノ前デ　N　泣いた
K　なみだハきらいネ
デモ、やさしく　なみだ　ふいてくれた

N　泣いたノ？
ソーナノネ
Nノシンパイ　伝わってくれると　イイケド

Kハわかってる
わかってるから　Nニ会った
Nがナニを言うか　ナニをかなしむか
ソレガわかってて会った
Nノなみだも　キット　わかってた

今ノ話きいて　ぎゃくにショック
Nノ気持ち　わかってて
やさしくして

ナノニ　キゼツさせ
nニNノ……　ハズカシーわ
Hだし　悪質

H？　誰？

ヤダ、おねーちゃん
エッチなコトでしょ？

ゴメン
あたらしー登場人物カト

Nオトボケ　おかしーヨ
いつもとチガウ
いつもきちんとしてるおねーちゃん　らしくない

ゴメンネ　シンパイかけて
デモ、Kト2人ノトキ　子ドモ時代トおなじ
かわらない
2人トモ自然ナノ

NハKを　子ドモに見たいんじゃないノ？

デモ、Kハ　バカニされるノ　ゆるせない人
子ドモあつかいシテナイワ
自然にしてるだけ

イイエ
Nソノつもりなくても
Kがソー感じたら　ゆるさない
仲がよかったNニ対しても
だから　キゼツさせて　Nをハズカシー格好ニ

K――Nニおこるなら
面ト向かって　おこるわよ
やるなら　堂々とやる人
ダメなことはダメ
けっして自分でもしない
キゼツさせたアトで　おかしなコトする
そんなヒキョーはしない

現におかしなコトニ　なってた
n　ショックなの

だって　私ノおねーちゃんが……
モー　書きたくない

nニショック与えたノハ　Nもわるい
ゴメンネ

ソーネ
半分　1／3くらい　Nもチョットわるい
ドーシテ　Kノ前でミニスカートはくノ？
わざわざ着がえて

小さいトキから　8年前まで
ずっと　ソーだった
土曜日　Kニ会って
昔とかわってないノ　わかったから
一番自然なジョータイで話したかった
チガウ服だと　キョリ感じるでしょ？
8年モたってるから　なおさら

NハそんなにKを――

「そんなに」って？

8年もかわらず　Kノコト　おもってたノ？
Kハ　私たちみんなと　訣別して
おヤシキ　出て行ったノヨ
モー　別人
こんなコト言うノハ　気が引けるケド
Nノコトも　キット過去ノ人
昔ト　完全にキレテル

nハ　一緒ニ行動してるでしょ？
nニハ　おにいさんじゃない

ウウン
K　認メテナイ

デモ、本人ニまちがいない
カギ形のアザも　n　見たんでしょ？

ウン

絶対的ショーコ1　ネ
nノコト　Kハ　なんて呼んでるノ？

ネマ

絶対的ショーコ2　ヨ
Nトノ会話デモ　Kがnをさして　ネマと呼んでる
ソレニ
Nニハ　根雨樹生　ト名乗ってる

ソレが　ギモン
なんでNニだけ？

nかわいいから　キョリとってるノヨ
ソーしないと　やさしいオニイチャンになってしまうカラ

なんで、おねーちゃんとはキョリとらないノ？

ソーネ
いくら親しくても　NハKノ家族じゃないから
もともとノ位置がチガウ
家族ハ　血筋ノキョリ　0
親子　きょうだい　ハ　血筋ノキョリ0　ノ集合

ソノ集合ノくくりで　囲われてる
Kハ　ソコカラ　自分ヲ解放したかった
nニ対してハまた戻ってきたケド
家族デ囲いたくなかったノヨ

ソーナノカナ?

KトNノ　カンケイ
オナジ家で　一緒に育ったケド
血筋ハ別
もとからシバルものがない
だから、自由デ自然ニ　接せられる

N　せつめい　上手
デモ、まだ　わりきれない

Nモ　8年ノ間　Kハ過去ノ人だったわ
想い出として　大切ナ人であっても
モー会えない　トおもってた
ところが、K　かえってきた
あんまりキヨミさんに似てるノデ

キヨミくんが　にーさんニ似すぎてるノ

ソートモ　言えるワネ
Nハ　キヨミさんノほうト　先ニ会ってるから
トニカク　Kニ会ってみるト
カレ　なにもカワラナイ
8年ブランクがあってもネ
むしろ　15才ノキオクが
ソノママ凍結されてたみたい
凍結保存されてたから　まじりけなく出てきてる
自然ナママ

解凍されてるワケ?

ソーネ　解凍
デモ、接するうち　昔ノ2人がとけでてくる
自分が15才ニかえってゆく
相手モ15才
自然とソーなる
ナンダロウ　ソノ感覚

キヨミくんとキッコちゃんも
ソーなのかな？

ソーネ
私たち以上カモ
小学校ノ1年ほどしか一緒じゃなかったトイウカラネ
キヨミさん才能スゴイとおもってたケド
キッコさんもスゴイ　心まっすぐナノネ
フシギナお2人ネ

2人ノ話より　Kノコト
またくりかえしてワルイケド
パンティー丸見えノN　ミセツケタノ
Nヲ頼りにしても　ダメだぞ
オレニかかれば　Nモ一ひねりだ
にーさんノ脅し

nヲおどしてドースルノ
K――nノコト　大事ニおもってるわ
甘いカオ　見せない　ソレだけ

ショージキ　ギモン
？　？　？　？　？
n、Kニハ　？ばっかり
にーさん　私ノ兄というカンケー　消そーとしてる
モー　私ノコト　スルーばっかり

スルーて、ソンナコト　あるもんですか

ウウン
私ノ前ニ姿みせない
会話モしてくれない
モー　見捨てられてる

見捨てた人が　私ニ　ネマちゃんノ話　するかしら？
じゃあ、さっきキイくんが私ニ言ってたコトバ　言うネ
（註：nに返事なし。Nが続きの紙）
ネマは　優秀ナ能力ノ持ち主ダ
タダ　それに心がつりあってない
オレハ　ネマノ勝手をみとめる
ネマがオレに甘えて　妹ノ特権ニおぼれるナラ　イ

ケナイ
ネマを見放さない　デモ、目をかけもしない
オレニついていっても　ネマは　くるしいダケ
ナギーと一緒ナラ　光ル
ナギーが面倒みてやれ
ホラ　どう？

「どうしたの、泣かないでよ」

みんな　キイくんノ　コトバよ
ソレカラ
オレより　ナギーの妹でいるのが合ってるッテ
ネマも　それを選択したから　ヨロシクと
キイくんハ私ニつっこまれるのがイヤで
あなたノ話さけてたんだけど
話ノアチコチで　あなたノコト　言ってたノヨ
気ニなってるからヨ　あなたノコト　とっても

ホント？　にいさんが？

ウソ言うモンですか
ネマちゃんは、キイくんト私――私たち共通の　大事な妹
本当ニ　大事な　かわいい　妹

「もう筆談は、止めましょう」

梛藝佐は立って、詩真音の隣に座った。そして、ハンカチをわたすと、肩を優しく抱いた。

「よく考えて。樹《きい》くんはここにあなたを呼んだんでしょ？　なんのため？　見捨ててるなら、声はかけないわ。気絶した私をあなたに引き取らせた。それは、あなたと私でこれから一緒にやってゆけばいい、ということじゃない？　私もかんたんに気を失ってしまうようなおんなだから、ネマちゃんも時にはナギーを受けとめてやれ。樹《きい》くんはそういう気持ちで、私のからだを直接あなたにわたしたんじゃないかとおもう」

詩真音は梛藝佐の胸に顔を埋めて、歔欷《すすりな》いた。

詩真音が泣き止んで、梛藝佐の胸からからだを離すと、梛藝佐はローテーブルに散らばったメモを手許に集めた。梛藝佐は立ち上がり、詩真音の肩をポンポンと敲《たた》いて、立ち上がらせた。そうして、あらためて詩真音をぎゅっと抱き締めた。

「まず、顔を洗わなくちゃね。それから、清躬さん、橘子さんのところに戻りましょう」

47 相生の樹

「彪くん、おもしろいわれね、梛藝佐《なぎさ》さんの前だと」

桁木紡羽《けたきつむは》が感心したように言った。

「梛藝佐はおれの予想を超えて、時間を戻した。八年間かの女の本分を尽くす一方で、おれとの時間は止めて保存していた」

神妙に男が答えた。

「あなたにとって、過去は死者の領域なんでしょ？」

「そうだ。梛藝佐にもそう言った。昔の梛藝佐も、昔のおれも、もういない存在だ。ところが、梛藝佐は八年前のまま現前していた。正確に言えば、現在の梛藝佐と八年前の梛藝佐が重ね合わさって、そこにいた」

「あなたも、八年前の自分が浮き上がってきた、というの？」

「遺物が掘り出され、木乃伊《みいら》のように生者の様らしく見えるというのはあり得る。しかし、それは魂がないから虚《うつ》ろで、それ自体で活動はしない。自分のなかで過去がねむっていて、現在の活動をしながら、過去の自分が目覚めて活動する、というのは考えられないことだ。だが、梛藝佐は八年も昔の自分をおれの前に出してきた」

「彪くんの考えでは、あり得ないことなのよね？」

「どういう存在も、今という時を生き、連綿として続く時を過去へ消化しながら新しい時を燃焼させているのだ。命の火はいつも現在の時を燃やすものであって、過去の時は燃えた後の遺物で、もう発火も発光もしない。ところが、梛藝佐は、八年前の時を自分のなかにねむらせたまま、現在を燃焼させている。ねむらせた時はいつでも生きて現われてくる。これは予想もつかなかった」

「かの女もあなたに対する顔だけねむりについたように言ってたわね？」

「顔は八年も経ってかわっているが、八年前のおもかげも鮮明に浮き出させていた」

「それはなかなかね」

紡羽が感心したように言った。

「土曜日に梛藝佐の前に現われた時、あいつはすぐおれに気づいて、声をかけてきた。もうその時、八年前の梛藝佐の声と顔がそこにあった。服装は違っていたが。しかも、あいつの睛《ひとみ》のなかに、八年前のおれの姿が映っていた。おれは棄《す》てた過去の名前に戻らざるを得なくなった」

「私も椰藝佐さんに接しているけど、さっきのかの女は見たことがないわ。バレエ教師としての私に合わせているからかしらないけれども、いつも物静かで、洋装でもまるで和装で立ち居振る舞いしているかのような淑《しと》やかな女性。さっきのかの女はまるで少女ね。あなたも、難しいことを言うのはいつもとかわらないけど、振る舞いは背伸びしている少年のようだった」

「土曜日も含めて三度椰藝佐に会ったが、おれと会う時、椰藝佐は十五歳の少女の要素のほうがおおきく感じられる。おれを意識してかえているのかというと、そうではなく自然な様子だ。中学生だった時のほうがおとなびていたとおもうくらいなのは、当時はおれもおなじ十五歳で見ていたから、余計そう見えるのだろうが。今のおれから見れば十五歳はずっと年少で、子供っぽい少女にすぎないが、その十五歳の椰藝佐がおれも十五歳に引き戻す力を持っている」

「更に、ミニスカートの魔力も手伝って」

紡羽はちょっとからかうように笑みをうかべた。

「わざわざ着がえてくるとはおもわなかった」

「私も今、かの女は洋装でも和装のように感じられる[illegible]言ったけど、ミニスカート姿になるとは意外だった。それで一気に少女になるのね」

「そうだ、かわったのだ」

「あなたもかえられた」

「おまえにはそう見えたか」

「見える、見える。だって、椰藝佐さんに幼稚なことしてるし」

「幼稚なことをしあって、きゃっきゃっ言える時代が一番楽しい」

「彪くんがそれ言う？」

紡羽がうけたようにわらった。

「私は基本ずっとミニスカートでいるけど、全然違うのよね？」

「だからって、弄《いじ》ってほしいわけじゃないだろ」

「当たり前よ。ミニスカートであったたって、私は戦闘服よ」

「そうだ。おまえしかその戦闘服は着られまい」

「ネマちゃんにも資格はあるわよ」

「紡羽がしっかり鍛えてくれたからな」

「ええ。ネマちゃんも、エクササイズではミニスカートのまま戦闘モードでアクションできる。敢えてミニスカートでいることで常在戦場の意識を持っていたはずだけど、きょうは駄目だったわね。ナコさんに対し女はヒステリックになって、かの女につまらないことをするような乱れた心理状態だから、自分もかんたんにわざを食ってしまう」

「紡羽に何度も引っ繰りかえされて、ネマにはいい勉強になった」

「あの子にはもうわざをかける必要はないとおもってたけど、きょうはどうもおかしかったから。尤も、おかしな登場人物が一杯出てきたから、あの子にだけ言うのはかわいそうだけれども」

「おまえもその一人だ」

「おかしな、という意味はそれぞれに違いあるわね。彪くんも、椰藝佐さんも、二人だけの時はまるで違った人物になってるし。一遍私が椰藝佐さんを引っ繰りかえしたら、かの女、どういう反応をするかしら？」

「一度だけなら、なにごともなかったようにおちついているだろう」

「かの女は弄っていいの？」

「おれを弄りたいんだな？」

「なんか、おこりそうね？」

「おまえまで子供にかえるな」

「いい気なもんね、かの女の前で子供にかえったように甘えられるのは自分だけの特権みたいに。まあ、いいわ。ちょっとまじめな話、二人を見てふと感じたんだけど──」

紡羽はあらたまった調子できりだした。

「あなたたちは相生《あいおい》の樹みたい」

「相生の樹か」

「そう。一人一人別々に見ていると、それぞれ違いがあるりっぱな樹なんだけど、二人一緒に見ると、一本の樹でもあるよう。二本の樹に見えていても、傍《そば》で寄り添うように生《は》えていて、いつのまにか枝が一つに繋《つな》がっていたり、根っこもおなじになっていたり」

「おれも、人の植物性ということが考えにうかんだ。つまり、人間にも根っこがあるんじゃないかと」

「人間にも根っこがある？」

「人間は基本的には動物であり、植物ではない。動物は自由に空間を移動して活動する。人間以外の動物は自分の足だけで移動するが、人間は移動手段を開発し、高速に、倦《う》むことを知らず、海も山も障害としないで移動できる。また、電波を用いて、おのれは移動しなくても、はるかに離れたものの情報をとったり、自分から飛ばしたりして、遠隔のものも支配しさえする。お互いが離れていても通信しあう動物はいるから、能力は図抜けていても、まあ、動物の範疇《はんちゅう》と言えるだろう。だが、動物はその自由な活動力のゆえに、不自由さも強いられる。人間はその不自由からいかにおのれを解放するかで進歩してきたが、生まれて、おとなに成長し、老いて、死ぬ、という生命の道筋からは自由になれない。勿論、それは植物とも共通するのだ」

「命ある存在ということではね」

「ともかく、生まれてから死ぬまで、人生が辿《たど》るのは一本道だ。それは植物で考えてみるほうがわかりやすい。誰にしろ、自分を産んだ親や生まれた土地、幼児期の環境といった根っこはきまっている。そこからどう大きく成長するかは人それぞれだが、しかし、どの人間もきまった根っこの上に大きくなっている樹だとも言える。植物も成長点は先端だけだが、茎の先にもあれば根の先にもある。光合成する地上部も、水分や養分を取り込む地下部も、植物体全体の成長には両方とも欠かすことができない。人間で言えば、地上部の成長点は時々刻々現在を生きるおのれの身体と精神の活動ということだが、地下部も不断に自己を形成するおのれの一部に欠かせないものであるにちがいない。それはおのれの深層にあるなにかで、宇宙に大きな比重を占めるダークマター、ダークエネルギーのように、[illegible]働きをしているものかもしれない」

「ユング心理学の集合的無意識の土壌にそれぞれが自分の地下部を成長させていっているということかしら」

「イメージとしてそれは考えやすいが、おれはおまえが言った相生の樹から自由に考えを膨《ふく》らませている最中だから、理論的なことはおいておこう。ともかく、地下部にあるものは現在地自体が見えず、つかめない。したがって、地上部のように、これが生きている現在、これはもう終わってしまった過去という区別ができるかどうか疑問だ。地下部では、実は過去と現在は混然としてエネルギーを蓄積し、それが地上部の生を支えているのはまちがいないが、見えない世界にある地下部は地上部の意識には上ってこないので、地上部とどう関係しているか判然としない。しかし、時には、地上部の活動に顔を出してきてもおかしくないようにおもえる。どうして椰藝佐は現在の姿のうちに十五歳のかの女が現われてきたのか。また、どうしておれは自分の一部が椰藝佐によって十五歳に引き戻され、その感覚や振る舞いを自然と感じているのか。おれたちが、おまえの言ったように、相生の樹だとすれば、おれと椰藝佐はどこかで結合して一つに繋がっているわけだ。そうして、動物の世界で言えば、過去のおれたちは今ここに現前しようはずがない、死の領域に逝《い》ってし

[illegible]繋がりあった根っこ、或いは繋がりあった枝、或いは繋がりあった幹の結合部をとおして、深層に潜んでいた、或いはねむらせていた十五歳の自分たちが、呼応し合ったようにお互いの前に現われ出てくる。植物で言えば地下部に保持され、エネルギーを保っていたのかもしれない。そういったことが起こったのではないか」

「それは、これまでの彪くんの考えを改めるってこと?」

「そうだな。過去の時間にあったおのれも、またその時に関係した人間も、今は存在しない死者とかわりない。それがおれの考えだ。唯、死者も生きて活動していた時に他者に作用したエネルギーは作用を連鎖してゆくから、現在でも作用するということでは、死者の影響力は存在する。自分も誰かの作用を受けて、エネルギーの連鎖に入っており、自分が出すエネルギーも、もともとは自分に入ってきたものだ。そういうものがかたちをかえて過去から現在へと繋がり、アクティブな状態を維持しているということは言える。だが、それは動物的視点からの考え方にすぎなかったようだ。おなじ生あるものとして、植物のように、地上にある生だけでなく、地下にある生も意識してみると、梛藝佐との関係がすっきり理解できる」

「それは、ワケさんとナコさんの関係にも言えるようにおもうわ」

「かれらはどうも、小学校時代の或る凝縮した時間だけにおいて、つまり小鳥井和華子という美の極致の圧倒的な作用を受けて、結合した相生の樹になったようだな。根っこはまったく違うし、すぐわかれわかれになったのに、相生の樹だから、こうしてまた出会うことになったのだ」

「それが八年の月日を経てというのが、彪くんと梛藝佐さんの場合と一致するなんて不思議ね」

「いや、おれはもう二年前にこの屋敷に戻っているさ」

「だけど、梛藝佐さんの前には姿を現わしてないじゃない。梛藝佐さんからすれば、やっぱり八年の時が経過している」

「まあ、おれらをあいつらとくらべないでくれ」

「偶然にしても、おもしろい符合だとおもって」

「それよりあの二人は、相生の樹のあり方としてはまったくかわっている。ワケはかなり早い時期に相生の樹であることを自覚している。美しいものに対する強い憧憬《しょうけい》と鋭い感受性が、おのれの樹のあり方に気づかせることになったのだろう。相生の樹としてナコとわかちがたい存在になっているのをはっきり意識している。ワケはナコとしっかり結合して、相生の樹になっているのだ。一つの樹だから、全体にワケの霊とナコの霊が満ちている。だから、ワケはいま生きているナコをいつでもリアルに絵に描けるのだ。あいつにとって、絵を描くとは、おのれの樹に花を咲かせ、実を実らせるみたいなものだ。相生の樹だから、ナコの花はいつでも咲かせられる。その上に、ワケはほかの美しい花も絵に描くように咲かせることができる。尤も、本来の樹の花であるナコの花を咲かせた上でないと難しいようだが。ワケは無盡燈《むじんとう》の喩《たと》えで言っているが、自分に宿るナコの花から美の真理を掴んでいるからこそ、ほかにも美しい花を咲かせられるのだろう」

「でも、紅麗緒《くりお》ちゃんの花は地上の花ではないわね。私は見てないけれども、小鳥井和華子というひとの花も」

「そうだ。あいつは、小鳥井和華子というこの上なく美しい花を天上のものと認識し、それを自分の樹に咲かせたいとおもったのだ。すると、自分の樹にナコの花が宿っているのに気づいて、無盡燈を援用して自分の[illegible]開花させたというわけだ。その対比で言えば、ナコのほうは枝葉で触れる世界だけ見ている。だから、ワケのことは心に引っかけていても、かたわれであることに気づいていない。紀理子の訪問を受けて漸《ようや》く想い起こした程度だ。東京に就職で出てくることがなければ、まだまだワケと出会うことはなかったろう。まあ、短大出であれば地元就職が一般的であるのに、東京本社での採用になっていたのも不思議であり、相生の樹だからこその霊妙な力が働いたようにもおもえる」

「それから、彪くん扮《ふん》する贋者のワケと出会う」

「おれは遊び半分だったのに、ナコは完全に信じきっていた。だが、贋者のワケでも、ナコには非常にパワーを与える存在だった。初めて戀心《こいごころ》をおぼえた相手を振り切ることもできたのだから。それでもまだ相生の樹の自覚にはおよびもつかない。ワケの肉声をきいてそれが一變《いっぺん》したのは、ワケの声が電話越しなのに自分のからだのうちからもきこえたからだろう。ネマに拉致《らち》監禁されても、寧《むし》ろおのれの本領を発揮して逆にネマを變調《へんちょう》させる強《したた》かさがあるのは、相生の樹の本来の強さが出たからだ」

「ネマちゃんも、ナコさんが自分に容姿が似ているのを妙に意識しすぎて、それを否定しようと支配的な振

ないことをするから」

「あいつはおれの企《たくら》みの片棒をこれまでみごとにかついできた。ナコに対してもおなじこととあいつは考えていたようだが、その前に、おれのことを意識してワケの顔を損傷させたところから、ネマは迷走し出した」

「ナコさんに対しても過剰な攻撃心が起こった」

「すぐ御免なさいと言うナコ相手ならという慢心もある。飼いならされないとおれの前で宣言した矜持《きょうじ》を持ったはずのネマが、ナコを飼いならしてやろうとおもった。自分で掘ったおとし穴にはまるのは必然だ」

「いつも身に帯びておくと言ったナイフを、ナコさんとの服の交換で身から離したことも気づかずにいた」

「またネマの話に戻ってしまった。あいつのことはもういいだろう。梛藝佐に委ねたのだ」

「いいわ。あの子はもっとりっぱに成長するわ」

「ああ。紡羽にも梛藝佐にも愛されている。りっぱにならないはずがない」

「彪くんも愛情を表明してあげなさいよ」

「それは梛藝佐が言う科白《せりふ》だ」

「私も、ネマちゃんについては梛藝佐さんとおなじ立場よ。なのに彪くんは、梛藝佐さんと私を違うように扱う」

違っているほうがいいじゃないか」

「それは私をあまりおんなとして見ていないということと、言ってるのとおなじよ」

「それは違うな」

「違うって？」

「梛藝佐は相生の樹のかたわれだ。おれと一対という意味でのおんなだ。自然とおんなの部分が強調される。紡羽、おれはおまえを樹と見ない。おまえは地上の縛りを離れ、高く飛翔する鳥だ」

「鳥だから、どうなの？」

「おれも翔《と》ぶ。おれのあり方はなにも樹と定まったものではなく、幾つもの相を持つことができる。鳥のように空を棲《す》み家《か》ともするのだ。速く、高く、翔ぶ鳥として、紡羽は格好のパートナーだ。おれたちは比翼の鳥ともなるだろう」

「比翼の鳥ね。でも、一方で、相生の樹として梛藝佐さんから離れられない」

「樹は地下部と地上部でなりたっている。人間は地上部だけで動いているように見えるが、おのれのなかに地下部を有している。だが、それだけのあり方では、世界に依存し、呑《の》み込まれる。おれは地上から遊離する。相生の樹を塒《ねぐら》とするが、飛翔し、風とともに世界を切ってゆく。世界もおれを切ろうとする。切り結ぶ太刀の下こそ地獄なれ、踏み込みゆけば後は極楽」

「なんなの、それ？」

　紡羽は男が即席で奇妙な歌をつくったようにおもって、呆れ顔をした。

「おや、武道家の娘がこれを知らないのか」

「知らないわ」

「勝海舟が昔の侍がこう言ったと本に書いている。この言葉の出典は知らなくても、おまえなら意味はわかるだろ」

「まあ、大体わかる」

「おまえにも武道家の奥深く強靭《きょうじん》な根っこ、地下部がある。鍛え上げた地上部の肉体と精神がある。その上、地上部は絶えず磨き上げられ、變化し、躍動し、風や空とも親しい。だから、おまえは飛翔する鳥なのだ。おれとおまえで、これからも真剣を持って世界と切り結び、世界の裏がわもめくり上げてやろうではないか」

「彪くんにそれを言ってほしかった。梛藝佐さんと子供がえりするから、ちょっとやきもきしたわよ」

「紡羽でもやきもきするとはな」

「知らないあなたがいたから。知り合う前のあなたの[illegible]急所でもあるようね」

「急所だって？」

「そう。そして、梛藝佐さんはいつでもそこを掴める」

　紡羽は男の前で拳《こぶし》をにぎって突き出した。

「私はあなたの急所を見つけようとしたけど、できなかった。そして、あなたを自分に同調させられるのは、梛藝佐さんしかいない」

「梛藝佐のほうが上手《うわて》なような言い方をするが」

「梛藝佐さんをちょっと見縊《みくび》ってた。自分を出そうとしないひとだから。さっきの纔《わず》かな時間で認識が一變《いっぺん》した。まだまだどんなものを秘めていらっしゃるかわからない。彪くんも、私と一緒に翔ぼうというけど、梛藝佐さんに手綱《たづな》を引かれて引き戻されるんじゃない？」

「相生の樹とわかっても、おれは飛翔せねばならない。比翼の鳥としておまえとは離れない」

「そんないいとこどりできるの？」

「できるのは、おれしかいない」

「彪くんだけだと認めるし、是非そうしてもらいたいわ。そうすると、私も梛藝佐さんともっと深くかかわらないといけないわけね？」

ね」

「覚悟はいいけど、此頃《このごろ》椰藝佐さんのまわりで起こっている不可思議な出来事について、是非彪くんの見方をききたい」

「爺《じい》さんの失明のことか？」

「ワケさんも失明した」

「そうだな。地上の光を受けられなくなった以上、もう花を咲かせることは難しいな」

「ナコさんの花も咲かせられないのは痛手じゃない？」

「花ではない別のものにかわらざるを得ない。だとしても、美を最も表現できる花を咲かせられないのは、惜しいことだ」

「ところで、ワケさん、それに和邇さんを失明させたのは、紅麗緒ちゃんの美に触れすぎて、眼の神経がやられてしまったとか、紅麗緒ちゃんの見てはならない姿を眼にして禁忌をおかしたためとか、ネマちゃんは考えてるようね」

　それから紡羽は興味深そうに、「彪くんはどう考えてるの？」ときいた。

「椰藝佐こそ一番触れているのに、なにも障害を起こしていないのをどう説明する。男だけが眼をやられるという話も科学的ではない。だが、おなじような時期に関係が深い二人が唐突に失明したというのは、やはり紅麗緒にかかわっているのだろう。ワケ自身も、美しいものに一杯触れて、眼の寿命が尽きてしまったように考えている。爺さんも執着していたから、眼が耐えられなくなったということは考え得る。二人とも失明の衝撃に動揺しておらず、運命のように甘受していることも不思議だ」

「彪くんは紅麗緒ちゃんをおそれる？」

「おそれるつもりはないが、神秘で近づきがたいのを無謀に接触するわけにはゆかない。美のかぎりの経験というのは、経験する前と後とでその人間をかえてしまうかもわからない。神を見るのとおなじように。神を見たと語る者はあるが、語れるならば、それは本当に神を見たわけではなく、擬似体験にすぎない。神を見る経験を伝えられないのは、死の経験を誰も伝えることができないのとおなじようなものにちがいない。紅麗緒は神ではないから、その美を一瞥《いちべつ》した瞬間ただちに一つの死を経験させるようなところまではゆかない。尤も、時たま現われる時だって、紅麗緒本然の美を或る程度隠しているのにちがいないが。きっと椰藝佐がそういう操作をしているだろう。しかし、紅麗緒と深く触れ、美のかぎりの経験に至った場合、一体どうなるのか。ワケの失明は美のかぎりの経験によるものだとしても、美のかぎりの経験を尽くした果ての結果なのか、まだ尽くすに至らぬ途中で光を奪われたのか、それもわからないからな」

「その話だと、梛藝佐さんはいつも紅麗緒ちゃんと接触していながら、紅麗緒ちゃんの本当の美を経験していないことになるんじゃない？」

「紅麗緒は一度この屋敷を出されている。その時も、梛藝佐は紅麗緒と一緒だった。そして、再び屋敷に戻された時、紅麗緒におおきな變化が起こっていたようだ。その謎を知るのは、紅麗緒本人と梛藝佐だけだ。その謎を知っているから、或いは一緒に体験しているから、梛藝佐は紅麗緒といつも触れていても、かわることがないのだろう」

「突拍子《とっぴょうし》もないことを言うかもしれないけど、」

「なにも突拍子なことはない。或いは、紅麗緒にかかわることはなにもかも突拍子なことだ」

「それはそうね」

「余計なことを言った。なにを言いたかった？　アンドロイドの可能性か？」

予想していたことのように紡羽は言った。

「おれもその考えを持った。紅麗緒は神秘そのものだ。神秘で姿を現わさない。人間であって、それはあり得るのか」

「写真にも撮れない究極の美。どのようにも再現や複写ができず、二つとして現われない。本来、神麗守ちゃんの美しさで充分究極的だとおもう、生命体としてはね」

「人間は、皮膚の下は誰も人体標本とおなじだからな。美醜のレベルではなくなる」

「そう。神麗守ちゃんはとても美しいけれども、胸に触れれば心臓の動きが伝わるし、おなかをおさえたら胃腸の動きもわかる。運動して発汗するし、ほかにも生理現象を伴う。紅麗緒ちゃんも人間ならおなじであるでしょうけど、そういうのを触れさせないように姿を隠しているのか、それとも超生命体でそういうものから免れているけれども、その正体は秘密だから、人前に姿を現わさないようにしているのか」

「しかし、アンドロイドなら、人間が造ったものということになる」

「そう。人間の能力でかなうことなのかしらと。きっと人工知能がおおいに働いているのでしょうけど、そ」

「人工知能に本当の奇蹟は起こせない。だが、はるかに能力が劣る人間には、人工知能の絶大な能力で達成されたことが奇蹟と信じられてしまう。特に短い時間だけなら、それはずっとたやすいだろう」

「じゃあ、彪くんは、紅麗緒ちゃんはアンドロイドだと？」

「或いは、人工知能がつくりだしたイリュージョン」

「その可能性もある」

「だが、そうだとすると、本物の紅麗緒はどうなった？　病弱でもうながく生きながらえないということで、屋敷を出されたのか？　戻ってきた時に、アンドロイドにおきかえられたと？」

「考えられないことはないわ」

「だとすると、椰藝佐が芝居をしていることになる。いくら爺さんがそれを目論んだとしても、椰藝佐がそれに協力するとはおもえない。勿論、そこにこそ、おおきな謎、秘密があるのかもしれないが」

「彪くんは否定的に考えてるのね？　椰藝佐さんの性格を考えて」

「椰藝佐のことは勿論あるが、神麗守だって、途中でアンドロイドになったら、わかるだろう。それに、ワケだって、絵を描くのに相当時間一緒にいて、鋭く観察するのだから、爺さんがそういうリスクをおかすだろうか。小稲羽鳴海も紅麗緒をもう一人のおねえさんとおもっている」

「なるほどね。私もまだ今の技術じゃ、アンドロイドは現実的ではないとおもう」

「だからといって、可能性としてあり得ることは否定しない。屋敷を出る以前から、紅麗緒がアンドロイドとして造られ、成長とともに代がわりしていたのなら、椰藝佐も神麗守も昔からそれになじんでいたわけだ。今更の芝居ではない。唯、それでも、ワケというまったくの部外者を爺《じい》さんが招き入れる理由がわからない」

「どちらにしても、紅麗緒ちゃんが神秘的で究極の美であることにかわりない。彪くんがこの屋敷に戻ってきたのは、神秘的な紅麗緒ちゃんの美にもっと迫ろうとおもってるからなんでしょう？」

「神秘に触れて、それをおのれのものとしないわけがあるか」

「わかったわ」

「神秘に対しては、おのれの命の火を極限まで燃やすことが必要だ」

「私も比翼の鳥として一緒に燃えろと」

「火のなかをくぐってこそ不死の火の鳥になる。それにかけてもいいだろう」

「かけてるわ、はなからあなたに」

そう言った後、紡羽は男を見て言った。

「あなたが燃えたら、相生の樹はどうなるの？　相生の樹も燃えるということではないの？」

「樹だからといって、火をおそれないさ。五行思想の相生《そうせい》では、木は火を生む。木と火は強く関係づけられている」

「椰藝佐さんも燃やすの？」

「椰藝佐は木を育《はぐく》む水でもある」

「水だったら、火に対して相剋《そうこく》の関係じゃないの」

「相剋だからって、怯《ひる》むおまえではあるまい」

「私の火はどうもないわよ。問題は彪くんのほうでしょ？　椰藝佐さんによって彪くんが燃えきれないいんじゃない？」

「おれは空も棲み家とすると言った。世界と切り結ぶ太刀も帯びる。そして、火を生む木でもある」

「椰藝佐さんを本当に燃やせるの？」

「答えはわかっているだろう」

「燃やす覚悟と見た」

「きいたわ。水が燃えるの？」

「というより、火がつかないようにするだろう。樹を育もうという水の性だから、燃やすわけにはゆかない」

「だけど、あなたは燃えなくちゃならない」

「おれの信念だ」

「私の信念でもあるわ」

「比翼の鳥だからな」

「椰藝佐さんは手強《てごわ》いわ。あなたは急所を掴まれてるし」

「当然、おまえの言う急所ごと燃やす」

「でも、それは相生の樹の根っこでもあるでしょう？　根っここそ椰藝佐さんの水の性によって――」

「そうさ。あいつは火を寄せつけない。それゆえに、おれは一人屋敷を出なければならなかった。あいつはおれの情熱を知っていた。おれの情熱は火を生まんとするが、あいつは情熱の火を静かに水でくるむ。二人して情熱に燃えることはできない。それで、あいつはおれを解放した」

「でも、相生の樹だから」

「そう。おれが本当に燃えきるためには、必然的にあいつ諸共《もろとも》に燃えることになる。それができないなら、おまえを比翼の鳥として燃えさせることはできない」

椰藝佐さんの命にかかわる」

「まだおれには読めない。椰藝佐がおれと身一つにして一緒に焼き滅びようとするのか、一緒に燃えて、おれは火に、椰藝佐は水に再生するのか。どちらにしても、おれは自らを相生の樹から解放せねばならぬ。その時、相生の樹が完全に姿を消すとしても」

「あなたの足には椰藝佐さんの蔓《つる》が結わえつけられてる。ネマちゃんも椰藝佐さんのもとに戻った。あなたと椰藝佐さんの相生の樹は物凄く巨大かもしれないわ」

「相生の樹は見かけ以上に巨大だ。物質の話だけでなく、二つの生命、魂が入り混じって、新しい世界をつくっているからな」

「ワケさんとナコさんの相生の樹も？」

「相生の樹であるかぎりは。今は尋常でない才能のワケに対してナコが凡庸《ぼんよう》すぎて、見た目アンバランスだが、二人が実際に出会って、この後どう變貌《へんぼう》するか。あの二人の相生の樹の世界はまだ読めていない」

「彪くんと椰藝佐さんの世界は？」

「それを知るために、これからもっと椰藝佐にかかわってゆかねばならない」

「いつまでかかる？」

「どこかで直観でわかる。おれがそんなに時間をかけるわけないだろ」

「ええ。それでわかった上で、あなたは相生の樹から自分を解放する」

「そうだ。おのれを燃やし、相生の樹を燃やす」

「椰藝佐さんも」

「相生の樹だから、当然だ」

「あなたの言う、相生の樹という一つの世界を消滅させる」

「そうならざるを得ない」

「世界を消すというのは、とんでもなく巨大なエネルギーが必要よ」

「それは対消滅のエネルギーか」

48　虚実合わせた世界全体の美

「彪くんにとっての反物質は？ということね？」

紡羽《つむは》が興味深そうな表情をうかべて言った。

「あなたのかたわれのような存在で、男女の性が異なる梛藝佐《なぎさ》さん」

「性が異なるだけで反物質ということはない」

男は否定した。

「そうね。じゃあ、見かけ相似でありながら実質は陰陽逆のワケさんか」

「おれとの対比で陰陽逆というが、あいつの現在は前ともかわっている。光の世界を失い、闇の世界に入ってしまったと言えるからな。あいつは紅麗緒《くりお》を描ききっておのれの内なる創造のエネルギーを蕩尽《とうじん》した。燃え尽きたあいつの地上部は焼け焦《こ》げた跡にすぎなくなっている。これ以上燃やしようもないし、衝突する程の実体がない」

「結構悲惨な喩《たと》え方をするのね。反物質の実体すらない、と言うの？」

「[illegible]まだ。あいつはどうやら地下部にこそ本領があって、見えないところに豊潤なエネルギーを秘めているようだ。だから、地上部は焼けて花をつけることができなくなっても、枯れ木というわけではない」

「ナミブ砂漠に生《は》えているウェルウィッチアみたいね。奇想天外」

「ナコと相生の樹でなければな。ともかく、あいつの地下部をこそ根こそぎ掘り起こさねばならない。地下部の正体を露《あら》わにしてこそ、本当におれの反物質かどうかがわかる」

「そうなんでしょうけど、あのワケさんを根こそぎ掘り起こしていくというのは、あなたにしても随分骨折りじゃない？」

「時間はかかるな。あいつの根は相当深いところまであるだろう」

「だったら、梛藝佐さんを燃やすことは難しいんじゃない？　彪くん自身が梛藝佐さんと大衝突する？」

「それは紡羽の望みか」

「そうね。梛藝佐さんは素敵なひとだけれども、私にとって不都合なひとでもあるから」

紡羽は悪戯《いたずら》っぽくわらった。

「でも、梛藝佐さんには紅麗緒ちゃんや神麗守《かりす》ちゃん

[illegible]あの子たちも巻き込んで爆発したら、とんでもないことになる。いくら彪くんでも――」

「おれだって消滅してなにも残らないかもしれない」

「きっと私も無事には済まない」

「神麗守、紅麗緒に手出しはできない。だから、椰藝佐に対しても慎重にならざるを得ない」

「それに、ネマちゃんも椰藝佐さんのがわに行ったわよ」

「ネマはまだ株分けできていないだけだ」

「株分け？」

紡羽は男の使った単語を反復した。

「そうだ。だから、おれたちの相生《あいおい》の樹にくっついている。おれにつこうが、椰藝佐につこうが、おなじことだ。しかし、もう株分けしないといけない。おれたちの相生の樹と分離しないとな」

「ネマちゃんもまだ時間がかかりそうね」

「だが、おれたちが本当に相生の樹であるならば、椰藝佐はかならずネマを株分けする。もとは別だからこそ相生の樹であって、ネマまで相生の樹というのはなりたたない。椰藝佐も直観的にわかっているはずだ」

「きっとね。でも、ネマちゃんも株分けされて、あなたたちの相生の樹が完全になりたっちゃったら、それで納まりがついて――」

「案ずるな。相生の樹として椰藝佐は根づいても、おれは空へと先端を高く伸ばし、飛翔しようという考えはかわらない。だが、おれがおのれの考えを実現させるためにどのように力をつけようと、それは相生の樹の世界で生み出されるエネルギーだ。その世界を消すエネルギーにはならない」

「だとすると、やっぱりワケさんの掘り起こしをして――」

「反物質かどうかはわからないし、抑々《そもそも》人間のレベルで反物質的なものがあるかもわからない。だが、反物質でなくても、相生の樹は独自の世界をつくっている。それを破壊すれば、甚大なエネルギーが生じる。そのエネルギーでおれと椰藝佐の相生の樹も燃やすことができるだろう」

「ワケさんを相手にというのではなくて、ワケさんとナコさんの相生の樹？」

「普通に考えれば、あの二人が相生の樹ということはない。親戚筋《しんせきすじ》だから、容姿は似ていて、相性《あいしょう》も合うようだが、接点が小学校の一時期しかなく、後は離ればなれで、一切交流をしていない。しかし、ワケはナコなしに才能を開花させることはできなかったのだ。ワケはそれに気づいており、いつもナコの絵を描いていた」

「ナコさんと全然会わず、写真もないのに、現在形のかの女の絵を描けた」

「ナコのほうはずっとなんのアクションもない。なつかしい昔の友達でしかない。交流がなく、連絡のしようもないから、ワケは想い出の世界にいるだけの存在だった。そのようにずっと無自覚だったが、交流した途端、自分の魂にワケが宿っており、会っていなくても対話できることを知った。相前後して、ワケは光の世界を失う。あの二人の相生の樹は、見えているところの接点はそれほどでもないが、見えていないところのダークマターが尋常でなくおおきい」

「ワケさんはこれからどうしてゆくとおもう？ 今は小稲羽《おとわ》さんのところに身を寄せているようだけれども」

「小稲羽の家は、神麗守や紅麗緒とのつながりだ。一方で、棟方紀理子がどう関係を回復させるか。ナコ自身もどう變貌するかによって、ワケとのかかわりもかわってくる」

「彪くんはどう見通しているの？」

少し間をおいて、紡羽が尋ねた。

「自主の時ということを考えるならば、ナコは地上部が普通にあるのだから、ナコがワケの眼のかわりを務める。ナコが協力すれば、ワケは再び絵を描くことも可能だろう。だが、そのためにはナコはワケに常時付き添う必要がある。仕事を辞《や》めねばならぬ。社会人一年目で、折角就職した会社でこれから仕事をおぼえようというのに、それを放棄するなど、非常識だ。誰もが反対する。仕事にも会社にもなんの問題もないのだから、なおさらだ」

「そんなのを認めてくれる世の中でもないわね」

「ワケの再起の可能性に賭けて、誰かパトロンのように二人の面倒をみてくれる者があればいいが、現実的ではない。ワケの真価をわかっていたのは、和邇の爺《じい》さんしかいないからな」

「でも、ここのお屋敷で引き取って、例えば彪くんが和邇さんのかわりに――」

「それはたやすいことさ。椰藝佐だってそうしようとおもえば不可能ではない。今、ワケは小稲羽の家にいるが、おとなは母親しかいない家でワケ一人の面倒さえいつまでもみられるものではない。椰藝佐が手を差し伸べるだろう。だが、常識的に考えて、それはワケ一人で、ナコは違う。ナコが仕事を辞めて、椰藝佐のもとでこの屋敷に再就職する。そんなこと、誰も考え」

「ナコさんは今の会社を辞める理由がない。二人が相生の樹で、ナコさんにワケさんを再生させる力があるとわかっているのは私たちだけだし。ナコさん自身、まるで気づいていないでしょう」

「まったくだ。何度も言うが、ワケの才能を再起させるのはナコしかいない。ナコの献身があれば、焼けきったワケにも光が戻って、再び花を咲かせることがかなう。だが、ナコが間接的なかかわり方しかできないならば、ワケの再起ははるか先になる」

「相生の樹としてはどうなのかしら？」

紡羽は疑問を呈した。

「樹はロングタームの生き物だから、問題はないかもしれない。じっくり時間をかけて再生するというのは自然だ。ナコもスローテンポだ。だが、世の中の變化《へんか》はそれを待ってくれない」

「私たちも」

「当然だ。いずれにしても、自然に放っておいては、ワケとナコの相生の樹はエネルギー量が低いままだ」

「梃入《てこい》れするのね？」

おもしろそうに紡羽が笑みをうかべた。

「言うまでもない」

「それは、ナコさんに？　ワケさんは失明して、一人で行動することは難しいでしょうから」

「どちらを相手にしても、もう片方に波及する。ワケは、小稲羽の家ではやりにくいが、棟方紀理子《むなかたきりこ》がかかわる時は、難しくない」

「烏栖埜《うすの》さんの出番？」

「それもありだが、本人が出てきても、問題はない。大体において、みなの認識は、ワケについては、棟方紀理子との仲を回復させ、いかに発展させるかのほうが重要だと考えている。戀仲《こいなか》だから、当然だ。ナコだって、その協力をしたいとおもっている。ナコは幼馴染《おさななじみ》の友達にすぎず、戀人《こいびと》――契《ちぎ》りをかわす相手ではない。それが共通認識だ。紀理子だけはそうは考えていないかもしれないが」

「かの女はナコさんのこと意識しているということ？」

「杵島紗依里《きしまさより》はそれを案じて、ワケが描いたナコの絵を紀理子の眼に触れさせないようにした。紀理子でなくても、本人をモデルとして前にしないであれだけのクォリティでナコを描くなどとは、尋常でないものを感じるだろう」

「それを理解しなくてはワケさんを受け容《い》れられな

い」

「紀理子はワケからのアクションがほしかった。杵島紗依里が去って、ワケには自分しかいなくなったのだから、戀人としてかれからもっとかかわりを深めてほしいとおもった。かれの部屋に二人きりでいることがおおくなったのだし」

「お嬢様だから、相手がしてくれるのになれている」

「だが、ワケにそういう感覚はない」

「だから、彪くんがかわりに」

「少しだけな」

「少し、といっても、ワケさんは0、まったくナッシングなんだから、大違いよ」

「今後もハードルが高い。紀理子はまだ学生だし、ましてや、ワケのような職業も不安定で失明もしているような男を棟方の家が認めることはない。まだ親に紹介もできていない、秘密の仲だ」

「ここまでつきあっていて、それはどうなのかしら」

「自分の肖像を描いてもらうのを待っていたのだろう。それを見てもらえば、ワケのなみなみでない才能も、自分に対する深い愛情も、認めないわけにゆかないと」

「でも、まだなのよね?」

「いや、もう、描いている。だが、それは紀理子が病気で会えなくなってからだ。本人を眼の前にモデルとして描いたものではない。失明する予感がしたために、今のうちに描かなければと仕上げたものだ。だから、紀理子本人はまだ眼にしていない」

「またしてもね？　かれ、モデルを前にしないで描くことのほうがおおそうね」

「特殊な才能なくしてはできないことだ。専門的な訓練も受けていないわけだしな」

「その絵を親に見せられたとしても、もうおそい。絵に感動はされても、描いた本人は失明して、これから絵は描けないし、自活だってどうしてゆくのかという話が先になる。親にしてみれば、娘の幸せを約束してくれる相手とは到底言えない」

「ワケも失明したばかりだし、焦《あせ》りようがない。視覚障碍者《しょうがいしゃ》の訓練もこれからだ。紀理子の両親も、友達として支援する範囲では認めるだろうが、それが精々だ。いくら好きだといっても、人生のパートナーに選ぶなど、承知しようがない」

「まだ紀理子さんの精神的安定も充分とはいえないし、そんな時にはなおさらね。外出自体、禁じられるかもしれない」

「だから、紀理子にしても、急にそんな決断をして行

[illegible]ない。再び前のように交際をして、戀人の関係をもう一度つくりなおさねばならない。梛藝佐やナコら、まわりの者たちもそれに協力しようとするだろうが、時間をかけてゆくしかない」

「私たちとしてはそれを見守ってはいられないわね」

「まったく時間の無駄だ。紀理子には家の問題や世間《せけん》体《てい》がおおきく、ワケには處理《しょり》不能だ。抑々《そもそも》、ワケがエネルギーを回復し、再起してゆくためには、ナコがもっとかかわりを深くしなければ無理だ。ワケとナコが実際に出会い、ナコに相生の樹の自覚が生じた今は、あいつらの相生の樹の活動も變化する好機だ。地上部のワケは焼けてしまった分、ナコが支えねばならぬし、そのためにも地下部からよりおおくのエネルギーが供給されるだろう」

「ナコさん次第《しだい》か」

「今はまだ拍子抜《ひょうしぬ》けする程惚《とぼ》けているがな」

「でも、ネマちゃんには難敵なようだわ。あの子の鏡のように作用してもいるし」

「わからないでもない。ワケとおなじように、つるんとしてなめらかだから、摩擦が生じない。作用したことがスリップするか、そのままはねかえってくる。特にネマは外見がよく似ているから、なおさらだろう。


おれも日曜日にナコの相手になって何時間も費やしたが、お人好しもいいことにナコの相談役になりきってしまった。しかも、昼間からアルコールを飲ませてもケロッとして、自分をなくさない。裏表がないから、酒にひっくりかえされて本性が出てくるようなこともないのだ。ナコは酒好きという感じはないが、二十歳《はたち》になったばかりなのにあれだけ飲んで平気なのは、実家でも親の酒につきあっていたのかもしれないな。ワケはおれがアルコールを奨《すす》めても、口をつけようとしなかったが、飲ませれば結構いける口にちがいない。あいつのほうは逆に禁じられて、その言いつけを守っているのだろう」

「あの細いからだでお酒がそこまで強いというのは、知られざるナコさんの底力ね。人のことかんたんに信じて、騙《だま》されてもその自覚がない子だから、つい軽く見てしまわれそうだけど」

「ワケもひとを疑わない人間だから、まともに相手をしようとすると面食らう。まじめさだけがとりえとしか、おもわれない。高校時代の親友とそのかの女はワケをきちんと評価できる稀有《けう》な例だ」

「そのかの女、会えなくなったボーイフレンドのために、受験生でヌードを描いてもらおうというんだから、なかなかの傑物だわ」

「実際にかの女の家に出向いて、仕切りなおしまでしてヌードを描くワケもな。常識人の紀理子には辛い相手だ」

「ワケさんと向き合っていると、鏡になって自分の心の底まで映し出されてしまう」

「自分を善良と信じ込み、そのプライドでもっているおんなには、残酷なことだ」

「でも、ワケさんにはそれがわからないのね」

「この世の数はガウスが考えた複素平面で総《すべ》て座標に位置づけられるが、実体として認知できる数は実数の軸にあるものだけだ」

「なに、急に。ワケさんは虚数の軸に関係していると言うの？」

　唐突に話題がかわって紡羽はとまどったが、勘を働かせて言った。

「例えば、この世にあるものの総てがかりに数におきかわるとした場合、眼に見えるなどで万人が存在を認知できるものは、実数の世界にあると言えるだろう。だが、それだと複素平面では実数の軸の直線上に存在するものでしかない」

「そうだ。違う次元が見えない。実数の軸と虚数の軸の両方で構成される座標平面というものでとらえなければ、本当の世界を把握することはできない。勿論、実体としてとらえられるのは実数の軸だけであるから、虚数の軸は、想像力が豊かでなければ発想もできない。ともかく、複素平面をとらえるには、実体としてとらえられないものをとらえる働きがないといけない。老子もいう。『視《み》れども見えず、聴けども聞こえず、摶《とら》うるも得ず』。これら、『無状の状、無物の象』は、『惚恍』、つまり恍惚で、実体をとらえられないが、こうしたものもおさめてこそ本質的な世界にかかわることができる。一般の人間は実体世界で充足するように感じているから、その働きは期待できない。ワケは寧《むし》ろ、実体世界を認知する能力は一般人より劣っても、虚数の軸や複素平面を感知する働きは勝れているのだろう」

「それって、紀理子さんの心を感じる力は鈍いけれども、遠く離れて会ってもいないナコさんとは通じ合ってる、というようなことを言ってる？」

「まさしくそうだ。ワケにその能力があるからこそ、紅麗緒の肖像も描き得たのにちがいない。紅麗緒の尋常でない美しさは、実数の世界の美しさだけで構成さ……虚数を含めて、複素平面全体の美しさがあらわれているがゆえに、あれほどまでにも形容できない美しさがあるのだ。ワケはそれを感じとれるから、絵にできる」

「紅麗緒ちゃんが写真に撮れないのも、写真は実数の世界のものしか写せないからなのね？」

「そうだ。もっと言えば、あいつは虚数iの美を感じとることができる」

「虚数iの美？」

「虚数iは、四回かけあわせないとプラスの価値が出てこないから、プラスが出てこない三回までは、一般人には評価できない。ところがワケは、iだろうが、マイナス1だろうが、マイナスiだろうが、どれも1とかわりない美しさがあるのを感じとっている」

「そう言われると、ワケさんは尋常でない能力を持っているということね」

「同時に、絵というのは、それを表現できるものなのだろう。だが、そうは言っても、絵は基本的に実数の世界のものだ。キャンバスも絵具も実数の世界のものだからな。実は、おれはおそれているのだ」

「おそれている？　彪くんらしくない物言いだわ」

男の発言におどろいて、紡羽はおもわず眉根を寄せた。

「おれがおそれているというのは、ワケが描いた紅麗緒の絵が、実はもうきえているのではないかということだ」

「きえている、ですって？」

「きえているというのは、実体しか見ることができない眼から、ということだ。絵というのは、インスピレーションに恵まれた画家によって実数世界を超えた美を表現できる。だが、それらの素材は実数世界のものだ。ワケが描いた紅麗緒はどうか。実数世界を超えた美そのものが絵になった時、複素平面という虚実合わせた世界全体の美があらわれたわけだが、それを見るわれわれの眼がどれだけの間その美を感じとっていられるか、ということだ。美は移ろいやすいと言うが、きっとわれわれの美の感知力の持続性の問題なのだ。本物の美はその強いかがやきにより、実数世界を超えた複素平面の世界全体の美しさを開示してくれる。だが、それに触れるわれわれの眼の強度も要求される。われわれの眼はながくは耐えられず、本物の美は見える世界から忽《たちま》ちにきえてしまう」

「それは、かならずそうなるの？　もうきえているの？」

「いや、確かめていないから、実際はどうかはわからない。第一、紅麗緒の美を絵にしたのは前代未聞のことでもあるから。唯、その絵は今どこにある。おれはずっと気をつけているが、所在がつかめていない」

「まあ。彪くんにしてもとらえられていないなんて。私、紅麗緒ちゃんのことは、あなたやネマちゃんにきくばかりで、それだけで魅了されてしまうおそれを持ってしまってる。だから、会うより前に、紅麗緒ちゃんの絵を見て、自分を保てるようにしないととおもっていたのに、その絵が見られないかもしれないなんて」

「梛藝佐は知ってるはずだ。爺さんにしても、紅麗緒のことは梛藝佐に委ねるほかないからな。これからおれは梛藝佐と深くかかわりながら、紅麗緒の絵を探ってゆく。尤《もっと》も、紅麗緒の絵がもう見えないものになってしまっていたら、万事休すということになるが」

「そうなったら、しようがないわ。でも、なんとか見たいわね」

「気になるのは、小稲羽の家族をワケが描いた絵に、紅麗緒がくわわっていたということだ」

「あ、そうそう。そうだった」

「小稲羽の家にある[illegible]

「その絵のほうが手に入れやすいでしょうね」

「その絵には、鳴海《なるみ》と母親、神麗守、紅麗緒の一同が描かれたときいている。その絵においても、紅麗緒は見えなくなるとするなら、ほかの三人はそのままで紅麗緒だけきえてしまうとしてその絵はどうなるのか。そこだけ空白になるのか。それとも、最初から紅麗緒がいなかったように、三人だけが描かれた絵になるのか。もし前者だとすると、絵としてなりたたないものになる。後者だとしても、絵を描いた時点で筆がおかれていないところに後で勝手に線や色が現われてくることになる。そんなことが起こったら、大問題だ」

「だとしたら、紅麗緒ちゃんだけでなく、ほかのみんなの姿もきえて、真っ白なキャンバスだけ残るんじゃないの？」

「そうかもしれない。或《ある》いは、この絵の紅麗緒はほかの家族たちとおなじようにずっときえないかもしれない。これもこれで謎だが」

「きえないであってほしいわね」

「紅麗緒についておれはさっき人工知能が入ったアンドロイドである可能性について言ったが、先端的な人工知能は量子力学が応用されている。この量子力学こそ、虚数の考え方が導入されることでなりたっている。

、紅麗緒はアンドロイドとは親和性があるのだ。問題は人工知能が美を創造できるかだ。もし、人工知能が美を創造できるなら、複素平面の美にまで至るだろう。紅麗緒はアンドロイドであっておかしくない。だが、おれの考えでは、人工知能は美を創造できない。まねることはできるにしても、それは創造とはまったく違う。美を創造するという奇蹟は人工知能には起こせない。これをくつがえす人工知能をつくることができる人間がいるとしたら、おれと雖《いえど》も脱帽するしかない。美の創造という奇蹟を起こせるその人間は、この世の救い主と言えるだろう。だが、今の時点でそういう人間が存在するとは、おれにはイメージできない」

「おおきな話になってきた。話を戻して、ワケさんのこれから——焼けて花をつけられなくなった相生の樹のこと。或いは、和邇さんが不在になって、神麗守ちゃんや紅麗緒ちゃんのこともある。いずれも、椰藝佐さんの考えや行動におおきくかかわってくるわね」

「椰藝佐は小稲羽の家に神麗守をかえす考えだが、まだ相当程度の期間は神麗守と紅麗緒を分離できない。したがって、神麗守も紅麗緒もということになると、やはり椰藝佐も一緒にそこで住まわざるを得ない。普通、母子家庭に三人もくわわったら、所帯規模がかわりすぎるが、マンションもそれなりの広さだし、くわわる三人に嵩《かさ》がないから、あまり問題はない。尤も、爺さんが長期に入院することが明らかな今、急ぎはしないだろう。それより、ワケの失明は椰藝佐も想定外だから、こちらのほうをどう始末をつけるかが問題だ。ワケを一人でおいておけはしない。いつまでも小稲羽の家にというわけにゆかないのは、椰藝佐もわかっている」

「この屋敷にみんな来させるという選択肢は？」

「爺さんは初めそうさせようとしたが、環境がかわりすぎて鳴海もなじめないことをおそれ、小稲羽梓紗《あづさ》が断わった。今は爺さんがいないにしても、屋敷での生活は遠慮したいだろう。だから、小稲羽の母子はこの屋敷には入らない」

「ワケさんの面倒をみられるひととなると——さっきの話に戻ってしまうわね」

紡羽は思案するように腕を組んだ。

「杵島紗依里というひとに連絡をつけることは？」

「非常事態だからな。だが、熊本にかえった紗依里がなみなみでない覚悟で決断した事情を椰藝佐も知っているから、一年の期限がくる九月になるまではなんとかしようとするだろう」

「なんとかって？」

「何度も言うが、ワケの問題はナコが傍にいれば、かなりかたづく。ナコと知り合ったばかりで椰藝佐はまだそれをわかっていないだろうが、おそかれはやかれ気がつく」

「この屋敷にという話はさっき難しいということだった」

「できない話ではないが、最初からその選択肢はない」

「じゃあ、ワケさんのアパートにナコさんを同居させるというのは？」

「それが一番いい。ワケに絵の才能をもう一度発現させるには常時あいつの眼のかわりに付き添う必要があるが、普通に世話して生活の手助けをするだけなら、ナコは仕事を辞めずとも済むだろう。昼の食事などは椰藝佐たちが世話することもできる」

「ネマちゃんも手伝える」

「そうだ。椰藝佐に言われなくても、自分からそうするようになるだろう」

「唯、ナコさんは会社の寮を出て住まいをかえるから、[illegible]。しかも、知ってる子といっても、男の子と一緒にくらすんだから、理解ある親でもすぐにとはいかないわね」

「それに、ワケの両親が健在なのだから、そちらに話を通さないとということになる。親戚筋だから、知らないふりはできない」

「それは非常にきびしいわね。そのことを考えると、ナコさんも無理だとおもうんじゃないかしら」

「意外と、そこはナコも本気を出して、ワケのためにと両親を説得しにかかるだろう」

「まあ、相生の樹だし」

「杵島紗依里のつぎは檍原橘子。常識人には難物だ。見た目にはとてもまともそうだが、言うことは常識はずれでまったく理解しがたい。腹には企《たくら》みもなにもないから、こういう人間を相手にするのは、骨が折れる。しかも、ナコのような二十歳《はたち》そこそこの、まだ子供から抜けきっていないようなおんなが乗り込んできて、わけのわからない話をしだすとなれば」

「でも、ワケさんの親はナコさんの親のほうに抗議して、そこからナコさんを止めさせるんじゃない？」

「いや、ワケの父親は檍原の一族とはかかわりを持ちたくないのだ。それにもう、二年も前にワケのことは見捨てている。今更父親の望むコースには戻れない。

身を立てようとしていても、
失明してその仕事もできなくなったとか、そんな先が見えない話をきかされても、もう御免だろう。ナコとなかよくしたいなら、好きにしろ、ということになるかもしれない」

「すると、ワケさんの父親相手だって説得してしまう可能性はあるということね？」

「可能性はかなり高いと、おれはみている。ワケの父親にしろ、自分の両親にしろ、半人前のようなナコが話をするのは相当にエネルギーを要するだろう。ナコもワケのためだから、夢中でやりきるにちがいない」

「ワケさんとおなじ相生の樹のナコさんも尋常でない潜在的なパワーを秘めているから、ということね？」

「相生の樹だからな。その地下部から噴《ふ》き上げてくるものは、誰にも止められないさ。しかし、ナコにとってておきな問題は別にある」

「別にって？」

「一番ハードルが高いのは、紀理子をさしおいてということだ。お互いに相手を意識し合うから、実行は難儀だ」

「ナコさんはあの性格だし、嫉妬《しっと》する対象にはならない気がするけれども」

―いや、紀理子はなおさら意識する。自分にはかなわないものを感じてな。小鳥井和華子と違った意味で、自分はワケに対して一番になれないとわかるのは、紀理子にとって最も苦しいことだ」

「そこはワケさんがしっかりしないと」

「そのとおりだ。ワケ自身の問題はおおきい。だが、天然だから、限界がある。紀理子こそ、本当の意味でワケのことをよく見、知らねばならない。あいつが見ている本物の美の世界、実数世界を超えた新しい地平を」

「そちらのほうが本質的ね」

「紀理子はきのう紅麗緒と会ったことで病状が劇的に回復した。これまで経験したことのない感動で、自分をおおっていた病気の表皮から脱皮できたのだ。だから、これからワケと交際しながら、紅麗緒や神麗守とも触れ合ってゆけば、紀理子だって新しい世界に眼を開かれ、ワケの本質を理解できるようになるだろう。ナコについても、ワケにとってどういう存在かがわかってくる。但《ただ》し、その前にナコへの対抗意識を解除できればということだが」

「ナコさんもワケさんとおなじ不思議子さんとわかってしまえば」

「感づきはしても、紀理子はワケのことだってわかっていないのだ。ましてナコにはワケのような才能はないから、その突飛さは一層奇妙で、紀理子のような人間には理解するのが難しい」

「二人はきょうだいだとおもえばいいのに」

「そうさ。そうおもえば、ワケとナコのきってもきれない関係に余計な意識を持たなくて済む。尤も、紀理子はナコと出会った時から、ワケの妹かという感覚を持ったと言っている。しかし、意外にその直感は正しかったのだ」

「本当ね」

「だが、そういう関係でも、男とおんなが一緒に住むというのは、微妙なことだ。本当にきょうだいであったとしてもな」

「特に、ワケさんは眼が見えなくて身のまわりの面倒をみてくれる人が必要だけど、それがナコさんというと、どうしても意識してしまう。つかみどころがないから、余計に始末がわるいかもしれない」

「梛藝佐が間に入ってやるしかない。梛藝佐が二人のことをみてくれるなら、紀理子も受け容れられるだろう」

[illegible]コさんの同棲を認めるってことね？」

「梛藝佐なら、それが一番いいと気づくだろう。紀理子が自立できるまでの間は、ワケのためにそれしか手がない。どのタイミングで梛藝佐がそのことに気づき、アクションするか。その前に、視覚障碍になったワケのリハビリや訓練にも取り組まないといけない。梛藝佐は順序を踏んでゆくだろうから、結構時間がかかりそうだ」

「あんまり待ちたくはないわね。だって――」

紡羽は途中で言い止《や》めた。さっとスマホを取り出し、確認して言った。

「ノカちゃんから。紀理子さんがまたここにくるって」

「のようだな」

「予測していたの？」

男の様子を見て、紡羽がきいた。

「ナコと話をしに来たのだ」

「わざわざ戻って？　今？」

「きょうは全員勢揃いして、あまり話ができなかったからな。ナコと次に会う段取りをつければいい話だが、体調にまだ自信が持てていないのかもしれない。それより、ナコのことが気になって、おちつかないのだろ

「どういう話をしたいのかしら」

「ナコになにかを感じたのはまちがいない。それに、ワケはいつもナコが一緒にいてくれるということを言った。単純に幼馴染かとおもっていたら、ワケの心のなかにずっと住んでいると言うのだ。まったく会いもせず、音信だってかわしていないのに。それをワケ自身がはっきり言った。気にならないわけがない。あと、もう一つある」

「もう一つ?」

男の口調から、それが重要なことであるのを紡羽は感じた。

「きょう、ワケはナコと会うからといって、ナコを描いたスケッチを何枚も持ってきた」

「そうね」

「ナコに見せた絵のなかに、紀理子を描いた習作も含まれていた。そして、そこでワケが、きちんとした紀理子の肖像画を描いたという話もしていた。なにか感じないか?」

「紀理子さんの絵はまず紀理子さんに見せるべきということ? ワケさんが眼が見えなくなる直前に描いたのだから、紀理子さんはまったく絵のことを知らないわけだし」

「そうだ。紀理子と会うことはきのうの時点できまっている。それは、ナコと会うことがきまるより前の話だ。ナコに絵を見せようとおもったなら、紀理子にこそ絵を見てもらわねばならないと考えるはずだ。ワケはともかく、鳴海はかならずそう考えて、ワケに話をする」

「でも、紀理子さんがその絵を見たのなら、きょうはそれで持ち切りになるでしょう」

「だから、絵を見せる場面はなかった。朝ワケがきた時は、ナコに見せるスケッチで荷物があったから、おそらくその絵は、小稲羽母子がやってくる時に持ってきたのだ。そして、紀理子たちがかえる時に、ワケからわたした、包みを開けずに。家に戻ってゆっくり見てくれたらいいと」

「なかを見ておどろいた。それでとってかえしてやってきた」

「紀理子にとってワケが自分の絵を描いてくれることが念願だった。それをかなえてくれた感動で胸が熱くなっているだろう。だが、実際に自分がモデルになっていないのに絵が出来上がっている。感謝を伝えたい気持ちで一杯だが、その不思議もきいておきたい。実際、ワケはそのようにしてナコの絵を描いている。その関係でもききたい話がある」

「こんなふうに紀理子さんが入り込んできたら、ワケさんとナコさんの相生の樹もちょっと變化がありそうね」

「まあ、楽しみにしていよう」

男は立ち上がり、紡羽もしたがった。

49　心の現実

紀理子《きりこ》がまたお屋敷に戻ってくるときいた時、その理由は告げられなかった。おねえちゃんもきいていいなかったんだろう。紀理子本人からの電話だったという。津島さんからだったら、理由は述べられていただろうが、紀理子が慌《あわ》ただしく電話してきたものに、おねえちゃんが理由をきくような野暮なまねはされないとおもう。

それに、理由について察しはついていた。というのも、紀理子たちがかえる際に、おねえちゃんがおおきな紙袋を持っていて、それを清躬《きよみ》にわたし、清躬からまた紀理子に手わたしされたのだが、その紙袋にあるものがなにかわかっていたからだ。それは清躬が描いた紀理子の肖像画だった。清躬が朝きた時は橘子《きっこ》に見せるスケッチ数枚の荷物があったから、それは小稲羽《おとわ》さん母子がくる時に持参し、おねえちゃんに預けたのだという。それをきいて、私はなるほどとおもった。もともと橘子とは今朝会う約束だったから、橘子に見せたい絵は用意していたにしても、紀理子と会う約束もしていたわけで、紀理子に対しても絵を見てもらおうと考えるのが自然だから。唯、紀理子は精神状態に留意が必要なので、一旦持ちかえってもらって、自分の部屋におちついたところで見てもらうのがよいと判断し、かえりぎわまでおねえちゃんのところで保管されていたのだ。

きっとかえりの車のなかで、居ても立ってもいられず紀理子は紙袋のなかみを見て、それが自分を描いた肖像画とわかって、非常におおきな衝撃と感動を受けたのだ。そして、自分を描いてくれた清躬になにか言わないではいられなかったのにちがいない。

案の定《じょう》、紀理子たちの車を出迎えた時、紀理子はおおきな紙袋を持っておりてきた。

それは予測どおりだったのだが、おどろいたのは紀理子が着替えていたことだ。きのうの格好は知らないが、さっききた時の紀理子は、ブラウスにカーディガンを羽織り、ミディ丈で膝が隠れるスカートを穿《は》いていた。それが今は、白い襟《えり》つきのパステルピンクのカットソーに、サイドにプリーツがある白いミニスカートという格好で、少し見違えた。父親につきあってゴルフ・コースをまわる時に着ていそうな感じだ。自宅に戻ったといっても、ほとんど滞在時間もなくすぐ舞い戻ってきているわけなのに、どうしてわざわざ着替えてきたのだろう。これが自宅で過ごす服装というわけはなく、おしゃれをかえてきたのだ。でも、花嫁のお色直しではない。第一、眼が見えない清躬に対しては意味がない。とすると、橘子を意識したとしか考えられない。橘子がミニスカートでとても似合ってかわいらしかったから、対抗意識がかきたてられたというのかしら。私からの借り物で普段穿きなれていないミニスカートに、橘子は最初抵抗感を示していたけれども、清躬の前では照れやぎこちなさはなく、ごくナチュラルに橘子本来のチャーミングな魅力を映《は》えさせていた。といったって、どちらがどういう格好でも清躬にはわからないのだけれども、少なくとも清躬の前でかわいさで負けているわけにゆかないということなのだろうか。尤も、紀理子なら何着も持っているだろうミニスカートのなかでこのコーディネートをしてきたというのは、意図的にスポーティなスタイルをしてくることで、橘子よりも清躬に対してアクティブに振る舞おうと覚悟をきめてきたのか。

紀理子は自分からおねえちゃんに挨拶《あいさつ》をした。少し気を張った感じはあるが、しっかりとした口調だった。

[illegible]見て、少し眼を伏せ、頷にちょっとおびえたような影が差した。

「あ、あの、詩真音さん…」

私の名前を確かめるような感じだったので、私から、

「ええ、詩真音です。さかんにネマと呼ばれているから、おぼえにくいですよね」と言った。

「いえ、御免なさい。まちがっては失礼だとおもって」

「気になさらないで。さあ、行きましょう」

私は声をかけ、玄関に誘導した。紀理子はおねえちゃんが動くのを待って、漸《ようや》く動いた。私と距離を縮めないようにしているようだった。私とはきょうが初対面で、会うなり橘子とまちがえたという失態（私はなにも気にしていないのだけれども）があったから、それをまだ気にしていて、遠慮しているのだろうか。

紀理子たちはいつものように応接室にとおした。

おねえちゃんから案内する部屋を指示された時、盗聴器がしかけられていることを知っているのにどうしてとおもったが、私の怪訝《けげん》そうな様子を見ても、おねえちゃんはにこっと微笑んで、軽くうなづくしぐさをした。かれにきかれたって大丈夫よ。おねえちゃんの表情はそう伝えていた。おねえちゃんはにいさんのことを信頼している。まるで清躬と橘子の関係のように、

した音信を絶やしていたのににいさんを昔とかわりないように受け容れている。

紀理子が部屋に入る時、津島さんはなかに入らなかった。自分一人で会って話をしたいと言っていたようだ。

応接室には、清躬と橘子が先に入って、待っていた。ドアをノックし、開けると、橘子が出迎えた。

「紀理子さん、ようこそ。またきてくださってうれしいわ」

「橘子さん、ありがとう。あまりちゃんとお話ができてなかったので、隠綺《おき》さんに御無理言って、またお邪魔させてもらうことにしました」

「まあ、素敵なファッション。着替えていらしたのね」

「橘子さんとおなじように、私もかわいらしい格好がしたくなったの」

そこにタイミングよく香納美《かのみ》が三人のドリンクを持ってきてくれたので、私がそれを引きとって三人に給仕した。私は部屋を出たふりをして、気づかれないようになかに残り、パーティションで仕切ったキャビネットのかげに隠れた。おねえちゃんの指示だ。あなたならうまく気配を消せるでしょう。大丈夫とはおもうけれども、紀理子さんのことをちゃんとみておいて。

カメラをセットしたかったが、急な連絡でその時間はなかった。にいさんのほうはきっとセットしているのだろうけど。声だけで充分だ。なによりこんなに近くで様子をうかがえるのだから。

「紀理子さん、またお話ができるんだね」

清躬の声がした。

「清躬さん、何度も御免なさい。でも、どうしたって引きかえさないではいられなかったわ。だって、こんな素敵なプレゼントを用意してくださっていたなんて……」

紀理子は声が震え、言葉に詰まった。

私はいつでも飛んでゆけるよう身構えた。あまりに早すぎるが、パニックを起こされてからではまずい。

「いえ、いえ、大丈夫です。橘子さん、ありがとう」

「ひとまず御用意くださったジュースか水を一口飲んで」

橘子の優しい声がした。

橘子はおちついている。橘子がいたら、そう慌てることはないかもしれない。動くのは、傍《そば》で観察している橘子の様子がおかしくなった時でいいだろう。

「清躬さん、さっきくださったものを橘子さんにも見てもらっていい？」

少し間をおいて、紀理子が言った。

「勿論《もちろん》、いいです」

清躬が返事した。

「あ、それ」

橘子が察しがついたように声を出した。

「橘子さんにはわかってるようね」

「清躬くんのことだから、それしかない、というだけ。でも、その『それ』が凄《すご》いのでしょ？」

また少し沈黙の時間。グラスを移動させる音、それから、紙袋が擦《こす》れる音だけする。

「じゃ、今から、橘子さんに見ていただきますわ」

紀理子が清躬に報《しら》せるように言った。

「わあ、凄い。鏡に映しかえされてるみたい」

橘子が歓声を上げた。紀理子の絵が開陳されたのだ。

「本当に、凄い。こういう絵は初めて見た」

橘子が、凄いをくりかえす。

「清躬くんのスケッチは凄いとおもったけれども、絵になるともっと違う世界が開けて、こんなにも凄いものになるのね。絵のなかの紀理子さんも呼吸してるみたいだもの」

清躬が描いた紀理子の肖像画がどれだけ凄いのかと、私も見てみたくなる。紀理子でこうだったら、小鳥井和華子や紅麗緒《くりお》を描いたものはどれだけのものなのか、想像がつかない。もっとおねえちゃんを手伝って、清躬の絵にも触れておくんだった。

「橘子さんたら、私を見ないで、絵のほうを見てよ」

「え、だって、いくら清躬くんの絵が凄くても、御本人が一番でしょ？　紀理子さんが先にあってこそ、清躬くんの絵がある。絵が素晴らしいから、余計に紀理子さんの素晴らしいところ、もっとちゃんと見ないといけないわ。だから、顔、隠さないで」

「絵だけ見て。本当、おねがい」

紀理子が懇願するように言った。

「清躬くん、紀理子さんのために本当に素晴らしいものを仕上げたわね。清躬くんのスケッチを見た時、もう写真みたいで完成されたものにおもったけれども、こうした絵になると写真を超えたものになってる」

「ありがとう。紀理子さんを描ききることができて、よかった。橘子ちゃんにはスケッチばかりで、きちんとした絵を描くことができなかったけど」

「私は、だって、ずっと会ってなかったんだもん。スケッチだけでもあんなに描いてもらえて、うれしい」

「橘子さんも御自分のを見せてもらわれたんです

た」

「紀理子さんたら、なに、敬語つかってるの？　私にもお昼に見せてくれたわ。スケッチだけど、本当にきれいに描いてくれた」

「清躬さん、私、本当にうれしいんです。こんなにうれしくて感激したことありません。かえりの車のなかで包みを開けて、絵を眼にした時の感動といったら。家に着いても、暫《しばら》く車からおりられないくらいでした。どうしたってすぐ清躬さんにお礼を言って、感激している気持ちをお伝えしなくてはとおもったんです」

「紀理子さんに喜んでもらえるのがなによりだよ。ぼくはどうにか紀理子さんを描かないとおもっていたんだけれども、なかなか描けなかった。だけど、なんとか描けるようになったんだ。いま見てもらうことができて、とてもよかった」

「あ、また、橘子さん。見るのは私じゃなくて絵のほうと言ってるのに」

「御免なさい。でも、両方いいのに、一方しか見ないのはおかしいわ」

「じゃあ、今度は、橘子さんの絵も見せてもらうわ。いくら清躬さんが描いた絵でも、私は橘子さんのほうに見惚《みと》れてしまうかもしれないわ」

「見惚れてなんて盛り過ぎ。私の顔はここにあるのに、清躬くんの絵がないと、今は見てもしようがないというわけね？」

橘子が軽くからかうような調子で言った。

「どうしてそんな」

冗談半分の橘子の言い方に真顔できりかえすような紀理子の口調に、ちょっとハッとする。

「だって、紀理子さん、ちっとも私の顔、見ないじゃない。勿論、このきれいな絵に釘づけになるのは当然だけれども、私に応対する時も、ちゃんと私のほうを向いてくれない。私があなたの顔をあまりに見ようとしているから、そのために私のほうに向けないの？　だとしたら、とっても御免なさい。私がわるかった」

「謝っていただいたら、私のほうがいけないわ。橘子さんがわるいわけではないです」

「橘子ちゃんは、ぼくのかわりに紀理子さんを見てくれてもいるんだ」

清躬が間に入った。

「それも慥《たし》かにある。いえ、言われてみると、おおいにある」

納得したような口調で橘子が言った。

「あ、あの、橘子さん」

少し間をおいて、紀理子が口を開いた。

「なにか、紀理子さん？」

「こちらのおうちに、詩真音《しまね》さんというお嬢さんがいらっしゃるでしょ？」

不意に私の名前が紀理子の口から出たので、びっくりした。

「ええ。もうお友達です」

橘子がはっきり言った。疑いも遠慮もない橘子の口調は私をうれしくさせた。

「とっても似ていらっしゃるわね、橘子さんに？」

「ええ、似ている」

あっさり答える。

「私がきょうお昼過ぎにこちらにきた時、詩真音さんが隠綺さんと玄関でお迎えくださったんですけど、私、橘子さんとまちがえてしまいました」

「まちがうのも無理ないわ。私なんか、詩真音さんの顔を見た途端、気絶してしまったもの」

「気絶!?」

なんと明け透けに話をするんだろう。私は橘子に呆《あき》れた。顔を見た途端に気絶するなんて、どう説明するんだろう。

「だって、私がもう一人いるんだもの」

「そんなハプニングがあったの？」

清躬も素直に受けとる。二人とも變《へん》なコンビだ。

「お店のなかで、ですか？」

「あ、えっ」

突っ込まれて、どう説明しようかと今になって考えている。抜けているんだから、ナコは。

「あ、初めは、あまりそうおもわなかったの。まさかそっくりなひとがいるとおもってないし、詩真音さんもそんなつもりでなかったとおもうし。夜で暗かったし」

なんとか言い抜けようとしているが、なにも説明になっていない。店のなかならば夜の暗さとは関係ない。墓穴を掘りそうで、少しはらはらする。

「あ、それからホテルに——あ、その前にカラオケ行ったんだわ」

ますます混乱している。大丈夫だろうか。

「歌を歌うというより、お喋《しゃべ》りをするために。あ、それで、あれ、私、どこで気絶したんだっけ？」

ナコったら、本当に墓穴を掘りまくってるじゃない。どう収拾するのかしら。

「気絶したのは確かなのよ。いえ、待って、それ、梦《ゆめ》のなかだったかしら」

……夢か現かという、いいかげんな話になってきた。

「夢だとしたら、現実と取り違えるような臨場感のある夢だったんだね？」

　人の好《い》い清躬が調子を合わせる。

「あ、そう、夢だわ。御免なさい。だって、レストランで声をかけられて、カラオケのお店に行って、それからホテルに泊まったんだもの、詩真音さんと一緒に。その間で気絶するなんてことないわ」

　当たり前でしょ。

「夢でよかったわ。現実に気絶されてたら、大變《たいへん》なこと」

　紀理子も夢を支持した。もう、夢のなかの出来事にきまった。

「でも夢のなかだって、自分にそっくりなひとと向かい合って、気絶までする夢なんて。橘子さん、とっても怖《こわ》かったでしょう？」

「怖かったと言えば――あ、でも、気絶したからあんまりおぼえてない」

　どんどん無責任になってくる。

「そのお話、詩真音さんにもしたの？」

「えっ？」

　それもおぼえていないと言うのか？

「いいえ。夢であっても、詩真音さんの顔を見て気絶したなんてこと言ったら、失礼でしょ。だから、詩真音さんには内緒。おねがいね」

　内緒という話を打ち明けるというのも失礼でしょ。本人がきいてないとおもっても、耳には入るのよ。まあ、実際、ここできいてるんだから。

「ああ、それで、紀理子さん、詩真音さんがどうかしたの？」

　橘子が話を戻した。

「いいえ、とてもよく似ていらっしゃるというお話だけ。でも、髪形が違うから、大丈夫ですけど」

「髪形？」

「橘子さん、ポニーテールがとってもお似合いで、かわいらしいわ」

「あ、ああ」

　自分のことなのにひとごとのような返事の仕方だ。自分でその髪形にしたわけじゃないから、わからないでもないけれども。

「私も一度、ポニーテールにしたことがありました。でも、似合わなかった」

　紀理子が小さな声でぼそぼそと言った。私は、きのうの紀理子の話で、自分に變化をつけて清躬の気を惹《ひ》こうとして、それがポニーテールにしてみることだったので、肩透かしに感じたことをおもいだした。あの時のこだわりがまだあるのだろうけれども、橘子のことを誉《ほ》めておいて、自分について似合わないというのは、どうだろうか。

「似合わなかったなんて、紀理子さん、それはないとおもうわ。まあ、でも、折角のきれいな髪だから、ポニーテールにするよりは――」

橘子は一旦フォローしようとしたのを言いなおして、結局紀理子の自己否定を後押しするような物言いになった。相かわらず抜けてる。

「紀理子さん、きのうも話していたね」

清躬が紀理子の話をうけて言った。橘子の発言の前に言っていればもっといいのだけれども。

「ええ、でも、わすれて」

紀理子が言った。ポニーテールに髪形をかえたおもわくまで話してしまったから、恥ずかしいにちがいない。

「橘子さん、御免なさい。自分のこと、関係ないのに。橘子さんは本当によく似合っていらっしゃる。本当に小学生の時以来ずっとしてなかったから、紀理子さんにそう言ってもらってうれしい」

「小学生の時はポニーテールがおおかったね」

清躬が橘子に対して言う。

「お昼に見せてもらったスケッチでもちゃんとポニーテールで描いてあった。なつかしかった」

「小学生の時以来ですか？」

「うん。だって、中学校からは校則でポニーテールはいけないことになってたの」

「校則で？」

「ええ。よくわからないけど、女子はうなじを見せてはいけないとか」

「うなじ？」

「よくわからない。ともかく中学校で禁止されて、それ以来してなかったの」

じゃあ、どうして今ポニーテールにしてる、って説明はどうするのだろう。

「私たちのところだけかなあ、そんな校則」

「よくわかりませんけど、でも、ポニーテールを禁止する校則があるなんて初めて知りました」

「紀理子さんはずっと東京でしょ？」

「ええ」

[illegible]」

「東京でもわけのわからない校則の学校はあるとおもいますよ」

「校則が学校それぞれというなら、それより前に人それぞれなんだから、そちらをまず尊重してほしいですよね？　私は途中で身長がそれほど伸びなくなったからそうでもなかったけど、友達なんか中学校で急に身長が伸びて、前のスカートだと膝《ひざ》が見えるようになって、それをわざとスカート丈短くしてるだろうとか言われて。あと、地毛《じげ》が茶色っぽいのに、髪染めてるだろうと言われた子もいる。ちっともその子のこと知らないで見た目だけで指導するなんて、先生のほうがおかしくない？　あれ、紀理子さんの前だとなんか調子よく言えちゃう。二月の時も、なんか私、調子よく誰かに文句をつけてたわよね？」

　慥かに、珍しく橘子がテンション高く喋《しゃべ》っている。

「あ、尻馬に乗る男の子たちの話」

　紀理子もちょっとおかしそうに答える。二人でなんの話をしあったのだろう。

「あ、それ。よくおぼえてくれてるわね、紀理子さん」

「いえ、橘子さんとのお話、楽しかったから」

「清躬くんは全寮制の男子校だったでしょ？　なんかとってもきびしそうな感じがするけど、校則なんかどうだったの？」

「生徒手帳にはいろいろ書かれてあったけど、ほかの学校の校則がどうかも知らないし」

「清躬くんのようにまじめな生徒さんは、きまりがきびしくてもきっとあんまり関係ないのよね。紀理子さんもおなじでしょ？」

「私も幼稚園から系列の学校で、ほかの学校のことは」

「あ、もう、校則の話は止めましょ。今更だしね」

　橘子が急に引き取った。清躬の学校の話が出て、私はH君のことがよぎった。清躬はまじめだが、H君はしばしば校則違反していそうな感じだった。H君が処《しょ》分《ぶん》を受けた問題は、実は清躬も共犯関係にあったのだ。橘子もハッとして、引っ込めることにしたのにちがいない。

「橘子さん、小学校の時以来と言われていたけど、きょうポニーテールにされているのは、清躬さんと会うのに、昔の頃をおもいだされたからなの？」

　紀理子が尋ねた。あ、それ、おねえちゃんがにいさんに会うのに、わざわざミニスカートに穿《は》きかえたのとおなじなようなことを言っている。それで説明できないことはないけど、橘子の頭がまわるだろうか。

「それは考えもしなかった」

　あっさり橘子が否定する。じゃあ、どう説明する。

「だって、清躬くんは眼が見えないってきいてるから、どういう髪形でもしようがないわけだし」

「そ、そうですね」

「実はこのポニーテール、私がしたんじゃなくて、詩真音さんなの」

「詩真音さん？」

　橘子が私の名前を持ち出したので、ドキッとする。また下手《へた》なことを言わないだろうか。自分だけの墓穴を掘るならまだいいけど、私まで巻き込まないでほしい。

「私、途中でねむくなっちゃって、気がついたらポニーテールに」

「橘子さんがねむってる間に詩真音さんが？」

「爆睡しちゃってたんでしょうね、髪の毛を弄《いじ》られて全然気がつかないんだから」

「ポニーテールに結《ゆ》っちゃいたいくらい、橘子さんの寝顔がかわいかったんでしょうね」

　……って、詩真音さんにきくと、二人似た顔だから、区別がついたほうがいいようにって。自分が結うより、私を結うほうがやりやすかったんでしょう」

「そうだったの」

「このミニスカートだって、そうよ」

　ポニーテールに私を登場させたのは、結果的に無理ではない説明になっていて、相手も納得したようでよかったけど、話をミニスカートにまで広げると、また危なっかしい感じがする。

「ミニスカート？」

「これも詩真音さんのなの」

　また私を登場させる。

「ねむってる間に？」

「え、まさか。流石《さすが》にそれはないですよ」

　橘子がわらってかえす。

「だって、私、予定外のお泊りで、きょう着る服は詩真音さんが貸してくれたの」

「詩真音さんは親切な方なんですね」

「ええ、いいひとですよ。私、頓珍漢なところがおおくて、かの女を困らせることもあったんですけど、しっかりしていて、優しくて、好きだなあって感じるんです、とっても。お友達になれてよかった」

[illegible]目的はともかくとして、聞き耳を立てている人間のことをそこまで言ってくれるなんて。

「さっき紀理子さんが、私がポニーテールにしているのを、小学校時代の清躬くんとのことおもいだしたのかと言われてたけど、こうしてミニスカートもつけてると、格好だけで言えば、小学校時代に戻ったよう。不思議だわ、本当に清躬くんときちんと会うのが小学校時代以来といったら、実際にその格好になってるなんて」

「あ、ぼくにも見えてきたよ、橘子ちゃんの姿が」

「まあ、清躬くん、私を見てくれてる」

感激したような橘子の声がきこえる。

「紀理子さんも見てあげて」

「私は見える？」

紀理子がきいた。

「見えるよ。ぼく、紀理子さんの絵が描けた。だから、もう紀理子さんを見失わない」

「ああ、そうなのね？ ええ、そうなのだわ。ああ、この絵。だって、これ、私を前にしないで描いてくださったんだもの」

「そう、ぼくには紀理子さんが描けたんだ」

「素敵だわ。清躬くんも紀理子さんも」

みんな感動している。少し距離があるけど、私も感動の仲間だ。

「橘子さん、お顔を見せて」

「ええ、私も見るわ、紀理子さんのお顔。もう見てもいいのね？」

「ええ、いいわ。負けないように、私も見る」

「不思議だわ、あなたの睛《ひとみ》のなかにちっちゃな私が入ってる」

「橘子さんの睛にも私が」

「紀理子さん、なみだもろいなあ。私がおぼれちゃう」

「橘子さんこそ」

二人ともなみだ声だ。

「手をにぎって。お互いおぼれないように」

「ええ」

「ああ、二人を絵に描きたいなあ」

清躬もくわわった。

「清躬くんの頭のなかでは絵が出来てる」

「出来てはいるけど、時間をかけて描いてゆきたいんだ」

「そう、時間をかけて描いてゆけばいいのよ。いくら時間がかかったっていい、清躬くんだったら描ける」

「ええ。清躬さんなら。私、ネットで調べたら、盲目の画家という方が世界にはいらっしゃるんですね。その方の作品は、美しい色づかいで、景色や人、もののかたちもちゃんととらえていらっしゃって」

「ああ、やっぱりいらっしゃるのね。でも、もしそういう方がいらっしゃらなかったとしても、清躬くんなら描ける」

「うん。紀理子さんも橘子ちゃんも、ありがとう。きっと描くよ、時間はかかっても」

がんばって、清躬くん。私も応援したい。そして、いつの日かそれがかなうことを確信する。

「やっぱり、橘子さんとお話できてよかった」

あらたまったように紀理子が言った。

「私こそ」

「いいえ、橘子さん。私、橘子さんと会うのが怖かった。初めは私、橘子さんとお友達にと自分から言ったのに、今月初めに橘子さんからのメールに対して絶交するような、あり得ない裏切りをしたこと、それがどれだけ橘子さんを傷つけてしまったかと。でも、いよいよ橘子さんとも会うんだと、ここにきて、車をおり[illegible]比較にならないくらい
もっとおそろしい恐怖に遭遇してしまったの」

「恐怖ですって」

「ええ。初めはそれを恐怖とは感じとれてなくて、混乱してただけなんですけど、だんだん、じわじわと恐怖を感じてきて。ずっと清躬さんの傍にいさせてもらってたからまだなんとか耐えられたけれども、それでもどうしようもなくて」

「なにがあったの、紀理子さん？」

橘子が心配した声できく。

「ああ、清躬さんからこの絵を戴いていなければ、きょうも寝込んでいたかもしれません。ああ、でもこの絵を見て、なにがなんでも清躬さんにお礼を、それから、あの恐怖を、ここで克服しようと――」

紀理子は気を張って声にも力を籠めた。

「紀理子さん、今も恐怖が？」

「いえ、もう大分。恐怖があったら、橘子さんを見ることができていません」

「恐怖って、私に関係するの？」

「いいえ、恐怖のおおもとは――抑々《そもそも》の根っこは、私のなかにあるんです。そして、きのうまで、ずっとずっと、私を苦しめてきました。きのう清躬さんとお会いし、勇気を持ってその恐怖と対決しました。それ

たけど、紀麗緒さんが私を救ってくださいました。おかげできょうはすっかり調子が回復したようでした。ながい間引き籠もっていたので、体力はまだ駄目ですけれども、気力はかなり戻ってきたような感じでした。でも、きょうは、まだ恐怖が私を取り巻いて、そこから解放されていないことを知ったんです」

「紀理子さん、しっかり手をにぎってあげるから、がんばって。しんどくなってきたら、私の胸に飛び込んで。あなたを放さない、決して。清躬くんもここに一緒にいるから、安心していいのよ」

「ありがとう、橘子さん。あなたと清躬さんが私の勇気を支えてくれる。私はこの恐怖を克服するために、私が体験した地獄のことをお話ししなくてはなりません」

「地獄？」

え、きのうの紀理子の話？　あれはまだ途中だったから、その続きをやっぱり話さなくてはならない、ということだろうか。

「ああ、また地獄という言葉使っちゃった。唯一人彷徨《さまよ》って、世界を見失っただけ。いえ、言い方はどうでもいいです。とにかくお話をさせてください。そのことをわすれたり、なかったことのように葬り去ることはきっと不可能なので、もう一度私はそれをくりかえして、でもあの時と今は違うということを自分で発見することで乗り越えてゆくしかないとおもっています。清躬さんと橘子さんには、勝手なおねがいですけど、私の同行者となっていただきたいんです。そうしたら、私は乗り越えられる」

「紀理子さん、手をにぎっているから、安心して。一緒についてゆくわ。清躬くんも一緒だから」

「うん、ぼくも」

橘子の後に清躬が続いた。

きのうとは紀理子の様子が違うので、赤い靴の少女のようなことにはならないとおもうけれども、やっぱり不安はある。それに、きのうはおねえちゃんが傍にいてくれていたし。かわりに今は私がすぐ飛び出してゆける距離にいるから、しっかり様子を見守らないといけない。

「橘子さん、清躬さん、ありがとう」

「お話の前に、ちょっとお口を湿して」

「ええ、戴きます」

「清躬くんにも、これ」

「ありがとう」

静かな部屋でグラスをおく時の氷の音が響いた。紀理子の話が始まった。

「今からするお話は、二月に橘子さんのおうちをお訪ねして、おわかれした後になります。その時から、私、ずっと清躬さんとお会いすることなく、一方的におわかれをおねがいしたわけですけれども、そこでなにがあったのか、そのお話です」

予想はしていたけれども、端《はな》から地獄に向き合う話とは。にいさんが登場してくる。紀理子の話のなかでどう表現されるだろうか。私も顛末《てんまつ》を知らないので耳を欹《そばだ》てたいが、怖くもある。

「清躬さんには、まず私がどうして橘子さんのところをお訪ねしたのか、そこからお話ししないといけませんね」

紀理子が続けた。

「二月にお会いした時に橘子さんにはお話ししましたが、むかし小鳥井和華子さんから差し出された絵葉書の清躬さん宛の住所が見なれないもので、東京からも随分離れていましたし、以前清躬さんが住まわれていたところを一度訪ねてみたいとおもったのです。実は、お隣の県のA市に、その少し前にインタビューさせていただいた方の個人美術館があって、そこに是非出かけたいともおもっていたので、個人的な旅行でしたけど、出版社の方にはその計画をお伝えし、家族には取材旅行でその地方に行くと伝えて出かけるので、よろしくおねがいしますと言っていたのです。お友達と一緒でなく一人で出かける旅行は初めてで、家族にあまり細かいことをききだされたくなかったのです。勿論、津島さんにはA市の美術館を見学するのは仕事ではなく個人的興味で行くというのは伝えていましたが、清躬さんが昔住んでいたところを訪ねる話はしていませんでした。東京にかえってからの土産話《みやげばなし》にしようとおもっていたのです。和華子さんからの絵葉書にあった住所を訪ねて、『憶《あわき》原《はら》』の表札を見つけた時はおどろきでした。清躬さんが御両親と離れてもう二年くらいになりますし、ひょっとして御家族がそちらに戻ってこられたのかとおもいました。大企業にお勤めというおとうさまはまだ東京か、それとも単身赴《ふ》任《にん》でまた海外か、国内でも東京以外のところに赴任しておられる可能性が高いようにおもいましたが、おかあさまは昔とおなじようにこの家に戻られたのかもしれない。そのようにおもいました。清躬さんのお話では、おかあさまはとても優しい方のようですし、唯、清躬さんが家を出られてか

[illegible]しておられるなら、清躬さんの近況をお話しして、おなぐさめしたいという気にもなったのです」

「そうか。清躬くんのおとうさんがまた単身で海外に行かれているとしたら、おかあさんがお一人でまた戻ってこられている可能性はあると考えても、無理はないかもね。以前はそうだったんだし。じゃあ、清躬くんのおかあさんがいらっしゃるかもしれないとおもって、チャイムをおされたのですね？」

橘子がきく。

「ええ」

「そしたら、私が出てきた」

「その時は本当におどろきました。そして、本当に妹さんが出てこられたようにおもったんです」

「私もびっくりしたわ」

「御免なさい、唐突に、妹さんとおききして。でも、顔だちも清躬さんに似ていらっしゃったし。橘子さんが否定というか、意味不明という感じで、あまりに通じ合う感じがなかったので、私、来てはいけなかったのかとおもいました。清躬さんはあまり喋らない方だし、知らないことは一杯あるので、ごきょうだいがいてもおかしくはないけれども、眼の前にいる御本人がきょうだい関係を否定されるというのは、立ち入るべきではない事情があるのかという気がしました。でも、清躬さんの名前を言った時、橘子さんが清躬くん？と反応されたので、ほっとしました」

「清躬くんの名前を早く出してもらわないことには、妹さん、妹さんと言われても、意味がわからなくて」

「本当にすみませんでした」

「いえ、今となっては、お互いに頓珍漢でおもしろい出会い方をしたなと、寧ろよかったとおもいます」

「橘子さんが清躬さんの幼馴染だったから、かえって気軽に清躬さんのお話をきけてよかったです。私もつい甘えてなやんでいることを打ち明けてしまいました」

「そういうふうにお互いに清躬くんのことをおもいやって、なんでも話ができ、紀理子さんとお友達の関係になれたのはとてもよかった。あの時、紀理子さんが清躬くんの連絡先を教えてくれたおかげで、東京に出てきてすぐに清躬くんと出会えたんだから、紀理子さんには本当に感謝するわ」

「あの紙は、もしおかあさんとお会いして、清躬さんのことをとても心配しておられたら、清躬さんといつでも連絡をつけられるよう、おわたししようと用意していたんです。橘子さんもとてもいい方だし、清躬さんの力になる方だとおもったので、紙をおわたししました」

「紀理子さんのおかげだね、橘子ちゃんと出会えたのも」

　珍しく清躬が言葉を挟んだ。

「唯、清躬さんが住んでいらっしゃった土地を訪ねようとしただけで、そこに檍原さんのおうちがあるとはおもっていなかったので、本当に僥倖《ぎょうこう》です」

「そう行動したから、結果につながったのよ。私たちは紀理子さんの行動力の恩恵に与《あずか》ったわけだわ。それで、その日はA市に向かわれたということね？」

「ええ。橘子さんには、東京にかえってすぐ清躬さんに伝えるみたいな嘘をついて、本当に申しわけありませんでした」

「そんな細かい予定をいちいち説明なんてできないんですから、いいですよ。それで、A市では？」

　橘子がいいぐあいに先へ促す。だけど、地獄の体験の話がこれから出てくるかもしれないというのに、その道に向かって屈託なく背中を押すようなのは、無邪気ではあるが、その残酷さに気づかない鈍さかげんも相当だ。


りあえずデパートかそうしたところで夕食として食べるものを買って、早く宿で休むつもりでいました。ちょうど駅につながったショッピングモールがあったので、そちらで手頃なお弁当を買いました。もう閉店の時間も近づいていたので、ほかの売り場はまわらないで、そこの建物を出る時、私の眼の前を小走りに通り去る人に一瞬目を奪われました。というのも、そのひとは、私とまるでおなじ服装をしていたからです」

「あ、でも、あの時も冬物のコートを着ていらっしゃったでしょう？　見かけだけだったら、よくありそうにもおもうけれども」

　橘子が疑問をなげかけた。

「ええ。でも、色合いはおなじだったし、直感的にそうおもったんです。コートの下からのぞいているスカートもおなじでした。私はそのひとを眼で追わないではいられませんでした。十メートル程先に行かれたくらいの時に、そのひとのコートからなにかがおちました。手袋のようでした。その女性は気づかないで走り続けています。私はそのおとしものを拾うためにそちらに行きながら、その女性に声をかけました。けれども、かの女はまったく気づかない様子で私からどんどん遠ざかり、とうとう角を曲がってしまわれたので、

……した女性がおとしたものはやはり手袋でしたが、男物でした。それから、手袋と一緒に、パスケースというか、チケット入れもおちていました。ビニール製でなかに入っているチケットが見えました。それは映画の前売り券でした。映画館の名前と、上映開始時間も書かれています。チケットは二枚入っていました。誰かペアで行く人の分も一緒に入れていたのでしょう。映画の上映時間は二時間以上先だったので、とりあえず私はホテルにチェックインして、お弁当を食べてから、その映画館に行って、かの女を待とうとおもいました。ペアでチケットを買っているのだから、その相手のひとと映画館でおちあうとしたら、チケットの紛失に気づいても、かの女がやってくる確率は高いようにおもいました。勿論、その前にペアのひとと会っていて、チケットがないことに気づいて予定を變更《へんこう》する可能性もありますが、もし無駄足に終わっても、おとしものを届けられる可能性が少しでもあれば、行くのが義務だと考えました。映画館はネットで調べてすぐわかりましたから、ホテルで少しゆっくりしてから、目的地に向かいました。レイトショーなので、映画館は人が疎《まば》らでした。うまくそのひとを見つけることができるだろうか。どうかここにきてくれますように。そして、おなじコートを着ていますように。そう私は念じつつ、どきどきしていました」

きいている私もどきどきしている。もう既ににいさんの計画は進行している。地方にきてまで紀理子の行動を監視し、わなをしかけている。にいさんが姿を現わすのもそろそろだろう。

紀理子は話を続ける。まだおちついている。きのうのように熱に浮かされてはいない。

「そうするうち、スクリーンのゾーンから映画を見終わった人たちがぞろぞろと出てきました。私は腕時計を見て、上映時間はあと二十分程に迫っているのを確認しました。そろそろきてくれないととおもい、出てきた人たちが立ち去っていったら、今度は次の映画を見に来る人たちが順にくると考えました。ところが、出てきた人たちがだんだん散らばって行くのをながめている時、私はまさかとおもって、眼が釘づけになったのです」

そこで、紀理子は一呼吸をおいた。

愈々《いよいよ》だ。

「そこに見たのは、男のひとの姿でした。そのひとは、ほかの人たちのようにエレベーターやエスカレーターのほうにながれてゆかず、立ち止まっていました。少し距離があり、向こうがわを向いておられて顔も確認できなかったのに、私はまさかというおもいにとらわれました。シルエットや雰囲気が、清躬さんに似ているようにおもわれたからです」

「清躬くんに⁉」

橘子が叫ぶのも尤もだ。

「勿論、そんなはずはないとおもいました。でも、その後ずっと注目しないではいられませんでした。すると、その男性に女性が近づいてきました。そこで、私は更に驚愕《きょうがく》してしまいました。というのも、かの女はさっきおとしものをした女性だったからです」

「まあ」

「おなじコート、スカートを身につけているので、違いありません。やはり、私とおなじコート、スカートです。かの女も向こうがわを向いていたので、顔ははっきり見えません。でも、シルエットは私そっくりに見えました。そして、私にとてもよく似た顔だちをしているのではないかともおもわれたのです。私はかえすべきかの女の手袋とチケットケースを手にしながら、立ち上がることができませんでした。唯、じっと見るだけです。自分が見ていることを、二人が気づいたら、とってもおそろしい気がしました。本当におなじ顔だったら、どうしたらいいのでしょう？　しかも、二人揃って。向こうだって、私を見てびっくりするはずです。びっくりするだけでなく、気味わるくおもうでしょう。向こうのお二人は地元の人でしょうけど、私は全然違うところの人間ですから、異邦人そのものです。私は見つからないようにしたいとおもいながら、でも、全身が石のようにかたまってしまって、首を動かすこともできないでいたのです。眼をつむることもできません。せめて時間が止まって、と念じるだけでした」

紀理子はそこでまた少し間をおいた。橘子ももう一言も言わない。清躬は相かわらず黙っている。

「結局、二人は私のほうをふりかえることなく、手をつないでゆっくり離れてゆきました。コーナーを曲がるところで、男性がおおきなマスクをしているのが見えました。横顔がやはり清躬さんに似ていると感じましたが、離れているのとマスクで顔の大半が隠れているので、いえ違うとおもえば、おもえそうでした。女性のほうは男性の肩に顔を引っ付けているので、よく見えませんでした。もうかれらの姿も見えなくなるとおもった矢先、女性が私のほうを振り向いたのです。その顔は、私でした。遠くても、それはまちがえよう

[illegible]れるおもいがし、眼がくらんで手で頭を支えました」

流石に紀理子の声も震えた。

烏栖埜《うすの》さんだ。にいさんが烏栖埜さんと共謀して、紀理子をわなにかけた。

「暫く私は立つことができませんでした。おなじ顔だったらどうしようという不安はありましたが、実際におなじ顔を見て、こんなにも恐怖をおぼえるとはおもってもみませんでした。でも、どうしようもないことです。世の中にはこういうこともあるのだとおもうよりしようがありません。あのカップルは、きっと女性がチケットの紛失に気づいてかれに連絡し、チケットを買いなおして一本前の映画を鑑賞したのだ。おとしもののチケットはもう用済みでした。手袋ももうかえしようがありません。私は帰路につくことにしました。おとしものは、初め交番を探してそこで届け出ようとおもいましたが、もし警察の方が怖いひとだったらどうしようとか、丁寧《ていねい》にちゃんと答えないといけないのにうまく説明できなかったらどうしようとか、いろいろ考えてしまって、嘘《うそ》をつくのはいけないけれども、映画館の方にここでのおとしものと言って、お預けすることにしました。私は、チケットケースのなかに女性の身元がわかるものが入っていないか気になりましたが、なかを調べることはやめました。身元がわかって、そのひとと接点ができてしまうことに気が進まなかったのです。それにあちこちに自分の指紋を残すこともおそろしく感じられました。映画館のひとはすんなりおとしものを受け取ってくれて、自分の氏名や連絡先もきかれなかったので、私はほっとしました。私はすっかり疲れをおぼえ、早くホテルにかえって休みたいという気持ちばかりで、映画館を一階までおり、建物の外に出ました」

紀理子の話は続く。


「ずっと探していたんだ」

紀理子はいきなり声をかけられた。ききおぼえがある声にかの女はどきっとした。

ふりかえると、マスクをした男性がいた。

まさか清躬さん？

「ああ、見つけられてよかった。本当によかった」

男性は安堵《あんど》と喜びがまじった声音《こわね》で、優しさが感じられた。声は清躬そのものだった。唯、清躬にはこういう感情の籠もった声をきいたことがないように、紀理子は感じた。でも、こういったおもいの強い言葉を清躬からききたいとおもった。

そうおもっている時、男性がからだを寄せてきて、紀理子のからだをぎゅっと強く抱き締めた。

強く熱い抱擁《ほうよう》だった。本当に清躬がきてくれて、自分を見つけた感動に、強く抱き締めてくれている。そう錯覚しそうだ。こんなに篤く、でも優しく、自分を包んでくれる。このまま身を任せてしまいたい。紀理子の意識はそのまま溶けていった。

氷の音がした。意識を取り戻した時、眼の前に赤みがかった色のカクテルがあるのに眼が留まった。

「目が覚めたね」

隣の男が言った。顔を見て、清躬だとおもった。いや、違う。男はマスクをしていない。その顔には痣《あざ》がなかった。

おもわず紀理子は男を見つめてしまう。痣ができる前の清躬の顔とまったくかわるところがない。

まさか、孿《ふたご》?

自分は清躬のことを知っているようで、実際、なにも知らない。

橘子は妹ではないと言った。嘘とはおもわないけれども、「檍原」という滅多にないような苗字で、しかも顔だちが似ているのに、血のつながりがないというのも不思議だ。橘子は本当は清躬の妹で、けれども事情があって、ごく小さい時に今の御両親の養子になった。勿論、本人たちにはその秘密は隠されている。

おなじように、孿の存在だって、絶対にあり得ないと言いきれるだろうか。

ともかく痣のない清躬の顔をじっと見つめていたい。そして、甘えたい。

紀理子は自分が酔っているのがわかっていた。紀理子は少しはお酒が飲める。杯を重ねるような飲み方はしないが、いい気分になるお酒の飲み方は好きだ。そして、今はいい気分だ。眼の前のカクテルを口に運んで、おいしいとおもった。更にいい気分になる。

清躬とはお酒を飲んだことがない。清躬が飲めるかどうかもわからない。自分は清躬についてなにも知っていない。

紀理子の手を男がにぎり、それから優しくなでてくれる。

バーのカウンターの端の席にいる。紀理子は背を壁に凭《もた》れさせながら、清躬に瓜二つの男の顔をながめた。うっとりする気分のなかで、梦心地《ゆめごこち》になる。

梦心地のなかで、もう一度男性に抱擁される。清躬

[illegible]まったく違う他人か、区別をつけられない。唯、自分は抱擁されていて、これまでに感じたことがないくらい心地よいということは確かだ。それに浸《ひた》るだけ。

自分を抱いてくれる男性は、もう清躬だ。

まだ酔いが続いている。清躬が部屋にとおしてくれる。頭がぼーっとしてあまりよく見えないが、広い部屋で向こうに寝室が見える。

部屋のなかは暖かい。コートは清躬がとってくれる。紀理子はふらふらしながら壁伝いに歩き、ベッドまできたら、からだをなげだした。

はしたないという意識はある。だが、自分を抱いてくれた清躬の前では、楽にさせてもらってよいようにもおもう。

清躬がバスタブにお湯を入れる音がきこえる。お風呂の用意が出来たら、起こしてもらえるだろう。

気がつくと、まだベッドに横になっている。清躬に起こされたわけではない。誰かくる気配に気づく。

バスローブを着た女性だ。紀理子ははっとして上体を起こす。

その女性を見て、紀理子は息が止まった。その女性は紀理子自身だった。

まだぼーっとした気分が抜けていないが、見まちがえるはずがない。

不思議なことに、かの女はもう一人傍にいることに気がつかない。

幻を見ているのだろうか。それとも、かの女にとって自分が幻？　梦のなかだ。梦で起こることを今その最中で体験している。

紀理子にそっくりの女性はバスローブの紐《ひも》をはずして、からだからおとした。バスローブをおとすと、かの女はタオルで胸を隠した。ブラジャーはつけていず、パンティーだけの格好だった。

ほとんど裸に近いその姿を見て、紀理子は恥ずかしくて堪《たま》らない。自分が裸にさせられたみたいに感じる。

かの女はくるりとからだを回転させて後ろ向きになった。自分の後ろ姿。自分では見たことがない。おしりをおおうパンティー以外、なにも身につけていないから、からだのラインがはっきり見える。顔がそっくりといっても、からだまでおなじとは言えないだろうが、ウェストが細く、ヒップも小さめで、脚のラインもきれいに見えて。自分のからだもこうだったらとちょっと期待してしまう。自分も津島さんにマッサージしてもらったり美しいからだでいることに気をつかっているから、おなじようにきれいと期待したい。美しいからだに見惚《みと》れるが、唯一つ身につけているパンティーが小さく、また少し透けているようで、眼がなれてくると、裸のおしりが見えている感じがしてくる。自分にそっくりな女性がほとんど裸に近い格好でいるのを見て、紀理子自身も羞恥心をおぼえる。

かの女がゆっくり動く。なにかに引き寄せられるように歩き出したので、その方向に眼を移すと、清躬が上半身裸で待っていた。そして、女性は清躬のもとまでくると、タオルをおとした。そして、清躬の腕がかの女の背中にまわる。強く抱き締められている。

紀理子は動揺した。清躬が自分を抱擁してくれたのをおもいだし、抱き締められている女性が自分の分身のような錯覚をした。でも、もし自分とは違う女性をかれが抱いているとしたら……。ともかく、今意識している自分は、見ているだけで抱かれてはいない。

二人はキスをしている。清躬の左手はがっしりと女性の背中をホールドし、右手がかの女の背中をゆっくりなでまわした。腰やヒップのほうも愛撫され、女性が身悶《みもだ》えした。見ている紀理子も、自分の肉体が愛撫される感覚をおぼえ、からだが熱くなる。けれども、いま意識している自分のからだはここにあって、清躬に抱かれているわけではないことも確かだと認識しないわけにゆかない。

清躬が女性の首筋から肩の線にキスしている。女性が怺《こら》えきれずに喘《あえ》ぐ声がする。紀理子も息が詰まりそうになる。

その時、テーブルにグラスが仆《たお》れておちる音がした。紀理子は跳《と》び上がるくらいおどろいた。興奮して手が動いて、引っかけたのかもしれない。

「きゃあ」

女性が紀理子のほうを振り向いて、悲鳴をあげた。

透明人間だった自分が急に正体が見えてしまったようで、紀理子はぞっとした。自分は意識だけの存在ではなく、からだもあるかの女とは別の個体なのだった。

自分がここにいてはいけないのは明らかだった。逃げるしかないとおもった。紀理子は夢中で駆け出した。二人の傍を擦り抜け、戸口に向かった。戸口の前に自分のコートがかかっていたので、それを手にとり、ドアを開けようとした。その瞬間、信じられないくらい強い力で引き戻された。床に尻からおちた。その時初めて、自分がスリップ一枚しか身につけていないのを知った。投げ飛ばされ、尻からおちて脚が開いた格好

てしまっている。でも、
からだが硬直して姿勢をかえることができない。

紀理子の顔をした女性は半裸のまま、片手で口をおさえ、もう一方の手で胸をおさえながら、眼を見開いて紀理子を見ている。

男性は、紀理子をよく見ようとするためか、眼鏡をかけた。その瞬間、男性は清躬ではなくなった。別人だ。

自分はどうしてここにいるんだろう。――清躬がここにいるわけではないのに。

清躬はどこに行ってしまったんだろう。

自分を優しく抱いてくれた清躬はどこにいるんだろう。その清躬とわかれて、どうして自分はここにいるのか。他人の部屋――あり得ない場所に。

「物盗《ものと》りだ。フロントを呼んで、差し出そう」

男はそう言い、部屋の電話をとろうとした。おんなが止めた。

「私、こんな格好で、いま来られては困る」

清躬とおなじ声で、自分を物盗りだと言われたことに紀理子はおおきなショックを受けた。自分はここにはあるべきでない人間だから、どのようにおもわれてもしかたがないとはいえ、コソ泥で侵入したみたいに言われるのは情けなかった。まして、清躬の声でそう言われるのをきくと。

私は他人の物を盗ろうとなんかしない。そういう人間ではない。戸口にかかっていたコートは自分のものだとおもったのだ。勿論、逃げることのほうが優先だったが、スリップ一枚では外に出られないから、コートを必要とする理由があったのだ。後から考えると、この冬にコートの丈で脚が露出しているのも異様であるのだが、スリップの上になにか着なくてはという意識で咄嗟《とっさ》にコートを手にしたのだ。

「このひと、私とおなじ顔をしているわ」

女性が言った。その声は紀理子の声とおなじだった。

「おまえは何者だ」

男が白状しろというようにきびしい声できいた。清躬の声であるのに違いはないが、こういった怒気を含んだ清躬の声はきいたことがない。それだけになおさらおそろしくきこえた。

おまえは何者だ。――ああ、私は何者だろう。いつのまに自分は自分を失ってしまったのだろう。

自分に問うても、答えがかえってくるはずはなかった。

清躬とおもっていた人間が別人だとわかった以上、

紀理子の顔と声をした女性が紀理子の分身ではないのも明らかになったが、それだけ自分の正体がわからなくなってしまった。自分は棟方《むなかた》紀理子という人間なのか。ひょっとして、棟方紀理子という人間は別にいるのではないか。本物の棟方紀理子は今頃ちゃんとホテルにかえって、ベッドでぐっすりねむっているのではないだろうか。だとしたら、自分は遊離した存在だ。きえてなくなっても、本物の棟方紀理子にはなんの支障もないのだとすれば、どうなってもいいのだけれど、逆に、さっさときえなくてはならないのだ。正体がないのに、こいつは何者だと正体を問い詰められ、逃げ出さないようにと捕捉されるのが、最もおそろしい。

　自分は勿論動きようがないのに、自分を見る二人は自分から遠ざかっているようにおもえた。少なくとも、自分には近寄っていない。自分はだんだんかれらからまた見えなくなりつつあるのだろうか。

　女性が、バスルームとおもわれる扉を開いて、そこに入った。男もそれに続いた。

　逃げるチャンスだとおもったが、呪文《じゅもん》をかけられたみたいに、或いは見えない縄で縛られているように、身動き一つできなかった。もし動けたとしても、ぞっ[illegible]に全身の力が抜けてしまって、立ち上がることはできないようにも感じた。脚が開いたままのはしたない格好だけでもなんとかしたいが、脚はどうしても動かない。手でスリップを脚の間に入れるようにして、パンティーだけは隠すようにする。

　少し経《た》って、女性が出てきた。

　ミニのワンピース姿だった。冬なのに、タイツを着けていない。さっき後ろ姿で見たように、脚が細く、スタイルの美しさがきわだっている。女性の顔はやはり紀理子の顔にかわらない。この衣装だと、自分のからだもこんなに美しく見えるのかと、おもった。

　女性はハーフコートを上に羽織り、小さなバッグを手にして、部屋の扉を開けた。

「こんな気味わるいところにいられないわ」

そう言うと、部屋の外に出た。

　男も上にセーターを着た格好で出てきて、無言で女性の後に続いた。出る前に紀理子のほうをふりかえったが、やはり眼鏡をしていて、清躬とは別人だとおもった。

　扉が閉まった。

　紀理子は部屋に一人になった。

　ほっとしていいのかどうか、紀理子には判断がつかなかった。

[illegible]して　根方紀理子本人なのか。

あのコートはまだここにある。女性は眼もくれないで、別のハーフコートを羽織って出て行った。このコートはやっぱり自分のものだろうか。

もう動けるだろうか。

紀理子はスリップの裾《すそ》をおさえていた手を離して、立ち上がろうとおもった。

と、突然、部屋の扉が開いたので、紀理子は心臓が止まるおもいがした。

男がかえってきたのだった。

男は眼鏡をかけていず、清躬の顔に見えた。

紀理子のからだはまたかたまった。

男は紀理子のところまできてしゃがんだ。そして、かの女の肩に手をかけ、立ち上がらせた。その時、スリップの肩紐《かたひも》がはずれて、足許《あしもと》におちた。紀理子はブラとパンティーだけの姿になる。紀理子は夢中で男に飛びついた。男は優しく受けとめ、抱き締めてくれた。

いま抱いてくれるのは、清躬だろうか。やっぱり違う人間だろうか。

でも、さっき夢心地のなかで抱擁してくれたのとまるでおなじ抱擁のしかたであるので、清躬と信じたい力が勝ってしまう。

さっきの女性にかわって、今度は自分が抱かれている。であれば、裸のからだをもっとなでまわしてもらいたい。キスもしてもらいたい。

しかし、さっきの女性の時は、男性も上半身が裸だった。だから、お互い上半身裸で抱き合って、女性もうっとりしていた。今、自分のほうは下着姿であるけれども、男性はセーターを着こんでいる。

自分が服を着るか、清躬に服を脱いでもらうか。

服を脱いでもらうよりほか考えられなかった。

紀理子は抱擁しながら、清躬の背中にまわした手で、清躬のセーターのなかに入り込み、なかのシャツもたくし上げ、裸の背中を直接なでた。そして、紀理子はキスを求めるように顔を上げた。

相手は紀理子のからだから一度手を放して、服を脱ぐしぐさをしてみせ、まずセーターを脱いだ。それから、下に着ていたシャツのボタンをはずしだした。その間に紀理子も自分からブラのホックをはずしかけたが、恥ずかしくなっておもいとどまった。

紀理子は上半身裸になった清躬の胸板に飛び込んだ。清躬の裸の胸に顔をうずめて、紀理子は抱擁されることの至福を味わった。

紀理子は今度こそキスしたいとおもって、顔を上げ、眼を瞑《つむ》った。

「きみは誰だい？」

その一言が紀理子の梦心地を破った。

男はまた眼鏡をかけた。疑わしそうに見る男の眼は、清躬とは別人だった。

「きみのためにおれのかの女はかえってしまった。おれが連れ込んだおんなじゃないかと疑われてる。あり得ない話だ」

まったく別人の前で裸になっている。

本当に裸だった。いつのまにかブラがとれていて、胸が露《あら》わになっている。

抱擁されている間に自分ではずしたのか。

梦心地のなかでそうしたとしても不思議ではない。

でも、相手は清躬ではなかった。梦心地では、自分が清躬と信じるだけでよかった。現実は、本人か別人か、答えは二つに一つだ。答えは別人だ。

別人の男の前に裸の自分。パンティーはつけていて全裸ではないといっても、服を総て取り去っているから、人前では裸に等しいのだ。下着姿であったってあり得なかったのだ。あり得ないことなのに、それが現実に起きてしまっている。

[illegible]の現実に引きずり出された。梦のなかにいるように寝惚《ねぼ》けた頭ではいられない。梦のならなにがあってもと気を許していた。それで境界をなくしてしまった。けれども、現実では越えてはいけない境界に立ち入ってしまっている。越えてしまってからではおそすぎる。

「きみはおれにつきまとうため、整形して、かの女そっくりになったのか。うまいこと、かの女にすりかわって、おれに抱かれようと」

言われていることの意味が紀理子にはまったくわからなかった。整形なんて、私がどうして。つきまとうとか、すりかわるとか、かの女のことまったく知らないのに。かの女は私そっくりの服装をしていた。それは私の所為《せい》であるはずがない。顔までそっくりなんて、わけがわからない。でも、だからって、どうして私がわるいのだろう。ああ、でも、私も、男が清躬とそっくりに見え、そういう相手に優しくされて梦心地になった。梦心地のなかで服を脱いでしまうのを厭《いと》わなかった。見知らぬ土地で見知らぬ相手を前に正気をなくしている。告発されても、言い逃れできない。

「なに憐《あわ》れみを請うような顔をする。芝居をする力はあるということか。そういう作為が透けて見えれば、興醒《きょうざ》めだ」

[illegible]というように、首を左右に振った。そうすることしかできなかった。或いは、世界が揺れ出しているのかもしれなかった。

「さっさと服を着て、かえってくれ」

男は当然のことにもう上着を着ていた。紀理子も、もうわからない、わからないといっている場合ではないことは明らかだった。おちているブラとスリップを拾い、パンティー一枚の格好のまま部屋の奥に駆け込んだ。ベッドの横にスカートとブラウス、ジャケットがおちていた。靴もあった。紀理子はそれだけでもなぐさめられた。もしそれが見つからなかったらと不安におもっていたのだ。けれども、それらの衣装がきちんとハンガーにかけられず、雑然と床におちているのを見て、紀理子はなみだが溢れてきた。一度込み上げると、急き上げて噎《む》せ込んだ。ますます男に責め立てられるとおもえばおもう程、噎せ込みが苦しくなり、手も震えてしまうが、早く裸の姿から脱しなければならないと、懸命になって服を着た。

ジャケットのボタンを留め、靴を履《は》き終えると、紀理子は扉に向かって一目散に駆け出した。

戸口の前にさっきのコートがおなじようにかけられていたが、おなじ過《あやま》ちをくりかえすわけにはゆかなかった。紀理子はコートなしで出て行こうとした。するとと、また手を捕まえられ、引き留められた。今度は投げ飛ばされはせず、前に進むのを停止させられただけだが。

「コートは着て行けよ」

「でも……」

「いいから、着るんだ。さあ、袖《そで》をとおして」

男は紀理子にコートを着せると、「下までついていってやるよ」と言い、かの女の肩を抱いて、エレベーターまで先導した。一階へおりて、ホテルの外へ出るところまで肩を抱かれた。

ホテルの外は真っ暗だった。

男が傘《かさ》を開いた。


「あ、雨が降ってきたんですね。外も暗くなって」

紀理子が窓の外を見遣《みや》って言った。

「あ、本当。いきなり凄い雨になってきた」

いま気づいたように橘子が声をあげた。

「雷も鳴ってるわ。まだ遠いようだけど」

「あの時も、ホテルを出たら雨が降ってたんです。こんなにきつくはなかったけど、冷たい雨でした」

感傷を籠めて紀理子は呟《つぶや》いた。

「雨なんてまったく予想していませんでした。すると、男のひとは、やっぱり降ってきたな、と言ったんです。それから、さあ、自分のを持てと、開いたビニール傘を私に差し出しました。私は反射的にそれを受けとってしまったのでした」

　紀理子はまたその時の話を続けた。

　紀理子は外に出たところから走り去りたかった。ここはどこかまったくわかっていなかったが、男の傍にはもういられない。でも、結構劇《はげ》しい雨に行く手を遮《さえぎ》られた。傘も受けとったことで、足が止まってしまい、逃げることができなくなった。

「そんなにおれに抱かれたかったか？」

　男も傘を差しながら、紀理子にきいた。

　紀理子は夢中で首を横に振った。

「嘘をつくな。清純可憐な女性のように外面《そとづら》を繕《つくろ》っても、もう正体は露見している。おまえがどんなおんなで、なにをしたか、総《すべ》てカメラで撮《と》られている。映像はおまえのスマホにも移しておいたから、後でしっかり見てみることだ」

　その後の記憶が紀理子にははっきりしない。

　[illegible]のは、雨が一層劇しくなって、冬なのに雷鳴が鳴り響いていたことだ。

　それから、自分のスマホに動画のファイルがあるのを確かめ、開いてみたことも記憶にある。それをどこでいつそうしたのか、わからない。唯、その映像が最後の必殺の一撃で紀理子を打ちのめしたのは確かだった。紀理子はそれ以降の記憶はまったくなくしてしまったのだった。

　動画は、紀理子がスリップ姿で脚を開いているシーンから始まっていた。紀理子は、自分では股間を隠すようスリップの裾を手でおさえていたつもりだったが、おもっていた以上に脚は大胆《だいたん》なくらいに開かれていて、パンティーをあからさまに見せてしまっていた。紀理子は正視できず、眼を離したが、男が映り込んだので、もう一度映像に注目した。男は紀理子の前でしゃがみ、肩に手をおいて、立つように促した。それに応じて立つ時、紀理子が自分でスリップの肩紐をはずすのが映っていた。そういう自覚はなかったが、映像では明らかにそうしていた。

　そうしてブラとパンティーだけになった紀理子は男に飛びついた。それから、男のセーターとシャツをまくり上げ、背中をなでまわした。一旦からだを離した紀理子は恍惚な表情をうかべて、男に唇を差し出した。

上までおしあげ、男に脱がせるようにした。その時、男のシャツの前ボタンは既にはずれていた。男のシャツも紀理子が脱がせていた。紀理子のおぼえていることとは違ったのでとまどったが、映像にある以上、自分の記憶を信じることができないのはかなしかった。清躬を脱がせた後で紀理子が、自分からブラをはずすのを、カメラはとらえていた。それも記憶と違う。でも、自分がおかしいのだ。映像の紀理子は、裸になった胸にちょっと視線を移して、また悪戯っぽい表情で媚《こ》びるように男を見上げた。胸が小さくて、ブラをつけていないパンティーだけの姿はかえって子供っぽく見えた。それから、紀理子は男の胸に跳び込んだ。男はほとんどじっとしていて、紀理子だけが顔を擂《す》り寄せ、手を動かしていた。だが、男は紀理子からからだを離すようにした。紀理子は小首をかしげて男を見上げ、かわいらしくにこっと微笑んだ。そして、自分からパンティーに手をかけて、おろそうとした。男は紀理子の手をおさえた。紀理子は取り繕うように男の顔色をうかがい、眼をぱちくりして頰《ほお》を赤らめた。

「きみは誰だい？」

そこで男の声が冷たく響いた。

それから後は見るまでもなかった。唯、男の「きみは誰だい？」という言葉が何度も紀理子の頭のなかで反響するだけだった。

あまりに気分がわるくなって、胃のなかにあったものをもどした記憶はあるが、それがどこでだったか、吐瀉物《としゃぶつ》をどう始末したのかは、まったくおぼえていない。

その後で記憶があるのは、東京駅で津島さんに呼びかけられ、保護されて以降になる。ホテルにどうやってかえって、ホテルのチェックアウトをどうしたのか、駅までどうやって移動したのか、列車のなかでどうしていたのか、その間ずっと気分不良で、ほとんど自分を失っている体《てい》であったはずなのに、どうしてとりあえずは無事に東京駅にたどりつけたのか、まったくわからないのだった。

紀理子は津島さんに電話をかけた記憶さえないのだ。東京駅までかえっていて、持ち物も揃っているのに、ホテルを出たところで男に傘を差し出されてからの記憶が、あの忌まわしい映像を見たこと以外なにもかも飛んでしまっていた。紀理子はそのことに、自分の無責任さを感じないではいられないのだった。ああ、男からわたされた傘さえ、ちゃんと持ちかえっている。

忌まわしい記憶を消したいあまり、自分の行動の記憶を葬ろうとしているが、男の前で裸になった記憶こそ消してしまいたいことのはずなのに。記憶を喪失しようとして近い記憶から消していったが、男との間のことはもう頭に焼き付いて、決してきえないということだろうか。

これらの忌まわしい出来事は、基本的に紀理子自身が蒔《ま》いた種だった。

紀理子とおなじコートを着た女性が眼の前でおとしものをしなければ。そのおとしものがペアの映画のチケットでなかったなら。かの女の相手が清躬とそっくりな男でなければ。その男が、かの女とまちがえて自分に声をかけていなければ。そこでかれが紀理子を抱き締めるということをしていなければ。そういった偶然の積み重ねが自分を運命の陥穽《かんせい》におとしたのかもしれない。けれども、男がいくら清躬にそっくりだといっても、男の顔にはあの痣がなかった。紀理子の名前を呼びもしなかった。東京にいる清躬がどうして何百キロも離れたA市にいて、しかも自分と違う女性と映画館にいるなんてことがあるだろう。陥穽におちることをしないで済む幾つもの判断材料があったのに、[illegible]ったのは、自分の勝手だ。男の前でスリップ姿でいて、そのスリップも脱ぎ、ブラさえとってパンティー一枚の姿になったのは、自分からだった。男の上半身を裸にしたのも、自分の行為だ。清躬に抱いてもらいたいという欲望が暴走し、清躬に似た男であれば、清躬と仮想して、手っ取り早く日頃の欲望を実現させてしまおうとしたのではないだろうか。私という人間は、欲望に飢えるあまり、ダミーと知っていながらおいしそうだとおもってむしゃぶりつく、そんな浅ましい人間だったのだろうか。

A市での時は、わざと雨に濡れて、清躬に抱いてもらおうと唆した自分の影は登場していない。総て自分の本性がしでかしたことだ。清躬と違う男とわかっていながら、身をまかせようとしたのは、私自身の本性が背徳にまみれているからだ。おもえば、あの、わざと雨にずぶ濡れになろうとした時に、自分に傘を差しだしてくれた少女がいた。その少女の優しさを素直に受けず、自分に貸してくれた傘を捨ててしまう非道さがもとから自分にあり、そういう本性のゆえ、もしA市で清躬に似た男に出会うという偶然に遭遇していなかったとしても、いつかどこかで清躬を裏切るようなことをして、地獄に転落することにきまっていたのだ。

の姿を平気で捨ててい
ながら、男がわたした傘を東京まで持ちかえるなんて、自分が情けなくてしかたがない。自分の正体がわかる象徴的な行為だ。

A市での出来事は、呪われた運命に見舞われたというものではない。自分の心のなかに悪魔が育っていて、A市でのいろいろな偶然を利用して、地獄の風景を現出し、そこに自分からおちていったのだ。地獄の忌まわしさがもともと自分の心に宿っていて、それが現われてきたのだ。悪夢で済ませては無責任だ。悪夢ともおもわせる闇こそ、自分の心の現実だったのだ。

そんな自分の正体がわかったら、もう清躬の前に姿を現わしてはいけない。清躬にわざわいを齎《もたら》すだけだ。もう私は、自分の心のなかの闇の穴倉に引き籠もっているよりしようがないのだ。

橘子に対しても、お友達になったというその日に、背徳をおかしてしまい、申しわけが立たない。四月初めにメールを戴いたことを津島さんから報せてもらったが、おわびのおもいで精一杯返事をしたためるのが限界で、これっきりにさせてもらうしかなかった。本当に、申しわけないことだった。

清躬の前に姿を現わす価値がなく、関係を一切絶たねばならないとおもった自分が、きのうきょうとこうしてやってきて、清躬と会って話をしようとおもったのは、清躬が失明してしまったときいたこともおおきいが、でも、おねがいしにきたのが、鳴海ちゃんという幼いおんなの子ときいたからだ。津島さんにきくと、鳴海ちゃんは、自分に傘を貸して、雨でずぶ濡れになることを戒めてくれた少女と重なってきた。鳴海ちゃんのおねがいに応えることで、あの時の少女の好意を無にしたことを少しでもつぐなわなくてはとおもったのだ。是非ともそうしなければ、自分に人間の値打ちはないとおもった。でも、こうしてやってきて、自分は救われた。清躬と話ができたし、もう会えるとおもっていなかった橘子とも会うことができた。鳴海ちゃんやおかあさんとも。それに、紅麗緒ちゃん。ああ、この世界にあれほどに美しい少女がいるなんて。清躬が描いていたのがあの少女だったとわかって、なんて素晴らしい仕事をしているのだろうとおもった。そして、それは清躬にしかできない仕事だということも。その清躬に、自分の肖像画を描いてもらっているなんて。こんな幸せなことはない。

唯、橘子に対してなかなか眼を合わせられなかったこと、恐怖があると言ったことは、本当に申しわけないことだったが、実は、橘子とそっくりの詩真音という女性に会い、今お話ししたA市での出来事が想起されたためだ。自分にそっくりな女性と出会ってしまって、そこからあのおぞましい体験につながった。自分にそっくりな女性が、清躬とそっくりな男とカップルで、裸で抱き合っているのを目撃した記憶は、まだ眼の裏に焼きついている。橘子も詩真音もこのA市での出来事にまったく無関係だが、そっくりな人間と出会うことに本能的な恐怖をおぼえてしまうようだ。けれども、今はもう大丈夫。恐怖は完全にきえている。清躬が視力を喪失した眼で私たちを見てくれているのを見て、清躬の眼なら、見かけだけのそっくりに惑わされず、橘子は橘子、詩真音は詩真音と、そのまま見るだろうとわかった。自分はさっき、清躬の眼をとおして橘子を見ることができたので、橘子についてはもう誰とも見まちがえることはない。

「紀理子さん、ありがとう。そのお言葉が一番信頼の証《あかし》のように感じるわ」

橘子が喜びの感情を声に籠めて、言った。

「橘子さんにそう言っていただいて、本当にうれしい

紀理子も感激したように言う。

でも、私は紀理子の言葉をきいて、本当にそう言いきれるだろうかと、まだ疑いを持っていた。

もし私が完璧《かんぺき》にメイクして橘子になりすましたとしたら。本人でさえ自分の顔とおもって卒倒したのだ。

私と橘子をまちがえるならまだいい。私はもう橘子の顔にメイクすることはしないだろうから。けれども、もしまた、にいさんが清躬を装って完璧になりすまして現われたら、紀理子は再び騙されないで済むだろうか。

というのも、清躬と霊的なレベルでつながっているはずの橘子が、つい先程みごとに清躬になりすましたにいさんに騙されているからだ。贋《にせ》の清躬の存在を知っているにもかかわらず。しかも、自分のからだを触りまくられて。橘子ったら、おしりも触られて、と屈託なく言う。眼が見えないから、頭のなかでからだをデッサンするのに抱いて触りまくるなんて、そんなあり得ないことをよく信じられる。本物の清躬がそんなことをするとおもっているのだろうか。

もともとから橘子は清躬に対して無防備なのだった。清躬になりすましたにいさんが初めて橘子を呼び出した時、その出会いでもう橘子はスカートを腰までめ

いくら挨拶したところにアイシングが必要だと言われても、おとなになってからは初めて会う異性の相手に、普通のおんなの子がそんなことをするだろうか。勿論、それは清躬との間が特別であって、橘子自身は露出がおおい格好は好んでいないようだ。だから、なおさら清躬だからなのだが、しかし、そうだからこそ、いくらそっくりであっても、清躬ではない別の人間に自分のからだを触られてしまってはいけないではないか。橘子は、清躬本人を疑って違う人間だと取り違えるよりは、別人を清躬本人と信じてしまうほうがいいと言っていたけれども、どっちだって駄目だわ。特に、からだが触れ合うようなことは。相手を絶対に取り違えないようにして、本当に注意深く自分のからだを守らなければ、身の破滅を招かないともかぎらない。

もし紀理子が、もう一度にいさんを見破ることができなくて、また清躬とおもって裸になってしまうことがあれば、今度こそもう自分を赦《ゆる》すことはできないにちがいない。けれども、いくら本人が覚悟を持って二度と過《あやま》ちをくりかえさないと誓っても、にいさんがその気になって完璧な技術で本物になりかわったら、またおなじように蜘蛛《くも》の糸に絡めとられてしまうことだろう。にいさんはまた紀理子を餌食《えじき》にするだろうか。橘子はもう私の友達で、紀理子もその友達だから、かの女を痛めつけるようなことはもうこれ以上しないでいてほしい。にいさんは気紛れでおそろしいひとだけれども、これからおねえちゃんとの接触を深めてゆくなかでかわっていってくれるといい。でも、おねえちゃんはにいさんに信頼感をおいていても、子供時代の無邪気な気持ちのレベルでそう信じているだけだから、にいさんのほうがなにをするかは読むことができない。私にはにいさんを止める力はない。唯ねがうばかりだ。

尤も、紀理子の今の話では、にいさんとしてはからかいのレベルにすぎないように感じる。烏栖埜さんを相棒にして、紀理子が梦か現《うつつ》かの境目に嵌《は》まるような情況をつくりはしたけれども、清躬に似た男が清躬ではない可能性が高いことに気がついていながら、抱かれる心地よさに身を任せたのは紀理子の意思だ。かれの前で半裸の姿になったのだって、紀理子が半ばそれを望んでいたのだ。この出来事によって、清躬との交際を断ち、病気で引き籠もってしまったわけだが、紀理子の言う地獄がどういうものだったかわかってみると、自分の毒が自分にまわって苦しんでいるだけみたいだ。結局、良家のお嬢様として、両親の期待に応えている「いい子」、まわりからも高い評価を受けている「よくできたお嬢さん」という自己像は表面だけのもので、清躬の愛への執着に走って自分の内面に潜《ひそ》んでいた醜いものが露呈した。裸になってしまった後で、「きみは誰だい？」と正体を怪しむ言葉をつきつけられるのは、華やかな花園の気分でかれとの愛を育もうとおもっていたところが急に果てしのない荒涼たる砂漠にかわって、地図のない場所に一人放置されたようなものだろう。それが自分の心の風景なのだ。その砂漠には蠍《さそり》が一杯いて、自分が生み出したそれらの蠍に刺されて、その毒に苦しめられるのだ。

紀理子にはわるいが、私自身は少しほっとした。にいさんは紀理子に対して暴行したわけでも暴力をふるったわけでもない。唇を奪うことすらしていない。金銭や物品に手をつけることも、わるい評判が立つようなこともしてはいない。にいさんは悪魔ではなかったのだ。紀理子の心を壊したのは、紀理子自身だ。ガラスのように表面は美しいが脆《もろ》い心で自分一人で勝手に滑って転んだ。にいさんは紀理子がつまづきやすいように足を出したかもしれない。けれども、紀理子の勝手に縺《もつ》れ、自分で引っかけて転んだのだ。

私の感覚はにいさんに甘いかもしれない。現実に紀理子は病気になり、清躬との仲は一旦終わった。このような結果をにいさんは予想していただろう。いや、このような結果になるよう仕組んだとも言える。直接的には手を触れなくても、おとし穴におちるよう誘導した。おとし穴におちて大怪我《おおけが》をすることがわかっていて、手招きしたのは明らかだ。それは罪なことであり、戒められなければならない。にいさんを弁護するなら、紀理子に甘いところがあり、もとから心のなかに毒を持っていたのであり、にいさんがしたことは、心のなかまでよく見える鏡を差し出して、紀理子に自分の実像を見せただけなのだ。そして、にいさんがかかわらなくても、いつかは紀理子自身に心中の毒がまわって、清躬との交際を断念しなくてはならない結果にかかわりがなかったのではないか。しかし、もしそうだとしても、私はにいさんを認めてはいけない。ついさっきまでにいさんのがわにいて、紀理子のことにはかかわっていなくても、橘子に対してはおなじように危機をつくりだすことに加担したのだ。そうした自分を恥じなくてはならない。紀理子が自分自身を断罪したのと同様に、私も自分のなかにある醜い部分に向き合って、

ければならない

とにもかくにも、紀理子がきのうきょうでここまで立ちなおることができたのは、喜ばしいことと素直におもう。かの女の立ちなおりにいろんな人たちが手助けしたのだ。まずは、清躬が自身も心を病んだ経験者であったから余計に紀理子の病気を心配し、元気をなくしたことが発端《ほったん》だった。その清躬を心配した鳴海がどうにか紀理子に会おうとし、それにおねえちゃんが協力したこと。きのうは、自分をおかしている毒を総て吐き出そうとしながら限界に近かったところに紅麗緒が現われて、たちどころに浄化したこと。きょうは橘子と再会し、新しい友達になりあえたこと。そして、清躬が実は紀理子の肖像画を描き上げていて、かの女に贈呈したこと。勿論、津島さんがいつも身近にいて見守り、鳴海やおねえちゃんの働きかけに応える用意があったこともおおきい。こうした温かい気持ちを行動にあらわせるおおくの人々に取り巻かれていたことで、紀理子は早い回復がかなったのだ。

紀理子の話にきりがついたところで、橘子はおねえちゃんに電話をかけた。

まもなくおねえちゃんが津島さんを連れてやってきた。津島さんは部屋に入るなり、「お嬢様」と叫んで、駆け出した。津島さんの忍び泣く声がきこえる。

「心配いらないわよ、津島さん」

紀理子がなだめるように優しく言った。

「最後までお話ししたわ」

「終わったんですね？」

「ええ。あなたにもちゃんとお話しするわ。あなたにとんでもない不安を植えつけてしまったから、ちゃんとそれを抜いてあげなきゃ」

「いいえ。お嬢様、もうそういうことはなさらなくていいんです。お嬢様の今のお顔を見ているだけで、もう不安の影はどこにも差していないのがわかります。私のなかの不安もきれいさっぱり飛んで抜けてしまいました。ですから、これからは先のことを考えて、よりよいことに眼を向けてまいりましょう」

その後、津島さんは清躬や橘子に感謝の言葉を述べ、橘子も紀理子は大事な友達だと言った。清躬も、これからまた紀理子とゆっくりお話をしてゆきたいと言った。

おねえちゃんは飲み物をさげ、新しいものを持ってくると言った。橘子や紀理子がお手伝いすると申し出たが、おねえちゃんは私の名前を出して、人手は足りてますと言った。私は隠れていたところから抜け出て、おねえちゃんが部屋を出る時に一緒について出た。

「本当に、お疲れ様」

部屋を出て暫くしてから、おねえちゃんが言った。

「無事に済んだようね？」

「ええ。紀理子さん、きのう地獄めぐりと言っていたけど、」

「ネマちゃん、きのういなかったのに？」

おねえちゃんの指摘に、私は迂闊《うかつ》なことを言ったことに気がついた。

「御免なさい。実は——」

「樹《きい》くんが録音してたのをきいたんでしょ？」

「はい」

私は素直に白状した。

「責めてはいないわ。で、紀理子さんが地獄めぐりと言っていたのがどうしたの？」

「あ、今の話で、一番の地獄におちた話があったの」

「やっぱり話をされたのね？」

「おねえちゃんは予想してたの？」

「紀理子さんは清躬さんの前で正直になりたかったの。自分の心のなかに醜いものがあるのを知って、それを清躬さんにずっと隠していなければならないのが苦し[illegible]、ここ[illegible]言ってきるのは無理。きのうも精一杯お話しされてたけど、唯でさえ弱っておられる体力ではもたない。それでも、一度お話しされたことは止められない」

「赤い靴をはいた少女のように」

私は自分が感じたことを言った。

「そうね。だから、紅麗緒ちゃんにきてもらった。あの子は天使だから、赤い靴をとってあげられた」

「そして、紀理子さんはねむってしまわれたのね？」

「そう。安らかに。きのうはそのままおかえりになったわ。でも、その後すぐ、きょうもう一度清躬さんとお話しする機会をつくっていただきたいと、津島さんが連絡してこられた。紀理子さんは、なにもかもきちんと総て清躬さんにお話ししたいと初めからきめておられて、そのおもいはとても強いようだったから、清躬さんさえよければと間をとりもつことにしたわ。それで、清躬さんに連絡をとった。清躬さんは勿論ＯＫだったし、それから、きょうは祝日で学校がお休みだから、鳴海ちゃんも紀理子さんに御挨拶したいということもあり、お互いにちょうどいい機会ができるのは喜ばしいというわけ。唯、あなたが橘子さんをここに連れてきていて、清躬さんと会わせたいと言ってきたのは、まったく予定外だったけど」

効果だったけど、橘子ちゃんも含めて、みんなにとってもっといい結果になった」

私はわるびれずに言った。今はもうおねえちゃんのがわにいて、橘子とも友達になる気でいるから、拉致《らち》監禁の悪行の話をしてもしようがない。

「そうね。橘子さんもくわわった効果はおおきかったわ。橘子さんのことは、何枚もの清躬さんのスケッチをとおしてどういうひとかわかっているんだけど、だからこそ会ってお話ししたいと前々からおもってた。ネマちゃんに似た顔だちというのも興味深かったけれども、ちょっとあなたと感じが違うわね」

「とってもユニークな子だわ。でも、清躬くんと底で通じ合ってるから、結構不思議さがある」

「いま橘子さんの効果ということを言ったけど、清躬さんは橘子さんと会う最初からかの女を描いたスケッチを見てもらおうとおもってたのね。そのつながりで、紀理子さんにも絵をおわたししようということになったんだわ。だから、もしきょう橘子さんがきていなくて、かの女のためにスケッチを用意するということをしていなかったなら、おそらく紀理子さんにも、きょうの時点ではまだあの絵を持ってこられることはなかったんじゃないかしら。紀理子さんのきのうの感じじゃ、まだあの絵を受けとめられる状態かどうかわからなかったし。でも、橘子さんがきっかけで、紀理子さんにいいプレゼントができたし、そのおかげで紀理子さんはまた戻ってきた。そして、お話の梟《けり》をつけられた」

「そう、梟がついたとおもうわ」

少なくともきのうの状態を考えれば、一区切りついたのはまちがいない。

「どういうお話を紀理子さんがなさったのかわからないけど、実はさっきまで津島さんにはとても辛い時間だった。紀理子さんの身になにが起きたのか、それを話すことはとても無理な程精神がダメージを受けられていて、津島さんはなにもきいておられない。手がかりもなにもない。紀理子さんの心に寄り添い、その辛さを少しでも和《やわ》らげてあげたいとおもっても、紀理子さんの心の門は閉ざされていて、なかの様子も知ることができないのだから、津島さんには本当に辛く苦しかったこととおもう。でも、津島さんは信じておられたわ、紀理子さんはきっと今の時間で克服するって。清躬さんにしっかり話しきって、もう一度清躬さんに受け容れてもらって。で、実際、津島さんが信じたとおりになった。素晴らしい結果になった」

「ええ、もう大丈夫。事件にはちがいないことだったけど、紀理子さんはもう冷静にふりかえることができてます。乗り越えられてるとおもう」

「でも、ネマちゃんにわるいことをした。津島さんくらいに、紀理子さん、清躬さんを信用していたなら、あなたをあの部屋に残して監視させる必要はなかった。紀理子さんのお話、あなたにもきいてて辛い話だったんじゃないの？」

「ううん。意外と大丈夫だった。もっとわるいこと予想してたし」

「もっとわるいこと？」

　私はまた余計なことを言ってしまったとおもった。おねえちゃんににいさんのことを突っ込まれては困ったことになる。

「だって、紀理子さん、地獄めぐりと言ってたし。でも、紀理子さん、ずっとおちついて話をしていて、感情も乱れることがなかった。それに、橘子ちゃんもきいてるから。あの子、鈍感だけど、共感性は高いから、本当に大變な話だったら、あの子のほうが動揺して、紀理子さんも話を続けられなかったでしょう」

「そうね。きっと重い話だったんでしょうけど、わかりきったことみんな乗り越えられたんだから、もう大丈夫とおもうわ」

　おねえちゃんはもうそれ以上言わなかった。にいさんのことにも触れなかった。勘が鋭いおねえちゃんだから、疑いくらい持っていいはずだけど、時間の都合だったのか、私に言ってもしかたがないとおもわれたのか、ともかくにいさんの話はなかった。

　新しいドリンクを調《ととの》えた私たちは部屋に戻った。

50 梛藝佐のおもわく

「終わったのかしら？」

「終わった」

「意外にかんたんに乗り越えちゃったわね」

「信じられるおおきな力に出会ったからな」

「紅麗緒《くりお》ちゃん？」

「それと、ワケが描いたかの女の肖像画。失明する前に最後に仕上げた絵だ。ワケが渾身《こんしん》の力で制作したものとおもえる。美しいレベルを超えて不思議な力が絵に籠《こ》もっているはずだ。描かれた当人がそれを一番感じることができる。この力に触れて、神秘な力との結びつきを感じて、なにを迷うことがあるか」

「それは体験した人しかわからないことでしょうね」

「ワケのなかには無盡燈《むじんとう》の美の世界がある。美しいおんなたちがともしびをかかげて連なっている。美しいおんなを描く時、眼の前にそのモデルがいなくても、ワケはその無盡燈によりおんなを映し出すことができる。おそらく眼の前にモデルとして実際の人物がいるより、美の本質がとらえられるだろう」

「紀理子さんもそうして描かれた」

「唯、無盡燈の連なりのなかにいる紀理子を単独で呼び出して描いたのではないだろう。今回の紀理子の肖像を描く時は、無盡燈の美しいおんなたち、そのおんなたちがかかげる美しい光の連なりをできるかぎり集めて、そのかがやきを受けた紀理子を描いているにちがいない。だから、普通の肖像画とはまったく違うのだ。紀理子がとってかえして戻ってこないわけにゆかないのも、そのためだ。お礼を言うという礼儀の話だけではない。絵によってワケの世界にくるまれたわけだから、ワケと一緒にいないとどうしようもなかったのだ。ワケの世界を初めて感じた。すると、その世界にナコがいることも自然だった。でなければ、ああいう話を関係のないナコが同席する場でできるはずがない」

「尤《もっと》もだわ」

「そういう意味では、ナコも大したものだ。ワケと相《あい》生《おい》の樹で一体だから、違和感なく受け容れさせることができるのだろう」

「これからますます相生の樹の本領が発揮されてきそうね？」

「今までのおれにそういう認識はなかったから、ワケの力を見縊《みくび》っていた。ワケに紀理子が描けるとも考えていなかった」

「それはどうして？」

「紅麗緒を描ききって、それ以上のことはもうできない。いわば燃え尽きて、ワケはおのれの樹に花を咲かせるように絵を描くことはできなくなったのだ。程なく失明したのは、おれの考えが当たっていた証據《しょうこ》だ。正直なところ、失明するとまではおもっていなかったが」

「さっきも話していたことね」

「ああ。もし、紀理子の絵が描けるのだったら、もっと早くに描いていたはずだ。無盡燈の連なりのなかに紀理子がいないはずはないから。だが、スケッチすら描いていない。おれはワケにきいた。杵島紗依里《きしまさより》の絵は描いたことがあるのかと」

「答えは？」

「ある、と言った」

「あるんだ」

「高校三年の二月だそうだ。まだ熊本にいる時だ。その時、紗依里は用事で東京に泊まりで出かけていて、いなかったそうだ」

「じゃあ、つまり、モデルになってもらって描いたんじゃないのね？　ワケさんて、いつもそういうパターン？」

「紅麗緒の場合は違う。それに、小稲羽《おとわ》の家族の肖像も描いているが、それもモデルになってもらっているはずだ」

「あと、神柑梛《みわかんな》さんね？」

「そうだ。それから、小鳥井和華子もそうだ。小学校時代の古い話になるが。更に古く、和歌木利美子《わかきとみこ》が最初だ」

「東京の小学校の先生ね。ワケさんの初戀《はつこい》相手」

「おそらくそれで総てだろう。小学校時代はいくらワケでもモデルなしで描けるはずはない。だから、そこまで遡ってもしかたがない話だが、今のワケはモデルを前にしてでなくとも、きちんとした肖像画を描ける。実際、ワケは紗依里を描いた」

「その紗依里さんの絵は、何枚か描いてるの？」

「いや、一枚だけだと言う。紗依里が言ったんだそうだ。自分を描いてくれるのはこの一枚で充分。これはもう完成しているから、自分にはこの一枚があるだけでいい。いくらでも絵が描けるといっても、絵はあなたの仕事なのだから、その時間を大切にして。私なんかを描くことに時間を費やさないようにして、と言わ

「そう言われると、描けないわね」

「ワケは言いつけを守るやつだからな。ナコについても、ワケが紀理子とつきあうようになってから、紗依里はワケに言い含めたようだ。それまでワケが描いた沢山のナコの絵は紗依里が整理して熊本に持って行った。おれは紀理子を絵に描かないのかときいた。かの女が希望するなら描くと。描いてやったら喜ぶんじゃないかと言うと、自分からモデルを依頼して描くというのはなれていない、と言った」

「それだと、かの女を描きたい気持ちはありそうね。だけど、かれにとっては、依頼するという声かけのハードルが高くてできかねるということかしら」

「それもあるだろう。また、ワケにとっては、絵を描いてあげようという感じがおしつけがましく感じられもするのだろう。美しいおんなの絵を一杯描いていて、それが素晴らしい出来だから、紀理子だって自分を描いてもらいたいにきまっている。それがワケにはわからない」

「わからないのね、かれには」

「しかも、高校時代に神柑梛をモデルにヌードを描いたという話が、紀理子を微妙な気持ちにさせている。九月になってからプールに誘って、自分の水着姿に注目させようとしたり、雨に濡れて膚《はだ》が透ける自分のからだを見せたり、その後もシャツだけの格好になったり」

「きのうの話ね。きょう話していたことも、ワケさんの前で裸になって抱かれたい願望が強かったことはわかるわ」

「そこまで意識過剰になり、焦《あせ》りも出たのは、小鳥井和華子のこともあれば、神柑梛のこともあったのだ。ワケは紀理子のそうした様子にまったく気づかない。まあ、ワケのほうでも、紅麗緒を描くという、誰にもできないことを仕上げるのに意識を集中させる必要が生じて、無理からぬところもあったのだが。それで結果的には後まわしにされたから、紀理子はますます感情が乱れてしまう」

「迷走を始めた紀理子さんにあなたが自分の幻を見させ、決定的な眩暈《めまい》を生じさせた。そして、自分の闇の穴倉への孤独な漂流へと至らせたわけね」

「だが、紀理子に身体的なダメージを与えたわけではない。自分の幻だって、なにかが鏡となって、いつかどこかで自分の姿を見せつけられるのだ。ワケこそ鏡だ。あいつの透明感に自分の穢《けが》れを意識してしまう。

だが、その穢れといったって、美質しか意識していなかった故に纔《わず》かな疵《きず》も許せないといった類《たぐい》で、他人の評価とは関係がない。だから、紀理子は、もとの状態にまでなるかどうかはおくとしても、時間はかかろうといずれ恢復《かいふく》すると考えていた」

「でも、ワケさんとの仲は難しいでしょう」

「抑々《そもそも》ワケとつきあっていなければ、こんな病気にもなっていなかったさ。だから、自然に治癒する場合は、ワケと縁《よ》りを戻すことはない。紀理子がそうで、ワケも燃え尽きで活動できないなら、二人はもう終わっていた」

「けれども、ワケさんにはまだ描く力が残っていた」

「ワケが愛というものを知っていたということだ。紅麗緒で燃え尽きて、失明して完全に光を失うぎりぎり手前で、ワケは精力をかたむけて、紀理子の肖像画を描ききった。それだけの力をワケは持っていた。これは驚異だ。そして、ワケ自身の力で紀理子を救ったから、紀理子も今またワケの愛を確かめられた」

「抱擁やキスがなくても」

「肉体的なものは刹那的《せつなてき》だ。ワケが示したのは、永続的な愛だ」

「実のところ、おれは疑問視していた。美を希求する心は強くても、現実の愛はワケの理解するところではないと考えていた」

「絵は天上に向けたもので、地上の世界にいる紀理子さんは対象にならないと。でも、ナコさんの絵はそれこそ一杯描いてたじゃない」

「ナコはどれもスケッチだ。単独で見れば、絵画といって通用するレベルだし、彩色したものもあるが、ワケの作品のなかではエチュードのようなものだ。もともと小鳥井和華子の絵をものにしたいというおもいはあっても、そこにいきなり辿《たど》り着けないから、無盡燈をイメージして辿り着こうとすると、出発点はいつもナコになる」

「そこは紀理子さんにはおきかわらなかったのね」

「ワケの世界では、小鳥井和華子とナコは不可分なのだ」

「それでも、かれは紀理子さんへの愛を絵というかたちにした。流石《さすが》の彪くんも、ワケさんに対しては見通せなかったようね」

「あいつは独特の磁場を持っていて、世間の方位磁石を狂わせて、当てにならなくする。ナコにもおなじことが言える」

……在地に獲されたというの？」

「時空が歪《ゆが》めば、方位を定めるのは容易ではない。その歪みであいつは世の中とずれて、絵の才能以外では理解されない。あいつもどうしていったら理解してもらえるかわかっていない。紀理子とも決定的にずれていた。紀理子のほうも愛が一方通行だから、結び合わない。しかし、強い愛の力でワケのほうから結びなおした。鳴海や椰藝佐を動かし、自分も紀理子の肖像を描いた。現実離れした世界にいるワケが現実に対して力を働かせられるのを、おれは読めていなかった」

「ワケさんのおもいを正しく感受して、かれができない行動を実践できるひとがまわりにいてくれたからでもあるわね」

「勿論、そのとおりだ。しかし、それも、爺《じい》さんに自分を発見させたワケ自身の力だ。紅麗緒の相手ができれば、椰藝佐も鳴海もつながってくる」

「ともかく、椰藝佐さんにしてもワケさんにしても、彪くんの想定外のことが起こってる」

「かれらは世の中とおなじ平面以外に自分の住む世界を持っているということだ。そこが見えなければ、正しくかれらを理解できない。椰藝佐は実際に話してみないとわからなかった」

一彪くんに接したから、かの女が内に持っていた世界が開けたんでしょ」

「あんな椰藝佐をおれ以外の前で見せることはないだろう。おれも椰藝佐に接して、自分が意識していなかった世界が見えた」

「ナコさんもワケさんと」

「もともとで言えば、ワケもナコも、小鳥井和華子との出会いによって、別の世界が開けたと言える。ワケはその世界を熟成させ、絵を描くことでつねにその世界とつながりを持ってきたが、ナコはその世界をねむらせていた。だが、ワケと接近することで、その世界が蘇《よみがえ》ってきた」

「ナコさんについては、初めはもっと単純に考えていたわね」

「単純にしかおもえなかったさ。会社の先輩の誘惑を親切ととりちがえ、憬《あこが》れだけで戀心になってしまう。まったくワケと好一対だ。どこまで人を疑わないか、試してみたくなる。ネマにあれだけのことをされていながら、もう友達になっている」

「ワケさんもあなたに対しておなじなわけね」

「おれが紀理子に対してなにをしたか、また、あいつになりすましてナコも騙したことをワケは知らないが、知ったところで、おれを憎むことはしない。自分を責めることはしてもな。あとはかなしむばかりだ」

「ナコさんをとことん騙して追い詰めることをしなかったのは、ネマちゃんに似ていたから？」

「わかっているのにきくな。だが、それだけじゃない。ナコを騙しても、なにも得るものがない。かんたんに引っかかるからいたぶるにはいいが、おれたちの手先には使えない。ネマにはかかわらせないようにすべきだった」

「そうね。でも、ネマちゃんはナコさんになりすまして、ワケさんを騙す気満々だった。今までもメイクの技術でなりすましをしてたけど、今回は――」

「ネマはワケのことでしくじって、おれの機嫌《きげん》を損じたとおもっている。ナコに化《ば》けきってワケをコントロールできれば、おれに認めてもらえると。まだ子供だ。やるだけやって、まだまだ力が足りないのがわかったことはいいことだ」

「それで椥藝佐さんのもとにかえした」

「爺さんのおんなの園にいるだけじゃ、あいつの可能性が開花する時は訪れない。おれの妹だから、多方面に力を揮《ふる》う人間になる素質を持っている。紡羽のトップだった。美琴《みこと》（注：烏酉《うす》埜《の》の名）の技の習得も大したものだ。おれへの甘えさえなければ、もっと飛躍できた。だが、おれの妹をやめることはできない。それで焦るより、これからは椥藝佐のもとで美の特質を磨くのがあいつにはいい」

「今度は私のこと？」

「おまえのことだけど」

「そうよ。もうネマちゃんのコーチングはいいでしょうし、彪くんの非人称も椥藝佐さんの前では通せなくなったでしょ。だったら、私の前でもね。そして、私も自分で出番をつくる」

「椥藝佐の前で、おれのパートナーとして名乗りをあげるのか？」

「そうね、それも一つね」

「紡羽だったら、下手《へた》なことはしない。勝手せよ」

「その言い方いいわね。でも、彪くんは椥藝佐さんともっとなかよくしてゆきたいんでしょ？」

「そうおもっているのは椥藝佐のほうだ。おれはそう意図していないが、椥藝佐とかかわってゆくと、あいつの魅力にとらえられることは避けられない」

「気絶させる手段は何度も使えない」

「椥藝佐は、おなじ手に何度もかからないさ」

「私を戀人《こいびと》として紹介しなさいよ。椥藝佐さんも気を

「おれは戀の感情は持たない。紡羽は大事なパートナーだが、梛藝佐に対する方便だとしても、戀人は駄目だ」

「わかってるわ。でも、私はあなたに戀してると梛藝佐さんに宣言することは可能よ。勝手せよだから、いいでしょ？」

「勝手せよ」

「勝手烏《がらす》よ。ネマちゃんの兎《うさぎ》と、二人で昼も夜もカバーする」

「金烏玉兎《きんうぎょくと》か」

「言っておくけど、あなたはその烏の私と比翼の鳥となるんだからね」

「おまえと組む以上、比翼の鳥として一体にならねばならぬ。それだけの値打ちをおまえに認めている」

「上等なお話。ところで、梛藝佐さんはあなたのことをかなしんでいたわね？」

「そりゃ、かなしいだろう。紀理子にわなをしかけたのは確かだ」

「ほかにも」

「勿論さ。だが、かなしむなら、爺さんのことこそ、かなしめ。そして、根雨日南江《ねうひなえ》のこと、この屋敷の住人たち、梛藝佐自身も含めて」

「おかあさんの名前、言ったわね」

「俗界の関係を持ち出すな。爺さんには恩がある。それで今の生活がなりたっている。だから、告発できない。そんな人間がおれのことをかなしいと言う。おまえはおれのことをかなしむか？」

「ひとのかなしみはわかる気がするけど、私自身はまだかなしみの感情はおぼえない。想像はしてるわ、いつか途轍もないかなしみが起こるだろうこと。でも、その時まではおそらくかなしまない」

「梛藝佐はおれを、羊を襲う狼になっているのではないかとおもい、それをかなしんでいる。だが、おれは狼のように血に渇《かわ》いていない。唯、枠を食《は》み出し、越境するから、柵《さく》に囲まれた羊たちには狼に見えてしまう。羊たちは勝手におそれ、おれが力を誇示するだけで自分から餌食《えじき》になる。おれは牙《きば》を剝《む》いていないし、かみついてもいないのにな」

「でも、爪は立てたのよ。狼よりももっとおそろしく強力な力を持つあなたがちょっと爪を立てるだけで、羊はいちころなの。実際に、仆《たお》れた羊がいる。肉体的には傷を負っていなくても、精神を地獄に突きおとし、冥界を彷徨《さまよ》わせたのよ。獲物《えもの》になっちゃったのだから、梛藝佐さんからすれば、狼のしわざとおもわざるを得ない。孿《ふたご》のように育ったあなたが狼になっているとおもうと、かなしいでしょう」

「爪だけで仆れる羊の性質は問題にしないんだな」

「それを問題にしたら、虐《いじ》めも正当化される」

「それは羊どうしの間での虐めだろ。狼に対しての話にはならない」

「梛藝佐さんはどうおもってるんでしょう、八年前にあなたがこの屋敷を出る時、もう狼になろうとしているとおもったのか、それとも、ずっとなかよくしてきたあなたは狼になることはないとおもっていたのか」

「屋敷を出る前から、おれはもうおとなの世界を先取りし、同年代のガキっぽい連中からすれば、充分狼だったさ。それは梛藝佐も知っている。あいつは自分で言っていたように、おれが屋敷を出たことを卒業とか訣別のようにはとらえていなかったのだ」

「あ、慥《たし》かに、そう言ってたわね」

「結局、梛藝佐にとってのおれはちっともかわらない」

「でも、梛藝佐さんはあなたの前でなみだを見せた。中学生の時まで、梛藝佐さんがあなたの前で泣いたこ

「あいつはおれの前では泣かなかった。ほかではなみだをながすのに躊躇はしないようだったが、おれがなみだを嫌っているのを知っていたからな」

「だったら、どうしてさっきはなみだを？」

「それがわかっていれば――」

「頬《ほお》を打《ぶ》ったりしない」

「いや、梛藝佐がおれの指を噛《か》もうとしたからだ」

「ふん。彪くんから自分の指を梛藝佐さんの唇に持って行ったんでしょ？」

「しかし、指を噛むのは暴力だ」

「まあ、だから、平手打ちで応酬したわけ？　彪くんらしくない言い逃れ」

「そんなことは言っていない。梛藝佐のほうがおれに平手打ちさせる理由を用意してくれたのだ。より正しく言えば、自分がなみだをながす理由をつくるために。中学生以降、おれの前で泣くことは決してなかったおんなだ。おれが屋敷を出る時でさえ、なみだを見せなかった」

「あなたが屋敷を出るというのだって、梛藝佐さんにとってはかなしむことではなかったのね？」

「おれが屋敷を出るのを梛藝佐は納得していたのだ」

「前もって梛藝佐さんには相談していたの？」

生の梛藝佐になにができるというのか。相談しなくても、梛藝佐には総《すべ》てわかっていた」

「本当になにも言ってなかったの？」

「言わないさ。言わなくとも、おれが高校進学しないことは梛藝佐にはわかっていた。爺さんはおれを全寮制の高校に島ながしする算段をしてもいたからな。本当は爺さん、中学校の時からおれを全寮制の学校に入れさせる気だった」

「なに。ワケさんとかぶるじゃない」

「ちょうど神麗守や紅麗緒が屋敷に入ってきた頃だ。男子でこれから思春期を迎えようというおれを所払いする気だったんだ、爺さんは」

「あり得ることね」

「その時は梛藝佐が全力を挙げて爺さんをおもいとどまらせた」

「小学生の梛藝佐さんが？」

「そうさ。その時梛藝佐は、私がかならずおじさまを説き伏せるから――小学生で『説き伏せる』と言ったんだ、梛藝佐は――そう、おれに伝え、実際にその結果に導いた。凄いやつだ」

「高校進学でもあなたが全寮制の学校に行かされようとしたのに対しては――」

「それはもう梛藝佐も無理だとわかっていた。いつかおれは屋敷を出ないわけにゆかない。それに、梛藝佐自身、高校に進学しないときめていたから」

「でも、おねえさんは医学部まで行かせてもらってたんでしょ？　梛藝佐さんの頭脳だったら――」

「だから、なおさらだろう」

「梛藝佐さんは自分できめてたの？」

「神麗守と紅麗緒のことに早く専念したかったのだ。まだ中学生で少女たちを完全に掌握していたから、梛藝佐がそう言えば、爺さんにとってもありがたいかぎりさ」

「それは、梛藝佐さんがあなたの相手はもうできないということでもあるのね？」

「その言い方には承服しかねるが、梛藝佐にもそういう事情があって、おれが屋敷を出るのを止めようがなかった。屋敷を出たほうがおれらしく生きられるとも信じてくれてもいたから、引き留めるつもりもなかっただろうが。おれは屋敷を出る前夜になって、初めて梛藝佐に告げた。その時、梛藝佐は唯、わかった、と言っただけで微笑みさえした。それから、これを持って行けと、あいつのほうで密《ひそ》かに用意していたものをいろいろおれにくれたよ」

「なにか御伽噺《おとぎばなし》みたいね、主人公が旅に出る時、これを持って行きなさいと先々に役立つものをわたしてくれる。まさか玉手箱のようなものとか」

「中学生がどうして玉手箱なんか用意できる。もっと現実的なものだよ。そのなかには、中学生では持っていないような額の現金も入っていた。自分の小遣《こづか》いだと言っていたが、きっと姉の協力も得て、これまで積み立ててきた預貯金を引き出したのだろう。それだけでなく、屋敷のおとなたちからもうまいこと金を集めて、金額を増やしていたにちがいない。やはり金は役に立つ」

「りっぱな共犯者ね」

「神麗守と紅麗緒のことがなければ、椰藝佐を連れ出していたよ」

「わかるわ。でも、椰藝佐さんだったら、あなたについてゆくのを拒んだでしょう。和邇《わに》さんやあなたのおかあさんを裏切るようなまねはできないひとだわ」

「ま、それでも力づくで連れ出すことはできるのだ。そうしてずっと一緒だったなら、今のようにかなしまれることもなかったのだ」

「[illegible]紅麗緒ちゃんがいなかったなら、彪くん自身、この屋敷を出る理由もなかったでしょう。和邇さんもあなたを地方の学校に追いやることもなかっただろうから」

「だがな、小稲羽の娘たちへの妄執があったからこそ、爺さんはこの屋敷を建て、おれや椰藝佐の親たちをここに呼び込んだのだ。神麗守のことがないとしたらという話は、爺さんが爺さんでないということになってくるし、この屋敷だってない。おれと椰藝佐だって出会いはしない」

「なるほどね。逆に言うと、彪くんはこの屋敷を出なければならなかったけれども、やっぱりかえってこないわけにもゆかなかったことになるわね。相生の樹もここに根づいているわけだし」

「そのとおりだ」

「そして、今まではここは和邇さんがつくってきたけれども、かれがいない今、あなたがここを——」

「まあ、その先は言うな。おれだけじゃない、紡羽も一緒にやるのだ」

「わかってるわ。でも、椰藝佐さんは神麗守ちゃんや紅麗緒ちゃんと一緒にこの屋敷を出ようとしてるでしょ？　そんなことさせるわけにゆかないでしょ？」

「椰藝佐の考えは、神麗守を実の母親や妹のところに

[illegible]いことだ。そして、普通に世のなかで生活できるようにさせてやりたいと。それに、小稲羽梓紗《あづさ》のほうもとても屋敷には来られないとおもっている。住む世界が違い過ぎると。だが、神麗守や紅麗緒がこの屋敷を離れ、世のなかに触れて生活しようということのほうが世界の違いが大き過ぎる」

「椰藝佐さんは一度屋敷を出て、紅麗緒と二人だけでくらした経験があるのでしょう？　だから、大丈夫とおもっているんじゃない？」

「だが、その経験は謎《なぞ》だ。いくらあの容姿をカモフラージュしたとしても、紅麗緒が世間に触れてくらすことなどほとんど無理だ。調べたところ、爺さんは京都の山中にコテージを持っている。名義上は、和多《わだ》のおやじの会社の所有で、保養所になっている。今も利用されているが、椰藝佐たちが屋敷を出される三か月前から半年間閉鎖されている。まちがいなく、椰藝佐と紅麗緒はそこでくらしていたのだ。屋敷を出されたといっても、安全で秘密を保持できる山荘で保護されていたのだ。しかも、短期間でまた屋敷に引き取られている」

「やっぱりそういうことだったのね。和邇さんにしても、そういう用意があったから、かわいい紅麗緒ちゃんを屋敷から出すことができたということね」

「椰藝佐としては、難しいことは承知の上で、やるだけやってみるつもりだろう。だが、今も言ったように、それは無理なことだ。爺さんが元気だったら、支援を受けてなんとかできたかもしれないが、椰藝佐一人ではな。屋敷の者たちも神麗守の成長を生き甲斐にしてきた連中だから、少なくとも爺さんが戻ってくるまでに椰藝佐が行動することには納得しない。かれらの協力も得ないではやってゆけない」

「それでも、椰藝佐さんは動く？」

「爺さんの恢復《かいふく》を待ってはいられないからな。唯、神麗守がまもなく退院するといっても、まだリハビリなどでもう暫くは屋敷で過ごさねばならない。一方で、失明したワケのこともある。一時的に小稲羽の家に身を寄せているが、そちらも或《あ》る程度椰藝佐がみてやらねば、先に進まない。紀理子がワケを援助できるのは、親にワケとの交際を認めてもらってからの話になるから、時間はまだかかる。それまではナコが援《たす》けないといけないが、ここも椰藝佐が便宜を図ってやる必要がある。更に、おれの登場だ。おれに対しても椰藝佐はきちんと対応しようとするだろう」

「それだけのことをかかえていたら、すぐに屋敷を出るというわけにもゆかないわね」

「そういうことだ。だから、おれもこのタイミングで登場した」

「このタイミングで――あ、停電」

「近くで落雷があったんだな。ま、自家発電にきりかわってまもなく点燈するだろう」

「そこは抜かりのないお屋敷ね――しないようだわ。誰かが手動できりかえないといけないのかしら」

「そんなことはないはずだ。おかしい」

「スマホのライトを点《つ》けましょうか」

「いや、いい。暫くは暗闇のままで」

「なんにも見えないわ」

「見えるさ。さっきまで視覚でとらえていた映像が頭のなかにまだある。それを再現すればいい」

「彪くんはどんな時もカメラのように細部まで正確に見ているのでしょうけど、私はまだそこまで」

「見えるのはおれだけか。少しの間だ。このままでいよう」

「もう少し待ってみるわ」

「そうしよう。――おい、動かないでくれ」

「やっぱり見えてるようね」

[illegible]てはいけない。静かな
時間に調和するように」

「じゃあ、暫く黙るわ」

51 神秘の美しい少女

「きゃあ」

橘子《きっこ》が声をあげた。雷鳴が轟《とどろ》いたのだ。

「橘子ちゃんたら」

詩真音《しまね》がおかしがるのに、「だって、ががらがらどすーんって」と橘子が口を尖《とが》らせた。

「あ」

今度は部屋の電気がきえた。

まだ日没前だが、夕立で外が暗くなっていたので、室内も薄闇になった。

「停電ね」

おちついた声で梛藝佐《なぎさ》が言った。

「あら、自家発電にきりかわって、すぐ点《つ》くはずじゃ？」

詩真音が首をかしげて言った。

「それがね、おじさまがながく入院されるから、和多《わだ》のおじさまと相談して、自家発電システムを一時的に止めて、メンテしてもらうことにしたの。その矢先で停電なんてね。あ、ちょっと待ってね、和多のおじさまからだわ」

梛藝佐は説明を途中にして、スマホを耳に当てた。

「ええ、こちらはお客様もネマちゃんもみんな揃っているところで、ちょうどよかったです。………ええ、そうさせてもらいます。………そうでしょうね。そちらは大丈夫ですね。………はあ、そうなんですか。わかりました」

会話を終えた梛藝佐がみんなに向かって言った。

「厨房《ちゅうぼう》とダイニングは別に非常用電源を入れているので、今もちゃんと作動しているから大丈夫ですって。それから、また電気が通るようになるのにあまり時間はかからないだろうと、おじさまがおっしゃっておられたわ」

「私、なんかしたほうがいい？　ファミリーのお手伝いとか、おねえちゃんのかわりにしたほうがいいことがあれば」

詩真音が梛藝佐にきいた。

「ううん、暗いから、動かないほうがいいわ。おじさまもそうおっしゃってた」

「わかった」

詩真音が返事した。

「ギナちゃん、探検したいです」

「探検？」

流石《さすが》の梛藝佐も紅麗緒《くりお》の発言は唐突だったようで、ききかえした。だが、すぐに後を続けて、「誰が一緒に行けばいい？」ときいた。

紅麗緒がどんなことを言っても、無条件に肯定されているようなのを、橘子はおもしろくおもった。この子を否定するのは誰にもできない。

「私は残ります」

そう発言したのは、神麗守《かりす》だ。

「そうね。いま停電でエレベーターが使えないものね」

「ええ。後でお話きかせてください」

「ええ、紅麗緒ちゃんと一緒にお話しするわ。じゃあね、ネマちゃんも神麗守ちゃんと一緒にここにいてくれる？　きっとそんなにながくかからないとおもうから」

「おねえちゃんがついてゆくのね？　私は神麗守ちゃんと一緒にいるわ」

詩真音は心得たように答えた。

「ネマちゃん、ありがとう」

「おにいさん、ナコちゃんのおねえさん、一緒にいい

紅麗緒が自分たちを誘ってくるとはおもっていなかったが、一緒に行くのが自然なように橘子は感じた。

「ぼくは行くよ。ナコちゃんもどう？」

「キユくんが行くなら、私が行かないというのはないわ」

あっさり清躬《きよみ》が引き請けたので、橘子もすぐに応じた。返事してから、紅麗緒に応じないのは考えられないとおもった。

「ありがとうございます。では、行きますね。神麗守ちゃん、ネマちゃん、また後で」

「行ってらっしゃい」

神麗守の愛らしく美しい声が快く、「行ってきます」と橘子は自然に返事をしていた。

部屋の外に出ると、薄闇は少しづつ深くなってゆくようだったが、先導する紅麗緒は不思議な光につつまれているようで、ついてゆくのに障害はなかった。橘子は清躬と手を繋《つな》いでいた。本来なら、眼が見えない清躬を自分が先導する役になるのだが、紅麗緒の光は清躬にも感じられるように、自分から前に歩いていた。途中で紅麗緒の光が下に移って行くので、足許《あしもと》が見えていないのに階段も自然におりてゆけた。

紅麗緒と初めて対面したのはついさっきなのに、も

、先[illegible]合っているように橘子は不思議な感覚をおぼえた。それは、神麗守についてもおなじだった。

先に顔を見たのは、神麗守だった。ドアがノックされ、返事をして橘子が立ち上がると、開いたドアから車《くるま》椅子《いす》が見えた。すぐに、はっとする程に美しい少女の姿が眼にとまった。とおもうと、車椅子をおしている詩真音にならぶようにして、天上のかがやきを放っているとしか形容しようがない少女の登場に、橘子は声を失った。

「神麗守ちゃん、紅麗緒ちゃん」

椅子に腰かけたまま、清躬が声をかけた。清躬の声に、橘子は平静にかえった。

「初めまして」

続いて橘子が挨拶《あいさつ》した。

「初めまして、おねえさん。こんにちは、おにいさん」

神麗守と紅麗緒の声が揃《そろ》った。二人のきれいで玲瓏《れいろう》な声の響きに、橘子は和華子さんをおもいだした。和華子さんは年上のおとなの女性で、少女たちはずっと年若なのだが、少女たちの世界に和華子さんも住んでいて、いつ顔を出しても不思議でないように感じるのだった。

「ナコちゃんの」

「おねえさん、ですね？」

今度は、少女たちが順に言った。二人のどちらの声が先で、どちらが後か、橘子にはわからなかった。

「なに、あなたたち。このおねえさんの名前、知ってるの？」

詩真音がそう言うのをきいて、橘子は、「ナコ」こそ自分の本当の名前、「橘子」は通称のような感じがした。紅麗緒や神麗守が呼ぶ名前こそ、本当の名前のように感じても不思議はないようにおもった。

「おにいさんが、ナコちゃんのおねえさんのこと、お話をしてくれたの」

今度は神麗守の声とわかった。

「ああ、そうね。この子たちの前では、ありのまま話すだけだものね」

詩真音がそう言うと、橘子もそうだとおもった。「ナコ」の名前は和華子さんを除いて誰にも明かさないという約束が破られたとは感じない。少女たちにはありのままきこえる。ありのまましか話せない。そういうことだから。

「あらためて紹介するわね、神麗守ちゃん、紅麗緒ちゃん」

詩真音は、橘子と清躬の席に向き合うように神麗守の車椅子を配置し、正面に紅麗緒と自分が座ると、少女たち二人の紹介をした。

「こちらは、ナコちゃんのおねえさんね。私も、きのうの晩から知りあって、お友達になったの」

「椰藝佐さんからもききました。きょうおうちにくるネマちゃんのお友達がおにいさんのながーいお友達だって」

「えっ？　おねえちゃんが、『ながーいお友達』って言ったの？」

神麗守の言い方がおかしかったので、詩真音もわらいながらきいた。

「いいえ、『ながーいお友達』と言ったのは、私。おにいさんのお友達だったら、ナコちゃんのおねえさんにきまっているから、『ながーいお友達』と私が言いなおしたの」

「ええ、ながーいお友達よ。ナルちゃんが生まれてからとどっちがながいか、くらいに。これからもずっとだから、もっとながーくなるわ」

橘子も応じた。

「やっぱり、おにいさんの『ながーいお友達』ですね。[illegible]お話しくださる」

今度は紅麗緒が言った。

「そうね。この子たちを見て、普通にお話しできるの、清躬くんとあなたたくらいだわ。神麗守ちゃんにはいろいろな先生がついていらっしゃるけれども、どのひとも一流のりっぱな先生なんだけど、神麗守ちゃんの前ではその美しさに圧倒されて、初めはちゃんとお話しできない先生ばかり。まして、きょうは紅麗緒ちゃんも一緒なのに」

詩真音が感心したように言う。

「今のバレエの先生は普通にお話しくださったわ」

「まあ、そうね。あの先生は特別みたいね」

「ネマちゃんも。桁木《けたき》先生の時はとっても気合が入ってるみたい」

「桁木先生は本当に美しくてエレガントで技術もあって、私、信奉してるから。助手もさせてもらってるし」

「神麗守ちゃん、バレエを？」

二人のやりとりの間に入って、橘子が尋ねた。

「ええ。神麗守ちゃんは様々な技藝《ぎげい》や学問を先生についで習ってるの。くわしい話はまたいずれね」

詩真音が答える。

「紅麗緒ちゃんも？」

今度は紅麗緒に尋ねる。

紅麗緒の返答に続いて、詩真音が橘子を睨《にら》んで言う。

「だから、くわしい話はまたいずれって。あなた、このお屋敷について今朝《けさ》知ったばかりで、説明しないとわからないことだらけなんだから、一つ話すと、説明が必要なことが一杯あるの。すると、その話ばかりになって、ほかの話ができない。わかるでしょ？」

「ええ、わかる。でも、ききたいことはきいてゆくわね。それは後で、というのがあったら、その時は素直に従う。それでいい、ネマちゃん？」

「いいわ」

詩真音にいい返事をもらって、橘子はにこっとした。

「お二人は、ナルちゃんやナルちゃんのおかあさんと一緒に、キユくんに絵を描いてもらったんでしょ？」

「あ、キユくんて、おにいさんのことね。ナコちゃんのおねえさんは昔からおにいさんをそう呼んでるんだって」

橘子の言葉の後に、詩真音は急いで説明した。

「ナコちゃん、おとといの晩の電話で、ぼくがナコちゃんと呼んでいたのをナルちゃんがきいていたでしょ？　あれから、ナルちゃん、ナコちゃんのおねえさんと言うんだ。すぐ、神麗守ちゃんや紅麗緒ちゃんに伝わったんだね」

清躬が橘子に向かって言った。

「ええ、ナルちゃんが教えてくれました」

神麗守が言い、紅麗緒もうなづいた。

「でも、キユくんというのは、ナルちゃんにはきこえてないから、紅麗緒ちゃん、神麗守ちゃんは知らない」

「あ、それがね、私、ナルちゃんに電話かわった時、うっかり、キユくんと言ってしまったの」

「おいおい」

詩真音が呆れた顔をした。

「なんだ、もう。二人だけの大事な秘密と言いながら、あちこち漏れてるじゃないの」

「御免、ネマちゃん」

「私に謝ってもしようがないでしょ」

「だけど、すぐ、ナルちゃんにはその呼び名使わないで、とおねがいした。ナルちゃんも約束してくれた」

「でも、今、使ってるじゃないの、自分から」

「そうね、でも、キユくんもナコちゃんと呼んでくれてるし」

「まあ、いいけど」

「ネマちゃんはどうしてナコちゃんのおねえさんがおにいさんを呼んでいた呼び名を知っていたんですか？」

きいたのは、神麗守だ。

「えっ？　あ、」

詩真音は一瞬はっとして、言葉に詰まった。

「あの、それはね、――」

それを見てフォローしようとした橘子に、詩真音は、大丈夫というように軽く手をあげる。

「私、ナコちゃんのおねえさんが清躬くんに電話しているのを盗みぎきしちゃったの。御免ね、清躬くん」

詩真音はさらりと言い、清躬に向かって頭を下げた。その明け透けな告白に橘子は少しおどろいたが、軽く微笑んで、清躬のほうを向いて言った。

「キユくん、私はもうネマちゃんからそのことをきいていて、謝ってもらっているわ」

「ナコちゃんにはもう話してるんだね。ナコちゃんがいいなら、ぼくはいいよ」

清躬もあっさり言った。

「ええ、いいの、お友達だから」

二人の寛容な言葉に、詩真音は無言で頭を下げた。

「ナコちゃんのおねえさん、さっきのお話、おっしゃるとおり、おにいさんに家族みんな揃って絵を描いてもらいました」

「ナルちゃんに初めて会った時にね、えーと、前の前の日曜日だったわ、その時に、おにいさんに家族四人の絵を描いてもらってると教えてくれたの。それで、その絵が出来上がってるなら、本当に素晴らしいなあとおもって」

橘子は趣旨を話した。

「私、絵がどういうものか見えないのでわからないですけど、みんなと一緒にモデルになって、みんなが動かないでずっとおなじ時間を過ごしているのって、とってもいいなあとおもいました。それが絵になったら、絵のほうではその時間が永遠に続くので、素晴らしいですね。額縁におさめられた絵を持たせてもらって、ああ、あの時のみんながここにとおもうと、私の心のなかに一つの場所ができているのがわかりました。あの時間のみんながその静かな場所にいるのです。私、実際の絵は見えませんけど、おにいさんに絵を描いていただいたことでイメージができて、それを心のなかに持てるんです」

「それは本当に素晴らしい。神麗守ちゃんて上手に表現するのね」

橘子は神麗守の言葉に感動して言った。

「ナコちゃんのおねえさんも、おにいさんが絵をたく

ね」

「あ、そうみたいね。きょう何枚か持ってきてくれたから、さっき初めて見たんだけど。でも、モデルになって描いてもらったわけじゃなくて、私が知らないうちに描いてくれてるから、まだ、そうみたいね、って感覚。でも、実際に見てみたら、自分の絵なんだけど、本当に素晴らしいわ」

「おにいさんは昔から絵を描いていらっしゃったって」

「うん。でも昔は、もとから絵が好きだったとは、少なくとも私は知らなかった。キユくんが絵を好きになったのは、御近所にとってもきれいなおねえさんがいらっしゃって、そのおねえさんが私たちに絵を一緒に描きましょうと奨《すす》めてくださったのがきっかけとおもってた。だけど、その前から、というのは、キユくんが私の家の隣に引っ越してくる前から絵を熱心に描いてたというのをきいて、ああ、そうだったのねと初めて知った。それがわかったのがついおととい。最初からなんて絵が上手なんだろうとおもって感心してたけど、もっと前から好きで描いてたんなら、納得」

「とってもきれいなおねえさんのお話、おにいさんからききました」

今度は紅麗緒だ。

「紅麗緒ちゃんや神麗守ちゃんを見ていると、そのとってもきれいなおねえさんが今にもここにくわわってこられそうにおもう。小鳥井和華子さんとおっしゃるのよ、そのおねえさん」

橘子は、これから何度も和華子さんの話をすることになるだろうとおもって、名前を紹介した。

「ナコちゃんもそうおもうんだね。ぼくもいつもそう感じていた。和華子さんのいらっしゃるところは特別な世界だった。紅麗緒ちゃん、神麗守ちゃんに会って、その世界にまためぐり会えたとおもった」

清躬の言葉に、橘子は小さくうなづきをくりかえした。

「私、今、ここで、あなた方お二人とめぐり会っていることに、大變大變とくりかえしたくなるくらい、本当に言葉で言い表わせない程に感激しているの。今もね、和華子さんと一緒にいた時のときめきと恍惚を胸に感じて満たされている。この時間は、キユくんと一緒でなければ私には恵まれないし、本当に一人だったらどうしていいかわからない。和華子さんがいらっしゃった時も、自分一人ではお訪ねすることさえかなわなかったわ。いつもキユくんが一緒にいてくれないと。何度もかよっているうちに一人で行けるようになったけど。でも、キユくんが一緒にいてくれると、心はずっとときめきで満たされていても、とっても楽しい気持ちで和華子さんとお話ができる。和華子さんの時、いつもそうだった。だから、きょうも、神麗守ちゃん、紅麗緒ちゃん、楽しくお話しさせていただくわ」

　橘子は感じ入った調子で言った。

「ええ、楽しくお話ししましょう」

神麗守と紅麗緒が声を揃えて言った。

「ネマちゃんは、神麗守ちゃん、紅麗緒ちゃんの小さい時から知ってるのね？」

「勿論《もちろん》、知ってるわ。私は小学校四年生だった」

　橘子の質問に詩真音が答える。

「あら、今のナルちゃんとおなじね」

「そうね。あの時の私より今のナルちゃんのほうがずっとしっかりしているわ」

「ネマちゃんもそうおもう？」

「私のほうがナコちゃんよりナルちゃんとおおく接しているから、あなたよりもっとわかってる。それはともかく、二人がきた当初はうちのおかあさんと隠綺の[illegible]まりかかわれていないの。おねえちゃんは中学校に上がったばかりだったけど、その時からなんでもちゃんとできて、早くにおかあさんがいなくても二人のことを全部任されるようになってた」

「ネマちゃんより三つ年長ときいたけど」

「だから、勘定が合うでしょ？　私が小学校四年生の時、おねえちゃんは中学一年生なんだから」

　橘子は「ええ」と答えたが、実は、「もっとわかく感じる」と言いたかったのだった。三つ年長だと、会社の鳥上《とりかみ》さんより二つ上になるが、逆に感じるくらいだ。鳥上さんはもう結婚をされていて、仕事の指導もしてもらっているし、四つ年上の緋之川《ひのかわ》さんからも一目おかれる程しっかりされている。だから、実年齢よりずっと上に感じるところはあるかもしれなくて、鳥上さんと比較するのは適当でないかもしれないけれども、自分とおなじ年齢の紀理子さんのことをおもいうかべても、椰藝佐さんをかの女の同級生と紹介されても違和感がない。世のなかの人から見てもそうではないだろうか。見た目はそんなにわかくても、なかみは圧倒的におとなだ。勿論、鳥上さんもそうだ。だから、見習うべきお手本として、自分ももっとしっかり人格を形成してゆかないといけないようにおもう。

[illegible]にかぎらない。袮麗守ちゃんや紅麗緒ちゃんは自分より（おそらく）五歳はわかいだろうにこんなにも素晴らしくりっぱだ。和華子さんに匹敵する程に。

ああ、おもえば、出会った頃の和華子さんはまだ大学生で、今の自分とおなじ年頃か、ひょっとすると、自分よりわかかった可能性もある。自分のまわりにはなんておおくの、わかくて美しく素晴らしいひとたちがいらっしゃることだろう。そういうことをおもいうかべると、キユくんの話に出ていた無盡燈《むじんとう》のように、美しいひとたちが連なっている。年齢にはかかわらない。ナルちゃんは自分の半分の年齢にもいっていないけれども、この無盡燈の連なりのなかに入っている。杵島さんという女性も、紀理子さんから見せてもらった写真でしか拝見していないが、その連なりのなかにいらっしゃる。自分を打《ぶ》って、一時はおそろしい魔女のように感じた松柏《まつかえ》さんも、実はきっとそのなかにいらっしゃる（かもしれない）。優しくてユーモアもある会社の健康管理室の看護師さんや、とても気づかってくださった寮監さん御夫妻も。キユくんの親友のHくんやMさん。ああ、それならなにより、キユくん。みんな無盡燈のともしびを持って、自分を取り巻いてくださっている。

……贋《にせ》の清躬くんは？

はたとかれの姿をおもいうかべ、出会って最初でかれがおんぶしてくれたこと、傷の手当てを親身にしてくれたこと、緋之川さんのことで地図の話をして自分を目覚めさせてくれたことなどがなつかしみと親しみを持って感じられ、そのことに気づいて、ぞくっとした。今も親しみがあるのだ。だから、さっきまた自分の前に現われて、自分は素直にキユくんとおもい、キユくんが自分のからだ全体を頭のなかでスケッチしたいんだと信じて、かれがからだを首筋からおしりまでくまなく（なぜか胸は飛ばされたけれども）タッチされるのを受け容《い》れ、それが少し後になって贋のカレだと判断できてからも、またまた引っかかったと自分の鈍さに呆れこそすれ、かれに対する嫌悪感や、また騙されたことの後悔もほとんど感じない。かれはキユくんを装って忍び入ってくる。そして、私はきっとまた受け容れてしまうだろう。それは大丈夫なのだろうか。さっきだって、ネマちゃんがやってきたので、途中で終わったけれども、あのまま先に進んでいたら、どうなっていたかわからない。

「どうしたのよ、ナコちゃん。急に黙っちゃって」

「ちょっと、あなたのおにいさんのこと考えてて」

「えっ？　なんで今そんな――」

詩真音は橘子の発言に仰天した。

「ナコちゃんのおねえさんは、樹生《きいお》さんを御存じなんですか」

神麗守が穏やかにきいた。

「樹生さん？」

初めてきく名前に、橘子がききかえす。

「ネマちゃんのおにいさん」

「えっ、臏の清躬くんの名前？」

「臏の清躬くん？」

今度は、神麗守と紅麗緒の声が重なる。

「臏のぼく？」

清躬も橘子のほうを向いて尋ねる。

「ナコちゃんたら。紅麗緒ちゃんや神麗守ちゃんの前ではなんでも正直になってしまうのはわかるけれども、いきなりにいさんのことを。大それたことを普通に言い出すんだから、ナコちゃんも本当凄いひとだわ」

そう言うと、詩真音は立ち上がった。

「紅麗緒ちゃん、神麗守ちゃん。私、ちょっと梛藝佐[illegible]る。皆、キユくんやナコちゃんとお話をしてて。ナコちゃん、キユくん、私は席をはずすけど、ゆっくりお話ししてて。またおねえちゃんと戻ってくるから」

詩真音は一旦部屋を出て行った。

再び戻ってきた時は、言葉どおり、梛藝佐も一緒だった。

「みなさん、どんなお話をしていらっしゃったの？」

カタカナの「コ」の字の縦の画《かく》の位置に椅子を持ってきて、詩真音とならんで座ると、梛藝佐がみんなにきいた。

「キユくんの意外な話」

橘子がにこやかに答える。

「キユくん？」

ききなれない名前に梛藝佐がきく。

「清躬くんのこと。昔、二人の間でだけ、清躬くんのことはキユくん、橘子ちゃんのことはナコちゃんと呼んでいたんですって」

説明するのは詩真音。

「ああ、神麗守ちゃん、紅麗緒ちゃんの前では、なんでも透明になるのね――二人がいる時だけ。ナコちゃんの呼び名も、紅麗緒ちゃん、神麗守ちゃんとお話ししている時に清躬さんからうかがっている」

「で、意外な話って、ナコさんにとっても意外だったの？」

椰藝佐も「ナコ」の呼び名を使った。

「ええ。キユくん、昔からあまりお喋《しゃべ》りしない子だったんで、なかよくしていても、知らないことが一杯あるんです」

橘子が続けて言う。

「椰藝佐さんは、小鳥井和華子さんのこと、きいておられますか？」

「ええ。清躬さんから絵も見せていただいていますから」

「そうですよね？　和華子さんはもう絶対無二の方なんですけど、和華子さん以前にもキユくんはきれいな女性の絵を描いていたそうです。そうです、と言うのは、キユくんからその話をきいたのはおとといが初めてだったからです」

「それはどんな女性の方ですか？」

「キユくんは私の家の隣に越してくる前、東京の小学校にかよっていたということですけど、その小学校の先生なんだそうです」

「清躬さんが何年生の頃ですか？」

「四年生の時よね？　――引っ越してくる前なんだから」

橘子が確認を求めてきたので、「そうだね、先生の絵を描いたのは四年生だった」と清躬が答える。

「その先生の絵、見せていただきましたよ。和歌木《わかき》先生とおっしゃいますよね」

椰藝佐が言う。

「ええ、和歌木先生。あの、それ、昔の絵？」

「いいえ、新しく描かれた絵ですよ」

「キユくんは何年経ってもかわらず描けるのね。なんか、私、幼馴染《おさななじみ》でキユくんのことよく知っているように言ってるみたいだけど、ちゃんと話をしたのはおとといときょうだけだから、ずっと椰藝佐さんや紅麗緒ちゃん、神麗守ちゃん、それからナルちゃんのほうがくわしいでしょうね」

「あるところはそうでしょうけど、ナコさんしか御存じでないこともおおいでしょう」

「でも、知らないことはやっぱりおおいので、キユくんに一杯話してもらって、くわしくならないと」

「そういうことでお話が弾《はず》んだわけですね？」

椰藝佐がそう言うと、橘子はうれしそうに「ええ」と言った。

「意外なお話というのはその先生のことじゃないでしょ？」

「おとといきいた時は意外な話でしたが、きょうということでは、そうではないです」

「きいた時に意外なお話と感じられたのは、清躬さんは和華子さんのことだけとおもっていらっしゃったから？」

「ええ、そうです。キユくんは和華子さんのことだけでもう頭も胸も一杯とおもってましたから」

「とすると、意外というのは、まだ清躬さんがほかの女性のことも、っていうことでしょうか？」

「椰藝佐さん、突っ込んできますね」

橘子がそう言うと、「あら、突っ込んで清躬さんからききだしてゆかれたのは、ナコさんじゃないのかしら」と椰藝佐にかえされ、そのとおりです、という顔をした。

「だって、突っ込まないと、キユくん、自分から言わないんですもの」

「和歌木先生と和華子さんの間は、一年くらいありますよね？　その間にもいらっしゃる？」

「本当に鋭いですね、椰藝佐さん」

「私には察しがついた」

横から詩真音が言う。

「なによ、察しがついたって」

橘子が赤い顔をして言う。

「へへ」

「なによ、わらわないで」

「私もわかりましたよ」

椰藝佐も言う。

「まあ、椰藝佐さんまで」

「ぼくの口から言います」

突然、清躬が言った。詩真音と椰藝佐は音を立てない拍手をした。

「みなさんもわかっていらっしゃるようですが、和華子さんの前にぼくはナコちゃんが好きになりました」

「まあ、言っちゃった」

橘子が溜息を洩らした。

「あなたが自分で意外な話と振ったんだから、誰か言わないといけないでしょ。キユくんに言ってもらったんだから、なによりじゃない」

詩真音が諌《いさ》めるように言う。

「父の海外赴任で、その間、母の故郷《ふるさと》にやってきたぼくは、お隣のおなじ苗字《みょうじ》のナコちゃんとすぐ親しくな

んのほうからすく声をかけてくれてなかよくしてもらったんですけど、すぐに好きになったんです」

清躬は早速告白した。

「どこが好きになったの？」

詩真音が興味深そうにきく。

「その頃、ぼくたちは小学校五年生でしたが、ナコちゃんは背が高く、手足も長く、顔も綺麗で、美しいおとなの女性に憬《あこが》れを持っていたぼくは、同級生でこんなに素敵なおんなの子がいることに、胸がときめいたんです」

「胸がときめいた、ですって。ナコちゃん、あなた、全然気づいてなかったのよね？」

「気づくもなにも、あの頃の私にどうして？って、今でも理解できない」

「大柄なおんなの子というコンプレックスがおおきかったのね」

「ネマちゃんはそんなことなかったの？」

「おなじにおもわないで。私はあなたと違って、小学生の時は寧《むし》ろ小さいほうだったわ」

詩真音がそう言うと、「私も小さいほうでした。今でもあまりおおきくはないですけど」と椰藝佐が言った。

「だから、ナコちゃん、おとなの基準で見たら、小学生でもうスタイルがよくて美人だったのよ。東京の原宿とか歩いていたら、きっと——と言って、間接的に自分を誉《ほ》めてるみたいで、もう止めよう」

詩真音は顔が似ている橘子のことを言うと、その言葉が自分にはねかえってくるので、途中で言い止めた。

「ネマちゃん、絶対違うわ。だって、私、男子たちから——」

「そんなガキたちの言うことより、キユくんの眼のほうが絶対でしょ。そんなこともわかってなくて、あなたも悪ガキたちのちょっかいに反応するから、ますますおもしろがられて構われるのよ」

「東京の小学校では、ぼくは先生のほうに眼が向いていて、同級生を好きと感じることはありませんでした。でも、ナコちゃんの隣に引っ越して初めて見かけた時、ぼくは綺麗な中学生のおねえさんだとおもいました」

清躬の言葉をきいて、橘子は眼を丸くした。

「えっ、私のこと？　中学生のおねえさんて？　そんなことさっきキユくん言わなかったじゃない」

大勢の前でまた当惑することを言われて、橘子は抗議するように言った。

「うん、ナコちゃんがおかあさんと買い物から戻ってきたところを見かけたんだ。おかあさんとあまりかわらないくらい背が高かったし、おとなびた感じだった。引っ越しの御挨拶に行った時、おなじ学年ときいて、びっくりした」

「私はおない歳の子が隣に越してくるときいていたわ。キユくんは教えてもらってなかったの？」

「お隣が御親戚《ごしんせき》ときいていたけど、家族構成はきいてなかったから」

「あら、私は親戚のことはきいてなかったわ」

橘子は少し不服そうに言う。

「檍原《あわきはら》というおなじ苗字のひととはきいていたけど、私の田舎《いなか》では檍原の名前はわりと見かけていて、その当時はそんなに珍しい苗字とはおもってなかった」

「お互い逆だね」

「そうね。でも、キユくんにそんなふうにおもわれてたなんて、今になって知るのもなんか妙な感じ」

「そういうことってあるんですね」

橘子のおどろきようがおかしく感じたみたいに、神麗守がわらった。

「おにいさんとおねえさんは小さい時からなかよしで、[illegible]かとおもってました」

神麗守の言葉をきいて、「慥《たし》かにそうよね」と橘子はうなづいた。

「なんでもわかりあってるようになかよしなんだけど、話してみると知らないことが一杯。実は一年半くらいで別々になって、それから八年以上会ってなかったからね。でも、今の話だったら、その時キユくんが話してくれてもよさそうなのに。昔からキユくん、あまり物言わないのよね」

「もとから口数が少ないこともあるのでしょうけど、あなたを好きな気持ちがあったから、キユくんも打ち明けるのが恥ずかしかったんじゃない？」

詩真音が言葉を挟んだ。

「でも、言ってもらわないとわからないわ」

「言わなくても気づくものよ、おんなの子だったら」

慥《たし》かに自分は鈍いところがあるとおもって、橘子はかえす言葉がない。

「ナコちゃんのほうは初めからよくぼくに話しかけてくれたね。おねえさんがいたら、こんな感じに優しくいろいろな話をしてくれるのかなとおもった」

「またおねえさんて。転校してきて、土地のことも知らないから、話してあげたいことが一杯あったのよ。

[illegible]しよかったし、私、男の子が苦手だったけど、キユくんは話しやすかった。クラスの子たちと全然違っててスマートに見えて、いかにも東京からきた子だなあって感じた。男の子と意識したら私もあまり話せなかったかもしれないけど、今からおもうと、中性的な感じがしたからかな」

「ぼくがナコちゃんを初めにおねえさんのように感じたのは、おとなびた顔だちにおかあさんのおもかげを感じたから」

清躬のその言葉に、橘子ははっとした。

「やっぱりそうでしたか。お二人の顔だちがよく似ていらっしゃるし、ナコさんはおとなびていらっしゃったということだったので、清躬さんがナコさんにおかあさんを投影してなおのこと惹《ひ》かれるものがあったのではないかしらと感じました」

「うーん。でも、おなじ学年ときいておない歳なのわかってるでしょうし。もしかして、私があなたの従叔母《いとこおば》に当たるときいてて、実際の年齢と違って年上のイメージを持ってしまったんじゃない？」

「いとこおばって？」

神麗守には初めてきく言葉のようだった。

「キユくんのおかあさんと私が従姉妹《いとこ》の関係らしいの。つまり、キユくんのおじいさんと私のおとうさんが歳の離れたきょうだいで、キユくんは私の従姉の子供なの。だから、キユくんからみると私は従叔母なんだって」

「そういう言い方、初めてききました。ありがとうございました」

小さい時から本当の家族と引き離されて、親族との関係に縁がなかった神麗守には、そうした縁戚を表わす言葉が新鮮に感じられるのだろうと、詩真音はおもった。

「おない歳というのはわかってるけど、最初に見かけたイメージからおねえさんみたいに感じてしまったんだ」

「言っておくけど、誕生日から言うと、私のほうがキユくんより年下なんだからね」

「ナコちゃん、細かいことにこだわるのね。あなた、紀理子さんと初めて会った時、かの女からキユくんの妹さん？ときかれたんでしょ？　今は妹のほうに見えるんだから、もういいんじゃないの？」

「なによ、ネマちゃん。それって、私が全然成長してないということ？」

「キユくんと比較してよ。大体、男の子っておんなの子よりおとなびるのがおそいから、別におかしなことじゃないわ」

「ま、しかたないわ。小学生の時のキユくんはおとなしくて、私も世話を焼いてあげるのが好きだったから、そういうふうに見えてしまうところがあったかもしれない。特に、和華子さんの前だとキユくんとっても緊張していたから、私が手を引いてあげる感じだったし」

「やっぱり、知らず知らずおねえさんらしい振る舞いをしてたのよ、ナコちゃん」

「キユくんがそう言ってるんだから、私が否定してもはじまらない。だから、もうその話はいいわ」

「清躬さんはその頃、ナコさんのことがそんなに好きだったら、絵には描かれなかったんですか？」

　椰藝佐が尋ねた。

「その頃はまだ実際に見たものをスケッチすることしかできなかったので、ナコちゃんに絵を描かせてということは言えなかったんです」

「勇気がなかったの？」

　橘子がきく。

「そうだね、ぼくは勇気が足りない子だった。高校一年生の時もおなじ失敗をくりかえした」

[illegible]キユくんにお話しできなかったんだから。勿体《もったい》なかったのはお互い様」

「勇気がなくて、ナコちゃんに絵のモデルになってもらう申し込みができなかったのは事実で、それができていれば、和歌木先生の時のように絵が出来上がっていたとおもいます。でも、ナコちゃんとはいつも一緒にいられるから、それだけでなにより楽しくて充分でした。それに、これから先もながくいれば、いつか絵を描かせてということができるともおもっていたんです。和華子さんの時は、きっとそんなにながくはいらっしゃらないとおもったので、描くのを焦《あせ》ってしまった。ナコちゃんに見つかって、ああ、ぼくはとんでもなく恥ずかしいおもいがして、逃げてしまいました。和華子さんを描きたいという正直な気持ちを伝える勇気がまるでありませんでした」

「ああ、もう、あのお話はしないで。私は、そういうあなたをおもしろがって追いかけていったんだから」

　橘子にとっても痛い想い出なのだ。

「でも、あの後、キユくんは一人で和華子さんのところに行って、絵の続きを描かせてもらったんでしょ？　だったら、キユくん、凄い勇気をとりかえしたことになる」

「そう、そうしなくちゃ、もう和華子さんを描けない

卑怯に逃げたのに、ナコちゃんのほうがかなしがって、一杯一杯謝ってくれた。そういうナコちゃんに和華子さんとのとりなしをおねがいするなんて、甘え過ぎで、自分がもっと情けなくなるとおもった。それで、ナコちゃんには内緒でおもいきって和華子さんを一人で訪ねて、正直におねがいしたんだ」

「私に内緒にしてたこと、ちっとも責めるつもりはないわ。おととい初めてそれをきいた時はとても残念がったけれども、その時だけの話。キユくんが和華子さんの絵を続けて描いて、完成させたこと、それがなにより素晴らしいから」

「ありがとう、ナコちゃん。でも、和華子さんに最初は顔を合わせるだけでも精一杯だったというか、いや、それより一人で会いに行くことさえできなかったのに、ナコちゃんのおかげで、ぼくは和華子さんを一所懸命見て絵に描こうと試みることができたし、つぎは一人で会いに行って、自分からお話しすることができた。ナコちゃんが道をつくってくれたんだ。和華子さんはぼくにとっていつまでも会っていたいひとだったけど、それがかなわなくなって、それにナコちゃんとも離れ離れになってしまったけれども、そうなってもぼくは、ナコちゃんにも和華子さんにもいつでも会えるとわかった。尤も、和華子さんにいきなり会うのは、心のなかでもやっぱり勇気がいることで、いつもナコちゃんになかだちをおねがいしないといけなかったんだけれども、そういう時ナコちゃんはずっと道案内してくれる。そのナコちゃんがとても綺麗で。絵に描こうとおもって、ナコちゃんをよく見ようとすると、生き生きとナコちゃんがはっきり見えるんだ。だから、ちゃんとナコちゃんが描ける。ぼくはナコちゃんも一所懸命見てきたんだとおもった」

「本当に？」

上ずった声で、橘子がきいた。

「うん。一所懸命見てきて、ナコちゃんが心のなかに映り込んでいるからきえないんだ。きえないし、生きたままだから、成長するんだ。どのナコちゃんもきえないから、ぼくのなかではいつのナコちゃんとも出会える。そして、いつのナコちゃんも和華子さんと繋がってる、和華子さんに近づく道筋に、綺麗なものが一杯見える。ナコちゃんはそういう美しいものの連なり、ながれのなかにぼくを呼び込んで、和華子さんのもとに辿《たど》り着かせるんだ。そうして、ナコちゃんと一緒に和華子さんと出会えば、もうそれだけで満ち足りた。それで、最初は和華子さんを描きたいとおもい、ナコちゃんもぼくを連れて行ってくれるんだけど、もうそれでおもいが満たされたようになって、結局、和華子さんをうまく描けないことがおおかった。ぼくはずっとナコちゃんに頼ってしまってて、本当に大事なところで一人でやりきる力を自分のものにできなかったんだ。ぼくが本当の意味でその力を持てたのは、神《みわ》柑梛《かんな》さん——午前中の話でぼくはMさんと本名を伏せたけれども、みなさんの前ではもうありのままでいいとおもう——、かの女が檜《ひ》杉《すぎ》将《まさ》来《き》くん——Hくんのことだよ——、かれのためにぼくにヌードの絵を描いてほしいと依頼してきて、それを描ききることができた時だった。神《みわ》さんも物凄い葛藤と覚悟とおもいきりの末に本当に美しいありのままの姿を見せてくれたから、ぼくもかの女に匹敵する覚悟と渾身《こんしん》の力の結集をして、その美しくかがやきに満ちた神《みわ》さんの裸身を描けた。あの時ぼくは美しいものを描きたいというおもいと、ぼくには描ける、それだけの力を出せるという自信に溢《あふ》れ、その晩、和華子さんの絵を徹夜して描き上げた。その時もナコちゃんがやっぱり傍《そば》にいてくれて、和華子さんのかがやきに負けないようぼくを後押しし、力
紅麗緒ちゃんを描けたのも、そうだよ。紅麗緒ちゃんを前にして、和華子さんの時とおなじように、あまりの美しいかがやきに心もからだもわれを失いそうになるんだけど、ナコちゃんが寄り添ってくれる。そして、ナコちゃんの絵を描いてゆくと、美しい世界への道が通じて、どれほどの美しい世界もぼくを受け容れてくれるように感じられる。そのおかげで、ぼくは紅麗緒ちゃんの絵も描くことができたんだ。今ね、眼が見えなくなってしまっても、やっぱりナコちゃんがいるので、心のなかには光があって、美しいひとたちに繋がることができる。だから、静かにしてナコちゃんのことを感じている時、ぼくは前とちっともかわっていないんだよ」

清躬はそう言うと、橘子の手をとった。橘子も自然に自分のもう一つの手をそこに重ねた。

橘子はからだがふっと軽くなった気がした。軽くなるとともに、清躬とからだが重なるような気がした。これはからだなのか、心なのか、魂なのか。二人がおなじ場所——というより空間、重力を感じないで宙に浮いているような気がするから——を占めている。心かからだか知らないけれども、私はキユくんを抱いているし、キユくんも私を抱いている。心(魂)かからだか、私かあなたか、そうした区別も境界もなくなっ

まじり合っている。手だけ繋がっているのではない、からだまるごと、心まるごと、繋がっている。

「キユくん、私も感じるわ。キユくんは私の隣じゃなくて、私とおなじにいてくれることを」

朝はキユくんのシャツがあったから、今とおなじように感じたけれども、実はキユくんはいつもこうして私と重なってくれているのだ。キユくんのシャツのおかげで私が気づきやすくなっただけなのだろう。キユくんのほうも私がこうして重なっているのをいつも感じているのだ。このように重なりまじり合って一緒にいることを感じていれば、実際に私を眼にしていなくても、私をそのままに描けるのだ。さっき、贋者のカレが私の大きさを感じたい、からだをとらえたいと、からだのいろいろなところを触ってきたのは、まさにまやかしだった。キユくんはそんなことしなくても、私のからだをまるごと感じられるのだ。私の顔だけでなく、からだ全体をどの部分も正確にキユくんは描くことができる。今の今までそんなことをわかっていなかったなんて。

「まあ」

詩真音が声をあげた。

「二人の姿がきえた。――あ、戻った」

「なんて凄いことなんでしょう。お二人は文字どおりの一心同体。一心同体で一緒に見えなくなられたのね」

椰藝佐も感動したように言った。

「ナコ、今あなたになにが起きたの？」

詩真音が橘子に向かって呼び捨てで急《せ》くようにきいた。

「なにがって？」

「なに暢気《のんき》な調子で、なにが？ってききかえしてるのよ。あなた、今、自分の姿がきえたのよ。キユくんがきえるのと同時に。きょう、キユくんが眼の前できえるのを目撃したでしょ？　またキユくんがきえたけど、今度はあなたも一緒にきえたの」

「きえた？」

橘子はまたききかえす。

「自覚がないの？」

「ああ、でも、いま椰藝佐さんがおっしゃったように、私、キユくんと一心同体になったわ。キユくんのお話をきいてるうちに、手をにぎりあって、ふっとからだが軽くなったとおもったら、心もからだもキユくんと重なりまじり合うような感じがしたの。唯その感覚が総て」

橘子はゆっくり、だがはっきり説明した。

「ぼくもおなじだ。こういうことが起こっても、今までは一瞬ふっと意識が飛んだみたいな感覚しかなかったけれども、今、隣にいるナコちゃんが、隣じゃなくて一緒に、とけあって一つになる感覚がした。ぼくはいつもナコちゃんが一緒にいてくれるという感覚を持っているけれども、今、自分自身とナコちゃんの区別がなくなって本当に一つになったのがわかった。初めて自覚したことだけれども、きっと今までもそうだったんだ。今はナコちゃんも一緒にそうなったから、感じ方の度合いがおおきかっただけで、だけど、きっといつも起きてるんだ」

「ということは、私にもいつも起きてるのね？　これまでは自分でその感覚をつかむことができなかっただけで。ああ、でももうこれからは私もキユくんと一緒だという感覚を持つことでしょう。いつも、今、キユくんと、ここに」

橘子は声を震わせた。

「おねえさんとおにいさん、紅麗緒ちゃんと私が感じてることと『一緒ね』」

神麗守の言葉に最後は紅麗緒の言葉が重なった。

梛藝佐がおどろいたように言った。

「私たち、いつも一緒よ」

神麗守と紅麗緒の二人が同時に言う。

「私、ずっと病院にいるでしょ？　でも、一人じゃないの。ギナちゃんがお見舞いにきてくださる時、紅麗緒ちゃんもきてくれるけど、ギナちゃんにはきていただいたことの御礼を言うのに、紅麗緒ちゃんには言わない、それはいつも一緒だからなの」

「私も、神麗守ちゃんに、こんにちはとか、さようならとか、言わない」

神麗守の言葉に続いて、紅麗緒が言う。

「神麗守ちゃんが階段から転落した時、私は全然違うところにいたけれども、あの瞬間、私は自分が舞い上がったように感じた。その後でとても痛みを感じた。それは自分のからだの痛みじゃない。神麗守ちゃんのからだと心の痛み。なにが起きたのかわからなかったけれども、神麗守ちゃんを助けてあげてと私、梛藝佐さんに言った」

「本当、そうだったわね。紅麗緒ちゃんがそう言った後、『誰か』と神麗守ちゃんが叫ぶ声がきこえた」

梛藝佐がうなづいた。

「あの時、私、誰かが階段をゆっくり上がってくるの

一段一段とてもゆっくりなので、おじさまかしらとおもいました。おじさまは眼がお見えにならなくなってからはお一人の時はエレベーターを御利用なさるはずなのに、と不審におもいながら、気になって階段に向かいました」

神麗守がその時の情況の説明を始めた。

「あの時は、香世《かよ》さん（註：稲倉香世）がついておられたので、階段を利用されようとしたのね。でも、ノカちゃんが香世さんに御用を伝えにきたので、おじさまが、自分は手摺《てす》りを持って安全に上がるから、香世さんは行っていいよとおっしゃって、それでお一人で上がられた。香世さんもノカちゃんも、そこでおじさまを一人にしたことが大事故に繋がったと、とても悔やんでおられるけれども、おじさまが命じられたことだから、しかたがなかった」

椰藝佐がした話は、詩真音は勿論きいていた。その話をきいて、詩真音は香納美《かのみ》を疑って本人に問うてみたが、そのことでかの女を泣かせてしまったので、それ以上追及できなくなった。香納美は、香世さんがおじさんを階段の上まで連れて行ってから、用事を伝えればよかったのにと言い、おかあさん（註：稲倉香世）にも事故の責任を感じさせるような辛いおもいをさせてしまったと、心を傷《いた》めて非常に弱っていたので、詩真音は香納美を信じようという気持ちになった。唯、香納美はにいさんの指示を絶対とおもっているし、その場面に登場したことはにいさんの意図が働いていなかったと言いきれない。

「香世さんもノカちゃんも、私にも謝ってくださって、かえって申しわけない気持ちです。おじさまの事故を防げなかったのは、私のほうこそですから」

神麗守はそう言ったが、誰も神麗守に一端の責任でもあるとは感じていない。

「神麗守ちゃんはおじさまを助けようとして、自分も怪我《けが》したんですから、ノカちゃんたちも感謝していますよ。それより、おじさまが一人で階段を上ってこられるのに気づくなんて、流石に神麗守ちゃんだわ」

「私、階段のところまできて、『おじさまですか？』と声をかけたんです。おじさまから御返事があったので、『私、上で待っていますから、手摺りをしっかりお持ちになって、ゆっくり上がってきてくださいね』とおねがいしました。でも、私が声をかけたのがわるかったのかもしれません。おじさまの階段を上られるペースがそれまでより少し速くなった感じがありました」

「神麗守ちゃんが待っているならとおじさまも早く行ってあげたいとおもわれたのよ。それに、もう何段か上がって、階段にもなれてこられたから、少しペースを上げても大丈夫とおもわれたんだわ」

詩真音がフォローする。

「おじさまは私に向かって、『あと一段だ』とおっしゃって、その一段を上がられる時、足を踏みはずされ、あ、と叫ばれました。そして、間近に感じられたおじさまのからだが急に沈み込む感じがして、上がり口のところにいた私はいけないとおもって、咄嗟《とっさ》におじさまのからだをつかもうとしました。華奢《きゃしゃ》で力のない私がいくら跳《と》びついても、おじさまがおちるのを止められるわけはありませんでした。私も一緒におちてしまったんですけれども、おちてゆきながら、からだが浮き上がっているような感じがして、時間もゆっくり感じられました。紅麗緒ちゃんが一緒で、私が無暗《むやみ》なおち方をしないよう、少しでも浮き上がらせる働きをしてくれているように感じました。だから、おちる恐怖はあまり感じていなかったんです。もしその時、自分一人でおちているんだったら、きっと怪我《けが》なんかほとんどなかったんじゃないかしら。でも、その一方[illegible]、おじさまのからだを床に打ちつけないようにとおもいました。いくら自分でそう考えても、うまくはできなくておじさまに大怪我を負わせてしまったけれども、私も何度かはからだを階段の踏み板や階段下の床に打ちつけちゃったので、怪我を負ってしまいました。それでも、私の怪我がとても軽くて済んだのは、——ギナちゃんのおおきなおねえさんがおっしゃるには、奇蹟的な軽い怪我で骨も大丈夫だったとか——、それは、紅麗緒ちゃんのおかげです。おちる間も紅麗緒ちゃんが一緒にいて、私のからだを浮き上がらせるようにしてくれたから」

「本当にそうだとおもうわ。おねえちゃんも、神麗守ちゃんのからだを見て、信じられないとおどろいてた。勿論、神麗守ちゃんのからだ自体がとっても綽《しな》やかであるのもおおきな理由だけれども、おじさまのからだの下敷きになって全身打っているのに、こんなに軽い怪我で済んだというのはね」

「車椅子は本当は要《い》らなくて、充分立って歩けるんです。でも、私、眼が見えないということもあって、安全をみて、まだ車椅子を使っていなさいと言われています。そういうことなので、退院ももうすぐのようです—

もう、お元気になってるようにうかがえます」

橘子が安心を感じているように柔和な顔で言った。

「ナコちゃんにそう見えるなら、ぼくもほっとした」

清躬も続いた。

「ありがとう御座います、ナコちゃんのおねえさん、おにいさん」

神麗守が二人に向かって丁寧にお辞儀した。

その後、椰藝佐から橘子に対して、この屋敷の当主の和邇持比佐《わにもちひさ》と神麗守の転落事故と、和邇の治療情況についてかんたんに説明した。和邇には、詩真音の母親の根雨日南江《ねうひなえ》が毎日かよい、付き添っている。かの女からの情報では、生命に大事はないが、意識は部分的にしか回復していないということだった。根雨日南江は、部分的には回復しているということに前向きな希望を持っており、時間はかかってもまた屋敷に戻ってこられる可能性はかなりあるとかたっている。

「また話を戻すけど、紅麗緒ちゃんがおねえちゃんと一緒にこのお屋敷を出て行った時も、神麗守ちゃんはあまり動揺していなかったわね？」

詩真音が話頭を転じて、神麗守に話しかけた。

「初めはかなしかったわ。でも、そのうち大丈夫とわかったんです」

神麗守が答えた。

「初め、紅麗緒ちゃんやギナちゃんとわかれわかれになったかなしさはできるだけ伏せるようにしていたけど、そのうち紅麗緒ちゃんがいつも傍にいるのを感じとれるようになりました」

「神麗守ちゃんはいつも静かにしているから、わからなかったわ」

「紅麗緒ちゃんとは離れていても心を通じ合わせられるようになったけど、唯、ギナちゃんがいないことだけかなしかった」

神麗守は椰藝佐のほうを向いた。

「私も神麗守ちゃんとわかれたくなかったわ。でも、こちらには日南江さんやネマちゃんがいてくれるし、私が紅麗緒ちゃんについていなくちゃとおもった」

神麗守や紅麗緒に微笑みを向けながら、椰藝佐が話をはじめた。

「初め、おじさまから計画をきいた時、私は信じられなかった。何度きいても、理由をおっしゃられないし、紅麗緒ちゃんの安全は保証すると言われるけれども、私には神麗守ちゃんとここに残れとおっしゃっていた。私は計画自体猛反対したけど、おじさまは耳を貸されないの。日南江さんも、おじさまを信じなさいと言われるばかりなので、だったら、私だけでも紅麗緒ちゃんについてゆかせてくださいとおねがいしたの。おじさまは即答してくださらなかったけれども、最後には御諒承いただいた」

「あのう、今のお話なんですけど、」

遠慮がちに橘子が間に入った。

橘子たちにとってはまるで知らない話だ。おいてけぼりに話を進めるわけにはゆかないと、詩真音はかんたんに説明することにした。

「ああ、御免なさい。実は、二年前におねえちゃんと紅麗緒ちゃんが一時的にお屋敷を離れたことがあったの。私がちょうど大学に入っておちついた頃で。でも、二か月足らずで戻ってこられて、また一緒にここでくらすようになった」

「わかりました。あの、私たちはここにいても差し支えないのかしら」

事情をきいて、なお気をつかって橘子がきいた。

「ナコさんも清躬さんも、大丈夫ですよ。あなた方はここにお迎えしているのですから、なにも差し支えはありません」

そうに言った。

「でも、ここの御当主のおじさまという方についてのことはあまりお話しできません。世のなかに出ることをきらっておられる方ですので。清躬さんはお会いされているけれども、御自身のことはほとんどかたっておられないでしょう？」

椰藝佐の言葉に、清躬は「ええ」と答えた。

「楠石《くすいし》さん御夫妻からも、このお屋敷ですること一切《いっさい》は他言しないこと、御当主についてもお嬢様方についてもなにもきかないようにすることを約束してほしいと言われていました。不便があればなんでも言ってくださいと、いろいろお気づかいもいただいて、御親切にしてくださいましたが、約束だけは強くおねがいされました」

「そうでしたね。私も楠石さんからそのように清躬さんにお話しされているとききました。それはどなたに対してもです。神麗守ちゃんにはいろいろな先生がお見えになってレッスンをしてくださいますが、どの先生方にもお約束していただいていることです」

椰藝佐はそう言うと、「では、先程のお話を続けさせていただきますね」と、話を先に進めた。

「ともかく私と紅麗緒ちゃんはお屋敷を出ました。お

[illegible]御用意してくださっていました。勿論、東京ではなく、ずっと遠いところです。山あいにぽつんとあるコテージのような感じで、御近所に人はおられません。でも、住むのに不自由のない設備が充分に整っていて、新鮮な食材も毎日届けてもらえるのです。出る時には、緊急のこと以外は連絡は無用と言われました。お屋敷からも連絡はしないということで、慥かに、それ以降やりとりは途絶えました」

「私も、おねえちゃんの連絡先は教えてもらえなかった」

詩真音が言った。

「私には違うスマホをわたされたから。ネマちゃんのメアドはおぼえていて、連絡できないわけではなかったけれども、これもおじさまとの約束があったから、守らないといけなかったの」

「おねえちゃんはしっかり守るひとだものね」

「それに私は信用していただいていた。おねがいしたいのは静かにくらすことだけだと言われていて、そのために連絡の制限は受けましたが、それ以外は自由を認められました。ですから、コテージのまわりの野山を散歩するのも自由でしたし、市街地にドライブすることだってできました。勿論、紅麗緒ちゃんと一緒にね。日南江さんの御訪問も定期的にありましたから、ネマちゃんや神麗守ちゃんの様子も教えてもらいました。自由にはさせてもらいましたが、まったく放っておかれたわけではありませんでした」

「私のほうは、おねえちゃんも紅麗緒ちゃんも元気にしてたわよ、ということだけで、どんなお話をしたのとか、どんなくらしぶりをしているのとかきいても、元気にしている様子を見に行っただけだからと、おかあさんはなにも話してくれなかったわ」

「日南江さんも日帰りでお見えになられていたから、あんまりお話しする時間もなかったのよ。私たちにはいろいろお話しくださったけれども」

「おかあさんも、折角京都に行くんだから、泊まりがけでゆっくりしてくればいいのに。それだったら、おねえちゃんたちともゆっくりお話の時間もつくれたでしょうに」

「えっ、京都ですか？」

詩真音の言葉から、橘子が確認するようにきいた。

「ええ。でも、ちょっと山のほうですよ。それ以上は内緒」

椰藝佐は答えながら、にこっとわらった。橘子もそれ以上突っ込むことは控えた。

「静かな環境で自然に触れられて、ちょっとお忍び気分で京都市内の寺社や素敵なお店などにもうかがうことができるから、はっきり言って、お屋敷のなかでのくらしよりも楽しく感じられることもあったわ。神麗守ちゃんやネマちゃんもこちらにきて一緒にくらしたら、どんなに素晴らしいだろうとも感じてた。神麗守ちゃんは一杯レッスンを受けないといけないから、そういうわけにもゆかないけれども、ヴァケーションをとってみんなで長期滞在したら楽しいとおもった」

「今からでも行けるのかしら？」

　好奇心をそそられて、詩真音がきいた。

「さあ、どうでしょうね。きれいな施設だったから、今もあるんでしょうけど、別のことに利用されてたら、しようがないわね。おじさまの秘密の隠れ家のようなところだったら、おじさまのぐあいがよくなられるのを待って、御諒解を得ないといけないし」

「勿論、今ということはないけど、いつかみんなで出かけて、そこでゆっくり過ごしたいわ」

「そうね。是非そうしたいわね」

「でも、そんな感じに、結構楽しく過ごしてたなんてということを言えるのは、暫く経ってからね」

　調子がかわって、にこやかにしていた詩真音の表情が強張《こわば》った。

「ああ、そうね。能天気に無条件に喜んじゃった」

「いいのよ。私こそ水を差すような言い方をしちゃったわ」

　梛藝佐は詩真音に向かって御免というように小さく頭を下げた。

「神麗守ちゃんが言ったように、私も初めはかなしかったの」

　紅麗緒が言った。

「毎日一緒にお蒲団《ふとん》から起きて、朝の御用をして、途中は別々になっても、ながいこと一緒に過ごして、一日の終わりはおなじお蒲団に入っていた神麗守ちゃんと離ればなれになった。いつもくっついていた神麗守ちゃんがいないのは、私が半分なくなったよう」

「私もからだが半分なくなった」

　紅麗緒の言葉に続けて、神麗守が言った。

「紅麗緒ちゃんと一緒にいられない。それを受けとめなければいけないのはわかっていました。私だけでなく、ネマちゃんも大切なギナちゃんとわかれわかれになったのだからと自分にいいきかせていたので、みんお蒲団のなかではは泣いていたわ。きっと紅麗緒ちゃんも泣いているとおもうと、なみだをながしすぎてはいけない、そのなみだが紅麗緒ちゃんをもっと泣かせてしまうとおもったから、なみだは少しづつながすようにした。それから、ネマちゃんに心配かけてはいけないから、ハンカチを持ち込んで眼に当てて、お蒲団や寝間着を濡らさないようにした」

「まあ、そうだったの。神麗守ちゃんが気丈にしているのをいいことに、お蒲団に入った後のことには気がまわっていなかった」

　詩真音は、橘子のことを鈍いと言っていた自分が恥ずかしくなった。

「でもいいのよ、ネマちゃん。お蒲団のなかで夢《ゆめ》を見たら、紅麗緒ちゃんに会えるのがわかって、その後はお蒲団に入るのが楽しみになったから。でも、会えると期待して、もし会えなかったりしたら、ものすごくかなしいから、お蒲団に入ることは怖《こわ》いことでもあったけど」

　そう神麗守が言うと、

「私も夢にかならず紅麗緒ちゃんがきてくれるから、お蒲団の時間がとっても待ち遠しかった。朝起きた時から、あと何時間でお休みの時間になるかしらとおもってた」

　と、紅麗緒が応じた。

「神麗守ちゃんは、私がお蒲団でなみだをながしているとおもってくれてたけど、私のなみだは少しだった。お蒲団のなかではギナちゃんが毎晩抱いてくれていたんだけど、ギナちゃんのほうが泣いて、沢山のなみだをながしていたから、私のなみだはギナちゃんのほうに行っちゃった」

「紅麗緒ちゃんの髪の毛を一杯濡らしてしまったわね、私のなみだで」

　眼にハンカチを当てながら、梛藝佐が言った。

「おめめのほうにも。ギナちゃんのなみだが私のなみだも吸いとってくれた。私も泣いていたんだけど」

「そうだったのね。起きている間は泣けないけれども、あとはねてお終《しま》いという時、きょうという日の終わりで静かにあなたたちのことをおもったら、溜め込んでしまったもので心の堰《せき》が破れて、自分を保てずにとけてながれてしまいそうになるの。なみだをながさないとどうしようもない」

　梛藝佐の声が震えた。眼が赤くなっている橘子に詩真音からハンカチがわたされた。詩真音も自分の眼にハンカチを当てた。

「ギナちゃんのなみだの粒がおおきくてつぎつぎおちてくるので、初めは雨みたいとおもったけど、そのうちからだ全体がなみだに包まれてしまいそうにおもった」

「まあ、不思議の国のアリスみたいな」

「なみだのお池じゃなくて、海に浮かんでいるよう。そう感じたら、神麗守ちゃんも海に浮かんでるの。海はつながって一つだから、神麗守ちゃんがもう傍にいるの。神麗守ちゃんのなみだも、ギナちゃんのなみだも、私のなみだも、みんな一つの海になる。広すぎて淋しい海だけど、自分を海にとけあわせれば、神麗守ちゃんもギナちゃんも私とおなじになる」

「紅麗緒ちゃんはそんなふうに感じていたの？　私のなみだで濡らして申しわけなくおもっていたけど、それきいて、今更ながらだけれども、救われた気になる」

「紅麗緒ちゃんからお話をきいて、ギナちゃんがそんなに泣いてたなんて、おどろきでした。でも、みんな誰も、からだのなかに海があるのね」

「そう、みんなあるのよ。なみだって、この地球に生き物が誕生した大昔の海とおなじ成分だときいたこと[illegible]時、海もからだの一部に持って上がってきたのね」

「梛藝佐さん、物知りですね」

感心して橘子が言った。その後に続けて、

「なみだは　にんげんのつくることのできる　一番小さな海です」

しんみりと、橘子が詩の一節を詠《うた》った。

「あら、ナコさん、それは――」

「梛藝佐さんは御存じですね？」

「ええ、アンデルセンの言葉ね」

「えっ、アンデルセン？」

梛藝佐の答えは自分がおもっていたものと違ったので、橘子は少しはっとした。

「ぼくも、アンデルセンの言葉とおもってた。童話の『人魚姫』に関係する言葉じゃなかったでしょうか」

清躬も梛藝佐に同調した。

「私もそうおもってる。海の生き物である人魚にはなみだはないのだけれども、人魚姫が人間になるためにした魔女との約束で最後に海の泡になってしまう時、海ではなくお空のほうに上ってゆくのね。今度は空気の精となって、大空の娘たちのなかまになるの。そうしてお空のほうに上がってゆくところで、人魚姫はお日様の神様に向かって生まれて初めてなみだを感じたしまったんだけれども、人間の心がなみだとして持ち続けられたのね」

「かなしいお話」

椰藝佐の話をきいて、二人の少女もハンカチを出して眼に当てる。

「でも、最後は『マッチ売りの少女』のお話とよく似ているわね？」

神麗守が言った。

「そうよ。マッチ売りの少女も大晦日《おおみそか》の晩に寒さで凍《こご》え死んでしまうけれども、光に包まれて高く高く神様のいらっしゃるほうへ召されてゆくのね。とても不思議できれいなものを眼にして、少女のからだは冷たくなっても、口もとはわらっていたと」

「『赤いくつ』のカーレンちゃんも」

今度は紅麗緒が言う。

紅麗緒の言葉をきいて、詩真音ははっとした。この子は、きのうの紀理子――赤い靴の少女のようにかたりを止められなくなっている紀理子の前に、天使のように現われて救ってあげた。その子が、『赤いくつ』のことに触れたからだ。おねえちゃんに呼ばれてきただけで、紅麗緒自身はそういう気はまったくなかっただろうけれども。

「そう、赤いくつのおんなの子も、最後は天使がやってきて、お日様の光に乗って、神様のところへとんでゆくのね」

おねえちゃんは、話し始めて止められなくなったきのうの紀理子のことを、赤い靴の少女のように感じていただろうか。そこに立ち会っていたのは清躬もそうだが、かれもそうおもいはしなかっただろうか。そのように感じたから、清躬が途中で休憩を入れさせたのだろうし、それでもまたかたりの舞踏を続ける紀理子を救う手立ては天使そのものの光を纏《まと》う紅麗緒を連れてくるしかないとおねえちゃんは判断したのだ。尤も、私が心騒いだのは、自分が紀理子に赤い靴の魔法をかけたにいさんのがわにいて、どんどん地獄に填《は》まってゆく紀理子の様子におそれを感じていたからだ。だから、紅麗緒がまた『赤いくつ』と発言したことにどきりとしたのであって、そこまでの感覚がないおねえちゃんや清躬は、神麗守に続いておなじアンデルセンの童話で紅麗緒が似た例を挙げただけとおもっているかもしれない。

「久しぶりにアンデルセンの童話をおもいだしました。かなしいけれども、美しくて、心洗われるようなお話ですね」

きのうのことはなにも知らない橘子が無邪気に言った。

「さっきナコちゃんが言った、『なみだは人間のつくることができる一番小さな海です』というの、おねえちゃんがアンデルセンの言葉と答えた時、あなた、ちょっとおもってたのと違う感じの反応をしたように見えたんだけど」

詩真音にそうきかれて、橘子が答えた。

「私、寺山修司さんの詩をおもいだして、その一節を声に出してみたの」

「ああ、寺山修司さんの詩にもありますね」

「おねえちゃんは両方知ってるのね？」

感心して、詩真音が言う。

「あのフレーズは、寺山修司さんの詩のなかでも有名よ」

「そうです。私、寺山修司さんの詩が好きなんですけど。まっ先にそのフレーズが出てきます。あと、『海の起源は、たった一しずくの女の子のなみだだったんだ』というのも、いいでしょう？」

橘子はまた新しい詩のフレーズを披露した。

「それは知りませんでした。でも、寺山修司さんらしい」

「それから、『地球の涙、あなたの海。』とも」

「ナコさん、すらすらと出てくるのね。凄い」

梛藝佐に誉められて、橘子は少し照れた。

「本当に好きなので。調子に乗って申しわけないですけど、『半分愛してください　のこりの半分で　だまって海を見ていたいのです』とか」

「ナコさん、それって、『時には母のない子のように』という詩にも、『だまって海を見つめていたい』ってありませんでした？」

「あ、そうです。あります。寺山さんのそういう詩を読むと、涙腺《るいせん》が刺戟《しげき》されて、自分のなかにも海を感じます。小さな自分のなかに海を閉じ籠《こ》めているから、余計に果てしなく広い海を見に行きたい気持ちにさせられます。ああ、『かなしくなったときは　海を見にゆく』という詩も好きなんです」

「『かなしくなったときは　海を見にゆく』。それには続きがあるのかしら？」

「ええ。その詩の最後のほうだけ紹介すると、こうです。『人生はいつか終るが　海だけは終らないのだかなしくなったときは　海を見にゆく　一人ぼっちの夜も　海を見にゆく』」

「ああ、なみだが止まらなくなるから、それ以上、か

眼からハンカチを離せないでいる詩真音が愬《うった》える。

「御免なさい」

「謝ることはないわ。とてもいい詩を紹介してもらって、素敵だった。でも、立て続けだから、後はまた今度教えて」

「今度、詩集を持ってきます」

「まず、おじさまの蔵書を調べてみるわ。おじさま、一杯本を持っていらっしゃるから、きっとありそう」

和邇のおじさんはわかい時に文学にかぶれているから、寺山修司の詩集はきっとあるだろうと、詩真音はおもった。

「おじさまは詩集をいろいろ揃えて持っていらっしゃるから、そのなかにあるのはまちがいないわ」

椰藝佐も請け合った。

「ナコちゃんにそういう趣味があるなら、キユくんにこそ読んできかせてあげたら？　キユくんもそういうの、好きそうにおもうから。じゃない、清躬さん？」

詩真音が問いかけると、清躬も、「ぼくもそうしてもらえたら、とおもってました」と言った。

「してあげるわよ、してあげるわよ。また、お話ししましょ」

いそいそと声を弾ませて橘子が言う。

「ところで、さっきのお話だけど、」

紅麗緒が椰藝佐のほうを向いて言った。

「なあに、紅麗緒ちゃん」

「ギナちゃんのなみだが海のように私を浮かべたと言ったけど、」

「ああ、私のなみだがあなたをそんなに濡らしてしまって、紅麗緒ちゃんはちゃんとねむれていたのかしら？」

申しわけないように、椰藝佐が言う。

「ううん、ギナちゃん、御心配なく。海に浮かんでいる気分で心地《ここち》よくねむりに誘《いざな》われる。夢の世界では神麗守ちゃんと一緒になれるのが楽しみだし。でも、私が言いたかったのはそういうことじゃなくて」

「じゃあ、なにかしら？」

「ギナちゃんのなみだが大粒でぽたぽたおちてきたから、初めは雨みたいとおもったと言ったでしょ？」

「ええ、そう言ってたわね」

「私ね、ギナちゃんのなみだを雨と感じたんだけど、私を抱いてくれているギナちゃんのことは、おおきな樹とおもったの」

「おおきな樹？」

「ええ。レインツリーというの、名前だけで、本当はどんな樹か知らないんだけど、レインツリーってきっとおおきな樹で――」

紅麗緒が頭におもいうかべているイメージをどう言葉にしようか考えているふうで一時言葉を中断したので、椰藝佐は、「そうよ。レインツリーって、とってもおおきくて、樹の高さも凄いんだけれども、横に枝を張っているのが高さ以上にあって、ちょっと小高い山みたいな格好に見える物凄く広大な樹ね」と囁《ささや》くように言った。

「あ、その樹、『この木なんの木』というテレビコマーシャルの樹ですよね？」

橘子がきくと、詩真音がちょっと駄目よというふうに手を振った。

「あの樹にはちがいないけれども、神麗守ちゃんたちはテレビを見ないから、そのコマーシャル知らないわ」

「あ、御免なさい」

早速橘子が謝る。

「大丈夫です。テレビではみんな知っているような有名な樹ですか？」

神麗守が興味深そうにきく。

[illegible]、どんなにおおきいかはみんな映像で知ってるけど、結局その樹の名前までは言ってくれてないから、なんの樹か知っている人はそんなにおおくないとおもいます。私、気になって調べてみたから知ってますけど」

橘子が答える。

「じゃあ、なんという名前の樹？」

詩真音がきく。

「モンキーポッドという樹です」

橘子が即答すると、

「モンキーポッドって、お猿さんに関係するんですか？」

神麗守の質問に、

「樹になる実をお猿さんが好んで食べるのと、実がお豆の莢《さや》になっていて、お猿さんのイヤリングみたいなかたちをしているところから、そういう名前になっているらしいです」

と、橘子がきちんと答えるので、

「ちゃんと調べたことをおぼえているのね」

感心したように詩真音が言う。

「ええ、『気になる木』だから、ちゃんと調べましたよ。熱帯アメリカに自生している樹らしいですけど、ハワイではオハイと呼ばれていて、その名前がハワ

テレビに出てくるのはハワイの公園にあるもので、広々とした公園に立って、凄くおおきな木蔭《こかげ》をつくっていて、何十人もその樹の下で休めそうです。モンキーポッドはネムノキの仲間で、日の出とともに葉っぱが開いて、太陽が明るい間は開いていますが、暗くなってくると、葉っぱが閉じるそうです。オジギソウも刺戟《しげき》で葉っぱが閉じますけど、みんなおなじ仲間だそうです」

「その樹がレインツリーなの？」

神麗守が更にきく。

「ええ。その樹の葉っぱ、雨降りの前にも閉じることからレインツリーというそうです。また、閉じた葉っぱに溜まった雨の雫《しずく》がしたたりおちるところも、レインツリーの名前の由来になっているとか。それだったら、その樹の下で雨宿りはできませんね」

「まあ、ナコさんが一番御存じのようね」

椰藝佐も感心して言う。

「いえ、調べたのをおぼえているだけです」

椰藝佐にまで感心されて、橘子は照れてしまった。

「ナコちゃんのおねえさん、とってもくわしく説明いただいて、ありがとう御座います」

紅麗緒にお辞儀されて、橘子はますます恐縮する。

「本当におもしろい樹だなあとおもったから」

「私、今ナコちゃんのおねえさんが最後に説明された感じでレインツリーのことを想像していました。そして、私を抱いてくれるギナちゃんをそのレインツリーとおもったの。樹のようにおもったのは、ギナちゃんは二本の腕しかないはずだけれども、実際に抱いてくれる時は、樹にある沢山の枝が手になったみたいに私をしっかり抱いてくれるようにおもったから。それからレインというのは、そのおおきな樹のなかにいる私に向かって、おおきな雨の雫がぽたぽたと樹の上のほうからしたたりおちてくるから」

紅麗緒が自分のイメージを説明する。すると、

「ああ、それはね、モンキーポッドもそうかもしれないけれども、『涙を流す人』の楡《にれ》という樹のイメージに近いような気がするわ」

と、椰藝佐が言った。

「『涙を流す人』の楡？」

紅麗緒がそう疑問形で反復した後、

「不思議な名前の樹ですね？　初めてききます」

と、橘子も感想を述べた。

「実は、大江健三郎さんの小説にあって印象に残ってるんですけど、私自身は見たことがないんです。ナコ

さんのように調べることもできていなくて。でも、大江健三郎さんの小説では、それは春楡《はるにれ》の巨木らしいんですけど、総ての枝が地面のほうに向かって枝垂《しだ》れていると書かれていたとおもいます」

梛藝佐が説明した。

「ああ、そういう樹だったら、雨が降っている時にその樹の下にいたら、そこらじゅうの枝から雨がぽたぽた降ってくる気がしますね。ギナちゃんに抱いてもらっている時って、本当にそんな感じがしました。ギナちゃんは樹の枝のように一杯の腕で私をしっかり抱き締めながら、温かいなみだで私を潤してくれる。その潤いがいつのまにか海のイメージにつながって」

「慥かに私はなみだをながす人で、そのまま樹のイメージで紅麗緒ちゃんを抱いていたというのね？」

「おおきな樹に抱かれるって、大地の懐《ふところ》に抱かれているようなイメージで、それがおおきな海のイメージにもつながって、紅麗緒ちゃんがいい梦を見られたのもわかります。梛藝佐さんだからこそですね」

橘子が半ば感動に酔いながら言った。

「まあ、ありがたいことをおっしゃってくださって」

恐縮したように梛藝佐が言う。

[illegible]ちゃんに抱いてもらおうかな」

羨《うらや》ましがって神麗守が言う。

「まあ、十五歳にもなって。それに私はもう泣きませんよ」

梛藝佐が窘《たしな》める。

「泣かなくってもいいですよ。そんなびしょびしょにされても、それはそれで困りますし。だから、ギナちゃんを私と紅麗緒ちゃんの二人で抱きます。ギナちゃんは私たちをかわりばんこに抱いてくれたらいい。どっちを抱いてくれても、私たちは海の上に浮かんでいるイメージで梦のなかでつながることができますから」

神麗守がそう言うと、紅麗緒も、

「神麗守ちゃんが退院して、また一緒にねられるようになったら、是非そうしてくださいね」

とせがむ。

「しようがないわね。小さな子供じゃないから、いくら言われても応じない気でいたけれども、退院する神麗守ちゃんを喜ばせるのも私の務めですからね」

根負けしたように梛藝佐が言うと、「わあ、素敵」と、神麗守と紅麗緒の二人が手を打ちながら喜ぶ。

「紅麗緒ちゃん、山のおうちにいる時、川にも浮かんのお話をして」

神麗守が紅麗緒に要望した。

「ええ、いいわ」

紅麗緒が承知した。

「浮かべるような川があるの？」

橘子がきいた。

「大体、川に浮かべるかしら？　川はながれるから、ながされるんじゃない？」

詩真音が言う。

「ながされるけれども、浮かんでいる」

「ながされたら、危ないわ。本当のお話？」

心配しながら、詩真音がきく。

「順番にお話ししたら？　その日、私は車を整備したり洗ったりしていたの。紅麗緒ちゃんはコテージのなかにいるはずだった。でも、お外に出ていたのよね？」

椰藝佐が紅麗緒の話を巻き戻した。

「お窓から風が入ってきたの」

紅麗緒はまずそう返事した。

「それは風の妖精さんで、私の髪の毛や睫毛《まつげ》やお鼻をなでなでして、通りすぎてゆくの。なにかお話しししてくださってるのだわ。その言葉はわからないけど。それから、またつぎの妖精さんがくる。違うなで方、違う方向。新しい妖精さん、こんにちは。だけど、前にきた妖精さんはもういない。どこかにいらっしゃるんでしょうけど、でも、いま来られているのは新しい妖精さん。とおもうと、その妖精さんも、更に新しい妖精さんにかわってる。窓から顔を出してみると、一杯の風の妖精さんが私をなでてゆく。お外にはもっとたくさんなかまがいるのよ。そう誘われているとおもったら、風の妖精さんたちが私のからだを抱き上げて、そのまま窓からお外に出ていたの。お外に出ると、風の妖精さんたちは一度に何人もきて、私の髪の毛やお顔だけでなく、足もとからスカートから、手の先から、お袖から、つぎつぎにあいさつに来られて、過ぎ去ってゆかれる」

「風の妖精さんって、とても小さそうね」

橘子が言った。

「そうですね。いつも動いていて、あっという間にいなくなっているので、全体がどうなのかわからないんですけど、とっても小さいとおもいます。もちろん、とっても軽やかですし」

「紅麗緒ちゃん相手だから、風の妖精さんもとても優しいのよ。でも、風だから、あまりおちついてくれなさそうね」

「そうなんです。ちっともお話しできないので、どなたかお話しできるとうれしいんですけど、と私は言いました。すると、私の顔の前を、ゆっくりと舞い舞いするものが通りすぎました。それは風の妖精さんではないとわかりましたが、知らないものでした。でも、その舞い舞いするものは私の近くにとどまって、話しかけてくれました」

紅麗緒に話しかけてくれた舞い舞いするものは、「風の妖精さんは、生まれてはきえ、生まれてはきえ、しているので、あなたが話しかけた時にはもういらっしゃらないですよ」と言った。

そう教えられても、紅麗緒は風の妖精さんの一人一人とお話しできないのはかなしくおもった。それを察してか、舞い舞いするものが、「大体、風の妖精を一人、一人とおもうのは無茶だなあ」と言い、「大勢の風の妖精たちがつぎつぎに新しくかわってゆかれるのであるし、どんなにかわってゆかれても、全体としてはかわらないものだよ」と教えてくれた。

――というのも、この土地にある総てのもの（山の斜面や平たい地面や、尾根筋、谷筋、窪地《くぼち》や洞窟、川の堤や岸、川、池、沼、水溜まり、滝、高い木や低い[illegible]飛ぶ虫や地を這う虫、地に潜《もぐ》る虫、水のなかにいる虫、草木にいる虫、鳥たち、獣たち、蜥蜴《とかげ》や亀、蛇などの仲間たち、蛙や山椒魚や井守などの仲間たち、眼に見えない生き物たち、それから人がつくったものだって在るものは総てそうだ、そういうこの土地の総てのもの）の間で出入りしたり、包んだりしているおおきな空気から風の妖精さんが生まれ、集まって動きながらいろいろに空気の姿をかえているのだから、きえたといっても、もとの空気にかえっただけなんだよ。あなた自身が風になって御覧になればいい、そうすれば、あなたからも風の妖精さんが生まれ、またあなたにかえってゆくのがわかるでしょう。でも、そのためにはもっと風と親しくなるよう、あなた自身が風に浮かんで舞い舞いするものにならなくちゃいけないね。

「あなたのおなかまになればいいのね？」

――そういうことです。かわいくて素敵なあなたなら、大歓迎です。

「お誘いいただいて、どうもありがとうございます」

――おや、もう早速、舞い舞いするものになりましたね。見事だ。

そう感心されたのは、気がつけば、紅麗緒のからだは風に浮かんでいたからだ。

、……に風の妖精たちのなかまだよ。

あなたももう風の妖精たちのなかまだね。

「もう、おなかまなのね。うれしい」

――風は眼に見えない。眼が見えるひとは風は見えないものとおもい定めるので、風と調和できないんだ。でも、眼が見えないあなたは、風をそのままに感じて受け容れる。あなたは風に満たされるから、風とおなじに舞い上がる。

――ふわふわしながら、舞い舞いもしてる。

紅麗緒を舞い上げた風は、花や花びら、葉っぱ、綿毛などを紅麗緒のまわりに寄せてきて、一緒に浮かべて、一緒に飛ばした。

「どこに行っちゃうの？」

風に飛ばされながら、紅麗緒が舞い舞いする仲間たちにきいた。

――風まかせなんだから、きいても無駄よ。風自身がつぎつぎかわるんだから、答えようがない。

そのうち、風が旋風《つむじ》を巻いて、一緒に舞い舞いしていたもののおおくを様々な方向に弾き飛ばした。

紅麗緒は旋風の中心にいて、くるりくるりまわるが、風は優しくて、慈《いつく》しむように抱き上げながらめぐるので、ゆらりゆらりと揺《ゆ》り籠《かご》に揺られながらゆっくり回転しているようだ。

「私は行かないでもいいの？」

今まで一緒に舞い舞いしていたものがどんどん散って離れてゆくのに、紅麗緒は一つのところに位置をかえない。唯、ゆっくりゆっくり回転するだけだ。どうして自分だけとどまるのだろう。

答えはない。

ああ、ここに神麗守ちゃんがいたら。神麗守ちゃんと手をつないで一緒にまわるのなら、楽しいのに。

紅麗緒が寂しい気持ちでいると、自分のまわりに沢山のひらひらしたものが上のほうからゆっくりとやってきた。一つ手に触れて、それが花びらとわかる。おおくの数の花びらがきらきらとしてゆっくりと舞いおりてくる。眼が見えなくても、光は感じる。

花びらが降ってきている。

手を上げると、樹の細い枝先に触れる。もっと高いところにも、たくさんの枝があるだろう。それらの枝枝に咲いた花花が、一枚一枚花びらをおとしている。美しい色を持っているにちがいない花びらが、自分やまわりを染めるように、ゆっくり舞いおりてくるのがわかる。

こんなにたくさんの花びらがおちていったら、だんだんと樹の枝枝は色を失っているだろう。

眼は見えなくても、無数の花びらは自分を美しく彩《いろど》り、自分と少し離れてまわりを舞う数かぎりない花びらはきらきらと光を反射させ、世界も美しくしてゆく。そのように、眼が見えないのにまのあたりに感じられる。本当に、きれいだ。とおもうと、きれいな様が見えてくる。どの花びらにも、花びらを舞わせるそれぞれの風にも、小さな妖精さんがいて、自分を楽しませてくれようとしているようだ。

ああ、でも淋しい。淋しさも見える。

花びらはおちているから。おちて、もとの枝からなくなるのが見えるから。

これだけおおくの花びらが散れば、いつか数が尽きてしまう。

そして、花びらが散った枝には、もうこれらの花はかえってゆかないから。

そのうち花びらは全部地面におちてしまう。花びらの色に美しく染められた世界も、すぐに色がおちてしまう。

地面におちた花びらはもう動かない。たくさんの花びらにいた花の妖精さんも、きえてしまう。それらの の妖精さんも、一吹きごとにきえ、つぎの新しい妖精さんに入れ替わり、その妖精さんもきえる。楽しく動いていたおおくの小さなものが短い命の露のように、きえる。

自分だけが取り残される。

なみだが眼を浸すように溢れてくる。

風がまた、ふうーっと吹いてきた。

湿り気をおびた風だ。水辺が近いのが感じられる。

なみだに光が反射する。

その光は下のほうから反射してきている。

下のほうに水面がある。

水面が動く。

水面を漾《ただよ》うものがあるのだ。

花びらだ。おおくの花びらが水のおもてをゆっくり漾い動いている。

いま、自分は見える。世界ってこうなんだ。

地面におちて動かなくなったとおもっていた花びらたちが動いている。

動くのは水のおもてだけではない。

また、新しい花びらがゆっくり舞いながら、おちてきているのだ。上のほうから。

花びらは数を増して、ゆっくりとたくさんおちてくる。

その花びらが舞い散ってくる。

上方の樹の枝枝を見ると、咲き誇る美しい花に満たされている。そこからいくら花びらがおちてきても、少しも少なくならないように見えるくらい、おおいつくしている。

おちてくる花びらが水面をどんどん埋めてゆく。

広い池の水面を花びらが動いて、空いた水面にまた花びらがおちてくる。

水面がみるみる花びらに満たされる。

上のほうも、下のほうも、花に満たされている。

一瞬、そうおもった。

でも、違った。

上のほうに隙間《すきま》があいてきたのだ。

とおもうと、なだれおちるように大量に、けれども、とても静かに、ゆっくりと、花びらが降ってくる。

もう水面はくまなく花びらにおおいつくされた。

上のほうから光が幾つもの線になって射し込んでくる。それがどんどん広がる。いつのまにか空は枝の網目だけになる、
ああ、また樹の枝枝には花がなくなってしまった。

また淋しいおもいがする。


池は、一杯の花びらにおおいつくされて、もう水面が見えない。

花びらももう動かない。

水面を埋め尽くした一面の花びらが、今度はゆっくり沈んでゆく。

水のなかに沈むのではなく、今は花びらがおもてをおおう水面自体が下がってきているよう。

それとともに、花びらの色も褪《あ》せてくる。

随分下のほうまで下がって、そのままになった。

花びらの色はほとんどなくなり、地面の色とかわらなくなった。

よく見ると、花びらが間引かれたように、地面の地肌がところどころに見えている。

花びらそのものがかたちを失い、地面に同化している。

見る間に、花びらは一枚も見えなくなり、一面泥っぽい黒い地面になってしまった。

また、花もなくなった。

淋しい。

今度は空が曇《くも》ってきた。

青空がもう雲におおわれてしまっている。

風が、ひゅーっと、またあいさつした。

つぎに、小さな雨粒が上のほうからやってきて、自分のからだにタッチしてくる。

幾条かの雨の線が眼の前に見える。

静かに、雨が訪れている。

新しい訪問者。

新しい妖精さんたちが行列をなしているように見える。


その妖精さんたちが少しづつ増えてくる。

そうすると、泥っぽい地面の色が薄れてきて、水が溜まってくる。

自分のからだも濡れているが、程よい湿りかげんで、ずぶ濡れにはなっていないので、服も髪の毛も、引っ付かない。妖精さんが守ってくれているようだ。

あちこちに水溜まりが見えるとおもったら、あたり一面、水に満たされて、池が戻ってくるようだ。

水位も徐々に上がってくる。

池におりたった雨の妖精さんのしわざだろうか、丸っぽい葉っぱが何枚も水面《みなも》を漾いながれてくる。

池はもとのとおりになったとおもったら、水草が池の水面をおおっている。

ところどころに、その水草の間から、白く丸っぽい空が明るくなった。

すると、それらが開いて、白い花になった。

未草《ひつじぐさ》の花。

あちらこちらで、未草の花が開いている。

お日様がかたむいて、あたりが暗くなると、未草はねむるように花を閉じた。

あっという間に夜になり、あっという間に日が昇ってきた。

また、未草の花が目覚めて、一斉に開く。

きれいで、かわいらしい。

そうおもっている間に、お日様は空をめぐって、日がかげり、未草の花々はねむりについた。

夜になり、また朝が訪れた。

また、未草が花開く。

きれいで、かわいらしい、とまたおもう。

――あら、あなたのほうがずっときれいで、かわいらしいのに。

誰が言ったかわからない。

――あなたは御自分の顔をしらないのね？　ちょっとこちらにお越しなさい。

言われるまま、水辺に寄ると、ぱーっと水面から光が放たれた。

きな反射してる
のよ。でも、自分の顔だから、あなたならちゃんと見ることができるはずよ。

紅麗緒はしゃがんで、水面に顔を近づけた。

池を見わたした時には水面が黒っぽく見えたのに、自分の前のあたりは透きとおっている。そして、きらきらしている。

きらきらするなかに、顔が見える。ずっと眼が見えていなかった自分も、人の顔はわかる。一対の眉と眼、一つの鼻と口、顔のかたち。

ああ、きれいだ。

きらきらするのもきれいなんだけど、その顔がまわりをきらきらさせる神秘的な美しさを持っているのがわかる。

——あなたのお顔は本当にきれいね。

眼が見えるのがわかって、きれいなものがたくさんあることを知った。この世界は本当に美しいんだと感動した。独りぼっちで淋しく感じたけれども、美しい世界は自分の心を満たし、この世界に自分があることの幸せを感じた。そして、今、自分も美しいと知る。世界は自分に美しさを恵んでくれている。

神麗守ちゃん。


紅麗緒は水面に映る自分の顔をじっと見ながら、頭のなかで想像する神麗守の顔をその顔の横に投影する。自分とおなじに美しい顔が横にならぶ。

「神麗守ちゃんも本当にきれいなお顔だわ」

未草の丸くて切れ目のある葉っぱが何枚か紅麗緒のほうに近づいてきた。

紅麗緒や神麗守の顔を映していた水面は狭められて、やがて未草の葉がおおった。

——あんまり水鏡に映る自分の顔を見てはいけません。とりわけあなたのようにかがやくばかりに美しいお顔は。

紅麗緒はその忠告の意味がわからないが、自分を映す水面がなくなってしまったので、もう水辺から離れるしかない。

紅麗緒の傍に、白い蝶々さんがひらひら舞ってやってきた。

蝶々さんもとってもきれい。紅麗緒はおもった。

——さっきからずっと静かにしているけど、舞い舞いしないの？

「ずっと見てたの？」

——だって、あなた、とってもきれいな子だから、どうしたって注目してしまうわよ。

「いま初めて、自分のお顔を見たの」

――初めてですって？　人間の子だとはおもえない。

蝶々さんはおどろいたように言った。

「人間の子よ」

おもえないと言われたので、紅麗緒はちゃんと言おうとおもった。

――人間の子だとわかるわ。だって、からだになにか纏いつけてるじゃない。普通の人間の子はそうしないと、からだになにも模様がないからみっともないけど、あなたみたいにきれいで光を身につけてたら、なにもつけなくてもいいでしょうに。

「そうかしら。でも、人間の子だから、なにか着ていなくちゃいけないの」

――そんなお話してもしかたがないわ。早くあなたも舞い舞いしたら？

その誘いに紅麗緒が返事する前に、風の妖精さんたちがやってきて、頰《ほ》っぺたにタッチした。

それを合図《あいず》に、何人もの風の妖精さんが紅麗緒の髪の毛を巻き上げ、スカートをひらひらさせた。

「風の妖精さん、くすぐったいわ」

髪の毛が頰っぺたや首筋を擦《こす》る。風の妖精さんがわこちょこちょする。

――かわいいあなたがくすくすわらうのがおもしろいの。

「そういうのは、いたずらと言うのよ」

紅麗緒がくすぐったがってくすくすわらいながら言った。

――もっとあなたをわらわせたいんだけど、いたずらはしたくないから、もうやめることにしましょう。

「ありがとう、風の妖精さんのみなさん」

さっきから紅麗緒のからだは持ち上げられ、宙に浮かんでいた。けれども、風の妖精さんにくすぐられていたので、白い蝶々さんと一緒に舞い舞いはできていなかった。いま漸《ようや》く紅麗緒はまた舞い舞いするもののなかまになった。

――あなたもすてきな翅《はね》を持ってるのね？

白い蝶々さんが言う。

「はね？」

ぴんとこないので、紅麗緒はききかえす。

――一枚につながった丸いおおきな翅。不思議な翅だけど、そのほうが風を一杯受けられるから、翅を震わせなくても、風の力だけで飛んで行けるわね。

「ああ、これね」

をつまんでみせた。

スカートは風を孕《はら》んで、おおきく広がっている。

――じゃあ、またね。

白い蝶々さんが言った。

「あら、一緒に行かないの？」

――風が強くなってきたから。あのね、あたし、風に飛ばされたくないの。草の下で休むことにするから、あなただけ行ってらっしゃい。

蝶々さんはそう言うと、ゆっくり紅麗緒から離れた。

――もっと高く持ち上げてあげましょうか？

風の妖精さんが言った。

――鳥さんよりもっと高く飛べるわ。全然違う景色よ。

――山をお空から見られるわ。

――そう、お里全体が見られる。

――街のほうだって遠望できる。

――なんなら、ちょっと遠出させてあげようか。日本一のおおきな湖も見えてくるよ。

――それは見ものだ。だが、海はもっとおおきい。湖を越えて、ひとっ飛びしよう。

――だったら、外国にも連れて行ってあげる。私たちにはそういう力があるのよ。

別の風の妖精さんたちが口々に言った。


話がどんどんおおきくなる。

風の妖精さんたちのおなかまになるのは素敵だけれど、このままかえってこられなくなると困る。

「ううん。まだこのお里の様子も知っていないから、草原《くさはら》や林に近いところがいいの」

紅麗緒がそう答えると、

――そうだとおもった。欲がない子ね。

――おしゃべりじゃないし、ひかえめでおしとやかな子なのよ。

――そうね。じゃあ、しばらく小さな生き物たちや草や花たちと遊んでらっしゃい。私たちも一緒に遊んであげるわ。

そうして紅麗緒はまた舞い舞いしながら、小さな生き物たちや草花、樹の梢《こずえ》などと触れ合い、そよ風のなかで戯れた。白い蝶々さんともなかよくなったが、その蝶々さんはさっきの蝶々さんとは違う蝶々さんだった。

――また、お呼びがかかった。

――風の便りがそこらじゅう届いているから、あちこちあなたの噂《うわさ》で持ち切りだわ。

――かがやくばかりのとってもきれいなおんなの子がいろんなところで遊んでくれているって。

——今度は、谷川さんがお呼びなの。

——連れて行ってあげるわ。ついてきて。

暫くすると、風が涼やかになり、せせらぎの音もきこえてくる。

——よくきてくれました、きれいなお嬢さん。

川から声がきこえた。

——かわいいお手てで私たちをなでてください。

紅麗緒が手を伸ばしてそうすると、ながれが指先で遊んでいるようで楽しそうだった。

——冷たいでしょう？　でも、すぐなれてくるわ。

「いいえ、気持ちいい」

——初めから親しんでくれるのね。川の妖精たちにとってはとてもうれしいことだわ。

——なぜって、川の妖精たちはながれているので、あなたの指先で遊ばせてもらった者たちはもうながれ去っているから。最初からそうおもってくれるのはありがたいのよ。

「風の妖精さんと一緒ですね？」

紅麗緒が言った。いろんなところに妖精さんがいるけれども、よく似ている。

——そうですよ。風も水も、かたちのないものに宿[illegible]、かわってかわって、かわっているうちに生まれなおしている。

——だから、私たちがあなたに触れたそのひとときに遊んで気持ちいいとおもってくれたなら、それは大事なことでうれしいことだわ。

——私たちはながれ去って、すぐつぎの妖精たちにかわってゆくけど、

——おもいは前にながれ去った妖精たちから受け継いでいるから、ちゃんとあなたが親しんでくれていることもわかってるわ。

——でも、素敵なあなただから、私たちももっと親しくなりたい。

——ほら、これに乗って。

眼の前に一枚の笹の葉がながれてきた。

笹の葉は紅麗緒の前で揺蕩《たゆた》いながら、ひとところを動かない。

——さあ、どうぞ。

——乗り方がわからない？

——かんたんよ。手を触れるだけでいいから。

ともかく言われるままに紅麗緒は手を伸ばしてみた。すると、笹の葉は縁《へり》が伸びて、くるりと紅麗緒をなかに引き込んだ。紅麗緒は笹の葉の上にねころぶ格好になった。

小舟になっている。

　笹の舟は浮かびながらゆっくり川のながれに乗って動いている。岸辺の草花や川まで伸びている樹の枝や、鳥や虫たちが、笹の舟の紅麗緒にあいさつする。もとの樹や草を離れて、紅麗緒のもとにやってくる花や葉っぱもある。

　川の水も時々笹の舟のなかに入ってくる。そうして、紅麗緒の髪の毛や首筋や手や腕や脚に触れてくる。不思議なことに、水なのに濡れない。やってきた川の妖精たちはあいさつしたら、みんなちゃんとかえっているから。だから、衣装にも水が触れているんだけど、湿りもしない。

　紅麗緒はただ横になっているだけなので、笹の舟がベッドのような気がしてくる。違うのは、それが家の外にあって、川のながれに浮かんでいることだけくらいかな。

　そんなことを考えていると、急に笹の舟がポンとジャンプして、川のおもてから飛び出した。ジャンプしたのは一緒だけど、笹の舟だけひゅーんと先のほうへ飛んで行った。自分のからだは、ゆっくり川のおもてに戻る。

なにがあったのかしら。

――川の途中に水面すれすれまでおおきな岩のあるところがあって、そこを笹の舟が滑ってジャンプしたのよ。もうあなたには舟はいらない。直接私たちが浮かべてあげるわ。

　川の妖精さんが言った。

　なるほど、もうお舟はないけれども、自分のからだは直接水に触れて浮かんでいる。船の上にいた時とあまりかわらない。

　風が浮かべてくれたように舞い舞いはしないが、ふわふわ浮かんで、ゆっくりとながれに乗ってなめらかに滑ってゆく。

　お舟がなくても、浮かぶことができるのね。

　そうおもっていると、

――本当は、川のなかにも入ってもらいたいわ。

――川のなかにも妖精たちがたくさんいる。

――魚たちもあなたのような素敵な子となかよくなりたがっている。

――でも、あなたは服というものを着ている。

――今は、川のおもてであなたに触れる妖精たちが入れかわり立ちかわりしているから、服も水を含むことはないけれども。

――服が水を含むと重たくなって、もう浮かぶのは難しい。

――着ている服を脱ぎ去れば、川に潜《もぐ》っても、また川のおもてで浮かぶことができる。

――脱いじゃいなさいよ。

――脱いだ服は川のおもてに浮かべて、水を含まないようにしてあげるから、また着ることができますよ。

――魚たちがくわえになければだけれど。

紅麗緒は、水のなかに入るのだったら脱いでもいいとおもったけれども、もし魚さんが服をくわえてどこか持って行っちゃったら、それは困るとおもった。

「お誘いはうれしいけれども、このままでいます」

――それがいいかも。

――あなたはとっても魅力的だから、なかに入ってしまったら、みんなかえさないかもしれないもの。

――私たちだけであなたを一人占めしたら、里山のみんなに恨まれる。

紅麗緒はまた川に浮かんだままゆっくりながれに乗る。ながれはとても静かだ。

髪の毛から背中から手の先から脚のほうまで水の上に乗って水と親しんでいるけれども、さっきとおなじお風呂にいる時と違う、と紅麗緒はおもった。

お風呂では髪の毛を洗うのに水をながして濡らしてゆき、洗った後は水気をタオルで拭きとったり、ドライヤーをかけないといけない。今も髪の毛が川のおもてに広がり、水に揉《も》まれて、洗われているような感じだけど、濡れている感じはないのだ。

お風呂では、シャンプーやソープで泡を立てて洗うからかしら。

紅麗緒はお風呂で髪の毛やからだを洗う時のことをおもってみる。

つい此間《こないだ》まで、紅麗緒のからだは髪の毛も含めて全身をギナちゃんが丁寧に洗ってくれた。顔だけ自分で洗う以外、全身どの部分もだ。それは神麗守ちゃんもおなじ。お風呂には、三人一緒に入る。

去年から、神麗守ちゃんとお互いに洗いっこするようになった。でも、髪の毛だけは豊かな量と長さがあるので、神麗守ちゃんも紅麗緒も、ギナちゃんが洗ってくれる。そこはかわらない。眼が見えない私たちにはうまく洗えないし、しっかり洗おうとするととても時間がかかってしまうからだ。

神麗守ちゃんと洗いっこして、人のからだがどんなかたちで、どういう部分があるのか、知るようになっ

との部分だって触れるのだけれども、意味がないからそんなことはしない。でも、お風呂でからだを洗ってあげる時は、からだを通じてお互いのことをもっと知ることができる。

　神麗守ちゃんのからだは全部知っている。神麗守ちゃんも、私のからだを全部知っている。

　そのようにしてお互いにからだを洗えるようになったので、二人で力をあわせて今度はギナちゃんのからだを洗ってあげようと相談した。これからは私たちにからだを洗うお手伝いをさせてくださいと提案したら、ギナちゃんは快《こころよ》く受け容れてくれた。髪の毛だけはまだ二人には洗えないので、ギナちゃんが自分で洗う。

　ギナちゃんを神麗守ちゃんと紅麗緒の二人で洗ってあげる。二人が左がわと右がわにわかれ、半身づつ受け持って、首筋から足の爪先まで、ギナちゃんを隅々まで。

　人のからだは左右対称で、左右にわかれておなじものがある。

　左肩、右肩。左の腕と手、右の腕と手。お乳。背中の左半分と右半分。おしりの左半分と右半分。左脚とかかとから足の指まで、右脚とかかとから足の指まで。それら対称のものは、左右それぞれを受け持って二人でなかよく洗える。けれども、「両脚の付け根にあたるところとおしりの穴は、一つしかないから、私が自分で洗うわね」と、ギナちゃんが言い、紅麗緒と神麗守も諒解した。

　神麗守ちゃんが風邪《かぜ》をひいて、ギナちゃんと二人きりでお風呂に入ったことがあった。

　紅麗緒は初めてギナちゃんとの間で洗いっこした。久しぶりに紅麗緒のからだを洗えるというので、ギナちゃんのほうがうれしそうだった。

　紅麗緒は、髪の毛を含む頭部以外、ギナちゃんのからだの全体を洗わせてもらった。眼が見えない紅麗緒がギナちゃんのからだを洗う時はかなり時間がかかる。ギナちゃんは丁寧に紅麗緒のからだを洗っても短時間で終えるが、紅麗緒はそうはいかない。けれども、時間は気にしなくていいと、ギナちゃんはそれを任せてくれた。

　ギナちゃんの両脚の付け根にあるからだの部分を洗うのは初めてだった。そのあたりに毛があることに紅麗緒はおどろいた。おとなのからだに變化《へんか》するにつれて、その部分にも毛が生《は》えてくるのだとギナちゃんが教えてくれた。眼が見えず、お屋敷の外に出たこともない紅麗緒は教えてもらわないとなにもわからない。ギナちゃんは、そのあたりは女性にとってとても大事なからだの部分だと言い、それらの一つ一つの部分について紅麗緒に触らせながら、名前と働きを説明した。神麗守ちゃんのからだを洗う時、そのところのからだのつくりが不思議に感じていたが、おしっこの穴とおしりの穴以外はわからなかったので、教えてもらってよかった。唯、そこに赤ちゃんができるという話はピンとこない。

つぎの日のお風呂の時、ギナちゃんに教えてもらったことを神麗守ちゃんに話をし、そこでまたギナちゃんが二人にくわしく説明した。

その話に興味を持った神麗守ちゃんは、バレエのレッスンの後に汗をながす時、ネマちゃんと洗いっこして、かの女のからだでも確かめたことを教えてくれた。

でも、その後暫くして、神麗守ちゃんに自分にないことが起こった。

自分ではなにもしていないのに、気がついたら下着が物凄くおかしなことになっているという。ギナちゃんは、「初花《はつはな》ね」と言った。

こと」

「おめでたいの？」

神麗守ちゃんがきいた。

「これから毎月おなじことがからだに起こるから、月のもの、と言うわ。女性のからだにだけしか起こらない素晴らしいことよ」

ギナちゃんはそう言って、神麗守ちゃんのからだで起きていることをくわしく説明してくれた。その日の夕食は、お祝いよと言って、ケーキをつけてくれた。

その頃から、神麗守ちゃんは生理用品というものを使うようになり、また、或《あ》る期間、パンティーもいつもと違うものを身につけるようになった。

神麗守ちゃんに起こったことは自分にもあるだろうとおもったけれども、紅麗緒にはなにも起こらない。

ギナちゃんによれば、おんなの子にはかならずあるものだけれども、いつから起きるかは個人差がおおきいから、気にすることはない、という。でも、ずっとおなじでいた神麗守ちゃんと違ったところが出てきたのは、少しショックだった。

神麗守ちゃんのことをおもいだすと、一緒でいられないのがかなしい。夢では会うといっても、こんなふうて風や川の妖精さんたちとなかよくしているのも、……一緒にできていないのは口惜しい。

紅麗緒の眼からなみだが零《こぼ》れる。

——あ、いけない。

まわりの川の水がざわつく。

——なみだって、海のものよ。一気に海にくだってゆこうというの？

——ここでなみだが出てしまうようなことがあるんだったら、川は大變なことになる。

——これからあなたを或るところへ連れて行ってあげます。もう少し辛抱してね。

川の妖精さんたちはそう言うと、途中でながれをわけて、紅麗緒をそこに移した。

わかれた先は洞窟に続いていた。あたりは真っ暗になった。暗いのは紅麗緒は平気だ。洞窟内は静寂だが、時折金切り声のような反響がする。そういうのも怪しくは感じない。

紅麗緒を浮かべ、ゆっくりながれる川ももうなにも話しかけない。声が反響し、増殖するのをおそれているのだろうか。

なにかぱたぱたと（しかし無音で）自分のすぐ近くに飛来してくる。

「こんにちは。蝙蝠《こうもり》さんね？」

——こんにちは。きれいなお嬢さん。眼では見えないけれども、超音波でどんな容姿のお嬢さんか、わかる。素晴らしくきれいなお嬢さん。暗闇を怖がらないのも素敵だ。

蝙蝠は超音波の声で話したので、反響はしない。

「ええ、おなかまができてうれしいわ」

紅麗緒も超音波の声で話ができている。

——みんな怖がって、ここを通り抜けられない。あの金切り声や震えるような不気味な反響で、亡霊や悪霊が見えたといって、自分で足掻《あが》いておぼれてしまう。でも、あなたはまったく大丈夫だね。この暗闇を抜ければ、素晴らしい世界があるよ。

その言葉どおり、洞窟が終わると、光きらめく世界になった。

紅麗緒は眼が開かれるようになって、美しいものが一杯あることに感動したが、ここはどこに眼を向けても美しいと感じるものばかりだった。

それは素晴らしいけれども、どうしてこの美しい世界に神麗守ちゃんがいないのだろう。ギナちゃんがいないのだろう。二人がいなければ、どんなに美しい世界でも寂しい。美しいから余計にかなしくなる。

いけないと言われて、川ではなみだを怺《こら》えたけれども、この世界はなみだをおしとどめられない。なみだは心を震わせ、締めつける。なみだは痛みを伴って、ながれる。

紅麗緒のながしたなみだは粒になって、この世界に鏤《ちりば》められる。きらめく世界の光がなみだの鏡でそれぞれに反射しあい、光は何倍にもなる。

かなしくてどうしようもないのに、どうしてこんなに光が満ちてくるの？

光は世界をおおきく広がらせ、果てしない先まで見通せるようになる。お空の距離よりもっと遠くまではっきり見極められる。なにもぼやけたり曖昧《あいまい》になったりすることがなく、どれも見極められているが、無数のものなので、唯そのおおさ、多様さに圧倒される。

急にそれらのものが動いて、動くなかで光にしか見えなくなる。それらの光が前方の一点に向かってゆくようだ。すると、それらがリング状に虹のような鮮やかな色の諧調で見える。

なんてきれいなんだろう。

色の美しさに心打たれるが、光量がおおきく、その眩《まぶ》しさに眼を開けていられなくなる。眼を閉じても、強烈な光が眼を射る。ああ、また眼が見えなくなるかなみだも一瞬で蒸発させてしまうくらいに光が強く感じられたが、それでも内がわからなみだが込み上げる。胸を締めつけるが、なみだの痛みは優しい触れ合いの柔らかみにかわった。そのなみだに光が和《やわ》らげられ、優しくなったので、紅麗緒は再び眼を開く。

眼の前に少女の姿があった。

それは自分だった。鏡のように自分の像が投影されている。

紅麗緒はまだなみだ眼だったので、その自分の像はなみだにかすみ、洗いながされるようにきえてしまう。と、自分の前に、美しい少女がいる。自分が映っているのではない。自分なんか比較にならない美しさでいるのではない。神秘。神秘そのものだ。そうとしか言言葉が出ない。神秘。神秘そのものだ。そうとしか言いようがない。

——神秘《かなし》さん。

紅麗緒は少女に向かって名前を呼んでいた。

——紅麗緒さん、こんにちは。

——こんにちは。

美しい少女があいさつし、紅麗緒もあいさつした。

これほどに美しい少女に出会い、一緒にいるというだけで、この上ない幸福感を紅麗緒は感じる。

そうして、これは後になっておもいだす時に感じた

さをなくして　空気とおなじように揺らぎ、震えていたのだった。その時、自分のからだは部分の集まりではなく、一つであり、全体だった。それは、命という全体だ。それが命だとはっきりわかる。紅麗緒はその命として自分のありったけを一つにして、神秘の美しい少女に向き合っている。

神秘の美しい少女は全体がかがやきで、放射されるかがやきの中心だった。神秘の美しい少女は、近く眼の前にいるようで、遥か遠くにいるのかもしれないように感じられた。遠くであっても、かがやきは不變《ふへん》で、近くに姿が現われるように見えるのかもしれない。神秘の美しい少女はしかもずっと現われているわけではなく、きえて——現われて——きえて——現われて——、をまるで星のまたたきのようにくりかえしている。またたくようであっても、そのかがやき、美しさはなににもたとえられない程にきれいだ。というより、またたくように、そのかがやきを加減してもらわないと、その美しさに圧倒されて、自分がなくなってしまいそうだから、優しくそうしてくれているようだ。神秘の美しい少女から放たれる美しいかがやきの光が、放射されるなかで無数の光の粒となり、美しい少女のまわりをめぐり、めぐり、それがまた少女のかがやきの全体を加減して、少女自身の姿もきえたり現われたりするよう見せているようにも感じられた。

神秘の美しい少女から放たれたかがやきの光の粒が紅麗緒をもつつんだ。紅麗緒は自分のからだ全体が光のなかにあり、命が光につつまれているのを感じた。そして、命の内部にも、光が育《はぐく》まれていることを感じとる。命の内部に生まれた光も粒となり、紅麗緒から幾つも放たれて、自分をおおきくつつむ光と調和した。命の内部に生まれる光の粒の幾つかは透明で清澄な水の粒になり、紅麗緒自身を内から満たす。熱い命の火はそのままに、その水の粒がからだの隅々に行きわたって、全体を引き締め、調和させている。

神秘の美しい少女からの美しいかがやきの光を受けて、紅麗緒の内にどんどん光の粒が生まれ、清澄な水の粒も生まれた。それらは紅麗緒の内に満ち溢れる。溢れて外に放たれる水の粒は、光を反映して、自らも光の粒になる。

紅麗緒の眼からなみだの一粒がぽろりと零れ、おちずに眼の前にゆっくり舞い浮かぶ。内に光を宿しているが、水の粒のままだ。

——こんにちは。わたしは、なみだの精。

――こんにちは。

紅麗緒も相手のあいさつに応える。

――わたしはあなたの命から生まれた。あなたの心の一番深いところから。

――あなたは光の粒にかわらないの？

水の粒のまま浮かんでいるのを不思議におもって、紅麗緒がきく。

――わたしをつつんでいる水の粒はあなたがつくったものだけど、わたしというなみだの精はもう何億年という昔からいろんな命につながれてきたの。わたしはずっと水のなかに宿るの。地球上の命の源はみんなおなじ。太古の海につながっているから。

――私もきいたことがある、なみだは海とおなじと。ギナちゃんは、私を抱きながら、一杯なみだをながしてくれた。海に浮かんでいるとおもうくらい一杯に。

紅麗緒はギナちゃんのことをおもって、胸が一杯になった。

――毎晩ギナちゃんから一杯生まれるなみだの精も、あなたから生まれたわたしも、源は一緒よ。みんな、海につながっている。

――あなたも海にかえるの？

――ながれおちたら、海にかえるわ。でも、今わたしは、あなたの前に舞い浮かんでいる。わたしは、一杯の光とお友達になったの。ねえ、わたしをふっと軽く吹いてちょうだい。

――吹くの？

――ええ。わかるでしょ？　わたし、神秘《かなし》ちゃんのもとへ行くの。

――神秘《かなし》ちゃん？

――この世のなによりも清らかできれいなおんなの子。

――本当に、きれいで清らか。

――さあ、吹いて。

紅麗緒はそっと、本当に優しく、そっと小さな息を吹いた。

――ありがとう。

なみだの一粒の精がゆっくり紅麗緒から離れる。

神秘の美しい少女に近づくと、丸いなみだの精が虹に取り巻かれた。なみだの精のなかにも虹がかかった。

神秘の美しい少女は優しく両手を差し伸べ、虹にかがやくなみだの精の一粒を受けとめた。

そうして、紅麗緒に向かって小さくお辞儀をした。

神秘の美しい少女と自分がつながったように感じて、

紅麗緒の涙が一粒になった

神秘の美しい少女はこの上なく優しい微笑みを紅麗緒に向けてくれている。

神秘の美しい少女は一度眼を閉じた。

少女のこの上なく美しい眼が閉じられたが、神秘の少女の美しさが超絶であることにかわりなかった。

神秘の美しい少女がまた眼を開く。

かぎりない美しさが一層かがやきを増す。

神秘の美しい少女の眼から、一粒のかがやきが漾うようにゆっくり離れて浮かんだ。

その小さな變化にはっとしていると、そのかがやきの小さな粒が紅麗緒のほうに近づいてきた。

紅麗緒の眼の前にきた時、それがなみだの精の一粒だとわかる。

かがやきに満たされて、かぎりなく清らかで美しい。

その美しさに見惚《みと》れるが、間近にあるそのかがやきに堪《た》えられないとおもった瞬間、なみだの精の一粒が紅麗緒の眼に飛び込んだ。

眼の前が光に満たされてきらめきに眼が眩《くら》むかとおもったが、その光の先に神秘の美しい少女がいて、紅麗緒の眼はその少女を見失いはしなかった。

――ありがとう。

神秘の美しい少女が言う。

――ありがとう。

紅麗緒もお礼を言った。素晴らしい贈り物を戴いたことに。そして、私のなみだを受けとってくれたことに。

――わたしは、いつも、いま、あなたと一緒です。

神秘の美しい少女の言葉。

――いつも、いま、私と一緒。

紅麗緒は少女の言葉をくりかえす。

――わたしはかくれています、あなたのなかに。この世界のものはみんなかわってゆくので、わたしはかくれながらでないと一緒にいられないから。

――私もかわる。だけど、神秘《かなし》ちゃんとずっと一緒なのね。

――ええ。かわらないわたしは、いつも、いま。あなたも、いま、ここと向き合えば、かわらないあなたがあって、わたしといつも一緒なの。

――私の、いま、ここ、がこの世界なのね?

神秘の美しい少女は微笑み、その返事に紅麗緒は心を安んじる。

神秘の美しい少女はきらめきに満ち、自分も光のシャワーを浴びているように感じる。光のシャワーは、いつのまにか優しく細かい水のシャワーに少しづつかわっていた。水が光を反射するので、光はかわらないようで、美しい。

紅麗緒のからだはシャワーを浴びて水の感触をおぼえるけれども、びしょ濡れにはならない。

神秘の美しい少女は片手を上げ、そして、微笑んだ。

――紅麗緒さん、さようなら。

――さようなら。

紅麗緒も片手を上げげて、おわかれの言葉を言う。

神秘の美しい少女はそっと眼を閉じ、両手でその上をおおった。

おなじ動作をくりかえすように、紅麗緒も自分で目隠しをした。

目隠しをしても神秘の少女のかがやきは見えているのだったが、またたきの間隔がゆっくりになり、やがて間遠《まどお》になって静かに光のなかにきえるのがわかった。

ああ、でも、これからも神秘《かなし》ちゃんとずっと一緒なのだと、紅麗緒は両手で胸をかかえながら、おもう。

あたり一面を水がおおい、自分はそのなかに浮かんでいるのがわかる。

スカートの裾が傘のように開いているので、紅麗緒の裾を閉じながら、ゆっくり水の上に横たわる。

そして、眼をつむる。

眼を開けると、末草の池で、敷き詰められている丸い葉っぱの上に横たわっていた。

「紅麗緒ちゃーん」

ギナちゃんが声をかぎりに叫ぶ声がした。

「ギナちゃん」

ギナちゃんを見つけた紅麗緒は、上体を起こして手を振った。ギナちゃんと会えてうれしい。

「ああ、危ない。そのまま動かないで」

ギナちゃんの顔は心配に曇っていた。今にもなみだが土砂降りになりそうなくらいに厚い曇りだ。

「あ、大丈夫なの。心配しないで」

上体を起こしても池に沈むわけではなかったので、紅麗緒は本当に大丈夫なんだと確認した。

「でも、動かないで」

ギナちゃんは池の端にしゃがんで、手を水に入れた。

そうして、再び立ち上がると、靴とソックスを脱ぎ、スカートも下におとした。

下は下着だけになって、ギナちゃんが池に入ろうとするのがわかったので、紅麗緒は池の水面に敷き詰められているようになっている末草の葉っぱの上を横向

回転させたなら、ギナちゃんのほうへ行った。ギナちゃんが「止《や》めて、本当に危ない」と声を張り上げるのがきこえるが、紅麗緒には安全な確信があった。

　けれども、ギナちゃんはもう池のなかに入っていた。紅麗緒はギナちゃんのところまでくると、自分も池の水に入った。腰の高さまで水があり、スカートが未草の丸い葉っぱのように広がり、紅麗緒のからだを浮かせた。池の底は泥濘《ぬかる》んでいてギナちゃんは歩きにくそうだったが、紅麗緒は足を掻《か》いて泳ぐように軽快に進み、先に岸辺に上がった。そして、まだ池にいるギナちゃんに手を差し出したが、非力でからだの軽い紅麗緒ではなんの助けにもならないため、ギナちゃんは「大丈夫だから」と言って、自力で這《は》い蹲《つくば》るようにして岸に上がった。黒い泥水でギナちゃんのパンティーが透けて、おしりが黒っぽく見えた。脚にも汚れた水が垂れている。

「紅麗緒ちゃん、眼が見えるの？」

　ギナちゃんは眩しそうに紅麗緒の顔を見ながら、きいた。

「うん。いつのまにか」

「そうなの？　素晴らしいわ、おめでとう」

　ギナちゃんは感動して眼を潤ませ、紅麗緒を抱き締めた。紅麗緒も目一杯ギナちゃんに抱きつく。

「ギナちゃんのお顔が見られてうれしい」

　紅麗緒は心から喜びを表わした。

「お顔はいいけど、ちょっとはしたない格好になっちゃったから、紅麗緒ちゃんの眼が見えているとわかって、恥ずかしい」

「はしたない？」

「あ、先にスカート穿かせて」

　ギナちゃんは一旦スカートを手にとると、ポケットからハンカチを出して、脚の水気をさっと拭いた。

「見ないでって言いたいけど、眼が見える喜びを知った紅麗緒ちゃんには言えないわ」

「私もハンカチを持ってるから、拭いてあげたい」

「あ、大丈夫。それより、紅麗緒ちゃんこそ自分でスカートのなかを拭いたら。スカートはここで脱ぐわけにはゆかないけれども、脚の水気はとっておかないと」

　ギナちゃんがそう言うと、紅麗緒は首を振って、

「スカートはまだ濡れているけど、脚はもう濡れていない」

　と言った。

　ギナちゃんは「本当？」ときき、しゃがんで、見え

ている膝から下を触った。泥水のなかに入ったはずなのに、汚れなどまったく見えず、寧《むし》ろいつも以上に綺麗なので、見た目にも濡れていそうではなかったが、実際、まったく濡れていないのだった。脚自体が光にコーティングされたようにかがやきを帯びて美しく、汚れも寄せつけないかに見える。撥水《はっすい》されたように、水気もついていない。

「ソックスはちょっと濡れているわね」

ギナちゃんはソックスを触ってみた。少し湿っている。唯、完全に池に入ったのだから、もっと濡れていてもいいはずなのに、湿り気を与えた程度しか感じられなかった。泥や汚れのようなものもついていなくて、きれいだった。

「靴、ちょっと脱いでみて」

紅麗緒は片足の靴を脱いだ。ギナちゃんは、紅麗緒の小さくてかわいらしい足の爪先と足の裏を触ってみた。纔《わず》かな時間の間にソックスはすっかりかわいていた。ギナちゃんは、靴のなかも触ってみる。靴のなかも、湿り気はとれている。靴の裏にも泥はない。ギナちゃんは、紅麗緒に靴を履きなおさせた。もう一方の足は調べてみるまでもなかった。

、「ちょっと御免ね」と言って、紅麗緒のスカートのなかの太腿《ふともも》も触るが、おなじだった。スカートは湿っているが、水が垂れるようなことはない。

「本当、濡れてないわ」

紅麗緒のからだがまるでかわってしまったようだ。でなければ、池のなかに入ったのにちっとも濡れていないということはあり得ない。

紅麗緒の脚を見たり触ったりしている間、ギナちゃんはとてもどきどきしていた。

実は、池に紅麗緒を見つけた時から、かの女の容姿が神秘的に美しくなっていることにギナちゃんは気づいていた。紅麗緒以外の誰でもないが、その美しさは以前の紅麗緒とレベルが違っている。ずっと一緒に生活している自分が、とても正視できない程なのだ。それで、本当はとても見たいのに、その美しさにまともに触れると自分を失ってしまいそうで、顔はなるべく見ないようにした。紅麗緒の脚のほうをしっかり見ようとしたのは、顔を見られないからでもあった。その脚も、かがやきを放つかのようだった。このようなかがやきをおびていれば、泥水のなかに入っても、汚れに染まることはない。美の極致は近寄りがたく、池の水さえ紅麗緒のからだにまとわりつかない。

気になって、ギナちゃんは紅麗緒のスカートの裾を抓《つま》み、少しめくり上げた。紅麗緒の下着についても濡れぐあいを確かめておこうとおもったのだ。いや、紅麗緒の美しい脚をもっと極限まで見たかったのだ。スカートはいつもとかわりないのに、紅麗緒の脚の美しさは尋常ではなくなっている。それが途中からスカートで隠されているので、スカートのなかを直接見たくなった。お風呂や着替えで紅麗緒の裸は毎日見慣れているが、今までとおなじにおもってはいけない、神聖なまでに美しいからだがそこにあった。見てはいけないとおもわせるものだが、毎日からだを洗い、着替えをさせてきた自分には特別な許しがあるようにおもえた。紅麗緒の美しい脚に魅入られて、眼は少しづつしか上に辿《たど》っていけない。紅麗緒の美しい脚のかがやきに息も止まるくらいで、パンティーに辿り着いて、漸くほっとするのだった。といっても、パンティーも紅麗緒のかがやきを帯びて、この上なく清浄で美しい。そして、いつものようにかわいらしい。パンティーのおかげで、細い腰と脚のラインをくっきり見ることができ、かたちの美しさにもとらえられてしまう。

たったこの一、二時間程で、一体かの女の身になにかあったのだろうか。突然に眼が見えるようになったのも信じがたいことだが、水に浸かったのにからだが濡れていなかったり、睡蓮の葉っぱの上に座っていたりと、奇蹟と言えることが幾つも紅麗緒に起きている。神秘的なまでに美しい容姿も、奇蹟以外のなにものでもない。しかし、どういうことが起きていようと、この子は私が知っている紅麗緒以外の誰でもない。

紅麗緒のスカートが持ち上がった。スカートのなかにあってさえ美しく見えた紅麗緒の太腿とパンティーが、外光を浴びて眼の前で更なるかがやきを放つように見えた。

「こうしたほうがいい？」

紅麗緒はスカートのなかをもっとよく見えやすいように、裾を引き上げたのだ。こんなにも美しい少女がスカートのなかを見られて平然としているだけでなく、もっとちゃんと見てもらえるよう自分からめくっているのだ。自分のためにそんなことをさせるのは罪だ。そこでギナちゃんはハッとして、われにかえった。

「あ、御免なさい。紅麗緒ちゃんのパンティー、濡れてないようね」

それは初めからわかっていたのだが、ギナちゃんは紅麗緒のスカートのなかを確認した意図を言った。そう言ってから、自分が相かわらずスカートを穿いていないままの格好であることに気がつく。脚もパンティーも黒い泥水で汚れていてみっともない。

「あら、私、いつまでこんな格好で」

岸に上がったらすぐにスカートを身につけるはずだったが、完全に自分のことがおろそかになっていた。ギナちゃんは立ち上がって、さっとスカートを取り上げて穿こうとしたら、紅麗緒が手を差し出して止めた。

「ギナちゃん、まだ濡れてる」

紅麗緒はそう言って、自分のハンカチを濡れているギナちゃんの汚れたパンティーに当てて、拭こうとした。

「ありがとう、紅麗緒ちゃん。でも、スカートも早く穿きたいから、自分でさっと拭きとることにする」

こんなにもきれいになり、汚れも寄せつけない紅麗緒に、自分の汚れに触れさせるわけにはゆかなかった。

ギナちゃんは漸くスカートを穿くことができた。それから、ハンカチで足の泥をとって、ソックスをつけ、靴を履《は》いた。

「ギナちゃん、御免なさい。私の所為《せい》で」

紅麗緒は立ち上がって、頭を下げた。

[illegible]困ってないし、紅麗緒ちゃんがこうしていてくれるからうれしいの。早くかえって、まずからだを洗って、それから楽しくお話ししましょう」

池は散歩でもきたことがあるところで、コテージまでも遠くはなかった。

かえる道々の風景はもう見慣れているようだったが、ギナちゃんがコテージを指さした時、紅麗緒は興味深そうにそれを見ていた。

コテージにかえると、紅麗緒を表で待たせて、ギナちゃんはなかからおおきな巻きタオル二つと普通のバスタオル、着替えのスカート、サンダルなどを持ってきた。そして、ガレージのほうに行って、巻きタオルの一つを目隠しになるようセットした。コテージの近くを人が通ることは稀《まれ》だったが、万が一に備えてだった。

超絶的に美しく變貌《へんぼう》した紅麗緒の裸に接してそのからだを洗える自信はギナちゃんにはなかった。もう眼が見えるのだから、紅麗緒一人で洗ってもらうことにした。終わった合図を受けて、紅麗緒には巻きタオルを身につけさせ、着替えもわたした。ギナちゃんは自分も洗い終わると、目隠し用にセットした巻きタオルをはずして、自分のからだに巻いた。紅麗緒はお揃い

コテージに入っても、紅麗緒は見るもの総てが興味の的となり、部屋中見てまわった。その間にギナちゃんはすぐお風呂の準備をし、ガレージで脱いだ二人の服を洗濯機にかけた。お風呂では、紅麗緒がまだ自分で洗ったことがない髪の毛だけ洗ってあげたが、それだけでもギナちゃんはどきどきした。後はやはり紅麗緒に自分で洗わせた。紅麗緒がお風呂から上がると、ギナちゃんは自分はシャワーだけで短時間で済ませて出てきた。

頭にタオルを巻いて出てきたギナちゃんに紅麗緒は、「きょうは御免なさい」とあらためて謝った。

「おこってなんかいないわよ」

ギナちゃんは言った。

「本当、紅麗緒ちゃんの眼が見えるようになったというので、うれしいの。お顔も信じられない程にきれいになってるし。あんまりきれいだから、とまどってるの。きれいすぎて、おそれおおいという感じ」

「おそれおおい？」

紅麗緒は自分に使われたその言葉の意味がわからなかった。

「もしきいても大丈夫なようだったら、紅麗緒ちゃんになにがあったか話してほしい。でも、なにかほかのひとに話すとぐあいがよくないようなことだったら、なにも話さなくていい。秘密にすべきことだったら、話してはいけない。そういうことは私はきかないようにする」

ギナちゃんはそう言ったが、自分に起こったことは不思議なことだけど、ギナちゃんに秘密にするようなことではないと紅麗緒はおもった。

「ううん。きょう私が体験したこと、ギナちゃんにもきいてほしい」

紅麗緒の話をきき、まるで梦のなかのお話のように感じられるとギナちゃんは言った。

風の妖精さんと話をし、宙に浮かび、風のなかを飛行したこと。

末草の池での不思議な出来事。二回夜を迎えて、つぎの朝が訪れていること。

川に浮かんだこと。笹の葉の舟に乗ったこと。つぎに直接川に浮かんで、からだも服も濡れなかったこと。

暗い洞窟での出来事。蝙蝠さんとの超音波の声のやりとり。

洞窟を抜けた先の光きらめく世界。

その世界の不思議で美しい宇宙的な体験。

そこで出会った神秘の美しい少女。その神秘の美しい少女とのなみだの交換。神秘の美しい少女の言葉。普通には信じられない話ばかりだ。

けれども、紅麗緒に幾つもの奇蹟が起きているのをおもうと、実際にこういうことを経験したのだろう。だから、睡蓮の葉っぱの上に沈むことなく横たわることができていたのだ、重さをなくしているかのように。もう、風のなかを飛び、川の上に浮かんだりしていたのだから、それくらい造作《ぞうさ》はないのだろう。

神秘の美しい少女の話をしてくれたが、紅麗緒自身がその少女の反映を受けたように信じられない美しさになっている。眼が見えるようになったのも、話の後先はあるが、その神秘の美しい少女との経験の総体として、霊妙な働きが紅麗緒におよんだのではないだろうか。奇蹟は総てその神秘の美しい少女につながっているとギナちゃんは感じた。

紅麗緒の話は梦そのもののように美しく幻想的だったが、そのなかで紅麗緒は何度も寂しいおもいをし、かなしみを感じたのだ。なみだも一杯ながした。そのなみだをとおして、神秘の美しい少女と邂逅《かいこう》し、結合した。

[illegible]が「[illegible]というのも、象徴的だとギナちゃんはおもう。

紅麗緒はもうこれほどに美しくなって、もうこちらの世界に在る存在ではなくなってしまうのではないか。

ギナちゃんの勝手な想像だが、神秘の美しい少女はあちらがわの世界の子、或いは、こちらがわとあちらがわを含むもっとおおきな世界の子なのではないか。二人はかなしみのなみだという通路で結びつきあった。しかし、紅麗緒がいま飛躍的に美しさを増し、これからも神秘の美しい少女に近づくかのように美しさを弥《いや》増《ま》すとすれば、もうかぎりを超えて、あちらがわの世界に行ってしまうような気がする。きょうだって、いっときは神隠しに遭《あ》ってしまったのではないかと心配した。けれども、これから何度かこういうことがあり、終《つい》には本当の神隠しで、もう戻ってこないことになるのではないか。そうおもっただけで、ギナちゃんはなみだに震えた。

「ギナちゃん」

紅麗緒がすぐ横にきて、言った。

「ギナちゃんとも、なみだを交換したい」

ギナちゃんはうなづいた。

「ちょっと眼を閉じてね」

ギナちゃんは言われるとおりにした。紅麗緒が顔を

ギナちゃんは自分の心もからだも光に満たされる感動を味わった。

「ギナちゃんのなかに私はいつも一緒にいるわ。ギナちゃんも私のなかに」

「ええ、わかるわ」

ギナちゃんは答えた。

「神麗守ちゃんのもとに戻りましょう。このお話をしてあげて、なみだも交換してあげたらいいわ。よければ三人で、またいつかここに戻ってくることもあるでしょう」

「神麗守ちゃんのもとにかえる、かならず。ギナちゃん、一緒にそうしましょう」

紅麗緒の言葉に、ギナちゃんの決意は強くかたまった。

52 出生の秘密

「おねえちゃんから働きかけて、紅麗緒《くりお》ちゃんと一緒に戻ってこられるようにしたの？」

椥藝佐《なぎさ》の話をきいて、詩真音《しまね》がきいた。

「私はそうする決意ですぐに行動しようとしたけど、実はおじさまのほうでもうそのことはきめられていたの。偶然かどうか知らないけれども、つぎの日に日南《ひな》江《え》さんが訪ねてこられてそれを告げられたの」

椥藝佐が答えた。

「どう心がわりされたのかしら」

「私がおじさまにおねがいしたの」

詩真音の疑問に神麗守《かりす》が答えた。

「やっぱり紅麗緒ちゃんと離れているのが辛かったから？」

「紅麗緒ちゃんとは離れても引っ付いていてもいました。いつも話ができたし、傍にいる温かみも感じました。でも、一緒にお食事をしたり、お風呂に入ったり、お互いにどんな服をきょうは身につけているか確かめしまいました。それに紅麗緒ちゃんと抱き合うとなにより気持ちいいんだけど、それもできません。やっぱり一緒の部屋で毎日くらしたいんです。おじさまは、紅麗緒ちゃんがいつ戻ってくるのか教えてくださらなかったので、戻ってくる日を教えてください、夏の間に戻ってくるよう約束してくださいとおねがいしたんです」

神麗守ははっきりした言葉で言った。

「それにしても、紅麗緒ちゃんの眼が見えていたなんて。まさかここでは眼が見えないふうに装っていたの？　御免なさい、ちょっと言い方が適切じゃないかもしれないけど」

「大丈夫よ。紅麗緒ちゃんはね、眼が見える時と見えない時があるようなの」

椥藝佐が紅麗緒のかわりに答えた。

「見える時と見えない時？」

「神麗守ちゃんもそうだけど、このお屋敷のなかは、眼が見えていなくても普通に行動できるくらいなれているから、言ってみれば、紅麗緒ちゃんには眼が見えている必要はないと言えるの。だから、普通の時は神麗守ちゃんとおなじに眼が見えていないんだって。でも、眼が見えて楽しい時は、見たいという意思を働か

「[illegible]」

柵藝佐は紅麗緒のほうを向いて確認した。

「ええ。心のなかでシャッターを上げ下げする感じです。シャッターをおろしている時がおおいですけど、ギナちゃんには文字とか色の名前とか教えていただいたので、シャッターを上げて本を読んだり絵を見たりするのが楽しみになりました」

「紅麗緒ちゃんは私にも読んでくれるし、絵のことも教えてくれます。あと、お食事の時も、お野菜や果物《くだもの》の色合いとか教えてくれるし、きょうのお衣装はどんなデザインでどういう模様があるとかね」

紅麗緒に続いて、神麗守が言う。

「お衣装をつくるのも手伝ってくれるわよね？　もういろいろ任せられるから、本当に助かってる」

「紅麗緒ちゃんにいろいろできることが増えたから、私もそのお手伝いをさせてもらえることがおおくなって、楽しいことの種類が増えました」

紅麗緒ちゃんがあまり部屋から出なくなったのは、おねえちゃんが二人のためにしていたことを手伝ったり、任されたりして、かの女自身やることが一杯あるからなのか。詩真音は得心がいった。

「お風呂でも紅麗緒ちゃんが私の髪の毛を洗ってくれるようになった。ヘアスタイルのセットもしてくれる」

神麗守がつけくわえて言う。

「ギナちゃんの髪の毛も洗えるようになりました」

紅麗緒がそう言うので、「じゃあ、紅麗緒ちゃんは誰に髪の毛を洗ってもらうの？」と橘子がきく。

「神麗守ちゃんが洗ってくれます」

「神麗守ちゃんが？」

橘子《きっこ》と詩真音の声が揃う。

「紅麗緒ちゃんの髪の毛、とっても洗いやすいんです。眼が見えないから最初は気をつかいましたが、ギナちゃんに教えてもらいながら実際にしてみると、難しいことはなにもありませんでした。髪の毛もからだも紅麗緒ちゃんはとてもなめらかなので、シャンプーやソープもすぐながせてしまうし、眼が見えない私でも全然手間がかからないんです。もっとしてあげたいけれども、洗えているのに洗い過ぎるのはよくないとギナちゃんが言うし、ながい時間いて上せてしまうのもいけないから、程々を心得るようにしていますけど」

神麗守が楽しそうな顔をして言った。

「お風呂、とっても楽しそうね。今度から、私もお風呂に一緒に参加してもいい？」

詩真音が少女たち二人にきく。

「ネマちゃんも？　大歓迎です。まだ私、退院できていないけど、すぐに一緒になりますから」

神麗守が言った。

「私も楽しみです。ネマちゃんのからだも洗わせてください」

「紅麗緒ちゃんに洗ってもらうの？　わあ、どきどきしちゃう」

胸をおさえて詩真音が言う。

「みんなでお風呂に一緒に入るって楽しそうですね」

橘子もにこやかな顔で言う。

実家ではずっと一人で入っていたし、会社の寮に入って初めて共同浴場を経験したが、先輩の人ばかりでなれていないので、洗い終わったらさっさと出てしまう。誰かわからないけれども、意地悪な先輩の人がいるようで、それが気になって、ゆっくりできない。仲のいいひとたちと洗いっこしたりして、お風呂を楽しむ感覚は経験していないので、話をきいて羨《うらや》ましくなる。

「あ、キユくん、お風呂とか洗濯とか、今どうしてるの？」

うっかりしてたというように、橘子が清躬《きよみ》に尋ねる。

お風呂も使わせてもらってます」

「一人で大丈夫なの？」

「大丈夫なように小稲羽さんが御用意してくださってる」

「私も手伝えることはお手伝いするわ。ちょうどゴールデンウイークで、その間は私も時間があるから」

「ナコちゃん、ありがとう。また相談するよ」

「そう、いろいろ話をしましょう」

橘子は清躬の手をにぎって言った。

「ナコちゃんのおねえさん、いとこおばとおっしゃってたけど、」

紅麗緒が話しかけると、橘子は途中で遮《さえぎ》って、

「紅麗緒ちゃん、その言葉、『おば』ってつくでしょ、どうしても引っかかるの」

「なに言ってるの。その言葉、あなたが自分で使ったのよ」

詩真音が橘子を窘《たしな》めた。

「まあ、そうだけど」

「いとこちがいでいいとおもいますよ」

椰藝佐が言う。

「ああ、椰藝佐さんにそう教えてもらってたんでした。いとこちがいを使います、いとこちがい」

ナコちゃんから見て、いとこちがいになりますから」

「そうね。いとこおばに対してはいとこおいになる感じがするけど、いとこおいって變《へん》な感じするもんね」

「そんな話どっちでもいいけど、紅麗緒ちゃん、言いかけてたこと、なあに？」

詩真音がそう言うのをきいて、橘子は「紅麗緒ちゃん、御免なさい」と言った。

「ナコちゃんのおねえさん、いいんです。私おもったのは、ナコちゃんのおねえさんとおにいさんは、近い御親類とか、とても仲のよいお友達とかいう前に、お二人がお互いを映しあって、重なりあっているように見える。さっきもお二人同時にこの世界から飛ばれたでしょ？」

「紅麗緒ちゃんは今、眼が見えているのね？」

橘子が確認した。

「ええ。だって、ナコちゃんのおねえさんにお目にかかるんですもの」

「光栄です、紅麗緒ちゃん」

橘子が恭《うやうや》しく頭を下げる。

「それから、ナコちゃんのおねえさん、ネマちゃんに似ていらっしゃる」

「え、そうなの？」

紅麗緒の言葉に、神麗守が興味深そうに反応する。

「髪形は違っていらっしゃるけど。ナコちゃんのおねえさんは、神麗守ちゃんとおなじ、ポニーテールにしていらっしゃるわ」

「これ、ネマちゃんが結《ゆ》ってくれたんです」

「結うなんて、またおおげさだわ。髪を束ねて、髪留めで留めただけでしょ」

詩真音がそう言うと、「でも、いい感じで、私、気に入ってるのよ」と橘子が言った。

「小学校時代のナコちゃんはポニーテールがおおかったから、ちょっとなつかしい感じがします」

「なつかしいって、小学校時代だから、昔すぎるわ」

清躬の言葉に橘子が言った。

「でも、キユくんには、今、ポニーテールのナコちゃんが見えてるんでしょ？」

「ええ、髪形はきかないとわかりませんけど、そうきいたから、ポニーテールのナコちゃんが見えます」

詩真音の確認の問いに清躬が応じる。

「ネマちゃん、お衣装もナコちゃんのおねえさんに貸してあげてるの？」

紅麗緒が詩真音にきく。

「そうだけど、私がこの服着てたの、ちゃんと見てたのね」

「ネマちゃん、おしゃれだから、いつも見てる」

「ということは、私と一緒の時は、いつもシャッターを開いてたの？」

「ええ」

「まるで気がつかなかった。私の注意力って、そんなものだったのか」

詩真音はがっかりした言い方をした。にいさんや桁《けた》木《き》さんに鍛《きた》えられて、気配を敏感に察知する能力が高いとおもっているのに、何度も接触している紅麗緒ちゃんの様子にまったく気がついていないなんて。

「ナコちゃんのおねえさんにもよく似合っていらっしゃいます」

「まあ、ありがとう。私、おとなになってミニスカートつけたことなかったから、自分では自信持ててなかったの。でも、紅麗緒ちゃんにそう言ってもらったら、私にもちゃんと着られるんだとわかってうれしい」

「ぼくにはミニスカートのナコちゃんしか記憶にないけど」

「まあ、普段喋らないキユくんは、ナコちゃんのこと詩真音がおもしろそうに清躬に言うと、

「お二人が本当になかよしだからよ」

と、椰藝佐がフォローした。

「キユくん、小学生の時と今とは違うのよ。小学生の時は私だけじゃなく、大抵のおんなの子はスカートが短かったから、私も平気だったの」

「でも、キユくんにはそのあなたが中学生のおねえさんに見えてたのよ。憬《あこが》れのきれいなおんなのひとに見えて、ミニスカートも眩《まぶ》しかったんじゃない？」

「嫌《いや》。なかみは小学生で、あの頃なりふりなんか構っていなかったことをおもうと、恥ずかしくなるわ」

「まあね。ナコちゃんは背がおおきいのがコンプレックスで、キユくんがおもってたのと自己評価は違ってたんだから、あんまり弄《いじ》っちゃわるいわね」

詩真音は橘子に対する矛《ほこ》をおさめた。

「ネマちゃんのそのワンピース、初めて見るけど、最近買ったの？」

「あ、これ？」

詩真音は椰藝佐からの質問に一瞬とまどった。

「ナコちゃんのおねえさん、御存じなんですか？」

紅麗緒が橘子にきいた。橘子にあらわれた微妙な變化を紅麗緒が感じとったのだ。

」

詩真音が告白した。少女たちには嘘《うそ》は通じない。事情は香納美《かのみ》も知っており、柘植《つげ》くんにも伝わっている。

「ええ。私が着ていた服で、私がきょうの服としてネマちゃんにこれ貸してもらった時、こっちはネマちゃんに着てもらうことに」

橘子が事情を話した。詩真音をかばうために、自分が着ていたことにしている。

「私は二日続けておなじ服は着られないけど、会社には制服があって、これ、通勤の行き帰りしか着てないので、ネマちゃんが着てくれるなら、いいかな、と」

「ピンクでちょっとかわいいでしょ？」

詩真音がスカートの裾をつまんで、ひらっとさせた。

「そのワンピースもミニですけど、ミニのワンピースは大丈夫だったんですか？」

紅麗緒が橘子にきいた。

「あ、実は、大丈夫というわけでもなくて…」

橘子が少し下を向きながら、もじもじした。

「あの、これ、実は、会社の先輩が買ってくれたものなんです」

「買ってくれたって、プレゼントの意味で？」

梛藝佐が確認する。

「ええ。私、東京に出てきたばかりなので、休日に東京を案内してくださったんですけど、その時、服を買ってあげるよと言われて」

「男の方ね？」

「はい、そうです」

橘子がうなづく。

「そのワンピースは男性が選んでくれたわけですね？」

「ええ。私、自分では選ばないです。結構、ミニですし。先輩の方が選ばれたものですし、極端に短いものではなかったので、大丈夫とおもったんですけど、着てみるとやっぱり恥ずかしくて。でも、なれなきゃとおもってがんばって着てたんです」

「その男性の前でも着てみせたんでしょ？」

「え、ええ。白状しますけど、私、ずっと男のひとが苦手で、おつきあいしたことがなかったのに、会社の先輩はとってもできる人で、その先輩からいろいろ親切にしてもらったり教えていただいたりすることがあって、ちょっと憬れてしまったんです。その先輩が休日につきあってくださった時、買っていただいたそのワンピースを着て行きました」

「その先輩の方、ナコさんのこと、とても気に入ってくださったのね？」

「あ、でも、その先輩にはりっぱなかの女さんがいらっしゃることがわかって、私、先輩の方を好きな気持ちが芽生えそうになっていたんですけど、それはとんでもないことでした」

「御免なさい。立ち入ったこと、きいてしまって」

椰藝佐がわびた。

「いいえ、とんでもないです。あの、その先輩のかの女さんともお会いして、今はなかよくさせていただいてますから」

「ナコさんだから、その女性の方も認めてくださったのよ」

「いいえ、そんな」

橘子は打ち消すように手を振った。

「紅麗緒ちゃん、おじさまの前ではどうしてたの？」

橘子の話をきりかえるように、詩真音が紅麗緒に質問した。

「初めはシャッターを開いてました。だって、おじさまがどういう方か、知っておきたかったから」

紅麗緒の答えに、詩真音は少し複雑な顔をした。

「こんなこときいてなんだけど、実際のおじさまって、[illegible]違ったんじゃない？」

「髪の毛が白かったこと？」

「そう。皺《しわ》とかも。おじさま、膚《はだ》のお手入れはしっかりされていたけど、でもやっぱり」

「おじさまのお膚が私たちと随分違うのはわかってました」

「わかってた？」

「紅麗緒ちゃんはおじさまのお顔には触れてないけど、私は何度も触れたことがあるから、まるで違っていることを知っていました。そのことを話したので、紅麗緒ちゃんも承知しています」

「そうね。感覚の鋭いあなたたちにはわかるわよね」

神麗守たちを盲目にしたのは、老いている自分を見られたくないからではなかったんだろうか。にいさんは神麗守を純粋に美しく育てるために、醜いものに眼を触れさせず、おじさまが用意するきれいな世界だけで生きさせるため、そしてそのなかであらゆる感覚を鋭敏にさせるためと言っていたけど、おじさま自身がおじいさんである自分をこの子たちに知られないようにしておきたいことも、おおきな理由だったはず。でも、それはまったく意味なかったんだ。眼を不自由にしたって、ほかの感覚でわかる。

「私、眼が見えるようになったといっても、人のお顔見ていないんです。神麗守ちゃんやギナちゃん以外には、おじさまとネマちゃんと日南江さんにしか素顔を見せないですし、ほかのみなさんには滅多に姿を見せません。このお部屋の外に出る時はできるだけ顔が隠れるようなマスクと黒眼鏡をするので、このお屋敷のみなさんでさえ、私の顔を御存じありません。私も自分の顔を見せているんだったら、相手の方のお顔も見ようとシャッターを開けますけど、自分の顔を隠しているから、眼のシャッターも開けないんです。逆に言うと、素顔でお会いするみなさんには、初めは眼のシャッターを開けていました。でも、そのうち、おじさまと日南江さんに対しては、眼のシャッターをおろすようになりました。お二方とも、私とほとんど眼を合わせようとされないですし、私との間ではあまり意味のあるやりとりもされないので、私のほうもシャッターをおろしていていいようにおもったんです。ネマちゃんとも顔を合わせる機会は減りましたが、ネマちゃんはきれいでおしゃれなので、いつもちゃんと見ていたいです。それで、シャッターは開けてるんです」

「紅麗緒ちゃんにそんなこと言われたら、私、どうしていいかわからないわ」

詩真音が困惑した様子で言った。

「美しいひとは眼が見える前からわかってます。ネマちゃんもギナちゃんも」

「今度は私まで」

椰藝佐が声をあげた。

「おねえちゃんもお仲間だったら、私も安心した」

詩真音がにこやかに言う。

「神麗守ちゃんも知ってるわよね？」

「ええ。私にレッスンをつけてくださる先生にも美人がいらっしゃる。バレエの先生は一番だし、ピアノの先生、声楽の先生も美人。紅麗緒ちゃんは会ってないけど、その話はしてる。だけど、ギナちゃんとネマちゃんはもっと美人」

神麗守が太鼓判を押すように言った。

「眼が見えてないのに、神麗守ちゃんが言うと、説得力がある」

「ナコちゃんのおねえさんもね」

紅麗緒が付け足す。

「えっ、私？」

まさか自分も名指しされるとおもっていなかった橘子は、びっくりした顔できく。

「ネマちゃんとよく似ていらっしゃるのだから、はずせないわ」

「ナコちゃんもお仲間。ますます心強い」

詩真音がうれしそうに言った。

「それはそうと、おじさまのお話はもういいんだっけ？」

梛藝佐がきく。

「おじさまのお顔の話は、私、ほとんど人と会っていないので、おとなのひととしてどうなのかよくわかりません。このお屋敷のみなさんについては、その写真をギナちゃんから見せてもらっているので、お顔は頭に入ってるんです。ギナちゃんとネマちゃん、香納美さん以外のみなさんは、おじさまとおなじように随分おとなでいらっしゃるのがわかりました。髪の毛が白いのはおじさまと和多《わだ》のおばさまだけで、和多のおじさまは頭に髪の毛がありません。ほかのおとなのみなさんの髪の毛は、白いものが少し混じっておられる。あと、おとなのみなさんには、眼のあたりに皺がありますね。わかるのは、そういうことだけです。私が知ったことは全部お話しするので、神麗守ちゃんもそのことは知っています」

紅麗緒が丁寧に自分が認識していることを話した。

[illegible]。私が気になるのは、おじさまは紅麗緒ちゃんの眼が見えるようになったこと、御存じなのかどうかです。どうなのかしら？」

詩真音が疑問を呈する。

「さあ、どうでしょうね」

梛藝佐はぼやかした。

「少なくとも私は伝えていない。多分気づかれていないんじゃないかとおもうわ。ネマちゃんがずっと気づいていないんだから、おじさまだって気づけていないようにおもう。紅麗緒ちゃんもおじさまに対しては、途中から眼のシャッターをおろしているともいうし」

「もし、それでおじさまが気づいていらっしゃるんだったら、私こそ余《よ》っ程《ぽど》鈍感ということになるわ。だって、私には紅麗緒ちゃん、ずっと眼のシャッターを上げているというのだから。それはあり得ないということにしてほしい」

梛藝佐の見解を詩真音も支持した。

「紅麗緒ちゃんの變化については、お顔が前にも増してとってもきれいになったことにおどろいていらしたけど、前から紅麗緒ちゃんは成長とともにどんどんきれいになってゆくと感じておられたし、潜在的にはまだまだ未開発のおおきな可能性を持っていると認めていらっしゃったから、短期間で飛躍的に美しさが増し

[illegible]たと[illegible]眼も見えているようになっているとは、想像もされていないでしょう。もしそこに疑いでも持っていらっしゃったら、そんな重要なことをなぜ報告せずにいるのだと、私をお叱《しか》りになるはず」

「そうね。おねえちゃんになにも言われていないんだから、やっぱりおじさまは御存じないんだわ」

詩真音は納得したようにうなづいた。

「キユくんはどうなの？　絵を描きにきた時、紅麗緒ちゃんは眼が見えないときかされていたとおもうけど」

今度は清躬にきく。

「初めはぼくも、紅麗緒ちゃんが眼が見えているとは感じませんでした。モデルになる子は眼が見えない少女ときいていましたし、そのまま信じていたんです。棚藝佐さんもずっとついてサポートされていましたから」

「私、このお屋敷に戻ってから、ほとんど誰にも素顔を見せないようになっていたので、外からひとが来られて、しかも私の肖像を絵に描かれるというのはびっくりしたし、どきどきもしました。おじさまは神麗守ちゃんのレッスンや手習いに選《よ》り勝《すぐ》りの先生を連れてこられているから、私を描いてくださるひとも物凄いひとなんだとおもっていました。ですから、私、どういう先生かを知るために遠目に見る時だけ見て――その時、とてもわかい先生とわかっておどろいてしまいましたが――、ともかく実際に対面する際には、最初から眼のシャッターをおろすようにしていました。おじさまが選ばれた絵を描く物凄い先生は、もし、私が眼のシャッターを上げていたら、きっとこの眼が見えていることを見抜いてしまわれるとおもったんです」

清躬の言葉の後に、紅麗緒が続けた。

「だったら、キユくんにわかりようはないわね」

詩真音が言った。

「でも、紅麗緒ちゃんから合図《あいず》が出たんです」

「合図？」

清躬の言葉に、詩真音と橘子が同時に反応した。

「絵のモデルとしてずっとじっとしていた紅麗緒ちゃんが、これ見てというように、両手で蝶々をつくってみせたんです」

清躬は手でしぐさを再現した。

「その蝶々をぼくに差し出しながら、紅麗緒ちゃんはぼくを見て微笑んだので、紅麗緒ちゃんは眼が見えているとわかったんです」

「紅麗緒ちゃんは自分から眼が見えていることをキユ

くんに教えたのね？」

橘子がきいた。

「ええ。実は、その少し前から、眼のシャッターを上げていたんです。おにいさんの様子があまりに静かで、それでいながら、おにいさんが絵を描くのになみなみでなく打ち込んでいらっしゃるようなのが伝わってきて、気にならないではいられなくなったんです。眼のシャッターを上げておにいさんを見ると、おにいさんの私を見ていらっしゃる様子が、こんな未熟な私に対してさえ御自身の命の力のありったけを出しておられると感じて、私の胸も疼《うず》いてしまったんです。私、さっきお話しした、神秘《かなし》ちゃんという少女と出会った時に、自分という存在の丸ごとが震え、命のありったけを自分で感じる経験をしていました。勿論、私のその時の感じとは違うんでしょうけど、おにいさんも御自身の存在の丸ごとで私に向き合われているのはまちがいないとおもったんです。このまま黙っておにいさんに向き合えないと私は感じました。それで、蝶々さんの格好をつくって、おにいさんに合図をおくったんです。少しでも自分を軽くしたい気持ちもあって」

紅麗緒がしぐさの理由を話した。

[illegible]させてしまうなんて、キユくんてなんというひとなんでしょう。凄いという言葉ではかたづけられないわ」

詩真音が圧倒されたという感じで溜息を洩らしながら言った。橘子も清躬のほうを見て、感心する素振りを見せた。

「私も紅麗緒ちゃんからその話をきいて、清躬さんなら紅麗緒ちゃんが描けるとおもいました。白状しますと、初めはいくらおじさまが見込んで連れてこられた方でも、紅麗緒ちゃんの絵を描けるとは信じられなかったんです」

椰藝佐がそう言うと、橘子が、「それは、キユくんが和華子さんの絵を描いてたことを御存じないからですね」と言った。

「そうですね。後で、清躬さんが描かれた和華子さんという方の絵を見て、ああ、こんなに美しい方を絵にできる力をお持ちだったから、紅麗緒ちゃんの絵を描くことも可能だったんだと納得しました」

「あの、紅麗緒ちゃんの絵を描く時にぼくがどう感じたか、話はながくなるとおもいますが、お話ししてよろしいでしょうか？」

清躬がみんなにおうかがいを立てた。

椰藝佐が眼で様子をうかがうと、橘子も詩真音もう

椰藝佐が、「是非お話ししてください」と清躬に言う。

「紅麗緒ちゃんは、ぼくにはどうしても小鳥井和華子さんという方と結びついてしまうのです。和華子さんと出会った時のぼくはまだ小学生でした。小学生なのに、ぼくはもう一生涯和華子さんをおもい続けることになると確信しました。実際、和華子さんをおもう時の心の震えは今もかわらないし、そういうことが起こるのは和華子さんだけでした。紅麗緒ちゃんに出会うまでは、です。紅麗緒ちゃんに出会った時、ぼくは一往は職業を持って、年齢的にもおとなといっていいくらいだとおもいますが、そんな自分が小学生の自分とおなじように心が震えました。本当に、和華子さんとの出会いの時とかわらなかったのです。唯、ぼくは何度も心のなかで和華子さんに会っているので、その分、小学生の時よりはおちついていることができました。ぼくは今でも和華子さんを一杯描きたいとおもっています。和華子さんはもうぼくの前にはいらっしゃらないので、自分が和華子さんのほうへ行かなければなりません。紅麗緒ちゃんを描く時、紅麗緒ちゃんは絵のモデルとしてぼくの前にいます。けれども、紅麗緒ちゃんのかがやきが美しすぎて、この世界を超えているので、そのままでは描けません。ですから、本当に紅麗緒ちゃんを描くためには、やっぱり和華子さんとおなじところに行かないといけないんです。そこへ行ければ、和華子さんはぼくに存分に絵を描かせてくれます。和華子さんのいらっしゃるところなら、ぼくは紅麗緒ちゃんを描くことができるんです。唯、和華子さんのもとに行くには、ぼく一人では行けません。ナコちゃんが傍にきてくれて、案内してもらうことが必要なんです。ぼくは紅麗緒ちゃんを前にして、最初のキャンバスにナコちゃんを描きました」

「そうなんです。おにいさんのもとには、私を描いているキャンバスとは別に、もう一枚キャンバスがあって、そこには私とおなじくらいの年齢のおんなの子の絵が描かれていました。それはナコちゃんのおねえさんの絵でした」

紅麗緒も証言した。

「ああ、だから、私の絵が何枚も増えてくるのね？」

橘子が言った。

「ナコちゃんは一人だけど、絵がとらえるのは瞬間のナコちゃん。瞬間のナコちゃんはかぎりなくいる。ここにはいないけど、心におもいうかべれば、かぎりなくいる瞬間のナコちゃんの誰かがきてくれる」

「瞬間瞬間の私なんて、私のなかではもう過ぎ去って意識されない。しかも、何年も前の私なんて。でも、キユくんはその私と交流できるのね」

「そうだよ。そして、どのナコちゃんも、和華子さんのところへぼくを導いてくれる。その時のぼくは美しいものを絵に描く人間以外の何者でもない。紅麗緒ちゃんを描く時も、ナコちゃんに導いてもらって、和華子さんと向き合うと、そこに紅麗緒ちゃんも一緒にいて、和華子さんを描くのとおなじ気持ちになって紅麗緒ちゃんを描くんです。ぼくは全身全霊が絵を描く人間になっているから、さっき紅麗緒ちゃんが話してくれた状態になっていたのにちがいないんです」

「それが、創作の秘密か」

清躬の話をきいて、詩真音がぽつりと呟《つぶや》いた。

「かんたんに秘密と言っては軽くなってしまうと言うか、秘密を知ったからといって、誰にもおなじことはできない。キユくんと一体のものだものね」

「私もそうおもう」

詩真音に椰藝佐も同調する。

「そして、その秘密には、かならずナコさんと和華子さんが付き添っている」

なんてね。勿論、私一人ではなにもできる力はないけれども、キユくんが私に期待してくれるから、できるのよ。和華子さんにきちんと向き合えるのも、キユくんと一緒だからよ」

橘子が言う。

「ギナちゃんも、ここにはいないけどいつも一緒、というひとがいるんでしょ？」

「でしょ？」

紅麗緒と神麗守が椰藝佐にきく。

「どういうこと？」

椰藝佐が答える前に詩真音がきく。

「ギナちゃん、夜空をよく見る。特に、お月様の晩はじっと」

「お月様？」

「紅麗緒ちゃんがきいたんですって、なにか見えるんですね？って」

「で、おねえちゃんはなんて？」

「樹《きい》くんよ。大勢いるから、恥ずかしい」

椰藝佐が白状する。

「おにいちゃん？」

詩真音が頓狂な声をあげた。

「夜空を見て、おにいちゃんのことおもってるの？」

たの　眼で見える星は何十光年や何百光年も遠くにあるものがおおいけど、その星の光って、星を出発した時間はみんな違ってるのよね。それぞれに違う時間を見ているということと、ともかく光の速さでも何十年や何百年もかかる遠いところのものがその光を受けることでつながっているということ。その神秘さに樹《きい》くんは引き込まれていた。それを一人で見るんじゃなくて、私をつきあわせたの。私も星を見るのが好きだった。暗い星が見えたら、ひょっとして千光年以上も遠い星であるかもしれないとか言い合ったりもした」

椰藝佐が詩真音の兄との想い出をかたる。

「それ、私には内緒だったのね？」

「かれ、一旦寝床に入っても、真夜中に起きてベッドを抜け出すのよ。私もおなじ頃にベッドから出て、二人で夜空を見る。ネマちゃんを途中で起こして巻き込めないわ」

「おねえちゃんもおにいちゃんも、私をおいてきぼりにして、ちょっと悔しい」

悔しがる詩真音に、「御免」と椰藝佐が言う。

「ギナちゃんがベッドから抜け出してお部屋の外に出るのはわかってたけど、そういうことだったんですね？　私たちが気づいていないはずはないとわかってるのに、黙って出て行かれるから、きかないほうがいいとおもってなにもききませんでしたけど」

神麗守が言う。

「気づかってくれたのね、ありがとう」

「で、おにいちゃんがお屋敷を出た後も――あ、ナコちゃん、キユくん、今突然私のにいさんの話になって皆目見当がつかないだろうけど、ちょっと辛抱してて。後でちゃんと話をするから」

詩真音は橘子と清躬に言った。橘子は「大丈夫だから、気をつかわずお話を続けて」と言い、「ぼくも構いませんから」と清躬が言った。

「ありがとう。で、おにいちゃんがいなくなっても、おねえちゃんはずっとそれを続けてたの？」

「だって、樹《きい》くんは一人でもこの夜空を見てるんだろうなあとおもうと、離れていたり時間は違っていても、おなじことをすれば、樹《きい》くんと一緒だという気がするんですもの」

「おねえちゃんはおにいちゃんのことをもう想い出しもしないんだとおもってた。まあ、そうじゃないことは――」

詩真音は途中で言い止めたが、「どうしたの、ネマちゃん？」と神麗守にききとがめられた。

「実はね、樹《きい》くんと、私さっき会ったの。会ったのは土曜日が最初なんだけど、さっきはちょっと長話した。そのことはネマちゃんにも話した。あ、ネマちゃんにはおにいさんのこと話しにくいところがあるから、あまり突っ込まないであげて」

「ええ、わかりました。言わないようにします」

「私も」

椰藝佐の依頼に少女二人が応じた。

「ともかくそういうふうに夜おもてに出て、星空を見上げてたのね、京都のコテージにいた時も。そこで紅麗緒ちゃんにきかれて、樹《きい》くんのことと答えたの」

「私たち、ネマちゃんのおにいさんのことはほとんど知りません。唯、キユくんおにいさんにとってもよく似ていらっしゃるんですってね？」

「そうなの。お顔だけはね」

詩真音はそう答えて、橘子のほうを見た。橘子が口を挟んできそうにおもったからだ。贋《にせ》の清躬で騙された話をするだろうかと。橘子は微妙に視線をずらした。不用意なことは言うまいと認識しているように、口許《くちもと》はかたく閉じていた。


て、もっとはっきり言わないといけない」

椰藝佐は神妙に言った。

「なに？」

詩真音は早くききたいという気持ちで催促する。

「実は、これからお話しすることは、ネマちゃんも知らないこと。でも、日南江さんには許可を得たから、この機会にお話しする」

「え、なに？　おかあさんの許可を得たって――」

詩真音は身を乗り出すように椰藝佐に迫る。

「樹《きい》くんのこと」

「にいさんのこと――おかあさんの許可って、なんの話？」

「樹《きい》くんはね、本当は孿《ふたご》で生まれたの」

「えっ？　孿？　にいさんが？　そんなの、初耳だわ」

詩真音に動揺した表情が広がった。

「これは、樹《きい》くんも知らない。日南江さんが話をされたのは、うちのおかあさんとおじさま、それから私。なんでそれ以外の人、とりわけ樹《きい》くん本人やネマちゃんにお話しされていないのかというと、樹《きい》くんの孿のごきょうだいは、この世で一呼吸もすることなくなくなってしまったからなの」

」

詩真音は今にも泣きだしそうになるのをぐっと怺《こら》えながら、きいた。

「ええ。樹《きい》くんの孿のごきょうだいは、おんなの子だった。出産予定日を目前に、おなかのなかの赤ちゃんの異常がわかって、帝王切開で二人の赤ちゃんを取り出したんだけど、おんなの子のほうはもう心臓が止まっていたそう。男の子——樹《きい》くんも危なかったんだけど、ＮＩＣＵという新生児集中治療室に入って助かった」

「生きておられたら、私のおねえちゃんがいたというのね？」

「そうね。でも、不幸なことになくなられてしまった。で、問題はどうして私がそのことを知っているのかということ」

椰藝佐が少し間をおいた。

「清躬さんやナコさんのために少し説明すると、このお屋敷には、ネマちゃんの御一家、稲倉さん御夫妻、楠石さん御夫妻と私、それから和多さん御夫妻の五家族がいて、和多のおじさまは御当主の和邇《わに》のおじさまの昔からのパートナーでいらっしゃるけれども、それ以外の四家族はみんな、人生の瀬戸際までおいたてられていたところを御当主のおじさまに救っていただき、こちらに住まわせていただくことになった経緯《いきさつ》があるの。私のところも、父親が町工場を経営していたのだけれども、事故で突然なくなってしまって、工場を整理しなければならなくなった。家は融資の担保になっていたし、工場で働いていた方たちへの給与の補償などもあって、住宅を含む財産を総て失ってしまった上、それでも借金があり、私には六つ違いの姉がいるんですけれども、その姉と私の二人の娘をかかえて、おかあさんは切羽詰まっていたの。その時、ここの御当主のおじさまが救いの手を差し伸べてくださって、このお屋敷にお世話になることになったの」

「私のところも、少し事情が違うけれども、おかあさんがとっても苦しい時におじさまに救っていただいて、このお屋敷に住むようになった」

詩真音がつけくわえて言った。

「ネマちゃんのところ、日南江さんのほうが私の一家より先にいらっしゃっていた。その時、私は三歳で、樹《きい》くんも三歳。ネマちゃんはまだ日南江さんのおなかのなかだった。日南江さんにしてもまだここに来られたばかりだし、おなかに赤ちゃんもいて、とても大變だったはずだけれども、うちのおかあさんや娘二人にとてもよくしてくださった。私、樹《きい》くんとおなじ三歳で、一緒に遊ばせてもらって、日南江さんに特に面倒をみていただいた。で、日南江さんが私の誕生日を確認されたら、樹《きい》くんの誕生日の四十九日後だとわかったの」

「四十九日って――」

「満中陰ね。つまり、輪廻《りんね》思想なんだけど、命をなくした魂は、暫《しばら》くは浮遊した状態だけれども、四十九日が経《た》つとまた新たな生を受けるという」

「ということは、どういうこと？　おねえちゃんの誕生日が四十九日後ということは、まさか、おにいちゃんの孿の――」

詩真音はそこで言い止めた。

「生まれてすぐになくなったあなたのおねえさん。私の誕生日が孿を出産された日の四十九日後で、性別もおんなの子だから、なくなった樹《きい》くんの孿のきょうだいの魂が満中陰で私に宿ってまたこの世に生まれなおした可能性――可能性だけれども、もしかして本当ということがあったらそれは疑ってはいけないことだと、日南江さんはおもわれたの。そして、神様が――仏様かもしれないけど――、このおじさまのお屋敷でこの[illegible]ださって、そのことがあり得ることだとしたら決して疑ってはいけない、つまり信じることが大切だと。勿論、私自身は、四十九日よりもずっと前におかあさんのおなかのなかで胎児として命を持っていたのだけど、この世に現われ、新たな命として生まれたのは誕生日の日だから、そこで魂も宿ったとすれば、あなたのおねえさんの生まれかわりとおもわれるのも尤もとおもう。私の母は、日南江さんと仲が良くて信頼しあう関係になったし、日南江さんの母親としてのかなしい御体験に共感していたので、日南江さんが望まれるならと、私を日南江さんのもとにおいて、樹《きい》くんと一緒に育てることも承知したの」

椰藝佐は一息おいた。

「おねえちゃん、大丈夫よ。死産したおねえちゃんがいたことはとてもショックだけれども、でも、私にはおねえちゃんが本当のおねえちゃんだわ。ああ、みんなもありがとう。おねえちゃん、それから私のおかあさんのことで泣いてくれて」

詩真音は眼にハンカチを当てたまま、おなじようにハンカチを離せないでいる橘子や紅麗緒、神麗守に感謝の言葉を述べた。

「ネマちゃんには、樹《きい》くんが初めおんなの子として育

これ　おしさまのお考えと言ったけど、そのお考えに日南江さんが従われたというのは、一度も息をすることなくなくなったお嬢さんも樹《きい》くんのからだをとおして生きさせる意味があるとおもわれたからのようなの。私がここにお世話になった時、樹《きい》くん――その時は樹《きい》ちゃんね、もうおんなの子の格好をして髪の毛も伸ばしていたから、お互いにおんなの子どうしでおしゃれしあっていた。唯、ネマちゃんが生まれて、かわいいおんなの子として育ってくると、なくなったお嬢さんの魂は私に生まれなおしているし、樹《きい》くんのなかでその子を生きさせるという意味はもうなくなっていたから、私たちが小学生になるのをきっかけに、樹《きい》くんは男の子、私はおんなの子というようにわかれたわけだけれども」

「でも、その後も私とおなじ部屋で一緒にくらしていたわね」

「そう。そういう意味で、ずっときょうだいにかわりないの。私にとっておかあさんは、実の母親というより日南江さんのほうが気持ちとして強い。このお屋敷ではいろんな家族が一つにくらしているから、私が仲の良い樹《きい》くんやネマちゃんと子供どうしで一緒にくらすのも少しも不思議とおもわなかった。唯、今言った事情をきいたのは、実の母がなくなる前に病床に呼ばれた時だった。私は小学校五年生だった。子供だから、日南江さんのなくなった赤ちゃんの魂が宿って私が生まれたという話をきいて、かえって納得《なっとく》がいった。日南江さんが実の娘のように私を育ててくださるのは、実際にお嬢さんの魂が私のなかにあるのだったら、当たり前とおもった。樹《きい》くんとも孿のきょうだいのような感覚を持っているし、ネマちゃんを実の妹のようにおもうのも、自然とおもった。でも、このお話は、樹《きい》くんやネマちゃんにお話しされていないことだとも言われた。事実だから、いつか伝えないといけないけれども、二人にとってごきょうだいがなくなっているのを知ればショックはおおきいから、話すのは成人してからになるだろう。日南江さんが二人に話すまでは秘密だ。ともかく私には日南江さんのなくなったお嬢さんの魂が宿っているのだから、これからも日南江さんをおかあさんとおもって生きていってほしいと。日南江さんもその場に一緒におられて、なみだをながされていた。私の死んだ娘があなたのなかで生きてくれたらどんなにいいことか、それだけのおもいであなたのおかあさまに無理なおねがいをした。私は勝手にあなたのことを娘とおもっていたわけだけど、それに余りある程の幸せをあなたは私にくれた。今まで本当にありがとう。真相がわかって、あなたが私のわがままなおもいを負担に感じることがあったら、自分と関係ないことだといつでもおもってくれていいのよ。そう日南江さんはおっしゃった。でも、そんなことはあり得ないと私はおもった。いつも一緒にくらしている、日南江さんや樹《きい》くん、ネマちゃんと絆《きずな》があったんだと知ることができて、とてもうれしかった。私は今も信じているわ、日南江さんのなくなったお嬢さんの魂が私に宿っていると。生まれかわりという言い方はちょっと違う感じはするけれども、日南江さんがそうおもって、娘として私を愛《いと》しんでくださることはとてもありがたい。樹《きい》くんは今ではどう感じているかわからないけれども、私のほうは孿のきょうだいという実感にかわりはない。孿でもそれぞれの生き方は違うでしょうけど、それでももとは一緒だから、いつ、どこでも、決して離れることなく、いつも一緒にいるというおもいがある。別に、夜空やお月様を見なくてもね」

「ああ、私、馬鹿だったわ。おととし、おにいちゃんが戻ってきた時、きょうだいだからと、おねえちゃんには内緒でおにいちゃんについていった。そして、お[illegible]、おねえちゃんともきょうだいなんだから、私、本当に馬鹿なことをしてたわ」

「馬鹿なことじゃないわ。それだけ樹《きい》くんが好きだったんでしょ？」

「そりゃ、おにいちゃんだから。でも、おねえちゃんはどうなの？　私、おにいちゃんとおねえちゃんは好き合ってる仲かとおもってた」

「好きだけれども、戀《こい》しているかと言われれば、違う気がする。この年齢になってもまだ戀する気持ちがどんなものかわかっていないというのも恥ずかしいことだけれども、でもきっと違うわ。いつも一緒にいる感覚だから、胸がときめくとか、きゅんとなるとかはないし」

「ギナちゃん、声が違ってる」

ずっと黙ってきいていた神麗守が口を挟んだ。紅麗緒も神麗守のほうを見て、うなづいている。

「え、なに？」

ますます梛藝佐の声が上ずった。

「あ、やだ、おねえちゃん、顔赤い」

詩真音も燥《はしゃ》ぐように言う。

「もう、止めて。ネマちゃんが、戀とか言うからよ」

「あら、私の所為《せい》？　戀という言葉は使ってないわ、

[illegible]たいわけでも、おもしろがるネタにしたいわけでもないのよ。ともかく、私がおにいちゃんを好きとおもうのと、おねえちゃんがおにいちゃんを好きとおもうのとは違うんだわ」

「そうね。神麗守ちゃんや紅麗緒ちゃんには、自分で気づいていない気持ちも見えてしまったようだわ。唯、私、戀する気持ちがよくわからないというのは本当よ。だから、樹《きい》くんと戀を結びつけて考えた時に、おもいもかけない心の動揺が起こったのかもしれない。それが戀だと言われると、恥ずかしい。それに私、もし樹《きい》くんに本当に好きなひとがいるとして、そのひとに嫉妬することはないわ。そこはきょうだいのように祝福したい」

「おねえちゃんの気持ち、大体わかった。でも、おにいちゃんはきっと意識してるわ、おねえちゃんのこと。だって、中学生の時もおねえちゃんのスカートをめくったりしてたんでしょ。おにいちゃん、ほかのおんなの子には決してそんなこと、小学校の時でもしたことがないっていうことだったのに。ついさっきだって、おねえちゃんに――」

「もう、それは言わない」

「おねえちゃん、御免」

「樹くんは事情を知らないんだから、私に対してきょうだいの感覚はないか、薄いでしょうね。あなたに対しては勿論、きょうだいという感覚、かわいい妹という気持ちがあるから、こちらに戻ってきて、すぐに接触し、自分のもとに引き入れた。私は違うから、此間《こないだ》の土曜日まで姿を見せてくれなかった。でも、それはしようがない。私のことは、血は繋がっていないけれども、心を許せる特別に親しい友達で充分なのよ」

「わかったわ。おねえちゃんを困らせてしまったようで御免なさい。昔のおにいちゃんだったら、カップルはおねえちゃんとしか考えられなかったけれども、今のおにいちゃん、超人なのかモンスターなのかわからないし、わけのわからないほうに行ってしまってる気がするから、おねえちゃんがかかわるのも心配な気がする。おねえちゃんはおにいちゃんのこと、昔とかわってないと言ったけど、だからといって、本当に大丈夫なものか」

「清躬さんとナコさんとの間柄と一緒にできはしないかもしれないけれども、心のなかに一緒にいていつも結びついているから、ちゃんとわかりあうことができるとおもってる。さっき話してみて、ああ、根っこはかわってないわとおもった。でも、いま樹《きい》くんのこと話してもしようがないわ。これからもっと会って、話をして、わかってくることもおおくあるとおもうから。それより、ネマちゃん。あなたよ。日南江さんが私をなくなったお嬢さんの生まれかわりと信じていらっしゃる。それが本当かどうか、私にはわからない。誕生日と、このお屋敷でめぐりあったという偶然以外になんの根據《こんきょ》もないから、日南江さんの心のなかだけの問題なのかもしれない。けれども、私は、さっき言ったように、日南江さんとおなじように感じてる。親の気持ちと子の気持ちの違いはあるけれども。そして、あなたや樹《きい》くんとのかけがえのない絆。私の出生と同時にあなたのおねえさんの魂が宿ったかどうかはわからないけれども、日南江さんのなかに生きていた亡くなった子供の魂が私に移ったことは信じられるとおもう。だからね、ネマちゃん、さっきあなたは私を本当のおねえちゃんだわと言ってくれたけど、あらためて私も言う、あなたの本当のおねえさんの魂が私の胸にあると。だから、あなたのことを本当の妹と感じてる。私たち、かけがえのないきょうだいなの」

椰藝佐が力強く言った。

「おねえちゃん。私の大事なおねえちゃん」

……、……ずるように椰藝佐のもとにきた。椰藝佐もその場にしゃがみ、二人は強く抱き合った。その様子を紅麗緒が神麗守に教え、お互いに手をにぎりあった。橘子も清躬の手をとり、自分の顔に当てた。

53　一堂に会す

　話の後、梛藝佐《なぎさ》は清躬《きよみ》にも似た話があると言い、かれに杵島紗依里《きしまさより》から行方《ゆくえ》不明の息子恵水流《えみる》の生まれかわりとおもわれている話をさせた。この話は、紅麗緒《くりお》と神麗守《かりす》には初耳だった。唯、恵水流が行方不明になって、清躬が出生するまでが、十か月の妊娠《にんしん》期間に中陰の四十九日の期間を足した期間であることで、紗依里が清躬を恵水流の転生と結びつけていることは詩《し》真音《まね》もきかされていなかった。子供を失う母親のかなしみの深さは際限ないものであるけれども、その子が生まれかわって生きなおすことができ、違う子になっていても、その子と生きてめぐりあえるということ、それを信じることができれば、なによりの救いであるし、救い主の御業《みわざ》とおもえば、信じきるしかないことは、母親の身になってみれば、誰にもわかることだった。まだ十五歳の少女たちにも。

　沈黙の時間がながれた。緑児《みどりご》と幼児《おさなご》の命の行方におもいを馳《は》せつつ、かたちをとらえられないかなしみに希望の光が射すのも感じて、自分たちの内にあるとおもう心が光の柱のように上にも下にも伸び広がり、それが天空でみんな一つに溶け合い、また足下のずっと深いところでも水脈のように繋《つな》がり合うおもいを、梛藝佐も、詩真音も、紅麗緒も、神麗守も、橘子《きっこ》も、清躬も、持ち合った。

　雨が打つ音、風の唸《うな》り、遠い雷鳴――

　戸外の不穏さは、みなの心の内の静穏を揺るがすものではなかった。

　詩真音のスマホが振動した。

「御免なさい。大雨警報のアラートが。雷注意報も出てる」

　画面を確認して、詩真音が声を潜《ひそ》めて言った。

　みなの沈黙は続いた。

　突然、雷鳴が轟《とどろ》き、地響きが鳴った。

「きゃあ」

　橘子が跳《と》び上がらんばかりに声をあげ、胸をおさえた。

「橘子ちゃんたら」

　橘子の様子に、張りつめていたものが解き放たれ、詩真音がおかしがった。

「だって、ががらどすーんって」

　橘子は苦笑いしながら、口を尖《とが》らせた。

室内の電気がきえ、椰藝佐がおちついて停電の対応をした。

紅麗緒が「探検したい」と言い出し、車椅子の神麗守と詩真音を残して、みな紅麗緒について部屋を出た。

紅麗緒は階段を下へおりていった。階段は薄暗く、下におりるにつれ、闇に紛れて視界がきかないようになる。けれども、紅麗緒の姿は光につつまれておもむろに進み、道案内として確かだった。橘子は清躬と手を繋ぎ、階段の手《て》摺《す》りは清躬に持たせ、前を行く紅麗緒をしっかり見て、一段一段おりるペースを合わせた。椰藝佐は最後尾に位置どる。

階段の段数もおどり場の回数もかぞえていなかった橘子は、どれくらい階段をおりたか、わかっていないが、随分地下におりている感覚を持った。不思議な世界に行く感覚だが、紅麗緒の導きなので、不安感はまったくなかった。

階段をおりきったようで、紅麗緒の姿が水平に移動した。

廊下《ろうか》を少し歩いて、紅麗緒が立ち止まる。

橘子の背後で灯《あか》りが灯《とも》った。ランタンを提《さ》げた椰藝佐が前に進み出た。

紅麗緒はなかに入っているようだった。

後ろにまた人の気配《けはい》がした。

「やっぱり来たわ。神麗守ちゃんが遠慮してたんだけど、おぶってきちゃった」

詩真音がランタンの光に映し出された。背中に神麗守ちゃんを背負っている。

「みんな揃ったのね。ネマちゃん、ありがとう。じゃあ、続いて入りましょう」

そう言って、椰藝佐もなかに入った。つぎに、橘子が清躬の手を引いて入る。その後を神麗守をおんぶした詩真音が入り、扉を閉める。

「あ、あなたは――」

静かな部屋で声をあげたのは、橘子だった。

ランタンの光に映し出されて、贋《にせ》の清躬がいるのがわかったのだ。サングラスをかけているが、わかる。

「これは勢揃いだな。総勢八人か」

「お邪魔するわ」

椰藝佐が言い、ランタンをテーブルの上においた。

「ようこそお越し。歓迎するよ」

そう言いながら、彪は紡羽《つむは》を誘って、奥の席に移動しながら、

「子供は退席ねがったほうがいいな。これからどんな

い」

警告めいたことを言った。

「ネマ、隣の部屋で一緒に遊んでやれ」

詩真音は紅麗緒のほうに近寄ろうとした。

「ネマちゃん、その必要はないわ。紅麗緒ちゃん、神麗守ちゃんがいるほうが絶対安全だから」

梛藝佐がきっぱりと言った。

「さあ、座らせてもらいましょう」

席のならびは梛藝佐が指示した。彪の向かい隣一番近くに梛藝佐が席を確保し、その隣に紅麗緒、それから神麗守、詩真音と座らせた。

彪の隣の紡羽の向かい隣には、清躬、橘子が座ることとなった。

梛藝佐はスカートのポケットから、つばのある折り畳みのキャップを二つ出して、紅麗緒と神麗守にかぶらせた。それから、カラーグラスを出し、それも二人につけさせた。

「御配慮ありがとう」

彪が軽く頭を下げた。

「あんまり樹《きい》くんを困らせたくないから」

梛藝佐はそう言って、席についた。

「こんにちは」

紡羽が挨拶した。

「こんにちは」

詩真音以外、みんな律儀《りちぎ》に挨拶する。

「桁木《けたき》先生、樹《きい》くんを御存じだったんですね？」

梛藝佐がきく。

「ええ。結構古くから」

紡羽が答えた。

「清躬さん、橘子さんは初対面とおもいますから、御紹介します。こちら、神麗守ちゃんにバレエを御指導くださっている桁木紡羽さん。ネマちゃんも一緒に習っています。桁木さんは此方《こちら》のお二人は樹《きい》くんからおききでしょうね？」

「ええ。よく存じています」

「此方の紅麗緒ちゃんも」

「ええ。お噂《うわさ》はかねがね」

紡羽は鄭重《ていちょう》に答えた。

詩真音がつと立ち上がり、橘子のもとにきた。

「御免なさい、橘子ちゃん。私のにいさんなの。あなたには申しわけないことをしたわ」

詩真音が頭を下げると、橘子も立ち上がって、手で肩口をおさえ、頭を上げるように促した。

「ううん、気にしないで。ネマちゃんはもうお友達だから」

「ありがとう」

詩真音は引き下がり、橘子も着席した。

「自家発電じゃないのか？」

彪がきいた。

「おじさまがおられないから、一時的に止めてるの」

梛藝佐が答える。

「なんだ、それ」

「厨房《ちゅうぼう》やダイニングは別よ」

「わかってるよ。まあ、神麗守や紅麗緒には灯りのあるなしは関係ないということか」

「関係ないことはないわ」

紅麗緒が発言したので、彪と紡羽はおどろいて顔を見合わせた。

「いいのよ、紅麗緒ちゃん」

梛藝佐が紅麗緒に向かって言う。紅麗緒はうなづいた。

「言い方に気をつけないといけないようだな」

「そう、気をつけて」

梛藝佐が応答した。

「どうやらおれたちは、違う世界が重なり合っている

「そうね」

彪の言葉に梛藝佐が軽く応じた。

「ランタンは無粋だな。光源との距離が平等じゃない」

彪はそう言うと、箱を取り出し、蓋《ふた》を開けた。

「清躬くんの専売特許の無盡燈《むじんとう》にわれわれも肖《あやか》ろうじゃないか」

なかに入っているのは、大きく太いサイズの蠟燭《ろうそく》だった。続いて、紡羽も新しい箱をテーブルの上におき、なかから猫足のキャンドルスタンドを取り出した。一本づつ蠟燭を燭台に差して、まず清躬と橘子にわたす。それから梛藝佐にわたし、順にまわして、詩真音、神麗守、紅麗緒、梛藝佐に行きわたらせる。彪と紡羽の前にもおく。

「清躬くんによると、無盡燈の起点はいつもナコちゃんだったな」

彪はそう言うと、立って橘子のもとに行った。

「ランタンは消すわね」

紡羽がそう言って、灯りがきえた。闇があたりをおおうはずだが、

「流石《さすが》だな。華やかな面々が揃っているから、闇も忍び寄れない」

橘子が彪に向かって言った。

「これが普通さ」

彪が答える。

「サングラスもするの？」

「そのほうが安心だろ、ナコちゃん」

橘子はちょっと黙って、「どっちでもいい」と言った。

「まだ灯りもつけていないのに喋《しゃべ》られると、幽霊がくわわるかもしれないじゃないか」

「あなたも正体を現わしてないんだから、似たようなものじゃないかしら」

「ほう。ナコちゃんまで強くなってるか。本物の清躬くんと一緒だからな。まあ、軽口は止そう。さあ、最初の一燈だ」

彪が橘子の前の蠟燭に灯《ひ》を点《とも》した。

橘子の顔がぱっと明るくなる。橘子は、神妙なおももちで、自分の蠟燭の火を清躬の蠟燭に移した。

「キユくん、私に点された蠟燭の灯をあなたの蠟燭に移したわ。あなたの灯はつぎに紡羽さんにわたる」

橘子の言葉を受けて、清躬はキャンドルスタンドに手を伸ばし、両手で支え持った。

「じゃあ、清躬さんの灯を戴くわね」

紡羽はそう断わって、自分の蠟燭を清躬のものに差し出して、灯を受けた。

そうして順々に灯を繋ぎ、詩真音まで行きわたった。

「八人で八つの蠟燭じゃいずれ燃え尽きてとても無盡燈というわけにゆかないが、まあ、停電が回復するまでの間、無盡燈の見立てでおつきあいいただこう」

そして、彪は、「早速だが、ナギー」と言った。その呼びかけに、「なあに？」と梛藝佐が応じる。

「おまえ、まだその格好でいるのか？」

「ミニスカートのこと？ あら、みんな、ミニじゃない。私だけおかしい？」

「もう中学生じゃないだろってことだ」

「私のスカートが短いと、中学生だというの？」

「おれに会うため、わざわざそのスカートに穿《は》きかえた。それを言ってるんだ」

「私が会うのは、八年前にここを出て行ったあなたでもあるから。さっきも言ったでしょ、あなたが出て行って、あなたと向き合う私はねむりについたと。中学生のままの私が。それが目覚めただけだと」

「だが、それはさっき終わった。その後、棟方紀理子《むなかたきりこ》がまたやってきて、地獄から再生し、清躬くんと縁《よ》りが戻った。ナコちゃんも紅麗緒ちゃん、神麗守ちゃんと出会ってる。それぞれ濃密な経験を経、おおきく場面が転換している。充分な時間が経過した。なのに、どうしておまえはそのままなのだ」

「そのままではないわ。ここにいるみんな、一緒に素晴らしい体験をしたの。神麗守ちゃんもかえってきて、紅麗緒ちゃんも隠れることなくずっと清躬さん、ナコさんとお話をした。紅麗緒ちゃんも神麗守ちゃんも、私以外のひとを相手にこんなにお話をしたことはないわ。一杯お話をし、みんなでなみだを一杯ながして、一杯わらった。みんな透明になり、ありのままになった。この服はあなたに会うために着替えたけれども、私たちみんなありのままに認めあっているから、もう一度着替える必要はなかった」

「実際、ナコちゃんは清躬くんと一緒に透明になったわ」

詩真音がつけくわえた。

「一心同体が見えるようにお互い重なって、そしてきえて、また現われた。おねえちゃんも流石におどろいたわね」

「ええ。一心なのは心得ていたけど、同体になられたたって言われた」

「本当にそんなことが起こったんだな」


「梛藝佐までそう言うのか」

彪はそう言って、清躬と橘子を凝視した。

「透明とも言ったけど、霊のようになられたの？」

紡羽が詩真音にきいた。

「ナコちゃんが一人でいる時にも、清躬くんの霊に包まれたように言っていた。今朝のこと。清躬くんはその場にいない。でも、ナコちゃんは清躬くんがやってきていると言う。そういうことがあった。だけど、さっき二人は眼の前にいた。その二人が、気がつくと、重なって、きえた。透明になり、見えなくなった。また見えた時、二人は元のまま。一旦霊のようにからだが薄れるのとは感じが違った。私の感覚だけど」

「ナコは自覚があったのか」

彪が橘子に鋭い調子できいた。

「私、キユくんのお話をききながら、繋がっていることを強く意識したの。そのうち、からだがふっと軽くなった気がした。心は一つになっている感覚があったけど、からだも重しがとれ、境界がなくなって、キユくんと重なった。一つにとけあった。そしたら後で、ネマちゃんから、キユくんと私のからだが一緒にきえ

オオ」

　神妙に紡羽が言う。

「一心同体と言葉ではよく使われるが、実際は異体同心だ。一心同体の現象が実際にあるということか」

　彪はじっと橘子と清躬を見ていた。サングラスがなければ、その凝視の力に橘子はおののいたことだろう。

「そういうことも起こったから、なにを着ていようと構わないということなの」

　椰藝佐が言った。

「そうじゃない」

　彪は強い調子で否定した。

「おれは言った。中学生のおまえは今は死者なのだ。おれはその時代を捨てて飛び去ったし、おまえもおおきくかわったはずだ。だが、またその格好でいるのは、亡霊で現われているようなものだ」

「亡霊なのに、ちょっかいを出すわけね」

　椰藝佐はふふっとわらった。

「おれを引き戻そうとする。それが亡霊だろ」

「今の私そのままを見ないで、亡霊に見立てるのね？」

　椰藝佐はかなしげな声で言う。

「おにいちゃん、そんなこと言っちゃ駄目だわ」

詩真音が叫ぶように言った。

「おにいちゃん？」

　彪がききとがめたように言った。

「亡霊なんて――」

　詩真音はそう洩《も》らすと、一気になみだが溢れ、からだが震え、嗚咽《おえつ》した。

　橘子がやにわに立ち上がり、詩真音のもとにきて、その肩を支えた。神麗守も手を詩真音に差し出し、腕をさすった。椰藝佐は一度立ち上がろうとしたが、先に橘子が動いたので、席におさまった。

「大丈夫？」

「大丈夫。でも、このまま横にいて」

「ええ、そうするわ」

　橘子は隣の椅子を引いて、座ると、詩真音のなみだをハンカチで拭《ぬぐ》い、それから右手をにぎった。

「椰藝佐さん、ネマちゃんになにがあったの？」

　かの女なら事情を知っているにちがいないと考えて、紡羽がきいた。

「ああ、私も軽率でした。不用意な言葉づかいをした」

　悔やむように椰藝佐が言った。

「亡霊だな？」

彪が呟いた。

「止めてよ」

椰藝佐が彪を睨む。

「いいの、おねえちゃん。もう、おちついたわ」

詩真音はまだなみだ声まじりだった。

「おにいちゃんはなにもわかってない」

詩真音は鋭く彪を睨んで言った。

「おまえまで八年前に戻るのか。今更おにいちゃんなどと」

「おにいちゃんこそ二十三年前に戻りなさい」

詩真音の声に気迫が籠もった。

「なにを言い出す。二十三年前なぞ、おまえの生まれる前じゃないか。おまえの知ったことじゃないだろ」

「なにも知らないひとこそ黙ってききなさい」

「なにも知らない？　ナギー、これはどうした」

彪は椰藝佐に詰め寄った。

「樹《きい》くん、あなたに話してないことがあるの」

椰藝佐が辛そうに言った。

「話してないって、一番に話すべきことを話していないというのか」

椰藝佐は俯《うつむ》いた。

い。一本なてが
あった」

「おねえちゃんにきかないでもいい。私が言う」

詩真音が叫ぶように言う。

一座が静まった。

詩真音はそれぞれの手を神麗守と橘子ににぎってもらって興奮はもうおちついていたが、更に気を静めるように眼を瞑った。

稍《やや》あって眼を開くと、詩真音は首を振った。

「言わない――おにいちゃんには言わない」

「だろうな。甘いおまえに一座は仕切れない。期待していないさ」

彪にそう言われても、詩真音は唇をかむだけで、なにも言わなかった。

「そういう問題じゃないわよ、樹《きい》くん」

椰藝佐が言った。

「そういう問題なんだ。おれに物申すと言って場がつくられたのに、結局なにもできない。だから、おまえの妹としてかわいがってやれ」

「きびしいこと言うのはいいわ。でも――」

「きびしくあれよ」

反論しようとする椰藝佐に彪がピシッと言う。

「きびしくあれ。啖呵《たんか》を切ったからには自分で始末を

っていいわけにはない、おまえの妹でも、きびしくしろ」

「言わない、ということを言った。それが始末よ」

詩真音がきっぱり言いきるように言った。

「始末になっていいない。諒解しないぞ。あらためて始末をつけろ」

「おにいちゃんには言わない。それを言うことが私の始末のつけ方。おにいちゃんが諒解しなくったって、ちっとも構わないわ。私が甘くて言いきれなかったわけじゃない。私は言いきった」

「ネマ、後付けで理屈をつけても、甘いことにかわりないぞ」

「彪くん、ちょっと待って」

紡羽が彪を制した。

「ネマちゃん、始末の話はおいておいて、もう少し教えてくれない？　言わないのは言わないでいいけど、おにいさんには言わないって強調するのは、どうしてなの？」

「おにいちゃんはわからないことがないひと。いえ、かたづかないことがないひと、というほうが正しいかもしれない。まだ知らないことはあるでしょうけど、その情報を得たら、かたがついてしまう。今のことも、私が話をしたら、きっと、わかったというだけ。私は情報を受けわたす話をするわけじゃないわ」

詩真音はそう言って、自分の前の蠟燭を手前に寄せた。

「そう、この灯《ひ》よ。私が話をしたいのはこの灯なの。この灯を話をする相手の心のなかにも灯《とも》したいの。でも、おにいちゃんのなかに灯は灯らない。おにいちゃんは火を見て、光の情報だけ頭に入れる。心のなかに灯を灯してくれない。私の話はそれだけになって受けながされる。一旦心の外に出した大事な灯はそれきりになってしまう。そんなこと、できない。この灯はながしてはいけないの、絶対。ながされてはいけない。だから、私はどうしたって喋れない」

「わかったわ。ネマちゃん、ありがとう」

詩真音の痛切な言葉に、紡羽が言葉をかえした。

「ながしてはいけない、絶対」

彪がくりかえす。

「梛藝佐もおなじか」

「ええ、ネマちゃんとおなじ。私も話しできない」

梛藝佐が彪に返答した。

「亡霊が鍵だな」

低い声で彪が言った。

「止めて。本当に止めて。ネマちゃんの言葉、きいてたでしょ」

椰藝佐が懇願するように言った。

「ネマが気にする亡霊ってなんだ」

「止めなさいって言ってるでしょ」

今度は橘子が叫んだ。

「ナコちゃんまで加勢か。ナコちゃんも強くなったから、まあまあ力になる」

「あなたにはナコちゃんと呼ばれたくない。横取りは止してよ」

橘子は不機嫌《ふきげん》を露《あら》わにした。

「それより、あなた、ネマちゃんのおにいさんでしょ。ネマちゃんを苦しめてどうするのよ」

「こんな強気なナコちゃんは小学校時代以来じゃないか」

「カガミくん、橘子ちゃんにも詩真音さんにも、物の言い方が失礼だとおもうよ」

清躬がわってはいったことに、流石の彪も「おっ」と言った。

「わかった。きみの言うとおりだ。失礼な物言いだ」

彪が調子をかえて言った。

[illegible]ぶつかないぞろ。さっきネマが、ながす、どうこうと言った。話を受けながすことにかかる言葉だが、引っかかるな。清躬くん、きみにも失礼な話になるかもしれないが、杵島紗依里さんのお子さんの話、繋がっていることじゃないかな」

「ぼくにはなにも言えません」

「知らない、じゃなく、言えないというのだな。結構だ」

彪は一人うなづいた。

「みんな挙《こぞ》って言うまいとしている。だがな、隠していることは露顕するのだ。みんな、その楽しみを与えてくれているわけだ」

彪は不敵な笑みを浮かべた。

「神麗守ちゃん」

突然、紅麗緒が神麗守に呼びかけた。

「つながってないわね」

「つながってないわ」

神麗守が答えた。

「じゃあ、一度、見えない世界に戻しましょう」

そう言うと、紅麗緒は自分の前の蠟燭に息を吹きかけた。

蠟燭の灯はスイッチを切ったように順々にきえて

暗転。

54　小さな網目の大きな世界

時間が止まったように誰も声を発しなかった。

小さな灯《あか》りが点《とも》った。

「あ、」

橘子《きっこ》が声を発した。

橘子が声をあげたのは、突如灯《ひ》が点ったという變化《へんか》に対してではなく、眼の前にこの世のものとおもえないかがやきに映《は》える美しい少女が見えたからだ。美しい少女は紅麗緒《くりお》ちゃんにほかならないが、少女はもうカラーグラスをはずしていたのだ。そして、キャップもとっていた。そして、眼を瞑《つむ》っていた。少女の眼が開いていたら、そのかがやきの強さに自分の眼が眩《くら》まされたかもしれない。更に信じられないことに、紅麗緒は眼の前でまるで天使のように宙に浮かんでいるように見えた。

「ナコちゃんのおねえさん、もう一度この灯をおにいさんにつないで」

橘子は言われたとおり、自分の灯を清躬《きよみ》の蠟燭《ろうそく》に点その時、少女の眼が光った。

熱い。

痛い。

その痛さは心に刺《さ》さるもので、橘子はおもわず眼をしばたたいた。睫毛《まつげ》になみだの小さな粒がつき、そこに蠟燭の光が移った。

少女を見ると、少女もおなじだった。眼は閉じたままだが、なみだに光っていたのだ。

蠟燭の灯はなみだをなかだちにして、自分の心のなかにも灯《とも》ったと橘子はおもう。その灯は、紅麗緒にもおなじように灯っている。

「キユくん、今もう一度、あなたの蠟燭に私の灯をつないだわ」

静かに橘子が言った。

「ありがとう、ナコちゃん。紅麗緒ちゃんも前にいるんだね」

清躬にもかがやきは感知できた。

「ああ、ぼくの前にキャンバスが立ち上がっている。キャンバスは暗い宇宙で、一杯の物語、一杯の人の歴史、一杯の人のおもいが奥行きを持って光を明滅させている。この明滅する光もつなぎあわさないといけない。ナコちゃんからの灯もつなぎながら」

[illegible]自分の手をかれの背中に添えた。

「キユくんの眼にも光。なみだの粒が」

橘子が胸に迫るような声で言った。

「ああ、この蠟燭の灯は心のなかにも灯るんだね」

「そうよ、キユくん。私たちにはおなじ灯が灯っているわ」

それから橘子は清躬のキャンドルスタンドを寄せて、かれに持たせた。

「紡羽《つむは》さん、ぼくからの灯をつないでもらえますか」

「ええ、清躬さん。今、つなぎました」

紡羽が言った。

「紅麗緒ちゃん、私の前にもきてくれたのね。ああ、なんて綺麗な子なの」

すると、紡羽の前の蠟燭の火が爆《は》ぜた。

「痛い」

紡羽はおもわず胸に手を当てた。美に触れた瞬殺の衝撃だと感じた。

数々の勝負をかける瞬間でも感じたことがない心への衝撃だった。

あ、とおもわず紡羽が声をあげた。紡羽は手を眼許《めもと》にやって、潤った粒が指に乗るのを感知する。

「まさか、これ」

指を眼の前に引き寄せて、粒のなかを見る。眩しい光に紡羽も眼をしばたたく。そして、眼の前の紅麗緒に魅入られる。なみだが頬を伝う。なみだが温かい。なみだに冷淡な感情しか持っていなかった自分だが、なみだが命とおなじように温かいことを知って、心動かされる。

紡羽は隣の彪を見た。

「彪くん、サングラスはとらないの？」

サングラスは冷たい。

「いつものかわいた声じゃないな」

「灯を遠ざけるの？」

「近づけも遠ざけもしない」

「私からの灯、つなぐわよ」

紡羽の蠟燭の火は彪の蠟燭に移った。

彪の蠟燭の火も爆ぜた。サングラスにも火の閃光が反射した。

しかし、彪は動じることもなく機械的に椥藝佐《なぎさ》の蠟燭に火を移した。

「樹《きい》くんたら愛想《あいそ》なしね」

椥藝佐にそう言われても、彪は無言だった。

「おなじ蠟燭だから、火の色はかわるはずないのに、さっきまでと違う。火のなかにいろんなものが映っているよう。私には小さすぎて見えないけれども、清躬さんはそれをキャンバスに写しとれるのね。火は絶え間なく動いてかたちをかえる。でも、そのうちになにか奥深い不動のものがある。それを宿しながら絶え間ない炎の動きに心は揺り動かされ、なみだを誘われる。火は水と対立するものではないのね」

椰藝佐はハンカチを眼に当てた。

「じゃあ、ネマちゃん、この灯をつなぐわ」

椰藝佐の隣、もとは紅麗緒の席に詩真音が移ってきていた。椰藝佐の灯は詩真音の蠟燭に点された。

おねえちゃんが泣いている。

椰藝佐の眼に大粒のなみだが光っているのを詩真音は見た。

なみだは海の連想を引き出す。その海に、自分と血のつながった姉、この世に生まれおちると同時に昇天した姉の魂が。琉球や奄美《あまみ》では、死者の魂は海のかなたのニライカナイという楽土に行くという。古代日本で信じられた常世《とこよ》の国も海のかなただ。なみだは海への、そして常世の国への通路だ。海は世界を一つにし、命を幾世代も遡《さかのぼ》って一つにつなげる。常世の国は人が

、魂のみが行き来できる。

おねえちゃんのなみだのなかにいた私の姉。なみだは海なのだから、自分の眼の縁《ふち》になみだの潮が満ちてくる。私の姉は、海で移ってきて、今、眼の縁にいる。なみだの交換ね。

――おねえちゃん。

詩真音は姉の顔を見た。成人している姉の美しい顔。それは椰藝佐の睛《ひとみ》に映る自分の顔だとおもうと、その顔の横にもう一つ顔が見えた。ああ、やっぱり、姉の顔が見えていたのだ。なんてにいさんに似ているのだろう。やっぱり孿《ふたご》だ。

光のきらめきがなみだに潤った眼を刺した。

あ、と光のほうを見ると、紅麗緒の美しい顔があった。

紅麗緒ちゃんは最初の灯りからずっと見守っている。

そして、紅麗緒の眼にもなみだが光っていた。

そのなみだに神麗守《かりす》の姿が浮かんでいる。

詩真音は隣の神麗守を見た。

清らかで可憐な美しい少女。少女はまっすぐに自分を見ている。少女のおおきな睛にも、自分が、そして姉も一緒に映っている。神麗守ちゃん自身は眼が見えないのだけれども、自分と姉の姿を宿してくれている。

[illegible]の[illegible]に近づけた。

「あ、今から神麗守ちゃんにも灯をつなぐわね」

詩真音は自分の蠟燭の灯を神麗守につないだ。

見ると、神麗守の隣に紅麗緒がきていた。そして、神麗守の灯は紅麗緒の蠟燭にもわたっていた。

蠟燭の灯は最後までつながれた。

いや、最後ではなかった。

紅麗緒の蠟燭の灯はもう一つつぎの灯に移っていた。

隣に誰か？

紅麗緒が光に映しかえされて、もう一つ像が見えるのか。それとも、神麗守の鏡像が紅麗緒の向こうに映しかえされているのか。

灯はまたもう一つつぎの灯に移った。

そこにも少女の像……

灯はまたつぎの灯に……またつぎの灯に……

どこまで続くのか……

テーブルのおおきさを超えてつながっているどころではなく、部屋のなかのはずが果てのない宇宙になっているようだ。

初めは列をなしているようにおもった灯が、揺れてうねり、散って、空気が清《す》みきった夜空にきらめく満点の星のように見えてくる。

いや、灯は更に数を増して、天を埋め尽くす。それらのきらめきは互いに光を反映しあい、華厳経《けごんきょう》にある帝釈天《たいしゃくてん》の宝宮殿をかざる因陀羅網《いんだらもう》かと見える。

一つ一つは網目なのだ。網目は鏡でもあって、光が映り込み、反射してもいる。網目自体は空虚かもしれない。虚《うつ》ろな空間を光が同時につなぎあっている。

宇宙の果てしない話だけではない。今、ここも。隣の神麗守ちゃん、おねえちゃんも。ナコちゃんも隣にきている。キユくんもいる。みんな網目の世界にいて、信号を伝えあっている。人が単なる信号ではないのは、体温と心の温かみに直《じか》に触れ合えるところだ。

紅麗緒ちゃんはと見ると、見るたびにいろんなところにいるように見える。

隣にきたとおもった時、電光が走った。空気が切り裂かれて、瞬時風が頬に当たる。自分の前の蠟燭の灯がきえた。

網目がはずれた不安に襲われる。

しかし、すぐ灯がまた点される。

傍で紅麗緒ちゃんが微笑んでいる。

安堵《あんど》した時、パッと室内が明るくなった。

「あ、電気」

橘子の声がした。

停電が復旧したのだ。

みんなの顔がよく見える。なにもかわりない。

と、自分の横を電気が走ったように感じた。続けざまにまた電気が走る。

「危ない」

おねえちゃんの声がした。

おねえちゃんが振り向き、自分も壁のほうに首を動かす。

紅麗緒がいた。

紅麗緒のスカートにナイフが刺さっている。

その数十センチ横にもナイフが壁に刺さっていた。

さっき電光が走ったと感じたのはこのナイフだ。それは紅麗緒をはずれた。

紅麗緒は動けない。少女の細い首のわき、ジャケットの襟《えり》にもナイフが刺さっているのが見える。紅麗緒が壁に二本のナイフではりつけにされている。

なんてことを。

やったのはにいさんだ。

にいさんが立ち上がった。

「樹《きい》くん」

おねえちゃんが手でにいさんを制止しようとした。[illegible]うなくちゃとおもった。が、足が動かなかった。腰から下が金縛りにあったようにいうことをきかない。きっとおねえちゃんもそうなのだ。手を伸ばすだけで、なにもできないようだった。桁木《けたき》さんも懸命な表情で手を伸ばしているが、おなじようなのだった。

にいさんは紅麗緒ちゃんになにをしようというのか。

紅麗緒ちゃんになにができる、いくらにいさんでも。

それに、ここにはおねえちゃんも私もいる。神麗守ちゃんだっている。

だが、にいさんの行動はまったく読めない。おねえちゃんはにいさんのことを昔どおりと言って楽観視していたけれども、そんな甘いことはないのだ。重力も働かないかのように軽やかに飛びまわっていた紅麗緒を一瞬の早業《はやわざ》のナイフで壁にはりつける程に、おそろしい能力も持っている。

はらはらしてならない。

にいさんを信じ、祈るしかない。

いや、自分もナイフを持っている。ソックスに挟み込んだジャックナイフに手を伸ばす。だが、からだが強張《こわば》って、俊敏な動作ができない。――間に合って。

にいさんはおねえちゃんの手を払った。おねえちゃんがテーブルに突っ伏してしまうくらい強い力だ。

[illegible]静かで美しさにかげりもない。唯、眼をつむったままだ。

眼を開いたら——紅麗緒のあの神秘的なまでに美しい眼で見られたら、いくらにいさんでもなにもできないはず。恐怖で眼を閉じているわけではない。ここぞという時まで眼を閉じていようというのだろうか。

不思議なことが起こった。

少女の姿の透明感が高まって薄くなった。自分から一メートルも離れていないのに、光のかげんがかわって、霞《かすみ》がかかったように、姿が薄れて見える。もう電灯の灯りで均一に明るくなっているのに。

それから、少女はすっと横に移動した。

少女は白い——神聖なくらいに白い——衣装にかわっている。上は純白のノースリーブのキャミソールの感じで、下もまた純白のミニスカートだ。少女のからだも透きとおっていそうなくらいに白い。

元のところには、さっきまで少女が着ていた衣装がそのかたちのまま壁にはりついている。抜け殻みたいに。

紅麗緒は数歩歩いて、此方に向きなおった。

紅麗緒は眼を開いていた。

ああ、この上なく美しい。何度眼にしても、その美しさに時間が止まってしまいそうになる。

にいさんは、紅麗緒に近寄ろうとしていたはずだが、今は壁を背に立ちつくしている。

「見せてくれたな」

にいさんが声を発した。

「くしびな世界の様、眼にできたことをおれは喜んでいる」

にいさんはサングラスをはずし、微笑んだ。

「紅麗緒、きみはくしびな世界そのものだ。そして、本当に美しいものはとらえられないことも教えてくれた。ここにあると見えて、とらえたとおもえば、そこにはない。きみが着ていた衣装はここだとおれは射貫くことができた。しかし、きみ自身はここという地上世界から自由で、おれをしてもとらえることができなかったのだ。幾つも重なる世界のどこかのほうにすり抜ける。地上世界にあるきみのからだは化身《けしん》で、つかまえようがない。きみがいま着ている衣装も化身のものので、地上世界とは異なる世界のものだろう。椰藝佐も知らない衣装じゃないのか」

「ええ。初めて見るわ。なんてきれいなんでしょう」

おねえちゃんはうっとりするように言った。

「私、この格好でずっとはいられないわ。着替えてきますから、少し待っていていただけますか？」

紅麗緒はそう言うと、いつのまにか部屋から姿を消していた。

こうした緊張感漾《ただよ》うなか、まるで動じることがなかった紅麗緒とおなじく、神麗守も違う世界にいるかのようにずっと静かで、気がつくと、穏やかにねむっているのだった。私は神麗守の傍に寄り、胸のなかに抱き寄せた。

「樹《きい》くん、なんて乱暴なことするの」

おねえちゃんが立ち上がって、にいさんに詰め寄った。

「椰藝佐さん、かれは失敗することありませんから」

桁木さんがフォローするように言った。

「失敗する、しないの問題じゃありません。部屋のなかで刃物を飛ばすこと自体あり得ない。樹《きい》くん、あなたの腕前がどうだろうと、二度とこんなことしないで」

おねえちゃんはいつになくきびしい口調《くちょう》だ。

「いかにおまえでも、おれに禁止はできない。唯、紅麗緒にはもうおなじことはできないさ」

桁木さんが立ち上がって、「二人とも席に座って」と言い、両人とも席についた。

無盡燈《むじんとう》の世界、今この眼で見たわ。灯の連なりに、美しいひとの連なり。和華子さんもいらっしゃったわ」

私の横で橘子が清躬に呼びかけていた。

「ああ、ぼくも見ていたよ。灯を順々につないでゆくというみんなの言葉に、ぼくのなかでもイメージが再現された。紅麗緒ちゃんがいたから、ぼくの瞼《まぶた》のうちにもかがやきが放たれて、無盡燈の世界が見えた。みんなおなじ世界を見ているのだろうと感じた。ナコちゃんも和華子さんに会えたんだね？」

「ええ。会ったわ。昔とかわりないお姿。本当にきれい。これからもきっと会える」

「ぼくは眼が見えなくなっても、心のうちにはかわりない世界がある。その世界がナコちゃんともつながったんだね。おなじ世界が見えるなら、もっといろいろ話ができる。ああ、ナコちゃんがいれば、新しい世界が開ける気がする」

「そう、新しい世界を開いて。私、力になれることはなんでもする。ああ、紀理子さんにも、この世界をつながないといけない。きっと、紅麗緒ちゃんの力があれば、紀理子さんもおなじ世界を共にできるわ」

「紀理子さんが元気になったら、二人で呼びかけよう―

二人のやりとりをきいて、私は胸が熱くなった。盲目になってしまった清躬も、橘子が傍にいれば新しい創造活動を始められるのではないかと感じる。橘子がいれば清躬にとって充分だ。それなのに、紀理子も迎え入れるという。三角関係ができるのを二人は頓着していない。尤も、三角というには、清躬と橘子の結びつきが強すぎて、孿のようでもあるから、葛藤《かっとう》が生じるおそれは少ないかもしれない。そうはいっても、紀理子にすれば、この二人を相手にすることはなかなか大變ではないだろうか。

一方で、もともと紀理子は小鳥井和華子の幻を過剰に意識して一人で三角関係に苦悩していたわけで、橘子がいることで小鳥井和華子が中和される効果もありそうだ。紀理子が橘子が立ち会うことを最初から承知して先程の告白を行なったということで言えば、隠し事のない関係ができていて本当の友達と考えているなら、橘子はその信頼を受けて、不器用な二人の仲をとりもつ役をこなし得るだろう。頓珍漢な橘子は憎めない人柄を持っているので、紀理子にとっては安心無害な存在でもある。どうであるにせよ、橘子がいなければ、清躬が才能を活かす道はない。二人のこれからを私は友達として楽しみにしたい。

私は、にいさんたちのほうを見た。ここにも、もう一つの三角関係がある。

おねえちゃんは物を言わず、まっすぐ前を見ている。にいさんのほうは見ていない。にいさんに腹を立てているような難しい顔をしているわけではなく、いつもの穏やかな表情だ。静かに紅麗緒が戻ってくるのを待っている、そんな感じだ。

にいさんと桁木さんはならんで座っているので、時々声を潜《ひそ》めて会話しているようだ。唇もほとんど動いていないので、なにを話しているかはわからない。でも、おねえちゃんはその様子をまったく気にかけていない。

私はおもわず、「あ」と叫んだ。

電気はついていても、まだみんなの蠟燭の灯は点《つ》いていると、おもっていたが、にいさんの前の蠟燭だけは点いていない。というのも、半分ちょっとのところで折れていたからだ。折れている先が、おねえちゃんの蠟燭とつながっていた。溶けている蠟で、完全に一つになっていた。にいさんも、おねえちゃんも、桁木さんも、みんな気づいているのだろうけど、なにも言わない。

おねえちゃんが立ち上がった。

戸口がぱっとかがやいた。

紅麗緒がかえってきた。

私の胸で休んでいた神麗守も目を覚まし、からだを起こした。

「お待たせしてすみませんでした」

紅麗緒が小さくお辞儀をして言った。手には、おおきな紙袋を提《さ》げていた。

紅麗緒はピンクの花模様のミニのワンピースを着ていた。腰に紐《ひも》を巻いて締めていたが、蜾蠃少女《すがるおとめ》の形容そのままのウェストの細さにあらためておどろいた。痩《や》せっぽちの橘子も充分に細いが、そういうレベルではなかった。

「ネマちゃんとお揃いにしたの？」

おねえちゃんがきいた。紅麗緒はにこっと微笑んだ。

私のワンピースは橘子からの借り物だけれども、紅麗緒が近いものを選んでくれたのは光栄な気持ちになる。

紅麗緒は私たちのところへやってきて、神麗守の隣に座った。

「ナギー、紅麗緒は眼が見えているんじゃないか？」

「見えている時と、見えていない時があるの。今は見えている時だわ」

おねえちゃんが答えた。

「昔からか？」

「まあ、そのあたりの事情はいずれお話しするわ」

「わかった。また教えてくれ」

私は、紅麗緒が持ってきた紙袋のなかが気になった。

「なに持ってきたの？」

小さな声で紅麗緒にきく。

「今から出します。お手伝いおねがいします」

「ええ」

紅麗緒が紙袋から引き出したものを見て、それが絵を包んだものであると察しがついた。なんの絵を持ってきたのだろう。紅麗緒と神麗守の部屋のことをおもいだして、なんの絵があったかしらとおもった。でも、かかっている絵をわざわざはずして、包んで持ってくるだろうか。それにしては、上等な布できれいに包んである。

「ネマちゃん、この布をとってもらえますか？」

私は言われたように布をとった。

案の定《じょう》、なかから絵が現われた。人の顔の絵だ。見てすぐわかる。

私がおもわず呟くと、「えっ、私？」と橘子の声がした。

「おにいさんが描いた、ナコちゃんのおねえさんの絵を持ってきました」

紅麗緒は立ち上がって、絵を橘子にわたした。

「ありがとう、紅麗緒ちゃん。私を描いた絵――高校生、ひょっとしたら中学生の時かな」

首から上を描いた絵で、彩色も施されている。

「さっきもお話ししましたけれども、おにいさんが私を描いてくださる時、初めに描かれた絵です」

橘子は清躬に向かって、「こんなに一杯私を描いてくれて、ありがとう」とうれしさを表情に表わしながら言った。

「ナコちゃん、みんなに見えるように此方に向けてくれ」

にいさんがそう言ったので、橘子は「御免なさい」と言って、絵の向きをにいさんたちにも見えるようにした。ここでも御免なさいと言っている。

「本当に写真のようにきれいに描けてるわね」

桁木さんが感心したように言う。

「清躬くん、これは紅麗緒ちゃんにあげたものか？」

にいさんが清躬にきく。

「ええ。ぼくで持っていようとおもったんですけど、紅麗緒ちゃんがくださいと言ったので」

「清躬くんも、紅麗緒ちゃんが眼が見えているとわかっていたんだな？」

「紅麗緒ちゃんが教えてくれました」

「そういうことか。ネマ、おまえも知っていたのか？」

にいさんが私に疑問を向けた。

「ううん。さっきその話をきいて、びっくりした」

「そうか。爺《じい》さんはどうなんだ」

にいさんは誰にきくともなく自問したが、おねえちゃんがその答えを引き取って、

「紅麗緒ちゃんからは言ってないというわ。今、見えている時と見えていない時があると言ったけど、おじさまの前では見えていない紅麗緒ちゃんだったの。だから、おじさまも御存じないはずだわ」

「使いわけしてるのか？」

「基本は見えていないんだって。でも、見える能力はあるから、見る必要がある時にその能力を使う」

「なるほど。わかりやすい」

にいさんは納得したように言った。

「清躬くんに描かれている時は、見る必要があったわけか」

「おにいさんが絵を描かれる時はあまりに静かで、神聖な時間がながれている感じがして、気になっておにいさんを見ないわけにゆかなかったんです。黙ってそうするわけにはゆかないので、おにいさんに合図したんです」

今度は紅麗緒が自分で答えた。

「おにいさん、これ、ナコちゃんのおねえさんにおわたししてもいいですか？」

紅麗緒が清躬にきいた。

「そのためにわざわざ持ってきてくれたの？」

橘子がきく。

「ええ。おにいさんがおねえさんを描いたものなんですから、おねえさんが持っているべきだとおもいます」

「ナコちゃんさえよければ」

清躬は控えめに言った。

「よくないわけないわ」

橘子が即答した。

「さっき紀理子さんの絵を見せてもらって、それは素晴らしい肖像画だったけれども、私にも肖像画を描いてもらいたかったけれど、ナコちゃんのはスケッチの上に彩色したものだから、もっときちんとしたものを描けていたらよかったんだけど」

「そんなこと全然。これだけの絵があるのに、それ以上望みません」

「じゃあ、ナコちゃんのおねえさんにおわたししますね」

「紅麗緒ちゃん、ありがとう。キユくんも、ありがとう」

橘子の絵は紅麗緒から本人にわたされた。

「もう一つあります」

紅麗緒が言い、紙袋から取り出した。さっきのとおなじようにくるんである布を解くと、また絵――額縁《がくぶち》が現われた。裏がえっていたのを引っ繰りかえし、紅麗緒はみんなに見えるようにかかげた。

ああ。

絵は眩しい程にかがやいていた。一瞬、誰もが――眼が見えない神麗守と清躬を除いて――眼に手をかざしてしまう。

紅麗緒の肖像画だ。

おじさまが清躬に描かせたもの――が、この絵だったのか。

れた絵です」

紅麗緒が言った。みんな絵に魅入られて、ながい間沈黙していた。

「爺さんのを持ち出してきたのか？」

沈黙を破って、にいさんが問うた。

「いいえ。これは私が持っているようにと言われたものです」

「爺さんは自分の部屋においていないのか」

不審そうににいさんが自問した。

「紅麗緒ちゃんの絵は二枚描かれたの」

おねえちゃんが言った。

「二枚だって？　清躬くん、そうなのか？」

にいさんが清躬に問うた。

「ええ。一枚描いたら、もう一枚描いてほしいと」

清躬が返答する。

「構図をかえてか？」

「いいえ。まったくおなじ紅麗緒ちゃんの肖像です。唯、最初のは、紅麗緒ちゃんが眼をぱっちり開いているところをそのまま描きましたが、二枚目は、紅麗緒ちゃんが眼を閉じているのを描くよう、和邇《わに》さんに指示されました」

「眼を閉じている絵もか」

「清躬さんは勿論、紅麗緒ちゃんが眼を開けている絵を描いた。でも、察しがつくでしょうけど、その絵はあまりに美しすぎて、おじさまはきちんと見るのが難しい。それで、眼を閉じている紅麗緒ちゃんの絵も描いてほしいと清躬さんにおねがいされたの。そちらの絵のほうは御自身でお持ちになっている。紅麗緒ちゃんは眼を閉じていても充分すぎる程きれいだから、おじさまとしてはそちらの絵のほうが安心して鑑賞できるのね。此方の眼がぱっちり開いている絵のほうは私たちに預けられた」

おねえちゃんが説明した。

「なるほど。しかし、紅麗緒の肖像を二枚も描かせるとは、爺さんも贅沢《ぜいたく》だ」

紅麗緒は立ち上がった。そして、自分の絵を持って、にいさんのほうへ行った。

「紅麗緒ちゃん、ここに座って」

おねえちゃんが席を譲り、紅麗緒がそこに座った。おねえちゃんは私のところにきて、紅麗緒の席に座った。

「ネマちゃんのおにいさんのことも、おにいさんと呼んでいいですか？」

紅麗緒がにいさんにきいた。

「いいよ」

そうきかれたことに、にいさんは珍しくとまどいの表情を見せた。

「私、二年前、このお屋敷を出ることになりました。御存じでしょう？」

紅麗緒がにいさんにきいた。

「ああ、知ってるよ」

「おじさまが私をどなたのもとにやろうとしたか、御存じですか？」

紅麗緒は続けてにいさんに問うた。

「誰のもとに？　きみは京都の山のコテージにおくられたんだろ？　保護者として椰藝佐がついていって、そこでくらしたんじゃないのか？」

「それは、おじさまが私をどこか外に出そうとしたので、ギナちゃんが私を一人にさせないとおじさまにかけあわれたんです」

「じゃあ、きみを誰のもとに出そうとしてたんだ？　それを知ってると言うのか？」

「ええ。神麗守ちゃんがおじさまからきいてくれました」

紅麗緒のその答えに、「えっ？」と声を発して一番
のは、おねえちゃんだった。

「神麗守ちゃん、そんなことをきいたの？」

おねえちゃんが神麗守にきく。

「ええ。おじさまが眼が見えなくなられてまもない頃でした。おじさまは私といろいろお話をしたいとおっしゃいました。おじさまは、私のことにまじえながら、紅麗緒ちゃんのこともききたそうにされていました。少しづつ、少しづつ、ですね。時間はたっぷりあるから、少しづつでいい、とおっしゃいました。私がおじさまとお話をしたことは、紅麗緒ちゃんにもお話ししました。ギナちゃんはとても忙しくなられていたので、ギナちゃんにお話しできたのは一部ですけれども。そのようにおじさまについてお話ししていたら、紅麗緒ちゃんは二年前にお屋敷を出た時のことで直感が働いたようです。それから紅麗緒ちゃんは、このお屋敷にネマちゃんのおにいさんが戻ってきているのに気づいていました」

「知ってたの？」

おもわず声をあげたのは私だ。おねえちゃんさえ気づいていなかったのに。

「おれはきみたちと出会うことがないよう充分気をつけていた。紅麗緒が透明人間になっていたのでなければ、その美しいかがやきが傍にくれば、気づかないは

にいさんが言った。

「でも、ネマちゃんはおにいさんと出会われていたでしょ？　私はネマちゃんの變化に気づいたし、それがおおきな影響力を持ったひとと接しているからだとおもいました。ネマちゃんにとってギナちゃんは誰よりおおきな存在であるはずなのに、そのひとの影響のほうが勝《まさ》っている。そのひとというのは、ネマちゃんのおにいさんしか考えられません。私がその話をすると、神麗守ちゃんも同意してくれました」

紅麗緒の推理に私は声が出なかった。にいさんも真剣な表情できいているだけだ。

「ギナちゃんは気づいている感じじゃなかったので、それは神麗守ちゃんと私の間だけにとどめていました。そのように考えると、このお屋敷のなかも少しかわってきている、そういう感覚もしたのです。私はあまり表に出なかったけれども、神麗守ちゃんはレッスンでいろんな部屋に出入りしますし、特に地下の様子がかわってきている感じがしていると言っていました」

「まあ、そうだったの？　あなたたちは気づいていたのに、もっとお屋敷内を歩きまわっている私がなんの變化も感じていないなんて、鈍感にも程があるわ」

おねえちゃんががっかりしたように言った。

「いや、絶対に気づかれないように行動していたのだから、椰藝佐が気づかないのは当たり前なんだ。紅麗緒や神麗守の感覚が鋭すぎるのだ」

にいさんが言った。

「さっきおにいさんが、私が透明人間になったらとおっしゃいましたけれども、ギナちゃんが外の御用で暫く留守《るす》にされている時、自分の気配を消してお屋敷を探検することを何度かしたことがあります」

「探検？」

おねえちゃんと私が同時に反応した。

「私、身軽なので、音を立てずにすいすい移動できます。顔をうまくベールで出さないようにすれば、もともとこのお屋敷のなかは人が少ないので、誰にも気づかれないで行動できるんです。といっても、動きまわっていたら、誰かと出会ってしまう可能性はあるので、なんとなく気になる部屋に入って、暫くじっとしているようにしました」

「だが、セキュリティで認証が必要な部屋がおおいぞ」

にいさんがそう言うのにも紅麗緒は、「認証ってなんですか？」とききなおし、ピンときていない様子だった。

「紅麗緒ちゃんはフリーパスなようね」

おねえちゃんが言うと、

「量子的に動けるというのか。或いは虚数世界的に」

と、にいさんが呟いた。

「私、おにいさんとは二度出会いました。一度は、ネマちゃんもいました。少しの時間だけでしたが、おにいさんの力の凄さを感じました。それでいながら、おじさまにもギナちゃんにも気づかれていない」

「おれのすぐ近くに紅麗緒がいたことがあるのか。しかし、虚数世界とも往来できるのだったら、おれとしてもお手上げだ」

にいさんは感心したように言った。

「あなたを出し抜ける子がいるなんて」

横で桁木さんも嘆息した。

「それで私、もしおじさまがおにいさんのことを御存じだったら、私をお屋敷の外に出そうとされた時、おにいさんに預けようとされたのではないかと」

「爺さんが紅麗緒をおれに？」

そう洩らしたにいさんの口は暫し閉まらなかった。

勿論、おどろいたのは、おねえちゃんも私も同様だった。

「そのことを神麗守ちゃんがおじさまにきいたと言うの？」

おねえちゃんが神麗守にきく。

「ええ。私、ネマちゃんのおにいさんのことをよく知らないので、どのように話を持って行けばいいか難しかったですけれども、なんとかうまくおききすることができました。おじさまは、おにいさんが失踪されて五年以上なにも消息が掴《つか》めなかったようでしたが、いろんなところに情報網は張り巡らされているので、二年程前に気になるものがひっかかって、それを深く調べたら、どうもネマちゃんのおにいさんらしいとわかったようです。その時点でネマちゃんのおにいさんは財力も影響力も並大抵でないものを持たれていて、しかも世間からうまく隠れおおせる才能もおありで、紅麗緒ちゃんを幸せにできる資格があると、おじさまは評価されていました。逆に、世の中に高潔な人は少なくないけれども、そういう人も内面や本当のプライベートの実像はわからないので、紅麗緒ちゃんを預けるのは不安がある。でも、ネマちゃんのおにいさんは、お屋敷から雲隠れされたけど、日南江さんの息子だし、おじさまにとっては身内と考えておられるので、紅麗緒ちゃんはおにいさんに預けることを心にきめられて

「それを私が阻止したというのね？　樹《きい》くんのことは全然知らなかった」

おねえちゃんは呆気《あっけ》にとられたように言った。

「おどろきの真相だ」

にいさんも小刻みに首を振った。

「それで、私の本題です」

あらたまるように紅麗緒が言った。

「私のこの絵、おにいさんに持っていていただきたいんです」

そう言って、紅麗緒は自分の肖像画をにいさんのほうに差し出した。

「なんだって？」

流石のにいさんも予想外で、返事できなかった。

「もし、二年前におじさまのお考えどおりに、私がおにいさんのもとに行っていたら、おにいさんとおじさま、そしてこのお屋敷の方々、なかでも、日南江さんとギナちゃんがつながっていたんです。でも、それは実現しませんでした。おじさまの頭のなかだけのおもいで、おにいさんとはまだ直接交渉を持たれていませんでしたし、日南江さんやギナちゃんにおにいさんのことをお話しされることも躊躇《ためら》われたのでした。ですから、私のことを守りたいギナちゃんに説得され、私はギナちゃんと外でくらすことになったのです」

「あっさりお屋敷に戻れたのも、そういう事情があったのね？」

「かもしれません。でも、そのお話はながれたんですけれども、実際は、おにいさんのほうからこのお屋敷に近づかれていました。初めにネマちゃんと再びつながれました。だけど、つなぎあわれたのはおにいさんとネマちゃんとだけで、それも秘密にされていたので、ネマちゃんはこのお屋敷の世界とおにいさんの世界とに引き裂かれたように感じます」

その言葉をきいて、私は胸を衝《つ》かれるものがあった。

「それから、去年の秋には、清躬さんがこのお屋敷にきてくれることになりました。そして、神麗守ちゃんのおかあさんやナルちゃんも続いて。また、この三、四日の間で急展開が起こりました。ギナちゃんはおにいさんと再会されたし、清躬さんもナコちゃんのおねえさんや紀理子さんと再会を果たされました。ネマちゃんもナコちゃんのおねえさんとつながったし、神麗守ちゃんや私もそうです。おにいさんはきっと、上から糸で操《あやつ》るようなつながり方しかされないようにおもいます。でも、私たちがここにきて、おにいさんや紡羽さんとお互いにつながりあうようにしたのです。おにいさんはそういうつながり方はなじめない気持ちをまだ持っておられるかもしれません。おにいさんはきっと、私や神麗守ちゃんのことは受け容《い》れてくださるとおもいます。唯、私たちはこのお屋敷の外のことをほとんど知らなくて、ギナちゃんかネマちゃんが傍にいてくれないと、なにもできません。ですから、私の絵だけでも傍において、私たちとつながっていただきたいんです。そうして、ギナちゃんやネマちゃんとももっと自然につながってほしいです。その先に、日南江さんやおじさまとも。私の絵はとっかかりです。とっかかりと言いながら、この絵には、清躬さんの魂が入っています。描かれているのは私だけでも、清躬さんは無盡燈で一つのおもい、一つの心の灯をつなげて、みんなを一つの絵に描《えが》いているのです」

紅麗緒の言葉をきいて、にいさんは黙ってかの女から絵を受け取った。手許《てもと》で絵をじっと見て、無言のままだった。

「相生《あいおい》の蠟燭か」

にいさんが絵から視線をはずして、テーブルの上を見つめたとおもったら、奇妙なことを呟いた。

「自然につながっているんだな」

そう言うと、にいさんはテーブルの下をごそごそして、キャンドルスタンドと蠟燭をありったけ出して、テーブルの上においた。

「紅麗緒ちゃん、電気を消すから、もう一度無盡燈のパノラマを見せてくれるか」

「ええ。みなさん、御協力をおねがいします」

紅麗緒が呼びかけると、「私もお手伝いします」とまっ先に橘子が言った。私もキャンドルスタンドに蠟燭をセットし、まず神麗守に持たせた。おなじことを橘子が清躬にしていた。セットされたものをみんな一つづつ持ったが、まだ数本余っていた。さっきとおなじように紅麗緒が仕切るのをみんな諒解していたので、余計な質問はなかった。電気のスイッチを消すことだけ、私が申し出た。

「じゃあ、今から消しますから」

私はスイッチを押した。

電気はきえたが、まだ前の蠟燭の灯は点いていたので、部屋は仄《ほの》明るかった。

紅麗緒が自分の前の蠟燭の灯で、「つなぎますね」と言って、一番端の桁木さんが持っている蠟燭に灯を点した。

前とおなじように灯が一瞬閃光を放ち、爆ぜた。

「熱い。痛い」

桁木さんはおもわず小さな声をあげた。

桁木さんの眼に光が移ったように見える。

「彪くん、今度はちゃんと自分の手で持って受けてね」

にいさんは、今度はキャンドルスタンドを手に持っていた。

灯をつなぐと、そこでも閃光が飛んで火が爆ぜた。

にいさんの眼も光が宿っていた。

なみだなの？

もし、にいさんもなみだの交換にくわわったのだったら。私は胸が熱くなった。

「ナギー、つなぐよ」

今度はにいさんが丁寧におねえちゃんに灯をつないだ。

「ありがとう、樹《きい》くん」

おねえちゃんの眼にはひときわおおきな光が浮かんだ。

おねえちゃんは神麗守につなぎ、神麗守から私に、私から橘子、橘子から清躬につながった。蠟燭の灯となみだの光。

清躬から紅麗緒が受けると、部屋の奥の暗いところへ灯がつながっていった。紅麗緒が光に映しかえされたように、美しいかがやきを持つひとが連なって見える。

宇宙の果てに行く
スターボウだ
因陀羅網になった

にいさんが呟いていた。

とんでもなく大きな世界が小さな網目で一杯つながった。
と、その網目の一つが大きくなり、私たちのまわりをくるんだ。
光がきらめきあい、明滅をくりかえす。
光がゆっくり漾うように降ってくる。淡雪のようだ。
一粒の雪に眼を留めると、めくるめくようだ。
――あわ雪の中に顕《た》ちたる三千大千世界《みちおほち》またその中に淡雪ぞ降る
良寛さんの歌を誰かが呟いていた。
きらめきあう光が眼のなみだに反射する。でも、その光は柔らかく優しい。そして、眼の前で、私の姿が照りかえされた光のなかに映っている。
神秘《かなし》さん
紅麗緒が挨拶をするように言った。

（完）

著者紹介

山本杜紫樹（やまもと としき）

京都市出身、在住。愛読書は、『紅楼夢』、『老子』、『魔の山』、『チボー家の人々』、『大菩薩峠』、ドストエフスキー、夏目漱石、石川淳、武田泰淳、村上春樹の小説群。

相生《あいおい》 下《げ》

2021年1月28日　第1刷発行

著　者　　山本杜紫樹
発行人　　久保田貴幸

発行元　　株式会社 幻冬舎メディアコンサルティング
〒151-0051　東京都渋谷区千駄ヶ谷4-9-7
電話　03-5411-6440（編集）

発売元　　株式会社 幻冬舎
〒151-0051　東京都渋谷区千駄ヶ谷4-9-7
電話　03-5411-6222（営業）

印刷・製本　シナジーコミュニケーションズ株式会社
装　丁　　鳥屋菜々子

ISBN 978-4-344-93295-1 C0093
幻冬舎メディアコンサルティングHP
http://www.gentosha-mc.com/